La llama de Focea

Lorenzo Silva

La llama de Focea

Serie Bevilacqua y Chamorro

DESTINO

PEFC Certificado

Este libro procede de bosques gestionados de forma sostenible

PEFC

PEFC/14-38-00305 www.pefc.es

Ediciones Destino, un sello editorial de Editorial Planeta, S. A.
Avda. Diagonal, 662-664, 08034 Barcelona (España)
www.edestino.es
www.planetadelibros.com

Adaptación de la cubierta: Booket / Área Editorial Grupo Planeta
Imagen de la cubierta: © Brian Oldham
Primera edición en Colección Booket: octubre de 2023
Primera edición en esta presentación: febrero de 2025

Depósito legal: B. 265-2025
ISBN: 978-84-233-6691-0
Impresión y encuadernación: Liberdúplex, S. L.
Printed in Spain - Impreso en España

Biografía

Lorenzo Silva (Madrid, 1966) es uno de los grandes referentes de la literatura contemporánea y sus novelas policiacas e históricas suman más de dos millones de lectores. Ha escrito, entre otras, *La flaqueza del bolchevique* (finalista del Premio Nadal 1997), *Carta blanca* (Premio Primavera 2004), *Recordarán tu nombre*, la «Trilogía de Getafe», *Castellano*, *Nadie por delante* y su reciente *Púa*. Es autor del libro de viajes *Del Rif al Yebala. Viaje al sueño y la pesadilla de Marruecos* y de *Sereno en el peligro* (Premio Algaba de Ensayo). Suya es también la serie protagonizada por los investigadores Bevilacqua y Chamorro; *El alquimista impaciente* (Premio Nadal 2000), *La marca del meridiano* (Premio Planeta 2012) y *La llama de Focea* son algunas de las novelas que la integran. Junto con Noemí Trujillo, firma una nueva serie policiaca que han iniciado con *Si esto es una mujer* y continuado con *La forja de una rebelde* y en 2024 con *La Innombrable*.

@VilaSilva

Para Pablo, que llevará mi llama

Para mi madre, que me la dio,
in memoriam

Advertencia usual

Como de costumbre, los lugares que aparecen en este libro están inspirados, con cierta libertad, en lugares reales. Algún personaje, y alguno de los hechos narrados, se inspiran también en sucesos reales, pero con idéntica libertad en su recreación. El relato que sigue ha de considerarse por tanto fruto de la invención del novelista y no debe inducir a atribuir conductas, acciones o palabras concretas a ninguna persona existente o que haya existido en la realidad.

Del XVI grado del signo de Sagitario es la piedra del fuego. De natura es caliente et seca en el tercero grado. [...] Porosa es e liviana de peso, pero con tod esso fuerte e dura de quebrantar, e quando la quebrantan fállanla dedentro áspera e blanca de color. E á en ella una muy maravillosa vertud, onde ella toma el nombre, que si pusieren olio de cual natura que sea en aquella parte cavada faz semejante que arde como crusuelo, e esto dura mientre aquel olio fuere en ella, que non se consume ni la lumbre mingua, mas si sal y echan luego pierde aquel luzimiento, comoquier que el olio y fique.

Alfonso X, *Lapidario*

I

Una peregrina

Era engañosa su apariencia. Se la veía menuda, casi frágil, y su cabello castaño liso y su piel suave y todavía no tostada por el sol del Camino sugerían una vida sin grandes fatigas ni excesivos sobresaltos. Podría decirse de otro modo: parecía, a primera vista, la chica de la zona alta de Barcelona que por lo demás era. Lo que ocurre, como aquella tarde iba a demostrar, es que se puede ser una cosa y a la vez otra que la vuelve del revés, porque los seres humanos son diestros en acumular contradicciones, se acostumbran a ellas y a nada que se les deje acaban convirtiéndolas en el pilar de su existencia y de su carácter. Queralt Bonmatí procedía de un hogar bien provisto, una vida sin angustias y unas certezas inconmovibles. Y sin embargo, algo la hacía apta para la intemperie, la llenaba de rabia y la empujaba a revolverse contra lo que se le daba por sentado. Ya fueran las expectativas de los suyos o el cuajo de aquel desconocido, que lo último que debía de imaginar era que una chica sola se le iba a encarar con una fiereza semejante.

—De qué vas tú, tío —le espetó.

Acababa de plantarse ante el hombre, que sentado a la mesa estaba tomando un café en el bar-cafetería de Roncesvalles, primera parada para los peregrinos que venían desde Francia después de superar las abruptas pendientes del paso homónimo. Al principio el interpelado se quedó fuera de juego, con la taza a medio camino entre la mesa y sus labios. Luego se rehízo, tomó un largo sorbo de su café, le sostuvo la mirada a la muchacha y respondió con voz firme y contenida:

—Yo de nada, ¿y tú?

Queralt no se arrugó. Más bien dobló la apuesta.

—¿Estás haciendo el Camino o qué?

—Y a ti qué te importa.

—Me importa si voy a tenerte pegado a mi culo hasta Santiago.

—Así que tú sí lo estás haciendo.

—Respóndeme.

—¿Y si no quiero?

—Entenderé que sí. Y tomaré medidas.

—¿Por ejemplo?

—Ir al puesto de la Guardia Civil más próximo.

El hombre se echó hacia atrás en la silla.

—A decirles qué —se interesó.

—Que te he llevado toda la subida del puerto detrás, mirándome con no sé qué intenciones, cuando es evidente que podrías haberme rebasado y que has tenido que bajar el ritmo para no adelantarme.

—No me gusta correr. Y no tengo prisa.

—Vas muy de sobrado tú —opinó la chica, alzando la voz.

—No hace falta que me grites. Oigo bien.

—Grito porque me da la gana. Y porque quiero que toda esta gente se quede con tu careto. A ver si te atreves a seguirme ahora.

A esas alturas del lance, las siete personas que estaban presentes, comenzando por la joven camarera, seguían la conversación que sólo un sordo o alguien con mucha disciplina habría podido ignorar.

—Yo no te estoy siguiendo —dijo él, con aire incómodo.

—Lo has hecho durante un buen rato. Quién me dice

que no lo vas a volver a hacer. He venido para estar sola, no para llevar un moscón.

La mirada de los circunstantes, entre los que había una vecina de la zona y cinco peregrinos —una pareja madura, dos veinteañeros y otra chica de la misma edad que estos—, empezó a pesarle al hombre más de lo que su temple le permitía sobrellevar sin apuro. Decidió vaciar la taza de un solo trago y ponerse en pie para abandonar el local.

—¿Ahora vas a salir corriendo? —le preguntó ella.

—Voy a pagar y a salir tranquilamente. Si me permites.

—No quiero volver a verte.

—Pues no mires, si nos cruzamos otra vez. Déjame pasar.

La joven peregrina, que acababa de interponerse en el camino del hombre hacia la puerta, no mostró la menor intención de moverse.

—Quiero asegurarme de que lo has pillado.

—Aparta, por favor.

—No.

En ese momento el hombre resopló y miró al suelo.

—Si me obligas a apartarte lo haré.

—Vamos a ver si te atreves.

Ahí fue donde la camarera, que hasta entonces se había mantenido indecisa, se sintió obligada a intervenir. Se dirigió a la chica:

—Por favor, vamos a evitar más problemas, deja que se vaya.

Queralt le dedicó una sonrisa temeraria.

—Puede irse. No tiene más que mover la mesa.

El hombre sopesó si debía dejarse humillar de aquella forma. Es lo que habría elegido la mayoría de los varones en una situación similar. Por alguna razón, le costó dejarse doblegar por aquella criatura. Alzó la mano y la colocó suavemente en el hombro de la muchacha.

—Que me dejes salir.

Entonces uno de los peregrinos, un joven de veintipocos años y complexión robusta, sintió el impulso de acercarse. Era algo más alto que el hombre, pero no parecía contar con su misma determinación. Con una voz algo dubitativa, terció en la disputa para advertirle:

—No se te ocurra tocarla.

Ahí el hombre, aunque no pareció muy intimidado por la irrupción, comprendió que no le quedaba otra que capitular. Se pasó la mano por la frente y dejó escapar un suspiro. Luego agarró su mochila, apartó la mesa con brusquedad y se fue hacia la barra, donde depositó de un golpe varias monedas de un euro que llevaba en el bolsillo. No se paró a contarlas: se limitó a abandonarlas ahí y a buscar la puerta, por la que salió sin despedirse para enfilar la carretera a paso ligero.

—No creas que esto se va a quedar así. Te voy a poner una denuncia —lo amenazó la chica—. Así que corre todo lo deprisa que puedas.

—Ya está, déjalo, ya se ha ido —trató de calmarla el joven.

—No te he pedido ayuda. Ni consejo —se revolvió ella.

—Bueno —repuso él, sonriente—. Quizá por eso me he metido.

Queralt se quedó mirándolo pensativa.

—Buena respuesta. Yo me llamo Queralt. ¿Y tú?

—Hernán.

—¿Me acompañas a poner la denuncia?

—¿Crees que hace falta?

—Claro.

—Entonces te acompaño. No te vendrá mal tener un testigo.

La camarera los observó en silencio. Esa mañana estaba su marido de servicio. Le tocaría recoger la denuncia. También era casualidad.

Sería ella, varias semanas después, la que me contaría lo sucedido esa tarde de septiembre en el bar-cafetería de Roncesvalles, y que la chica, cumpliendo su amenaza, denunció en el puesto de la Guardia Civil de Burguete, donde estaba destinado y se ocupó de atenderla el marido de la camarera. Es por tanto a la mirada y la memoria de esta, y no a las mías, a las que se debe lo que acabo de narrar. Para entonces, Queralt ya estaba muerta. Le había dado tiempo a recorrer un buen pedazo del Camino. De hecho, andaba por tierras de Galicia tras haber rebasado otra de las eminencias de la ruta, el puerto del Cebreiro. Le quedaban poco más de cien kilómetros: entre cuatro y cinco jornadas de marcha, dependiendo del ritmo que se hubiera impuesto en la recta final. En los casi setecientos kilómetros anteriores había llevado un buen promedio, con jornadas de veinticinco y alguna de treinta.

La noticia de su muerte me llegó en circunstancias poco oportunas. Apuraba mi última semana de permiso veraniego, que ese año había retrasado al máximo, y me encontraba muy lejos de Galicia, a dos mil y pico kilómetros de distancia, con el océano entre medias. Los últimos días de vacaciones los había destinado a un viaje que hacía tiempo que tenía pendiente: una visita con mi madre a Lanzarote para ir a ver a su nieto, mi hijo Andrés, que llevaba ya año y pico destinado en la isla. Las reiteradas advertencias de su padre no habían bastado para sacar de su mente la idea de dilapidar su vida en la misma empresa para la que yo trabajaba desde hacía tres décadas, y aquel destierro insular era el rito iniciático que le había tocado en suerte. Hay hijos a los que les sale más caro ignorar el consejo paterno, me decía para consolarme.

También me confortó advertir que no se había aclimatado del todo mal al lugar. Aunque vivía en un modesto pabellón individual de la casa cuartel, única solución habitacional que su sueldo le permitía en una isla cuyos precios inmobiliarios disparaba el turismo, se le veía contento y saludable. No le faltaba el trabajo, sobre todo las noches del viernes perpetuo que se vivía en las zonas de marcha, donde la raza nórdica se empeñaba en demostrar que su grado de civilización era muy inferior al que la fama le atribuía. Al menos, cuando se le daba la oportunidad de intoxicarse con bebidas alcohólicas sujetas a una baja tributación, como allí era el caso. Sin embargo, la benignidad del clima insular, y la belleza extraterrestre de los paisajes, que se había pateado a fondo en sus días de libranza, obraban en él un efecto benéfico. Me daba la sensación de que había ganado poso y peso; no en lo físico, sino en esa dimensión moral en la que un hombre, tarde o temprano, debe hallar anclaje, antes de exponerse a ser un meteorito que circula por ahí sin control y con riesgo para la integridad del prójimo.

Había algo más. Nos la había presentado y allí la teníamos, sentada a la mesa con nosotros en la inmensa sala abierta en la roca de la cueva de los Jameos del Agua, a donde habíamos ido a comer. Se llamaba Tamara y era una chica de aspecto formal y agradable en el trato, a la que, por más que me esforzaba, no conseguía ayudar a relajarse.

Y es que, cuando un hijo empieza a desoír las recomendaciones de su padre, acaba cogiendo carrerilla y saltándoselas todas, que tal vez sea lo mejor que puede hacer, porque los tiempos cambian y no existe garantía de que los aprendizajes antiguos conserven alguna vigencia. Mira que le había dicho que el último lugar donde debía buscar eso que Yavé le dio a Adán para que no se volviera un tarado eran las filas de la benemérita institución a la que había decidido sumarse; y no porque fuera contra los valores o la dignidad del cuerpo, sino contra el bienestar laboral y doméstico de los implicados. Infaliblemente, allí la tenía: una joven guardia civil, de hecho más joven que él, aunque por la fecha de ingreso fuera más antigua y por tanto su superior. Para que todo resultara aún más contraproducente, se me escapó pensar.

Con todo, los dos días que había tenido para tratarla, aunque a ella no le hubieran servido para estar menos tensa, a mí me habían dado una impresión inmejorable. La vi prudente, sólida, y con ese acelerado aplomo que proporcionan la experiencia de la calle y sus accidentes, cuando uno tiene que hacer lo que sea necesario para proyectar ante quienquiera que la fortuna le depare la siempre peliaguda noción de autoridad. A la vez sabía dejarse el uniforme en el trabajo, deferencia muy de agradecer, sobre todo para quien tuviera que convivir con ella. Por otra parte, tenía que admitir que la frecuencia con que los guardias acababan emparejados con una guardia, y a la inversa, porque el roce hace el cariño y hay destinos donde el roce con lo de fuera se reduce a pocas horas, había normalizado aquel fenómeno. Que no dejaba de causar problemas, porque no hay pareja que no los tenga ni los irradie al resto de su vida, pero que se aceptaba ya sin mayores reparos.

En resumen, que allí estaba, con mi madre, mi hijo y un proyecto de posible nuera, disfrutando en un entorno singular de una apetecible comida, sin dejar de contar las papas arrugadas que iba sumergiendo en el mojo rojo, por la cosa del control del abdomen, cuando el móvil, ese enemigo mortal que el hombre contemporáneo, en un acto supino de imbecilidad y abdicación, permitió que se le adosara a la existencia, vibró sobre la mesa, donde lo mantenía con la pantalla hacia abajo.

—No lo voy a mirar —dije, ensayando una fútil resistencia.

—Claro que vas a mirarlo —suspiró mi madre.

—¿Y si es tu comandante? —preguntó mi hijo—. O tu coronel.

—Con mayor motivo.

—No seas crío, Rubén —me exhortó la autora de mis días.

—Voy a dejarlo ahí esperando cinco minutos, por lo menos.

El móvil volvió a vibrar.

—Anda, dale la vuelta, que así le estamos prestando más atención.

El sentido común de mi madre tenía la virtud de desarbolarme. Siempre había sido así, y últimamente me daba por pensar, con una punzada de angustia, en el momento en que dejara de tenerla ahí para quitarme las tonterías. Gozaba de buena salud y mantenía su energía intacta, pero ya sólo le quedaba un año para cumplir los ochenta.

Le hice caso y volteé el aparato. Eran dos wasaps de mi compañera, la brigada Chamorro. Los leí deprisa. Lo que ya me cabía imaginar.

—Tendré que hacer una llamada —claudiqué.

—Vamos, ve —dijo mi madre—. No nos aburriremos. Les pediré a los chicos que me cuenten sus aventuras. Lo que se pueda, claro.

Virginia me atendió antes de que terminara de sonar el primer tono. Escuché en la línea el ruido ambiente de un coche, por lo que deduje que hablaba con el manos libres. Aunque llevaría a dos subordinados a bordo, como poco, Chamorro era de las que preferían conducir. Yo también prefería que condujera ella. No conocía a nadie que lo hiciera mejor: con más escrupuloso respeto de las normas cuando no hacía falta saltárselas, con más garantías de no salirse de la vía cuando lo que se terciaba era sacarle al coche todo lo que tuviera dentro.

—De camino, supongo —la saludé.

—Acertaste —confirmó—. Perdona que te haya interrumpido.

—Mi madre te perdona, que es lo que cuenta. No me digas que has cometido la ligereza de wasapear mientras llevabas el volante.

—Por supuesto que no. Había parado a repostar.

—Antes de soltar alguna inconveniencia, ¿quién me oye?

—Lucía y Arnau. Te mandan sus respetos.

—Tampoco hace falta. Soy un jefe enrollado y campechano.

—De todos modos. Y lo otro... En fin, creí que era mejor avisarte.

—Estoy en Lanzarote, con mi madre, con mi hijo y con una guardia que ha cometido el error de echarse de novia. Tengo que cerciorarme de que no es una mala mujer que lo vaya a convertir en un infeliz. No puedo ir a levantar un cadáver, no quiero ir y no voy a hacerlo.

—Menos mal que no ibas a decir inconveniencias.

—Sois de confianza y estoy mintiendo. Parece una buena chica.

—Tampoco te necesitamos —anotó Chamorro, mordaz—, sólo era para que estuvieras al tanto, no vayas a recibir una de esas llamadas que a veces te caen de las alturas. Con lo que supondría eso ahora.

—¿Y por qué iba a caerme? Estoy disfrutando de un reglamentario y merecido permiso. La trinchera está cubierta, por una profesional más que curtida y de primera fila y un equipo de brillantes investigadores. Por desgracia, no es del todo infrecuente que una chica joven aparezca muerta y con señales de haberse cruzado con un depredador. No hay necesidad de infligirle a este viejo subteniente ningún maltrato, como lo sería arrancarlo arbitrariamente de la compañía de los suyos.

Chamorro no respondió en seguida. Carraspeó y dijo:

—Lucía y Arnau te agradecen el piropo y yo que me llames vieja. Me pareció simplemente que quizá te conviniera saber alguna cosa, porque algún día tendrás que volver al trabajo y porque me temo que nuestra implicación en este asunto tiene unos perfiles peculiares.

—¿Qué perfiles?

—Ya estás viendo que vamos para allá en caliente. Eso quiere decir que alguien ha llamado a nuestro coronel y al general de Galicia. Y no se trata sólo de que las muertes de chicas jóvenes sean más mediáticas. Los de Galicia tienen sus buenos equipos de Policía Judicial y además cuentan con alguna experiencia en estos casos. Según se rumorea, nos han movilizado a los de la unidad central por una llamada directa del ministro, a quien a su vez parece que han llamado de la Xunta.

—¿Y eso?

—Pronto viene otro año Xacobeo. El asesinato de una peregrina que viajaba sola no es la mejor publicidad para invitar a propios y extraños a hacer el Camino de Santiago. Sobre todo, porque resulta que llueve sobre mojado: no es la primera vez que ocurre. La vez anterior se tardó mucho en resolverlo, y parece que no quieren que vuelva a pasar.

—No me cabe duda de que sabrás gestionarlo, bajo la competente dirección de nuestros jefes y oficiales y en irreprochable coordinación con los recursos de la unidad territorial. Me vuelvo a mi mojito.

—¿De verdad te estabas tomando un mojito? No te pega nada.

—Voy a pedirme ahora uno. O varios. Para olvidar.

—Está bien. Yo he cumplido con mi conciencia.

—Nadie podría dudar en ninguna circunstancia de que lo harías. Os mando mis bendiciones. Aseguraos de olfatear bien todos los rastros frescos, que luego se echan a perder y la labor se complica. Sobre todo, que no se nos quede por tocar una puñetera compañía de telefonía móvil para tener acceso a todo el tráfico de los últimos días.

—Descuida, que eso no se nos va a pasar.

—Y las cámaras. Galicia está llena de casas y núcleos de población aislados, que la gente de la comandancia se patee a fondo el terreno y se asegure de que no nos queda una por mirar. De una tienda, de una caja de ahorros, de un paisano que la tenga para vigilar a las vacas...

—¿Tú no te ibas a tomar un mojito? —se burló.

—De un solo trago, el primero. Nos vemos la semana

que viene. No me la caguéis mientras tanto, que uno tiene una reputación.

—No te preocupes. Velaremos por ella. Te dejaremos el toro listo para que entres a matar y puedas arrancar la ovación que mereces.

—Así me gusta. Por cierto, habrá prensa a espuertas. No dejéis de mirar cuando os mováis dónde se ponen los periodistas y esquivadlos. No nos interesa hacernos famosos. Y menos si nos va a tocar ir luego de incógnito por el medio rural. ¿Cómo se llama el pueblo?

—Samos.

—¿Y eso dónde está? Aparte de la isla griega.

—No lejos de Sarria. Tiene puesto propio, aunque son cuatro gatos. La primera intervención la hicieron ellos, y luego los reforzaron los de Sarria, que tiene un puesto más grande. Operaremos desde allí.

—Lo dicho —concluí—. Que os vaya bien. Y dormidme algo, que si no luego la mente se va amuermando y no se entera uno de nada.

—Está bien, jefe. Anda, ve a por el mojito de una vez.

—Gracias por el aviso.

—No hay de qué. A tus órdenes.

Colgué con una sensación que cada vez me rondaba con más frecuencia. Se iba acercando el momento en el que miraría las investigaciones que ya siempre llevarían otros como los jubilados miran las obras. Con la cada vez más débil convicción de ser capaz de hacer el trabajo mejor que quien lo está haciendo, sintiendo cómo el peso de la experiencia va menguando ante la pujanza de una vida que no cesa de reinventarse. Entre otras cosas, así se vuelve ininteligible para los viejos dinosaurios, cuya inminente misión vital, a partir de ese instante, pasa a ser abonar el campo y empezar a petrificar sus osamentas a fin de generar fósiles que un día sirvan para distraer a los niños en los museos. Como solía hacer cuando me asaltaba esa imagen, la aparté de un manotazo y resolví darme al *carpe diem*, que ese mediodía era estar con mi hijo, con mi madre, con esa chica que podía llegar a ser de mi pequeña familia.

Por la tarde, después de dejar a Tamara en el cuartel, donde entraba de servicio, y a mi madre descansando en el hotel, fui a dar un paseo con mi hijo por la playa. La conversación acabó llegando a ese lugar.

—No me has dicho qué te parece —observó Andrés.

—No me has preguntado.

—Diría que te estoy preguntando ahora.

—Ya lo sabes: fatal. ¿Tú te sabes el refrán ese de la olla?

—Papá, no me seas burro. Dime, en serio.

—La cosa tiene complicaciones de todo tipo. Si vais a más, tendréis que andar pendientes de pedir destino juntos, pero a ser posible no demasiado juntos. Y la empresa no os dará muchas facilidades.

—No sé si iremos a más. De momento estamos bien. Poco a poco.

—Me parece sensato.

—Vamos, que no te preguntaba por la logística. Sino por ella.

—Me gusta. Es seria. El mundo está lleno de frívolos y frívolas. Por lo común, acaban siendo mala compañía. Y es atractiva y tiene empuje. De las feas y de las mustias resulta más fácil acabar cansándose.

—A ti se te ha ido hoy la mano con el vino, ¿eh?

—Es cruel, es horrible, pero es así. Soy tu padre. Quiero que estés bien y que no te atormentes en la vida más de lo indispensable.

Mi hijo se quedó pensando. Podía adivinar sin mucho esfuerzo lo que pasaba por su cabeza. Tenía una madre, con la que hacía tiempo que yo no vivía y que transitaba por la existencia con otro hombre.

—¿Lo dices por ti? —dijo al fin.

—Yo me he atormentado mucho, pero hace años que me retiré de ese deporte. En todo caso, no sé, dado mi deplorable historial, si mi opinión debería tener algún peso en lo que decidas. Sólo se me ocurre un consejo que pueda darte sobre el particular. Por si te sirve.

—¿Qué consejo?

—Quiero decir que puedes hacer con él lo que has hecho con casi todos los anteriores, desde el de no acercarte a menos de cien metros a un tricornio hasta el de no flirtear nunca con alguien que lo lleve.

—Papá.

—Vale. Este es mi consejo: jamás la engañes. El tiempo que estés con ella, no dejes de estar con ella. Y si llega el momento en que sientes que debes hacer algo que no puedes contarle, porque ya no querría estar contigo, que tienes que darle presencia en tu vida a otra mujer, por ejemplo, acepta las consecuencias y dile que tenéis que dejarlo. No creas que sirve la estrategia de mentirle. Mentir degrada más a quien lo hace de lo que humilla a quien resulta engañado. Lo dijo Spinoza: hay que evitar las acciones ruines no porque conduzcan al infierno, que es una patraña para colegiales, sino porque envilecen y arruinan la vida y eso es algo que un hombre hecho y derecho debe evitar.

Mi hijo me observó. Otra vez adiviné lo que pensaba.

—Te preguntas si habla en mí el arrepentimiento —dije—. No es tan sencillo. En realidad, no sé si me arrepiento del todo. Cuando yo me salté la regla que acabo de mencionarte, cuando me olí que no iba a querer pasar con tu madre el resto de mis días e incluso así mantuve un simulacro de matrimonio, hice y me hice un daño que lamento y que preferiría no haber hecho. Para empezar, porque era una pésima solución a aquel marrón, como acabó por verse. Pero a cambio...

Me interrumpí. Dudaba cómo decir lo que seguía.

—¿A cambio? —preguntó.

No advertí censura alguna en su semblante. Me dejé ir.

—Pero a cambio pude arañar unos años de convivencia contigo. Pude construir así este vínculo que, aparte del de tu abuela, que me vino dado, es el único que de veras tengo con este mundo y con lo que en él va a sobrevivirme. Me arrepiento del dolor ajeno y propio, cómo no. Nunca lo haré de haber pasado contigo esos primeros años.

Andrés tuvo la honradez de no callarse la objeción:

—Siempre podías haber intentado una custodia compartida...

—¿Con tu madre? ¿Con mi trabajo? Era una guerra sin esperanza.

—También es verdad —me reconoció.

—Al final, todo está bien. Tu madre tiene a alguien que la entiende, yo no tengo a nadie, pero es mejor así. Ayuda a contener los daños.

—Oye, ¿y te puedo preguntar si hay algún rollo por ahí ahora?

—¿Rollo?

—¿Qué pasó al final con la juez?

—Nos vimos este verano. Es una especie de camaradería, más bien. No le apetece tener a alguien mirando por encima del hombro cuando pone sentencias en el salón. Ni es tampoco mi plan de vida. Antes nos llamábamos más, ahora nos vemos sólo de siglo en siglo. Como dos personas que no se guardan ninguna cuenta pendiente. Nunca me ha hecho mal, nunca se lo he hecho yo tampoco. Es casi un milagro.

—En fin, siempre nos quedará la brigada —bromeó.

—La aprecio demasiado como para hacerle esa faena. Y parece que ha vuelto a ligar. Un abogado. Pobre, no le auguro nada bueno.

Esbozó una sonrisa. Luego me miró, con expresión solemne.

—Por si sirve de algo, me alegra que no te fueras en seguida.

—¿Estás seguro?

—Tú lo has dicho. Creamos el vínculo. Y a mamá le va bien. Como nunca le habría ido contigo. Te gusta demasiado tocar las narices.

—Gracias. Es una forma indulgente de describirlo.

—Dame un abrazo, anda. Y gracias a ti.

Mientras lo abrazaba, le pregunté:

—¿Por?

—Por el consejo. A este intentaré atenerme, te lo prometo.

—Más te vale. Insisto: no sólo por el bien de ella.

—Lo he entendido, mi subteniente.

Después de cenar, fui a dar un paseo con mi madre por la misma playa. No tenía nada de particular, una playa más junto a un paseo marítimo en el que se sucedían los apartamentos y los hoteles, como el que nos albergaba. Un decorado reiterado hasta la extenuación en un país que había hecho del alicatado del litoral su industria más pujante, a falta de ciencia y paciencia para apostar por otras más innovadoras. La noche era cálida sin excesos, gracias a la brisa que venía del océano. Tampoco con mi madre, a fin de cuentas ambos compartían genes, tardó demasiado la conversación en llegar al meollo del asunto.

—¿Cómo lo ves, al chico? —me preguntó.

Le respondí a bote pronto:

—Lo veo bien. Ha elegido mal la manera de ganarse la vida, pero aún se puede enderezar. He hablado con él. Ahora va a hacer el curso de policía judicial, después opositará a oficial y con un poco de suerte viviré aún los años suficientes para llegar a convencerlo de que, una vez que haya acumulado algo de experiencia, cuelgue el uniforme y se busque algo lucrativo para no ser un pringado como su padre.

—No apuestes mucho por eso. Se te parece.

—Bueno, al menos lo tendré que pelear.

—¿Y la chica?

—Un rato maja. ¿No crees? —le consulté.

—Más que eso. Ojalá sigan. No veo demasiadas así hoy.

—Acaban de empezar. Tampoco te hagas muchas ilusiones.

—Todo empieza por alguna parte. Y de pronto, antes de que puedas darte cuenta, te ves delante de un cura o de un juez. Ya lo sabes.

—Ya lo sabemos. Los dos.

Mi madre se tomó un segundo antes de sondearme:

—¿Has hablado con él?

Sabía por dónde iba. En realidad, me era imposible ignorarlo.

—He hablado con él.

—Digo de...

—Sé de lo que dices, y sabía que me lo preguntarías. Por eso hemos hablado esta misma tarde. Le he dicho todo lo que debía decirle.

—¿Estás seguro?

Le pasé la mano por el hombro y la sujeté. Cada vez la sentía más frágil, cuando lo hacía, pero aún notaba su vigor al estremecerse.

—Le he advertido que no haga como su padre y su abuelo.

—Tampoco es eso, hombre —me regañó.

—Eso es, ni más ni menos. Lo sabemos los dos, y hemos pagado un precio para llegar a saberlo. Espero que él no tenga nunca que pagarlo, y que por él no le toque tampoco a nadie hacer frente a la factura.

Mi madre suspiró.

—No sé si te acuerdas de una conversación que tuvimos hace un montón de años, también de noche, paseando junto al mar.

—Cómo iba a olvidarla. En Barcelona, allá por marzo de 1992.

—Justamente. De poco me sirvió a mí avisarte.

—No creas. Sí sirvió. Una vez metida la pata. Siempre va así. Hay que dejar que el cachorro se estampe. Y darle un mapa para salir.

En ese instante volvió a vibrar mi teléfono, por dos veces. Lo miré con un oscuro presentimiento que se confirmó de inmediato: tenía dos wasaps del teniente general Pereira. Recordé el vaticinio de Chamorro. Ahí estaba el mensaje de las alturas. Eran dos noticias de periódico: leí deprisa los titulares. Una no me sorprendió, la otra me descolocó, de entrada. Al cabo de unos segundos entró un mensaje de texto: «Mira la coincidencia de los apellidos. ¿Te va mal si te llamo mañana a primera hora?». Ahí estaba, el campeón mundial de las preguntas retóricas.

—¿Qué es? ¿Trabajo? —preguntó mi madre.

—Sí. Y mira por dónde: creo que voy a volver por Barcelona.

—Siempre se regresa al lugar del crimen —observó, filosófica.

—Eso mismo estaba yo pensando.

2

Allí donde estés

Esa noche, sin poder evitarlo, me retrotraje a aquel otro paseo junto al mar con mi madre, más de veintisiete años atrás. Recordaba la fecha exacta: el 30 de marzo de 1992. No resultaba difícil, porque caía entre dos efemérides, una personal y la otra de trascendencia histórica.

El 31 de marzo de 1992 fue el día en que me casé con la madre de mi hijo. Aunque el matrimonio se deshiciera más adelante, es un jalón de mi camino que no puedo dejar de recordar, por más tiempo que haga que no lo celebro. En cuanto al 29 de marzo de 1992, fue el día en el que una unidad de fuerzas especiales de la Policía francesa irrumpió en un caserío de Bidart, en el sur de Francia, para sorprender allí a los tres integrantes de la cúpula de ETA, la organización a la que había dedicado la mayor parte de mis horas en los tres años anteriores. Era el premio gordo, el objeto de deseo de todos los que participábamos en aquella empresa. Y cuando al fin cayó en el saco, yo ya no estaba para compartirlo con los que habían sido mis compañeros de fatigas. Junto a ellos había recogido, analizado y elaborado parte de la información que condujo a descabezar la organización, justo a tiempo de impedir que lanzara una campaña de atentados, como sabíamos que planeaba, con el propósito de hacer fracasar la Exposición Universal de Sevilla y las Olimpiadas de Barcelona, que se celebraban ese mismo año.

En cualquier caso, yo no iba a poder participar en la celebración. En parte como consecuencia de mi inminente cambio de vida, a causa de mi boda con aquella chica de la que ya esperaba un hijo, en parte a raíz de un percance profesional que así lo aconsejaba, había dejado que mi superior, el entonces capitán Pereira, me convenciera para pedir un destino en la comandancia de Barcelona, donde por aquellos días se necesitaban refuerzos, justamente, para garantizar la seguridad de los Juegos Olímpicos. Allí debía organizar mi nueva existencia, incluido el hogar en el que iba a vivir con mi familia, en el modesto piso que pude alquilar a la medida de mi sueldo en L'Hospitalet de Llobregat.

Había ido con mi madre a Barcelona para terminar de poner a punto mi nueva vivienda. Mientras tanto, mi futura esposa se ocupaba de todos los preparativos de la boda, incluido el preceptivo banquete, al que yo aportaba un contingente familiar reducido —mi madre, mis tíos y mi prima— pero que por su parte incluía una legión de tíos y primos de ambas ramas, paterna y materna. Me vino bien tener a mi madre conmigo para hacerme menos extraño aquel trajín de montar una casa a seiscientos kilómetros de la ciudad donde había vivido desde niño y en un entorno que apenas conocía. A la mañana siguiente nos tocaba levantarnos a las cinco si queríamos llegar a tiempo a la ceremonia, fijada a la una en los juzgados de Madrid, y me pareció que en compensación debía llevarla a un sitio agradable. Elegí la entonces recién rehabilitada y reformada playa de la Barceloneta, por donde nos dimos un paseo después de la cena para ayudar a la digestión.

Por aquellos días, Barcelona era una ciudad que reventaba de futuro y promesas. Aquel luminoso y flamante paseo marítimo, con sus dos nuevas torres, era una buena imagen del momento de esplendor que vivía la capital de Cataluña. En comparación con ella, el País

Vasco, donde me había pasado buena parte de los últimos años, parecía hosco y tenebroso —con la excepción notable de San Sebastián— y Madrid una urbe rancia y rezagada. Observaba todo con un deslumbramiento que casi no conocía tregua. Y sin embargo, algo debía de ensombrecer de manera visible mi mirada, al menos a los ojos de mi madre.

—¿Qué te ronda ahí dentro? —me preguntó.

Me pilló desprevenido. Era verdad que en ese momento tenía en la cabeza una mezcla de preocupaciones, pero demasiado difusas una por una para ser plenamente consciente de cualquiera de ellas.

—¿Por qué lo dices?

—No sé. Te veo algo apagado. Te casas mañana.

—Será el cansancio.

Me observó, escéptica. Mi madre no era mujer que se contentara con evasivas. O al menos, no con una tan rutinaria y poco elaborada.

—Cansada estoy yo también. ¿Te pesa algo?

Al formularlo así, me obligó a meditar acerca de lo que me pesaba, y no tardé en decantarlo en mi pensamiento. Había una parte que resultaba menos comprometido compartir con ella. Escogí tirar por ahí.

—Me fastidia no estar ahí ahora con ellos, la verdad —dije—. Me imagino el festejo, una vez que acaben con las diligencias. Los que han caído en ese caserío son los generales. Hasta ahora, solamente se había conseguido atrapar a los soldados. Esos tipos son los jefes, la cabeza. Me imagino lo que debe de haber sido estar ahí para verlos caer.

—Esa ya no es tu guerra, Rubén. Saca la mente de ahí.

—Me cuesta. Llegué a tenerla muy dentro. Y cuando me acuerdo de por qué estoy fuera, no puedo evitarlo, se me llevan los demonios.

—Por algo no estás ya ahí. Quizá porque no era tu lugar.

—Es posible, no te digo que no. Pero me he quedado sin lugar.

—No digas eso.

—Es la sensación que tengo. En fin, me sobrepondré.

—¿Ya te han dicho a dónde te van a asignar aquí?

—Estoy pendiente de que me lo concreten. La idea es incorporarme a Policía Judicial, que para eso he hecho el curso, pero me han dicho que posiblemente tenga que pasarme unos meses en Información.

—Pero eso ¿no significa seguir con...?

—¿Con lo que estaba? Hasta cierto punto. Alguna infraestructura y algún comando les debe de quedar en Cataluña, pero con la cúpula recién detenida se estarán quietos, o a lo mejor escapan a Francia. Por lo que parece, el trabajo que voy a tener es otro. No puedo...

—Ya, ya sé que no me puedes dar detalles.

Asentí, en silencio, mientras me preguntaba si realmente no podía dárselos. A fin de cuentas, ella no iba a irse de la lengua con nadie, y tampoco se trataba de nada del otro mundo. Comparado con lo que había estado haciendo hasta ahí, me parecía casi una caricatura. Lo que se estaba cociendo en aquellos días en el servicio de Información del cuerpo en Cataluña, y que tenía todas las papeletas para ser mi primer trabajo allí, era el desmantelamiento de los restos últimos de una organización armada independentista llamada Terra Lliure. En tiempos habían llegado a cometer algún asesinato, pero por lo que me había contado el subteniente que me quería incorporar a su equipo, y a quien conocía de mis primeros tiempos en la lucha contra ETA, eran unos aficionados que se habían echado a la espalda un proyecto que los sobrepasaba: aprovechar la atención mundial que traerían las Olimpiadas para protestar de forma espectacular, mediante acciones contra infraestructuras clave, por la supuesta opresión del pueblo de Cataluña a manos de España. Aquella gente, sin embargo, estaba lejos de contar con la preparación, la disciplina y la organización de ETA. De hecho, haber recurrido a ellos en el pasado, como parte de su red de apoyo en Cataluña, le había costado a ETA perder algún comando. El plan, que estaba ya en fase avanzada, era cazarlos en una redada masiva antes de la inauguración de los Juegos. Hacían falta brazos, y esa iba a ser mi primera misión en mi nuevo destino catalán.

—Sí, mejor no te doy más detalles —le dije al fin—. En todo caso, no estés preocupada. No creo que vaya a correr ningún peligro.

—Eso me dices siempre.

—Eso procuramos, siempre, pero esta vez será más fácil.

Una vez más, quiso creerme.

—Bueno, pues si eso es lo que tienes que hacer, trata de hacerlo bien. Luego ya vendrá lo otro. Y dentro de nada vas a ser padre. No parece un mal sitio para criar a un hijo. Es una ciudad bonita, el clima es estupendo. Estamos todavía en marzo y ya no hace nada de frío.

—Dicen que lo peor es el verano. Calor húmedo.

Mi madre dejó que la mirada se le perdiera al frente.

—Eso nos suena un poco, a ti y a mí.

—Yo casi no lo recuerdo.

Casi nunca hablábamos de Montevideo, la lejana ciudad donde ella me tuvo y en la que vivimos hasta mis siete años. Yo no solía sacar la conversación y ella sólo lo hacía en circunstancias excepcionales. No había manera de evocar aquellos años sin recordar de paso la oquedad que ambos teníamos siempre presente, esa que representaba el hombre cuyo apellido llevaba yo, con el que ella se había casado y al que con el tiempo había llegado a la conclusión de que debía abandonar, junto a aquella ciudad en la que no dejaba de ser una extranjera. Y era verdad que los recuerdos de Uruguay me venían deslavazados e imprecisos, salvo algunas escenas y sensaciones de extraña nitidez. No figuraba entre ellas la que recordaba mi madre, el calor pegajoso de los veranos por efecto del Río de la Plata, cuyo horizonte, ora grisáceo, ora azul, ora marrón, sí que se había quedado en cambio grabado en mi memoria infantil. No había mar que no me lo trajera a la mente, con un pellizco de nostalgia, cuando mi horizonte pasó a ser otro de tierra adentro, lo poco que Madrid dejaba ver de la meseta de Castilla.

—Pues no veas cómo sudabas por las noches —dijo—. Te sacaba de la cuna chorreando, y eso que a veces dormías sólo con el pañal. Y lo que es yo, nunca me acostumbré. Soy y seré siempre de clima seco.

Recordé entonces que se había criado en Salamanca, donde había un río de más porte que el humilde Manzanares, pero que participaba de un clima igualmente mesetario. También, según esos tópicos que no son nunca del todo verdaderos ni falsos, de una sequedad proverbial que iba más allá del grado de humedad que se percibía en el aire.

—En todo caso, creo que te vendrá bien vivir aquí —continuó—. Y desde luego este es el momento para venir a esta ciudad. Mira cómo está todo. Este año va a ser poco menos que la capital del mundo.

Me encogí de hombros.

—No sé si me conviene estar tan en el centro de la fiesta. Se me va a juntar todo, el trabajo que darán los Juegos y la paternidad.

—Ocúpate primero de lo uno y luego de lo otro —me sugirió—. Más vale tener la mente entretenida, pero nunca hay que amontonarse.

Entonces mi madre era más joven. Quizá por eso había merodeado un poco antes de pasar a la cuestión que de veras quería abordar.

—Rubén —me dijo de pronto—. ¿Lo tienes claro?

—¿El qué?

—Qué va a ser. Lo de esa chica. La que mañana será tu mujer.

—Mamá, cómo eres.

—Soy lo que soy, el resultado de algún escarmiento. No puedo dejar de preguntártelo, por si puedo ayudar a que tú te los ahorres.

—Nos queremos. Vamos a tener un hijo.

—La pregunta es si os queréis como para ataros el uno al otro. No por ese hijo que vais a tener. Y por su propio bien, no sólo el vuestro.

—Bueno, en la vida nunca se sabe, ¿no? Hay que ir viviéndola.

Mi madre inspiró hondo.

—Entiéndeme, me hace ilusión ser abuela. Y no soy de las que ven tan claro que una es muy dueña de abortar una vida, pero es algo que la ley permite y si lo decidierais no iba a ser yo quien os juzgara.

—Está decidido. Lo queremos los dos. Y ya se ha pasado el plazo.

—También podéis tenerlo y seguir cada uno su camino. No sería ningún drama. Sólo habría que organizarlo, y estoy segura de que no dejarás nunca de asumir tu responsabilidad. Eso es lo que importa.

Comprendí que mi madre había dedicado algunas horas a pensar en el asunto. Y empecé a preguntarme por qué lo había hecho. Temí que su intuición le hubiera permitido detectar las dudas que a mí mismo me rondaban, aunque me esforzaba por sepultarlas en lo más hondo de mi conciencia con el viejo argumento de que seguro en la vida no se está nunca de nada y a veces merece la pena arriesgarse. Fue ese temor a su perspicacia el que me empujó a pedirle una aclaración:

—¿Qué es lo que quieres decirme exactamente, mamá?

Me avergoncé de emplear aquel truco apenas lo hice. Para alejar la presión que sentía recaer sobre mí, la ponía por entero sobre ella.

Siguió caminando con la vista al frente.

—Paseando por aquí me acuerdo de la Rambla —dijo—. No esta de aquí, sino la de Montevideo. ¿Tú te acuerdas alguna vez de ella?

—Claro. Cada vez que veo un paseo marítimo —reconocí.

—Cuántas veces te habré paseado por allí, al lado del río, hacia el puerto o hacia el parque Rodó. Primero en el cochecito, luego de la mano, y al final persiguiéndote para que no te escaparas y te echaras debajo de un coche. Casi siempre solos tú y yo. Y nadie más.

Había una amargura ostensible en esa última frase. Prosiguió:

—A tu padre dejó pronto de hacerle gracia lo de tener que estar pendiente de otro. No le culpo, no le habían educado para ello. En fin, por no remover otras cosas, de las que sí que me tienta culparle.

Barruntaba por dónde iba, cómo no. Y no estaba seguro de querer saberlo, pero tampoco podía dejar de invitarla a exteriorizarlo.

—A dónde quieres ir a parar —dije.

—Lo conocí. Te conozco. Hay rasgos de uno que vienen de lo que le inculcan, y yo he procurado inculcarte que te comportes con decoro y que sepas cumplir con tu obligación. Pero lo que se le transmite a uno no es necesariamente lo que recibe. Hay cosas que le vienen dadas con la sangre. Tienes muchas cosas de él: la chispa, la inteligencia, poca predisposición a quedarte quieto y conforme en un sitio. No es nunca fácil convivir con alguien, pero piensa que en ti hay impulsos que a lo mejor te lo ponen más difícil que a otros. Y ese trabajo que tienes...

—Oye, que tengo compañeros felizmente casados.

—Y alguno infelizmente descasado, seguro.

—Pongámonos en lo mejor.

—No quiero que me malinterpretes. Si tú lo has decidido y lo tienes claro, bien está. Eres mi hijo y sé que eres una buena persona que hará en cada momento lo mejor que pueda y sepa. Lo que ocurre es que la vida me ha hecho aprender que no siempre la gente que no es mala acaba siendo buena para otros, ni para sí misma. Y que quizá eso pasa porque en alguna encrucijada tomó un camino que no era el suyo.

Sentí que debía tranquilizarla, aunque yo no estuviera tranquilo del todo. Por supuesto que me imponía el paso que iba a dar. Y claro que cuando meditaba sobre él me asaltaba más de una incertidumbre. Pero me dije, como tantas otras veces en la vida, que la voluntad de un hombre, empeñada a fondo, es capaz de vencer la mayor parte de los obstáculos y de las zozobras que se le oponen. Lo que no deja de ser verdad, aunque allí se tratara, como el tiempo me demostraría, de una de esas aciagas excepciones que confirman la regla. Mi voluntad, que no iba a bastar para llevar aquello a buen puerto, sí alcanzó en cambio para ayudar a ofrecerle a mi madre algún sosiego aquella noche.

—Yo no la cagaré, mamá. Yo no viviré sin saber de mi hijo.

—Eso espero, por el bien de los dos. Y de ella también.

—Puedes estar segura.

—Lo que cuenta es que lo estés tú. Si lo estás, adelante, y tienes mi bendición. Sólo te pido que seas consecuente, incluso si al final no sale bien. No busques nunca atajos para sortear el camino de la verdad. No funcionan, lo rompen todo y al final no sirven para salvar nada.

Sabía lo que le costaba hablar de aquello. No supe cómo darle las gracias por obligarse a pasar tan mal rato, para no dejar de avisarme.

—Y ya está —zanjó—. Dame un abrazo y un beso, anda, y si es niña, y tu suegra te deja, le pones mi nombre, aunque sea de segundo.

—Eso está hecho —prometí mientras la abrazaba.

Se separó y me zarandeó, mirándome a los ojos.

—Lo digo de broma, hombre. Ni a tu suegra ni a mí: no nos hagáis ni puñetero caso a ninguna de las dos. Llamadla como os dé la gana.

Al día siguiente llegamos con el margen suficiente, aunque algo cansados, a la ceremonia. Se celebraron la boda y el banquete, de los que naturalmente me acuerdo, y luego hubo una luna de miel de la que tampoco me he olvidado, pero no me paro nunca a reproducir los detalles. Es privilegio del marinero que siente que se va arrimando a la orilla desprenderse en su singladura de los lastres que no le ayudan a cubrir de manera placentera ese tramo de su navegación. Semanas después supimos que no íbamos a tener una niña, y a petición de la madre quedó decidido sin mayor controversia que llevaría el nombre del abuelo materno. Se trataba de un nombre que no me disgustaba ni me disgusta y que a su usuario nunca le ha importunado, que es mucho más de lo que muchas personas pueden decir a propósito del suyo.

Para entonces, y mientras la futura madre se iba haciendo al nuevo barrio, un poco por debajo de sus expectativas, pero barnizado con el atractivo de la cercanía de aquella rutilante Barcelona olímpica, yo me había visto a mi vez obligado a hacerme a una rutina nueva. Mis horas pasaron a estar ocupadas por el acecho de aquellos independentistas violentos que veían en el empeño que ilusionaba a sus conciudadanos una ocasión inmejorable para hacerse notar y hacerle ver al universo que no existía nada comparable al tamaño de su agravio. Lo último que podían aceptar era que a través de Barcelona se afirmara el país que odiaban, por incompatible con el suyo. Si el precio de impedirlo era arruinarles el sueño a los barceloneses, merecía la pena pagarlo.

Después de haberme pasado algún tiempo intentando entender a quienes habían elaborado el pienso ideológico de ETA y a quienes lo consumían y transformaban en acción, la música me sonaba bastante. Sin embargo, había algo que me descolocaba en aquella gente y en la ira que los movía. La diferencia entre la sociedad catalana y la espesa atmósfera que me había tocado respirar en el País Vasco era notoria. Entre los vascos, pocos hablaban el idioma y su manejo se veía casi siempre impregnado de una actitud de desplante al que lo ignoraba. El catalán, en cambio, lo hablaban muchos, sin dar nunca esa sensación de pretender poner a distancia a los castellanoparlantes. De entrada, con un poco de buena voluntad no era difícil para estos entenderlo; pero es que además sucedía que podían desarrollarse con naturalidad conversaciones mezcladas, cada uno hablando en lo que prefería, y que casi todos los catalanoparlantes, así lo constataba una y otra vez, cambiaban al castellano tan pronto como se daban cuenta de que el interlocutor no hablaba y tal vez no entendiera bien su lengua.

Lo que más impresión me causaba, por lo abrupto del contraste y porque me afectaba muy directamente, era la actitud de la población hacia el colectivo al que pertenecía. En Vizcaya o Guipúzcoa me había acostumbrado a disimular mi oficio, en el convencimiento de que si no lo hacía muchos me verían, y no dejarían de hacérmelo notar, como un *txakurra*. O lo que es lo mismo: como un perro, despreciable y —para más de uno— asesinable. En Barcelona, como en los demás lugares de Cataluña por los que pasé en aquellos meses, no había más necesidad de encubrir nuestra condición de guardias civiles que la derivada del servicio, cuando andábamos en algún seguimiento o en alguna otra gestión donde importara el sigilo a la hora de actuar. Fuera de ahí, vi una y otra vez cómo la relación con la gente era cordial y respetuosa. Incluso podía llegar a ser más atenta por parte de aquellos que no se manejaban en castellano con mucha fluidez, esto es, los originarios de la Cataluña más profunda, allí donde había llegado menos la mezcla con la inmigración peninsular y donde las ideas nacionalistas calaban con más fuerza en el electorado. Podían votar a políticos que preferían ser catalanes antes que españoles, o catalanes y no españoles, pero al sargento del puesto lo apreciaban y se veía en cómo lo trataban y en cómo extendían esa consideración a quienes íbamos de su mano.

Al decir esto me estoy refiriendo, por descontado, a aquella parte de nuestro trabajo que podía desarrollarse mostrando la placa y dando cuenta al paisano de turno de que hablaba con un guardia civil, en el sobreentendido de que lo que nos preocupaba era la persecución de la delincuencia común. La cooperación que entonces obteníamos de ellos era diligente y puntual, especialmente en los lugares más pequeños. Allí casi todos habían tenido la experiencia, o conocían a alguien que la había tenido, de recurrir a nosotros por algún problema y se los veía agradecidos por la respuesta que se les había dado. Conforme a los usos del cuerpo, las patrullas rondaban con regularidad aun por las zonas más apartadas, haciéndose ver y dándoles a los vecinos de estos parajes la sensación de seguridad que tiempo después, cuando de la tarea pasaron a encargarse otros, muchos echarían de menos. Y si se trataba de alguien que había sufrido un robo o que había tenido un contratiempo con el coche y había recibido asistencia, casi parecía uno de los nuestros. Tardé en acostumbrarme a disponer de este recurso, incluso a confiar en lo que nos decían. Venía de una tierra donde ni siquiera nos miraban, y donde contar con información fiable por parte de la población pidiéndosela a cara descubierta era poco menos que inconcebible. Arias, el subteniente a cuyas órdenes trabajaba, y que era también conocedor de aquel otro ambiente hostil, solía regañarme:

—No estés tan tenso, Vila. Que aquí nadie va a dispararnos.

Quizá por esa incongruencia entre una población por lo general tan pacífica y afable y un movimiento que había matado gente y aspiraba a dinamitar el gran empeño que movilizaba a su propia sociedad, me interesé especialmente por el perfil del personal en el que se centraban nuestros afanes. Teníamos a muchos ya fichados, entre otras razones porque contábamos entre ellos con fuentes de primera. Las débiles medidas de seguridad que aplicaban hacían relativamente fácil lo que tanto nos costaba y tanto peligro tenía con los etarras: infiltrarlos o convertir a alguno de su entorno en un informador productivo. Por no hablar de otras opciones. En el País Vasco, por ejemplo, representaba una proeza llegar a contar con antenas de confianza entre los efectivos de las policías locales, y el empeño era de todo punto imposible si una corporación de mayoría *abertzale* gobernaba el ayuntamiento. En Cataluña, en cambio, casi podíamos contar con ellos como si fueran de nuestra plantilla. La suma de todos esos factores determinaba que el grado de conocimiento que se tenía ya acerca de la organización y de sus miembros cuando me incorporé a la tarea fuera abrumador. Sólo faltaba terminar de envolver bien el paquete y ponerle un lacito.

Pude así aplicar a los individuos a los que investigaba el caudal de conocimiento desaprovechado que me habían permitido acumular mis cinco años en una facultad de Psicología, antes de persuadirme de la inutilidad de aquel esfuerzo —en una época en la que aún no se había generalizado la patologización del malestar y el mercado de servicios de atención psicológica era mucho menos boyante— para acabar opositando a las filas de los servidores de la ley. Cuando tienes la oportunidad de monitorizar toda la actividad de una persona, acabas sabiendo de ella no sólo más de lo que de ella conocen sus allegados más próximos, sino incluso más de lo que ella conoce acerca de sí misma. Entre los individuos en cuya sombra me tocó convertirme vi repetirse un perfil que me resultaba muy llamativo. Frente a la dureza, la frialdad y la determinación de no pocos etarras, gente imbuida de su condición de soldado, una condición que incluso en las mujeres tendía a estimular rasgos viriles, y que conducía entre otros efectos a la represión de cualquier asomo de emoción inoportuna, entre estos activistas no era raro toparse con sujetos proclives a la sentimentalidad excesiva.

En las conversaciones telefónicas que les escuchábamos —algo que con etarras era simplemente impensable—, en sus comportamientos privados y públicos y hasta en su forma de operar menudeaba el error causado por esa clase de arrebatos que quien decide infringir la ley o actuar en la clandestinidad debe aprender a evitar, so pena de exponer su posición, dentro de la organización y ante los guardianes de la ley de quienes es su principal interés protegerse. Tampoco faltaban los que no parecían ser conscientes de la gravedad del juego al que se prestaban, los que actuaban de manera incomprensible o errática y una porción de tronados. La sensación que tenía con muchos, y a la que me resistía porque me parecía demasiado ramplona, pero que los hechos abonaban a diario, era que se trataba de gente que no estaba del todo en sus cabales, en una tierra donde imperaba la sensatez.

La suma de todas estas impresiones me producía algo semejante al desconcierto. No terminaba de ajustarme a mi nueva vida, no me era fácil asimilar que trataba de desmantelar una organización terrorista al tiempo que vigilaba a unas personas que no proyectaban la amenaza para mi propia integridad física bajo la que me había acostumbrado a moverme. Como si en todo aquello hubiera un inmenso malentendido, favorecido por algún dios perverso para impedirme reconducir una existencia que avanzaba inexorable, según aumentaba la gravidez de mi esposa, hacia mi asunción de una responsabilidad paterna en la que no podía fallar. Necesitaba encontrar algo a lo que aferrarme, un suelo donde echar cimientos, y he aquí que mis días se iban en acorralar a aquella fiera que no me parecía que lo fuera del todo. Más bien se me antojaba el resultado de una broma disparatada, un desatino sin pies ni cabeza, una conjura de necios en pos de nada en absoluto.

El paradigma de esta experiencia fue la vigilancia de un objetivo al que le asignamos el nombre en clave de Mortadelo, porque era más bien desgarbado y calvo y solía llevar unas gafas de pasta negra. Era un tipo aparentemente integrado y sin dificultades en la vida. Poseía, por herencia paterna, un negocio que no iba del todo mal, y desempeñaba además un cargo en el ayuntamiento de su pueblo, un municipio de mediano tamaño del interior de Barcelona. Vivía en una buena casa, estaba casado, no tenía hijos. Según dedujimos de las escuchas, porque su mujer no podía tenerlos, lo que había corroído bastante la relación entre ambos, donde no faltaban las infidelidades y los malos modos por parte de los dos, aunque seguían manteniendo la apariencia.

No dejaba de regalarse, entre otras cosas, sus escapadas a los Pirineos o a la Costa Brava, donde no tenía la segunda vivienda característica de la burguesía más pudiente, a cuyo nivel económico no llegaba, pero sí podía alquilar apartamentos o alojarse en hoteles más que dignos. Sus viajes, tanto los que hacía en el marco de su actividad empresarial y política como los que realizaba por ocio, los aprovechaba para operar como correo de la organización. Trasladaba sobre todo mensajes, pero también en ocasiones traía y llevaba bultos diversos, que cargaba y descargaba con tan pocas precauciones que no nos costó producir un completo álbum fotográfico con sus fechorías. Gracias al seguimiento a que le sometimos, sin tener que burlar más que alguna somera medida de contravigilancia, tampoco resultó muy difícil hacer la nómina de los miembros de la organización con los que se iba relacionando.

En el tiempo que le dejaban libre sus viajes y quehaceres, Mortadelo se daba a sus aficiones: perder dinero a raudales en un bingo y dejarse caer de vez en cuando por uno de los prostíbulos de la comarca, del que era, nos ocupamos como era nuestro deber de contrastar el detalle con las chicas, generoso cliente. En algún instante de maldad me dio por pensar que si se hubiera quitado aquellos hábitos sí habría podido permitirse esa segunda vivienda que no tenía. Más que otra cosa, su vida me sugería una mente desordenada, que había acabado dando apoyo a una organización armada y arriesgándose a la condena que eso traía aparejada en el Código Penal igual que podía haber acabado dándose a cualquier otro pasatiempo nihilista y autodestructivo.

Precisamente estábamos una noche esperándolo, a la salida del prostíbulo, cuando no pude más y le solté de pronto a mi superior:

—Oiga, mi subteniente, por qué no nos vamos a dormir.

Arias me miró con incredulidad:

—¿Abandono del servicio, Gardelito?

Normalmente soportaba, pese a no gustarme, que me llamaran por ese apodo. Había sido mi nombre de guerra y era fruto del ingenio de un compañero de los tiempos de Guipúzcoa, que me lo había clavado, en un alarde de maldad, para fustigarme por mi origen sudamericano. Aquella noche me sentó tan mal que no controlé mi reacción:

—¿Para qué vamos a quedarnos? ¿Para verlo salir a cuatro patas? ¿Para asegurarnos de que no se estrellará en el camino de vuelta?

Arias no se precipitó. Era un caimán, un profesional curtido en mil batallas y sinsabores y que sabía economizar sus energías al máximo.

—Sí, aunque sólo fuera para eso. Necesitamos que siga vivo. Es una fuente de información. ¿De verdad necesitas que te lo explique?

No, no lo necesitaba. Sentí cómo la vergüenza me caldeaba el rostro.

—Rubén, no sé qué anda mal —me dijo en voz queda—. No voy a preguntar, a lo mejor no es asunto mío. Sólo te voy a dar un consejo. Ahora estás aquí. Allí donde estés, ponlo todo de tu parte, y si vieras que no puedes, por lo que sea, mejor vete, o pide irte a otro sitio.

Acababa de escuchar, sin duda, la voz de la sabiduría. Esa noche me dije que tenía tarea pendiente: no sólo acabar de aterrizar en mi nuevo estado civil y terminar de asumir que iba a ser padre, sino hacer de aquella tierra mi casa, lo que pasaba por conocerla mejor y con más entrega. El amor se cultiva, y ya era hora de que me remangara.

3

El Olimpo es un timo

Era mi último día en la isla, mi último día de vacaciones, y además no me daba la gana poner el despertador, lo que propició que fuera la llamada del teniente general Pereira la que me arrancara del sueño. Le tenía puesto a su número un tono de llamada que esa mañana lamenté especialmente. En mi descargo, diré que no era frecuente que Pereira me llamase, por lo que la elección de aquella canción, *O.V.N.I.*, del cantante radical vasco Josetxu Piperrak, era una gamberrada que rara vez tenía consecuencias. La había descubierto poco antes, y me había dado el punto irreverente de asignársela a quien en ese momento, al fin, y después de una carrera repleta de obstáculos y esfuerzos, había llegado al número uno del escalafón del cuerpo, la dirección adjunta operativa, sólo por debajo de quien ejercía la dirección general.

También me servía de catarsis. La canción, cuyas siglas aludían a la leyenda «Objeto Verde Nada Inteligente», era una de esas que denigraban con abuso de todos los lugares comunes habituales a los integrantes del sufrido colectivo al que pertenecía. Iletrados, autoritarios, fascistas, etcétera. De tan desaforada, resultaba inofensiva, como aquella otra, *Pikolo*, de Benito Kamelas, que nos retrataba a todos como zoquetes de pueblo ciegos de hachís. Había quien se ofendía, pero para mí era una bendición que quienes más tirria te tenían, o quienes se preciaban de ser tus enemigos, te desconocieran y subestimaran de esa forma. Y no lo voy a ocultar: me divertía la cara de desconcierto que ponía la gente cuando veía salir de mi móvil la música que menos se esperaba.

En todo caso, reconozco que no le vi la gracia cuando a las ocho en punto, Pereira era así, la voz rasposa y en absoluto angelical de Josetxu Piperrak empezó a aullar el estribillo desde la mesilla de noche: «Sooon picoletooos...».

Tardé unos segundos en reconocer el pecado que estaba pagando con semejante castigo, y que era aquella personalidad corrosiva que el propio Pereira me había afeado alguna vez. Saliendo como pude del atontamiento, busqué a la desesperada en la pantalla táctil el botón que silenciaba a Josetxu y me permitía escuchar a mi sumo hacedor.

—Buenos días, mi general, a sus órdenes —dije como pude.

—Mejores para mí que para ti, me parece.

—No se crea, yo estoy ahora mismo en las Islas Afortunadas.

—Lo digo por la carraspera. Mis disculpas. Podía haber esperado.

—Ya iba a levantarme —mentí—. Al final las vacaciones se le hacen largas a uno. Hasta el lomo empieza a echar de menos el látigo.

—Tampoco te llamo para arrearte con el látigo, hombre.

—Era una metáfora.

—Ya, de las tuyas. ¿Como cuánto hará que las padezco?

—Como treinta años, mi general. Poco últimamente.

—Lo echo de menos, Vila —se sinceró—. Cuando empezábamos tú y yo. La calle. La misión clara, precisa. Hasta el látigo, el de entonces. Ahora me toca sufrir otro, pero resulta mucho menos divertido.

No podía evitar un leve escalofrío de incomodidad cada vez que el gran hombre, ante quien se cuadraba toda la plantilla de la Guardia Civil, incluidos todos mis jefes, evocaba los días de camaradería que habíamos compartido, no sólo en aquellos lejanos principios, sino también en el tramo medio de nuestras respectivas carreras. Aunque en fin, carrera, lo que se dice carrera, era él quien la había hecho. Yo sólo me las había arreglado para no hacerme expulsar ni degradar. Me constaba que lo que me decía me lo decía de corazón: que a medida que el tiempo avanzaba en nuestra contra —a favor no va nunca, pese a lo que creen los ilusos— eran más auténticas y menos impostadas esa cordialidad y esa cercanía que me hacía sentir. A fin de cuentas, no estaba muy lejos el día en que seríamos pensionistas ambos, y ni los pocos cientos de euros en que su pensión sobrepasaría a la mía, ni la influencia que conservaría tras apearse del cargo —ninguna— iban a representar una distancia insalvable para sentarnos en el mismo banco a mirar el atardecer sobre una ciudad que ya pertenecería a otros.

En todo caso, él seguía siendo aún el mandamás y yo un mandado, y en esos bretes en los que me ponía me debatía entre no faltarle al respeto debido y no hacer como que no apreciaba su confianza. Salí aquella vez, como otras, por donde mi instinto me dio a entender:

—Nadie dijo que la placidez reinara en el Olimpo. Si hacemos caso a los griegos, el de sus dioses era un hervidero de intrigas y sabotajes.

—Entre tú y yo, el Olimpo es un timo, amigo. Créeme.

—Alguna compensación le encontrará, seguro.

Pereira sonó de repente misteriosamente ufano:

—Bueno, alguna cosa puedo decidir, eso es verdad. Por ejemplo: me acaban de pasar las propuestas de ascenso a suboficial mayor.

Tragué saliva. Esa no me la esperaba.

—Me alegro por los agraciados —dije.

—No está tu nombre —anotó.

—Se ve que en la dirección de personal tienen buen criterio.

—Me dicen que no es por falta de méritos, sino porque manifiestas tu voluntad de renunciar al ascenso, en caso de que se te conceda.

—Llevo una vida frugal. No necesito más sueldo.

—Ambos sabemos que no es esa la razón.

—Era por no entrar en detalles engorrosos.

El teniente general carraspeó ligeramente.

—No se me ocurre qué puede impedirlo.

—Mi general, para llegar a merecer esa distinción hay que cumplir dos requisitos: no haber hecho nada fuera de la norma para mal, ni tampoco para bien. Y usted sabe, como yo, que incumplo ambos.

No se apresuró a responderme. Tampoco lo eludió:

—Ya te lo he oído antes. Y no te creas que no sé que es lo mismo que dicen las malas lenguas que hace falta para ser general. Supongo que no te atreverás a insinuar que así es como he conseguido el fajín.

—Ni en diez vidas que viviera, mi general.

—Pues he ahí la prueba de que eso es una tontería.

No estaba preparado para aquella conversación. Había dado por descontado que Pereira me llamaría y entraría a saco en la cuestión que le apretaba, la muerte de aquella chica y el vínculo que se deducía de las dos noticias de prensa que me había enviado la víspera. Ahora dudaba si esto era un pretexto para abordar lo del ascenso o si, por el contrario, lo del ascenso era un ardid para descolocarme y así servirse mejor de mí en la investigación del crimen, teniendo en cuenta lo que de esas informaciones periodísticas parecía desprenderse. Astuto era el teniente general para eso y para más, y nadie lo sabía mejor que yo, con quien había compartido estrategias y celadas para cazar a los más taimados homicidas y a los terroristas más escurridizos. En todo caso, me acordé del consejo de mi madre: las tareas, una por una y sin amontonarse ni revolverlas nunca. Más me valía ir por partes.

—Sinceramente —le dije—, no tengo predisposición ni me siento tan desvencijado todavía como para convertirme en oficinista. Todos los destinos disponibles conducen a amarrarme a una mesa. En cuanto al sobresueldo presunto por el ascenso, tampoco nos vamos ni le voy a engañar, apenas cubre los pluses que perdería por otro lado.

—Ya, de eso soy consciente. Pero algo sí te ayudará en la jubilación. Y es una pena que alguien como tú no tenga ese reconocimiento.

—Me vale con la íntima satisfacción del deber cumplido, como dicen las Ordenanzas, y el recuerdo de gratitud del ciudadano, como dice la Cartilla del guardia civil. Son dos sabios consejos. Ni lo uno ni lo otro dependen de que nadie decida ponerte un galón o una medalla.

—Que me sé las Ordenanzas y la Cartilla, Vila, no me jorobes.

—Nada más lejos de mi ánimo. No significa tanto para mí ascender. No más que dejar un destino en el que estoy a gusto para ir a donde no tengo mucha gana de ir. O ninguna, y perdóneme la franqueza.

—Al final me obligarás a hacerte un puesto a la medida. Para que puedas serle fiel a ese estilo tuyo que está por encima de todo.

Aquello era demasiado. Tenía que intentar disuadirlo.

—No tiene que hacer ese gasto, de verdad, y tampoco estaría bien. Mi estilo es mi morada, y también mi condena. De nadie más.

Carraspeó esta vez con más fuerza que antes.

—En fin, ya pensaré sobre el particular. Ahora vamos a lo que nos ocupa. ¿Viste las dos noticias que te mandé anoche?

—Vistas, leídas y analizadas.

—Entonces te imaginas por qué te llamo.

—Borrosamente. Mi información es limitada, y estoy seguro de que es muy inferior a la que maneja el director adjunto operativo.

Había hecho mis cábalas, cómo no, y también leía los periódicos y estaba más o menos al tanto de lo que se cocía en el país por aquellos días, como cualquier otro ciudadano preocupado por los descosidos de la sociedad en la que vive. Sin embargo, tenía el convencimiento de que Pereira disponía de informaciones concretas sobre aquel Ferran Bonmatí del que hablaba la noticia que me había enviado, y de que esas informaciones, con toda seguridad, iban mucho más allá de las conjeturas que expresaba el periodista firmante. Creí que era mejor dejarle decidir hasta qué punto quería compartirlas conmigo antes de arriesgarme a adivinarlas.

—Por ahora, voy a darte sólo el titular —dijo al fin—. Me gustaría que tan pronto como llegues a Madrid, y antes de irte para Galicia, como espero que hagas, vengas a verme para contarte más despacio.

—Mi general, si puedo...

—Déjame terminar —me cortó—. Esta es la cuestión, en crudo y sin rodeos: la chica esa a la que mataron en el Camino de Santiago es hija de un individuo al que estamos investigando por otra cosa, un delito grave. Con todo el despliegue que en tales casos es de rigor, por lo que tenemos conocimiento bastante pormenorizado de lo que hace y de lo que dice y de lo que deja de hacer y de decir. ¿Me vas siguiendo?

—Más o menos. La noticia no era tan explícita.

—La noticia está bien orientada, me gustaría estar seguro de que la filtración es del juzgado y no de uno de los nuestros, porque en este caso tendría que colgar a alguien de los pulgares. En efecto, Ferran Bonmatí podría estar involucrado en una trama encaminada a buscar el apoyo de potencias extranjeras para favorecer la desestabilización del Estado y la independencia de Cataluña. La historia no es nueva, la vienen dando los periódicos desde hace dos años. Lo nuevo son los indicios a los que hemos tenido acceso, y que nos llevan a pensar, en esto no entra el periódico, que en esa trama, o al menos en lo que toca a Bonmatí, interviene también el crimen organizado internacional. Por esa razón el servicio de Información lo está investigando, a las órdenes de un juez, y tenemos que asegurar que las dos investigaciones, la del homicidio y esta, se coordinen y, sobre todo, no se perjudiquen.

Aquello, como ya había intuido la noche anterior a raíz del wasap del teniente general, cambiaba radicalmente el panorama. A lo mejor era verdad que los de la Xunta habían llamado, preocupados por el impacto de aquel crimen en su campaña de promoción del Xacobeo, según me había dicho Chamorro; pero la razón de nuestra implicación inicial en el caso nada tenía que ver con caminos ni peregrinos.

—¿Puedo hablar ahora? —pregunté, prudentemente.

—Ahora sí. Ese era el mensaje que quería darte.

—Sólo quería decir, con todos los respetos, que tendré que estar a lo que mi comandante y mi coronel me asignen. Sobre el terreno está ya un equipo de la unidad bajo el mando de la brigada Chamorro...

—Por eso pierde cuidado. Te van a asignar.

—Ya me lo suponía, pero no podía dejar de decírselo.

—¿Y hay algo más que quieras decirme?

—Sí, y también espero que no se lo tome a mal. La última vez que tuve que trabajar sabiendo lo que no sabían mis superiores inmediatos me resultó ligeramente incómodo, por decirlo de un modo suave. Si no le molesta, mi general, me gustaría que a esa reunión en la que dice que me va a dar más detalles los convocara también a ellos. Al coronel, al comandante o a los dos, como considere más oportuno. No quiero que sientan que su subordinado les lleva la más mínima ventaja.

Pereira guardó un breve silencio. No podía sorprenderle. Por mi propia tranquilidad, pero también por el bien del servicio, ya le había hecho ver en aquella ocasión anterior lo disfuncional que era darle a un indio las claves de las que se mantenía al margen a sus jefes. Amén de lo mucho que se le podía complicar la vida al indio en cuestión. En aquel otro muerto concurrían circunstancias que podían justificarlo, relacionadas con las misiones que Pereira y yo habíamos compartido durante nuestro paso por la lucha antiterrorista, pero aquí no era ni mucho menos el caso. Finalmente, el teniente general me anunció:

—Lo vamos a hacer de otra manera. Tengo que pasar por tu unidad un día de estos. ¿Se puede saber cuándo te reincorporas?

—El lunes.

—Muy bien. Adelantaré mi visita. Procura estar ya por allí a eso de las doce, le pediré a tu coronel que os convoque a ti y a tu comandante. Y por razones de protocolo, ya sabes, estará también el general.

Se refería al general jefe de Policía Judicial, de quien dependían mi coronel y la unidad donde prestaba mis servicios, y que no podía dejar de acompañarle en la visita. De pronto maldije aquel prurito mío por ser leal a mis jefes directos. Si lo que pretendía era ponerme en la peor de las situaciones, lo había conseguido. Ya me imaginaba cómo iban a mirarme todos, y en especial el general, con quien tenía mucha menos confianza, por no decir que no tenía prácticamente ninguna.

—¿Te parece así bien? —preguntó Pereira.

—No veo qué podría objetar.

—Pues ya está, resuelto. Te cuento más el lunes.

—¿Puedo preguntar sólo una cosa?

—A ver.

—En lo que respecta a la chica... Por lo que sé, tenía

poco más de veinte años, ¿estaba acaso mezclada en las actividades del padre?

—Todo lo contrario, Vila. Por lo que sabemos, y lo sabemos de muy buena tinta, no sólo no era independentista, sino que estaba rebotada contra el ideario que habían tratado de inculcarle e incluso se había acercado a grupos beligerantes contra la secesión de Cataluña. Irse a hacer el Camino de Santiago, patrono de España, fue la manera más aparatosa que se le ocurrió de tocarle las pelotas al viejo. Vamos, eso es lo que yo interpreto, pero alguna razón me asiste para pensarlo.

—Menudo giro de guion.

—No creas. Tu hijo te ha salido complaciente, pero la mía mayor me lee la cartilla cada vez que la veo. En el fondo, es lo más natural. Nada te da más gusto que llevarle la contraria a quien trató de educarte. A la mía se lo noto, cómo le apetece y le divierte ponerme a prueba. Eso me sirve para imaginarme cómo debía de pasarlas Ferran Bonmatí.

—Tampoco sería como para pensar en matarla, digo yo.

—¿Has hablado con tu brigada?

—Por encima sólo. Cuando iban de camino para allá.

—Llámala y que te cuente. A la chica la violaron, tiene todo el aire de que tuvo la mala suerte de tropezarse con una alimaña que andaba al acecho de mujeres solas en el Camino. Lo que ya ha pasado alguna otra vez. Por lo que sabemos, y tenemos maneras de saberlo, el padre está hecho polvo. Lo único que te digo es que es quien es y está en lo que está. Conviene que lo sepas cuando tengas que tratar con él.

—Comprendo.

—Nada más, entonces. Nos vemos el lunes.

—A la orden de vuecencia, mi general.

—La vuecencia guárdala para tu general —me regañó—. Disfruta lo que te queda de vacaciones. Y perdona otra vez por despertarte.

Separé el móvil de mi oreja con una sensación que cada vez me era más familiar: la de que el mundo, de un tiempo a aquella parte, era un lugar propicio a la confusión y el caos, y mi rincón en él un aposento cada vez más desamueblado en el que tenía que salir adelante con ese empeño incondicional que caracteriza a los náufragos, y, como ellos, sin más utensilios que los que buenamente me brindaba la ocasión.

Hacía ya mucho, por suerte, que había dejado atrás la ilusión de habitar un cosmos ordenado y coherente, y más aún la de tener alguna esperanza de alcanzar en él una posición desahogada y firme. Lo que a uno le tocaba con los años y la experiencia no era observar la vida desde el abrigo confortable que procuran los logros, sino afrontarla a salto de mata, con las manos cada vez más desnudas, la mirada cada vez más estupefacta y sin otra ventaja que la de saber que ya has aprendido a caer de casi todos los modos posibles y a sobreponerte a casi todas las formas del fracaso. Creía enfrentarme a un homicidio como tantos otros, para el que debía bastarme con la ciencia adquirida durante los años que llevaba persiguiendo a quienes se autorizan a disponer de una vida ajena; y de pronto resultaba que el contexto era otro, un enredo monumental en el que se ventilaban cuestiones que me excedían. Lo de menos era la reunión que me esperaba el lunes. Barruntando ya lo que vendría después, contemplé con melancolía la línea del océano, tan azul y tan quieta al otro lado de la ventana.

Por lo demás, con las revelaciones de Pereira venía a confirmarse la sospecha que me había asaltado la víspera: antes o después, aquella pesquisa me conduciría de regreso a Barcelona, donde me aguardaban los fantasmas de un pasado que prefería no remover. Otra dificultad que estaba muy lejos de imaginar cuando Chamorro me dio la noticia de que nos tocaba resolver un crimen en la provincia de Lugo. De una cosa puede estar seguro un hombre consciente, en lo que toca a los errores que obran en su currículum: sus efectos siempre encontrarán la manera de hacerse presentes cuando menos pueda convenirle.

Mientras me afeitaba, para estar presentable ante mi madre, mi hijo y la muchacha que podía acabar siendo mi nuera, pensé que no debía retrasar mucho la llamada a Chamorro. No tenía muy claro si podía compartir con ella lo que me había contado Pereira: no se había parado a darme instrucciones al respecto y quizá eso significara que por el momento prefería que lo mantuviera reservado. Pero por otra parte, me había pedido que la llamara para ponerme al día del caso y tenía que entender que yo no podía no advertirla, así fuera en los términos más genéricos y sin entrar en detalles, de que nuestra operación estaba relacionada con otra cuyas implicaciones iban mucho más allá.

Marqué su número después del desayuno, mientras mi madre hacía la maleta en su cuarto. La mía había aprendido a solventarla, tanto a la vuelta como a la ida, en poco más que el tiempo que llevaba abrir y cerrar las cremalleras. Para hablar salí a la terraza. El viento soplaba ahora con más fuerza y rizaba la superficie inmensa del Atlántico.

—Qué sorpresa —fue el saludo de Chamorro—. Creí entender que no sabríamos nada de ti hasta el lunes. Veo que me equivocaba.

—Mi sentido del deber puede más que mi indolencia.

—Vamos, jefe, que nos conocemos. Eso depende. ¿Qué es lo que ha pasado de ayer a hoy? Déjame adivinarlo... Te ha llamado Pereira.

—A veces tu perspicacia resulta insoportable —observé.

—Bastaba con unir la línea de puntos.

—¿Cómo está el panorama por ahí?

—Ya puedes imaginarte. Televisiones, políticos prometiendo que otros trabajarán todo lo que haga falta para hacer justicia a la víctima, pacíficos ciudadanos pidiendo a voz en cuello cadena perpetua para el asesino... Ah, y también llegaron anoche los padres de la chica. No he podido hablar todavía con ellos. Los de la unidad territorial están dándoles el apoyo para pasar el trago y los protegen como pueden de los buitres.

—¿Estás ya al corriente del perfil del padre?

—Claro. Esas cosas vuelan. No paran de entrarme en el WhatsApp noticias que tienen que ver con sus andanzas. Por si no lo supieran los de aquí, que lo saben, Salgado lleva toda la mañana bombardeándome con lo que ha encontrado de él en internet. Supongo que para dar la impresión de que está dejándose la piel en sus labores de apoyo.

—Pues dale pronto alguna otra cosa que hacer. ¿Qué sabemos hasta ahora de las circunstancias de la muerte? ¿Hay algo de la autopsia?

—Hecha está, por lo que sé, pero aún no tengo el informe. ¿Quieres que entre en detalles? ¿Damos ya tus vacaciones por finiquitadas?

—Con moderación, que me espera mi madre para hacer la salida, pero sin dejarte nada que deba saber. Resúmeme lo principal.

Hubo un silencio en la línea y luego oí un ruido de hojas. Imaginé a Chamorro con uno de sus cuadernos de anotaciones, repasando estas sobre la marcha para no omitir nada de lo que debiera informarme.

—¿Preparado? Allá voy.

—Adelante —la invité.

—El cadáver apareció semioculto en una zona de matorrales, junto al río, a las afueras del pueblo. Algo más que eso, en realidad: como a un kilómetro del casco urbano, aunque no es una zona despoblada. Hay una casa rural bastante cerca. Fueron los que se alojaban en ella quienes descubrieron el cuerpo cuando sacaron a pasear al perro.

—El asesino no se empeñó en esconderlo, entonces.

—No. Suponemos que el crimen fue por allí cerca, aunque no hemos conseguido localizar el lugar exacto. Nuestra gente de la demarcación está dando batidas a lo largo del río, pero por ahora sin éxito. No es fácil interpretar el recorrido a partir de las manchas de sangre. En la zona hay mucha vegetación y el suelo está bastante húmedo. Llovió a cántaros en las horas inmediatamente anteriores al hallazgo.

—¿Hora y causa de la muerte?

—La hora la precisará la autopsia. Calculamos que fue en algún momento de la tarde-noche anterior. La causa de la muerte también la tiene que acotar el forense. Tenía huellas de haber sido estrangulada pero también tres cuchilladas feas en el hemitórax izquierdo. Lo que está claro es que se trataba de matarla. Si lo intentó primero por asfixia y luego resolvió con el cuchillo, o si fue después de acuchillarla cuando remató la faena ahogándola, no sabría decirte. A mí me parece más probable la opción A, pero tampoco descarto del todo lo segundo.

—Coincidimos. ¿Signos de abuso sexual?

—Inequívocos. ¿Quieres que te los enumere?

—No hace falta, ya los veré en el informe. Con que tú lo tengas claro me vale. No he sucumbido aún a la fascinación contemporánea por el detalle morboso, y a estas alturas ya no creo que vaya a sucumbir.

—Se te agradece, por la parte que me toca.

—¿Testigos? —indagué.

—¿De la agresión? Ninguno. Tampoco ninguno que la viera en compañía de alguien. Por lo que nos han contado en el albergue del que salió por la mañana, al menos ese día iba sola. Estamos buscando a todos los peregrinos que andaban recorriendo aquella jornada el tramo en cuestión. Tal vez alguno de ellos pueda decirnos algo más.

—¿Cámaras de vigilancia?

—Los de la comandancia están en ello. Hay alguna

en el pueblo y también hemos localizado un par de ellas de tráfico. Las grabaciones las tenemos y están analizándolas. Continuamos buscando por si hay alguna más en el trecho que hizo la chica ese día, y vamos a ampliar la búsqueda a todo el recorrido del camino en la provincia de Lugo.

—¿Tráfico de telefonía?

—Pedido y a la espera. No hay muchas antenas y tampoco debía de haber demasiados móviles enganchados. Paisanos, peregrinos y poco más. Era un día de diario, hay más movimiento el fin de semana.

—Y el móvil de la chica, ¿ha aparecido?

—En su mochila. Intacto. Ya lo hemos precintado y enviado a los de apoyo técnico con cadena de custodia para que le saquen todo.

Me chocó la revelación.

—Curioso, ¿no? —opiné.

—O al asesino se le olvidó cogerlo o no cree que vaya a incriminarle.

—Cualquiera sabe, a estas alturas, que teniéndolo reconstruiremos el recorrido de su propietaria, lo que en principio no debería convenirle.

—O no le importa o no lo tuvo en cuenta.

—Es una ventaja para nosotros, en cualquier caso.

—Que explotaremos debidamente —aseguró.

—¿Qué me dices de su señoría?

—Jueza, muy joven. Salió hace dos años de la escuela judicial.

—¿Y? —pregunté, con fundada inquietud.

Para un agente de Policía Judicial, el perfil del juez a cuyas órdenes trabaja es uno de los datos cruciales del problema. De su carácter, o su falta de él, depende en buena medida lo que podrá hacer, o no, para resolver el caso.

—Se la ve reservada. Pero por el momento parece que confía.

—¿Nerviosa?

—Debe de estarlo —supuso mi compañera—. No se ha visto nunca en una como esta. En todo caso, por ahora lo disimula bien.

—Hay algo que quiero que tengas presente —le dije— si hablas con la familia. Esto que voy a decirte de momento es sólo para ti, ni siquiera para la juez. El padre de la chica es algo más que lo que dicen los periódicos, un empresario con vínculos con el independentismo.

—¿Qué quieres decir con *algo más*?

—Quiero decir algo más que esos rumores que apunta algún diario. No se limitó a hacer de mediador en las gestiones de los secesionistas para buscar en el exterior apoyos y financiación para su causa.

—¿A qué te refieres? ¿A qué viene tanto secreto?

Medí mis palabras:

—No puedo decírtelo todo. Ni siquiera lo sé todo, todavía. Sólo te cuento que tiene detrás a nuestro servicio de Información, y ya sabes a qué se dedican. El lunes me contarán más. Por ahora no olvides que hay otra investigación en curso y que más nos vale no estropearla.

—Vaya por Dios. ¿Y cómo se hace eso?

—De momento, yendo con mucho cuidado.

—¿Me estás diciendo que esto no es un homicidio sin más? ¿Que hay una trama que podría estar detrás de lo que ha ocurrido?

—No. Al revés. Por ahora trátalo como lo que parece.

—Para eso voy a tener que olvidarme de esta conversación.

—Te las apañarás. Míralo por el lado bueno. Hay alguien que lleva meses investigando el entorno familiar de nuestra víctima. A lo mejor nos dan una parte del trabajo ya hecha. En todo caso, ve con los ojos bien abiertos, y si hay algún problema, me llamas. A cualquier hora.

—A tus órdenes. Bienvenido de vuelta.

—No llegaré allí antes del lunes por la tarde. Pídele

a Salgado que me vaya mirando vuelos, por favor. A partir del mediodía.

—Ahora mismo.

—Gracias, Virgi.

Aunque nuestro avión no salía hasta la tarde, el resto de las horas que pasamos en la isla ya sólo fueron esa coda que tiene más sabor a la ausencia inminente que a la presencia que aún se prolonga. Por no complicar la logística, para la que dependíamos de Andrés y Tamara, comimos en un chiringuito cerca del hotel. Ella no entraba de servicio hasta la noche, pero Andrés ya había agotado su permiso y se pasó, vestido de uniforme y con el compañero de patrulla, a tomar un café con nosotros al final de la comida. Todavía no me acostumbraba del todo a admitir que aquel hombre con el arma al cinto era mi hijo. Que el mismo junto a quien no hacía tanto tiempo tenía que correr mientras aprendía a montar en bici era ahora quien se ocupaba de velar por que otros no hicieran ni se hicieran demasiado daño al circular por ahí.

Tampoco tenía del todo claro cómo debía tratar a la chica, que nos había llevado a comer y nos acercaría luego al aeropuerto. No era la primera novia de Andrés de la que tenía noticia, y era consciente de la liquidez característica de las relaciones en la segunda década del siglo XXI, tan sólo superada por lo que se entreveía que traería la próxima. Si me encariñaba demasiado con ella, me arriesgaba a entristecerme por la pérdida cuando llegase, y a aquellas alturas de mi recorrido las pérdidas eran ya muchas como para acrecentarlas tontamente. Y sin embargo, había en ella algo que me gustaba y me hacía desear que se entendieran y encontraran la manera de andar juntos por la vida. Me daba el pálpito de que junto a ella mi hijo podía conocer y formar lo que yo no había sabido darle, quizá por no haberlo tenido: una familia que durase y resistiese los embates de la existencia, que es tanto como decir las flaquezas y negligencias que a todos nos menoscaban.

Aún se las arregló Andrés para volver a encontrarnos en la terminal del aeropuerto, donde se despidió de su abuela con un abrazo y un beso que eran para ella, lo percibí, la recompensa de muchos desvelos. Por mi parte, me abracé a aquel uniforme y a lo que contenía, una vez más, con la certeza de que no todo habían sido derrotas en mi hoja de servicios. Uno necesita sentir algo así de vez en cuando, más que nada para no odiarse de más, que siempre te expone a odiar de más a otros. Por último, me atreví a darle un par de besos a aquella guardia tan formal, incluso cuando iba de paisano. Pensé, al hacerlo, que era sólo un poco mayor que la chica muerta que me esperaba en Galicia.

4

Casi una historia vulgar

En la cuesta arriba de aquel lunes, que lo era por partida triple, me aguardaba por fortuna la presencia, siempre enérgica y optimista, de la cabo primero Salgado. Al verme entrar en la unidad, algo más tarde de la hora reglamentaria —desentrenado tras los días de vacaciones, había calculado mal el tráfico—, me saludó con aquel desparpajo suyo, que igual que en otros momentos podía llegar a sacarte de quicio, en días de ánimo alicaído era una bendición. Aquella mañana, viéndome algo más mohíno que de costumbre, no se privó de adularme:

—¿Qué te han dado en la isla, mi subteniente? Estás más joven.

—Seguro que estoy cualquier cosa menos eso.

—Y más guapo, también. Será el colorcillo.

—Inés, tampoco hace falta que sobreactúes.

—Vale, pero alegra esa cara, que tú has tenido fin de semana. Piensa en las que llevamos tres días seguidos atadas al carro y tirando de él.

—Algún respiro te habrás tomado del viernes para acá.

Me miró con resignación.

—Sólo el sábado por la noche, para sacudir un poco el esqueleto y ver si ligaba algo. En balde. Los tíos estáis cada vez más encogidos.

—Sin las ventajas del patriarcado, no valemos nada.

—Eso ya lo sabemos desde siempre, pero antes había

alguno que se la jugaba un poco. Ahora sólo te encuentras tíos tristes y empanados.

—Tendrás que cambiar de ambiente.

—Los he probado todos.

—O de estrategia. Que no te vean venir tan olímpica.

—Cada una es como es. Y ya me pilla mayor para ir de monja.

Tan mayor no era, y menos aún aparentaba serlo. En mitad de la cuarentena, seguía teniendo la misma talla y el garbo de veinte años atrás, si es que la picardía y las arrugas, tampoco tantas, no le habían dado más atractivo del que siempre había tenido. En otra época, no sólo a mí, sino a todos los que teníamos oportunidad de trabajar con ella, nos había exigido una disciplina casi férrea no caer en la tentación de tirarle los tejos. Tras dos décadas trabajando juntos, la camaradería, que es una forma de fraternidad, había desterrado para siempre esas veleidades y permitía que bromeáramos sobre cualquier cosa sin que en el aire flotara ninguna sospecha de intenciones inconvenientes. Ella sabía que yo no buscaba ni buscaría alivio a mis ardores en la trinchera a la que ambos acudíamos cada mañana, y yo que sus insinuaciones eran una forma amable de tomarme el pelo y de ayudarme a no caer en la idiotez funesta que aqueja a los jefes de quienes nadie se ríe.

—¿Cómo se llama la carpeta de la operación? —le consulté, mientras encendía el ordenador y esperaba a que me pidiera mis claves.

—Peregrina. A mí no me mires —se desentendió—. Decisión de la brigada. Consensuada con los gallegos, o eso es lo que dice ella.

—Tampoco me parece un mal nombre.

—No tiene *swing*. Tú siempre has sido más imaginativo.

—Lo que quizá no sea una virtud, a estos efectos.

—Bueno, ayuda a echarse unas risas.

—O te cuesta una bronca. Acuérdate del Churrasco.

—Esa no fue tuya, si no me falla la memoria.

—Por suerte. Todavía deben de zumbarle los oídos al artista.

—Ese está en el nirvana. Ahí ya no zumba nada.

En efecto, el suboficial veterano que había tenido aquella dudosa ocurrencia para bautizar la investigación sobre un cadáver que había aparecido carbonizado ya llevaba años en la reserva. Entonces, tanto Salgado como yo éramos de los nuevos. Ahora nos correspondía hacer de decanos del grupo, por delante de Chamorro, que llevaba allí unos meses menos que ella. Estaba yo abriendo la carpeta para acceder al expediente cuando de pronto dio un respingo y llamó mi atención:

—Ostras, se me olvidaba. A la hora a la que deberías haber llegado ha sonado tu teléfono y lo he cogido. Era el ayudante del coronel. Me ha dicho que le llamaras tan pronto como entraras por la puerta.

—¿El coronel? ¿Y Ferrer dónde está?

—Con él desde primera hora.

No era buena señal que mis dos jefes estuvieran ya reunidos.

—Antes de que marque, ponme al día. Anoche estuve hablando con Chamorro y esas son mis últimas novedades. ¿Algo gordo que haya de esta mañana? Quiero decir algún asunto por el que nuestro coronel pueda crujirme si no se lo cuento en cuanto me cuadre ante él.

—Ha llegado el informe de la autopsia, lo tienes en la carpeta. Y también ha aparecido una denuncia que la chica puso en Burguete, Navarra, al principio justo del camino, hará cosa de tres semanas.

—¿Una denuncia?

—Por lo que he leído, así sobre la marcha, contó que un tío la había estado siguiendo. Los de Burguete hicieron averiguaciones pero no demasiado profundas. La denuncia les pareció un poco fantasiosa.

—No me gustaría estar ahora mismo en su pellejo.

—El informe del jefe de puesto dice que la mujer de uno de los guardias presenció una escena en un bar de Roncesvalles. Que parecía que la que buscaba pelea era la chica, que el hombre no le hizo nada.

—Habrá que comprobarlo. En fin, voy a llamar.

El ayudante del coronel me pidió que esperase un segundo. Quizá tardó cinco, pero no muchos más. Transmitió la orden sin énfasis:

—El jefe dice que subas. Ya.

Traté de ordenar mis ideas. Me tocaba responder de un trabajo que estaban haciendo otros, sin haber pisado el terreno ni haber hablado con nadie de primera mano. Sólo Salgado podía apostar por mí.

—Arriba ese ánimo, hombre —dijo—. Seguro que libras el pellejo.

—Gracias por la fe.

Sin embargo, lo que me encontré cuando entré en el despacho del coronel Hermoso era muy diferente de lo que me esperaba. Después de que les hube puesto al corriente de las últimas novedades, con la precaución que me aconsejaba la lectura en diagonal que había hecho del expediente, el coronel me pidió que me sentara junto a ellos en la mesita redonda que tenía en el despacho para sus reuniones.

—Ya siento que tengas que ponerte en camino cuando apenas estás aterrizando —dijo, como si de veras le supiera mal—. Te he llamado porque me han pedido que estés a las doce en una reunión muy poco común. Con el director adjunto operativo y con nuestro general.

Hermoso se detuvo a observar mi reacción. Era un tipo astuto; de no serlo no habría llegado a aquel despacho. Y yo, un perro viejo atento a las dentelladas; si no lo fuera tampoco habría llegado a sentarme allí. Por eso lo último que se me pasó por el pensamiento fue hacerme de nuevas.

—Algo me avanzó el teniente general.

Ferrer y Hermoso cruzaron una mirada. Habló el coronel:

—Nos lo imaginábamos. ¿Hay algo que debamos saber?

—Fue mi jefe directo en dos épocas distintas, en la lucha contra los de la *txapela* y en esta misma unidad, eso ya lo saben. A veces tiene la deferencia de avisarme de alguna cosa. De la razón de esta reunión no me ha dado más que una indicación muy general. Por lo visto, hay en el asesinato de la chica esa en Galicia ciertas conexiones que quiere que tengamos en cuenta. Al padre lo investigan los de Información.

—¿No te dijo nada más?

—Sí, que por qué renuncio al ascenso a suboficial mayor.

No se esperaba esa respuesta. Me sirvió como cortina de humo.

—También yo me pregunto eso, Vila —dijo el coronel—. Desde que estoy aquí, y a la vista de tu trayectoria, no he dejado de proponerte.

No quise ahondar en los motivos que tenía Hermoso para desear mi promoción profesional, pero alguna vez había pensado que uno de ellos era que implicaba mi salida de la unidad y que era una manera limpia de librarse de aquel infiltrado del gran jefe con el que se veía obligado a convivir. No le había dado pie a creer que mi línea directa con Pereira me llevara a ser desleal con él o con mi comandante, pero la sospecha era humana y comprensible que prefiriera ahorrársela.

—Estoy bien donde estoy. Aún me gusta la investigación.

No quise decir más. Tampoco hay que suministrarle demasiadas pistas a aquel con quien en uno u otro sentido te juegas los cuartos.

Hermoso volvió mentalmente al caso y sopesó la situación.

—Habrá que esperar, entonces. Eso que me dices es lo mismo que me ha adelantado a mí nuestro general y acabo de adelantarle yo al comandante. Esperaremos a ver qué nos cuentan exactamente, pero le estaba diciendo a tu jefe que habrá que establecer una coordinación a todos los niveles con los de Información. Es decir, a mi nivel, al suyo y también al tuyo. Lo que habrá que preguntarle al Número Uno es si considera oportuno que metamos también en el lío a los gallegos.

—Si puedo opinar... —aventuré.

—Opina.

—Sería bueno que lo supiera el general de la zona, por lo menos.

—¿Por?

—Para cubrirnos. Sobre todo si no lo saben los de abajo.

—Está bien visto —apuntó Ferrer.

El coronel asintió lentamente.

—Se lo diré a nuestro general. Aunque a lo mejor ya han pensado en ello. En cuanto a la investigación, de lo que hemos encontrado hasta ahora no se desprende una línea definida. Y lo de esa denuncia de Roncesvalles viene a complicar el panorama más que a aclararlo.

—Apenas han podido hablar con la familia, están todavía en estado de shock, y estos pocos días sólo les han dado para aterrizar y abrir todos los frentes —alegué, en defensa de mis compañeros—. Lo que sea, tardará al menos unos días en dar resultados. Acuérdese de que la última muerte de una peregrina en el camino llevó un año esclarecerla. Con todos los medios que estamos poniendo, algo aparecerá.

—He llamado a la juez este fin de semana —reveló Hermoso—, para que sepa que tiene a toda la unidad a su disposición. Está a cargo de un juzgado mixto, civil y penal, y va tan desbordada y tan escasa de recursos como es habitual en estos casos. Entre nosotros, me pareció un poco perdida: pasar de ocuparse de pleitos entre paisanos a un crimen con visibilidad mediática nacional me parece que le viene un poco grande. No digamos ya si al final resulta que está mezclado con cuestiones que afectan a la alta política y la seguridad del Estado.

—Yo no me precipitaría a suponerlo —apunté, con cautela.

—Por si acaso lo digo, nada más —se justificó—. Cuando llegues allí ve a verla en persona lo antes posible. Y no dejes de usar esa buena mano legendaria que dicen que tienes para engatusar a las togas.

Hubo un silencio incómodo, también para el coronel, que se dio cuenta, tarde, del doble sentido que podía tener aquella alusión. Mi intermitente relación sentimental con una magistrada era un asunto que llevaba discretamente, como resultaba aconsejable, pero no tanto como para que no estuvieran al corriente quienes me conocían.

—Como ordene, mi coronel —respondí, impertérrito.

—Muy bien —dijo, poniéndose en pie y mirando su reloj—. Falta una hora para que lleguen. Voy a repasar la presentación, que la he tenido que preparar a toda prisa durante el fin de semana. Sobre las doce habrán acabado la visita. Os venís entonces los dos para aquí.

—A la orden —dijo Ferrer, que como yo había despegado el culo del asiento tan pronto como el jefe había dado en levantarse.

En el camino hacia las dependencias del grupo, Ferrer habló poco. Se interesó con una cordialidad más bien remota por cómo habían ido mis vacaciones y cómo había visto a mi hijo. Aunque no me explayé mucho, eso ocupó la mayor parte de nuestro breve paseo. Sólo al final, antes de meterse en su despacho, me dijo con tono conciliador:

—Ya nos vamos conociendo, Rubén. Sé que dentro de un rato te va a tocar pasar un mal trago y que no es culpa tuya. Así que cuenta con mi apoyo. No sé si he aprendido mucho en el tiempo que llevo aquí, pero hay algo que me queda claro: no eres un jugador de ventaja, ni creo que lo vayas a ser nunca. Por lo que a mí respecta, estate tranquilo.

—La verdad es que me quita una preocupación.

—Por eso te lo digo. Hasta dentro de un rato.

Ferrer no dejaba de sorprenderme. Los veinte años que le sacaba, y el hecho de que por su puesto hubieran pasado antes pesos pesados como el propio Pereira, me habían movido a subestimarlo, dándole un crédito como jefe muy inferior al que merecía. De tonto no tenía nada, había que gastar buen caletre y sacar las mejores notas para entrar en la academia de la que había salido con uno de los primeros números; pero tampoco andaba mal provisto de esa otra clase de inteligencia que hace falta para mandar un grupo de gente de colmillo retorcido, como lo teníamos allí la mayoría, y acertar a ganarse su respeto.

Ocupé el tiempo que me quedaba hasta la reunión con los grandes gerifaltes empapándome del caso, primero con el propio expediente y luego con una conversación telefónica con Chamorro, a quien pillé a punto de meterse en una diligencia y que no me añadió muchos detalles sobre lo que ya me había ido adelantando y lo que se desprendía de los documentos. Carecíamos de indicios y sobre todo de un sujeto en el que centrar nuestros esfuerzos investigadores, más allá del misterioso individuo del incidente de Roncesvalles, de quien teníamos poco más que la descripción física. Por la distancia en el espacio y en el tiempo y por los informes de los compañeros que habían tomado la denuncia, tampoco era un elemento que pareciera demasiado concluyente. La investigación estaba muy abierta y su curso era aún imprevisible.

Otro problema que me tocaba afrontar era el del viaje. Salgado me había mirado los vuelos a Vigo, que era la opción con más alternativas, y me había hecho incluso una reserva, pero hasta que no saliera de la reunión con Pereira no podía estar seguro de que podría tomar aquel avión. Dependía de lo que tuviera que hacer antes de poder ponerme en camino. La maleta era lo que menos me preocupaba. Desde hacía muchos años, la tenía siempre más o menos hecha. Había aprendido a reducirla a lo indispensable: un pantalón de recambio, camisas y muda suficientes para una rotación semanal, que podía lavar en casa si se me permitía volver el fin de semana y si no en la lavandería de turno, los artículos de higiene personal y un par de libros, más una provisión de libros electrónicos cargados en el móvil y el portátil por si las moscas. De la tableta, a cuya moda me apuntara en su día con el reclamo de la novedad, hacía ya tiempo que había prescindido. Era un trasto que al final me parecía redundante con los otros dos. Un cargador y un cable menos. Muchos no lo saben, porque han caído en la trampa mortal de la posesión y la abundancia, pero nada resulta más reconfortante que la simplificación y la renuncia. Agradecía a mi vida nómada la lección, que procuraba extender más allá de la cuestión de la impedimenta.

Cuando subí al despacho del coronel, a eso de las doce menos cinco, el comandante Ferrer, conforme a la puntualidad benemérita, estaba ya haciendo pasillo a la espera de nuestros superiores. Me uní a él y no hubo apenas tiempo para más. Pronto vimos venir a la comitiva, que abría con su zancada elástica y decidida el teniente general Pereira. El tipo, eso había que reconocérselo, conseguía que hasta el más pintado pareciera a su lado un simple acólito. Valía para el coronel Hermoso, un tipo tieso y de considerable estatura, y con mucho más motivo para el general que mandaba nuestra división, de apellido Pérez, que era más bien bajito e iba un poco cargado de hombros. Tampoco nadie podía competir con el embaldosado multicolor de los pasadores de medallas que adornaban la pechera del teniente general. Era el más condecorado, el Número Uno sin discusión ni paliativos. Por eso había llegado donde estaba. También decía ser mi amigo, pero esa era una circunstancia de la que en aquel momento más me valía olvidarme.

Ferrer y yo nos cuadramos y saludamos al unísono:

—A la orden de vuecencia, mi general.

—Descansad —repuso, persuasivo como siempre—. Se te ve bien, Vila, espero que hayas podido aprovechar esas vacaciones.

—Hasta donde la edad y el servicio permiten, mi general.

—Mejor. El curso empieza fuerte. ¿Vamos dentro, mi coronel?

Hermoso hizo lo único que podía. Cederle el paso a su despacho. Pereira entró en él como un ciclón y se dirigió hacia el tresillo que el coronel tenía a un lado, flanqueado por dos sofás. Se instaló justo en el centro del asiento de mayor tamaño. El general y el coronel optaron por los sofás y a Ferrer y a mí nos tocó agarrar cada uno una silla de las que había en torno a la mesa de reuniones y acercarla al otro lado de la mesita baja junto a la que nuestros superiores se habían sentado. El teniente general me miró entonces con una complicidad fugaz que trocó al instante por una expresión concentrada y resolutiva.

—Iré al grano, que somos todos personas ocupadas —dijo.

—Te escuchamos, mi general —declaró el general Pérez, me pareció que principalmente para tratar de hacer ver que pintaba algo.

—Antes de nada, me gustaría que todos fuéramos conscientes de que vamos a hablar de una operación que está ya judicializada y que está sometida a secreto de sumario. Esto es, que en teoría lo que sepáis no podéis saberlo, o sólo en la medida en que como agentes de Policía Judicial tengáis que colaborar al buen fin de las dos investigaciones. Y sobre todo, que nada de lo que ahora hablemos puede salir de aquí. Sois los responsables de una investigación de homicidio: gestionad la información como necesitéis y arregláoslas para que los que están a pie de obra no metan la pata, pero esto es sólo para vuestros oídos.

Pensé entonces en lo que ya le había dicho a Virginia. Pereira debió de captar al vuelo la sombra que cruzó por mi mirada. Aunque de un tiempo a aquella parte se hubiera convertido en un oficinista de lujo, no había perdido la rapidez instintiva de sus tiempos de cazador.

—O dicho en plata —aclaró—: si esto se acaba sabiendo más allá de donde conviene que se sepa, o antes del momento en que convenga, que no sea por vosotros ni por ninguno de los vuestros. ¿Estamos?

Cosechó, cómo no, los cuatro asentimientos que esperaba.

—Aclarado lo cual —prosiguió—, ¿qué es lo que sabéis de Ferran Bonmatí, padre de la muchacha cuya muerte hemos de resolver?

Tras un momento de duda, Hermoso tomó la palabra:

—Que es un empresario que hace mucho tiempo estuvo en política y que desde hace unos años simpatiza con el independentismo y ha sido muy activo en la búsqueda de apoyos y dinero para sostener el proceso de secesión. Al menos, eso es lo que cuenta la prensa.

—Y luego, aquello que me avanzaste, mi general —apuntó Pérez—. Ya te puedes imaginar que estamos deseando conocer los detalles.

Pereira inspiró hondo.

—Eso es, los detalles. El primero, de dónde viene este Ferran. No os vayáis a pensar que es rico por su casa. Empezó en la política local, o para ser más exactos en la función pública local, con un puesto en un ayuntamiento del área metropolitana. De ahí dio el lucrativo salto al partido y un cargo de confianza, que le permitió doblar su salario a costa del contribuyente, y en los días previos a las olimpiadas del 92 se fue deslizando hacia la siguiente fase, la actividad empresarial ligada a contratos públicos. Abandonó sus cargos, pero el dinero del erario continuó afluyendo a su cuenta bancaria en cantidad suficiente para sufragar la bonita casa que tiene en Sant Just Desvern y la envidiable segunda residencia que posee en Cadaqués, no lejos de donde pintaba Dalí. Por cierto, entonces aún no era independentista, o no que se sepa. De hecho, todo este recorrido lo hizo como militante del PSC.

—Que ya no sigue siendo —deduje.

—Se salió hará cosa de una década. Cuando vio que podía facturar muchos más euros gracias a las licitaciones que otorgaban otros.

—Un caso más de vida ejemplar para la colección —anotó Hermoso.

—Nada que nos sorprenda mucho a estas alturas, ni a vosotros ni a mí —concedió Pereira—. Hasta aquí, es casi una historia vulgar, de las que ya hemos desmontado tantas que hemos perdido la cuenta. Y las que se nos han escapado, por falta de acierto o de denunciantes.

—O de diligencia judicial —apuntó nuestro general jefe.

—Ya sabes: a sus señorías siempre el máximo respeto y en primer tiempo de saludo, Manolo —le reprendió Pereira—. Es verdad que no estaría mal que algunos le tuvieran más amor al trabajo, pero las leyes que aplican son las que les ponen en las manos los políticos, y aquí no parece interesarles que la justicia sea demasiado rápida ni eficaz.

—Ni siquiera que lo sea un poco —apostilló mi coronel.

Hermoso respiraba por la herida. Después de algunos años en los que la unidad había desempeñado un papel estelar en la lucha contra la corrupción —y algo había podido ver yo de primera mano, gracias a algún caso de homicidio que se mezclaba con los turbios manejos de algún preboste—, el grupo que se ocupaba de ese tipo de delincuencia había visto reducidos sus recursos y encontraba mayores resistencias para terminar de desmontar los entramados extractivos incrustados en las administraciones públicas. Una circunstancia que, junto a algún beneficio penitenciario y algún indulto, nos trasladaba el mensaje de que no era necesario encarnizarse tanto con quienes mandaban. Por nuestra tenacidad, y gracias a la firmeza de algún juez, habían acabado calentando banquillo y celda figuras señeras de todos los partidos, en un alarde de ejemplaridad que quizá había ido demasiado lejos.

—En todo caso, este no es el tema —continuó Pereira—. No es por fastidiar, pero me temo que las maniobras con las que nuestro Ferran Bonmatí llevó a cabo su acumulación primaria de capital están ya más que prescritas y jamás tendrá que rendir cuentas por ellas. En alguna ocasión le rozaron un par de sumarios, pero el dinero compra buenos picapleitos y las investigaciones, una de nuestro cuerpo hermano y la otra de los Mossos d'Esquadra, descarrilaron providencialmente.

—Y aquí paz y después gloria —observó nuestro general.

El teniente general hizo una pausa. Pareció querer cerciorarse de que contaba con toda nuestra atención. Como si le cupiera la duda.

—Más interesantes a nuestros efectos —dijo— son los derroteros que desde hace unos años han tomado las actividades empresariales de nuestro hombre. Allá por fines de la década pasada, coincidiendo con la gran crisis, he aquí que las empresas de Bonmatí comenzaron a aumentar extrañamente su facturación. Sobre todo, las centradas en un ramo de negocio que entonces estaba de capa caída, la promoción e intermediación inmobiliaria. De alguna forma, mientras todos sus competidores se hundían, él se las arreglaba para encontrar inversores extranjeros interesados en apoderarse de las gangas que deparaba el mercado y emprender luego costosas reformas de los inmuebles así adquiridos, que también le encargaban a él y que curiosamente solían abonarse con cargo a cuentas bancarias situadas en Andorra. Como estoy rodeado de personas inteligentes, creo que no necesito explicar lo que sospechan nuestros especialistas de lo que había detrás de este tinglado.

—Una hermosa lavandería —se atrevió a apuntar Ferrer.

—Exacto, comandante. Da gusto la calidad que sigue teniendo el personal de esta unidad. Mi coronel, supongo que eres consciente de la suerte que tienes de mandarla. Y eso que no os había facilitado aún el detalle más elocuente, la nacionalidad de esos audaces inversores.

—¿Han conseguido llegar a ellos? —pregunté.

—Buena pregunta, subteniente. En la mayoría de las operaciones que hemos podido examinar habían interpuesto las pantallas usuales: alguna sociedad en Gibraltar, las islas del Canal o cualquier otro de esos territorios de Su Graciosa Majestad británica que no dan muchas pistas sobre la titularidad de sus compañías mercantiles. Alguna, sin embargo, la suscribía una persona física, con su nombre y apellidos y su número de pasaporte, expedido por la Federación Rusa. El mismo, curiosamente, que portaban los ciudadanos que pasaban temporadas de duración variable en las propiedades de esas compañías situadas en paraísos fiscales. De más de uno mantenemos carpeta abierta en los archivos del servicio de Información, por sus probables vínculos con el crimen organizado o por su relación acreditada con el Kremlin.

Procesé todas las implicaciones que tenía lo que el teniente general acababa de revelarnos. Nada podía apetecerme menos que tener que entrar en semejante jardín. Aunque no era algo que hiciera a menudo, recé para que nada de aquello tuviera que ver con mi caso. Para que tan sólo fuera una aparatosa, inoportuna e irrelevante coincidencia.

—La cosa no queda aquí —prosiguió el teniente general—. Como a estas alturas es ya bien conocido, Ferran Bonmatí, mientras se forraba poniéndoles casoplones a esos rusos con dinero calentito para invertir, se sintió arrebatado por un sentimiento patriótico que quizá hasta ese momento había reprimido, nunca se sabe, pero que desde luego nunca había exteriorizado con tanta vehemencia. Cuando el nacionalismo que se decía moderado, al que Ferran se había arrimado tras perder su fe socialista, llegó a la conclusión de que España era un caso perdido y había que tratar de sacudirse su caspa y sus leyes lo antes posible, él se situó a la vanguardia del empeño y no escatimó ni en energías ni en euros para propulsarlo. A diferencia de otros, que son avaros de lo que han acumulado gracias a ser más espabilados que el resto, Bonmatí se rascó el bolsillo y supo devolver una parte de lo recibido al pueblo que lo había enriquecido, o mejor dicho, a los intérpretes auténticos de su voluntad, para que lo emplearan en liberarlo del yugo opresor.

—El resto ya nos lo podemos imaginar —dijo Hermoso.

Pereira lo miró con expresión indulgente.

—Descuidad, que no os voy a poner a prueba. A lo que vengo, en realidad, es a ahorraros el gasto y el esfuerzo, que ya lo han hecho otros. Durante la primavera y el verano de 2017, y a lo largo de ese septiembre y ese octubre tan intensos, con aquellas urnas que alguien no fue capaz de encontrar a tiempo de impedir el referéndum y esa fulminante declaración de independencia que acabó en la suspensión de la autonomía, Ferran se entregó a una actividad frenética. Y en ella se conectaron sus dos almas: la del patriota airado y la del hombre de negocios que tenía contactos con individuos de carácter, cómo decirlo, expeditivo. Lo que de esa conexión acabó resultando, en términos de amenaza para la seguridad y la integridad del Estado, es lo que aún estamos investigando bajo la dirección de un juez de Barcelona.

—Con esto creo que todos nos hacemos una idea —dijo el general.

—Yendo al lado práctico, le tenemos pinchado el teléfono, hemos seguido sus movimientos y hemos analizado su entorno, personal y profesional. Por supuesto, no se os puede dar acceso a todo lo que le hemos encontrado, pero le he pedido al general de Información que se asegure de que tenéis los enlaces adecuados con su equipo para que os apoyen en lo que os sea de utilidad para resolver lo de la chica.

—Por lo que dice, sabrán cómo era su relación con ella —sugerí.

Pereira dejó que sus labios se arquearan en una sonrisa zorruna.

—Lo sabemos: entre mala y pésima —dijo—. La muchacha no sólo le había salido respondona. Se había unido a un grupo de estudiantes españolistas de la universidad y acababa de romper con el novio, con el que salía desde adolescente y que también era de una familia con un buen pasar y comprometida con la causa. De todo eso y de otras cosas que seguro que van a ser de tu interés te pondrán al corriente los que están con la operación. Te llamará hoy alguien del grupo que la lleva, el comandante que lo dirige lo coordinará con tu comandante.

El director adjunto operativo nos recorrió a todos con la mirada.

—¿Alguna pregunta?

Hermoso tomó la palabra.

—Si no he entendido mal, esta información no debemos compartirla ni siquiera con los compañeros de Policía Judicial de Galicia.

Pereira asintió.

—Has entendido bien. Yo hablaré con su general.

Y su responsable funcional está aquí sentado, así que por ese lado ya estáis cubiertos.

—Por mi parte, todo claro —dijo Ferrer.

—Y por la mía —añadí.

El teniente general se dio entonces una palmada en los muslos.

—Muy bien. Cada uno a su tarea. Que la semana va a ser larga.

Nos levantamos los cinco a la vez. Ferrer y yo devolvimos las sillas a su lugar original. Pereira se me acercó, me puso la mano en el hombro y, sin esforzarse mucho en disimular la confianza, me preguntó:

—¿Qué, tienes ganas de volver a Cataluña? Una de las ventajas de ponerte a ti a cargo de este embolado es que la conoces bien.

—Yo conocí otra Cataluña, me temo —le previne.

—Sí, a esta de ahora apetece poco ir —opinó Pérez.

No era eso lo que había querido decir. Noté que algo saltaba en mi interior. Era el jefe del jefe de mi jefe, pero si un hombre ha pasado la barrera de los cincuenta y no puede decir lo que piensa, su vida no tiene sentido. Así que le miré a los ojos y me permití serle franco:

—No me refería a eso, mi general. Pensaba en que entonces yo era joven, y en todo lo que en aquella Cataluña viví y aprendí. Volvería allí mil veces, si el tiempo pudiera rebobinarse. Pero no se puede.

El general no supo qué responder. Pereira lo sacó del apuro:

—Anda, Manolo, vámonos. Dejemos a esta gente trabajar.

5

El *seny* y la *rauxa*

Mi relación con Cataluña no había empezado aquella primavera del año 92. De hecho, el primer episodio había sido unos años antes, nada más salir de la academia y antes de ir voluntario a Guipúzcoa, cuando me estrené como guardia en un pueblo de Lérida, cerca de la raya de Huesca. O lo que es lo mismo, junto a lo que los catalanes llamaban la *franja de Ponent*, el pedazo fronterizo de Aragón en el que se hablaba catalán. Aquella experiencia había dejado en mí, sin embargo, una huella somera. No había disfrutado excesivamente de la dura vida del puesto rural, por más que mis superiores me insisticran en que era la quintaesencia del cuerpo y la columna vertebral que lo sostenía.

El tiempo me probaría luego que así era, y yo mismo me convertiría en defensor de esa idea ante los escépticos, pero cada uno vale para lo que vale y ni mi actitud ni mis aptitudes daban para salir airoso en las labores que allí me incumbían. No me iban las patrullas, ni los turnos, ni tener que mediar en rencillas y pequeños conflictos. Y menos aún poner a soplar a los chavales y no tan chavales que conducían cocidos en las fiestas patronales o las noches de sábado. Todos teníamos que pasar por ahí y una porción de nosotros debía quedarse para que la empresa funcionara, eso acabé por comprenderlo. Pero el año que me tiré allí no dejé de contar los días, y siempre que podía me escapaba a Zaragoza o Madrid, por lo que estuve lejos de llegar a integrarme.

También aproveché un par de días libres para conocer Barcelona, que ya tenía adjudicadas las Olimpiadas y había empezado a hacer obras, pero no estaba tan espléndida como la encontraría unos años más tarde. Fue una visita más bien turística, que me deparó mi primer contacto con las Ramblas, Montjuïc, el Raval o el Tibidabo. Tuve en esos dos días una sensación que sólo pude explicarme mucho tiempo después: una mezcla de extrañeza y familiaridad. Por un lado, bastaba entrar en cualquier bar o mirar a la gente por la calle, aquello era sin lugar a dudas España, y de una forma todavía más incontestable que el pueblo de Lérida donde prestaba mis servicios, en el que el catalán le mantenía con más vigor el pulso al castellano. Por otro, el aire de las fachadas, el ritmo de la ciudad, el porte y la ropa de los viandantes, cuando uno se fijaba un poco mejor, tenían un algo distintivo respecto de lo que estaba acostumbrado a observar en Madrid. En parte era la impronta cosmopolita de la urbe portuaria, frente al ambiente cerrado de la capital administrativa. Pero había algo más, algo que brotaba de la tierra e impregnaba el aire en aquella olla encajada entre el mar y la montaña, y que me resultaba tan desconcertante como atractivo.

Hubo en aquella primera visita una imagen que terminó de darle cuerpo a esta impresión, hasta ese instante difusa. Ocurrió por azar. Ya había anochecido y deambulaba por el Ensanche, constatando al paso cómo el pulso de la ciudad se interrumpía de pronto y mucho antes de lo que era costumbre en Madrid. Caminaba prácticamente solo por las calles silenciosas, recuerdo que era invierno y que había llovido. De improviso, a la vuelta de una esquina, me tropecé con ella: una mole de piedra abierta al firmamento y coronada de grúas. Como cualquier alumno de cualquier colegio de España, había visto esa silueta en mis libros escolares y no podía no reconocerla: era la Sagrada Familia de Gaudí, que en aquellos días tan sólo tenía completas las torres de los apóstoles y la fachada de la Natividad y que todavía sin techumbre se asemejaba más a un solar en obras que a un templo utilizable. Lo que en las fotos de mi libro de la escuela no se veía era el tamaño, y menos aún la atmósfera irreal que adquiría de pronto con su presencia aquel trozo de ciudad. La fascinación que me provocó la súbita irrupción dio paso al anonadamiento cuando la rodeé por una de sus esquinas y la fachada de la Natividad se ofreció a mis ojos. No sé cuánto tiempo me quedé allí de pie, solo en la noche y en la plaza por la que no pasaba nadie, admirando sin terminar de entenderlo el sueño o el delirio de aquel arquitecto que había concebido una obra que lo sobrepasaba hasta el punto de condenarlo a no ver concluido más que ese enorme friso de piedra donde daba testimonio de la venida del Redentor.

La impresión fue tal que regresé a la mañana siguiente, compré la entrada y vi, también sin ninguna compañía, el interior de aquella obra que apenas parecía progresar. Las dificultades de financiación que por entonces atravesaba mantenían la actividad bajo mínimos, y a nadie parecía interesarle mucho pasear por el suelo de tierra a cielo abierto ni ver desde dentro aquellas paredes. A nadie me encontré, tampoco, en mi ascensión a lo alto de una de las torres, temeraria por mi parte y por lo que tocaba a los responsables del lugar, que por aquel entonces permitían llegar hasta arriba sin la menor supervisión ni advertencia, pese al riesgo evidente de caída que había en el tramo final de una escalera que giraba y se empinaba en torno al vacío. A quien padeciera de vértigo o por cualquier razón perdiera el equilibrio se le ofrecía un vuelo libre de varios metros. La recompensa que arriba aguardaba era el aire que soplaba allí, y que se aspiraba con gusto después del esfuerzo, pero tampoco eran desdeñables las vistas sobre la ciudad. Muchos años después, guardo aquella estampa desde las alturas como una de mis más indelebles imágenes de Barcelona. Como sabiamente apunta Thomas Mann en *La muerte en Venecia*, nada marca más el alma que las experiencias de viaje que recogemos en la soledad más completa. Quizá al final sólo somos eso, la suma de las estampas que vamos acumulando en ese viaje solitario que llamamos vida.

Cuento esto porque pocos días antes de que empezara el verano de 1992 decidí volver a la Sagrada Familia. En esa ocasión no pude verla tan solo ni tan a gusto como la primera vez, e incluso renuncié a subir a lo alto de las torres, pero volví a quedarme un buen rato mirando la fachada y me paseé sin prisa por el solar que se abría en el interior. Me fijé en el contraste entre las torres ya alzadas contra el cielo y aquella visión de la tierra donde se asentaban, desnuda y expuesta al sol y la lluvia y el resto de las inclemencias. Era consciente de que Gaudí era un artista controvertido y había sido un individuo contradictorio; de ideas conservadoras, pese a su osadía constructiva. Había en él y en su trabajo facetas que me atraían y otras que me costaba más digerir, pero si había acudido allí aquella mañana era para tratar de recuperar la conexión misteriosa que me había hecho sentir años atrás. Con el alma de la ciudad y con el alma de Cataluña, de la que aquel tipo visionario y su obra, y en especial aquella iglesia eternamente inacabada, habían acabado convirtiéndose en una especie de símbolo artístico máximo. Hasta los de The Alan Parsons Project, autores de un buen pedazo de la banda sonora de mi juventud, le habían dedicado un disco entero. El que iba a ser, dicho sea de paso, el último álbum de su carrera.

Quien venía conmigo me observaba sin terminar de comprender. Hacía calor, uno de esos días de bochorno barcelonés, y la visita a un edificio que parecía más en ruinas que otra cosa se le hizo larga y poco placentera.

Tal vez fue una de las primeras señales de lo que acabaría sucediendo entre los dos. Su contrariedad. Mi ensimismamiento. La conexión que había captado aquella otra vez seguía ahí. Me persuadí entonces de que aquel podía ser, iba a ser, uno de mis lugares en el mundo. Como el Madrid bronco y mordedor de mi adolescencia, el Montevideo borroso y melancólico de mi primera infancia, incluso la áspera y amenazante Guipúzcoa donde había tenido que sobrevivir a las bombas, las balas y hasta las bombonas de butano arrojadas desde los balcones. Porque lo que ancla a un hombre a un espacio no es la paz o la dicha, sino cuánto lo conmueve cuando lo recuerda.

Aquel fue uno de los pocos respiros que me tomé durante esos días. La operación en la que participaba se deslizaba hacia su desenlace. Al frente había un comandante recién ascendido, que demostraba tener nervios de acero y una mente fría y analítica. Se apellidaba Salvador y por momentos me recordaba a Pereira. Como él, también con los años acabaría juntando en su hombrera las tres estrellas de cuatro puntas de teniente general, aunque no llegaría a la cúspide. En los días previos a la explotación de la operación, nos reunió a todos los que formábamos el grupo para infundirnos moral y prepararnos para lo que venía.

—Tenemos que hacer un último esfuerzo —nos pidió—. Y va a ser, sobre todo, un esfuerzo mental. Ya comprendo que cuesta, en medio de este ambiente preolímpico y de euforia generalizada, mantener la tensión y estar atentos a esas rutinas tediosas que nos exige el trabajo, pero en unos días nos vamos a jugar todo el esfuerzo de meses.

Aunque yo no llevaba tanto como los demás en aquel empeño, no dejaba de valorar, como el comandante pretendía, la trascendencia de la coyuntura. Por si acaso, Salvador fue todavía más explícito:

—El objetivo es arrancar la planta de cuajo, sin dejar

ni una sola raíz. Con que dejemos a un bobo suelto con un puñado de explosivos, puede echarnos abajo todo lo que hemos pringado estos meses. No se trata de conseguir que no haya demasiados incidentes, sino de que no haya ninguno en absoluto. De lo contrario, habremos fracasado. Fijaos en los compañeros que le dieron en marzo el golpe a ETA. La han dejado descabezada y deshecha hasta Dios sabe cuándo. No les faltarán ganas ni voluntarios para rehacerse, pero eso no será antes de que el último atleta haya vuelto a su casa. Lo mismo hemos de lograr nosotros.

Entendía las razones y el propósito de la arenga. Lo que no acababa de ver era que aquella gente pudiera representar un peligro ni de lejos comparable al que habían creado los detenidos en Bidart, unos tipos gélidos e implacables que no sólo habían ordenado sin pestañear que se volara a niños en pedazos, sino que habían demostrado que tenían una capacidad organizativa, estratégica y táctica muy superior. Algo debió de reflejar mi semblante de lo que me cruzaba por la mente, porque Salvador remató su parlamento mirándome a los ojos:

—No hay trabajo pequeño, ni objetivo sin importancia. Cualquiera, hasta el más tonto, puede darnos un disgusto. Si lo detenemos, cuando lo hagamos; si no lo detenemos, por lo que querrá e intentará hacer, sobre todo después de ver engrilletados a sus compañeros. Así que os quiero a todos con los ojos muy abiertos y con la mente despejada. Y cuidado con lo que hacemos cuando los tengamos. Todos sabéis que en la Audiencia Nacional habrá un forense que no tiene ninguna razón de peso para salvarnos el culo y que ante todo se preocupará de salvar el suyo, certificando hasta el menor rasguño con el que los llevemos a sus calabozos. No quiero sobreactuaciones. El trabajo está hecho y no necesitamos nada de ellos. Se les agarra, se les da la oportunidad de ayudarnos y ayudarse y, si no, que su señoría disponga de ellos.

Un denso silencio acogió estas palabras.

—¿Estamos? —preguntó el comandante.

Hubo un murmullo algo confuso de asentimiento.

—No me ha quedado muy claro, francamente.

De aquellas decenas de gargantas brotó un sonido articulado.

—Sí, mi comandante.

—Ahora sí. Eso es todo. Suerte y a por ellos.

En el tiempo que tardó en despejarse la sala, el comandante se me acercó. No había hablado antes conmigo, pero conocía mi trayectoria. Le debía de haber preguntado al subteniente Arias, o tal vez le había informado el propio Pereira. Los dos eran de la misma promoción.

—¿Qué tal, Bevilacqua, cómo lo llevas?

Sólo Pereira, entre todos mis jefes, había sido capaz de pronunciar mi apellido a la primera sin atascarse o cambiarle alguna letra. Tomé nota del detalle, que resultaba cualquier cosa menos intrascendente.

—Bien, mi comandante. He toreado en plazas peores.

—Eso me consta. Esta es una de las mejores ciudades del mundo, al menos que yo haya visto. Ni estos zumbados van a poder estropearla. Creo que vas a ser padre pronto, ¿no? ¿Cómo está tu mujer?

—De casi siete meses. Empieza a llevar mal el calor.

—Pues que se espere a julio.

—Mejor no ponerla sobre aviso.

—Me dice Arias que funcionas bien. Y que te gusta estudiar.

El subteniente, que andaba por allí cerca, asintió en silencio.

—Bueno, con moderación, como todo —dije.

—¿No has pensado en quedarte con nosotros después de los Juegos? Siempre viene bien gente como tú. Y aunque ahora tengamos a los de ETA desarbolados y acertemos a desmantelar a estos, me temo que nunca vamos a dejar de necesitar personal cubriendo este frente.

—Mi idea es pasarme a Policía Judicial. Después de estos años he acabado un poco harto de patriotas y de patrias, irredentas o no.

—Cuidado, que eso a lo mejor alguno te lo malinterpreta.

—Qué le vamos a hacer. Es lo que siento. Al final se trata siempre de gente movida por una pulsión, y prefiero dedicarme a otra clase de historias. Un narco, por lo menos, obedece a una cierta lógica.

El comandante levantó las cejas.

—También tiene sus pulsiones. Y no digamos los homicidas.

—Más sencillas. Con menos verborrea para justificarlas. Todavía me asalta en mis pesadillas alguna ráfaga de la jerga atroz de los panfletos de la izquierda *abertzale*. Aquel amasijo insufrible de patrañas.

—Las de estos tampoco se quedan cortas. Y cuando las analizas, y te remontas a la raíz, no puedes evitar la sensación de que esto es mucho más intrincado y más difícil de resolver. Aunque no lo parezca.

—Si le soy sincero, esta gente me despista un poco. Lo tienen todo para estar bien. Buen clima, buena comida, playa, montaña, paisajes, cultura. La ley les garantiza el autogobierno, su lengua se protege y se fomenta como pocas otras en Europa, sus símbolos están por todas partes. Y ahora, encima, todos los españoles nos hemos volcado para poner esta ciudad en órbita. Para qué necesitan fabricar bombas.

Salvador me miró como quien hace una confidencia.

—Para nada, en realidad. La clave es por qué.

Reconozco que aquella respuesta me dio que pensar.

—Si puede facilitarme alguna pista o alguna lectura que sirva para orientarse —le dije—, se lo agradeceré. Mi propósito de pedir destino en Policía Judicial es firme, pero el saber nunca ocupa lugar.

—Siempre es útil leer a los propagandistas. No son

muy amenos, pero resultan esclarecedores. Prat de la Riba, por ejemplo. No anda muy lejos de un Sabino Arana, en cuanto a la conciencia de formar parte de un pueblo superior a otros, pero es algo más sofisticado.

—No sé yo si me tienta mucho.

—Siempre está la opción de los historiadores serios. Si quieres algo menos militante, más ecuánime, puedes probar con Vicens Vives.

—El nombre me suena. Por la editorial.

—Lee *Notícia de Catalunya*. Es corto. Y explica muchas cosas. Salió en catalán cuando todavía mandaba Franco. Para mí es la mejor guía.

—El catalán no me parece difícil, pero no lo leo aún con soltura.

—Inténtalo, si te pones no es tan complicado. Y si quieres algo más amplio, también más vehemente, hay un discípulo de Vicens Vives, un tal Marcelo Capdeferro, que es autor de una *Historia de Cataluña* de inspiración nacionalista. No es esa la que te recomiendo. El caso es que con el tiempo se ha sentido obligado a rectificar y ha publicado una revisión que se llama *Otra historia de Cataluña*. Es un libro a la contra, que aquí no ha sentado nada bien a más de uno, pero no deja de estar bien documentado. Alguna luz te dará sobre los orígenes del mal.

—Me los apunto los dos, mi comandante. Muchas gracias.

—No me las des. En realidad, estoy tratando de liarte.

—No le voy a engañar. Me leeré los libros, pero si puedo me iré.

Salvador se encogió de hombros.

—Tampoco a mí me gusta tener a nadie prisionero. Que os cunda. Y a ver si me ayudas a convencerlo, Arias —le dijo al subteniente.

El suboficial declinó la responsabilidad.

—El chaval es cabezota, mi comandante. No le prometo nada.

Después de aquella especie de emboscada, Arias, probablemente con arreglo a las directrices del propio Salvador, me contó alguna cosa más acerca del comandante. Aunque no era de allí, había desarrollado toda su carrera en Cataluña, en Gerona y Tarragona antes de ir a la comandancia de Barcelona. Se había casado con una catalana y leía y hablaba la lengua con soltura. No era, por tanto, un individuo cerrado u hostil, ni a la cultura catalana ni a una tierra que conocía bien y en la que había encontrado su casa. En honor a la verdad, no se podía decir lo mismo de alguno de mis compañeros, y debo reconocer que con aquella conversación, tan exenta de visceralidad como de prejuicios, el comandante consiguió lo que pretendía: picarme la curiosidad. No tardé en hacerme con un ejemplar de aquella *Notícia de Catalunya*.

No fue mucho lo que pude leer en los días siguientes. Con arreglo al reparto del trabajo para cubrir todos los objetivos, alrededor de medio centenar, a Arias y a mí nos tocó ocuparnos de los preparativos para la detención de Mortadelo y el registro de su casa. Éramos los que mejor nos conocíamos sus hábitos y sus rutinas, y en aquellos últimos días de junio nos convertimos poco menos que en su sombra. Algún sexto sentido debió de advertirle de lo que se cernía sobre él, porque se le veía más nervioso y alerta que de costumbre. Incluso llegó a obligarme a poner en práctica en alguna que otra ocasión las técnicas de evasión en las que me habían formado para el seguimiento a los etarras. No tenía Mortadelo el entrenamiento para aplicar una contravigilancia concienzuda y realmente efectiva, pero cualquier persona suspicaz a la que le sonría la fortuna puede acabar detectando un seguimiento, y lo último que en la recta final podíamos permitirnos era estropear lo que tantas horas y tantos esfuerzos nos había costado conseguir.

Ya fuera porque cada vez estaba más cerca la inauguración de las Olimpiadas o porque en la organización existiera alguna sospecha de que pronto íbamos a caer sobre ellos, no sólo nuestro objetivo, sino el resto de los que teníamos controlados redujeron al mínimo en esos días sus movimientos y contactos. El dispositivo de seguridad en torno a la ciudad, con miles de agentes trasladados de otras provincias, era apabullante. En el aeropuerto, el puerto, los nudos de comunicaciones y todas las infraestructuras principales había una fuerte vigilancia. En cuanto a la Villa Olímpica, el blindaje era absoluto. La probabilidad de que en ella se colara quien no debía se aproximaba mucho a cero.

El problema, como el comandante Salvador se cuidaba de recordar, era que nuestros enemigos no necesitaban dar en un punto neurálgico de la organización de los Juegos. Les bastaba con echar abajo cualquier cosa, con tal de salir en las noticias y tratar de desatar la psicosis de que España no era capaz de organizar un acontecimiento semejante sin verlo amenazado y deteriorado por la protesta violenta de los pueblos a los que mantenía ilegítimamente sometidos. Esas eran las líneas maestras de su estrategia, según la documentación de la organización a la que habíamos podido acceder. Su gran ventaja era que no requería acciones muy elaboradas para resultar exitosa. Cuanto más se acercaba la fecha de la intervención, más nerviosos estábamos todos.

La víspera de su detención, Mortadelo hizo algo inesperado. Viajó hasta Gerona, donde se dirigió a una casa de una urbanización de la Costa Brava. Seguirle hasta allí se vio complicado por el tráfico que con el comienzo de la temporada alta había en la zona. Nadie le recibió en la vivienda. Disponía de llave y tras abrir la cancela exterior metió el vehículo en la cochera que había en la parcela, tan sólo cubierta por un techado de cañizo. No fue fácil, pero logramos tomar posiciones a toda prisa en un punto elevado sobre la casa y le vimos cargar en el coche unos bidones que parecían relativamente pesados. Sin perder más tiempo, salvo el preciso para hacer un par de contramarchas algo rudimentarias pero llamativas, porque tampoco eran habituales en él, condujo directamente hasta una nave sita en un polígono próximo a su casa. También tenía la llave y la utilizó. Allí sí pudo desaparecer de nuestra vista, junto con el coche, presumimos que para descargarlo dentro. Cuando salió de la nave y tomó el camino de su domicilio iba visiblemente menos tenso que durante el recorrido anterior.

Una vez que lo dejamos encerrado otra vez en su casa, con un par de guardias para vigilarlo, Arias y yo trabajamos contrarreloj para incluir en la orden de entrada y registro aquella nave que pasaba a ser del máximo interés para la operación. Tuvimos la suerte de que el equipo del juzgado había asumido que aquel día le tocaba hacer las horas que fueran necesarias. Cuando la oficial, después de aportarle todas las pruebas, nos aseguró que el inmueble estaba incluido en la orden, sólo pudimos respirar a medias. Ahora había que conseguir, a través del comandante, que nos asignaran los medios para cercarlo y registrarlo, siendo la circunstancia que estaban ya movilizadas todas las fuerzas disponibles. Asistimos en el despacho de Salvador a las negociaciones con el responsable del GRS, las fuerzas de reserva de la comandancia. Aunque la coyuntura no podía ser más tensa, como se desprendía de las miradas incendiarias que de vez en cuando lanzaba el otro jefe en nuestra dirección, en ningún momento perdió nuestro comandante la calma ni la compostura. Sabía que no podía exigirle nada, así que tiró de mano izquierda para obtener lo que necesitábamos. Al final acertó a doblarle el brazo. Luego, ya a solas, se permitió bromear:

—No me pidáis nada más de aquí a mañana. Si los que lo vigilan lo ven salir, que le partan las piernas. O que le pinchen las ruedas. No quiero verme obligado a pasar otro momento de tanta emoción.

—Ni nosotros, mi comandante —dijo Arias.

—Intentad dormir un poco, que mañana se madruga.

—Va a costar, con la adrenalina tan disparada —dije.

El comandante se encogió de hombros.

—Pues lee hasta que te duermas. ¿Conseguiste el libro?

—En la mesilla lo tengo. Apenas me ha dado tiempo a empezarlo.

—Aprovecha el insomnio y pégale un buen viaje. Lo mismo te viene bien mañana, cuando tengas que echarte a la cara a nuestro aprendiz de terrorista. Creen que no leemos ni entendemos nada, siempre les descoloca que uno de nosotros les demuestre que sabe hacer la o con un canuto, y más si la o en cuestión tiene que ver con sus cosas. Y si pudieras hablarle en catalán ya le provocabas un cortocircuito.

—No me va a dar tiempo a aprender de aquí a mañana.

—Bueno, ya lo aprenderás. Chapurrearlo no cuesta. Lo jodido es dominarlo. Ya te recomendaré más lecturas para que practiques.

—Cuando usted quiera.

Salvador pareció calibrarme.

—¿Lees novela, poesía, ensayo?

—De todo, si el asunto me interesa.

Se levantó de la silla y empezó a recoger sus cosas.

—Te haré una lista. Cuando te hayas leído ese. Vámonos, a dormir lo que podamos. Y que la suerte y el acierto nos acompañen mañana.

Cuando llegué a casa pasaban de las doce de la noche. El calor era asfixiante y pegajoso, y no quise aumentar la sensación de agobio y malestar de quien trataba a duras penas de conciliar el sueño en mi cama. Opté por tumbarme en el tresillo que teníamos en el salón. Tenía que levantarme a las cinco, así que apenas disponía de cuatro horas para tratar de relajarme y darle a mi cuerpo el descanso que a lo largo del día siguiente echaría en falta si no lo conseguía. Mientras miraba el techo comprendí que estaba viviendo, como acredita este recuerdo, algo que no iba a borrarse fácilmente de mi memoria: la víspera de mi implicación irreversible en un conflicto que de entrada me era ajeno, o al menos eso querían hacerme creer quienes lo promovían, pero que no debía de serlo tanto cuando ahí estaba e iban a tener que vérselas conmigo. Me acordé entonces de la recomendación del comandante. Me levanté y me deslicé de puntillas sobre los pies descalzos hasta la mesilla de noche. Comprobé con satisfacción que aquel cuerpo que descansaba sobre el colchón respiraba apacible y regularmente. Tomé el libro y regresé al salón. Para encender la luz, era juicioso cerrar las ventanas, así como la puerta que comunicaba la habitación con el resto de la vivienda, si no quería atraer a los mosquitos que la cercanía del delta del Llobregat enviaba en feroces escuadrillas sobre el barrio.

También recuerdo como si fuera ayer la sensación de calor, espesa y agobiante, mientras leía aquel libro, y los goterones de sudor que caían por mi frente y mi barbilla y se iban embalsando en el hueco entre mis clavículas, hasta que resbalaban hacia el esternón y los costados. Me sentía como el capitán Willard en aquella célebre secuencia inicial de *Apocalypse Now*, de Coppola. Con ventaja para él: puede que el calor del delta del Mekong fuera más duro que el del Llobregat, aunque aquella noche me habría atrevido a cuestionarlo; pero yo no tenía el ventilador en el techo que él miraba fijamente y que en su enfebrecida mente acababa confundiéndose con las aspas de los helicópteros.

Aquella noche también me demostró el poder de la lectura. Al cabo de un rato, mecido por la prosa cortés y civilizada de Vicens Vives, que podía descifrar con ayuda de mis nociones de francés, me olvidé del bochorno, o la *xafogor*, como se llamaba en la lengua de la tierra. Releí el libro desde el comienzo y me di cuenta de que en el primer contacto se me había escapado lo principal. Estaba en el prólogo, que no por casualidad se titulaba «Conocernos». Decía el autor que antes de pasar a proyectos concretos, había que esforzarse por conocerse, por saber quiénes habían sido y quiénes eran los catalanes. Sólo así era posible construir un edificio aceptable en el único lugar que a Cataluña podía corresponderle, el gran marco de la sociedad occidental. A su juicio, en los intentos precedentes, los historiadores catalanes habían pecado de exceso de frialdad o exceso de apasionamiento, y partían de estudios someros y parciales. El prólogo se cerraba con una afirmación que explicaba el poco predicamento que el autor, pese a su solvencia más que contrastada, conservaba en los medios nacionalistas: al final, ahondar en la reflexión sobre el ser y el porvenir de Cataluña, con ánimo de mejorarlos, implicaba, se quisiera o no, tratar de contribuir a la mejora del conocimiento y del porvenir de Castilla y de España.

A continuación, abordaba Vicens Vives, no sobre la base volátil de los deseos o las ensoñaciones, sino de su sólida erudición histórica, una descripción del carácter de los catalanes. La primera nota no pudo dejar de sorprenderme: definía al catalán, esencialmente, como un hombre de marca, es decir, de frontera, fruto desde sus orígenes del mestizaje entre diferentes. Desde los campesinos-soldados procedentes de Francia que acudieron como dique de contención de la amenaza musulmana al flanco sur del imperio carolingio y se mezclaron con la población autóctona, hasta los obreros valencianos y aragoneses en primera instancia, y después murcianos, extremeños y andaluces, que llegaron al calor de su industrialización. Sin olvidar a los montañeses que en la baja Edad Media emigraron, atraídos por la seguridad y la prosperidad de sus puertos, una vez que a los musulmanes se los fue empujando más al sur. Asimilar esta idea, tan contraria a mi prejuicio, me hizo ver lo superficial que era mi noción de la historia catalana, una sensación que fue aumentando a medida que seguía leyendo.

Nadie me había contado nunca, tampoco, la dualidad que señalaba Vicens Vives en el espíritu catalán, entre el campesino y el marinero: entre el hombre apegado a la tierra, encarnado en la figura del *hereu* que recibía el patrimonio familiar, y el aventurero emprendedor que se veía obligado a ser el segundón, al que no le tocaba nada. De ahí venía la expansión catalana de los siglos XIV y XV, tan exitosa que al final había acabado resultando, según el autor, nociva para Cataluña, que en 1492 era una sociedad tan próspera, a cuenta de las rentas de Italia, que vivió con desinterés la azarosa conquista de América o la revuelta de los comuneros castellanos contra el emperador Carlos V. Postura acomodaticia que explicaba, según él, muchos males posteriores.

Y menos aún era consciente del tercer rasgo que apuntaba Vicens Vives como crucial para entender a Cataluña: el pactismo de origen feudal que configuraba el vasallaje catalán. En su virtud, se aceptaba la autoridad del señor, propietario formal de la tierra, pero sólo en la medida en que este respetara los derechos sobre esta de sus vasallos. Según el obispo Eximenis, al que citaba, las comunidades catalanas «jamás dieron la potestad absolutamente a nadie sobre sí mismas, sino con ciertos pactos y leyes». Una idea de raigambre medieval que algo servía para entender ciertas pulsiones desbordadas del presente.

Más adelante abordaba el autor el duelo entre el yin y el yang de los catalanes, el *seny* y la *rauxa*. El primero, mezcla de sensatez, prudencia y pragmatismo, también tenía para él una connotación de excesiva atención al interés particular que redundaba en una falta de ambición colectiva. La segunda, que podía entenderse como rabia, exaltación o furia, explicaba el impulso revolucionario catalán —nada menos que once revoluciones contaba

Vicens Vives en suelo catalán desde el siglo xv—, pero también la tendencia a promover vanas algaradas en las que se desbordaba el torrente de las emociones, por razones muchas veces inconsistentes y en los momentos más inoportunos, conduciendo a fracasos estrepitosos que reabastecían la melancolía nacional.

Ahí me detuve, sin poder reprimir mi admiración hacia la astucia del hombre que me había llevado a aquel libro. Porque hacía un calor del infierno y apenas iba a poder dormir, pero el muy tunante había conseguido echarme un anzuelo que me iba a costar no morder.

6

Ojos de agua

Finalmente, pude tomar el avión que me había reservado Salgado para esa misma tarde. Cuando me pasó la tarjeta de embarque impresa, lo hizo con el mohín de decepción para el que ya estaba preparado.

—A Barcelona espero que me lleves.

—Salgado, ¿nadie te habló nunca del valor de la retaguardia?

—Sí, fue el mismo que trató de convencerme de que lo importante es participar y de que la belleza está en el interior. Ya no cuela.

—Tenía que intentarlo.

—Te he enviado al correo el pase para el móvil. Descárgatelo, por si esto se te traspapela. La reserva del hotel ya la han hecho allí.

—Muchas gracias, Inés.

—Si quieres evitar darte la carrera por la T4, hay que salir ya.

—Quiero. No sé si mi marca actual está a la altura del desafío.

—Mira que te gusta dar penita, mi subteniente.

—No creas que lo consigo mucho.

—Cambia de estrategia. Lo mismo te sorprendes.

—No, gracias. A estas alturas no quiero hacer el ridículo.

—Allá tú. ¿Nos vamos?

En el breve trayecto hasta la terminal 4 del aeropuerto, del que la oficina estaba a un tiro de piedra, como seguramente alguien, usando por una vez la cabeza, había tenido el detalle y la elegancia de calcular, me vibró el móvil, que tenía silenciado desde la reunión con Pereira. Era un wasap del teniente general preguntándome si estaba solo. Le respondí que lo estaría en poco más de cinco minutos. La respuesta fue una sola palabra: «Llámame». Tan pronto como Salgado me dejó en la puerta de la terminal y se despidió de mí, con una expresión dolida que cambió al instante por su sonrisa habitual para salir quemando los neumáticos, marqué el número del gran jefe. Me intrigaba, no podía ser de otro modo, lo que quisiera decirme sin presencia de testigos.

—Gracias por llamar, Vila —me saludó—. Es una chorrada.

—Ya lo dudo —osé responder.

—Oye, todavía me estoy descojonando con la cara de Pérez cuando le soltaste lo de tu Cataluña. Pobrecillo, lo suyo no es la poesía.

—Mi general, no me diga esas cosas, que me pone en un aprieto.

—Bah, tampoco te toca tratar mucho con él. Por suerte para ti.

—Nunca seré yo quien cuestione a quien tiene el mando.

—Tú no, pero yo sí. Ya habrá tiempo de resolverlo. Es lo que me he encontrado, como pasa en algún que otro sitio. Entre tú y yo, este es un poco facha. Que no digo que tenga que hacerse rojo, como tú, pero hay que tener un poco más de cuidado y ser un poco político, cuando se llega a determinados puestos. Lo de octubre del 17, con las entradas por la fuerza en los colegios y demás, nos quemó un montón la imagen en Cataluña; en parte por la habilidad propagandística de quienes nos desacreditan, que hacen pasar poco menos que por una masacre lo que estuvo muy lejos de serlo, pero también por un par de actitudes y de incidentes algo más que desafortunados. Y el asunto me preocupa.

—Lo puedo comprender.

—Ya sabes que yo no soy un intelectual como tú...

—Me sobrevalora, mi general. Sólo picoteo aquí y allá.

—Yo sé lo que me digo, y por qué. Eso, que un intelectual no soy, pero me gusta la Historia, y en especial la del cuerpo, que aquí, y me duele comprobarlo, ya casi no se sabe nadie. No dejo de pensar en ese director general que tuvimos hace un siglo, el general Zubía, un tío que hablaba varios idiomas, posiblemente el más listo y leído. Una de las cosas que comprendió fue que la imagen de la Guardia Civil estaba destrozada en Cataluña, donde los sucesivos Gobiernos, espoleados por la burguesía catalana, nos habían usado como una bayeta contra el descontento y la violencia anarquista, alimentada por la explotación que sufría la gente. Una de sus prioridades fue darle la vuelta a esa animadversión: no se podía permitir que nos odiaran en una tierra donde habíamos tenido durante todo el siglo anterior el mejor cartel. Y lo consiguió. Cuando llegó la República y luego la autonomía, a la Guardia Civil se la puso a las órdenes de la Generalitat y el arreglo funcionó con normalidad. Luego vino lo que vino, pero el general de la Guardia Civil despachaba con el *conseller* sin ningún problema.

A Pereira, como a cualquier hombre consciente de su brillantez, le gustaba escucharse, sobre todo cuando peroraba sobre asuntos que se había estudiado y que le interesaban. También yo me había interesado por la historia del cuerpo, no me era desconocida la figura de Zubía, y algo me sonaba lo que me estaba contando. Lo que no acababa de ver era a dónde quería ir a parar, y no podía quedarme a escucharlo por tiempo indefinido. Viajaba sólo con equipaje de mano, pero embarcaba en quince minutos y me faltaba pasar aún el control de seguridad.

—Cómo será la cosa —continuó—, que no hace mucho descubrí las memorias de un diputado de ERC que viene a reconocer que fue la Guardia Civil la que salvó la Generalitat en julio de 1936 y que pudo ser decisiva para conseguirlo porque era, y perdona lo mal que lo diré, *un cos molt respectat*. Me imagino que si siguiera vivo lo echarían del partido, pero por bien del cuerpo no sólo es importante recuperar esa memoria histórica, sino que tenemos que tomarla como ejemplo.

—No puedo estar más de acuerdo, mi general. Y su catalán no es tan malo. Incluso podría atreverse a hablarlo fuera de la intimidad.

—En fin, perdona, que te estoy aburriendo.

—No, no es eso, es que mi avión despega en cuarenta minutos.

—Habérmelo dicho, coño. Abrevio. A lo que voy, y esto no podía decírtelo delante de tanto público. Vas a tratar con un personaje que no sabemos todavía hasta qué punto está en la sala de máquinas de la movida esta a la que nos enfrentamos desde hace años. Me importa mucho que ni él ni nadie perciba en nosotros la menor aversión hacia Cataluña, los catalanes, el catalanismo, el nacionalismo catalán y hasta el independentismo, que no compartimos ni podemos compartir pero es una ideología legal con arreglo a la Constitución vigente. Si a Ferran Bonmatí le acabamos metiendo mano no será por lo que piensa, sino porque resulte que es un delincuente que ha pisado algún artículo del Código Penal. Y como eso todavía no hemos conseguido probarlo, no de modo que sirva para sentarlo en el banquillo, quiero que lo trates con guante de seda. Estamos para tratar de hacer justicia a su hija, con las mismas ganas que pondríamos si fuera hija de uno de los nuestros. Corrijo: porque todavía, y mientras no se independicen, lo es.

—Pierda cuidado. Ese era mi enfoque, mi general.

—Por eso tienes que llevar esto tú. Y como ya sé que

eres un tío leal, informa de todo a tu coronel y tu comandante, pero no dejes de darme un toque si ves o descubres algo que creas que me viene bien saber.

—Así lo procuraré.

—No te hago perder más tiempo. Gracias por estar ahí. Tener gente como tú en la brecha es lo que compensa no tenerla en otros sitios.

—Por si acaso, yo no olvido lo que soy. Y lo que no soy. Y si alguna vez se me olvida, ya me lo recuerda la nómina cada fin de mes.

—Esa ha sido buena. *Touché*. Anda, vete, no pierdas el avión.

—A la orden, mi general.

Al final, me tocó pegarme la carrera por el pasillo infinito de la T4. No me desagradaba el edificio, le reconocía al arquitecto británico que lo había diseñado el buen gusto, su apuesta por la luz, la alegría de los pilares metálicos de color cambiante, la sencillez del hormigón visto o la calidez del techo de láminas de madera. En definitiva: que salir de Madrid o llegar a él no fuera ya la experiencia opresiva y deprimente de las terminales 1 y 2 y de tantos aeropuertos espolvoreados por el globo, sin caer en los excesos estrambóticos del autor del aeropuerto de Bilbao, más atento a explorar los inabarcables confines de su ego que a pensar en la gente que tenía que tirarse un rato dentro de sus fantasías o pagar su mantenimiento anual. Vaya, que el aeropuerto me gustaba, e incluso le había tomado cariño, pero una y otra vez me veía obligado a preguntarme si aquella descomunal nave diáfana de más de un kilómetro era en sí misma un error o si lo era la gestión de su centenar de puertas de embarque. La cantidad de ocasiones en que me había recorrido cientos de metros al esprint no podía explicarse sólo por mi mala costumbre de apurar la hora más de lo aconsejable.

Por suerte, durante aquel verano había tenido oportunidad de hacer algo más de ejercicio, incluidas unas cuantas salidas a correr con mi hijo a la espléndida luz de los amaneceres de Lanzarote, y pude llegar a la puerta antes de que cerraran el embarque y sin sufrir un accidente coronario. La empleada de la aerolínea me vio llegar tan apurado, o tenía tantas ganas de cerrar la tienda, que se limitó a pasar la tarjeta de embarque por el escáner y ni se detuvo a mirar la documentación que le mostraba. Si no hubiera estado jadeando, quizá habría tenido la maldad de hacerle ver que así hacía fracasar el primer y último filtro efectivo para comprobar que quien embarcaba con esa tarjeta era el que ponía en su encabezamiento, ya que para entrar había pasado por uno de los torniquetes automáticos y sin necesidad de identificarme. No por afearle su negligencia, sino por compartir con ella la extraña cultura de hiperseguridad en que vivíamos, que sometía a mecanismos encarnizados de vigilancia a personas inofensivas —no podía dejar de pensarlo cada vez que veía pasar por el arco detector de metales a un hombre mayor sujetándose los pantalones sin cinturón— mientras que ofrecía coladeros como aquel a quien de veras tenía malas ideas. Dada la hora, y en atención a las circunstancias, preferí dejarlo correr.

Mientras avanzaba por el pasillo del avión, me sonó el teléfono. Lo saqué del bolsillo de la americana y vi en la pantalla un número que no me era conocido. Dudé si atender la llamada o no. La mirada de la azafata con la que entonces me crucé me apremiaba a ocupar cuanto antes mi asiento y colocar la maleta. Lo primero no me preocupaba porque la siempre eficaz Salgado me había sacado pasillo. Lo segundo tampoco, porque si no había sitio no tendría más remedio que darle la maleta a la tripulante para que dispusiera de ella como considerara. No hay que afligirse nunca por los problemas en los que no se nos otorga capacidad de elección. De modo que atendí la llamada, con la escueta fórmula que la experiencia aconsejaba para estos casos.

—Sí.

—¿Bevilcua...? ¿Beviluc...? —dudó mi interlocutor.

—Bevilacqua. También atiendo por Vila, para simplificar.

—Disculpa. Soy el teniente Campillo, de Información.

—Ah, mi teniente, esperaba tu llamada. Pero no sé si ahora...

—¿Te pillo mal?

—Embarcando tarde en un avión. Hay aquí una azafata muy amable a la que le estoy poniendo un poco difícil continuar siéndolo.

Lo dije en voz audible para ella, como quien arroja una moneda al aire. Hubo suerte, salió cara: distendió la sonrisa en vez de torcerla.

—Entonces no es el momento, claramente —dedujo el otro—. ¿Me llamas cuando aterrices? A este número, ¿te sale en pantalla?

—Me sale. Sin problema.

—Quedamos así entonces. Buen vuelo.

—Gracias.

No había sitio para la maleta. O no a primera vista. La azafata abrió un par de compartimentos contiguos, recolocó un par de bolsas, movió otra, tras preguntar de quién era y advertir dónde la guardaba, e hizo sitio para encajar mi bulto. A veces la vida es así, te pone en el camino seres benéficos que remedian inesperadamente tus dificultades. Hay que saber ser agradecido, en general y por todo lo que se le da a uno, desde que sale al mundo hasta que lo deja, pero sobre todo cuando uno recibe una ayuda semejante, por nimia que sea su intervención.

—No sabe cuánto se lo agradezco —le dije, tratando de hacérselo sentir—. En mi nombre y en el de la compañera que me espera en Vigo.

—En Vigo tampoco tardan tanto las maletas, si hubiera tenido que bajársela a la bodega —observó—. Pero así le será más cómodo.

Por el modo de hablar, demorado y cantarín, era gallega.

—Apúntese la buena obra del día, en todo caso.

—No está mal, poder apuntarse una —festejó risueña.

Antes de colocar la cartera que llevaba bajo el asiento, saqué el libro que había elegido para leer en el vuelo, y antes de abrirlo comprobé si tenía algún mensaje de última hora y puse el móvil en modo avión. Una de las razones por las que me gustaba volar era que a diferencia de otros medios de transporte el protocolo vigente asumía que uno no sólo podía, sino que debía desconectarse. Era verdad que algunas compañías ofrecían servicios de conectividad en vuelo, pero nunca los había usado, no tenía intención de usarlos y rezaba para que algún día los declararan ilegales y atentatorios contra los derechos humanos. Privar a la gente de ese único momento en el que podía desasirse de la maraña virtual que nos tenía cada día más prisioneros y entontecidos era una verdadera abyección. De un tiempo a aquella parte, el avión era mi espacio preferido de lectura. El que más intensamente y con más ahínco disfrutaba, al tiempo que me distraía de la conciencia, en la que no convenía ahondar, de estar incrustado en una atestada lata de sardinas que pesaba más que el aire y subía a una altura superior a la del Everest. En un par de minutos, no hacían falta más, no estaba ya allí, sino en el libro, y ni el despegue ni el aterrizaje, salvo que los mandos del avión los llevara un patán, llegaba siquiera a sentirlos.

El libro que me disponía a empezar lo había comprado la víspera. Era un descubrimiento reciente, un autor policiaco contemporáneo. No era ese género mi lectura preferida. La admitía con reservas si venía de lejos, en el tiempo o en el espacio, mejor aún si la distancia se refería a los dos. Chandler, Hammett o Thompson me hacían gracia, cada uno por una razón distinta —el primero por el ingenio, el segundo por la oscuridad, el tercero por la oscuridad al cuadrado—, pero también, me temía, porque el mundo que retrataban me era distante y desconocido. Con lo que me caía más cerca se me acumulaban los problemas. Uno de los peores era la cantidad de veces que no me creía nada de lo que me estaban contando. Otro, no menor, es que a nadie le apetece mucho darse en su tiempo de ocio con lo mismo —o parecido, por más errores que el autor pueda deslizar— que hace durante la jornada. Y otro, que cada vez era más común que el relato policial se confundiera con la necesidad de poner a un tipo o a una tipa sacando la pistola a todas horas, disparándola incluso, en la calle o en el supermercado, mejor si estaban llenos de transeúntes, cuando no se recreaba hasta la náusea en las más atroces formas de violencia contra los seres más indefensos, sin excluir a los inválidos o los niños. Un policía de gatillo flojo es un incapaz que debe ser retirado de las calles, y la violencia criminal, quien lo probó lo sabe, tan sórdida y triste que sólo un inconsciente puede encontrar en ella alguna forma de diversión. No era yo quién para desautorizar a quien dirigía su libertad creadora o lectora por esos derroteros, pero sí para decidir que prefería leer otras cosas.

Por eso había dudado mucho en leer a aquel escritor, aunque me lo habían recomendado, incluso algún compañero. Me había animado a hacerlo el éxito de público y crítica que había tenido la tercera de sus novelas, que además alguien me dijo que estaba mejor documentada que las dos primeras en todo lo que tenía que ver con la parte policial y judicial. Y la experiencia no había sido nada mala. Aquel tipo sabía lo que era contar una historia, entrar en el alma de la gente y darle a todo eso un tejido de palabras que pudiera desafiar al tiempo. Había un crimen, sí, y también una intriga. Pero sin fuegos de artificio, tigres saltando aros en llamas ni fatigosos tragasables. El narrador desliaba con paciencia y esmero la madeja de los seres entre los que sucedía la investigación, hasta un desenlace que no ofendía la inteligencia.

Por eso había decidido empezar a leerle por el principio. Y porque el escritor era gallego de Vigo, a donde me llevaba aquel vuelo, lo había elegido para la ocasión. El libro se titulaba *Ojos de agua* y su autor, un novelista de la generación siguiente a la mía, Domingo Villar, que pese a la edad con que lo había escrito más de una década atrás —treinta y cinco años, calculé— mostraba desde la primera página un fino olfato para detectar y plasmar en el papel esas grietas por donde según el maestro Leonard Cohen sale el dolor y entra la luz en el alma de los seres humanos. Dos amantes, una noche de lluvia, una ciudad junto al mar vista desde detrás de los cristales y una cortina de agua. Un par de copas preparadas con mimo, los bordes untados con limón. Y una canción, la voz de alguien que supo del dolor y de la luz como para llenar varias enciclopedias: Billie Holiday. No una canción cualquiera, si es que alguna lo fue después de que Billie la cantara, sino *The Man I Love*. Un hombre que vendría algún día, decía o rezaba aquella voz, y que para ella no vino nunca. No como necesitó y habría merecido.

Terminé aquella primera página y sentí la necesidad de releerla. A ella se ceñía el primer capítulo. Hacía mucho tiempo que no me habían metido tan pronto y tan adentro en una novela. También que un texto no me conmovía hasta la médula de los huesos. No todo el mérito era del escritor. Había recurrido a un arma infalible, el recuerdo de aquella mujer de voz rota, que en mi memoria, como en la de otros muchos, regentaba una estancia a la que era imposible acogerse sin temblar. Sus canciones habían formado parte de la banda sonora de mi gloria y mi debacle, que a veces son las caras de una misma moneda. A alguien le había regalado una canción suya, alguien que en agradecimiento por descubrírsela me había correspondido eligiendo otra para mí. No cualquier canción, entre las de Billie. Precisamente, *The Man I Love.*

Lo que aun sin oírla removió en mí la canción, hasta el punto de barnizarme los ojos de esa agua que destila la edad, me tuvo absorto hasta bastante después del despegue. Luego reanudé la lectura, en la que avancé medio centenar de páginas antes de que el avión tomara tierra. Era verdad que a aquella novela se la veía más ingenua que la otra que había leído del mismo autor, publicada trece años más tarde. Sin embargo, el relato, en su sencillez, poseía el encanto y la elegancia suficientes como para que ese candor no me pesara. Todo lo que podía reprocharle era que la mirada que traspasaba sus páginas, lejos de ayudarme a sacudirme aquella inoportuna melancolía que me había acometido al empezarlas, contribuyera más bien a sostenerla.

En cualquier caso, tampoco eso era culpa del joven autor que había urdido aquella ficción, sino del viejo metepatas que cargaba en el baúl la mercancía que lo exponía a semejantes accidentes. Y por suerte, lo que me llevaba al Vigo de Villar y su héroe, el taciturno y observador policía Leo Caldas, era lo bastante perentorio como para arrancarme sin contemplaciones de aquellas nostalgias y tristuras. Tuve la primera señal apenas le quité el modo avión al móvil y vi que tenía una docena de wasaps. Tres de Salgado, otros tres de mi comandante, cinco de Chamorro y uno de Lucía, que era quien había venido a buscarme. Fue el suyo el que leí el primero. Decía que me esperaba aparcada al otro lado de donde se ponían los taxis. Aprobé su criterio: era la solución más rápida, y no necesitaba que me esperara en la puerta. La avisé de que ya había aterrizado y leí deprisa el resto de los mensajes. Los de Salgado y el comandante, sobre cuestiones de mero trámite, no me exigían una respuesta inmediata. Los de Chamorro, en cambio, tenían más enjundia. Me decía que iba a verse con la familia de la víctima y que a la mañana siguiente se iban a llevar ya el cuerpo a Barcelona. Sobre lo segundo, nada tenía que decir yo, si la juez lo había aprobado. No me parecía la mejor forma de empezar nuestra relación solicitarle que demorara una operación que por humanidad debía agilizarse y que tampoco veía que pudiera perjudicar la investigación. En cuanto a la entrevista con la familia, en cambio, sí que tenía algo que advertirle. No me lo pensé mucho. Le escribí simplemente: «Espérame».

Lucía estaba apostada con el coche en un lugar bien visible. Pensé en cómo y cuánto habría estimulado la imaginación de quienes la vieran allí: una veinteañera menuda, que estaba algo más cerca de los treinta que de los veinte pero que en absoluto lo aparentaba, al volante de un imponente Jaguar todoterreno de color negro, cortesía de uno de los suministradores habituales de nuestro parque móvil. En este caso era un joven narco gaditano al que le chiflaba cómo quedaba el *buga* en sus vídeos de TikTok, la prueba que había servido para incautárselo pese a tenerlo a nombre de una sociedad domiciliada en Gibraltar.

—¿Llevas mucho aquí? —le pregunté, mientras subía.

—Unos veinte minutos. Y como seis municipales.

—Ya lo siento. Entiéndelos. Se aburren. Buscarían ligar.

—Pues al último me ha costado convencerlo de que me dejara. Me ha dicho que no veía a nadie a quien tuviera que estar vigilando, y que ni el coche ni el sitio eran los mejores para no llamar la atención.

—¿Y qué le has dicho?

—Que estaba haciendo de cebo. Y que me sabría muy mal que por estar hablando conmigo acabara dándole alguna bala perdida.

—No te habrás atrevido. Con la mala leche que tienen.

—Sí, poniéndole ojitos. Y ha funcionado. ¿Quieres su número?

Me acordé de pronto de la chica que había llegado a la unidad años atrás. Tan modosita, casi se habría dicho que hasta un poco tímida. Decididamente éramos una mala influencia, sobre todo Salgado.

—Me estás tomando el pelo —dudé.

—O no. Te quedarás con la duda, mi subteniente.

—Está bien, vámonos.

Lucía puso la palanca en la D y el Jaguar saltó con el brío del felino que llevaba dibujado sobre el capó. La sonrisa de Lucía tras el volante proclamaba que era joven y que todavía disfrutaba de esas cosas. Me dio que pensar: quizá conservar esa capacidad fuera una buena forma de no perder del todo al joven que todos llevamos dentro, siempre que uno no cediera a los impulsos exhibicionistas de los narcos gaditanos y fuera consciente de que ni su vista ni sus reflejos eran los mismos. De lo contrario, sólo podía servir para conocer a algún traumatólogo.

—¿Cuánto tenemos hasta allí? —le pregunté.

—Dos horas. Una y media, si me firmas las multas.

—Quita, quita. Todo legal.

—Pues entonces ya sabes. Son las cuatro y media.

—Tengo que hacer una llamada. Me tienes que prometer que vas a olvidar todo lo que oigas. O me veré forzado a hacerte desaparecer.

—Prometido.

—¿De verdad? Mira que lo digo en serio.

—También puedo volverme sorda. Llevo ahí unos auriculares.

—Te he dicho que todo dentro de la ley, y por algo están prohibidos al volante. Voy a confiar en tu palabra. Más te vale guardarla.

Marqué el número del teniente Campillo. Cuando lo cogió, deduje por el rumor que me hablaba desde un coche, con el manos libres.

—Mi teniente, soy Vila. ¿Te va mal hablar ahora?

—No, estos que vienen conmigo están en el ajo. ¿Me oyes bien?

—Razonablemente.

—Escucha. Nuestro jefe nos acaba de cambiar el paso. Vamos ahora mismo para Galicia, mi equipo y yo. ¿Tú ya estás allí?

—Yo sí... ¿Desde dónde venís? —pregunté, sorprendido.

—Desde Barcelona, una paliza, por eso vamos dándonos relevos.

—¿Y eso?

—Para que podamos intercambiar impresiones en persona, entre otras cosas. Y también para acompañar durante su regreso a Barcelona al objetivo. ¿Sabes ya que se lleva a la hija para allá mañana?

—Me lo acaban de decir. ¿Cómo lo sabes tú?

—Yo ya sé antes que él cuándo le van a entrar ganas de mear.

—Claro. Lo olvidaba.

—Llegaremos poco después de medianoche y nos meteremos en la piltra, que si no mañana vamos a servir para poco. Pero si te parece podemos desayunar juntos. Prefiero contártelo todo tranquilamente y en persona, y no a voces por aquí. Si no tienes inconveniente.

—Es posible que yo lo vea esta misma tarde. Si hay algo que creas que no debo dejar de saber antes de sentarme con él, te agradecería que me lo adelantaras. Aunque sólo sean las líneas más generales.

Campillo carraspeó en la línea.

—Si empiezo lo mismo no acabo —dijo—. A ver, por resumir mucho y para que te sitúes: Ferran se ha relacionado con gente de verdad muy chunga. Todavía no termino de tener claro si porque él es igual de chungo o porque con todas las canas que ya peina le falta un hervor y no sabe reconocer el peligro ni cuando está sentado encima. También puede ser que le ciegue lo de la causa. Con esta gente no sabe uno qué pensar, te rompen todos los esquemas. Tan pronto se forran trincando como posesos y cambian de partido como de calzoncillos, lo que hace pensar que son unos listos que no creen en nada, como se lo juegan todo a una carta por la que no apostaría ni un niño de diez años.

—¿Qué quiere decir «gente muy chunga»?

—La peor.

—¿Droga, extorsión, blanqueo, peor aún?

—Todo lo peor. Prefiero decírtelo en persona.

No podía dejar que se me escurriera sin sacarle algo más.

—Te lo voy a preguntar sin rodeos: ¿gente capaz de cargarse a una chica de veinte años aprovechando que va sola por el campo?

—Y de servírsela al padre y a la madre en escabeche.

—Caramba, mi teniente. ¿Sabes lo que acabas de decirme?

—Lo sé.

—¿A qué hora desayunamos mañana?

—Me guste o no, y me da que no va a gustarme, a las siete tengo que estar en pie. Y conmigo todos estos desgraciados.

—¿A las siete y media? ¿En Sarria?

—Me parece bien. Busco yo el sitio y te doy las coordenadas.

—Perfecto. Gracias y buen viaje.

—Nos vemos. Y ojo con Ferran. Que no te note lo que sabes.

—Ya trataré de apañármelas.

Cuando colgué, me fijé en la cara de Lucía. No movió ni uno solo de sus músculos faciales. La prueba de un excelente entrenamiento.

—Insisto, con mayor motivo —le recordé—: no has oído nada.

—Nada de nada.

—Sólo te diré una cosa. Son de los nuestros, de Información. Como ya sabrás, el padre de la víctima tiene una vida interesante. Y hay en la empresa quien está ocupándose de hacer su trabajo al respecto. Eso es todo lo que por ahora tenéis que saber, tú y los demás. Del resto ya me encargo yo. ¿Cómo marcha la investigación sobre el terreno?

—A velocidad de oruga. Cada vez tenemos más material para mirar y menos seguridad sobre la dirección en la que tenemos que ir.

Pareció dudar un instante si decir algo más.

—Suéltalo —la animé.

—¿Quizá porque lo que buscamos está en otra parte?

—No lo des por hecho. Puede que sí y puede que no. Aquí hay que hacer lo de siempre y como siempre: abrir el círculo a tope y luego, poco a poco y según veamos, irlo cerrando. Nunca tomamos por un atajo nada más empezar. Tampoco vamos a hacerlo ahora.

Vi entonces en la pantalla que tenía varias llamadas perdidas de Chamorro. Debía de haber estado llamándome mientras hablaba con Campillo. Me puse en contacto con ella sin pérdida de tiempo.

—Rubén, había quedado con esta gente a las cuatro —me dijo, con tono apremiante—. Les he dicho que me ha salido un imprevisto, pero no me gustaría dejarlos mucho más en la incertidumbre.

—Lucía dice que llegamos a las seis y media. Pregúntales si pueden a las siete. De todos modos sólo va a ser una toma de contacto.

—¿Qué quieres decir con eso?

—Que esta tarde simplemente nos conocemos y vemos por dónde respiran. No va a ser el momento de entrar en honduras mayores.

—Pero se van mañana a Barcelona.

—Como tú y como yo, no tardando mucho. Hazte a la idea.

—Aquí hay todavía mucha tela que cortar. Y hay que cuidar a los gallegos. Son currantes, pero también un poco suyos. Ya te contaré.

—Bueno, veremos cómo lo organizamos. Tal vez me lleve entonces a Salgado. Pero hoy más vale que no seas demasiado ambiciosa.

—Está bien, les digo que a las siete. Hasta dentro de un rato.

Me tomé unos segundos para ordenar las ideas. Aquello estaba yendo demasiado deprisa. Lucía conducía concentrada en la ruta.

—Lucía, quería preguntarte algo.

—Tú dirás.

—¿Tú te tirarías tres semanas caminando sola por ahí?

—Si las tuviera, por qué no.

—¿Y nunca pensarías que puede pasarte algo?

—Para qué. Lo que tiene que pasar pasa. Si has nacido mujer en este mundo, acabas entendiendo que es mejor no pensar de más.

—¿Dirías tú que esa era la actitud de esta chica?

—No la conozco, ni voy a conocerla ya, pero podría ser.

La pantalla de mi móvil volvió a iluminarse. El número estaba en mi lista de contactos, identificado como correspondiente a Caro. O sea, Carolina. O para decirlo todo, la juez Carolina Perea. La que faltaba.

7

Define *sospechoso*

Atendí la llamada. Nunca debe hacerse esperar a la autoridad.

—Caro —me limité a decir.

—Oigo ruido de fondo —dijo—. ¿Vas encima de tu Rocinante?

—Hoy me toca un jaguar.

—Vaya, qué sexy —opinó.

—Quiero decir un Jaguar. La marca.

—Tampoco está mal. ¿Vas solo?

—No exactamente.

—Bueno, es igual. No voy a hablarte a voces, y espero que todavía no hayas tenido que ponerte el volumen del auricular al máximo.

—Tampoco hace tanto que no nos vemos. Sigo oyendo bien.

—¿Qué tal hace en Galicia?

No pude evitar dar un respingo.

—Vaya, tú también —exclamé—. No sé qué pasa, pero me parece que últimamente todo el mundo sabe más de mis cosas que yo.

—Ah, el peso de la fama.

—En serio. ¿Cómo sabes que estoy en Galicia?

—Sigo los telediarios.

—No he salido en ninguno.

—Pero la chica esa sí. Y sé hacer conjeturas.

—No estés tan segura de ellas. Lo está llevando Chamorro.

—Virgi. ¿Cómo está?

—Bien, enamorada. O al menos lo estaba antes de irme de permiso, que fue la última vez que me comentó algo sobre el particular.

—¿De quién?

—Uno con toga. Sin puñetas.

—Ah, un letrado. Dile que eso tiene sus riesgos.

—Todas las togas los tienen. Si lo sabré yo.

—No me esperaba tan pronto un piropo.

—Ni yo esta llamada, para serte sincero.

—Confío en no molestar.

—Tú nunca molestas.

—¿Y tú cómo estás?

—Un poco más calvo y un poco más gordo. Pero muy poco. Sigo dando la batalla al enemigo con todas las fuerzas disponibles.

—No estás calvo, ni gordo. Frente despejada y el aplomo de la edad.

—Agradecería un poco menos de aplomo y un poco más de pelo en la coronilla. Sobre todo lo segundo, cuando pica el sol.

—No pierdas el tiempo. No voy a dorarte más la píldora.

—Tampoco contaba con ello. ¿Cómo estás tú?

—Bien. El derecho mercantil sigue siendo trepidante.

—Pide volver a los malotes. No se te daban tan mal.

—Quita, quita, que requieren demasiado mantenimiento. Y más aún los que hacéis como que los perseguís. No sabes lo que agradezco no tener que estar discutiendo con uno como tú si se le pincha el teléfono a fulano o se le quita la intervención a zutano. Es verdad lo que dijo alguien de que el poder del juez de instrucción es el más grande que hay. Lo que se le olvidó decir es que también es el más coñazo.

—Fue Napoleón.

—¿Quién?

—Napoleón. El que dijo eso del juez de instrucción.

—Mira que eres repollo. Qué más da quién lo dijera.

—Lo decía por si la próxima vez querías citarlo.

—Ya soy magistrada. No voy a llegar a más.

—Nunca digas de esta agua no beberé. Yo te veo en el Supremo.

—Para eso me ha faltado callarme alguna cosa y decir alguna otra.

—El tiempo lo borra todo.

—Oye —cortó de pronto aquella esgrima, que tuve que reconocer que echaba de menos. Me gustaba, Carolina, además de por razones más o menos obvias y convencionales para un hombre heterosexual, por el filo y el relámpago de su lengua, que eran los de su mente.

—Tú me dirás.

—Que te llamaba para saber de ti, y porque si algún día la lucha contra el mal te da un respiro no me sentiría ofendida si me invitaras a cenar o algo, pero también para una cosa un poco más prosaica.

—Dispara.

—Vas a trabajar a las órdenes de la juez de Sarria.

—Eso me han dicho.

—Jennifer Sagarra Couceiro.

—¿Jennifer?

—No me seas carca. Aunque te fastidie, has sido teletransportado al siglo xxi, ya es hora de que aprendas a llevarlo con más soltura.

—Es que nadie me había dicho el nombre, aún. ¿Cómo se puede firmar una sentencia llamándose Jennifer? ¿Y hacerla cumplir?

—Igual que un sudaca puede llevar tricornio. Es una chica brillante. Tuve el honor de ser su preparadora. Sacó de calle la oposición.

—Ya sabes que admiro profundamente el sistema de

selección de jueces en nuestro país. Por más que lo discutan sus detractores, sirve para llevar a los juzgados y tribunales a las personas más preparadas, ponderadas y juiciosas. A las pruebas y a ti misma me remito.

—Eso tienes que ensayarlo más, se te cae un poco el sarcasmo. En serio: es una chica estupenda, y además la quiero un montón. Te llamo porque sé que irás a verla antes o después. Y porque me gustaría que la apoyaras con la misma lealtad y entrega que tendrías conmigo.

—¿Acaso lo dudas?

—No, pero el cuerpo me pedía hacértelo saber.

—¿Acaso no te fías del todo de ella? ¿Hay algo que...?

—Me fío de ella más que de mí misma —me interrumpió—. Pero es mujer, joven, lleva un juzgado con mucho trabajo y pocos medios y Galicia es un sitio complicado. Y ahora, para redondear, le cae esto, el asesinato que abre todos los informativos. No le vendrá mal tener a su lado a alguien con verdadera voluntad de ayudarla a salir airosa.

—La ayudaré en todo lo que pueda. Y sepa.

—Te lo agradezco.

—La pregunta es: ¿nos ayudará ella a nosotros?

—¿Qué te cuentan los tuyos? Ya le habrán pedido diligencias.

—Preguntaba en un sentido más general.

—Es una juez vocacional. Cree en la justicia.

—Vaya, no sé muy bien cómo interpretar eso.

—Sí lo sabes. No dejará de daros lo que os deba dar, ni de negaros lo que os deba negar para preservar los derechos de quien se tercie.

Era de temer. Aproveché el momento para devolvérsela:

—Ya que me pides el favor, ¿puedo pedirte yo otro?

—A ver.

—Dile que no somos unos desaprensivos. Que no vamos a tratar de sorprender en ningún momento su buena fe ni de birlarle la cartera.

—Ya le he dicho que va a tener la suerte de contar con el mejor.

Aquello merecía una pausa dramática, y la hice.

—Eso me ha llegado al alma.

—No debería. A estas alturas tendrías que saber que yo no le digo a cualquiera que puede invitarme a cenar. Y menos al postre.

—Señoría, a eso no puedo responder, ahora mismo.

—No importa, ya encontrarás cuándo.

—Lo intentaré —dije, para no pillarme los dedos.

—Que haya mucha suerte. Y gracias.

—No hay de qué.

—Un beso grande, Rubén.

—Otro. Y a sus órdenes siempre, señoría.

—Vete a la porra, anda.

Y colgó. Nada más separarme el auricular de la oreja, miré a Lucía.

—Esto lo has oído todavía menos que lo anterior —le advertí.

—Ya lo había pensado por mí misma. Qué pena.

—¿Pena?

—Con lo bonito que es el amor.

—Tenga cuidado con esa ironía, guardia. Debajo de este suboficial que no hace ascos a confraternizar con la tropa está ese otro que sabe inspirarle más terror que el enemigo. No me obligues a despertarlo.

—Nada más lejos de mi ánimo. Y sí, se llama Jennifer.

—¿Qué tal es?

—Un poco pijilla, pese al nombre.

—¿Cómo que pese al nombre?

Lucía sonrió con aire travieso.

—Me da a mí que en mi *insti* había más Jenniferes que en el colegio bueno al que fue ella. Es de Barcelona, por cierto. De madre gallega, por eso pidió venir destinada aquí. Tiene casa en Sanxenxo.

—¿Qué habéis investigado, el crimen o a la juez?

—Fui a verla allí este fin de semana para que me firmara una orden. Me puso un café y todo, y me contó un par de cosas de su vida.

—Dime solamente: ¿te parece de fiar?

—Creo que con un poco de tu arte la tendrás en el bote.

—¿Tanto?

—Yo siempre me pongo en lo mejor.

—Mira qué bien. Así me gusta. Moral alta.

Durante el resto del trayecto, y después de comentar con ella un par de dudas que me habían surgido al estudiar las diligencias, hablamos poco. Lucía estaba concentrada en la conducción y yo en admirar el paisaje que atravesábamos. Ni las autovías ni las vías rápidas le sirven a uno para hacerse la mejor impresión de un territorio, pero el viaje me dio para recobrar la fascinación que siempre que había tenido ocasión de visitarla me había transmitido Galicia. Desde el paisaje de la ría de Vigo, ese espacio de contornos y direcciones imposibles de asimilar para el forastero, como anotaba en su novela Domingo Villar, hasta el interior, donde se alternaban montes, bosques y prados. Demasiado eucalipto y cada vez menos roble, pero incluso aquella especie voraz e invasora, que en otras partes de España daba una sombra polvorienta y maléfica, tenía allí un aire diferente y más benévolo. Y las nubes, que yendo y viniendo, subiendo y bajando, daban a la vegetación aquellos tonos de verde que iban desde el casi negro al esmeralda, y las casas desperdigadas por doquier, y la piedra vestida de musgo y de liquen. Todo era tan distinto, en suma, de la meseta de verdes fugaces y cereal agostado donde vivía que me bastaba con poner el pie allí para sentir que el mundo y mi espíritu se renovaban de forma instantánea.

Recordaba la primera vez que una investigación me había llevado a Galicia. Había sido en invierno, con temporal. Una de las noches me alojé en La Coruña y para despejarme decidí darme un paseo por la playa de Riazor. Fui solo, lo que pronto vi que era una imprudencia, pero a cambio presencié uno de los espectáculos más grandiosos de mi vida. Aquella mar arbolada, aquellas olas como gigantes furiosos con las que el océano martilleaba la tierra, y el estruendo que rompía la noche en la que nadie se atrevía a salir de su guarida. No anduvo lejos alguna de aquellas olas, que devoraban la playa entera y saltaban los pretiles del paseo, de llevarse al forastero que las contemplaba entre embobado y sobrecogido. Esa noche pensé en quienes se enfrentaran a ellas en alta mar, a bordo de un barco. El terror absoluto era eso.

Lo que aquella vez me tocaba era bien distinto, la Galicia interior, con sus ríos y riberas propicios a la ensoñación romántica, aunque a la orilla de uno de ellos le hubiera tocado conocer el horror a la chica que se convertía a partir de ese instante en el motor de mis actos. No era mucho lo que sabía de ella todavía, apenas un extracto variopinto de las circunstancias que habían rodeado su breve existencia, desde su ambiente natal hasta el crimen que la había atajado y concluido. En las fotos que obraban en el expediente, sacadas de sus redes sociales, me llamaba la atención la derechura de la mirada y el arco desembarazado de la sonrisa. Más que una chica áspera o problemática, hasta el punto de chocar con los suyos y casi renegar de ellos, daba la sensación de ser una chica feliz y despreocupada, contenta con lo que tenía y con argumentos para estarlo. Eran fotos en lugares agradables y se la veía con buena ropa, divirtiéndose. Parecía, en suma, alguien que tenía más motivos para estarle agradecido a la vida que peleado con ella.

El hecho cierto, sin embargo, era que se había marchado de su casa bien abastecida para caminar sola durante más de tres semanas, y que había sido en ese episodio de huida, renuncia y también de rechazo donde la muerte había venido a sorprenderla. Recordé entonces que teníamos su teléfono móvil, y desde él, muy probablemente, acceso a sus redes, sus cuentas de correo, sus documentos y en definitiva a los pliegues más intrincados y recónditos de su alma. Sólo era cuestión de esperar el tiempo que necesitaba nuestro grupo de apoyo técnico para desbloquearlo, con sus medios o, en el peor de los casos, con los de los proveedores externos que nos permitían eludir toda clase de métodos de encriptación. O al menos, los que protegían al usuario común.

Era triste disponer de esa ventaja, sobre todo porque solían ser las intimidades de los muertos por mano criminal las que acababan más expuestas, como un atropello suplementario al que ya representaba la acción del homicida. Procuraba no olvidar nunca a qué solos efectos se me daba acceso a ese material, y concienciar a los míos al respecto, porque la curiosidad por lo desconocido y lo oculto es consustancial a la condición humana, y el cotilleo una tentación de la que no está libre nadie. Les insistía una y otra vez en la responsabilidad que teníamos por poder ver al descubierto las miserias ajenas, pero con una creciente sensación de inutilidad: demasiadas cosas acababan saliendo a la luz. No éramos nosotros los únicos que mirábamos por esa mirilla.

No había estado nunca en Sarria. Cuando llegamos, me pareció un pueblo mucho más grande de lo que me esperaba. Tenía calles largas y rectas y no pocos bloques de pisos. En torno al cruce de caminos al que debía su emplazamiento, entre ellos el de Santiago, había crecido hasta convertirse prácticamente en una ciudad, lo que como todo tenía sus ventajas y sus inconvenientes. Imaginé que a sus habitantes, a cambio de disponer de más servicios, no les importaría mucho que los turistas sintiéramos alguna decepción al verla y comprobar que no coincidía con la estampa campestre y bucólica que nos habíamos formado.

El puesto era bastante nuevo y de buen tamaño y las viviendas para los allí destinados estaban manifiestamente en la gama alta de las que ofrecía la empresa. No quería esto decir que hubiera ningún palacio, pero sí que no se les caía el enlucido de la fachada y parecían encajar todas las ventanas, lo que no se podía afirmar de algunas otras.

Chamorro, a la que había enviado un mensaje nada más llegar a las primeras casas del pueblo, me esperaba a la puerta del puesto, con los brazos en jarras y expresión fatigada. A las comisuras de sus labios y las bolsas de sus ojos asomaban las horas que llevaba al pie del cañón desde el viernes anterior. Era fuerte y tenía aguante, pero también veinte años más que la chica que me había conducido hasta allí. A su lado, también con aire cansado, pero algo más entero, estaba el cabo Arnau. A sus treinta y tantos, todavía podía permitirse empalmar unas cuantas noches de poco sueño y no parecer un muerto viviente.

—Dichosos los ojos —fue el saludo de mi brigada.

—Compañera —le dije—. Aquí estoy, para lo que haga falta.

—Y bien moreno, sinvergüenza.

—El aire de las islas, ya sabes que yo al sol no me ofrezco.

Chamorro miró el reloj.

—Tenemos veinte minutos para ponerte al día.

—Aprovechémoslos entonces.

—Vamos dentro. Tenemos una sala. Te presentaré a los que hay de la unidad orgánica de la comandancia. El capitán se tenía que ir a algo de médicos de su madre. Están el teniente y la sargento primero.

—Espero que te los hayas ganado ya.

—Hasta donde se dejan.

El teniente, Bruguera de apellido, era un chaval joven, poco más o menos de la edad de mi hijo, y no era de allí. La sargento primero, en la cuarentena, se veía que era la que controlaba, por veterana y sobre todo por su condición de autóctona. Se apellidaba Cerdeira, era fibrosa como una alpinista y clavó en mí unos ojos verdes e inquisitivos.

—A la orden, mi subteniente. Qué bien que vino —fue su saludo.

—Seguro que esto ya marchaba sin mí —dije, para corresponder a su gentileza—. Aquí estoy para arrimar el hombro. ¿Cómo vamos?

—Un poco mejor que esta mañana —intervino Bruguera.

—¿Y eso?

Tomó la palabra Chamorro.

—Hemos localizado a un grupo de peregrinos que reconocen que tuvieron alguna relación con nuestra chica durante el camino.

—¿Alguna relación? ¿Eso en qué se traduce?

—En que se alojaron en los mismos albergues, y alguna vez cenaron y desayunaron juntos —añadió el teniente—. Incluso compartieron un par de jornadas, aunque nos han dicho que Queralt prefería ir sola.

—¿Se alojaron con ella la noche antes del crimen?

Cerdeira meneó la cabeza.

—Justamente esa, no. Pernoctaron en albergues distintos.

—Vaya, qué contrariedad.

—Pero sí dos noches antes —anotó la sargento primero.

—Ah, eso tiene otro color. ¿Cuántos son?

—Tres, dos chicos y una chica. Un poco mayores que ella.

—¿Los hemos interrogado ya a fondo?

—No todavía —informó Bruguera—. Los hemos encontrado hoy. Llegando casi a Santiago. Además de mirar los registros de todos los albergues, hemos puesto a un grupo de los nuestros a hacer el camino en sentido contrario. Así es como hemos podido dar con ellos.

—¿Y no la vieron en ningún momento el día de autos?

—Dicen que no —apuntó Arnau.

—A esos hay que darles una vuelta bien a fondo.

—Ya se les ha dicho que estén localizables y no se vayan de Santiago sin avisarnos —dijo el teniente—. Tenemos su dirección, sus números de móvil y su filiación completa. Están perfectamente controlados.

—Hay que buscar todos esos móviles en los datos de tráfico de las antenas cuando nos los pasen las operadoras —exhorté a Arnau.

—Ya estamos en ello.

—¿Y qué más? —pregunté.

—Poco más por ahora —resumió la sargento primero—. Testigos ya aparecieron varios, y alguno hasta parece fiable, pero lo más que dicen es que la vieron pasar a ella, por tal o cual sitio, a tal o cual hora, antes de la tarde, sola siempre. Nada sobre sus posibles interacciones con otras personas. Nada de sujetos de aspecto inquietante, o al menos no entre los testimonios que podemos considerar que resultan concretos y medianamente consistentes. Nada que nos sirva mucho, vamos.

—¿Y las imágenes de las cámaras?

Intervino otra vez el teniente:

—La tenemos a ella en dos ocasiones, a media mañana y sobre el mediodía. Sola, caminando tranquila y con aire normal. A partir de ahí se esfuma y ya no hemos conseguido volver a encontrarla.

—¿Dónde es la última vez?

—A la entrada de Samos, poco antes de las tres de la tarde. Es de imaginar que parara en el pueblo a comer, hay un paseo agradable junto al río e incluso algunos merenderos con mesas, pero no hemos encontrado ningún testigo ni ningún rastro de que los utilizara.

—¿Y hay imágenes de alguien sospechoso?

—Define *sospechoso*, mi subteniente —bromeó Cerdeira.

—No sé, un tío, para empezar. Grande, con visera, o algo.

La sargento primero se encogió de hombros.

—Tíos hay unos cuantos. Grandes, según. Y con algo en la cabeza van casi todos. Antes de que se nublara, el sol estuvo pegando bien.

—¿Y en horas más o menos coincidentes con el recorrido de ella?

—Unos cuantos, también. Y hay que tener en cuenta que siempre pudo ser alguien que pasara antes que ella y se parara a esperarla, o que ya estuviera en Samos, o que viniera en sentido opuesto.

No estaba mal discurrido. Me lo merecía, por hablar sin pensar.

—Bueno, tenemos guardadas todas las imágenes, supongo —dije—. Ya habrá tiempo de meterse a fondo con ellas. ¿Estamos seguros de que hemos localizado todas las cámaras que puedan interesarnos?

—Seguros, lo que se dice seguros... —dudó la sargento primero—. Vaya, que si hay alguna que haya puesto algún paisano para espiar a alguna vecina no la tenemos. El resto, yo diría que todas, o casi.

—¿Es esa una práctica común por estos pagos?

—No sería la primera vez. Ni en estos pagos ni en otros.

Miré el reloj: apenas teníamos cinco minutos.

—¿Y el arma del crimen?

—Según el forense, la mató con las manos, estrangulándola, después de apuñalarla, quizá para ahogar los gritos —dijo Chamorro.

—Y esas se las llevó puestas —observó Arnau.

—En cuanto al cuchillo —prosiguió la brigada—, ni rastro de él. La autopsia apunta a que podía ser uno de monte, no muy aparatoso, unos doce centímetros de hoja. No creo que podamos encontrarlo, a no ser que el dueño le tuviera apego y sea tan necio como para quedarse con él y nosotros tan listos como para pillarlo y registrar su casa.

—Bueno —recapitulé—. Podríamos estar peor.

—Tenemos que ir a ver a los padres —me recordó Chamorro.

—Sí, lo primero es lo primero. ¿Quieres venir, mi teniente?

Bruguera carraspeó.

—Mis instrucciones son dejaros el trato con la familia a vosotros. Y vienen de mi jefe y a él de más arriba todavía. Tú me dirás si...

Alcé las manos en señal de aceptación.

—Si tienes esas instrucciones, nadie soy yo para decir otra cosa.

—Prefiero cumplirlas —insistió—. Ya me contarás.

—Vamos entonces solos tú y yo, Virginia —le dije a Chamorro—. Tampoco es cuestión de presentarnos allí con un regimiento.

Chamorro había quedado con los Bonmatí en el lugar más cómodo para ellos, el hotel donde se alojaban a la espera de poder llevarse el cuerpo de su hija. Era un establecimiento de nombre regio, un tanto impersonal, de cuatro estrellas, la máxima categoría accesible en el municipio. Nos estaban esperando en la cafetería, que a esas horas del último día de septiembre, lunes por añadidura, se veía umbría y desierta. Por mi oficio atesoro una buena colección de cuadros lúgubres, pero el que componían aquellos dos ciudadanos, que me parecieron mucho más desvalidos y avejentados de lo que me esperaba —Ferran no pasaba por mucho de los sesenta, y su esposa era diez años más joven—, en aquella cafetería casi fantasmagórica de un hotel perdido en mitad de la provincia de Lugo, podía competir con los más desgarradores.

Dejé que fuera Chamorro quien hiciera las presentaciones:

—Mireia, Ferran. Mi jefe, el subteniente Bevilacqua.

—Vila —la corregí, tendiéndoles la mano—. *Ho sento moltíssim.*

Mis palabras obraron el efecto de sacar a ambos de aquella especie de estado letárgico e incrédulo con que observaban los contornos de la pesadilla en la que habían ido a caer. Sobre todo a Ferran, que levantó mucho las cejas mientras me alargaba una mano blanda e inerte.

—*Parla vostè català?* —me preguntó.

—No tan bien como me gustaría, pero algo, sí. Viví en Barcelona unos años. De todos modos, si les parece a ustedes, y por deferencia a mi compañera, les hablaré en castellano. Así me ahorro de paso meter la pata con las conjugaciones. Lo tengo bastante oxidado.

—Claro, claro —balbuceó, todavía con la mirada algo perdida.

—¿Les parece que nos sentemos?

—¿Quieren un café? —les ofreció Chamorro.

—Si tomo más café voy a acabar con taquicardia —dijo la mujer.

—Como quieran. ¿Y agua? —insistió mi compañera.

—No le digo que no —aceptó Ferran.

—Ahora se la traigo. ¿Y para ti, Rubén?

—Nada, gracias.

Me senté con ellos, mientras mi compañera se acercaba a la barra a pedir el agua. Dejé que ellos escogieran el lugar que les resultara más cómodo. Los dos se pusieron de espaldas a la ventana. Me instalé en el asiento que había enfrente, tras traer otra butaca para Chamorro.

No era fácil comenzar la conversación, y tampoco creí que debiera precipitarme a hacerlo. Los miré a los ojos, tratando de transmitirles primero sin palabras, con ese lenguaje asequible a cualquier persona que me había enseñado el trato con tantos otros familiares de víctimas, que estaba de su lado, que no estaban solos ante el dolor y el espanto de haber perdido lo que tanto amaban. Se trataba de saber mantenerse ahí, expuesto a su congoja, su rabia, su perplejidad, sin rehuirlos ni tratar de crear falsas expectativas, y sin engañarlos tampoco buscando hacerles creer que tu aflicción podía representar siquiera una fracción infinitesimal de la suya. La idea era más bien hacerles notar que no te importaba estar en el centro de su tragedia, donde nadie querría estar y mucho menos todavía quedarse a vivir. Que esa era tu vida, y lo asumías y sabrías llevarlo adelante y hacer lo que fuera necesario.

Como dentro de ciertos límites mi rudimentario cerebro masculino puede procesar más de una tarea a la vez, mientras hacía aquello me fijé mejor en ambos. En sus ropas, su lenguaje facial y corporal. Los dos iban previsiblemente bien vestidos, mejor Mireia, que mantenía el tipo más que su marido. A ella las prendas se le quedaban en su sitio, mientras que a él, con unos kilos de más, la camisa se le descolocaba y la cintura del pantalón le caía más baja de lo deseable. Ninguno de los dos, sin embargo, llevaba el cabello en perfecto estado de revista, lo que unido a los ojos hinchados y las arrugas pronunciadas contribuía a darles todavía peor aspecto. Ferran vestía una americana holgada, de paño ligero y un elegante color gris azulado. Sobre la tela destacaba un pin que representaba un lazo amarillo: el emblema reivindicativo de la libertad de los presos políticos, en terminología independentista, o los políticos presos, según sus oponentes. Es decir: los activistas y los miembros del Govern que todavía estaban en prisión a la espera de sentencia por su participación en los incidentes del otoño de 2017. Por un momento pensé que dejarse ese pin puesto no dejaba de ser una provocación, y quizá deliberada, en tanto que a los miembros de los cuerpos de seguridad se nos despreciaba como esbirros de la represión que sufrían los encarcelados. Pero luego se me ocurrió que no tenía por qué ser necesariamente así. Que para Ferran aquel adorno era ya una pieza fija del vestuario, como los zapatos o los calcetines, y que sucedía sólo que en medio de lo que tenía encima ni siquiera le había dado por pensar en el efecto que pudiera causar el lazo en quienes iban a encargarse de tratar de resolver la muerte de Queralt.

—El agua. La he pedido sin gas —dijo Chamorro, mientras colocaba dos botellines y dos vasos sobre la mesita que había ante ellos.

—Gracias, está bien —dijo Mireia.

Ferran se sirvió sin decir nada un vaso del que bebió ansiosamente. Luego se limpió los labios con la servilleta y me preguntó:

—¿Qué es lo que pueden decirnos?

Crucé una mirada con mi compañera.

—Poco aún, por desgracia —dijo Chamorro—. Sabemos la causa de la muerte, la hora, que ese día iba sola, y nos hemos preocupado de recoger todos los indicios materiales y recabar todos los datos y todas las imágenes que puedan servirnos para esclarecer lo que ocurrió.

—Estas cosas no dan resultado inmediatamente —dije—. Pero lo acabarán dando. En este punto, tenemos que pedirles que tengan paciencia.

—¿Cómo murió, sufrió mucho? —preguntó la madre.

Aquel era un momento delicado. No solíamos darles a los familiares directos detalles dolorosos si no era indispensable, pero si ellos te los pedían tampoco podías negárselos. Traté de escoger las palabras.

—Las heridas eran mortales. Y el asesino, creemos que para acabar antes, hizo además por asfixiarla. Debió de morir en seguida.

Temí que a renglón seguido me preguntara si podía confirmarle el abuso sexual. Quizá porque eso no quería saberlo, o porque lo daba por sentado, no lo hizo. Le agradecí no tener que echar mano de los eufemismos que solían servirnos para salir de esa clase de apuros.

Ferran Bonmatí, que había procesado mis palabras con la mirada perdida en el techo, regresó entonces de aquella dimensión remota en la que parecía suspendido. Me miró y dijo con voz temblorosa:

—Creo que no tengo más remedio que serles sincero.

—Es recomendable que lo sea —observé, sin ver por dónde iba.

—Hay un par de cosas que creo que debería contarles, pero...

Se interrumpió. No quise apremiarle, pero el silencio se alargó tanto, mientras podía percibir la expectación de Chamorro a mi lado y cómo él se miraba cabizbajo el lazo amarillo, que acabé por preguntar:

—¿Qué le preocupa?

Ferran suspiró. Y de pronto, sin más, me disparó a bocajarro:

—Hasta qué punto alguien como yo puede fiarse de ustedes.

8

Gentuza como vosotros

Cuando el despertador me sonó a las cinco de aquella mañana de junio de 1992 podía haber dormido como mucho tres horas, pero entonces aún era joven y salté del sofá como impulsado por una ballesta. Tras una ducha rápida para quitarme el sudor de la noche y un café bebido a toda prisa, y sin necesidad de afeitarme, porque con pasamontañas nadie iba a darse cuenta de que había prescindido del rasurado, me encontré al volante de mi coche y sólo quince minutos después en el punto de encuentro para la operación. Nos juntamos en torno a los vehículos varias decenas de hombres y alguna mujer; entonces no eran muchas, y las que estaban allí, las valientes que habían aceptado ser las pioneras en el servicio de Información. Ellas, como yo y el resto de los del servicio, iban de paisano, con chaleco y el pasamontañas listo para colocárselo cuando llegáramos a los objetivos. La precaución allí no tenía que ver con el riesgo para nuestras vidas, como en el País Vasco, sino con la necesidad de preservar nuestras identidades para poder continuar actuando encubiertos siempre que hiciera falta.

El resto de los efectivos allí congregados, adscritos a las unidades de reserva y acción rural, iban uniformados de pies a cabeza y armados hasta los dientes. Ellos actuarían a cara descubierta, igual que hacían en las operaciones en territorio más hostil. Era una forma de mantener alta su moral, y de lanzar de paso al enemigo el mensaje de que ellos, que no lo necesitaban por su trabajo, como nosotros o los miembros de la Unidad Especial de Intervención, no se escondían. Había podido ver más de una vez que el truco funcionaba: no para refrenar la ira de quienes nos insultaban desde la impunidad de las aceras, sino para achicar a los que se veían detenidos y reducidos por ellos. Los había duros, que así y todo se resistían, pero incluso estos, salvo muy raras excepciones, se limitaban al desahogo verbal y tenían cuidado de no acercar un dedo a sus armas, aunque durmieran con ellas cerca.

Mientras esperábamos a que se diera la orden de salir, pensé en lo que iba a representar para nuestros clientes de aquella mañana verse de pronto ante aquella maquinaria preparada para neutralizarlos. No eran tan recios como sus homólogos del hacha y la serpiente, aunque en sus conversaciones y fantasías aspirasen a serlo. Por momentos me parecía que tanto despliegue resultaba excesivo, que con una patrulla de apoyo por domicilio habría bastado y sobrado para hacer la tarea. Bajo esa oscuridad ya dubitativa que empezaba a anticipar el primer clarear del alba, las luces azules de los prioritarios de los vehículos le daban a la escena un aire irreal y a la vez irresistiblemente estimulante. En el ambiente estaba ya, en potencia, lo que iba a pasar poco después: la liberación de la tensión acumulada a lo largo de los últimos meses, en una catarsis que todavía se hacía desear. Noté cómo la adrenalina volvía a fluir por mi organismo, hasta que finalmente se nos acercó el comandante y nos dio la noticia que todos estábamos esperando.

—Los secretarios judiciales están ya listos en cada uno de los puntos designados —informó—. Los recogemos y al toro. Vamos allá.

Trasladó luego la misma información al responsable de las unidades de apoyo. Un minuto después, el convoy se puso en marcha y al llegar a las sucesivas bifurcaciones se dividió en los grupos encargados de entrar en cada domicilio. Con el equipo de Arias, del que yo formaba parte, vino una decena de agentes de la unidad de reserva, al mando de un sargento alto, fornido, risueño y de ojos muy azules. Se llamaba Ricardo y según supe después llevaba ya en Cataluña algún tiempo, aunque el acento al hablar lo delataba al instante como andaluz.

—¿Cómo es el pájaro este? —le preguntó a Arias, tan pronto como bajamos de los coches para tomar posiciones en torno a la casa.

—Poca cosa, y en la casa sólo estarán él y la mujer —dijo Arias—. Pero ya sabes que es cuando te confías cuando vas y la cagas.

—Los míos y yo no nos confiamos nunca —aseguró el sargento—. Era sólo por saber si le metemos sólo un tiro o varios, y dónde.

—No hablará usted en serio, mi sargento —salté.

—¿Tú qué crees, chaval? —se burló.

—Por si acaso, que tampoco te oigan decirlo —terció Arias.

—No pongáis esa cara de susto, hombre. Una vez que pasemos esa puerta mi gente y yo sólo decimos dos palabras: Guardia Civil.

—¿Nada más, seguro?

—Bueno. También podemos decir «al suelo», si hace falta.

—Mejor que no os salgáis de ese guion —advirtió el subteniente.

Arias se acercó al secretario judicial, un treintañero con gafas y aire algo despistado que acababa de bajarse de un coche sin distintivos ni luces, para informarle de cómo íbamos a proceder. Mientras tanto, el sargento Ricardo se reunió con los suyos y les señaló los puntos para el despliegue. La casa de Mortadelo sólo tenía una entrada y no parecía estar nuestro objetivo tan en forma como para saltar con facilidad el cerramiento posterior de la parcela, lo que facilitaba la operación. Al fin, Arias nos ordenó a los miembros de su equipo que nos pusiéramos los pasamontañas y dio luz verde al equipo de apoyo. Del maletero de uno de sus todoterrenos sacaron el ariete y se dirigieron sin más hacia la puerta. Ricardo colocó dos hombres a cada lado del umbral, ordenó al del ariete con una seña que procediera y pocos segundos después la entrada estaba despejada. Los dos hombres de la derecha se abrieron paso hacia el interior y el que iba en cabeza lanzó el grito de guerra:

—¡Guardia Civil!

Un minuto después todo había concluido. Mortadelo estaba con las manos esposadas a la espalda, tumbado bocabajo en el suelo de su dormitorio. A su cónyuge, asustada perdida, el sargento Ricardo la guiaba con delicadeza hasta un sillón en el que pudiera sentarse.

—Estese usted tranquila, que esto no va con usted.

La mujer lo miraba con ojos espantados, tratando de entender cómo podía no ir con ella la invasión de su domicilio por un regimiento de hombres armados que acababan de colocar a su marido en aquella postura tan humillante, en calzoncillos y besando el suelo.

—Eso sí, séame buena, ¿eh? —le advirtió el sargento—. Que ni yo ni ninguno de mis compañeros queremos esposarla a usted también.

La mujer de Mortadelo no fue capaz de decir nada. Asintió de forma mecánica y se dejó sentar. Afortunadamente, dormía con un camisón corto que le permitía mantener una mínima dignidad en aquel trance. No obstante, Ricardo volvió a mostrar la pasta de la que estaba hecho, tan distinta de lo que me había hecho pensar con su broma antes de la entrada, cuando, una vez que la mujer se hubo sentado, le dijo:

—Y si me indica usted dónde tiene una bata o algo, se la traemos.

La mujer le señaló el ropero que había en la habitación. Ricardo le hizo una seña a uno de los suyos y poco después la mujer tenía con qué cubrirse un poco mejor de las miradas de aquel grupo de varones que se había adueñado por la fuerza del espacio de su intimidad. Me dio lástima su desconcierto, e incluso me hizo sentir algo culpable por formar parte del aparato que le había hecho comprobar en sus carnes la fuerza del Estado al que el hombre con el que dormía había tenido la mala ocurrencia de provocar con sus actividades clandestinas.

—Estás detenido, Albert —le dijo Arias a nuestro hombre—. Tienes derecho a no abrir el pico y te asistirá un abogado de oficio por jugar con sustancias explosivas, que es de lo que se te acusa, además de formar parte de una organización terrorista y alguna otra cosa que ya te iremos contando. Ahora vamos a registrar tu casa, en tu presencia y la del secretario judicial que va a levantar acta, con la orden de la que él mismo es portador. Y luego iremos juntos a ver esa nave en la que estuviste ayer, que ya tiene controlada otro equipo nuestro, y que también tenemos permiso del juez para abrir y mirar a fondo. Espero que te haya quedado más o menos claro. Si no, te lo repetimos.

Cruzó una mirada conmigo y otra con el secretario judicial, cuyos ojos busqué yo a mi vez, antes de hacerle un guiño a mi jefe. Arias lo captó al vuelo, asintió con gesto estoico y se dirigió al detenido:

—Te lo va a decir de otro modo mi compañero, que me parece que me he saltado alguna cosa de las que manda la ley. Entre tanto dime dónde tienes unos pantalones que se te puedan poner fácilmente y sin necesidad de quitarte las esposas. Si son cortos, mucho mejor.

Mortadelo se limitó a indicar con la barbilla en dirección al mueble que tenía más cerca, en cuyos cajones Arias, que no se dio prisa, acabó dando con un calzón corto de deporte. Mientras tanto, yo le recitaba al detenido sus derechos con las palabras de la Ley de Enjuiciamiento Criminal, para alivio del secretario, que por un momento había tenido la sensación de que le habían puesto al frente de un escuadrón de mamelucos para practicar aquella diligencia. También me preocupé de tratar al detenido de usted, porque la estima que les otorgamos a otros, incluso a quienes menos puedan merecerlo, es una señal de la estima que tenemos por nosotros mismos y nuestro desempeño en sociedad, y porque por algo lo había prescrito en la Cartilla del guardia civil el duque que había organizado el cuerpo siglo y medio atrás. A Arias se le debía de haber olvidado, o simplemente era que la veteranía y haber tenido que madrugar tanto le llevaban a relajarse, pero las formas eran importantes. Sobre todo con quienes habían decidido perderlas.

Una vez expugnada la fortaleza y capturado el enemigo, menguó notablemente la emoción del instante y el registro se convirtió en la sucesión de tediosas operaciones en que solía consistir aquello, salvo que uno esperase encontrar en el lugar en cuestión algo sensacional, como un arsenal o una persona recluida en una mazmorra secreta, lo que en modo alguno iba a ser el caso allí. En su domicilio, a Mortadelo apenas le incautamos alguna documentación incriminatoria, y sólo de forma indirecta, en la medida en que acreditaba su relación con otros miembros de la organización terrorista y su alineación ideológica con sus postulados. Aquel hombre no era ni mucho menos integrante del núcleo duro o de dirección del movimiento: no pasaba de ser un tipo exaltado a quien los que mandaban habían utilizado como subalterno para desempeñar labores logísticas y de apoyo; alguien un poco más sensato habría hecho demasiadas preguntas antes de aceptar. Sin embargo, el silencio espeso en que asistía a nuestro registro delataba el temor que ocupaba todo el tiempo sus pensamientos, después de que Arias, con su malevolencia de caimán retorcido, lo hubiera sembrado en su mente aludiendo a la nave en la que nos personaríamos después. Eso me hizo pensar que sabía perfectamente lo que contenían los bidones que había transportado la víspera, como por cierto habría de acabar interpretando también la sala que dictó sentencia en su caso. O lo que es lo mismo, que de alguna forma, cuando tuvo la mala suerte de caer en nuestras manos, acababa de ganarse la confianza de los suyos para realizar tareas de mayor envergadura. Los Juegos estaban cada vez más cerca y el viaje que había llevado a las inmediaciones de Barcelona aquel material era un movimiento de cierta relevancia estratégica.

Tan pronto como estuvo listo el registro de la casa, nos trasladamos junto al secretario y el detenido a la nave. La investigación demostraría más adelante que la había alquilado pocos días antes otro miembro de la organización, siguiendo las indicaciones del propio Mortadelo, que era el que se había enterado de que estaba libre y de que el propietario pedía por ella una renta irrisoria. Al ver el despliegue de los nuestros que mantenía acordonada la zona, Mortadelo palideció visiblemente. Antes de entrar en el inmueble, Arias le enseñó al detenido el llavero que habíamos hallado entre sus pertenencias y lo hizo tintinear.

—Si me dices cuál es la llave, nos ahorramos romper esta puerta. No embestimos por gusto, preferimos no causar destrozos innecesarios.

Albert no estaba del todo allí. Imaginé que estaba ya anticipando el momento en el que tendría que explicar, primero ante nosotros y luego ante un juez, quién y para qué le había pedido mover los bidones.

—Eh, Albert —le insistió Arias—. ¿La rompemos o no la rompemos?

Ahora, una vez que había dejado constancia de su mansedumbre, estaba esposado con las manos por delante, así que pudo tenderlas, trémulas, para señalar en el manojo de llaves la que correspondía. Arias la empuñó y, antes de introducirla en la cerradura, observó:

—Se te agradece el detalle. Al final nos llevaremos bien y todo.

La nave ofrecía un aspecto más bien deplorable, propio de un lugar que llevaba algún tiempo abandonado y que sus nuevos inquilinos tan sólo habían acondicionado mínimamente para la nueva función a la que lo iban a destinar. No fue difícil dar con lo que buscábamos. Bajo una lona, apenas disimulados, aparecieron los bidones. Algo más nos costó dar con el material que alguien que no era Mortadelo —de eso podíamos dar fe— había traído para la preparación del explosivo y la documentación con las instrucciones para llevarla a cabo. Ni a Arias ni a mí nos costó identificar la procedencia de aquellas indicaciones para artificieros aficionados. Eran una prueba más de los vínculos que se habían establecido entre Terra Lliure y ETA, y que habían conducido, entre otras cosas, a que en el comando etarra que había cometido el atentado contra la casa cuartel de Vic del año anterior se integrara un miembro de la organización catalana, que perdió la vida durante el asalto de la unidad de intervención a la casa donde se escondían.

—Qué disgusto, Albert —dijo Arias—. Con lo bien que íbamos, me temo que esto va a deteriorar un poco nuestras relaciones.

El secretario judicial levantó acta de todo, como había hecho con lo que le habíamos intervenido en su casa. Para cuando rematamos las dos diligencias, ya estaba avanzada la tarde. Habíamos comido de cualquier forma unos bocadillos que había traído un miembro del equipo de apoyo, y llevábamos doce horas en pie, pero aquel no era el momento de descansar. Condujimos a Mortadelo a las dependencias del cuerpo donde se había decidido centralizar todos los interrogatorios que se harían en Barcelona antes de llevar a los detenidos a Madrid para ponerlos a disposición del juez de la Audiencia Nacional. El nuestro entró en el calabozo cabizbajo y con aquella expresión ida que se le había adosado al semblante desde el momento en que lo habían sacado de la cama. Antes de cerrarle la puerta, no pude por menos que avisarle:

—Le dejamos ahora un momento para meditar. Aprovéchelo.

Apenas cerró la puerta el guardia que se ocupaba de los calabozos me arranqué aquel maldito pasamontañas, que aunque era de los más ligeros estaba ya a punto de asfixiarme. Arias aún mantuvo el suyo.

—Qué flojos sois los jóvenes —observó—. A ti me habría gustado a mí verte haciendo una correría a pie en julio en Écija, con la guerrera de paño y el tricornio hirviéndote a fuego constante los sesos.

—Y ya de paso caminando descalzo sobre unas brasas, ¿no?

—Andar con las botas aquellas era peor todavía.

—¿Qué vamos a hacer cuando lo interroguemos?

—Volver a ponernos el antifaz este —dijo, mientras se lo quitaba.

—Ya.

—¿Qué propones si no? Ah, ya te veo venir.

—Yo no he dicho nada.

—¿Quieres que busquemos una capucha? No sé, yo había pensado que mejor evitárselo. Está demasiado acojonado ya, creo que tenemos que darle un poco de cuartelillo, a este aún podemos sacarle algo.

—Usted manda, mi subteniente.

—No, dime tú cómo lo ves. Confío en tu criterio.

—Creo que tiene razón. Nos fastidiaremos.

—Aprovecha y sal al patio a tomar un poco el aire. Yo voy a tomar un café y a ver si a la criatura esta le han asignado ya abogado.

Una hora más tarde, estábamos los dos a solas con el detenido en la sala de interrogatorios. Entonces las normas procesales de la detención no eran tan estrictas, y menos con los acusados de terrorismo, así que el abogado de oficio que en efecto ya le habían designado a Albert no estaba allí, sino esperando en un pasillo a que le llamáramos para que asistiera a la toma oficial de declaración. Digamos que aquello era un intercambio previo e informal de pareceres, sin testigos y sin ninguna repercusión legal. Un momento de confianza entre nosotros y él, que el subteniente esperaba aprovechar para vencer su resistencia y extraerle la información que nos pudiera facilitar. Tal vez ahí fue donde estuvo el problema: en las expectativas que se había creado al respecto.

A Albert le había dado tiempo a pensar, desde luego, pero a primera vista no adiviné el sentido en que habían ido sus cavilaciones. Sí me fijé en que ahora sí nos miraba, y en sus ojos, aunque para llegar a ellos tenía que atravesar el vidrio de sus gafas, advertí un brillo raro, una especie de rabia contenida. Me acordé de aquello de la *rauxa* que había leído en el libro de Vicens Vives. E instintivamente, me puse alerta.

—En fin, Albert, ¿cómo va a ir esto? —comenzó Arias.

—Cómo que cómo va a ir. Usted sabrá.

Eran las dos primeras frases completas que le escuchaba. La voz le temblaba un poco, pero en el tono y en el contenido podía percibirse el desafío. Si lo veía yo, que estaba mucho menos baqueteado, con mayor razón debía de verlo el subteniente. Sin embargo, no se alteró.

—Me refiero —comenzó a explicar, paciente— a si tienes intención de contarnos algún cuento o estás dispuesto a aceptar que esto es lo que tiene toda la pinta de ser y a reconocer la verdad de las cosas.

—Esta mañana me pareció que usted se lo sabía ya todo.

Arias inspiró lentamente.

—Mira, lo que yo sepa no es relevante. Eso ya lo pondré yo cuando sea en un informe, o lo pondrá este que está aquí conmigo, y tanto lo que yo pongo como lo que pone él va a misa, porque somos buenos y sabemos hacer nuestro trabajo. No es eso lo que tiene que preocuparte, sino lo que tú nos puedes decir para que en ese informe te saquemos lo más mono posible o, al revés, te dejemos hecho unos zorros. Ya sabes que nosotros no vamos a juzgarte, pero lo que escribimos se lo leen los que juzgan, y ellos no están aquí, ni han estado todas estas semanas pisándote los talones y mirando lo que hacías o dejabas de hacer. Aquí, contigo, ahora, estamos nosotros, y lo mismo que tú a nosotros nos importas, y por eso te cuidamos, y entre otras cosas nos jodemos nosotros con este pasamontañas en pleno verano, en vez de ponerte a ti un saco en esa cabezota para que no nos veas, nos llegaría al corazón sentir que te importamos un poquito y consientes en ayudarnos.

—¿Por qué iba a ayudaros?

Reparé en cómo nos tuteaba de pronto. Aquello no iba bien.

—Ya te lo he dicho. Por el informe. Por lo bonito que sería querernos los unos a los otros, en lugar de tener que funcionar a las malas.

—Escriban lo que quieran. También habrá un defensor que hará lo posible para hacerles ver a los que juzgan que no tienen pruebas. Por cierto, me dijo que tenía derecho a un abogado. ¿Dónde está?

Arias tamborileó con los dedos sobre la mesa.

—De camino. Hay mucho tráfico.

—No me pareció que hubiera tanto cuando veníamos.

—Mira, escucha una cosa. Lo que transportaste ayer a esa nave ya lo están analizando y en seguida nos lo certificarán, pero a mí no me hace falta ese análisis. ¿Tú sabes lo que es, para qué sirve y lo que hace cuando un sujeto sin escrúpulos, o sin cabeza, o sin las dos cosas, le pone un detonador y lo coloca en un sitio por donde pasa gente?

—¿Y quién le dice que iban a ponerlo en un sitio así?

—¿Lees los periódicos, Albert? No hace ni un mes, tus amigos, esos mismos para los que haces de transportista, pusieron un artefacto en una oficina del INEM. Dieciocho heridos, y porque todos tenían ángel de la guarda y ninguno se había tomado el día libre. La gente pasa por donde no te imaginas, por más esfuerzos que hagas para evitarla. Y atacar una oficina del INEM no me parece hacer demasiados.

—No sabe si fueron ellos. Lo supone.

—Lo reivindicaron.

—Quizá lo hizo uno de ustedes, para justificar ahora esto.

Vi destellar un instante la cólera en la pupila diminuta de Arias. Acertó a dejarla confinada ahí. Sin elevar el tono de voz, continuó:

—Me hago cargo de que quizá nunca hayas tenido que entrar en un lugar donde hay esparcidos trozos de personas. Hombres, mujeres, incluso niños. Le envidio esa suerte, *senyor regidor*, yo no la tengo. Por eso, seguramente, jamás me prestaría a llevar unos bidones sin saber positivamente lo que contienen, y mucho menos aún sabiendo que lo que transporto es material para fabricar explosivos. Quiero creer que usted lo hizo por inconsciencia, no por maldad. Ayúdeme a creerlo.

—No soy *regidor*, sólo asesor.

—Lo que fuere. Hágame el favor. Hágase el favor.

Mortadelo se revolvió inquieto en la silla.

—¿Qué es lo que quiere? Dígalo, y así ahorramos tiempo.

Arias encontró las ganas o el humor para hacerle un resumen.

—Quiero que me diga, en primer lugar, quién le puso en contacto con la organización. En segundo lugar, con qué personas se relaciona que le conste que forman o han formado parte de Terra Lliure, desde cuándo y cuál es el contenido de esas relaciones. En tercer lugar, quién le señaló dónde estaba el material para fabricar explosivos y le pidió que lo acercara desde Gerona hasta Barcelona. Esto último es lo que más le conviene decirnos. Si no, tendremos que deducir que es usted el responsable último de ese traslado y de lo que se perseguía con él.

Mortadelo acusó la puñalada que Arias acababa de asestarle, pero estuvo lejos de descomponerse. De algún modo se las había arreglado para encontrar en la soledad de su celda la energía y la presencia de ánimo que le había faltado durante todo el día. Era algo excepcional en mi experiencia anterior: el calabozo solía agachar más que alzar las voluntades. Quizá lo animaba haber dejado de estar rodeado de tipos armados que le sacaban una cabeza y hallarse sólo frente a Arias y a mí, que no impresionábamos por nuestra envergadura. O quizá fuera el ardor que le infundía la causa lo que había conseguido volver a rearmarlo durante aquel rato de soledad. En su mirada, cuando habló, se mezclaban la altanería de la provocación y el arrobo del mártir.

—Terra Lliure se disolvió el año pasado. Deberían saberlo.

Arias chasqueó la lengua.

—Lo sabemos. También que no del todo. Que la decisión de dejar la lucha armada causó una división en las filas de la organización y que los más entusiastas, como tú y tus amigos, os rebelasteis contra ella.

—También deberían saber por qué luchamos.

Ahí Arias meneó la cabeza.

—¿Por qué lucháis, Albert?

—Para que Cataluña sea libre y se gobierne por sí misma y no siga *llanguiendo* en manos de esa España reaccionaria y franquista que se disfraza de democracia pero sigue siendo la del «vivan las cadenas».

—Se dice *languideciendo* —le corrigió el subteniente.

—Como se diga. Yo estoy hablando en su lengua, por

si se le olvida, ya veríamos cómo hablaba usted la mía si le obligaran a hacerlo.

Mi superior adoptó un tono socarrón.

—*Amb emoció. Amb molta emoció.*

—Ríase, ya que puede. Pues para eso luchamos, y también para que no disimulen ahora todas sus miserias con unos Juegos Olímpicos, ayudados por esos que se dicen catalanes y nacionalistas pero que siempre están en venta para salir en la foto y forrarse de paso el riñón.

—O sea, que me reconoce que forma parte de esa lucha.

—Claro que se lo reconozco, a usted y a quien sea. De lo que no sé absolutamente nada es de poner ninguna bomba ni de nadie que la haya puesto o vaya a ponerla. Eso usted sabrá de dónde lo saca.

—Hombre, absolutamente nada... Esos polvos que había en la nave para qué eran entonces. ¿Para abonar un huerto? Ya sería grande.

—Tampoco sé nada de esos polvos.

—Albert, hombre de Dios, que te tenemos fotografiado cargándolos y descargándolos. ¿No ves que va a ser agotador aguantar negándolo hasta que llegue el juicio? Con el atasco que hay ahora en la Audiencia, con sumarios de narcos y los de vuestros primos los gudaris, no van a ser menos de tres años. Yo que tú me lo pensaría un poco mejor.

Mortadelo se miró las manos, que le habíamos dejado libres y que en ese momento estiraba sobre la mesa. Finalmente, respondió:

—Mire, creo que se ha equivocado conmigo.

—En qué sentido.

Advertí algo raro en la mirada de aquel hombre. Un impulso súbito e irracional. Como el del kamikaze que mira desde la altura lejana de las nubes la cubierta del buque contra el que va a estampar el morro cargado de explosivos de su aparato. Como el de los revolucionarios de su tierra que, según decía Vicens Vives, elegían siempre alzarse en el momento más inoportuno por la causa menos consistente y una y otra vez acababan probando la hiel del más estrepitoso de los fracasos. Lo que a continuación dijo el detenido sonó decisivo y terminal:

—No soy un soplón. Y no tengo la menor intención de colaborar con gentuza como vosotros. Lo que me gustaría es que os largarais para siempre de mi tierra y dejarais de apestarla por donde pasáis.

Arias encajó el venablo impertérrito. Al menos por fuera.

—Chaval, el que se equivoca eres tú —acabó por sentenciar.

Entonces se volvió a mí y con voz neutra me pidió:

—Hazme un favor. Ve y tráeme una capucha.

Como yo titubeara unos segundos, insistió en la orden:

—Una capucha. Que le entre en esa perola que tiene.

Habría querido discutírselo, abrir un interludio del tipo policía bueno y policía malo, pero la mirada del subteniente no me dejaba margen alguno a la negociación. Había recibido una orden directa y no tenía más remedio que cumplirla en sus términos. Después de todo, su contenido no era ilegal de forma inequívoca, o no todavía. Así que salí y fui a por lo que me había mandado. Apenas me vi en el pasillo me pregunté dónde demonios podría haber una capucha por allí. Cinco minutos después me había agenciado una: una funda de almohada, ancha, que me facilitó el guardia que estaba a cargo de los calabozos. Cuando entré de nuevo en la sala de interrogatorios, me encontré a Arias exactamente en la misma postura en que le había dejado al salir, observando en silencio a un Mortadelo que tragaba saliva y al que le sudaba la frente. Le mostré al subteniente lo que traía. Apenas miró un instante de reojo para comprobarlo y me ordenó, seco y gélido:

—Ponle otra vez las esposas. Y embútesela.

—Qué van a hacer. No pueden...

—Claro que podemos. Hazlo —me apremió mi superior.

Volví a esposarle con una sensación de disgusto y catástrofe. No se resistió: aquel tiempo sometido al escrutinio de Arias parecía haberle desprovisto de toda su energía combativa. Tampoco fue demasiado dificultoso colocarle la capucha, que por lo demás era de algodón y le permitiría respirar sin mayores impedimentos. No era la primera vez que había interrogado a alguien así, ni era entonces un procedimiento inusual en asuntos de terrorismo, justamente para que la desventaja psicológica, ya que no podían ver nuestras caras, estuviera de su lado y no del nuestro. Pero en aquella ocasión pesaban en mi memoria los recuerdos de mi última operación en Guipúzcoa, la que había tenido como consecuencia que me apartara de la lucha contra ETA y buscara en Cataluña nuevos aires que ahora resultaban no serlo tanto. Apenas le cubrí el rostro al detenido, Arias se arrancó con furia el verdugo.

—Ahora ya podemos quitarnos este engorro nosotros.

Mortadelo cabeceaba a un lado y a otro, con esa desorientación del hombre que no ve dónde está y que no sabe por dónde le va a venir lo que ya siente que le amenaza. El subteniente le ordenó entonces:

—Ponte de pie.

—¿Có... cómo?

—Que te pongas de pie, coño.

El detenido obedeció. Había empezado a temblar. Arias soltó aire, se levantó y se recolocó lentamente el pantalón debajo del abdomen. Se acercó a donde estaba Mortadelo, apartó la mesa y la silla con cuidado y tras situarse enfrente de aquel hombre le murmuró casi al oído:

—Escucha, mierda seca. Vas a contármelo todo, por su orden y con todo detalle, porque si no te voy a arrancar las uñas y las orejas y todo lo que se te pueda arrancar. Y no me vuelvas a decir que no puedo. Nos ha jodido que puedo. Luego puede que me echen, pero no creas que me importa, ya no me queda tanto en el convento y la pensión la tengo devengada. Pagaré a gusto el precio con tal de darme el placer de enseñarle a un imbécil como tú que ni a mí ni a los míos nos llama gentuza nadie. Ni tú, ni cien mil como tú. ¿Te ha quedado claro?

No hubo ninguna respuesta. Arias tomó aire, con más fuerza esta vez. A continuación, antes de que yo pudiera verlo venir, le dio un empellón que lo arrojó contra la pared. El otro gimió al golpearse.

—Que si te ha quedado claro.

Vino luego otro empellón, y otro, y otro. Al tercero, Mortadelo, que había sobrestimado su coraje, no pudo más y entre sollozos dijo:

—Sí, me ha quedado claro.

Arias volvió a colocar la mesa y la silla y le invitó a sentarse. Ahí fue donde supe que aquel hombre iba a confesar. Y que por más que me insistiera, nunca me avendría a aceptar la oferta del comandante de seguir haciendo aquel trabajo para el que estaba muy lejos de servir.

9

Un padre

La interrogación que Ferran Bonmatí dejó flotando en la atmósfera de aquella tarde oscura y fúnebre obró el efecto de remover en mi interior demasiadas cosas para poder encontrar a partir de ellas una respuesta simple y convincente. Si me paraba a desplegarlas y ordenarlas, me iba a costar decirle que sí: que un hombre como él podía fiarse de alguien como yo. Nunca había participado del odio que había visto en otros a lo que él representaba, en lo tocante a sus ideas y sus deseos. No se puede odiar, así lo veía yo al menos, a alguien por lo que cree y quiere, salvo que se trate de creencias y deseos espurios, y nadie está nunca tan metido en el alma de otro como para poder certificar tal cosa. Por lo que se refiere a lo que hacía, y lo que hacían o habían hecho algunos de sus correligionarios, tampoco me inspiraba ningún resentimiento. Hacía muchos años que había aceptado que el delito, incluso el más abominable, no recibe mejor respuesta que la ley aplicada con arreglo a la razón, sin excesos emotivos ni vindicativos, que nunca reforzaban su legitimidad, y que quienes establecían hasta dónde alcanzaba esa respuesta eran otros, a los que a mí sólo me incumbía entregarles las mejores pruebas posibles, obtenidas de la forma menos indecente.

Y sin embargo, aunque esa fuera mi actitud, mi praxis y también mi convicción, había vivido algunas situaciones que no podía olvidar y que me colocaban en un lugar que era el que era. No había estado lejos de la lucha frontal contra las aspiraciones que aquel hombre defendía abiertamente, que en el pasado habían llevado a otros a empuñar las armas y quitar vidas y que en el presente justificaban acciones contra las leyes; acciones que también tenía el deber de combatir. Además de eso, había conocido, incluso saboreado, el desprecio que impregnaba el discurso de algunos de sus afines, en otras épocas pocos y podría decirse que anecdóticos, pero de un par de años a aquella parte cada vez más ruidosos y abundantes. Quizá era eso lo que más cuesta arriba me ponía decirle que sí, que podía fiarse de mí: saber o tener casi la certidumbre de que despreciaba lo que yo era y encarnaba; de que muy bien podía haber festejado con regocijo las ocurrencias, cada vez más frecuentes, con las que en ciertos ambientes se motejaba al país a cuyos ciudadanos yo servía de comunidad atrasada e inferior.

En todo caso, tenía que ganarme su confianza, mientras recordaba, para que todo fuera un poco más dificultoso, que los míos lo estaban investigando y que dentro de no mucho bien podrían detenerlo. Para facilitarme un poco la labor, decidí devolver la pelota a su tejado:

—No comprendo, Ferran. ¿A qué se refiere?

Bonmatí se echó atrás en el sillón. Advertí que en aquel momento, quizá en todos los que habían transcurrido desde que le habían dado la noticia de que su hija había aparecido asesinada junto a la orilla de un río en Galicia, cualquier cosa le costaba un mundo, no sólo darme aquella explicación que acababa de pedirle. Aun así, lo afrontó:

—Seamos claros. Yo no soy para ustedes un ciudadano modelo. Y ustedes no son los policías con los que me gustaría estar hablando.

Le agradecí el esfuerzo. Pensé que debía corresponderle.

—Verá, señor Bonmatí —le dije, mirándole primero a él y después a su esposa—, no sé quién le ha dicho qué es o deja de ser usted para nosotros, pero hay algo que me gustaría transmitirle, y que espero ser capaz de hacerle sentir. Nuestro trabajo no tiene absolutamente nada que ver con evaluar la catadura moral de nadie, ni de quien delinque ni mucho menos de quien sufre el delito, como es su caso. Estamos al servicio de la ley y de las víctimas. Aquí, al servicio de ustedes. No hay otra consideración que en este momento guíe mis actos, créame.

—Permítame que albergue alguna duda.

—Se lo permito todo. A usted y a cualquiera a quien me encuentre en una situación como esta. La he vivido muchas veces. Sé muy bien lo duro que es, la rabia que se siente. La impotencia. Lo último que voy a hacer es exigirle a usted nada. Sólo le pediré que nos ayude, porque será la única manera de hacer justicia a su hija y al que la mató.

Ferran suspiró.

—Ya, de eso ya me doy cuenta.

—Una pregunta, si no es una indiscreción —añadí—. ¿Qué policías preferiría usted que se ocuparan de esto? Por hacerme una idea.

—Puede imaginarlo.

—Ayúdeme.

—Unos a los que sintiera míos.

—¿Se refiere a los Mossos, quizá? Los conozco, tienen muy buenos profesionales, lo harían bien. Pero no están aquí. Aquí los que estamos somos nosotros, y también sabemos hacer nuestro trabajo.

—Me refiero a unos a los que no hubiera visto apalear a mi gente por el solo delito de querer decidir democráticamente su futuro.

Busqué la mirada de Chamorro. Lo encajó sin pestañear.

—Le agradezco de veras la sinceridad —dije—. Es

mejor tratar así, con las cartas bocarriba, y ya me puedo imaginar que siendo las que son las circunstancias no le será nada fácil. No nos vamos a poner de acuerdo seguramente en lo que acaba de decir, porque lo que yo vi en la mayoría de los casos no es para mí apalear y cuando vi algo que sí podía serlo no diría yo que fuera por algo tan inocente, aunque no le digo que no hubiera alguno al que se le fuera la mano, y para eso hay procedimientos abiertos en los juzgados. Y el que la haya hecho que la pague, como manda la ley. En todo caso, no tiene que darme la razón, me hago cargo de que usted tiene otra, y todo el derecho a tenerla.

—Vaya, gracias por otorgármelo.

—No se lo otorgo yo, sino las leyes del país donde vive. Lo que sí puedo asegurarle es que ni yo ni mi compañera estábamos allí ese día, ni dando palos ni haciendo ninguna otra tarea. Lo nuestro nada tiene que ver con el orden público o con la seguridad del Estado. Nosotros nos dedicamos a esto, a cuando alguien le rompe la vida a alguien. Y nos preciamos de conseguir que se sepa quién fue y por qué. Sea quien sea el que lo hizo, y sea quien sea quien muere o quien lo llora.

—No me convencerá de que lo hacen sin ningún prejuicio.

—No anticipe acontecimientos. Le contaré una historia. Hace años, por fortuna unos cuantos, los narcos colombianos mandaron a España lo que ellos llaman oficinas de cobro. Grupos de sicarios que ajustaban las tuercas a quienes no les pagaban la coca en tiempo y forma. Vamos, que se los cargaban, para dar ejemplo, y los dejaban tirados por ahí. Como los muertos eran delincuentes, muchos de ellos con cuentas pendientes con la justicia, pensaban que los enterraríamos aliviados y nos lavaríamos las manos. Se equivocaron. Hicimos nuestro trabajo, dimos con los sicarios y los pusimos entre rejas. No le voy a decir que han renunciado a cobrar matando, pero ahora lo hacen mucho menos y con muchas más precauciones. Ellos saben que nuestros prejuicios no son los que condicionan nuestro trabajo. Lo único que tenemos en la cabeza es conseguir que aquí nadie mate a otro impunemente.

—Ya, todo eso es muy bonito, pero...

Me encogí de hombros.

—No puedo decirle más, a partir de aquí es decisión suya. Tampoco hemos venido a tratar de sacarles información esta tarde, nos hacemos cargo de que estos son momentos muy duros, sólo hemos venido a ponernos a su disposición, contarles lo que sabemos y decirles que cuando ustedes se sientan con ánimo nos gustaría hacerles algunas preguntas sobre su hija. Sus amistades, sus conflictos, si es que tenía alguno, su carácter, la relación que mantenían con ella, por qué creen ustedes que tomó la decisión de hacer sola el Camino, por ejemplo.

Los dos padres se miraron, incómodos. Continué con mi alegato:

—Por suerte su teléfono móvil ha aparecido, al contrario de lo que suele suceder en estos casos, y eso nos dará mucha información.

No se me escapó el parpadeo nervioso de Ferran cuando con toda la intención deslicé aquel detalle. Ni cómo lo procesaba su cerebro.

—Además —proseguí—, podemos ver sus interacciones en las redes sociales, que nos aportarán alguna pista. Pero quienes mejor saben cómo era Queralt, qué momento atravesaba y si había algo en su vida que podía exponerla son ustedes, su familia. Y nos gustaría que nos dieran un voto de confianza cuando se vean capaces. Nosotros sólo respondemos ante la juez, sólo a ella le diremos lo que averigüemos. Acabo de llegar y no sé si han tenido ya la ocasión de conocerla.

Habló entonces Mireia:

—Sí, vino a vernos ayer. Es una chica muy amable. Y de Barcelona.

A Ferran, lo noté, no pareció complacerle que su mujer se mostrara tan entusiasta en su apreciación sobre la autoridad judicial.

—Ella manda —les aclaré—. Nosotros haremos lo que ella diga. En todo caso, si hay algo que quieran decirnos de manera discreta, y sin que conste en ninguna parte, les aseguro que a nuestros informes para la juez sólo irá lo imprescindible para perseguir el delito. No somos chismosos, no nos gustan los chismes y menos aún alimentarlos.

Mireia pareció querer decirle algo sin palabras a su marido. Ferran se removió en el asiento, con aire entre dubitativo e inquieto.

—Sólo se lo pregunto una vez, y luego si quieren los dejamos en paz, que mañana van a tener un día duro —aproveché para probarle las fuerzas—: ¿Qué cosas son esas que cree que nos debería contar? Si sintiera que puede fiarse de nosotros, eso ya me ha quedado claro.

Bonmatí sonó de pronto resignado.

—Me parece que eso no va a importar mucho, al final.

—¿Qué quiere decir? —intervino Chamorro.

—Que tampoco tiene demasiado sentido dejar de contarles por eso lo que van a saber antes o después, con lo que tienen y los medios que pueden utilizar. Me sabe mal reconocerlo, es lo que más puede dolerle a un padre tener que decir, pero Queralt y yo no nos llevábamos bien últimamente. Me temo que esa es en gran parte la razón por la que se le metió en la cabeza la idea funesta de hacerse sola el Camino.

—¿En gran parte? ¿Pudo haber alguna otra?

—Acababa de dejarlo con el novio, Sebastià, un chaval estupendo que la quería un montón y con el que estaba casi desde que era una cría. Por razones parecidas a las que la llevaron a pelearse conmigo. Queralt era muy temperamental. Cuando se empeñaba en algo, igual que cuando sentía que algo era injusto o no era como ella creía que debía ser, reaccionaba de muy mala manera. No lo digo por quitarme yo la culpa que pueda tener. Los padres somos los primeros responsables de conseguir que funcione la relación con nuestros hijos. Está claro que algo no supe hacer con ella, antes, o ahora, o siempre, qué sé yo.

—No te atormentes, Ferran —terció Mireia—. Esto es una desgracia que nos ha caído, no es cuestión de buscar ahora culpables.

—Su esposa tiene toda la razón —la apoyó Chamorro.

—Desde luego —me adherí—. Insisto en que no queremos abusar ahora, y si quieren lo hablamos más adelante, pero lo que sí podría ayudarnos es saber por qué creen que entró en conflicto con ustedes y también con el novio. No es algo que suela pasar así como así.

—No lo creo, lo sé —repuso el padre, secamente.

—Explícaselo, Ferran, qué más da ya —lo animó su esposa.

—Si se queda usted en la superficie, por la política —dijo él—. Por lo que creo y he defendido toda mi vida, que Cataluña es una nación y que los catalanes tenemos derecho a hacer nuestro camino. Hasta no hace mucho, Queralt también lo creía, en eso la habíamos educado y lo aceptaba, aunque en otras cosas era más contestataria. Pero algo pasó en la universidad que la cambió de pronto. No es sólo que dejara de ir a las movilizaciones a las que había ido hasta entonces, como fue a votar en el referéndum del 1 de octubre. Es que de un día para otro vino a casa con una pulsera con la bandera de España. Y cuando le pregunté qué hacía con eso puesto, me dijo que la llevaba porque le daba la gana y que si de verdad yo era un demócrata me tenía que aguantar.

—¿De verdad no sabe qué pudo provocar ese cambio en ella?

—Intentamos averiguarlo, pero no nos contó nada —dijo la madre.

—Simplemente pasó —recordó Ferran, con una expresión de franco desconcierto—. Luego nos enteramos de que estaba metida en una de esas asociaciones de estudiantes constitucionalistas, como ellos dicen, y a partir de ahí todo fue tensión y enfrentamientos en casa. Cuando se sentaba a comer y veía que teníamos puesta TV3 me decía que por qué ponía aquella mierda para mentes infantiles. Y cosas aún peores.

—Le ha llegado a decir cosas terribles a su padre —confirmó ella.

—En todo caso, lo que me dijera es lo de menos. Era mi hija, yo no iba a condenarla, por mal que me hablara. Lo que me preguntaba, y me pregunto ahora, y me preguntaré ya toda la vida, es qué le pasó, en qué sintió que yo le había fallado, cómo podría haber hecho para que no se metiera en ese camino. No me parecía tanto que defendiera sus ideas como que quería hacer picadillo las mías, las de los suyos.

—Nos ha dicho antes que eso era sólo la superficie —dije—. ¿A qué se refiere usted, qué cree que había en el fondo de toda esa rabia?

Ferran sacudió la cabeza, desolado.

—No lo sé, honestamente. Sí sé que no podía ser sólo que de pronto hubiera dejado de creer en lo que creía su padre. Si como me imagino se han informado algo sobre mí, sabrán que mi vida ha sido primero la política y luego los negocios. Lo uno y lo otro le tienen a uno muchas horas fuera de casa. Tal vez pagué no haber estado más ahí cuando ella era más pequeña, pero ella siempre fue mi debilidad, no he hecho otra cosa que desvivirme para que fuera feliz, para estar ahí para ella, a pesar de todo, siempre que pudiera necesitarme...

Aquí la voz se le quebró y la mirada se le empañó. Mireia le agarró del brazo y los dos se sostuvieron así, aferrados el uno al otro, al borde del abismo del dolor que amenazaba con engullirlos. La vida me ha proporcionado la ocasión de asistir a muchas escenas teatrales, a cargo de actores mediocres, competentes y consumados. Por mi experiencia, aquellos dos seres humanos estaban verdaderamente hechos trizas, y la congoja que los embargaba era tan absoluta como insondable para ellos. Le hice una seña a Chamorro: era mejor darles un respiro.

—Está bien, señor Bonmatí, vamos a dejarlo aquí. Mi compañera y yo le agradecemos mucho, de veras, que a pesar de sus reticencias nos haya contado algo tan íntimo y tan doloroso. Le aseguro que sabremos mantener la reserva que algo así merece. Yo también soy padre, y me hago cargo de lo que esto que me cuenta supone para ustedes.

—Espere —se rehízo—. Me falta algo. En fin, no sé lo que la puso contra mí, pero sí sé que fue lo bastante fuerte como para echar abajo toda la confianza que existía entre nosotros, todo el respeto que pudiera tenerme y cualquier opción por mi parte de llegar a ella. Y que el novio fue una especie de daño colateral. Se lo quitó de encima porque no se puso de su parte; porque sintió que estaba más de mi lado que del suyo.

No supe qué decir a eso. No era aquello lo que había imaginado que me depararía la entrevista con aquel hombre. Pocas veces se me había ofrecido la ocasión de asistir a una exhibición tan desgarradora del propio fracaso. O quizá era que el cariz anómalo de aquel encuentro exacerbaba la sensación más allá de lo que pudiera ser habitual.

—¿Y el chico cómo se lo tomó? —preguntó Chamorro.

Ferran no eludió la pregunta.

—Muy mal. Yo creo que todavía no consigue entenderlo. No paraba de llamarla, incluso se plantó un día a la puerta de casa. Al final tuve que llamar a su padre, somos buenos amigos, y pedirle que hablara con él y lo tranquilizase. Que le hiciera entender que para nosotros también era un disgusto, pero que respetara la voluntad de Queralt y dejara de someterla a aquel acoso que no iba a dar ningún resultado. Preferí no decirle cómo se refería mi hija a él desde que lo dejó.

Yo no lo habría preguntado, pero Chamorro sí lo hizo:

—¿Cómo se refería a él?

Tampoco habría respondido yo a eso, pero a Ferran no le importó:

—El llorica o el plasta. Dependiendo del día.

Aproveché para ponerme en pie.

—Bueno, ahora sí creo que ha llegado el momento de dejarlos en paz —concluí—. Ya tienen ustedes el número de mi compañera. Les doy también el mío —y les ofrecí una tarjeta—. A cualquier hora del día y de la noche. Con cualquier cosa que les preocupe, o que, por lo que sea, quieran decirme. Quiero que tengan claro cómo va esto: primero la juez, después ustedes y después nadie. Ese es el orden en que se sabrá todo lo que vayamos sabiendo, hasta donde nosotros controlamos.

—Gracias —dijo Mireia, con un hilo de voz.

Ferran no llegó a tanto, pero se puso en pie y aceptó estrechar la mano que le tendí. Incluso hizo fuerza al apretarla. Recordé entonces que había sido político. Alguna campaña electoral se habría calzado, y el que tuvo retuvo. También en los negocios era conveniente que tu mano no transmitiera sensación de desinterés. En todo caso, podría haber medido o escatimado y no lo había hecho. Correspondí a su apretón y le sostuve la mirada. No podíamos estar más lejos ni por más razones: en la forma de ver el mundo y de vernos el uno al otro, en la forma de afrontar la vida y en cómo tratábamos de ganárnosla. Y sin embargo, por un instante llegué a sentirlo tan cerca como puedan llegar a estarlo dos almas humanas. Porque estaba roto, porque todos lo hemos estado o lo estaremos, y porque, si no olvidáramos eso con tanta frecuencia para empantanarnos en conflictos sin sustancia, nos podríamos ahorrar el grueso de los malentendidos y las desavenencias en que dejamos que se dilapiden tantos instantes de nuestra existencia que jamás recobraremos y que podríamos destinar a algo mejor. No hay dos personas que piensen lo mismo, pero las desgracias en las que nos asomamos a nuestros límites nos traspasan a todos por igual.

Nos separamos de Mireia y Ferran en la recepción del hotel, donde ellos tomaron el camino de los ascensores y nosotros el de la calle. Mi compañera se dirigió automáticamente hacia el coche. La detuve:

—¿Te importa que demos una vuelta antes de volver al puesto?

Me observó con extrañeza.

—Te advierto que el pueblo tampoco tiene nada de especial. No esta parte, por lo menos. Y el crimen sucedió bastante lejos de aquí.

—Al lugar del crimen ya iremos mañana. Sólo quiero pasear. Llevo un montón de horas hecho un cuatro, entre el avión, el coche y ahora esta charla con los padres. Necesito respirar y estirar las piernas.

—Como tú digas. Para eso eres el jefe.

Echamos a andar y llegamos a una calle cuyo nombre delataba su pertenencia al Camino de Santiago: la rúa del Peregrino. Se cruzaba con el río Sarria, que daba su nombre al pueblo y era, también, aquel a cuya orilla, aguas arriba, había aparecido el cuerpo de Queralt. Como había anticipado Chamorro, el paisaje que se ofrecía al paseante por las calles adyacentes al hotel no era nada del otro mundo. En su mayor parte, edificios de viviendas construidos con arreglo a ese patrón tan tedioso como rutinario que se instaló en los estudios de arquitectura españoles del siglo xx, al menos en lo tocante a aquel ramo constructivo, y que tanto había contribuido a desfigurar la fisonomía tradicional de los pueblos y las ciudades del país. Sin embargo, allí, a la vera del río, quedaba al menos algo de vegetación y corría una brisa refrescante.

—¿Qué te ha parecido la pareja? —le pregunté a Chamorro.

—No sé, ya habrás visto que he procurado hablar poco.

—Lo he visto.

—Me parecía lo más prudente, vistas las circunstancias.

—¿A qué circunstancias te refieres?

—No estoy en el secreto de lo que se cuece en torno a ese hombre. He preferido tener la precaución de no arriesgarme a meter la pata.

—Rara vez metes tú la pata, Vir. Esa es mi especialidad.

—Ya. En todo caso estaría bien tener alguna referencia más sobre el particular. Si es que el gran jefe te ha autorizado a dármela.

—Literalmente, no. Por la vía del sobreentendido...

—Tú sabrás, tampoco quiero saber nada que no deba.

—Yo creo que debes, así que gestionaré de manera imaginativa las instrucciones del jefe. En todo caso, que esto quede entre tú y yo. Por eso, además de para desentumecer las piernas, te he pedido dar este paseo. Esta mañana he sido testigo de un encuentro en la cumbre.

—¿Y eso?

—Una reunión con Pereira, nuestro general, Ferrer y Hermoso en el despacho del coronel. Y allí tu pobre subteniente, llevando todas las papeletas para salir trasquilado con todos y cada uno de ellos.

—Seguro que te has mantenido a flote, como siempre.

—No termino de tener muy claro que el general Pérez no me haya puesto en su libreta negra. Hizo un comentario poco lúcido y no supe callarme como tal vez habría debido. La edad, que es muy mala.

—¿La tuya o la suya?

—La de los dos. En todo caso, eso es la anécdota y tampoco me quita el sueño. Ya he alcanzado mi nivel máximo de incompetencia, así que no cuento con que me decoren la hombrera con más galones. Lo que te interesa saber, pero yo no te lo he dicho, es que Bonmatí, ese hombre destrozado al que acabas de ver, tiene en su currículum, entre otras fechorías, una larga ristra de posibles chanchullos en la adjudicación de contratos públicos, con lo que ya sabemos que eso significa por la parte anexa de la financiación ilegal de los partidos. Además, lo están investigando por operaciones de blanqueo de capitales de procedencia dudosa y por connivencia, hasta un punto todavía indeterminado, con organizaciones criminales y agentes extranjeros hostiles, apuntando siempre en dirección a los Urales. De lo de la corrupción parece que se librará, casi todo está ya prescrito. Lo otro lo tiene algo más crudo.

—Toma ya —exclamó.

—Para que compruebes, una vez más, la desconcertante dualidad del ser humano. Ese patriota, que yo diría que él siente sinceramente que lo es, ese padre que se siente culpable por el distanciamiento y la muerte de su hija, y también diría que no ha fingido al contárnoslo, es a la vez un vivales y un ventajista y un jugador temerario en casinos de los que una persona sensata procuraría mantenerse alejada.

—¿Y cómo administramos nosotros eso? —preguntó—. ¿Y qué me dices de nuestro caso?, ¿puede esa faceta suya tener alguna relación?

—Todo puede tener relación con todo, *a priori*. El protocolo es el de siempre: decidir qué es más verosímil que condujera a que esa chica acabara tirada y violada entre unos matorrales. Lo que hay por debajo o, mejor dicho, al fondo del cuadro lo sabemos tú y yo, y mañana tengo una reunión a primera hora con un teniente de

Información, a la que será mejor que vaya yo solo para mantener la apariencia de que estoy manejando esto en la confidencialidad más absoluta. En lo que toca al resto del equipo, incluidos los gallegos, seguimos el protocolo usual.

—¿Y dónde es esa reunión?

—Aquí.

—¿Están aquí los de Información?

—Yo no descartaría que haya alguno, porque mantienen sometido a vigilancia permanente a Ferran. Así que si te cruzas con un barrendero que mira demasiado en derredor y al que de pronto se le pone cara de picoleto, o con una chica que va en bici demasiado despacio para estar haciendo deporte, ya sabes. El teniente y el resto de su equipo están viniendo para acá. Su jefe les ha dicho que estén encima del objetivo durante el traslado de la chica a Barcelona. Supongo que también se encargarán de monitorizar el entierro. Es lo que va a ser, ¿no?

—Sí, al menos de momento la juez no autoriza que la incineren.

—Pues mira, ya que nos hacen el trabajo, nos lo ahorramos nosotros. Ya le pediré al teniente que su gente se fije en cómo reaccionan en el acto las personas que nos interesan y que nos cuente cualquier otro detalle que observen en la ceremonia. En fin, lo que importa es que voy a tener todo el tiempo hilo directo con uno de los que están a pie de obra en la investigación sobre las actividades de Bonmatí. Trataré de ganármelo mañana, para que ese contacto nos ayude a no pisar donde no debamos y a tener la información que necesitemos.

—De eso me despreocupo, entonces.

—En cuanto a nuestros colegas gallegos...

—Gallega, lo que se dice gallega, sólo es la sargento primero.

—¿Sabes de dónde es el teniente?

—De Albacete, creo que me dijo.

—¿Y el capitán?

—Ese también es gallego, y de cerca de aquí, además. Pero le falta un mes para jubilarse y me da la sensación de que problemas quiere los justos, así que apenas le hemos visto el pelo. Por otra parte parece que es verdad que su madre, que es muy mayor, anda muy delicada de salud y él es el único al que tiene para cuidarla. Es humano que el hombre le dé prioridad a eso, y más teniendo quien le apoye. Lo que he visto desde que llegamos es que se lo deja todo al teniente, que además es joven y tiene hambre, como habrás podido advertir.

—Eso puede ser bueno y malo.

—Se deja aconsejar. No veo muchos problemas por ese frente.

—Tendré que darle aunque sea un telefonazo al capitán, por la cosa de la cortesía y la jerarquía. Esa Cerdeira me ha parecido lista.

—Al modo de la tierra —observó.

Hice memoria. A lo largo de mi carrera, había tenido que viajar a Galicia con motivo de no menos de media docena de investigaciones. Para Chamorro quizá eran un par menos, pero tampoco la pillaba de nuevas la idiosincrasia del lugar. Y entendía lo que quería decirme, pero a veces a uno le da por poner a prueba a quien más estima.

—¿Qué quieres decir? —le pregunté.

—Que no se precipita ni se compromete nunca. Y que, al mismo tiempo, sabe poner las banderillas donde escuecen. Pero siempre con esa suavidad, esa dulzura, esa ironía escurridiza. Ya lo has visto.

No tuve más remedio que reconocerlo. Como víctima reciente.

—Lo he visto.

—Lo mismo le hace a su teniente, y al pobre lo deja K. O. No he visto que lo haga con el capitán, en cambio. No sé si porque apenas le ha dado la oportunidad o porque el otro también es gallego y encima un caimán en la rampa de salida y ve que ahí no hay nada que ganar.

—Lo que importa es que me ha parecido competente.

—Y lo es.

—Entonces sumará, seguro. Y si por lo que sea hay que sacarle algo a un paisano de aquí, ella tiene máster *cum laude* en un arte en el que nosotros no llegamos a párvulos. Habrá que aprovecharse de ello.

Hubo un tiempo, no lejano, en que andaluces y gallegos formaban el grueso de la mano de obra de la empresa que nos daba a Chamorro y a mí empleo y sustento. A tal extremo llegaba el fenómeno, inducido por la pobreza endémica de sus regiones de origen, que un déspota que estuvo al frente de la dirección general, y que se distinguió entre otras acciones de infeliz memoria por aterrorizar y expulsar a los guardias por auténticas nimiedades, les respondía a quienes trataban de hacerle reconsiderar aquella política que por más gente que echara siempre habría gallegos y andaluces dispuestos a alistarse por un duro, esto es, por nada. De ese tópico nacieron otros, como esos guardias civiles de acento andaluz o gallego que salen en películas o series televisivas y que, además de su habla peculiar, suelen hacer gala de pocas luces. El propio Josetxu Piperrak, en la canción que llevaba en el móvil, aludía al acento andaluz de los guardias como desdoro o indicio de escaso discernimiento, porque las antiguallas mentales presentan a veces una formidable resistencia a desaparecer y se atrincheran en las meninges de quienes luego se creen más modernos y progresistas. A lo largo de treinta años había podido comprobar, más de una vez, lo que aquellos andaluces y gallegos, que ya no eran tantos ni los mismos a los que se refería aquel despótico director general, aportaban al desempeño del cuerpo que los enrolaba. Bastante más que el gracejo de su acento. Y allí donde ahora estábamos, con mucho más fundamento y motivo.

—Oye, otra cosa —me acordé de pronto.

—Tú dirás.

—La juez, ¿qué tal?

—Bien. Joven, bastante nueva, pero todo normal, hasta ahora. Sin ser de las que te dan mucha confianza, no nos está tratando mal. En su favor, hasta te atiende fuera del horario y del juzgado si se tercia.

—Me han dicho que tiene un apartamento en Sanxenxo.

—Sí, de su familia, le hemos llevado alguna diligencia a firmar allí el fin de semana. Pero durante la semana vive alquilada aquí.

—¿Sabes dónde?

—Sí, muy cerca. A un par de calles.

—¿Y tienes su móvil?

Chamorro asintió.

—Pásamelo. Me gustaría hacerle una visita, si se deja.

—¿Ahora? —dudó.

—Hay que aprovechar el tiempo. Y en una investigación, más.

10

Sobredosis de información

Al final le pedí a Chamorro que fuera ella quien telefoneara a la juez Jennifer Sagarra porque su número lo conocía, a diferencia del mío. No hubo respuesta a la llamada. Virginia, con una expresión de alivio que apenas hizo por disimular, me dio cuenta del infructuoso resultado:

—Salta el contestador.

—Vaya —lamenté—. Habrá que ir a verla, entonces.

Mi compañera arrugó el gesto.

—Rubén, si no ha querido cogerme el teléfono, por lo que sea, no sé si es la mejor idea presentarse en su casa. Tendrá una vida, lo mismo hasta un novio. Imagínate que interrumpimos un momento íntimo.

—O una novia —la pinché.

Resopló, irritada.

—O un novio y una novia, más a mi favor. El caso, mi subteniente, es que la fastidiaremos, y tendrá razón si se enfada, porque tampoco hay ahora ninguna urgencia ni razón para invadir su tiempo libre.

—Ha elegido ser la máxima autoridad penal de este partido judicial. Si quería tiempo libre, que hubiera echado el currículum a un súper.

—Me gustará verte decirle eso a la cara. Tal cual.

—Tal vez prefiera expresarlo de otro modo —admití.

—Cobarde —me afeó.

Justo entonces sonó su móvil. Vi como Chamorro abría los ojos al mirar en la pantalla quién la estaba llamando. No pude callarme:

—¿Ves? Ella sabe que no trabaja de cajera en un súper.

—A la orden, señoría —respondió al instante—. Disculpe las horas, está conmigo mi superior directo, el subteniente Bevilacqua. Querría hablar con usted un momento. Con su permiso, ¿puedo pasárselo?

Asentí con energía.

—De acuerdo. Se lo paso.

Me dio el teléfono con los ojos echando chispas. Levanté un pulgar y tendí la otra mano para apoderarme con delicadeza de su aparato.

—¿Sí? ¿Hola? —oí que decía la juez.

Tenía voz de niña.

—A sus órdenes, señoría —la saludé con mi tono más cortés—. Acabo de llegar de Madrid, perdone por la intromisión, es culpa mía, mi compañera se ha limitado a hacer lo que le he pedido. No sé si la pillo en muy mal momento, pero me gustaría comentar con usted un par de cuestiones. Y preferiría que no fuera por teléfono. Estamos aquí al lado de su casa, le prometo que sólo le robaré unos minutos.

No me respondió en seguida. Al fin me explicó, algo azorada:

—Estaba a punto de hacerme la cena, pero si cree que es necesario...

—Conveniente, cuando menos.

—Está bien —dijo al fin—. Vengan. La brigada sabe dónde es, ¿no?

—Sí, no se preocupe.

La vivienda de la juez Sagarra era pequeña y modesta. Situada en uno de aquellos bloques impersonales, cuando nos abrió la puerta y nos invitó a pasar a su salón, con cocina incorporada, calculé que si se sumaba a la superficie de aquella estancia la que cabía imaginarles al cuarto de baño y al dormitorio el total no debía de pasar por mucho de los treinta metros cuadrados. Por lo demás, el piso estaba amueblado con el consabido equipo básico de Ikea. No faltaban en él las sencillas estanterías de madera ni el tresillo con extensión para las piernas que en caso de necesidad se convertía en cama. Pensé que no dejaba de ser una paradoja que quien ejercía ese enorme poder del juez instructor, que habilita incluso para privar a un ciudadano de libertad, viviera, aunque sólo fuera de lunes a jueves, de un modo tan espartano.

En cuanto a la propia juez, ataviada con unos tejanos cómodos y una sudadera, y la cabellera recogida en un moño informal, habría podido pasar perfectamente por una inquilina de un colegio mayor. Las gafas de montura negra, lejos de darle un aire más maduro o respetable, subrayaban la sensación que transmitía de ingenuidad e inexperiencia. Me di cuenta de que acaso era la primera vez que tenía que trabajar a las órdenes de una juez de la edad de mi hijo, que muy bien habría podido ser su compañera de carrera —había estudiado Derecho, como él— o incluso uno de sus ligues. No agradecí especialmente que se me obsequiara con una prueba tan indubitada de mi condición de jugador ya en tiempo de descuento. Por lo demás, la juez Sagarra me cayó bien de manera casi instantánea. Me gusta la gente que procura ser pulcra y formal en lo que hace, y saltaba a la vista que aquella chica pertenecía a ese subconjunto cada vez menos nutrido de la población. El contraste entre su humanidad en apariencia frágil y el vigor de su compromiso con la autoridad que se había postulado para ejercer, y que intuí que le exigía no pocos esfuerzos, era otra razón para simpatizar con ella. Y por último, quizá pesara en mi impresión favorable la recomendación de Carolina. Siempre, queramos o no, tendemos a intentar que nos guste lo que les gusta a aquellos a quienes les tenemos estima.

—Como verán, aquí no hay mucho sitio —se explicó—. Les puedo invitar a sentarse en el sofá. Me temo que no hay más opciones.

—Se lo agradecemos, señoría —le dije—. No queremos molestar.

—Siéntense, por favor. No puedo ofrecerles gran cosa. En la nevera sólo tengo agua mineral. No bebo alcohol, ni tampoco refrescos.

Se notaba, por su constitución más bien enjuta.

Fue Chamorro la que respondió:

—No se preocupe, estamos bien, muchas gracias.

Y tras decirlo me miró de reojo, como si comprobara si por un solo instante había cruzado por mi mente la idea de pedirle a la juez que me pusiera de beber. Procuré que mi gesto disipara cualquier duda.

—Pues ustedes me dirán —nos invitó su señoría, mientras se sentaba.

Resolví empezar poniendo las cartas bocarriba.

—Tenemos una amiga común.

Mi compañera me miró tan atónita como si yo acabara de hacer una broma cuartelera y soez. La juez, en cambio, asintió con naturalidad, aunque mientras lo hacía no pudo evitar sonrojarse ligeramente.

—Lo sé. La juez Carolina Perea. Me ha llamado esta tarde.

—Como algo la conozco, quizá la haya puesto en antecedentes sobre mi persona. Y también sobre lo que me ha pedido que haga.

—Bueno, algo me ha dicho, sí.

—Estoy seguro de que mi compañera aquí presente ya se lo habrá hecho notar en los días que lleva aquí, pero por si acaso no voy a dejar de confirmárselo. No sólo nos tiene a sus órdenes, sino que vamos a darlo todo en el trabajo para que esta instrucción salga adelante.

Jennifer sonrió comedidamente.

—Llevo poco tiempo tratando con ustedes, pero ya

los voy conociendo. No tengo ninguna duda de eso. En fin. ¿Por qué quería usted verme?

Era joven, era novata, pero era juez. Y acabaría siéndolo aún más.

—En primer lugar para eso, para ponerme a sus órdenes. También para decirle que puede contar con nuestra lealtad, y en tercer lugar, para demostrársela contándole algo que creo que debe saber.

Chamorro se puso alerta.

—Algo que aún no sé, deduzco —razonó su señoría—. ¿Y eso?

—No por fallo de mis compañeros, se trata de una información que ellos no tenían, y a la que en cambio yo sí he podido acceder.

—¿De qué se trata?

—La supongo al corriente del perfil del padre de la víctima.

—Por encima, sí. No me he puesto a bucear en las noticias de prensa que hay sobre él. Cuando llevo una instrucción procuro no leer nada que tenga que ver con ella, más allá de los informes y los atestados. Mis decisiones han de basarse en eso, no en lo que diga la prensa.

—Lo que voy a decirle no lo puedo poner en un informe, no aún, pero creo que es conveniente que lo conozca. A Ferran Bonmatí se lo está investigando en un sumario, todavía secreto, que lleva un juez de Barcelona, entre otras razones por presuntas conexiones con el crimen organizado y con potencias extranjeras hostiles. No se ha limitado a contribuir al movimiento independentista: hay indicios de que podría haber llevado su contribución hasta el extremo del ilícito penal.

Los ojos de la juez brillaron detrás de sus lentes. En aquel destello adiviné la velocidad a la que su mente descifraba el dato inesperado y extraía las consecuencias que una persona inteligente, como sin duda era, podía vislumbrar sin especial dificultad. Eran diversas, pero se condensaban en una: la complicación impredecible de una causa que de por sí ya excedía de lo habitual en su juzgado. No me pareció que el razonamiento la atemorizara. Mi oficio me prevenía contra el peligroso vicio de subestimar a la gente, pero me di cuenta de que en aquella chica con aspecto de becaria un poco perdida había más valor del que le había supuesto en un principio. Por su bien, y quizá por el mío, deseé que el devenir de la instrucción no se lo pusiera a prueba.

—Ajá —dijo, tras reflexionar en silencio unos instantes—. En este punto, lo que yo tengo que preguntarle es si estas actividades pueden estar relacionadas de alguna manera con la muerte de su hija.

Me esperaba la pregunta. Tenía preparada la respuesta.

—Lo que yo tengo que decirle es que no, que sepamos, y que de esa otra investigación no puedo contarle mucho más, porque para cumplir con nuestro deber para con su compañero de Barcelona no es mucho más lo que sé yo mismo; pero si encontramos o nuestros compañeros encuentran la más mínima pista de que podría haber una conexión, la primera en saberlo, como no puede ser de otro modo, será usted.

—Entiendo. Así lo espero.

—Pierda cuidado.

—Y le agradezco el detalle de informarme —agregó—, aunque en este momento procesal no fuera aún estrictamente necesario. Nuestra común amiga la juez Perea tiene razón, me puedo fiar de usted.

—Espero que sepamos mantenerla en esa confianza.

—También pueden ustedes contar conmigo para lo que necesiten en la investigación. Por suerte, no tengo más homicidios pendientes en mi juzgado. Y soy muy consciente de lo que un caso así representa.

—Es un alivio trabajar con esa tranquilidad.

—No quiero decir que vayamos a estar siempre de

acuerdo, claro, pero no voy a dificultar las cosas porque sí o sin fundamento. Y ya que los tengo aquí, ¿qué me pueden decir? ¿Cómo van las pesquisas?

Le hice seña a Chamorro para que informara ella.

—De momento, todo abierto, señoría. Estamos recopilando todo el material que pueda servirnos cuando veamos una línea por donde ir. Hemos localizado a unos peregrinos que hicieron parte del camino con ella. Creemos que pueden arrojarnos alguna luz. También está lo de ese incidente que tuvo en Roncesvalles: vamos a tratar de averiguar lo que se pueda. Y no sé si el subteniente quiere añadir alguna cosa...

—Había roto con el novio, según nos han contado los padres, y este no se lo había tomado muy bien. Es un móvil de libro. No dejaremos de hacer los deberes, más que nada para poder descartarlo.

La juez procesó toda la información.

—¿Seguimos contemplando entonces que se tropezó fortuitamente con alguna clase de depredador como la hipótesis más probable?

—Al menos, el abuso sexual y el estrangulamiento nos inclinan en esa dirección —dijo Chamorro—. Ya veremos lo fortuito que fue.

—Y cuanto más lo sea, más costará esclarecerlo —añadí.

—De acuerdo. Muchas gracias otra vez. Si eso es todo...

La juez se puso en pie. La imitamos.

—Tienen ustedes mi número. No duden en marcarlo.

—Aquí tiene el mío —le dije, tendiéndole mi tarjeta—. Por cierto, la juez Perea me ha dicho que ha tenido pocas alumnas tan brillantes. Y conociéndola, no es cualquier cosa. Mi compañera y yo la tuvimos de instructora una vez, podemos dar fe de que no regala los halagos.

Volvió a ruborizarse. Para salir del paso, murmuró:

—Ya saben la maestra que tengo, entonces.

—Y lo tendremos en cuenta —le aseguré.

Tan pronto como pisamos la calle, Chamorro me espetó:

—Sólo por aclararme, ¿no se suponía que lo de la investigación al padre de la chica era un secreto que no se le podía contar a nadie?

—A nadie, dentro de lo que la razón y el sentido común aconsejan. No me parecía buena idea dejar totalmente al margen a esta chica.

—Así que es amiga de tu magistrada.

—No soy consciente de poseer magistrada alguna.

—Ya me has entendido.

—Fue su preparadora en las oposiciones. Con éxito, como ves.

—¿Por eso has sido tan atento con ella?

—No digo que no haya influido algo, pero...

—Por no decir si es por eso por lo que le has hecho así la pelota.

—¿He estado demasiado zalamero? —dudé.

—«Ha tenido pocas alumnas tan brillantes» —me citó.

—Eso me ha dicho Carolina. Y no suele hacer ese tipo de juicios, así que me inclino a pensar que se trata de un hecho contrastado.

—Ya.

—En todo caso, analicemos la cuestión con frialdad. Con que sólo haya una probabilidad entre mil de que esa investigación acabe siendo relevante para la nuestra, es prudente impedir que a la instructora la pille completamente desprevenida. No le he contado nada que pueda comprometerme ni comprometer la investigación sobre Bonmatí; me apuesto lo que quieras a que nuestra juez será discreta, y a cambio me he apuntado un tanto con ella nada más empezar nuestra relación.

—Ah, era por eso.

—También. Y por todo eso que le dije. El deber, la lealtad, etcétera.

Chamorro suspiró.

—Vale, mejor voy a creerte. ¿Y ahora qué?

—Supongo que me has buscado dónde dormir.

—Supones bien.

—Y que ya sabrás dónde se cena decentemente en este pueblo.

—Eso es fácil. Esto es Galicia. El problema lo tendrás con tu dieta.

—Seré fuerte.

—Y si te parece, en la cena podemos aprovechar para planificar lo que haremos mañana. Todos los días a las ocho y cuarto tenemos reunión de situación con todo el equipo. Y si me aceptas la sugerencia, lo primero que yo haría sería ir a ver a esos chavales en Santiago.

—Me parece bien. Sólo tengo un par de salvedades.

—Cuáles.

—No sé si llegaré a las ocho y cuarto a esa reunión, estoy pendiente de dónde me cita el teniente Campillo, el de Información, y no sé lo que me entretendrá. Si acaso, empezáis y ya me uno yo luego. Y antes de salir para Santiago me gustaría ir a ver el lugar del crimen.

—Claro. Cómo no.

—Pues ya está, planificado. Vamos a cenar tranquilamente.

Conseguí que durante la cena mi gente se distrajera del trabajo. Tampoco es bueno tener la cabeza metida todo el tiempo en lo mismo, y menos cuando uno está enfrascado en una tarea que exige claridad de pensamiento. No sobra relajarse de vez en cuando, para que las ideas fluyan cuando se reanuda la labor. También me las arreglé para que mi ingesta fuera relativamente moderada, aunque quizá no todo lo que para la última comida del día convenía a un hombre de mi edad. Por culpa del viaje había comido poco y mal a mediodía, y por si el hambre no fuera ya suficiente condimento, el pulpo *a feira* que nos sirvieron ponía cuesta arriba dejar una sola rodaja sobre el plato.

En cuanto al alojamiento, mi equipo, asesorado por nuestra gente del lugar, había dado con un lugar decoroso y económico. No era el hotel de cuatro estrellas donde pernoctaban los padres de la víctima, pero tampoco uno de esos albergues de peregrinos en los que según las malas lenguas podía uno acabar compartiendo el lecho con algún que otro artrópodo. Nuestras dietas daban para cubrirlo, la cama era lo bastante dura y de la ducha salía agua caliente a buena presión. No hay más que un hombre necesite para dormir bien, si la conciencia no le atormenta en exceso o ha aprendido a acallarla. Antes de acostarme no olvidé llamar a mi madre, que se había quedado un poco mohína después de separarse de su nieto. La vi ya más o menos recompuesta. La costumbre de sobreponerse a todo, pensé: tal vez la más valiosa de las enseñanzas que me había transmitido. Fue mientras hablaba con ella cuando me entró el wasap del teniente Campillo avisándome de que ya habían llegado y dónde paraban. Me proponía desayunar allí mismo con él. Comprobé la dirección sobre el mapa. No estaba a más de cinco minutos andando. Le confirmé la cita para las siete y media, puse el despertador a las siete menos cinco y me metí en el sobre.

Del sueño, profundo y apacible, me arrancó la voz de Mika, a quien desde hacía un tiempo encomendaba esa tarea. Había tenido la osadía de versionar en inglés el *Centro di gravità permanente* del gran Franco Battiato, uno de mis más antiguos y queridos compañeros de camino. Y si la canción ya era alegre y transmitía energía en el original, en la voz del cantante libanés tenía la virtud de hacerle creer a un tipo de vuelta de tantas cosas como yo que había razones para levantarse cada mañana y esforzarse por vivirla, buscando un centro de gravedad permanente en medio de la sobredosis de información que la gente y el mundo arrojan sobre uno. Como solía, cuando el deber me obligaba a madrugar, me despegué de las sábanas al momento y dejé que la canción sonara mientras sacaba la muda y me iba hacia el baño. En un alarde que sólo disculpaba la falta de público, hasta me atreví a bailar la coreografía original de Battiato. Era tosca y elemental, como a sus capacidades convenía, pero yo era todavía peor bailarín que él.

Con ese chute de ánimo recorrí a buen paso el trecho hasta el lugar de la cita, atravesando las calles por las que chorreaba la humedad fresca del amanecer. Parecía que el día iba a ser nublado, lo que no me importó en absoluto. De hecho, prefería que las circunstancias en el lugar del crimen, cuando lo viera, se parecieran lo más posible a las del día en que habían ocurrido los hechos. Al teniente Campillo me lo encontré a la puerta del hostal, fumando ansiosamente. Me pareció que podía tratarse del hombre al que buscaba, por la edad y el gesto, pero él, al verme llegar a aquella hora, no tuvo ninguna duda.

—Vila —dijo, echando el humo.

—El mismo. A sus órdenes, mi teniente.

—Déjate de protocolos. Eres más veterano que yo.

—No por mucho, diría. Y el grado es el grado.

Campillo andaría por los cincuenta. Eso podían ser diez trienios de servicio, la marca en la que da comienzo la eternidad. A partir de ahí ya poco se aprende, si acaso algún matiz. Le tendí la mano. La estrechó con fuerza. Era un tipo corpulento, de poblado y entrecano flequillo.

—No va a ser el desayuno del Ritz, avisado estás.

—Mejor, me haría un lío con los cubiertos.

—Pues vamos allá —dijo, y arrojó al suelo el pitillo a medias, que pisó a conciencia y luego, anoté el detalle, recogió con cuidado.

Nos sentamos en un rincón, de espaldas a la pared y de frente a la puerta, con vistas a todo el salón de desayunos. Las viejas costumbres del servicio de Información. Veintisiete años después de dejarlo, yo mismo aún no había logrado perderlas del todo. Desde allí, Campillo no sólo podía dominar todo el local, sino también advertir si alguien ponía la oreja y modular el tono de voz en consecuencia. En cuanto nos hubimos provisto de café y un par de tostadas, entró en harina.

—¿Cómo vais? —preguntó—. ¿Ya va teniendo color?

—Gris, por ahora. Iba sola. Y nadie parece haber visto nada.

—Es raro. Creía que siempre saltaba algún espontáneo.

—Digo después de descartar a esos. Nadie que parezca creíble. En todo caso, tenemos un par de hilos. Y seguro que sale alguno más.

Campillo tomó un largo sorbo de café.

—Espero no complicarte mucho la vida, pero a mis jefes les han mandado, y ellos me mandan a mí, poneros sobre la mesa alguna otra carta para que la consideréis. Empezando por la parte fácil, desde que le dieron la noticia a Ferran no le hemos pillado nada en las escuchas. Lo que tampoco quiere decir mucho. Para comunicaciones sensibles no utiliza el teléfono, sino Telegram y otras aplicaciones similares.

—Han aprendido —observé.

—¿Cómo?

—Me tocó ocuparme de sus predecesores. Los que hace treinta años quisieron reventar los Juegos Olímpicos. A aquellos sí se les sacaba sustancia de los pinchazos telefónicos. A algunos, por lo menos.

—Tienen más tecnología, pero también la cagan, por suerte. A uno de ellos le hemos interceptado una copia de seguridad de sus chats.

—¿Y eso?

—No se fían los unos de los otros. Y se comprende.

Mira cómo se dio el piro el amado líder, después de engañar a sus colaboradores.

Traté de atraerlo a mi terreno.

—Oye, me dejaste preocupado ayer.

—¿Con qué? ¿Con lo del escabeche? —se rio.

—Tú qué crees.

—Me preguntaste y te respondí. Deja que me ordene un poco las ideas, porque se supone que tengo que contarte cosas y que a la vez no puedo contártelas, con lo que esto va a ser un lío del carajo. Antes de empezar, espero que si en algo se me va la mano y hablo de más lo compenses tú guardando a buen recaudo lo que no deba saberse.

—Cuenta con ello.

—Para hacerte primero el cuadro general —dijo, bajando algo la voz y vigilando a los de la mesa más próxima—, nuestro Bonmatí ha sido uno de los suministradores de los dineros del movimiento, con una operativa sencilla: contratos públicos inflados de los que una parte iba para la caja de la insurrección. Pero esto es lo más inocente. La parte verdaderamente oscura es cómo ha movido los contactos que tiene desde hace años para buscarle a su república imaginaria aliados para hacernos morder el polvo. Y lo malo es quiénes son esos contactos.

—¿Me puedes ilustrar?

—No puedo darte nombres. No me dejan, todavía. Dependerá de cómo evolucione vuestra investigación. Hay dos figuras principales. Uno es un ciudadano de apariencia respetable, aunque no lo bastante como para que se le haya concedido la nacionalidad española que ya ha pedido varias veces. No sé si con esto me explico y me sigues.

—A medias.

—Hay informes del CNI que lo desaconsejan. Y sospechas más que fundadas de que además de sus negocios legales se dedica al espionaje por cuenta de una potencia que desde hace unos cinco años no nos quiere mucho; ni a nosotros ni a la Unión Europea en general.

—Esa potencia sí me imagino cuál es.

—No esperaba menos. La otra figura es bastante más siniestra. No tiene esos vínculos, o no que hayamos podido rastrearlos, pero viene del mismo país y lo tenemos fichado como gestor responsable de una red dedicada a toda clase de maldades. Droga, blanqueo a gran escala, extorsiones, al menos media docena de asesinatos. Una prenda.

—¿Puedo hacer una pregunta idiota?

—En estos casos, suelen ser las mejores.

—¿Y cómo es que con todo eso anda suelto?

—Nadie ha podido probar jamás que él dé una sola orden, aunque nos consta que nada se mueve en la organización sin su permiso. En la cárcel sólo hemos podido meter a un par de trozos de carne con ojos. Los más torpes de sus sicarios. Él siempre está lejos, ocupado con los negocios legales que administra por cuenta de un grupo de inversores bastante opaco. Quizá responda ante alguien, a quien no conocemos, pero creemos que el grueso del capital que mueve es el que genera su organización criminal, convenientemente centrifugado por ahí.

—¿Y qué tratos tiene Bonmatí con esta organización?

—Como al anterior, le facilita operaciones inmobiliarias. Engrasa con los políticos las licencias. Busca inversiones en las que se pueda blanquear lo que no está aún blanqueado. Se lleva comisiones y se ocupa de que haya también lana para el movimiento. Podría decirse que lleva al extremo el «todo por la patria». Al extremo de verdad.

Tomé aire. Traté de ordenar a toda prisa aquel rompecabezas, y de aplicarlo a lo que a mí me importaba y me correspondía resolver.

—Segunda pregunta tonta —dije.

—A ver.

—¿Tenemos noticia de que con uno o con otro haya tenido alguna clase de problema? Algo que pudiera provocar una represalia.

—Tan tonta es que fue la primera que nos hicimos nosotros en cuanto supimos de la muerte de la hija de Ferran. La respuesta, por ahora, es que todos los indicios dicen que no. Nuestro hombre sigue haciendo gestiones con el presunto espía, que además le ha facilitado algún contacto de alto nivel. Eso no se hace, en principio, por alguien con quien mantienes alguna cuenta pendiente. Y con el otro cenó amistosamente la semana pasada en un restaurante de Gavà Mar, cerca de Barcelona. Tampoco vimos tensión entre ellos.

—Por lo que me dices, puedo estar tranquilo, entonces.

Campillo sonrió con astucia.

—Como siempre en la vida: hasta cierto punto.

—Explícate, anda.

—Esos dos hombres tienen gente por encima y por debajo. No se puede descartar nunca que alguien se descontrole, o que ellos mismos no sean conscientes de todo lo que a sus jefes les puede convenir. Y tampoco será la primera vez, sobre todo entre estos angelitos, que se vea a uno darse besos en la boca con otro al que planea cepillarse.

—De lo que, en todo caso, no tienes ningún indicio.

El teniente asintió.

—Correcto. No lo tengo. O no soy consciente de tenerlo, quizá sería más apropiado decir. Lo que no quiere decir que no los haya. Que la hija de un hombre así relacionado aparezca asesinada es algo que me da que pensar. En un mundo donde no suele haber casualidades.

—Las casualidades existen.

—No te digo que no. Pero no son la norma.

No acababa de entender lo que pretendía insinuar.

—¿Qué podrían conseguir matándole a la hija? —pregunté, en un intento de forzarle a ser menos enigmático—. ¿Por qué no a él?

Campillo me observó con indulgencia.

—No puedes matar a una persona a la que necesitas.

—¿Y para qué necesitan a Bonmatí?

—Nosotros sólo podemos hacer conjeturas. Ellos saben.

—Está bien, aceptando eso, ¿qué sentido tiene matar a una cría de veinte años que hace el Camino de Santiago para jorobar a su padre?

—Se me ocurren algunas ideas. Y no soy tan malo como ellos.

—Cuéntame una.

—Por ejemplo: un hombre destrozado y trastornado por el dolor es mucho más manejable, es menos resistente, está menos atento a ciertas cosas. No hay nada que machaque más a una persona que la pérdida de un hijo. Tú o yo lo consideraríamos un medio desproporcionado para hacerle bajar la guardia a alguien, pero a estos les da igual todo.

—No me digas que se te ocurren más ideas de ese porte.

Campillo adoptó una expresión perversa.

—Desde luego. Bonmatí tiene otra hija, con la que aún se lleva bien. Y sabe que de esta gente, si te enfila, es muy difícil protegerse.

—Pero eso es una verdadera canallada.

Campillo se encogió de hombros.

—A mí no me mires. Me limito a pensar como ellos.

Aquello sí que no me cuadraba. Se lo dije:

—Creo que si ese fuera el caso estaría todavía más deshecho. Ayer tarde me dio la impresión de que algo, al menos, coordinaba.

—Imagina que es la idea, pero que no se lo han dicho aún. Que a lo mejor nunca se lo dicen. Que tan sólo se lo sugiere alguien un día.

—Con nada de eso puedo funcionar yo —dije.

—Lo sé. Por eso mi consejo en este momento es que sigáis con lo vuestro como si nada, pero tú ya sabes las moscas que tienes que tener detrás de la oreja. Si te aparece un ruso, llamas al tío Campillo. Si al padre se le escapa algo que te sugiera que tiene problemas, más allá de que le han matado a la hija, o simplemente se lo notas tú gracias a tu ojo clínico, llamas al tío Campillo igual. Y si yo me encuentro algo que crea que puede servirte, no te preocupes, que haré lo mismo.

—Tenemos ese trato entonces.

—Lo tenemos. Aunque ya sé que la desgracia principal es la de esa pobre chiquilla, esto es una faena para nosotros. Hasta aquí, Bonmatí era el hilo más prometedor que seguíamos para desenredar nuestra madeja. Y ya lleva cuatro días fuera de juego y los que le queden. Justo cuando avanzábamos y ahora que se vienen acontecimientos.

—¿Qué acontecimientos?

Campillo me miró como quien mira a un ignorante.

—La sentencia, hombre —dijo—. Cualquier día de estos les cae la sentencia a los que montaron la República Catalana y no se quisieron escaquear. Los van a condenar, seguro. Y se va a liar la de Dios.

11

Volando voy

Me costó compartir la sensación de triunfo del subteniente Arias cuando Albert, para nosotros Mortadelo, firmó en presencia de su abogado de oficio la declaración en la que reconocía su colaboración con los restos del grupo armado Terra Lliure, incluido el traslado de sustancias destinadas a la elaboración de explosivos desde Gerona hasta Barcelona, y enumeraba uno por uno a todos sus contactos en la organización. A la mayoría los teníamos ya controlados, pero con su testimonio se pudo localizar y finalmente detener, días después, a un par más. Mi jefe inmediato informó satisfecho al comandante Salvador del fruto que había dado su persuasivo interrogatorio. Era cierto que el esfuerzo le había resultado de lo más rentable. Cuatro empujones y un par de voces, más la presión de la situación, habían bastado para derrumbar a un hombre que se había implicado en algo que le venía demasiado grande y luego había cometido el error de sobrevalorar su capacidad de plantarle cara a un tipo que se conocía y conocía el percal humano como mi subteniente. Me asistía la razonable certidumbre de que Arias no habría ido mucho más allá: era demasiado inteligente como para ejercer sobre un detenido alguna clase de violencia que le pudiera dejar alguna marca. Por otra parte, no había visto nada que no fuera entonces práctica venial en la mayoría de las policías del mundo, y Albert, daño psicológico aparte, había salido ileso, a diferencia de los que estaban en aquella oficina del INEM elegida por sus cofrades.

Y sin embargo, me resultó imposible secundar a mi jefe en la euforia con la que daba cuenta al comandante de lo así conseguido. Salvador, cuyo sexto sentido estaba bien aguzado, y que además me tenía en su radar como objetivo preferente, no dejó de percatarse de ello.

—No se te ve muy contento, Bevilacqua.

Reconocerlo, o reconocer el motivo, estaba fuera de cuestión.

—No sé, mi comandante —dije—. Será la falta de sueño.

—Aquí nadie ha dormido mucho estos días y veo otras caras.

Fue Arias el que le levantó la liebre. Quizá porque confiaba más en la perspicacia del comandante que en mis evasivas. También porque estaba convencido de que no había hecho nada que no procediera.

—Es un alma sensible. Creo que no le ha gustado cómo le he hecho ver al gilipuertas este que no está por encima de la Guardia Civil.

Salvador arrugó la frente.

—¿Es eso? —me preguntó.

Juzgué que era mejor no responder. O no en seguida. Aquel instante que me tomé bastó para que el comandante se volviera a Arias.

—¿Y puedo saber qué es lo que le has hecho, exactamente?

—Nada. Hacía calor, así que le pusimos una capucha para poder quitarnos los verdugos, que no dejan pensar bien. Un procedimiento habitual en el servicio, como usted bien sabe. Luego le grité un poco, porque me pareció que diciéndoselo en tono normal no se daba cuenta de dónde estaba, y redondeé la faena con un par de empujoncillos. A veces el contacto físico es lo que termina de despertarlos a la realidad. Suave, las palmas contra sus hombros, solamente. Y a partir de ahí ya todo como la seda. Hasta le dimos agua, café y algún cigarrillo.

Salvador frunció el ceño.

—Arias, os había advertido expresamente sobre esto.

—El forense de la Audiencia Nacional lo va a encontrar virgen. Sólo me ha faltado ponerle crema hidratante para que luzca mejor.

—El forense le preguntará. Y si no, puede que largue igualmente.

Arias tenía una carta. Y la sacó.

—Tenemos sus documentos internos, donde recomiendan que en caso de ser detenidos denuncien torturas para procesarnos e identificarnos. La credibilidad que tiene así cualquier cosa que diga es bastante baja.

—Más baja sería si no se le hubiera coaccionado de esa forma.

—Mi comandante, ¿en serio? Si ya sólo nos falta lavarles los pies.

Salvador inspiró hondo.

—Subteniente, es usted un tío listo y valioso, y como me constan los servicios que se le deben, lo voy a dejar correr, pero espero que de aquí a que se jubile se dé cuenta de que los tiempos han cambiado, y por algo ha sido. Lamentaría mucho que el retiro le llegase apartado del servicio o que no se le pudiera proponer para alguna medalla.

Que el comandante le hubiera restituido el trato formal, de usted, significaba algo. Con todo, el subteniente sonrió de oreja a oreja.

—No sufra por eso, mi comandante. Con la medalla de la comunión ya tengo suficiente. No he echado aquí los años y las horas que llevo a las espaldas para que me pongan cositas de colores en la pechera.

El comandante le miró a los ojos.

—Te lo digo por tu bien. Y porque te aprecio, Manolo.

Arias tomó entonces una vía conciliadora:

—Y yo se lo agradezco, mi comandante. Tendré cuidado.

—Bueno —zanjó Salvador—. ¿Cuándo salís para Madrid?

—En cuanto terminemos los informes.

—Avísame antes de iros. Y enhorabuena, a pesar de todo.

Una vez que estuvimos otra vez solos, Arias observó, irónico:

—«A pesar de todo». Este huele ya a general.

—Más limpio habría sido sin ponerle un dedo encima —osé decir.

Arias me dedicó una mirada compasiva.

—Mira, Gardelito, yo te respeto. Tienes las neuronas bien alineadas, y además lo que piensas te va bien, el futuro es tuyo y en el futuro el paso lo marcarán jefes como Salvador, que se la cogen con papel de fumar, así que para lo tuyo estás bien orientado. Lo que no te voy a admitir, y te lo digo con todo el cariño del mundo, porque encima me caes bien, de verdad, es que nos des lecciones a los que comiendo mierda y mugre a mansalva os vamos a dejar la casita limpia, para que luego podáis ir por ahí con una flor en el tricornio. En cada momento se hace lo que se tiene que hacer y se apechuga. Y hay momentos más espesos que otros. No lo olvides, quizá la idea te acabe sirviendo.

Sopesé sus palabras. No quise callarme.

—Mi subteniente, ¿le puedo responder?

—Claro, hombre. Soy un suboficial abierto al diálogo con la tropa.

—Esa parte de que cada momento tiene su afán y también su estilo la entiendo, hasta cierto punto. Lo que me cuadra un poco menos es que merezca la pena arriesgar para conseguir poco, y que el atajo de las hostias sea lo que nos salve de esta gente. Lo que va a llevar a ese pobre atontado a comerse unos años de cárcel es la información que ya habíamos reunido usando el cerebro, no las manos. Lo que los puede liquidar es irlos sentando uno a uno, con un abogado al lado, delante de un tribunal que les aplique escrupulosamente leyes civilizadas.

—Claro, Vila, eso ahora. Ha habido que llegar hasta aquí. En días más oscuros. Tú no estabas hace trece o catorce años en Guipúzcoa, recogiendo en barreños trozos de compañeros. Yo sí. Y no olvido.

—No era este el que ponía esas bombas, pero hay otra cuestión.

—Ilústrame, oráculo.

—Tenemos un problema. Hay gente que no nos quiere. Y gente que nos aborrece. Hasta el punto de ponerse a jugar con explosivos.

—Nunca falta un idiota.

—Deja de serlo cuando puede contar por ahí que esos a los que no quiere le han dado la razón maltratándolo. Incluso si no es verdad, eso contribuye a que otros se sumen a su rencor. Y si encima sucede que no está mintiendo, seguro que resulta más convincente. Con lo que el verdadero problema, el desafecto ese, se ceba más que se arregla.

—Mira, Gardelito, a mí me queda poco. Cuando lo lleves tú, ya te ocuparás de matarlos a besos. Si es que todavía queda alguno.

—Poniendo bombas, a lo mejor no.

—Entonces, asunto solucionado.

—Ojalá. Mortadelo saldrá un día, y tendrá quien le escuche. Si no denuncia ahora, que puede que sea lo que esté ya pensando...

—Mira cómo tiemblo —se burló.

—Si no denuncia ahora —repetí—, lo hará más tarde, y dentro de unos años no serán los cuatro empujones, sino que llegará a creerse que le arrancamos las uñas y lo contará a los cuatro vientos. Y así es como se escribe la historia que lleva a que los odios se enquisten.

—Desengáñate. Nos habría puesto a parir igual.

—Tal vez. Pero como dice Schopenhauer: la verdad llega más lejos.

Arias se rio de buena gana.

—Con eso ya me has callado. Me rindo, Demóstenes.

—No era la intención.

—Pues mira tú, te ha salido sin quererlo. Ya sabes que yo no soy un intelectual, desisto de enredarme contigo en disquisiciones filosóficas. Así que, si te parece bien, vamos a ponernos a escribir sin retrasarlo más el informe para su señoría. Tienes clara cuál es tu parte, ¿no?

—Sí.

—Y las reglas para un buen informe policial. Que no es una novela de esas que lees tú, aunque en la parte del relato se le parezca.

—También lo tengo claro.

Era uno de mis primeros recuerdos de Arias, a quien había tenido como jefe de equipo años atrás, cuando me tocó redactar mi primer informe sobre las actividades de un comando de ETA. Su admonición era todo un clásico en el servicio, que repetía a los recién llegados.

—En un informe se pone lo que tiene que estar, ni más ni menos.

Y su versión resumida, que no se te olvidaba ya nunca:

—Lo que no suma, resta.

Como haría durante el resto de mi vida profesional, me atuve a aquella sabia recomendación, que valía para muchas más tareas, y que más de una vez constataría lo pernicioso que les resultaba ignorarla a otros narradores: desde novelistas profesionales o aficionados —por ejemplo, cualquier delincuente al inventarse la coartada— hasta algún que otro compañero que sentado ante el teclado se dejaba arrastrar por un entusiasmo excesivo, para alborozo del abogado defensor que iba a diseccionar después su escrito rotulador fluorescente en mano. Por consiguiente, lo que relacioné en mi parte del informe fueron escueta y exhaustivamente los hechos, los indicios y las pruebas que sostenían las imputaciones penales que ya se encargaría de hacer el fiscal y de respaldar o no el juez instructor en un auto de procesamiento. Mis opiniones, mis conjeturas y mi valoración moral de lo contenido en el informe estaban meticulosamente ausentes de sus páginas. Al menos, hasta donde yo era capaz de extirparlas, que el subconsciente no deja de jugarle malas pasadas ni al más escrupuloso de los cronistas.

Antes de ponernos en marcha hacia Madrid, y tal y como nos había ordenado, fuimos a ver al comandante. Quiso acompañarnos para ver al detenido mientras procedíamos a sacarlo del calabozo para llevarlo al coche sin distintivos en el que íbamos a trasladarlo. A esos efectos, se calzó como nosotros el pasamontañas. Tampoco convenía que uno de los miembros de la organización le viera la cara al artífice mayor de su desmantelamiento, no mientras este no estuviera concluido.

Mortadelo reparó en seguida en que allí había alguien nuevo. Y el comandante, por su parte, le ayudó a percatarse de su presencia.

—*Com estàs? Tot bé?* —le preguntó.

El detenido le miró con una mezcla de sorpresa y pánico.

—*Tranquil, això s'ha acabat. Només et queda el viatge.*

Aquello no pareció tranquilizarle en exceso, a nuestro buen Albert. Y menos aún lo que el comandante, con aquel catalán con acento de Barcelona que se gastaba, le hizo saber justo a renglón seguido:

—*Ja li parlarem al jutge en el teu favor. T'agraeixo que hagis reflexionat. I no tinguis por. Sabrem ser totalment discrets amb els teus companys.*

Ni a mí ni a Arias se nos escapó la finura maquiavélica de la jugada. Con el tiempo, hasta un inconsciente como Albert caería en la cuenta de que la promesa de mantener en secreto su derrumbe era imposible de cumplir, cuando en las diligencias obraba, a disposición de todas las partes que se personarían en el juicio, la declaración en la que daba los nombres de todos sus contactos. Pero tal vez bastara para que no le diera por denunciar torturas tan pronto como llegara a la Audiencia, lo que mermaría la credibilidad de una eventual denuncia posterior. Era todo lo que podía hacer, y quizá no funcionara, pese a todo; pero no podía dejar de intentarlo. Más el detalle de hablarle al detenido en su propio idioma, que lo descolocaba además de llegarle más adentro.

Después de haber sembrado aquella duda en el ánimo del detenido, Salvador se dirigió a nosotros para poner broche a su actuación:

—Tratádmelo bien. Parad a comer algo, si le entra hambre, y que pueda estirar las piernas. Y no lo llevéis esposado todo el tiempo.

—Se le tratará con guante de seda —dijo Arias.

—Más te vale. Y si no, ya me lo cuentas tú —me pidió el jefe.

—Descuide —me limité a decir.

Durante el primer trecho del camino, con aquel hombre sentado a mi izquierda, para tener mejor maniobra en el improbable caso de que decidiera revolverse, pensé en el propósito de Salvador al señalarme poco menos que como el poli bueno de la pareja, con la encomienda de mantener a raya al poli malo. Podía ser un mensaje para el detenido, un mensaje para mí o las dos cosas a la vez. El que no parecía en modo alguno angustiado por el detalle era Arias, que iba tarareando una canción de Camarón con tono despreocupado. Se trataba, cómo no, de *Volando voy*, que no me pareció que se contara entre las preferencias musicales de Albert. Le pegaba bastante más Lluís Llach, pensé. De él guardaba en la memoria, además de su canción más conocida, *L'estaca*, otra contenida en un casete que había comprado de joven en el Rastro por dos duros, el de su álbum *Campanades a morts*. No la que le daba título, inspirada en una violenta acción policial durante la Transición, sino otra, una melancólica canción de amor que se llamaba *Laura*, y que entre otras cosas deseaba a la destinataria que si el azar la llevaba lejos los dioses le guardaran el camino, la acompañaran los pájaros y la acariciaran las estrellas. Tiempo atrás aquella música le había puesto alguna nota de lirismo desgarrado a alguno de mis desaires amorosos, y algunos años después no dejaba de conmoverme. No sé muy bien por qué lo hice, pero me puse a silbar su melodía, justamente esa parte en la que hablaba de irse lejos. Tal vez pensé que podía ayudar a aquel hombre a juntar fuerzas para lo que le esperaba. Tal vez quise, nada más, darle algo que le fuera familiar en medio de una peripecia que lo conducía al más áspero y abrupto de los extrañamientos. La reacción de Albert no se hizo esperar. Se volvió hacia mí, incrédulo.

—De qué conoces esa canción —me preguntó.

—De otra vida —me salió responderle.

—En serio te pregunto. Y por qué la silbas ahora.

—Porque no soy de otro planeta. Y tampoco un insensible.

—Qué me quieres decir.

—Lo que le digo. No soy impermeable al sentimiento ajeno, aunque no lo comparta. Ahora intente ser fuerte. El tiempo acaba pasando.

Algo le molestó en mis palabras, aunque no era mi propósito.

—Oye, que te saco diez años, como poco —me hizo notar.

—Eso no quiere decir que vea más ni más lejos. De lo que tiene por delante sé yo un poco más que usted. No pierda la calma. Aguante. No le caerán más de diez años y no los cumplirá todos, ni mucho menos. Y cuando salga, no vuelva a llevar en el coche según qué bultos.

—Yo no dejaré de creer en lo que creo.

—Ni se pretende.

—Por si acaso.

—Sólo le sugiero que no vuelva a hacer tan mal negocio.

Albert meneó la cabeza, con cara de hastío.

—No nos conocéis. Creéis que sólo nos mueve el interés. Y no.

La voz de Arias nos interrumpió desde el asiento del copiloto.

—No le prediques al detenido, cabo. No sirve de nada.

—No le predico —me defendí—. Intercambiamos impresiones.

—Menos aún —se mofó el subteniente.

—Tu jefe tiene razón —dijo Albert, mirando al frente.

—Nunca se sabe. Y yo no soy su enemigo.

—¿Qué eres, entonces?

—Desde que lo dejemos en la Audiencia, y hasta el final del juicio, un testigo que contará al tribunal lo que sabe. Sin inquina. A partir de ahí, serán otros los que tomen las decisiones. Témalos a ellos.

—Todo no vas a contarlo —apostó.

Me acababa de dar donde dolía. El infortunio, como a veces sucede, otorgaba a aquel hombre la clarividencia que le había faltado antes.

—Todo nadie lo cuenta nunca —repliqué—. Tampoco usted lo hará. ¿Cómo lo lleva? ¿Tiene hambre, necesita ir al baño o algo?

El detenido negó con la cabeza.

—No. Aguanto.

—No deje de avisar si le entra gana.

Y ahí acabó la conversación. Arias siguió tarareando a Camarón y yo no volví a silbar a Lluís Llach. Fuera cual fuera la intención, no me había salido bien, o no en aquel momento. Tal vez, con los años, aquel hombre se acordara de que, llevándolo a Madrid, entre los esbirros que lo acompañaban había uno que se puso a silbar una canción de amor en su lengua. Tal vez eso suavizara algún día su juicio sobre mí. O tal vez le llevara a pensar que yo era un canalla más refinado. Tampoco era esa, en definitiva, la cuestión que más debía preocuparme.

Una vez que entregamos a nuestro hombre a los policías encargados de la seguridad de la Audiencia Nacional y nuestro informe al oficial del juzgado, quedé libre para ir a ver a mi madre. Había negociado con Arias y con mi mujer pasar la noche en Madrid y regresar al día siguiente a Barcelona. Mientras iba en el metro hacia la casa materna, recuperando las sensaciones de mi adolescencia y juventud, que tantas horas me habían deparado en aquellos vagones, no tuve más remedio que preguntarme si aceptar aquel destino en Barcelona no había sido una forma de meterme otra vez donde no me llamaban, de alejarme de aquella ciudad que era la mía, y a donde más tarde o más temprano se impondría la necesidad de regresar. La sensación se agravó cuando bajé en la estación de Aluche y dejé vagar la mirada por la extensión verde y familiar del parque de las Cruces. No era, desde luego, una ciudad tan bonita ni tan señorial como Barcelona, y menos allí; pero era la mía, su gente era mi gente, y no tenía que pedir perdón a nadie por respirar su aire, pisar sus calles o, en fin, hacer lo que hacía.

Días después, ya de regreso en Barcelona, supimos que, como era de esperar, nos habían denunciado por torturas. Todos y cada uno de los detenidos, incluido Mortadelo, y a todos los que habíamos participado en su detención e interrogatorio. Faltaba ver si la denuncia se acababa convirtiendo en procesamiento, y si volvía a verme, como ya me había sucedido en Guipúzcoa, en el brete de declarar ante el juez por algo que no había hecho y tener que ayudar a tapar los excesos de otro.

No esperé a que se concretara la posibilidad. Tan pronto como recibí la noticia de la denuncia, pedí ver al comandante Salvador. Debió de olerse por dónde iba la cosa, porque no tardó nada en recibirme.

—¿Qué problema tienes, Vila? —me soltó, a quemarropa.

—Ninguno, mi comandante. O todos. De usted depende.

—No me pongas adivinanzas, anda.

—Quiero cambiar de destino. Lo antes posible.

Salvador hizo chascar la lengua.

—Vaya. Me temo que no hemos logrado seducirte.

—Algo así. Estaba difícil, en cualquier caso.

—¿Es por la denuncia?

—Lo tenía pensado de antes. La denuncia sólo me ha empujado a no retrasarlo más. Quería aguantar hasta acabar con todos los flecos de la operación, pero lo que falta es poca cosa y tiene a quien se ocupe.

—Veo que tengo que felicitar a Arias. Siempre me dio la sensación de que eras un activo para el grupo. Perderte es una mala noticia.

—No le culpe a él. Hizo su trabajo, como sabe, y con buen resultado. Entre usted y yo, las probabilidades de que la denuncia de Mortadelo prospere oscilan entre cero y cero. Lo único que pudo diagnosticar el forense al examinarlo fue un estado de ansiedad, y si verte entre rejas te produce ansiedad más vale que no te metas a terrorista. Eso es lo que le soltará Arias al juez, y ya verá como le acaba valiendo.

—Entonces, ¿de quién es la culpa?

—Mía, mi comandante. No me gusta esto. No lo disfruto, ni siquiera cuando sale bien. Esa gente a la que encerramos cree que hace lo que debe, lo que la patria que sienten que es la suya les exige. Y nosotros los quitamos de la circulación porque servimos a una patria opuesta. Puede parecer un trabajo policial, y lo es, porque acaban cometiendo delitos, pero también tiene esa otra parte que lo distorsiona todo. Me temo que no sirvo para estar en medio de este choque de sentimientos, que en el fondo son tan irreprimibles como irracionales. Por su parte y por la nuestra. Y que al final hacen desbarrar a todo el mundo.

Temí haber sido demasiado sincero. Y así se lo reconocí:

—Quizá en vez del cambio de destino acabo de ganarme un arresto.

El comandante sacudió la cabeza pausadamente.

—Qué va. Acabas de ratificarme, una vez más, en los motivos que tenía para intentar convencerte. Yo no quiero que esto sea un laberinto de pasiones, como esa película de Almodóvar. Quiero mentes frías que me ayuden a desmenuzar la información y a clavarla donde se precisa para cerrar bien la tapa del féretro judicial de estos iluminados.

—Hasta esa frialdad he perdido. Vengo cabreado a trabajar.

—Comprendo, amigo. No te preocupes. Sé perder.

—Tampoco quiero que sienta esto como una derrota personal.

—Lo es, en cierto sentido, pero no pasa nada, en la vida unas cosas te salen y otras no, y lo que no hay que hacer es empeñarse en que sea lo que no puede ser, eso sí que sale mal siempre. Hablaré hoy mismo con el coronel. Le recomendaré que apruebe tu solicitud. Y también le aconsejaré a mi compañero de Policía Judicial que no deje escapar el fichaje. Sabe lo que le conviene, y que yo no se la voy a colar.

—No sé cómo agradecérselo. Tampoco le genere usted demasiadas expectativas. Tengo el curso y he hecho tareas de policía judicial en Información, pero en una unidad específica no he estado nunca.

—Yo sí. En tres días te pones en velocidad de crucero.

—Y si me lleva treinta, espero que me los den.

—Eso sí, tampoco te hagas muchas ilusiones tú. Lidiar con narcos, chulos, ladrones y asesinos varios no es tan divertido como a lo mejor lo ves desde fuera. No te vas a librar de los zumbados, y encima vas a caer en pleno operativo olímpico. Te espera mes y pico de mierda.

—En la variedad está el gusto. Y no me pesa trabajar.

—Dímelo a la vuelta del verano. Una cosa, antes de que te vayas.

—Dígame.

—¿Te terminaste los libros que te recomendé?

—El de Vicens Vives, sólo.

—¿Y qué conclusión sacaste? Me interesa.

—Me sorprendió una cosa, sobre todo.

—¿De qué se trata?

—Supongo que es una de las ideas que le hace menos popular entre los nacionalistas. Cuando dice que en el siglo xv Cataluña apostó a conciencia por unirse a Castilla porque era, con diferencia, lo que más le convenía frente a la otra opción, convertirse en la chacha de Francia, y que después se acomodó en seguida al nuevo imperio de Carlos V, que le garantizaba las rentas italianas, mientras eran los castellanos los que se rebelaban contra el emperador y acababan aplastados. Y que por eso la españolidad de Cataluña es un hecho irrevocable, a pesar del fracaso posterior a la hora de encontrar su lugar en el conjunto.

El comandante asintió, satisfecho.

—Sí, ahí está probablemente el meollo del libro. Ahora va a dolerme todavía más que te vayas. Pero no me has dicho tu conclusión.

—Me ha dado que pensar lo que dice acerca de ese fracaso. Que en parte es culpa de los propios catalanes, que no terminaron nunca de empeñar todas sus energías para darle su sello al proyecto español, y en parte culpa de todos los que desde Madrid optaron por soluciones autoritarias. El resultado se parece a un callejón sin salida. Ni Cataluña puede irse, ni España acabar de conseguir que se sienta a gusto.

—Como una pareja condenada a la convivencia —dijo—. Lo triste es lo que se pierde en ese callejón. Además del valor de lo mucho que España aporta a los catalanes, lo que Cataluña podría hacer desde su cultura por dar, como dice Vicens, un mejor país a los españoles.

—Parece fácil de ver. Pero ya ve lo que cuesta. A unos y a otros.

—Ahora tenemos una buena oportunidad para hacérselo entender, con estos Juegos Olímpicos donde lo hemos apostado todo por ellos. A ver si se fijan y saben sumar dos y dos. Por lo pronto, haber quitado de la circulación a nuestros amigos de la *terra* no es una mala noticia.

—Si la denuncia esa no nos lo empaña.

Salvador me miró como si me diera por imposible.

—Anda, no me seas cenizo. Acabaremos saliendo todos con bien, ya lo verás. ¿Puedo hacerte alguna otra recomendación de lectura?

—Ya le dije que las que quisiera, mi comandante.

—¿Leíste *La plaça del Diamant*?

—Traducida. Cuando pusieron la serie.

—Búscala en el original. Rodoreda es asequible. Y así practicas. Y como te va a tocar meterte en los entresijos de la sociedad catalana, aparte de Mendoza, Vázquez-Montalbán o Marsé, que supongo que ya los conoces y que escriben en castellano, tienes que leer a Rusiñol.

—¿Rusiñol?

—Sí, el pintor. También era escritor. Tiene un libro delicioso, *L'auca del senyor Esteve*. Una radiografía de la pequeña burguesía catalana.

—Me lo apunto.

El comandante recordó de pronto algo que venía a cuento.

—Por cierto: un catalán que se fue a morir a Aranjuez. Lejos de su mar y de su gente. A los dos lados del

Ebro somos unos figuras a la hora de empujar a poner tierra de por medio a los que más valen.

—Nos dejamos imbuir demasiado de nuestras razones —observé—. A mí, ¿sabe usted que es lo que más me ayuda, mi comandante?

—¿El qué?

—Mi apellido sudaca, que no es ni siquiera sudaca, sino italiano. Me protege contra esa ilusión tan dañina de pertenecer a algún sitio.

—Confío en que podamos retenerte por aquí algún tiempo.

—Quién sabe. Mi hijo va a nacer aquí. Tal vez eso me arraigue.

Salvador se puso en pie y me tendió la mano.

—Gracias por todo. Y mucha suerte.

—Lo mismo le digo —repuse, estrechándosela.

Al final se cumplió mi pronóstico, y Arias no tuvo que responder de nada. Y se cumplió el del comandante, y ninguno de los implicados en la operación tuvimos que hacer frente a una causa por torturas, que los jueces descartaron de plano ante la debilidad de los indicios. Con el tiempo, el tribunal de Estrasburgo condenaría al Reino de España por no haber investigado con más diligencia aquellas denuncias, pese a no dar por acreditada su veracidad. Uno de esos fallos salomónicos que permitían afirmar a los independentistas que Europa había condenado a España por torturadora y al Gobierno que admitía la falsedad de las denuncias de los terroristas. Todos derrotados, todos contentos.

Pero para eso faltaban años aún. En aquellos primeros días de julio de 1992 se murió Camarón, para disgusto del subteniente Arias, y se produjo al fin, con la bendición del coronel, mi traslado a la Unidad de Policía Judicial de la comandancia de Barcelona. Como era preceptivo, me presenté uniformado ante mi nuevo jefe, el comandante Antón, que había pasado sucesivamente por los empleos de guardia, sargento y oficial antes de que le adjudicaran, cumplidos ya los cincuenta, la estrella de ocho puntas que llevaba en el hombro. Aquel recorrido le había enseñado a no casarse con nadie, y tampoco lo hizo conmigo:

—Me dicen que eres una lumbrera —fue su recibimiento.

—No diría yo tanto —respondí.

—No, si eso está bien. Me gusta la gente con estudios, y la valoro, no soy de los de la «universidad de la vida» y esas gaitas. Ya me habría gustado a mí que mi padre me hubiera podido pagar una carrera.

—Yo la hice con beca —me disculpé.

—Con ese bagaje que ya traes, sólo te falta alguien que te ponga las pilas. Y coincide que aquí tenemos a ese alguien. Vente conmigo.

Le seguí fuera del despacho, hasta una sala donde trabajaba media docena de agentes. Al verlo, se pusieron en pie. Se dirigió al de más edad, un hombre alto, bien plantado, al principio de la cuarentena.

—Robles, aquí tienes al nuevo, el cabo Vila. Haz que sirva para esto. Vila, el sargento Robles. Fíjate en lo que hace y cómo y llegarás a algo.

—Bienvenido, Rubén —me dijo el sargento.

No fue sólo que se supiera mi nombre. La mirada de aquel hombre me ganó al instante. Acababa de conocer al que sería mi maestro.

12

La casa azul

Cuando me incorporé, diez minutos tarde, a la reunión de situación que como cada mañana celebraba en una sala del puesto de Sarria el equipo conjunto encargado de la investigación de la muerte de Queralt Bonmatí, iba todavía dándole vueltas a lo que acababa de decirme el teniente Campillo. La sentencia a los líderes independentistas estaba al caer y según su pronóstico, que cabía suponer bien fundado, se iba a armar «la de Dios». Me fue imposible no acordarme de lo que había hablado con el comandante Salvador en vísperas de las Olimpiadas, y me pregunté qué pasaría por su cabeza, ahora que en su condición de teniente general responsable de operaciones se veía obligado a bregar con las consecuencias del enésimo fracaso de Cataluña, o más bien de su clase dirigente, a la hora de encontrar su lugar en España, y a la vez de España, o más bien de quienes la gobernaban, a la hora de propiciar una alternativa al desapego y a la insurrección que tantos catalanes veían ya como inevitables. No me cabía duda de que seguía teniendo una cabeza despejada y analítica, y sabía que, pese a su destino en la dirección general, en Madrid, su casa seguía estando en Cataluña. Hay personas que se comprometen con causas en las que saben que no les aguarda premio. En cierto modo, le aportan un sentido al mundo. Y si no llegan a tanto, contribuyen al menos a restarle algo de fealdad.

Aquella mañana la reunión la dirigía el capitán jefe de la unidad de Lugo, a quien todavía no conocía. Adiviné por su edad y aspecto que se trataba de él, porque quien hablaba en el momento en que entré en la sala era la sargento primero Cerdeira. Me dirigí al desconocido:

—¿Mi capitán?

—Tú eres el subteniente... —dedujo.

—Bevilacqua. O Vila, como prefiera. ¿Da su permiso?

—Claro, hombre, pasa. Te estábamos esperando. Yo soy el capitán Mosteiro. Ponte por ahí, Laura nos estaba enseñando una cosa.

Busqué asiento junto a Chamorro mientras la sargento primero reanudaba su exposición. Estaba proyectando unas imágenes.

—Tenemos novedades —me susurró Virginia—. Las cámaras.

Cerdeira pasaba capturas de cámaras de videovigilancia en varios lugares y desde distintos ángulos. En todas ellas se veía a un sujeto de complexión media vestido con vaqueros y sudadera gris y provisto de una pequeña mochila —demasiado pequeña para ser un peregrino, salvo que llevara al extremo el minimalismo en el equipaje—. Cuando no llevaba puesta la capucha, cubriéndole el rostro, lucía una visera negra que tampoco permitía distinguir sus facciones, disimuladas además por unas gafas de sol negras. Dijo entonces la suboficial:

—Estas son las imágenes que pudimos encontrar del individuo en Samos y sus alrededores en la fecha del crimen y en horas próximas a la estimada de la muerte. Todas son anteriores. Ninguna posterior, tampoco en las cámaras que hemos podido revisar más adelante.

—¿Y qué explicación tenemos para eso? —preguntó el capitán.

La sargento primero le respondió sobre la marcha:

—Si es nuestro hombre, la posibilidad que se nos ocurre es que tras matarla prefiriera alejarse campo a través, evitando el Camino.

—Eso suena verosímil —opiné.

—Hay un detalle significativo —apuntó Chamorro.

—¿Cuál? —pregunté.

—Lo hemos estado comprobando la sargento primero y yo hace un momento, imagen por imagen —explicó mi compañera—. El sujeto parece saber dónde están puestas las cámaras, se les ofrece el menor tiempo posible y siempre con la cara vuelta o dándoles la espalda.

—Un conocedor del terreno —dijo el capitán.

—O alguien que lo estudió previamente —anotó Cerdeira.

—Así de entrada, no tiene mala pinta —reconoció su oficial.

—Eso nos pareció.

—Ahora sólo falta ponerle rostro y DNI a ese bulto gris —prosiguió Mosteiro—. Y ahí es donde puede acabar nuestro gozo en un pozo.

No se me escapó el gesto con que aguaba la euforia del equipo.

—Tengamos fe —intervine—. Habrá más cabos de los que tirar.

—Hasta aquí —retomó Cerdeira su exposición—, lo que tenemos del que llamamos sujeto A. Y ahora, lo que hay del sujeto B.

—Anda —exclamé—. ¿Acaso tenemos ya dos?

—Agradéceselo al cabo Luque, mi subteniente —dijo la sargento primero—. Fue el que se dejó las pestañas durante toda la jornada de ayer para sacar petróleo de donde no parecía verse nada.

El aludido, que tenía cara de haber dormido poco, asintió con aire satisfecho. La siguiente imagen que puso Cerdeira era una buena muestra de hasta dónde podía llegar su capacidad de observación.

—De este sólo tenemos esta captura —dijo—. Si tiene algo que ver con el crimen es más fino que el anterior: consiguió que ninguna otra cámara lo cazase. Pero incluso el artista más atento puede tener un descuido. Veréis que la imagen tiene mucho grano porque está tomada desde muy lejos, no debió de contar con que el tiro de la cámara que lo captó podía llegar hasta ahí. Por eso os pido que pongáis toda vuestra atención en lo que nos muestra. Aquí hay dos cosas llamativas.

—La primera: va corriendo —señaló Chamorro.

—Ya lo veo —dije.

Tomó el relevo la ponente:

—Y la segunda: parece dirigirse al coche cuyo morro sobresale de la esquina tras la que desaparece. Que poco después arranca y se va.

—No acierto a distinguir el color —dijo el capitán.

—Puede ser cualquier cosa entre azul oscuro y negro, pasando por el gris oscuro —informó la sargento primero—. Hay ya poca luz.

—Esa es otra cuestión interesante —dijo Virginia—. La imagen se captó en un momento posterior a la hora de la muerte de Queralt. De una a dos horas después, dependiendo de cuándo la situemos.

—Decidme que el coche lo vemos entero en la grabación que viene a continuación de esa imagen —me permití desear en voz alta.

—No exactamente, por desgracia —respondió Cerdeira—. Vamos, que retrocede y da la vuelta y desaparece del encuadre sin más.

—¿Y cómo llega hasta ahí, habéis revisado la grabación previa?

—También desde detrás de la esquina.

—¿Cuándo?

—Unas cuatro horas antes —informó Chamorro.

—¿Y ahí no sale el tipo?

—No. Debió de irse por el otro lado, por detrás de la casa.

Crucé una mirada con el capitán. Todavía parecía reacio a dejarse llevar por cualquier forma de entusiasmo. Traté de picarlo un poco:

—¿Qué te parece, mi capitán?

Mosteiro se cuidó mucho de decantarse en un sentido u otro.

—Quién sabe. Podría ser. O no.

La sargento primero puso otra fotografía, aún más ampliada.

—Esta es la mejor imagen que tenemos de él.

Chamorro explicó:

—Tomando el coche como referencia, es más alto que el anterior, más de uno ochenta. Lleva una visera, como el otro, y algo que le tapa la parte inferior de la cara. No hacía tanto frío esa noche.

—¿Algo más? —pregunté.

—Hasta aquí llegamos, por ahora —dijo la sargento primero.

—En ese caso, yo lo tengo claro —dije, dirigiéndome al capitán y al joven teniente Bruguera, casi mudo en presencia de su superior.

—¿Cuál es el plan? —preguntó el capitán, vagamente interesado, como si se tratara de un desafío que no fuera del todo con él.

—Hay que buscar ese coche.

—Con lo que ahí se ve, crudo está —opinó Mosteiro.

—Tenemos la hora a la que llega y a la que se va. Alguna cámara tiene que haberlo recogido en torno a la una o a la otra.

—Con eso íbamos a meternos ahora —confirmó Cerdeira.

—Y hay que dar otra vuelta en busca de posibles testigos —añadí—. Con copia de la mejor imagen que tengamos de esos dos sujetos.

—También estaba ya previsto —dijo mi compañera.

—¿Te puedo pedir un favor? —me dirigí a la sargento primero.

—Cómo no.

—Me gustaría que mi cabo se pusiera con el tuyo a trabajarse todas las imágenes que tenemos. Quiero a uno de los míos familiarizado con todo el material. Además, te aseguro que también tiene buen ojo.

—Se hace lo que se puede —dijo Arnau.

—Ya sabes, Luque —le indicó Cerdeira a su subordinado.

—A la orden, mi sargento primero —se le cuadró este.

—Y si no tiene inconveniente, mi capitán —le dije a Mosteiro—, mi idea era irme ahora a echar un vistazo al lugar del crimen y después acercarme a Santiago para cambiar impresiones con esos chavales con los que coincidió en el Camino la víctima. Iremos la brigada y yo. Y si no le parece a usted mal que nos acompañe alguien de su equipo...

El capitán me observó con semblante plácido y comprensivo.

—¿Y por qué me lo iba a parecer? Laura, ¿vas tú?

—A la orden, mi capitán —acató la designada.

Un cuarto de hora después montábamos los tres en el Jaguar, que conducía Chamorro. Para salir del pueblo continuamos unos cientos de metros por la calle en la que estaba el puesto y por la que me había traído Lucía la víspera. Al llegar al cruce con el Camino giramos a la derecha, y tan pronto como estuvimos fuera del casco urbano nuestra conductora le dio gas al coche. Tras superar una pendiente suave y la altiplanicie cubierta de prados en que desembocaba, bajamos hacia un valle de frondosa vegetación. Era el que aguas arriba atravesaba el río Sarria, antes de describir un amplio meandro en el que se separaba de la carretera que cruzaba por aquel alto que acabábamos de dejar atrás. Todavía no habían llegado los colores del otoño, y un verde denso y uniforme revestía llanos y laderas. Aquella tierra, gracias a la lluvia que no dejaba de recibir durante el verano, nada tenía que ver con la meseta abrasada y amarilla que había sobrevolado la víspera. Cada poco, al costado de la carretera, veíamos pasar peregrinos. Eran más de los que había esperado encontrarme. Lo comenté en voz alta:

—Sí que hay gente haciendo el Camino.

—Y desde Sarria son todavía más —observó Cerdeira—. Si uno se lo hace desde allí ya le dan la Compostela. Es el recorrido mínimo.

—Con tanto caminante, resulta más raro que nadie viera nada.

—Nosotros lo estamos haciendo a noventa-cien por hora —advirtió mi compañera—. A esa velocidad te parece que son más, porque se acorta el trecho entre unos y otros. Pero ellos van a cuatro por hora.

—También es verdad —admití.

—Ahí tienes ya el restaurante —avisó la sargento primero, señalando a la izquierda—. Ya sabes, está un par de curvas más allá.

Chamorro asintió.

—No te preocupes, no tiene pérdida. La casa azul.

Rebasamos la primera curva, tomamos la siguiente y a la salida vi aparecer al lado izquierdo de la carretera una casa de color azul celeste con ventanas blancas. Chamorro empezó a aminorar mientras buscaba dónde estacionar el coche. Lo acabó metiendo en una vía de servicio que había a continuación de la casa azul y que daba acceso a un pequeño núcleo de población. Allí podía dejarlo sin que estorbara.

—Ahora toca andar un poco —dijo la sargento primero.

—Vamos allá —me ofrecí.

Lo primero era cruzar la carretera. El río estaba al otro lado, a mano derecha según se venía desde Sarria, a mano izquierda en el sentido del Camino. Tenía una buena corriente, no demasiada profundidad y discurría en la sombra, casi impenetrable a trechos, que proyectaban sobre él los árboles que crecían en sus riberas: robles, castaños, hayas, abedules, sauces. No debía de faltar ya mucho para que el valle se convirtiera en una explosión de colores. Atravesamos la calzada y tras superar el quitamiedos que flanqueaba la vía bajamos hasta un prado humedecido por el rocío. Cerdeira marchaba con decisión, abriendo la comitiva. Ella era la que había estado allí más veces, la primera para el levantamiento del cadáver. Nos llevó hasta la orilla del río y después caminamos un par de cientos de metros siguiéndola. Al fin, sobre unos matorrales y bajo unos árboles, al otro lado del cauce, divisamos una cinta verde con la leyenda «Guardia Civil. No pasar». Allí era.

—¿Cruzó el río? —pregunté, sorprendido.

—Viva o muerta, eso ya no sabría decirte —respondió Cerdeira.

—Posiblemente muerta —conjeturó Chamorro—. El asesino prefirió desconectar el lugar en el que apareció el cadáver del lugar donde se produjo el crimen. Y cruzar el cauce hace más difícil el rastreo.

—¿Estamos seguros de que no la mató ahí? —dudé.

—Lo estamos —dijo Virginia—. Apenas hay sangre en la tierra.

—¿Y no hemos dado con ningún sitio cercano donde la haya?

—Algún resto, sí. Pero no tanta que resulte concluyente.

La sargento primero meneó la cabeza.

—Que lloviera esa noche no nos ayuda mucho —dijo.

Até cabos. Y saqué conclusiones:

—Sospecho que el cadáver también estaba mojado.

—Empapado, más bien.

—Eso complicará extraerle restos biológicos que nos sirvan.

Los labios de Cerdeira se torcieron en una sonrisa amarga.

—La violó. Dentro de la vagina no creo que le lloviera.

Tenía razón. Pero tampoco mi observación era idiota del todo.

—Me refería al cuello, la ropa, etcétera. Por si se diera el caso de que quien la mató y quien mantuvo relaciones sexuales con ella fueran dos personas distintas. Nunca puede excluirse. Para empezar, nunca hay que descartar que las relaciones fueran consentidas y el crimen viniera luego, ya sea por mano de la misma persona o de otra diferente.

La sargento primero me observó con escepticismo.

—Según la autopsia, en las relaciones que aquí tenemos sí que hubo alguna violencia. Si fueron consentidas, el tío se pasó de fogoso.

—Creo que ninguno de nosotros tres empezó ayer en el oficio. Lo que dices es sin duda lo más probable, pero no hay que cerrar ninguna puerta. Se descarta algo cuando se puede, no cuando se quiere.

—Por supuesto —concedió—. ¿Qué, nos mojamos los pies?

—No había contado con tener que hacerlo —reconocí.

Cerdeira se rio de buena gana.

—No tienes que hacerlo, hombre. No estamos tan atrasados, hasta sabemos hacer puentes y todo. Hay uno un poco más adelante.

Vi de reojo como la brigada Chamorro se reía también. Supuse que me lo había ganado, por haber tratado de ir antes de sabihondo.

Cruzamos el río por un puente que se alzaba junto a una pequeña cascada. El rumor del agua, el frescor de la mañana, el verdor de los árboles y el canturreo de los pájaros que habitaban el bosque eran un bálsamo para el habitante de la urbe ruidosa y hostil al que se le daba el raro regalo de poder disfrutar de ellos. Imaginé que la sensación podía haberla compartido la propia Queralt, mientras andaba por el valle, antes de tener el encuentro que iba a costarle la existencia.

Desanduvimos el camino por la otra orilla hasta que alcanzamos el matorral señalizado con la cinta. Cerdeira señaló un poco más allá.

—Estaba acurrucada ahí, en posición fetal.

Me fijé en el hueco que me indicaba.

—Como ves, tiene detrás un pequeño talud —me hizo notar—. Por ahí debió de correr el agua esa noche, buscando el río. Por eso cuando la encontramos estaba casi como si la hubieran lavado. Tampoco creas que la escondió mucho. Desde el otro lado del río, fijándose un poco, se la veía perfectamente. Cuando el perro empezó a ladrar, al hombre que lo había sacado a pasear no le costó demasiado localizarla.

Me volví hacia Chamorro.

—Me dijiste que era uno de los inquilinos de la casa rural.

—Sí. La azul.

—¿Siguen ahí?

La sargento primero negó con un gesto.

—No, se iban el domingo. Les tomamos manifestaciones un par de veces antes de que se marcharan. No vieron ni oyeron nada raro. Todo lo que pueden contar es cómo se tropezaron con el cadáver. Y su relato parece creíble y su perfil no nos plantea ninguna sospecha. Son una pareja con tres hijos pequeños. Bastante tienen con atenderlos.

Me quedé en silencio mientras asimilaba la información y grababa en mi memoria aquel paisaje, donde en adelante me tocaba imaginar todos los movimientos de la víctima y del asesino. El momento en que le había salido al paso, la reacción de ella, si gritó o no llegó a hacerlo, y si lo hizo por qué tuvo la mala suerte de que en ese justo momento no pasara nadie que pudiera oírla. Si hubo resistencia —la ausencia de heridas de defensa en el cadáver invitaba a descartar la lucha— o si se vio desde el primer momento ante una amenaza —el cuchillo en el cuello, o en las costillas— que le desaconsejara cualquier tentativa de enfrentarse al agresor. Dónde y cómo se consumó la agresión sexual, si lo fue, y si después de desahogarse él la mató sin más o aún la arrastró a otro sitio donde pudiera acabar con ella con menos riesgo. Si cruzó con su cuerpo a cuestas por el puente, como habíamos hecho nosotros, o había vadeado el río. En el puente no se había encontrado ningún rastro de sangre, según me dijo la sargento primero, pero tampoco eso era concluyente: podía haber caído y haberla lavado luego la lluvia, igual que había lavado el cadáver encogido de Queralt Bonmatí.

—Visto lo visto, aquí no hay mucho más que rascar —dije.

—Es lo que tenemos —observó mi compañera.

—Una pregunta estúpida —les propuse.

Las dos me miraron con recelo. Me tiré a la piscina igualmente:

—¿Tiene algún sentido pensar que pudiera hacerlo más de uno?

—¿Qué quieres decir? —indagó Cerdeira.

—Es una idea que se me ha ocurrido de repente. A mí esos dos tipos de antes me dan mala espina. Los dos. Si estuvieran conchabados, les habría sido más fácil reducirla, forzarla y matarla. Y mientras uno se ocupaba de esconderla, el otro podía ir a buscar el coche, en el que luego se habrían largado los dos. Lo que podría explicar que de uno de ellos no haya ninguna imagen después de la hora de la muerte.

Ambas acogieron mi teoría con un silencio poco alentador.

—A ver, no lo estoy proponiendo siquiera como una hipótesis. Lo único que me pregunto es si podría no ser completamente absurdo.

—Por poder... —dijo la sargento primero.

—Antes de tirar por esa línea —sugirió Chamorro—, yo trataría de encontrar testigos a partir de las fotografías de los dos y me trabajaría bien las cámaras para ver si identificamos el coche y averiguamos qué recorrido hizo. Y ya de paso, si se aprecia cuánta gente va dentro.

—¿Tenéis localizado el sitio donde estaba aparcado?

—Por supuesto —respondió Cerdeira.

—Pues vamos a echar un vistazo —decidí.

Ya que estábamos, les pedí que me dieran un paseo completo por el pueblo. No era muy grande, apenas dos hileras de casas a lo largo del Camino, a partir de un núcleo antiguo algo más abigarrado, pero se veía arreglado y medianamente próspero y no carecía de interés. Le ayudaban el entorno natural y la arquitectura tradicional, que allí no se había visto arrollada por las soluciones dudosas de la especulación inmobiliaria contemporánea, aunque no faltaba alguna edificación de nuevo cuño. Había un hotel de aspecto acogedor, y sobre todo llamaba la atención la imponente mole de piedra gris del monasterio de San Xulián e Santa Xertrude, que contaba con una iglesia monumental, un espléndido claustro y una hospedería anexa. A la entrada del pueblo la carretera cruzaba el río, que después corría abrazándolo en paralelo al Camino. Sumando todas las parroquias que lo componían, el concello de Samos, según nos dijo la sargento primero Cerdeira, apenas pasaba de las mil doscientas almas. Su importancia, pasada, presente y futura, se la daban los muchos miles más que pasaban cada año por el Camino, al que le debía buena parte de su fisonomía y su personalidad.

—¿Qué tal? —me preguntó nuestra guía—. ¿Pasa el examen?

—Es una faena que te maten en un lugar tan agradable —dije.

—Supongo que es una faena que te maten, en general —opinó la sargento primero—, pero sí es verdad que lo último que se espera uno al pasear por aquí es cruzarse con un asesino. Lo que no deja de darle ventaja a quienquiera que fuera el que tuviera esa mala idea.

—En ese río seguro que se pesca algo —aposté.

—Anguila y trucha, según me dijo el otro día un paisano.

—Y es el mismo de Sarria, ¿no?

—Sí, el Sarria, aunque aquí también lo llaman Oribio.

—Eso quiere decir que en teoría, caminando por la ribera, se puede llegar perfectamente hasta allí. Sin tener que ir por el Camino.

—No sé yo si perfectamente, alguna dificultad te encontrarás, pero ningún cortado ni ningún barranco infranqueable, que yo sepa.

—No está de más tenerlo en cuenta —observó Chamorro.

—Muy bien —concluí—, ahora enseñadme esas cámaras.

Me llevaron a los lugares donde se había captado al sujeto A, en el casco urbano del pueblo, y después a donde una cámara lejana había registrado la carrera y la parte delantera del vehículo del sujeto B. Era una calle situada hacia la parte más exterior y en una zona ligeramente elevada. Estaba además apartada de la carretera, que era por donde había más tránsito de peregrinos, turistas y locales. Tras la esquina, la calle hacía una revuelta para continuar por un camino asfaltado que al cabo de doscientos metros desembocaba en la vía principal.

—Un buen sitio para subir y bajar del coche sin ser visto, de no ser por esa cámara que lo tenía enfilado a distancia —observé.

Cerdeira no dejó de anotarle el tanto a quien se le debía.

—Se lo tenemos que agradecer al sargento del puesto de aquí. Fue el que nos guio para que no nos dejáramos una cámara sin mirar.

—Me imagino que le preguntarías si él o su gente vieron algo.

—Son siete, y aunque cuatro viven aquí, bastante tienen con cubrir los turnos para patrullar el territorio que tienen asignado. Nos han ayudado con los testigos y volverán a echarnos una mano ahora. Me da que es todo lo que podemos pedirles en relación con este caso.

—¿Cuánto diríais que se tarda andando desde aquí?

—¿Hasta el lugar del crimen? —preguntó Chamorro.

—Hasta dónde va a ser.

—Quince, veinte minutos —calculó—. Depende de lo deprisa que se vaya y de la zancada. El del vídeo, por lo que se ve, la tiene grande.

Señalé entonces el suelo.

—Lástima de asfalto.

—Si hubiera querido dejarnos rodaduras de neumáticos, lo habría aparcado más cerca del río —bromeó la sargento primero.

—Bueno, con esto yo creo que me he hecho una idea aproximada del escenario —resumí—. ¿Nos ponemos en camino hacia Santiago?

—Cuando tú digas —respondió Chamorro.

Le pedí que, en lugar de buscar en seguida la autopista, a partir de Sarria siguiéramos por el Camino hasta Portomarín, para tener una imagen del tramo que Queralt Bonmatí ya no había llegado a recorrer. Suponía alargar el viaje entre diez minutos y un cuarto de hora, pero quería terminar de situarme en la zona y, sobre todo, echar un vistazo al flujo de peregrinos que continuaba haciendo la ruta. Vi que en su mayoría eran personas de cierta edad, de cincuenta para arriba. Algún que otro joven se veía de vez en cuando, pero eran muchos menos. Me dije que una chica de la edad de la víctima no debía de haber dejado de llamar la atención, sobre todo a los varones. Al fin la carretera nos llevó hasta el río Miño, o mejor dicho, hasta la cola del embalse que en este formaba la presa de Belesar, situada algunos kilómetros aguas abajo. Al otro lado del puente que lo cruzaba se veía Portomarín. El embalse no estaba al límite de su capacidad, lo que dejaba parte de su lecho al descubierto. La obra humana, a falta del caudal necesario para rellenarla, deslucía así el paisaje, en lugar de añadirle esplendor.

Desde Portomarín buscamos ya la autopista. Apenas una hora y media después de haber salido del casco de Sarria, llegamos a la vista de Santiago. Recorrer el Camino a lomos de aquel felino motorizado, y en tan irrisorio espacio de tiempo, nos privaba de merecer cualquier reconocimiento como peregrinos. Acaricié entonces la posibilidad de, algún día, cuando tuviera tiempo, hacer al menos ese tramo a pie. No esperaba de la experiencia una mejora espiritual, tampoco conocerme más a fondo, pero quizá cuatro días de mover las piernas sin nada concreto en lo que pensar y dejando que la mirada vagara a placer por aquellos paisajes obraran algún efecto benéfico sobre el ánimo.

Cuando empezamos a circular por la ciudad, la sargento primero Cerdeira sacó su móvil y llamó a uno de los jóvenes peregrinos con los que íbamos a entrevistarnos. Después de cruzarse varios mensajes por el camino, se había citado con ellos en la plaza del Obradoiro, enfrente de la catedral. El sitio lo habían propuesto los propios chavales, tal vez porque no tenía pérdida. No vi razón alguna para oponernos.

—Hola, Hernán —dijo Cerdeira al teléfono—. Estamos llegando.

—¿Hernán? —le pregunté a Chamorro.

Mi compañera asintió, con una sonrisa. Cerdeira seguía hablando:

—Muy bien. Diez minutos, no tardamos más.

Después de colgar, nos informó:

—Que ya están allí. Parecen buenos chicos.

—¿De verdad se llama Hernán? —pregunté.

—Es lo que pone en su DNI —confirmó.

—¿Y qué pinta tiene?

—No lo sé, yo sólo he hablado con él por teléfono. Lo localizaron los compañeros de Arzúa. Iban ya por allí cuando dieron con ellos.

—¿Cómo los reconoceremos entonces?

—Son dos chicos y una chica. Hernán va de rojo, dice.

Dejamos el coche en un enorme parking público que había junto a la zona monumental y fuimos a pie hasta el Obradoiro. Había estado allí media docena de veces pero no dejaba de impresionarme. Siempre que lo veía me preguntaba cómo debía de verse magnificado por la fatiga, el empeño, la demora y la espera consustanciales al Camino. El tamaño de las cosas no viene dado tanto por lo que en sí son o contienen como por las expectativas de las que las rodeamos y las dificultades que se nos oponen antes de alcanzarlas. Aquella idea de decirle al personal que la meta a la que debía llegar le aguardaba en los confines del mundo entonces conocido resultaba más inteligente de lo que alguno podría pensar. Porque el mundo está lleno de buscadores de confines, y porque los caminos largos ayudan a rellenar el vacío de la existencia, que a todos nos acecha de uno u otro modo. La prueba era el éxito del montaje, tantos siglos después. Ya casi lo de menos era si el apóstol estaba allí o tan sólo se trataba de una licencia poética. Por lo demás, no conviene menospreciar el valor de la poesía: como podía verse allí, nada resiste tanto al tiempo, para afrenta de los pragmáticos, a quienes los logros tienden en cambio a caducarles con desalentadora celeridad.

Aunque la plaza estaba concurrida, no nos costó mucho reconocer a Hernán y sus amigos. Estaban los tres en mitad de la explanada y no dejaban de mirar a su alrededor. El chubasquero rojo de Hernán nos ayudó a verlo en seguida, además de su buena estatura. Era un chaval apuesto y de aire saludable. Llevaba el pelo moreno muy corto por los lados, a diferencia de su compañero, que era algo más bajo y lucía una descuidada melena. La chica, delgada pero fuerte, era rubia y tenía unos luminosos ojos azules. A los tres se les veía la piel tostada por el sol, y se notaba que ninguna de las prendas que vestían hacía menos de un mes que había tenido contacto con una plancha. Me fijé en algo más: en el grupo se percibía una extraña tensión. Lo vi en la manera en que los otros dos se miraban entre sí y luego, de reojo, buscaban a Hernán. Como si estuvieran algo más nerviosos de lo que ya es normal cuando te dispones a contarle tu vida a un trío de guardias civiles.

—¿Hernán? —lo llamó Cerdeira.

El muchacho se volvió con cierta brusquedad. Al vernos, dijo:

—Sí, soy yo. Y estos son Diego y Adela.

—Laura —se presentó la sargento primero—. Y mis compañeros, Rubén y Virginia. ¿Os parece que busquemos donde sentarnos?

La temperatura era agradable y terminamos instalándonos en una terraza que encontramos a un par de calles de la plaza. Una vez que nos hubimos sentado, advertí que los nervios de aquellos tres jóvenes iban en aumento. Después de pedir al camarero las bebidas, Coca-Cola para ellos, café para nosotros, la chica, brusca, apremió a Hernán:

—Es mejor que se lo digas cuanto antes.

El aludido bajó la vista. Mis compañeras callaron. Hablé yo:

—¿Qué es lo que tienes que decirnos, Hernán?

Alzó hacia mí una mirada de cordero degollado.

—Espero que no me arrepienta de decírselo.

—No seas bobo, no tienes otra —le dijo la chica.

Hernán tragó saliva. Y resignado, se dispuso a confesar.

13

Nada que ocultar

La revelación de aquel chaval, con el apuro del que posiblemente fuera el peor momento de su vida hasta entonces, nos dejó a las dos curtidas investigadoras que me acompañaban y a mí completamente fuera de juego. Ni ellas ni yo habíamos imaginado, por un solo instante, que aquella entrevista fuera a complicarse de aquella forma y nada más empezar. Se imponía darle cuanto antes un contexto, convertir la bomba que Hernán acababa de soltarnos en una información lógica que fuera a su vez compatible con la lógica de nuestra investigación. Fueran cuales fueran las consecuencias que eso trajera consigo.

—Vamos a ver si lo he entendido bien —dije.

Hernán estaba ahora como un flan. A la chica, Adela, en cambio, se la veía como si acabara de quitarse un peso de encima. El de la melena, Diego, que era además su novio, parecía dejarse llevar por ella.

—Así que cuando compartisteis el mismo albergue —recapitulé—, no la noche anterior, sino dos noches antes de su muerte, Queralt y tú os enrollasteis. En la aldea del Cebreiro. Y esa fue la primera vez, no lo habíais hecho nunca hasta entonces. Corrígeme si me equivoco.

—Eso... Eso es —tartamudeó.

—Aunque estabais recorriendo el Camino juntos desde Roncesvalles —proseguí— y habíais coincidido varias veces en albergues y hasta habíais compartido ruta un par de jornadas. ¿Hasta aquí bien?

—Sí —dijo Adela.

—Le preguntaba a él —le advertí—. Por ahora lo que nos importa es aclarar su relación con ella. Más adelante ya te preguntaré a ti.

La chica se ruborizó y se removió en el asiento.

—Me refería a lo otro, a las veces que habíamos coincidido.

—Visto, gracias. Y ahora viene lo más importante. La noche anterior al crimen, en Triacastela, os alojasteis en albergues distintos, y aquí me gustaría preguntarte, Hernán, ¿por alguna razón en particular? Porque tampoco hicisteis esa jornada juntos, sino cada uno por su lado.

—No sé, cuando nos vimos por la mañana me pareció que ella no estaba a gusto, como si se hubiera arrepentido o algo así. Por eso no la invité a que viniera con nosotros. Y ella prefirió salir sola antes.

—De acuerdo —anoté—. Continuemos. Imagino que ella llegó antes a Triacastela, si había salido antes que vosotros, ¿no es así?

—No estoy seguro. Supongo. Por el camino no la vimos.

—Y sin embargo, aunque no os alojasteis en el mismo albergue, ella y tú os acabasteis viendo. ¿Cómo fue, de quién partió la iniciativa?

—De ella.

Adela se encaró con él.

—Piensa lo que dices —le advirtió—. Lo van a comprobar todo.

Hernán parecía intimidado por la presión de su amiga. Casi más que por la que pudiéramos representar los agentes de la autoridad. Me volví hacia la joven. Me parecía bien que tuviera carácter, eso sin duda la iba a ayudar en la vida, pero ya empezaba a estorbarme un poco.

—Adela, tú ves series de policías, ¿no? —le pregunté.

—Alguna, pero además voy a empezar cuarto de Derecho.

—Ya. Y a lo mejor hasta quieres ser policía y todo.

—Pues no lo descarto, la verdad.

—Ya veo. ¿Te puedo pedir un favor?

—Cuál.

—¿Puedes esperar para hacer de policía a sacar la oposición y salir de la academia con el diploma? Si vas a meter baza a cada momento, te acabaré pidiendo que me dejes hablar a solas con tu amigo.

—Sólo le digo lo que hay. No quería que os contáramos nada. Le he tenido que convencer de que era una estupidez. Por eso ahora le digo que no se invente nada, que sólo conseguirá hacerse sospechoso.

—¿Acaso te consta que fue él quien llamó a la chica?

—No.

—Entonces vamos a seguir con lo que estábamos. Me dices, Hernán, que fue Queralt la que se puso en contacto contigo. ¿Cómo?

El joven no dudó.

—Por WhatsApp. Si quiere ver los mensajes, los tengo aquí —dijo, al tiempo que sacaba el teléfono, como para cerrar la boca a su amiga.

—No te puedo pedir que me los enseñes, no sin una orden judicial, pero si nos los quieres mostrar voluntariamente, por supuesto que querremos verlos. Nos ayudará. Por otra parte, ahora que ya me los has mencionado, te pido que no los borres. Si tuviéramos que verlos más adelante y los hubieras borrado, eso sí nos haría desconfiar.

Hernán pareció venirse de pronto arriba.

—Aquí los tiene. Puede verlos ahora, si quiere. O hacerles una foto. O si me da su número, se los reenvío. No tengo nada que ocultar.

—Vamos mejor por partes. Ella te mandó un wasap, entonces.

—Eso es. Que dónde estaba.

—Y se lo dijiste, claro. ¿Y a partir de ahí?

—Estuvimos poniéndonos mensajes toda la noche.

—Mensajes de qué tipo.

—Ya los verá, si quiere. Pero se los puede imaginar.

Podía, y tampoco me interesaban todos los detalles.

—Entiendo que surgió la idea de volver a veros a solas.

—Digámoslo así.

—Y os acabasteis enrollando otra vez.

—Sí.

—¿Lo propuso ella o lo propusiste tú?

—En los mensajes lo verá: fue cosa de los dos. Los dos nos habíamos quedado la noche anterior un poco enganchados. Yo desde luego.

—Y te fuiste para su albergue. ¿Hacia qué hora?

—Serían las tres de la mañana.

—Y salisteis a dar una vuelta por el pueblo, donde me imagino que a esa hora, y además entre semana, no estaría abierto ningún local.

—No, pero tampoco nos importó. Íbamos a otra cosa.

—Así que buscasteis un sitio apartado y allí lo hicisteis.

Hernán bajó la cabeza.

—Fue sexo consentido, se lo juro.

—Bien —dije—, no tenemos ningún motivo para no creerlo.

—Es que es la verdad.

—Y luego, cada uno de vuelta a su albergue.

Hernán asintió en silencio.

—¿Y cómo terminasteis esa noche? ¿Bien?

El joven titubeó un momento.

—¿Cómo que bien? Pues claro, ¿cómo íbamos a terminar?

—Lo digo porque me has contado que la noche antes, en Cebreiro, te pareció como si se arrepintiera. En Triacastela no, entiendo.

—No sé qué pasaría por su cabeza, pero a mí no me lo pareció.

—¿Quedasteis en seguiros viendo? Quiero decir, en seguir hablando durante las etapas que os quedaban, y a lo mejor volver a encontraros.

—No de esa manera, cerrado y tal. Pero yo pensé que sí.

—¿Pensaste? O sea, que ella no te prometió nada.

—Tampoco era una relación como de prometerse cosas.

—Sólo sexo —deduje.

—Ella me lo dejó bien claro. Acababa de salir de una relación y no tenía ganas de meterse en otra. Y yo a las tías las respeto. Me gustaba, no se lo niego, pero no voy pidiendo lo que sé que no me van a dar.

—Y si más o menos te esperabas que ella volvería a buscarte, ¿no te sorprendió que en Sarria no se pusiera en contacto contigo?

Hernán se pasó una mano por la frente.

—La verdad es que sí. Por eso le puse yo un par de mensajes. Pero cuando vi que ni siquiera me los leía, pensé que se habría cruzado por algo, o que al final no quería que la relación llegara más lejos.

—Y te dormiste y no volviste a escribirle.

El joven se retorció los nudillos.

—Esa noche no. A la otra sí.

—¿No sabías aún que la habían encontrado muerta?

—El viernes salimos muy temprano de Sarria. No nos enteramos de nada. Esa noche oímos que había aparecido una chica muerta al lado de Samos, pero lo último que pensé fue que sería ella. El sábado por la mañana fue cuando vi su cara en las noticias. Entonces lo supe.

—Es verdad, entonces lo supimos —terció Adela.

—Y sin embargo, decidisteis seguir camino, hasta que ayer mismo os cruzasteis con una patrulla en Arzúa y le dijisteis que la conocíais.

—No íbamos a mentirles —dijo el otro chico.

—Tengo una pregunta. Para los tres.

Los tres me miraron con la inocencia de unos colegiales.

—¿En ningún momento pensasteis en acercaros por una casa cuartel del Camino para decir que habíais tenido relación con la fallecida?

Se miraron. Ante esa pregunta, hasta Adela vaciló.

—Pensamos que nos liarían —respondió la chica—. Íbamos ya con los días muy justos, mañana tenemos que volver a Madrid, porque yo empiezo otra vez las clases en la universidad. Y a fin de cuentas, la verdad es que tampoco podíamos aportar nada sobre el crimen.

—No dejaba de ser relevante que la noche antes uno de vosotros se hubiera acostado con la víctima. ¿No se os ocurrió pensarlo?

Adela miró con aire de reproche a Hernán.

—Sólo se le podía haber ocurrido a él —dijo—. No nos lo contó.

—¿Es eso verdad?

Hernán asintió, con aire abatido.

—No me apeteció, la verdad. Cuando vi su foto en las noticias, me quedé hecho polvo. No tenía ganas de hablar de nada con nadie.

—Supongo que eres consciente de que cuando aparece un cadáver en circunstancias que nos sugieren una muerte criminal recogemos muestras biológicas —le recordé—. Si tuviste relaciones con ella horas antes, es muy posible que tu ADN aparezca en esas muestras.

—En ese momento no llegué a pensar tanto.

Adela no dejó pasar la ocasión de hacer gala de sus conocimientos.

—Ya se lo dije yo, cuando al final nos lo contó, anoche.

Chamorro no dejó pasar el detalle:

—¿Por qué decidiste sincerarte anoche con tus amigos?

—No lo decidió —volvió a meter baza Adela—. Fui yo la que se dio cuenta de que estaba muy raro después de que nos enseñaran la foto de Queralt los guardias civiles y le contáramos lo que les contamos. Le apreté y al final lo acabó confesando. Entonces le dije que tenía que aprovechar hoy para decíroslo todo y no callarse nada de nada.

—Parece que serás una buena policía —le reconoció Cerdeira.

—Soy observadora.

La sargento primero la escrutó con una sonrisa astuta.

—Y sin embargo no te diste cuenta de que tu amigo se había liado con esa chica. Ni en el Cebreiro ni luego en Triacastela.

—Por la noche duermo. Sobre todo si estoy cansada.

—Es una buena excusa —le admitió.

—Hay algo que tengo que preguntaros a los dos —retomé entonces la palabra, dirigiéndome esta vez a Adela y Diego—. Os lo podéis imaginar, sobre todo tú, futura compañera. ¿Sabes a qué me refiero?

La duda pareció ofenderla.

—Por supuesto.

—¿A qué?

—A si os podemos confirmar dónde estuvo nuestro amigo Hernán el viernes, desde por la mañana temprano hasta por la noche.

—Chica lista. ¿Podéis?

—Claro que podemos: estuvimos juntos todo el día, caminando desde Triacastela hasta Sarria. Por eso sé que no la mató él, y por eso le dije que no hiciera el tonto y que os contara toda la verdad. Cuanto antes lo descartéis, mejor, para él y también para la investigación.

Me volví a Diego.

—¿Confirmas lo que dice tu amiga?

El novio de Adela no dudó. Tampoco podía permitírselo.

—Palabra por palabra. No nos separamos de él en todo el día.

—Os convertís en su coartada, entonces —les dije—. Y no tendremos más remedio que haceros una toma de manifestaciones formal. A los tres. ¿Cómo lo organizamos? ¿Cuáles son vuestros planes ahora?

—Tenemos billete de tren a Madrid para mañana a mediodía.

—Puedo hacer que alguien venga por vosotros esta tarde o mañana a primera hora, que os lleve al puesto de Sarria y luego os traiga aquí para que toméis ese tren. ¿Qué es lo que más os convendría?

Los tres se miraron, dubitativos.

—Mejor mañana —decidió Adela—. Así aprovechamos el día hoy.

—Muy bien, cuando prefiráis. Laura se encargará de organizarlo, ya que estáis en contacto. ¿Quieres decirnos algo más, Hernán?

El joven suspiró.

—Bastante les he dicho ya. Y bastante me ha costado.

—Mi subteniente —intervino Chamorro.

—Adelante, Virginia —la invité.

—Es una pregunta para los tres —les dijo—. Habéis comentado que empezasteis a hacer el Camino con ella desde Roncesvalles...

La chica no perdió la oportunidad de hacerle una precisión.

—En Roncesvalles empezamos nosotros. Ella se hizo una jornada más, desde Saint-Jean-Pied-de-Port, en Francia. Decía que quería hacer el tramo español del Camino enterito, sin perdonar un centímetro.

—Ah —exclamó mi compañera—. ¿Por algo en particular?

—Era así —dijo Hernán—. Un poco extraña, a veces.

—Y un poco fanática —añadió Adela.

—¿En qué sentido? —me interesé.

—Sus ideas. Siempre eran así, como tajantes. Como si estuviera muy segura de todo. O esa es la sensación que daba. Aunque lo curioso es que siendo catalana no era *indepe*, sino justo todo lo contrario.

—¿Hablaba mucho de eso?

—No, lo dejó caer una vez. De política en el Camino no se habla.

Chamorro volvió a Roncesvalles:

—En todo caso, allí coincidisteis por primera vez.

—Sí, eso sí.

—¿Dónde? ¿En la colegiata, en el albergue?

—En el bar que hay al lado.

A mi compañera le brillaron los ojos.

—¿Y no presenciaríais un incidente que por lo visto tuvo allí?

Adela se dio un golpe en la frente.

—Anda, claro, eso también deberíamos contárselo.

—Es verdad —dijo su novio—. Yo creo que ahí fue donde Hernán se la empezó a ligar. Aunque tardara tanto en terminar de rendirse.

—¿Quién lo cuenta? —pregunté.

Al final, se repartieron la tarea entre todos, pero la voz cantante del relato la llevaron Diego y Adela. A Hernán parecía avergonzarle ser el que narrara cómo había intervenido en defensa de la chica ante aquel desconocido, o quizá era que le resultaba violenta la manera en la que los otros se referían a Queralt, porque estaba muerta y porque había tenido con ella una intimidad que por añadidura y contra su deseo se había visto en el brete de tener que describir con pelos y señales.

En resumen, lo que nos contaron fue que siguieron la conversación entre Queralt y el desconocido desde el principio, porque ella alzaba mucho la voz, mientras que a él casi no lo podían oír. En un primer momento pensaron que era una pareja que se estaba peleando, pero en seguida se dieron cuenta de que se trataba de algo muy diferente. La chica le echaba a él en cara que la había venido siguiendo en la subida al puerto y él negaba la acusación. Al final la situación se hizo muy tensa entre los dos y les pareció que él iba a ponerle la mano encima. Ese fue el momento en el que Hernán se acercó y ahí quedó la cosa, porque al verse convertido en el centro de atención el hombre optó por eludir el enfrentamiento y marcharse sin más. Entonces la chica dijo que iba a denunciarlo y Hernán se ofreció a acompañarla como testigo. Fueron caminando con ella hasta Burguete y ahí fue cuando les contó que era de Barcelona, que estaba haciendo sola el Camino y que quería estar segura de que aquel hombre no volvía a molestarla. En el puesto los atendieron correctamente: le tomaron a ella la denuncia y se quedaron los datos de él como testigo. Esa noche durmieron en el mismo albergue, pero a la mañana siguiente Queralt les dijo que necesitaba estar a solas, que ese era el propósito con el que había venido a hacer el Camino y que les estaba agradecida pero ya se irían viendo por ahí. Desde entonces volvieron a hablar varias veces y ella siempre estuvo amable con ellos, pero marcando su espacio.

—Hasta que Hernán logró romper el hielo —dijo Adela.

—¿Volvisteis a ver a ese hombre a lo largo del Camino? —pregunté.

Los tres sacudieron la cabeza.

—No —dijo Adela—. Si lo estaba haciendo, se le quitaron las ganas.

—Yo creo que no lo estaba haciendo —dijo Hernán—. La mochila que llevaba era pequeña. Y si hubiera sido un peregrino no creo que lo hubiera dejado por esa razón. Nos lo habríamos vuelto a cruzar.

—¿Lo viste de cerca? —terció la sargento primero.

—Como a un metro.

—¿Cómo era?

El joven hizo memoria.

—Pelo castaño, ojos claros, entre verdes y grises. Un poco más bajo que yo, tampoco demasiado, uno ochenta y pico. De edad, sobre los treinta y tantos, no sabría afinarle más. A los cuarenta no llegaba.

—¿Tenía algún acento?

—No muy definido. En algún momento me dio la impresión de que sí, pero no podría decir de dónde. Las ces y las jotas las pronunciaba, y no me pareció que hiciera ninguna frase extraña. Podría ser español, perfectamente, pero también un extranjero que viviera aquí desde hace años. Por los rasgos sí daba la sensación de que venía de fuera.

—¿Francés, inglés, alemán, nórdico, eslavo?

—Ni idea. El pelo lo tenía castaño, no rubio. Marrón claro, vaya.

Me dirigí a Diego y Adela.

—¿Vosotros dos recordáis algo más?

—Lo que él acaba de decir —contestó Diego.

Adela frunció la nariz y guiñó un poco los ojos.

—Llevaba un reloj bueno. De esos que valen miles de euros.

—¿Alguna marca?

—No llegué a ver tanto, pero no era de los normales.

—Está bien —me resigné—, tendremos que apañarnos con eso.

—¿Les parece sospechoso? —se interesó la chica.

La observé con mansedumbre.

—De momento, todo es sospechoso y nada lo es —le respondí—. Y si me apuras mucho, por ahora más sospechosa nos pareces tú.

Esa no se la esperaba.

—¿Y eso por qué?

—Trataste con la víctima, varias veces, según acabas de admitir, y nos consta tu presencia más cerca de la muerte, en el tiempo y en el espacio. Y estás sosteniendo la coartada de tu amigo, que estuvo más cerca todavía. Eso de Roncesvalles fue muy lejos y hace mucho.

Adela dio la impresión de preocuparse de veras.

—¿Tenemos que considerarnos entonces como investigados?

Me eché a reír.

—No, ni mucho menos, señora letrada. Si así fuera, os llevaríamos ahora mismo al puesto y hablaríamos con un abogado presente. Y en cambio vamos a dejaros haciendo turismo por Santiago y a confiar en que cuando mande mañana a buscaros para tomaros manifestaciones no os habréis dado a la fuga. Respondía a lo que me preguntabas.

Vi que Hernán no se perdía palabra de aquella conversación.

—Lo mismo te digo —traté de tranquilizarlo—. La coartada que te dan tus compañeros es sólida, mientras su testimonio resulte creíble, y por ahora lo que nos decís nos parece convincente. Y te agradezco de verdad que hayas tenido el valor de contárnoslo todo. Tu amiga tiene toda la razón, habría sido mucho peor que nosotros lo descubriéramos. ¿Sigues dispuesto a facilitarnos tus chats privados con Queralt?

—Ya se lo he dicho.

—Bien, te dejo la noche para pensarlo. Tienes que estar seguro y tendrás que firmarnos un papel donde dejes claro que nos prestas tu consentimiento. Si es así, no olvides traer mañana contigo el teléfono. Un compañero mío te hará un volcado de los mensajes con todas las garantías legales, tanto para ti como para nosotros y el juez.

—De acuerdo.

—En ese caso, no os robamos más tiempo.

Me levanté para pagar las consumiciones. Cuando volví a la mesa, estaban ya todos de pie y Cerdeira ajustaba con los jóvenes la hora de recogida para llevarlos a Sarria. Iban a tener que madrugar.

—No os preocupéis, que no perderéis el tren —les aseguró.

Poco después nos separamos, ellos de vuelta a su hostal, nosotros camino del parking. Apenas volvimos a quedarnos otra vez solos, a la sargento primero Cerdeira le faltó tiempo para preguntarme:

—¿Estamos seguros de lo que acabamos de hacer?

—Yo sí —le dije—. ¿Hay algo que te inquiete?

—Es un tiarrón de uno noventa, lo menos. Admite que tuvo sexo con ella el mismo día del crimen. Se lo iba a callar, hasta que los otros poco menos que lo obligaron a que nos lo cantara. No sé yo si...

—Laura —la corté—. ¿Te puedo llamar así?

Endureció el gesto.

—Eso son cosas del capitán. En la empresa prefiero Cerdeira.

—Cerdeira, entonces. Su relato es llamativo, no te digo que no, pero también coherente, y lo ha expuesto con claridad y sin contradicciones, a pesar de lo nervioso que estaba el muchacho. Sus dos amigos, y ella no parece que tenga una personalidad fácil ni que se la juegue por otro, le respaldan también de una manera clara y coherente. Y hasta se ofrece a dejar que le miremos el teléfono, en lugar de borrarlo o de obligarnos a conseguir una orden judicial para copiar esos chats.

Observé el efecto que le hacía mi alegato. No se dejó impresionar.

—Para mí no deja de ser persona de interés en la investigación.

—Naturalmente —admití—. Por eso mismo nos vamos a preocupar de tomarle manifestaciones, y se las vamos a tomar a sus amigos; y los tenemos localizados, y si hay que llamarlos para que vengan a darnos más detalles sobre algo, para eso tenemos oficinas en Madrid y gente allí que nos puede dar el apoyo que nos haga falta. Lo que me parece es que ahora mismo lo que tenemos que hacer es darles carrete, y no putearlos llevándolos a Sarria y estropeándoles el único día que tienen para disfrutar de Santiago. Han andado mucho para llegar aquí.

Cerdeira no terminaba de dar su brazo a torcer.

—No quiero parecer desconsiderada, pero ¿por qué te lo parece? Más allá de ser enrollados con ellos, que esa parte la entiendo.

Era una dialéctica tozuda. Tenía su aquel debatir con ella.

—Hay dos posibilidades —razoné—. La primera es que, como ellos dicen, no tengan nada que ver con el crimen. En ese caso, supongo que estarás conmigo en que no perdemos nada por aplazar a mañana las formalidades. Y a cambio no perjudicamos innecesariamente a unos ciudadanos que desde que los paró la pareja en Arzúa han mostrado su buena disposición a colaborar con la justicia y se merecen que los que la servimos correspondamos al civismo que nos demuestran.

—Desde luego. ¿Y la otra posibilidad?

—La otra posibilidad es que Hernán sea un asesino y un violador y sus dos amigos dos actores consumados que nos han representado una comedia bárbara para encubrir a su compañero de viaje. Se puede complicar más, imaginando alguna orgía en la que intervinieran los tres y que acabara como el rosario de la aurora, pero en la vida y en la investigación criminal yo tiendo siempre a ser partidario de la navaja de Ockham. No hay que retorcer las hipótesis más de la cuenta.

—En cuyo caso... —me retó, sibilina.

La miré. No había llegado hasta allí para deponer las armas.

—En cuyo caso —continué— me conviene que crean que nos la han colado, por si la confianza les lleva a meter la pata, lo que jugaría a nuestro favor. Aunque no pueden estar seguros del todo, y de aquí a mañana por la mañana, si tienen algo que ocultar, los nervios irán a más, quizá incluso aumente la tensión entre ellos, y de nuevo eso es algo que sólo puede jugar a nuestro favor. A cambio, ¿qué riesgo hay? ¿Que se den a la fuga? Si estuvieran en eso, lo habrían hecho ya. Adela ve series de criminales, y dice que quiere ser policía. Sabe que no es nada fácil sustraerse a la acción de la justicia, y si lo intenta no va a poder entrar en la academia. Mañana estarán en Sarria. Te dejo que les tomes tú las manifestaciones. Y si surge algo que los incrimine, no te disputaré el privilegio de detenerlos y de leerles sus derechos.

Cerdeira se echó entonces a reír. Tenía espíritu deportivo.

—Está bien —dijo—. Me parece justo. Tú ganas.

—Los caimanes siempre jugamos con ventaja.

—No siempre, no te confíes.

—Deja que me engañe, hombre.

—No soy hombre, pero te dejo.

—Era una forma de hablar.

Chamorro terció en la conversación.

—Esto está muy divertido, pero habría que comer algo, ¿no creéis?

Miré el reloj. Eran las tres pasadas.

—Gracias por poner sentido común —dije—. Busquemos dónde.

Paramos en un área de servicio. La oferta de comida no era como para salivar de placer, pero servían rápido y también se despachaba rápido la ingesta, en la que no tenía mayor sentido recrearse. Por lo menos, tal era el caso de la menestra y el filete de pollo que elegí yo. Aproveché el rato de la comida para planificar tareas con mis dos compañeras. Lo primero que se imponía era enviar a alguien tanto al Cebreiro como a Triacastela, para que hablara con los empleados de los albergues por donde habían parado Hernán y sus dos amigos, y de paso buscara algún testigo que pudiera ayudarnos a confirmar o desmentir su historia. Cerdeira se ofreció a poner un equipo a ello de inmediato y llamó al teniente Bruguera para pedirle los efectivos. Por otra parte, interesaba obtener la información de los teléfonos móviles de los tres jóvenes. Su posicionamiento y sus llamadas, que también serían útiles para contrastar su relato. Esa tarea se la encomendé yo a Arnau, que era quien estaba en coordinación con nuestra unidad de apoyo técnico en Madrid a través de la cabo primero Salgado. No se me olvidó, por lo demás, hacerle una llamada a mi comandante para ponerle al corriente de las novedades. No juzgué que tuvieran aún el calado necesario para ponerle un wasap al teniente general Pereira.

Solventadas estas diligencias, y mientras tomábamos el café, hubo un momento para poner en común nuestras ideas sobre el caso.

—Mira que si te sales con la tuya —me dijo Chamorro.

—En qué sentido —pregunté.

—Que las relaciones sexuales no tuvieran que ver con el crimen.

—Nunca he dicho que esa fuera mi teoría. Sólo que siempre es una posibilidad que no hay que dejar de tener en cuenta, por si acaso.

La sargento primero no dejó de formular sus objeciones.

—Yo me remito a la autopsia. Signos de relación forzada. Entre otros, cortes y arañazos con la vegetación en la piel de la víctima.

—Se los pudo hacer con Hernán la noche antes —dijo la brigada—. No sabemos dónde acabaron dando rienda suelta a su pasión.

—No adelantemos acontecimientos —dije—. Esperad al ADN.

—No lo vamos a tener mañana —auguró Cerdeira—. Ni pasado.

—Le he pedido a mi comandante que haga un poco

de presión con el jefe del laboratorio de criminalística. Son bastante colegas.

La sargento primero expresó sus dudas.

—Presiones recibe a diario. Y tiene los medios que tiene y cada día le mandan material. Yo no me haría muchas ilusiones al respecto.

—Otra cosa —les planteé—. ¿Diríais que la estatura de Hernán y la de Diego se corresponden con las de los que vimos en las cámaras?

—A bulto, podría ser —opinó Cerdeira.

—Hay que comparar bien —intervino Chamorro—. Y buscar antes si los tenemos en otras imágenes de las que se grabaron ese día.

—Era sólo por no dejar de considerar la posibilidad.

—Para mí no hay que descartarlos. Tanto si coinciden como si no.

Me fijé en la mirada de la sargento primero al pronunciar aquellas palabras. Era concienzuda y tenía experiencia y olfato. No iba a darse por vencida así como así. Tampoco quería yo que lo hiciera. Al revés: me venía bien, para no dejar de poner a prueba ninguna hipótesis.

En ese momento sonó mi móvil. Era Salgado.

—Inés, ¿cómo estás? —la saludé.

—Sentada. Y te aconsejo que tú también te sientes, si estás de pie.

—¿Y eso?

—Hemos entrado en el móvil de la chica.

14

El mal del mundo

Después de largar un buen sorbo a su cerveza, el sargento Robles se echó hacia atrás en la silla que ocupaba en aquella terraza del Puerto Olímpico de Barcelona y exhaló el aliento con un gesto de placer.

—Mira esto, sudaca —me exhortó—. No me digas que no somos unos afortunados. Aquí estamos, tan a gusto, y encima nos pagan.

—Lo que me hace pensar, mi sargento, si esa cerveza que casi acaba de vaciar usted no viene a ser una contravención del reglamento.

Robles me miró como si me hubiera dado un aire.

—¿Por eso te has pedido agua mineral? Creía que no bebías.

—No suelo emborracharme, pero beber sí que bebo.

—Ah, ya, cuando no estás de servicio —dedujo.

—Preferiblemente.

El sargento asintió con cara de satisfacción.

—Eso está muy bien, hombre. Tampoco yo me crujo a gintonics cuando estoy de servicio, pero una cervecita fría en julio es un derecho fundamental que ni siquiera a nosotros pueden negarnos.

—Si usted lo dice.

—Tienes que evolucionar, Vila —dijo mientras miraba los veleros.

—¿En qué sentido?

—Ya no estás en Información. No hace falta que te comportes como si fueras mitad monje y mitad soldado. Ahora estás en Policía Judicial, o lo que es lo mismo, en la puta calle. Aprovéchalo. Y disfrútalo.

—Ya le iré pillando el tranquillo, supongo.

El sargento adoptó de repente un aire grave.

—No vayas a pensarte que no te entiendo. Igual que al subteniente Arias, que ya se ve que te ha dejado huella, como imagino que algún otro águila como él. También a mí me tocó mi ratito de rencor tribal en Vizcaya, y en los años más tenebrosos: cuando alguien tuvo la brillante idea de amnistiar a los alegres chicos de la boina y nos sembraron las calles de cadáveres. Y por si no hubiera tenido suficiente, también tuve que hacer alguna cosa cuando volaron el Hipercor de aquí. Lo que allí pusieron esos cabrones era como napalm. Estaba todo derretido.

—No sabía —dije.

—Claro, porque no te lo había contado —me disculpó—. Porque no es lo que le cuento a nadie cuando me lo presentan: más bien procuro no contarlo nunca. Hay cosas que uno ve que es mejor guardar bajo siete llaves. No tiene ningún sentido amargarle la vida al prójimo.

—En eso estamos de acuerdo.

—Pero ya no estás allí. Y encima tu antiguo servicio ha hecho pleno: ha retirado de la circulación a los jefes de los de la serpiente y el hacha y habéis limpiado los restos de los patriotas atolondrados de aquí. Lo que me hace pronosticar que vamos a pasar unas semanas estupendas. Y viendo en primera fila algo que sólo se vive una vez en la vida.

—Se supone que no estamos aquí para divertirnos.

Robles vació lo que le quedaba de la cerveza.

—Tampoco para ponernos un cilicio en cada muslo, chaval.

—A pesar de todo, alguna tarea tendremos, digo yo.

Robles se cruzó de brazos, estiró las piernas y miró al

cielo. Volvería a verle hacer aquello. Era su manera de tomarse tiempo para sí.

—¿Quieres mi pronóstico? —me preguntó.

—Si lo quiere compartir conmigo.

—Pues verás, mi pequeño saltamontes... Viste la serie, ¿no?

—Claro. *Kung Fu.* Era pequeño, pero sí.

—Es que a veces uno no sabe, con los jóvenes. Vas y sueltas algo y resulta que ya son cosas de dinosaurios. En fin, a lo que iba. Antes de nada tienes que saber que no hemos dejado sin más que llegue la fecha de las Olimpiadas. O al menos, no en todo: por lo que dicen por ahí, algún remate queda todavía en la Villa Olímpica y en el estadio.

—Eso es casi inevitable. Y aquí todavía más.

—Bueno, los catalanes van de europeos, se suponía que a ellos no iba a pasarles. Y del todo mal no lo han organizado, las cosas como son. Pero también nosotros hemos hecho los deberes. Entre la pasma y nosotros nos hemos trabajado a fondo los focos de la maldad local. Hemos quitado de en medio a todos los que hemos podido, y a los que no se les ha hecho saber de buen rollo que al que se mueva en la foto y esté donde no debe se le partirán convenientemente las piernas.

—¿Y eso se puede hacer, así sin más?

—Poderse se puede, la prueba es que se ha hecho. Todavía no han encendido la llama olímpica y ya estamos con cifras de delincuencia muy por debajo de lo ordinario. Entre lo que se ha limpiado y los que se han ido, el efecto se nota. Y no tienes que olvidarte de otra cosa.

—¿Cuál?

—La seguridad en las calles, como la de los rebaños, es directamente proporcional a los perros pastores que se dejan ver en ellas. Nos han mandado miles de agentes de refuerzo. Fíjate y verás que no hay un punto estratégico que no tenga presencia policial. Y los malos que no son del todo tontos, que los hay, ya se imaginan que además de los uniformados estamos por ejemplo nosotros dos, aquí de incógnito y vigilando que nada se salga de madre en este puerto tan chulo.

—No sé yo si desde aquí vigilamos demasiado —dudé.

Robles me hizo sentir su reprobación.

—Tú a lo mejor no, pero yo tengo ojos en la nuca. Y a eso súmale el dispositivo de seguridad de la Villa Olímpica, que se extenderá hasta aquí cuando empiecen las competiciones. La van a blindar del todo, no va a entrar ni Dios si no tiene el pase verificado por la organización.

—Ahí sí que supongo que no habrá problema.

—Ni ahí ni fuera de ahí. Hay que tenerlos cuadrados para retratarse en un artículo del Código Penal cuando lo más probable es que tengas que acabar pasándote por caja para pagarlo con los años de talego que correspondan. Los únicos que tienen que preocuparnos son los locos, que nunca falta alguno, y los que tengan un mal arrebato. Más los que se pasen con la bebida y se encuentren con otro que tal baile.

—A ver si es verdad.

—Me apuesto contigo lo que quieras.

Quedó en el aire su apuesta, que no tuve el valor de cubrir. Llevaba apenas una semana en Policía Judicial, todavía no acababa de tomarle la medida a mi nuevo jefe y en mi vida personal tampoco las cosas iban lo que se dice viento en popa. Mi mujer llevaba regular el calor y el octavo mes de embarazo, y habíamos discutido por el lugar donde iba a nacer el niño. De pronto, influida por mi suegra, le había dado por decir que prefería irse a Madrid a dar a luz, a pesar de que todo el seguimiento se lo había hecho en Barcelona un ginecólogo tranquilo y experimentado que nos daba toda la confianza. Al final había logrado convencerla de seguir con el plan inicial, y aunque entonces no sabía hasta qué punto hay batallas que en un matrimonio es mejor perder, sobre todo cuando entran en juego las tropas auxiliares, no me pasaba inadvertido el daño que el rifirrafe había causado en nuestra relación. Esa preocupación me dificultaba concentrarme en el trabajo, y también aquella mañana propició que me abstrajera por unos instantes.

—¿Hay algo más que te turbe? —se interesó Robles, risueño.

—No, sólo estaba pensando...

—En qué.

—Elisa sale de cuentas justo después del final de los Juegos. A ver si tiene usted razón y no estamos demasiado liados para entonces.

—Tú confía en mí, que sé de lo que hablo.

—No lo pongo en duda.

El sargento adoptó entonces un tono familiar.

—Tenéis que venir un día a comer a casa y os presento a mi mujer, Consuelo. A la tuya le vendrá bien. Además de haber dado a luz tres veces, no hay problema que no te resuelva. Por qué te crees tú que yo puedo dedicarme a los crímenes y a tomar cervecitas en el puerto.

—Así contado, lo que hacemos parece poca cosa.

Robles se encogió de hombros.

—Depende de cómo lo mires. Hay días que te tocan unas tragedias del copón. Que además te dejan una semana cavilando. Las razones tan tontas por las que la gente se jode la suerte, o se la jode a otro. Pero la vida sigue siempre, incluso para los que ven pasar las balas cerca, si se las arreglan para que no les den a ellos. Y por eso es por lo que te digo que hay que aprovechar todo lo que te ofrece la vida. Que es muy corta, y puede ser muy perra, y no te va a regalar esto siempre.

—Eso ya lo sé.

—Esta es una ciudad cojonuda —observó—. Lo tiene todo. El mar, la montaña, se come bien, la gente es trabajadora, las cafeterías están limpias. Y más cosas que te iré descubriendo, si no me sigues haciendo de Pepito Grillo. Ya era el mejor sitio para vivir antes de que le dieran el empujón este. Y con lo de las Olimpiadas se va a salir del mapa.

—La ciudad me gusta. Mucho —reconocí.

—Estás en el mejor lugar y en el mejor momento —dijo—. También de la vida. Tenéis que disfrutar, tu mujer y tú, de esa criatura que os viene ahora. Y de vez en cuando habrá que ir a levantar un muerto o a ver una autopsia, qué se le va a hacer, pero en los huecos tienes que saber sacarle el jugo a la existencia. Para resolver crímenes hay que aprender a conocer a las personas: lo que las mueve, lo que las empuja a hacer lo que hacen. Todo el mundo, si puede, quiere vivir bien, lo mejor posible, lo persigue por todos los medios a su alcance y eso es lo que les lleva a algunos a jugársela y a acabar perdiendo. No por una idea, ni por una patria, ni por todas esas chaladuras. Olvídate de lo que aprendiste siguiendo a los de las bombas. Esos no saben vivir.

—No sé si le he oído bien, mi sargento. Lo de la patria, digo.

Robles se echó a reír.

—No te preocupes, hombre. Ya verás el día de la Patrona, cuando me calce el tricornio y me meta en el uniforme, si quepo. Todavía sé ponerme firmes cuando tocan el himno y pasa la bandera. Pero ahora estamos fuera del cuartel. Esto es la calle. Aquí las reglas son otras, y más vale que las vayas aprendiendo. Ya te irá guiando el tío Robles.

No tardé mucho en recibir la primera lección, gracias a un homicidio que se produjo dos semanas antes de los Juegos. Se ajustó a uno de los supuestos delictivos que Robles había enumerado como posibles en aquel marco de seguridad reforzada en el que trabajábamos. El origen había sido una disputa entre dos clanes gitanos del Baix Llobregat que andaban a la gresca por sus negocios concurrentes en el ramo de la chatarra y en el menudeo de droga. Sus encontronazos habían ido a más y un joven del clan que operaba desde Sant Boi de Llobregat había acabado despanzurrado a tiros en una zona boscosa del municipio de Sitges. Los dos disparos que presentaba, descargados a bocajarro en el vientre con una escopeta de cañones recortados, hablaban a las claras del odio y de la intención de matar que habían animado al autor.

Me maravilló la rapidez con la que Robles leyó la escena del crimen. Lo que para mí era un libro cerrado, para él resultó instantáneamente inteligible. Al pie del cadáver, algo descompuesto ya, y sobre el que revoloteaba una nube de moscas, fue exponiendo sus impresiones con parsimonia y sin necesidad de taparse la nariz para evitar el hedor que a mí me tenía al borde del vómito desde que había llegado allí.

—Le tendieron una trampa, eso está claro —comenzó—. De otro modo no se explica que lo pudieran matar aquí, y este es el lugar del crimen sin ninguna duda, por toda la sangre que empapa la tierra. En la cuneta hay rodaduras de dos coches, por lo menos: mira, dos anchos de neumáticos. En uno llegó él y en el otro el o los asesinos. Me inclino por pensar que la faena la hicieron más de uno, ya que después del crimen se llevaron su vehículo para que se tardara más en descubrir la tostada y nos costara más identificar al muerto. Menos mal que las huellas dactilares son utilizables, que los de criminalística esta vez han sido diligentes y que nuestro amigo estaba fichado. Supongo que le pusieron alguna clase de cebo: por ejemplo una compra de droga más o menos sustanciosa. Seguramente le dieron la impresión de ser unos pardillos para conseguir que se confiara y acabara viniendo solo.

Hizo una pausa. No tardó mucho en esbozar una teoría:

—Y si vino así de expuesto, se me ocurre que podía

tratarse de una operación que el chaval hacía por su cuenta, al margen de la jefatura del clan. Buscaron el eslabón más desprotegido de la cadena para dar el golpe. A lo mejor descubrieron que el chico operaba por libre, estos tienen sus antenas, y por la cuenta que les trae saben lo que se mueve en el mercado. Pero también nosotros tenemos nuestros informantes, y un hilo evidente del que tirar: no hay más que mirar en la nómina del clan enemigo y analizar los movimientos de sus principales artistas. Lo que le quitaran a este tiene que haber llegado rápido a las calles.

Lo que vino después de aquel alarde deductivo fue todavía más asombroso para mí. Pude ver al sargento Robles en acción con varios de sus confidentes, a quienes citaba en calles apartadas de polígonos industriales y que parecían tenerle una inquebrantable devoción. Por descontado, en todos los casos se trataba de malhechores —«por los conventos de las clarisas circula poca información utilizable a nuestros efectos», solía decir—: camellos o chorizos de poca monta a quienes en alguna ocasión había echado un capote o a los que daba garantías de que se lo echaría en caso de necesidad. Que aquel picoleto no dejaba nunca de cumplir lo que prometía era un dogma que todos parecían asumir. Varios de aquellos individuos tenían poco o nada que contar, y Robles, aunque se percataba en seguida, hacía como que apreciaba de veras sus intentos por contentarlo. A un soplón, solía decir, hay que darle cuartelillo: si haces la vista gorda cuando te da una información vaga o traída por los pelos, le creas la deuda moral de echar el resto cuando de verdad sabe algo. Uno de ellos, en cambio, puso sobre la mesa un par de nombres, hicimos las comprobaciones oportunas y a partir de ese momento la cosa empezó rápidamente a tomar color.

A pesar de todo, y aunque la inauguración de los Juegos estaba a la vuelta de la esquina, Robles prefirió no precipitarse. Amarró bien la información, buscó y encontró pruebas más o menos concluyentes, como la rodadura de uno de los dos coches, y cuando tuvo el paquete bien armado hizo algo que me pasmó todavía más que lo anterior. Nos fuimos, con dos narices, a ver al patriarca del clan al que pertenecían los presuntos asesinos. Cuando llegamos a su barrio de Cornellà, los gallos jóvenes del clan nos hicieron sentir aparatosamente su amenaza. A Robles no le intimidaron ni poco ni mucho. Señalando el coche del que acabábamos de bajarnos, se encaró con ellos y les hizo saber:

—Vengo a hablar con don Lisandro. Si bajo y le ha pasado algo al coche, volveré a subir y le contaré que su gente no le respeta.

Un par de chavales lo miraron aún desafiantes. Robles añadió:

—Y el que lo haya tocado ya se puede ir despidiendo del dedo.

Subimos por unas escaleras que nadie ponía mucho ahínco en barrer y acabamos tocando a la puerta A del cuarto piso. Nos abrió una mujer en la cincuentena a la que Robles le preguntó por don Lisandro. La mujer preguntó quién lo buscaba y Robles le dijo que don Rafael, de la funeraria. Nuestra interlocutora nos pidió que esperáramos y cerró la puerta. Un minuto después, la puerta volvió a abrirse y se nos invitó a pasar. Al fondo de un estrecho pasillo, sentado muy tieso en un sillón con orejas, nos aguardaba don Lisandro, el patriarca. Su edad era tan imprecisable como lo que en ese momento cruzaba por su mente.

—Buenos días, don Lisandro —dijo Robles.

—Hola, don Rafael —repuso el otro—. Cómo le trata la vida.

—No me quejo. Hoy ha salido mi ascenso publicado en el boletín.

—¿A general?

Mi superior lo encajó deportivamente.

—Tiempo al tiempo. A sargento primero, por ahora.

—Enhorabuena.

—Muchas gracias, don Lisandro.

Tras estas cortesías, nuestro anfitrión nos observó en silencio.

—Y a qué debo el honor de su visita —dijo al fin.

—El honor es nuestro —le aseguró Robles—. Le agradecemos que nos reciba. Así tenemos la oportunidad de encarrilar un asunto.

—¿Qué asunto es ese?

—El del chico ese que apareció en Sitges con una ración de plomo en la barriga. Hemos estado trabajando y lo tenemos ya resuelto.

El patriarca no pareció inmutarse.

—Me alegro. Lo que no imagino es qué tiene que ver eso conmigo.

—Seguro que nada. En esa confianza hemos venido a verle. Pero hay un par de muchachos a los que usted conoce que, por lo que hemos podido averiguar, sí están implicados. Podríamos haber ido a por ellos sin más, pero no quiero hacerlo sin informarle antes, por el respeto que nos tenemos, y también por si puede ayudarme a hacerlos entrar en razón y de paso ahorrarles y ahorrarnos a todos más disgustos.

—¿Puedo saber de quiénes se trata?

Robles me hizo una seña. No diré que no me tembló un poco la voz al leerle los nombres completos de los dos individuos en cuestión.

Don Lisandro torció el gesto.

—No puede ser, son buenos chicos. Y uno es mi sobrino.

—Por eso estamos aquí —explicó Robles—. Porque sabemos que no estaba usted al corriente de los malos pasos de su sobrino, y porque no hay necesidad de que esto sea peor para él de lo que ya es. Es joven, no habrá medido sus impulsos. Mejor una lección a tiempo que...

—Que qué.

La voz de aquel hombre sonó de pronto áspera. Robles continuó:

—Que dejar que se acabe perdiendo del todo. No puedo cerrar los ojos, don Lisandro, no a una muerte. Hay una madre que ha perdido a su hijo y a nosotros nos pagan por darle un poco de consuelo. Ya me gustaría que hubiera otra solución, pero tenemos que ir a por él.

—Qué pruebas tiene de eso que me está diciendo.

Mi sargento le sostuvo impasible la mirada.

—Las suficientes, don Lisandro. Me conoce, y sabe que no vendría nunca aquí a marcarme un farol. Esto es una visita de buena voluntad. Si encauzamos esto a tiempo, a ningún juez le dará por pensar cosas retorcidas, que le aumentarían la ruina al chiquillo y que nos acabarían creando, a todos, problemas que no hay por qué dejar que surjan.

El patriarca apretó un poco más.

—No sé si le sigo, don Rafael.

Comprendí que le estaba poniendo a prueba. Robles no aflojó.

—Los jueces son muy de sus códigos y esas cosas, ya sabe. Y no le digo los fiscales. No descarte que en el juicio el fiscal al que le caiga, si no le damos el asunto bien cerrado y clarito, nos salga con que no fue un calentón del momento, que se citaron con el difunto con ánimo de matarlo, o sea, premeditación y alevosía y asesinato y unos años de propina. O peor aún, que abra del todo el melón y venga lo otro.

—¿Lo otro?

—Ya sabe, esta gente ve películas. Y luego se las monta. Les podría dar por decir que su sobrino y el otro cumplían órdenes de alguien.

Tampoco ahí se le alteró el semblante a don Lisandro.

—¿Y usted cree eso?

Robles ensanchó aún más su sonrisa.

—Yo no, don Lisandro. Conozco bien a estos chavales, y sé que se calientan por cualquier cosa. Una mala mirada, una chica, qué sé yo. Lo que pasa es que yo no mando en la instrucción, es su señoría quien decide. Y la experiencia me dice que cuantas más dudas le ponga uno sobre la mesa, más mete la cuchara y más se envenena todo. Ahora bien, si la cosa le llega ya amarrada, el juez respira con alivio, lo firma todo y zas, asunto concluido. Pero para eso hay que ayudarle.

Don Lisandro, ahora sí, endureció el gesto.

—Cualquiera diría que me está amenazando con algo.

También Robles elevó un punto la tensión.

—No. Sólo le estoy dando a elegir. Porque estoy seguro de que lo va a apreciar, y sé que va a elegir bien. Para su interés y para el mío.

—Me lo tendré que pensar.

—Muchos días no puedo darle. El juez sabe que avanzamos.

—No me hará falta más de uno. Ya le diré algo.

Robles se puso en pie, y yo con él.

—Quedo entonces a la espera. Muchas gracias, don Lisandro.

—A usted —contestó el patriarca, sin levantarse.

Dos días después los estábamos deteniendo a los dos. Fuimos a por ellos en las dos direcciones que nos indicaron, donde en efecto nos los encontramos, esperando dócilmente. Aunque hubo algún griterío de niños y mujeres, una especie de teatrillo de resistencia para la galería, los agentes de intervención que llevábamos no tuvieron que emplearse a fondo. Los dos detenidos clamaron por su inocencia e hicieron como que se revolvían un poco pero se dejaron conducir como corderillos. Cuando llegamos al acuartelamiento los reseñamos y fueron directos a los calabozos. Una vez que los tuvimos allí, Robles me dijo:

—Y ahora vamos a examinarlos uno por uno, para ver cómo vienen, antes de tomarles declaración y procurar que lo confiesen todo.

—¿Procurar? ¿No se supone que les han...?

—Se supone, sudaca —me interrumpió—, y hay noventa y nueve probabilidades contra una de que hagan lo que su jefe les ha dicho que tienen que hacer; pero hasta que no te pones no sabes lo que hay. Y aunque aquí el pescado esté vendido, vamos a utilizar la experiencia para tu formación. Para cuando tengas que sacarle la verdad a alguien que no esté tan blandito como según el patriarca vienen estos dos.

—Como usted ordene, mi sargento primero.

—Lo primero que te ordeno es que ahí dentro me llames de tú, o de usted si no te sale, pero nunca por mi grado y con los tratamientos de la mili. Lo segundo, que te olvides de la gente a la que has interrogado hasta ahora. Estos no creen en nada: sólo se mueven por la codicia o por impulsos, y siempre, incluso hoy y aquí, se pueden atravesar.

—Muy bien. Tomo nota.

Robles hizo una pausa mientras buscaba mi mirada. Una vez que se aseguró de que yo sostenía la suya, expuso con tono didáctico:

—Si esto está claro, te voy a dar las dos reglas de oro para conseguir que un ser humano que no es bueno ni noble ni quiere ayudarte a ti ni ayudar a la justicia se preste a decirte la amarga verdad. Primera regla: mírale siempre a los ojos. Los ojos son el espejo del alma. Tratará de apartarlos, en la mayor parte de los casos, pero cuando se los pilles, aprovecha para leer ahí lo que se resistirá a reconocer. ¿Entendido?

—Entendido.

—Segunda regla, y la más importante: cuando quieras que alguien te dé algo que necesitas, dale lo que necesita él. Vale para todo en la vida, pero especialmente para los interrogatorios. ¿Qué es lo que más necesitan ahora esos dos que tenemos encerrados en la nevera?

Tuve la torpe idea de elegir aquel momento para bromear:

—¿Irse?

Robles no ocultó su decepción.

—Eso no puedes dárselo, criatura. A ver, piénsalo: están solos, no saben qué va a ser de ellos, la incertidumbre sobre su suerte los corroe y si tratan de despejarla sólo aparece ante ellos el horizonte del talego. ¿Qué es lo que tú necesitarías si estuvieras en una situación así?

—Si lo de irse no vale, no se me ocurre por dónde va usted.

Robles me sopesó con resignación.

—Cariño, Vila, cariño. Lo que esos dos necesitan, y no se esperan de ninguna manera, es que les den un cariñito, algo de afecto. Una señal de que alguien, además de sus madres, a las que han dejado llorando, se preocupa por ellos y por hacerles este mal trago menos horrible.

—¿Y ese cariño se lo vamos a dar nosotros? —pregunté.

—Se lo voy a dar yo. Tú miras y callas.

—Me queda claro. ¿Por cuál vamos a empezar?

—Qué pregunta, cabo. Por el más jodido, siempre. El más grande y el más malo de los dos. El que tenemos claro que apretó el gatillo.

Fue el que más resistencia opuso a admitir el crimen, a pesar de las órdenes inequívocas que tenía de asumir la autoría material y también la iniciativa de acabar con la víctima. Exculpaba así de ese modo a cualquier otro miembro del clan de aquella muerte y circunscribía la responsabilidad de su compañero a la de cómplice y encubridor. Cuando Robles lo vio reacio a confesar, no se alteró ni recurrió a malas palabras o malos modos. Le puso la mano en el hombro y le preguntó si quería hablar con su madre y tranquilizarla, contarle que estaba bien y decirle que todo se iba a arreglar. Cinco minutos después, el asesino estaba llorando a moco tendido mientras sujetaba el auricular contra su oreja. Diez minutos más tarde lo había reconocido todo y declaraba su voluntad de ratificarlo ante el abogado, como finalmente hizo.

Después de poner a los dos detenidos a disposición judicial, Robles me invitó a tomar una cerveza en el puerto deportivo de Sitges. Vi que le gustaban especialmente aquella clase de sitios, donde podía mirar los barcos. Según me dijo tiempo después, le habían fascinado desde pequeño, y como sabía que no tenía el dinero ni el tiempo necesarios para navegar en ellos, le quedaba el consuelo de ir a verlos allí. En esa ocasión, me permití acompañarle y me pedí también yo una cerveza bien fría. Apetecía, bajo aquel calor húmedo que no daba tregua.

—Salud, Rubén —brindó—. Por tu primer muerto esclarecido.

—Bueno, algún otro hubo en mi vida anterior —alegué.

—Tu vida anterior no existe. Ahora estás aquí, y este es el arte que tienes que aprender a dominar. Nada que importe en la vida se hace a medias o sólo razonablemente. Y yo voy a hacer de ti el mejor.

—Veremos si estoy a la altura de esas expectativas.

—Mimbres tienes. Si te da la gana, claro.

—Cuente con que me esforzaré.

—Pues a ver, dime, ¿qué has aprendido de esto?

Respondí a bote pronto.

—Que lo del odio a muerte entre los gitanos y los guardias civiles es un mito. Le reconozco que me ha impresionado la manera en la que se ha entendido con el patriarca del clan. Está muy lejos de la idea que tiene casi toda la gente, por culpa de los poemas de García Lorca.

Robles suspiró.

—Yo no sé qué vio García Lorca, o qué le contaron. Que gitanos ha habido que se han saltado la ley es un hecho, y que nosotros tenemos que ir a por quien se permite saltársela también. No digo que no haya entre ellos y entre nosotros gente que de ahí pase al odio, pero tanto para ellos como para nosotros es más inteligente encontrar la forma de reducir los desperfectos. Si estamos condenados a encontrarnos, también lo estamos a encontrar alguna clase de equilibrio. Chocar es convivir. Para quien no choca ni convive es muy fácil la pureza moral.

Sentí que me daba pie a decir algo.

—En todo caso, me ha quedado una duda. Moral, precisamente.

—No te la guardes —me invitó.

—Hemos metido a los autores materiales en la cárcel...

El sargento primero me cortó:

—No te confundas. Los meterá el juez, si lo tiene a bien. Nosotros sólo somos los que les ponemos a los de las togas las pruebas sobre la mesa. Son ellos los que a partir de ahí le quitan o le dan la libertad a la gente. Que es tarea suya, y que ni es la nuestra ni yo la pretendo.

—De acuerdo —admití—, digamos entonces que hemos reunido las pruebas para que encarcelen a esos dos y además los hemos detenido, para que sólo sea cosa de firmar un papel. Sin embargo, si pensamos que puede que hicieran lo que hicieron siguiendo instrucciones...

Ahí me detuve. Robles me animó a seguir:

—Dale. Suéltalo todo.

—Si así fuera, no habríamos hecho justicia, precisamente.

El sargento primero dejó vagar la mirada sobre los mástiles.

—Hemos hecho la que podíamos hacer —dijo—. El que se recreó matando va a pagarlo, y la madre del muerto sabrá que quien se cargó a su hijo no ha salido de rositas. Eso no se lo va a devolver, pero basta para que pueda volver a dormir alguna noche. Lo otro que dices es una conjetura. Probable. Muy probable, incluso. Lo malo es que si nos hubiéramos emperrado en ella no tendríamos asesino confeso, tal vez no tendríamos a nadie detenido y estaríamos empantanados. Nunca vamos a borrar el mal del mundo. Sólo podemos contenerlo. Ayudar a hacerlo soportable. Disuadir a quien tiene dentro el impulso del mal de esparcirlo sin ton ni son. Que es lo que pasaría sin nosotros.

—Me va a costar un poco asumir eso —confesé.

—Esto no es como los de ETA, o los chiflados de Terra Lliure —dijo Robles—. Esos son unos alucinados y las alucinaciones pasan, antes o después. Hay algo que está dentro de nosotros, de todos nosotros, que no se va a ir y que no es bueno. A eso nos toca a ti y a mí vivir mirando de frente. Y sin perder la esperanza. Quién sabe, quizá don Lisandro se columpie un día. Y ahí estaremos, para agarrarlo del pescuezo.

—Me quedaré con esa última idea.

Robles alzó la vista al cielo, como si hablara, en parte, para sí.

—Y con las otras, sudaca. Por la cuenta que te trae.

15

Los ardores de la edad

A todos, en mayor o menor medida, nos gusta tener el poder de irrumpir en la vida de otro y darle un giro que no se espera. Es lo que explica la fatigosa tendencia de tantos guionistas a introducir en sus historias quiebros sorpresivos, la razón por la que ciertos gobernantes se proponen rediseñar de arriba abajo la existencia de los gobernados y la raíz del goce que produce seducir a alguien. Es también una de las pruebas más irrefutables de que el ser humano es un animal social que, por más que propenda a presumir de su autosuficiencia, depende, incluso desesperadamente, del impacto que causa en otros humanos. Salgado no era una excepción a la regla, y por eso le costaba ocultar la alegría que le producía la ventaja que con aquella revelación acababa de adquirir sobre mí. Porque además era consciente del alcance que tenía, a efectos de obligarme a rehacer de inmediato mis planes.

—¿Cómo que habéis entrado en el móvil de la chica? —le pregunté, todavía un poco desconcertado—. Quiero decir, hasta qué punto.

—Hasta la cocina, jefe. Tenemos acceso a su correo electrónico, a su historial de navegación, a su posicionamiento GPS día por día y hora por hora, a sus conexiones y desconexiones, a su actividad y a todas sus cuentas en redes sociales; y también, y aquí es donde viene la bomba, a sus chats de WhatsApp. No a los de los últimos días, sino a los de los nueve últimos meses. Desde que se compró o le regalaron el teléfono. Y hay al menos tres que son oro molido para la investigación.

—Sorpréndeme —le pedí.

—El primero a lo mejor no te sorprende tanto. Habla con un tal Hernán, que por lo poco común del nombre me imagino que será el mismo del que Virginia me reclamó ayer antecedentes. Por cierto, que si la realidad se corresponde en algo con lo que ahí fantasea el chico, lo mismo te acabo pidiendo que me dejes detenerlo e interrogarlo.

—Dudo que se te conceda esa oportunidad. Qué más.

—El segundo aparece reseñado como «Plasta». Mis dotes deductivas me permiten afirmar sin miedo a equivocarme que es catalán.

—¿Y eso?

—Porque le escribe en catalán la mayoría de los mensajes. Y por el porrón de faltas de ortografía que tiene cuando lo hace en español.

—Para lo segundo no hace falta ser catalán —le advertí.

—Sí, por el tipo de faltas. En su descargo, las conversaciones entre los dos son bastante tensas y al chico se le nota muy alterado. Al final bastante más que eso. Se pone directamente agresivo y no se priva de lanzarle alguna amenaza. Del tipo «no me hagas perder la cabeza».

—Vaya por Dios.

—¿Te suena quién podría ser?

—Sí. ¿Quién es el tercero?

—Lo identifica como «Papá». Y si te digo la verdad, me da que pensar que no le haya puesto un apodo insultante, como al otro. Este no tiene faltas de ortografía, o bueno, no tantas, pero espera a leer las flores que se echaban el padre y la hija. Sobre todo ella a él, pero a Bonmatí se le fue alguna vez también la discusión de las manos. Y lo más interesante es el trasfondo que se adivina en la pelea que hay entre los dos.

—¿A qué te refieres?

—Te estoy preparando un informe con todos los ejemplos, pero te voy a adelantar uno. Es una conversación de hace casi un mes, cuando la chica estaba empezando el Camino. Mira lo que le dice al padre: «A mí no me engañas. Sé lo que estás haciendo y con qué clase de gente. Eres como ellos, o peor que ellos. A veces siento que debería contar lo que sé y lo que he visto, para que te enfrentes a las consecuencias».

—¿Así, tal cual?

—Tal cual. Y lo mejor es la respuesta de papá. La chica escribe sólo en español, él mezcla con catalán, pero aquí le responde en español también. Escucha: «No puedes traicionar a los tuyos. Eso es lo último que hace una persona bien nacida. Antes de hacerlo, piénsalo bien, no vaya a ser que a las consecuencias tengas que atenerte tú». A lo que la chica le responde: «Mal puedo ser bien nacida, siendo hija tuya».

—Toma ya. ¿Y dices que hay más?

—Mucho más. Y porque no te he leído los mensajes de los otros dos. Si unimos todo este material al sumario, ya podemos afinar, tanto para sostener la imputación de alguno como para descartar a los otros.

—Ya me voy dando cuenta.

—Pues esta es la noticia. ¿Qué es lo que ordenas?

Tenía que pensar deprisa y decidir a la misma velocidad. La única ventaja de aquella situación era que el camino estaba claro. Carecía de verdadera alternativa, tan sólo podía elegir lo que acabé eligiendo.

—En primer lugar, vuelca entero en un archivo el chat con Hernán y se lo mandas a toda castaña a Virginia. En segundo lugar, consigue un coche, llénalo de gasolina, haz la maleta y prepárate para salir para Barcelona. Y en tercer lugar, búscame un vuelo que salga mañana a primera hora de Vigo o de Santiago y aterrice lo antes posible en El Prat. Sería un detalle que estuvieras allí para recogerme, pero si por lo que sea no puedes viajar hoy, ya quedamos en alguna parte cuando llegues. Yo me encargo de hablar con el comandante para que bendiga el plan y te firme todos los papeles que necesites. ¿Alguna duda?

—Ninguna, jefe. Allí me tendrás mañana, como un clavo.

—Si te surge alguna, me llamas. Gracias, Inés.

—A la orden. Hasta mañana.

A continuación marqué el número del comandante Ferrer, a quien puse al corriente de las novedades. No opuso ninguna objeción a mi propuesta. El frente sobre el terreno estaba cubierto más que de sobra con Chamorro y el resto del equipo, con el apoyo de los gallegos, y a la vista de esos mensajes en el móvil de la víctima no podíamos dejar de explorar con diligencia y determinación las vías del padre y el exnovio como posibles instigadores del crimen, así fuera sólo para desecharlas. Le puse un wasap al teniente general Pereira para avisarle de que me iba a Barcelona y por qué, y una vez que hube solventado esas tareas urgentes volví con Virginia y la sargento primero Cerdeira, que me aguardaban expectantes. Les resumí lo que me había contado Salgado y les anuncié que viajaba a Barcelona al día siguiente. Cerdeira no acostumbraba a morderse la lengua y tampoco lo hizo esta vez:

—Habrá que leer bien esos mensajes, y entiendo que te vayas para allá, pero yo sigo creyendo que la solución la tenemos más cerca.

—Estaré encantado de que la encontréis en mi ausencia —declaré—. Por cierto, Salgado os va a enviar los chats de Queralt con Hernán.

—Ya se había ofrecido Hernán a dárnoslos —recordó Virginia.

—Y se los recogéis mañana, previo consentimiento firmado, más que nada para cotejarlos y ver si ha borrado alguna cosa. Pero no os vendrá mal tenerlos ya vistos y leídos cuando os sentéis con él. Sobre todo, porque él no contará con que ya los conocéis de antemano.

—¿Puedo preguntarte algo? —me dijo Cerdeira.

—Pregunta. Que pueda responderte ya será otra cuestión.

—¿Con qué podía estar chantajeando la chica a su padre?

No se me escapó la intención que había en la pregunta. La sargento primero era cualquier cosa menos una incauta, y hacía tiempo que se había olido que había una parte de la investigación de la que no estaba al corriente. No me pareció justo, y menos aún sensato, sacudírmela de encima de cualquier manera. Procuré escoger bien las palabras:

—No es ningún secreto que Bonmatí está metido en aventuras más bien turbias. Por su apuesta política y también por sus negocios. Si es que cabe separar lo uno de lo otro. Algo debía de saber la chica. No sé cuánto ni qué. Ya os contaré qué me dice él, cuando le ponga delante los mensajes. Desde luego, va a merecer la pena verle la cara.

Virginia arrugó la frente.

—No le va a pillar del todo de sorpresa —calculó—. Cuando habló con nosotros ya contaba con la posibilidad de que leyéramos esos chats. Por eso, más que por colaborar, nos dijo todo lo que nos dijo.

—No es lo mismo acordarse en términos generales de lo que chateó con su hija que verlo escrito y en nuestras manos —razoné.

—Hay algo a lo que yo no paro de darle vueltas —dijo Cerdeira.

—¿De qué se trata?

—¿Por qué tenemos el teléfono móvil de la chica? Quiero decir, ¿por qué el asesino no lo hizo desaparecer? Y algo más: ¿por qué, si como sospechamos la mató en otro sitio, se preocupó no sólo de mover el cuerpo hasta donde lo dejó, sino también la mochila con el móvil?

—Es una buena pregunta —admití.

—Lo normal sería que hubiera hecho desaparecer un objeto donde se guarda tanta información que puede sernos útil —subrayó.

—Salvo que piense que nada de lo que hay en el teléfono resultará incriminatorio para él, o sencillamente se le olvidara buscarlo en la mochila —terció Chamorro—. Lo de mover la mochila es congruente con el propósito de borrar pistas acerca del lugar del crimen.

La sargento primero porfió:

—Sí, pero por qué no la tiró en otro sitio, o al río. Es como si hubiera querido que la encontráramos. Y con ella, si era consciente de que lo llevaba ahí, el teléfono móvil que ahora nos da todo ese material.

—Me parece una consideración más que pertinente, que no hay que obviar y que tal vez nos sirva para interpretar lo que nos encontremos más adelante —concluí—. Todo en la vida tiene una explicación y un porqué, sobre todo cuando es inusual. Aunque al final acabe siendo sólo que, como apunta la brigada, se le pasó registrar la mochila.

Cerdeira se quedó pensando, como si tratara de ensamblar aquella pieza en el dibujo mental que se había hecho sobre el crimen.

—Y ahora, si os parece, volvamos al puesto —dije—. Más vale que aproveche lo que me queda por aquí, antes de irme a Barcelona.

Llegamos a Sarria alrededor de las seis de la tarde. Arnau y Luque nos mostraron los avances que habían hecho con el visionado de las cámaras. No habían encontrado más imágenes de los dos sospechosos, pero sí habían podido ubicar un coche de color gris metalizado oscuro poco antes de que aparcara en aquella calle de Samos y después de que el hombre alto se subiera a él. Era, según Arnau, que tenía buen ojo para esas cosas, un Kia Sportage, pero no teníamos imágenes con la resolución suficiente como para leer entera la matrícula. Lo máximo que podían afirmar nuestros dos cabos es que el primer número era un 6 y la última letra una K. Tampoco, por desgracia, se le llegaba a ver la cara al conductor, ni se distinguía si iba solo o acompañado. Ni la luz ni el ángulo lo favorecían. A la ida lo había captado una cámara que estaba poco antes de la entrada de Samos, viniendo desde Sarria, y a la vuelta lo registraba otra vez la misma cámara. Lo que nos permitía deducir, como razonaron Luque y Arnau, que había llegado al pueblo en sentido inverso al Camino y que se había ido por el mismo lado.

—Buen trabajo —los felicité—. Esto empieza a ponernos encima de la mesa datos concretos. Ahora ya sabéis lo que hay que hacer.

Arnau asintió.

—Ya hemos pedido imágenes de las cámaras de Sarria y de la ruta entre Sarria y Samos. Con un poco de suerte, tendremos la matrícula. Y si no, nos tocará buscarla a huevo en la base de datos de Tráfico.

—Tenemos otra tarea para vosotros —les anuncié—. Mañana van a venir dos chicos y una chica para que les tomemos manifestaciones. En algún momento, y sin que se den cuenta, sacadles alguna foto a cada uno. Y luego los buscáis en las imágenes de las cámaras. Pasaron por Samos ese día, tienen que aparecer ahí sí o sí. A ver a qué hora.

—Y de paso —intervino Chamorro—, habrá que ver si localizamos sus móviles. Le pido a Lucía que lo coordine con apoyo técnico.

—¿Hay algo que los haga sospechosos? —preguntó Arnau.

—El amor —respondí—. Uno de ellos nos ha reconocido que tuvo más de una noche tórrida con la víctima en los descansos del Camino.

Arnau alzó las cejas.

—Vaya, y yo que creía que esto era una experiencia espiritual.

—Cada uno entiende la espiritualidad a su manera —observé.

—Y esa manera no es nada infrecuente —apuntó Cerdeira—. Sobre todo entre los peregrinos más jóvenes. Los ardores de la edad.

Una vez que nos pusimos al día de los avances de la investigación, le pedí a Chamorro que me hiciera de conductora. Antes de irme, se me ocurrió que no estaba de más ver de primera mano los lugares por los que había pasado Queralt en las vísperas del crimen. Los mismos lugares donde, según Hernán, habían dado rienda suelta a su pasión. No se trataba tanto de comprobar la historia, diligencia en la que ya estaban, según me confirmó el teniente Bruguera, un par de guardias de su equipo, como de hacerme yo una idea de esas últimas jornadas de la vida de nuestra víctima y del recorrido que había hecho.

Fuimos primero a Triacastela, un pueblecito alineado a lo largo del Camino en el que casi vimos tantos albergues para peregrinos como casas. Se levantaba junto a la cuesta de subida a un pequeño collado, flanqueado a ambos lados por densas masas boscosas. El albergue en el que se habían alojado Hernán y sus amigos estaba al costado de la carretera; el de Queralt, más grande, en el lado del pueblo que daba al monte. Por ese lado, la historia de Hernán encajaba. No era muy difícil imaginar el lugar al que después de ir a buscar a Queralt en mitad de la madrugada se habrían acogido los dos para desahogar su fogosidad. Había bosque de sobra en el que esconderse y pasar inadvertidos.

Desde ahí, seguimos camino hasta la aldea del Cebreiro. Antes de llegar allí, pasamos por el alto de San Roque, donde alguien decidió en su día erigir un monumento al peregrino. Era una figura masculina de buen tamaño, encorvada hacia delante y apoyada en el bordón como si enfrentara el viento que soplaba cuando nos bajamos del coche. De allí hasta el Cebreiro el Camino cambiaba. Dejaba de ser aquella ruta que había visto hasta entonces, encajonada entre los árboles y el río, y se convertía en un paseo entre alturas imponentes, abierto a un horizonte de sobrecogedora profundidad. Me obligué a pensar que para quien hacía el Camino la secuencia era la inversa, esto es, que aquella visión desde las alturas era previa a la experiencia de internarse por el valle. Tal era la impresión primera que recibían de Galicia quienes siguiendo desde Roncesvalles el Camino francés llevaban tres semanas andando. Y como en seguida pude apreciar, era en la antigua y aislada aldea del Cebreiro donde alcanzaba su expresión más mística y acabada.

No había estado nunca allí y he de reconocer que me sorprendió. La atmósfera detenida en el tiempo, la iglesia de Santa María la Real del Cebreiro, las construcciones tradicionales con sus techos de paja, el suelo empedrado y la hierba que tapizaba la tierra desnuda, regalo de las nubes que pasaban acariciando aquel monte muchos días al año. En otra época por allí se fajaban los caballeros de la orden de Santiago para defender a los peregrinos de las acometidas y los asaltos de los bandidos sarracenos. Había leído en alguna parte que un general del cuerpo había propuesto que su emblema fuera justamente la cruz de Santiago, no la G y la C entrelazadas que se utilizaban entonces. Para él, los guardias civiles, que también velaban por la seguridad de quien se echaba a los caminos frente a los malhechores, eran los sucesores de aquellos caballeros de Santiago. Descontando de la propuesta la ración de romanticismo, debía admitir que no me parecía tan mala. No peor que los fasces y la espada que habían acabado sustituyendo a esa G y esa C, que venían de la tradición romana y simbolizaban la potestad de las leyes sobre las armas, pero daban pie a maliciosas lecturas.

Mucho había llovido desde aquellos siglos oscuros que

habían visto nacer el Camino, sus asechanzas y a quienes trataban de amparar al peregrino de ellas, pero allí me veía, pensé, tratando de hacer justicia a una caminante a la que no habíamos podido proteger del peligro que la acechaba y se había acabado llevando su vida. Pensé, también, que si ese peligro había podido alcanzarla había sido precisamente por su empeño en hacer aquel viaje en pos de la legendaria tumba del apóstol que oficiaba como santo patrón de un país aborrecido por los suyos, por haber elegido ser y estar en el mundo de una manera contraria a la que su educación y su ambiente le prescribían. Y que quizá en todo peregrino latía ese impulso de extrañarse, de desasirse en la búsqueda del confín ajeno para hacerlo parte de la memoria y el ser propios. Un impulso que entendía y con el que simpatizaba, desde mi identidad amorfa, mi desubicación permanente, mi extranjería sustancial.

Chamorro respetó, como solía, aquel momento de ensimismamiento que tuve mientras recorríamos las callejas de la aldea. Luego buscamos el albergue donde se habían alojado Queralt y Hernán y donde habían consumado el acercamiento carnal entre ambos, si habíamos de creer el testimonio del chaval. No era un mal sitio para dejar grabado ese recuerdo, que tal vez habría sido hermoso y reconfortante para ambos si a ella no le hubieran quitado poco después la posibilidad de guardar recuerdo alguno y él no tuviera que asociarlo, en adelante, a la muerte violenta que había devuelto tan pronto a la tierra aquel cuerpo que había tenido en sus brazos. El albergue, un edificio de piedra, como casi todos allí, se alzaba en una esquina. Me imaginé a Hernán, dentro de muchos años, volviendo algún día por la aldea, parándose delante de la puerta y echando una lágrima. Incluso si resultaba ser el asesino. El tiempo y la vejez, que nos acercan poco a poco a los muertos, nos arrojan a una pena que es por nosotros y por ellos, por la condición que todos compartimos y que nos condena a no ser tras haber sido. No queda quien mata exento de esa congoja, abocado como está a reunirse con aquel a quien quiso alejar, expulsándolo a la fuerza de la vida.

—Este lugar tiene algo —dije al fin.

—Lo mismo estaba pensando yo —dijo Chamorro.

Eran las siete y media pasadas y la luz comenzaba a irse. Todavía quedaba un rato para que anocheciera y le propuse a Chamorro que diéramos un paseo por la parte de fuera de la aldea, asomada a una sucesión interminable de valles y montañas. Sobre un murete, vimos una estatua que representaba a una mujer sentada, contemplando aquel horizonte que se abría de pronto ante el peregrino que llegaba al Cebreiro. Según nos contó luego Cerdeira, la estatua era muy reciente, apenas llevaba allí un año. A alguien se le había ocurrido que igual que en el alto de San Roque había un monumento al peregrino, era de justicia que en el alto anterior hubiera otro a la peregrina. La figura era la de una mujer más o menos joven, no diré que demasiado bella, pero había algo en su expresión, en su cabello recogido, su frente despejada y sus manos entrelazadas, que transmitía paz a quien la veía. No pude evitar acordarme de Queralt, y tampoco pude dejar de imaginarla allí sentada, junto a aquella mujer de bronce, buscando en el perfil lejano de las montañas la respuesta a las preguntas que la enfrentaban a los suyos, desordenaban su vida y la empujaban a hacer el Camino.

—Estás pensando en la chica —adivinó Chamorro.

—Me conoces demasiado bien. Ya sabes que sí.

—¿En la que nos ocupa ahora o en alguna otra?

Aquello no lo había visto venir.

—¿A qué te refieres? —pregunté, y me arrepentí al instante.

—Sabes a qué me refiero, mi subteniente.

No le respondí. Me limité a recordar que ella me había acompañado a Barcelona en dos ocasiones anteriores, y que la segunda vez, a causa de ciertos percances en la investigación en la que andábamos, le había acabado contando algunas de las cosas que había vivido allí. No estaba al corriente de todo, aunque no le había ocultado nada de lo que más podía redundar en mi descrédito. En todo caso, sabía que en Barcelona había habido para mí una chica, que ahora era una mujer y a la que incluso había conocido. Y sabía que yo no podía pensar en Barcelona sin pensar en ella y en el modo en que por ella, y alrededor de ella, mi vida se había iluminado y torcido y había acabado patas arriba.

—No has dudado en pedir ese avión a Barcelona —dijo.

—No se duda de lo que exige el servicio.

—En todo caso. ¿Te apetece volver?

No me había llegado a hacer esa pregunta. Lo había decidido sobre la marcha y después no había tenido casi tiempo de pensarlo. En los últimos ocho años tan sólo había ido por Cataluña un par de veces, en ambos casos para trabajos cortos. Lo que había sucedido en aquel tiempo, desde la descomposición de las relaciones del Govern de la Generalitat con el del Estado hasta el referéndum de independencia y los incidentes anteriores y posteriores, lo había seguido en la distancia, con una tristeza y una decepción crecientes. No era normal que tanta gente se pusiera de acuerdo para cometer tantos errores demenciales al mismo tiempo. Y más de una vez, cómo no, me había preguntado cómo estaría viviendo los acontecimientos aquella mujer en la que no había dejado nunca de pensar, y a la que sin embargo, y por muchas razones, debía abstenerme de llamar o contactar por cualquier medio. En cuanto a si me apetecía regresar, la respuesta no era evidente.

—Tengo curiosidad —dije—. Hace tiempo que no voy.

—Por lo que se dice, ahora somos allí personas no gratas.

—Eso no me preocupa. Peor era la Guipúzcoa de los

noventa. Y mi apellido me ha acostumbrado a que nadie me mire de forma normal.

—A mí no sé si me apetece volver —reconoció.

—Por eso me llevo a Salgado.

Mi respuesta la dejó fuera de juego.

—¿Ah, sí?

—Tú qué crees. Claro que no. Me llevo a Salgado porque te necesito a ti aquí, gobernando la nave. Cerdeira tiene razón. Mientras no se demuestre lo contrario, el cadáver apareció aquí y aquí es donde está el meollo. Necesito que lo sigas a pie de obra, que estés al tanto de lo que surja y que me controles al equipo y a nuestros socios gallegos, desde la propia Cerdeira hasta su capitán pasando por el teniente. Me voy sin dudarlo a mil kilómetros de aquí porque sé que tú te quedas. Y así ya te vas haciendo a la sensación. Dentro de no mucho la subteniente serás tú y yo estaré en el parque echando miguitas a las palomas.

—No te veo yo haciendo eso.

—Previamente impregnadas de cicuta, por qué no.

Chamorro se echó a reír. Me confortó. No me considero un hombre de éxito, tampoco creo haber triunfado de forma especial en la vida, pero tengo el convencimiento de que cada vez que uno consigue que una mujer inteligente se ría de buena gana puede autorizarse a creer que no ha fracasado por completo en el itinerario de su existencia.

—En serio —insistí—. El tiempo pasa, y en la cara B de la vida, que es la que yo llevo un tiempo recorriendo, y tú un poco menos, pero también, de pronto va y vuela. ¿Sabes que tanto el coronel Hermoso como el teniente general Pereira quieren que acepte el ascenso?

—No sabía. ¿Y qué vas a hacer?

—Resistirme como gato panza arriba. Qué sería de mi vida sin estos ratitos que en el recodo de cualquier camino compartimos tú y yo.

Con la mirada perdida en la lejanía, Virginia se recogió entonces la media melena en una coleta que retorció con la mano en una especie de moño improvisado. Se pareció así durante un instante a la estatua junto a la que estaba sentada, y debo admitir que un estremecimiento me recorrió desde los dedos de los pies hasta la raíz del cabello.

—Lo mismo digo —habló al fin—. Nadie te gana a la hora de tocar las narices, pero si te dejas convencer te voy a echar un montón de menos. Recorrerse el país este, lidiando con lo peor de cada barrio y de cada casa y tratando de separar la verdad de la mentira, será mucho menos divertido si tengo que hacerlo sin ti. Lo mismo hasta me corto la coleta y pido yo también que me manden a vegetar a una oficina.

—Eso no me lo puedes hacer. Por una razón inapelable.

—¿Cuál?

—Andrés va a hacer el curso de policía judicial. Y tengo el barrunto de que, tan pronto como yo me vaya, va a pedir destino en la unidad central. Necesitará una maestra. Y sólo puede tener la mejor.

A mi compañera se le empañaron de pronto los ojos. Mi esfuerzo me costó impedir que me pasara a mí lo mismo: los hombres mayores se vuelven sentimentales; también los que no han matado a nadie nunca y se han dedicado principalmente a perseguir a quienes lo hacen.

—Vaya, mi subteniente —musitó—, esas cosas no se dicen así.

—Así cómo.

—Tan de improviso.

—Tal y como surgen.

—¿De verdad crees que va a querer venir?

—No imagino que quiera otra cosa.

—Entonces tendré que pensármelo —dijo, recobrando la sonrisa.

—Sólo te pido un par de años, hasta que se suelte.

—Consideraré la petición.

—O te retiraré el saludo.

—Si te vas a poner así...

Sacudí la cabeza.

—No, sólo te pido el favor. Lo que hagas estará bien. Si no quieres seguir dando tumbos por ahí hasta más allá de los cincuenta, como yo, lo entenderé perfectamente. Esto que hacemos se parece demasiado a la historia aquella de Sísifo. Cuando hemos subido una piedra a lo alto de la montaña, nos ponen otra y vuelta a empezar. Y las piedras no se acaban nunca. ¿Cuántas chicas muertas llevamos ya? Sólo cambian los cacharritos que nos ayudan en la tarea. Las chicas siguen muriendo, porque hay algo dentro de nosotros, de todos nosotros, que no es bueno y que no se va a ir nunca. Y tú y yo elegimos vivir mirándolo de frente, porque somos un par de cretinos y no tenemos remedio.

—Eso lo he oído yo antes.

—A mí, pero no es mío. Es la voz de un fantasma.

—¿De quién, exactamente?

—Rafael Robles. Seguro que lo recuerdas.

Chamorro dio un respingo.

—Ah. Vaya si lo recuerdo.

Como yo, lo recordaba vivo, aunque lo había tratado mucho menos, y años más tarde de que él y yo nos conociéramos. Y también como yo lo recordaba muerto y colgado de un puente en La Rioja, después de que unos desalmados lo secuestraran y lo torturasen. Aquella había sido la razón de nuestro segundo viaje a Barcelona, y estos recuerdos se mezclaban con todos los demás, los de hacía casi tres décadas y los de los años intermedios, en un engrudo que me costaba digerir.

—Pienso en él a menudo, últimamente —dije.

—¿Y eso?

—Desde que cuento con la posibilidad de tener que volver a pasar unos días en Barcelona. No me olvido de que él fue mi guía allí, quien me enseñó, además de los rudimentos del oficio de descifrar muertos, a conocer, entender y querer aquella ciudad. Y hay otro detalle.

—¿Cuál?

—También él, a su pesar y para su mal, fue quien me enseñó cómo el roce con indeseables, aunque uno crea que hace lo que debe, por la razón que sea, antes o después te acaba llevando al precipicio. Eso que parece que nadie le enseñó a Ferran Bonmatí, y que ya veremos si es al final la razón de que su hija esté ahora fría y quieta en una caja.

—¿Crees que la historia va por ahí? —preguntó—. Te reconozco que a mí Cerdeira me hace dudar. Y más cuanto más pienso en ese chaval al que hemos conocido esta mañana. Los jóvenes de hoy tienen una relación problemática con el consentimiento sexual. Y si me da por imaginarme el cuello de Queralt aprisionado por esas manos...

—No pases por alto las cuchilladas.

—No lo hago. También las imagino empuñando el cuchillo.

—En todo caso —dije—, esa es otra razón por la que te quiero aquí. Mañana siéntate tú con Cerdeira y apretáis las dos al trío calavera. No sólo a Hernán. Está claro que la fuerte es la chica: si hay un cuento y una mente rectora, es la suya. También está claro que el eslabón débil de la cadena es su novio. Y ya sabes lo que dice el viejo Sherlock.

Lo sabía. Y me lo demostró:

—Ninguna cadena es más fuerte que su eslabón más débil.

—Dadles fuerte a los tres. Puño de hierro en guante de seda. Habla antes con nuestra gallega. Alíate con ella. Si vais las dos a una, no os van a poder resistir. Y si os resisten, significa que no mienten.

—Ya te contaré.

—Otra cosa. Hay que darle cuenta de las novedades a la juez. Iba a llamarla yo, pero he cambiado de idea. Llámala tú, y así de paso te la vas ganando para la causa. Si hace falta, vete a verla al juzgado.

—¿Y si me pide detalles sobre lo que no sé?

—Ya se te ocurrirá algo. Y si no se queda contenta, silba y acudo.

Se quedó mirando en silencio aquel horizonte teñido de naranja que viraba poco a poco hacia el púrpura. Puso en palabras su sensación:

—Mira que es bonito esto.

—Y hay algo mejor.

—El qué.

Dudé si debía declarárselo, pero me salió del alma.

—Que aquí seguimos, compañera. Juntos. Enteros. Vivos.

16

Benvingut a Catalunya

Mi avión a Barcelona salía de Santiago a las nueve, así que a las seis y media de la mañana tenía al cabo Arnau, recién duchado, al volante del Jaguar y aguardándome en la puerta del hotel. Se había ofrecido él a llevarme, para no cargar siempre a Lucía con las labores de chófer y porque estaba esperando unas imágenes de las cámaras emplazadas en la carretera de Samos a Sarria de las que le habían dicho que no iba a poder disponer hasta media mañana. Aunque íbamos un poco justos de tiempo, le pedí que parara en el primer bar que encontrara abierto y en el que hubiera una mínima esperanza de agenciarse algo parecido a un café. Lo encontramos a la salida del pueblo. No diré que fuera el mejor café con leche largo de café que he tomado en mi vida, pero se dejaba beber y llevaba la cafeína suficiente como para que cumpliera su función, sacar mi mente de la fatiga que la espesaba. Cuando nos volvimos a sentar en el coche, noté como mis neuronas se conectaban y empezaban otra vez a arrearse descargas las unas a las otras. Aquel frágil flujo eléctrico, recordé fascinado una vez más, era la conciencia y la capacidad de pensar y hacer cosas que tuvieran sentido. Y algún día, por más que lo intentara, no podría restablecer la corriente.

Miré de reojo a Arnau. Él era mucho más joven y por sus nervios corrían los chispazos sin necesidad de azuzarlos, pero a la vez era ya lo bastante veterano como para mantener a raya sus impulsos. Recordé entonces que tenía con él una cuenta pendiente. Y decidí abordarla.

—Juanito, ¿has pensado en aquello que hablamos?

Como era pronto y me suponía con la guardia baja, prefirió hacerse el loco. No podía censurarlo. Quizá yo habría hecho igual.

—¿A qué te refieres?

—Ya sabes a qué me refiero.

Comprendió que aquella estrategia no tenía más recorrido.

—Ah, eso —dijo.

—Sí, eso.

—Pienso en ello, sí. No todo el tiempo, claro. En los últimos cinco días bastante poco, si quieres que te diga la verdad, mi subteniente.

No era mala finta. Para emplearla con otro.

—Pues justamente ayer y anteayer a mí me ha venido a la cabeza un par de veces nuestra conversación —dije—. ¿No imaginas por qué?

—Pues no, francamente.

—Cada vez llevo peor verte hacer tareas que ya tienes superadas desde hace mucho tiempo. ¿No crees que, en lugar de mirar cámaras, a estas alturas de tu vida te encajaría más poder dirigir un equipo?

Sacudió la cabeza.

—Cómo eres, jefe...

—Entiéndeme, Arni, que a mí me viene muy bien tenerte ahí para hacerlo, y que lo último que me interesa, egoístamente, es que te vayas y tener que tirar de alguien que esté más verde. Pero sería el peor de los jefes y el más miserable de los compañeros si no te animara a no conformarte con eso. Hay en la empresa sargentos peores que tú.

Arnau dejó escapar un suspiro.

—Sé que debería planteármelo. Pero entiéndeme,

justo ahora, cuando acabo de tener una criatura, y cuando me la estoy jugando con su madre cada vez que agarro la maleta y la dejo sola con la niña... Lo único que me falta para que me cambie la cerradura y me ponga toda la ropa en el felpudo es decirle que me voy dos años a la academia.

—Cuanto más lo retrases, más te va a costar —le advertí—. Lo tendrías que haber hecho antes, pero ahora ya no sirve de nada lamentarlo.

—Tampoco me voy a amargar por jubilarme de cabo primero. Ni me voy a hacer rico por ascender a suboficial. Por no hablar del riesgo de que me acaben mandando de jefe de puesto a Fuerteventura.

—Nadie se muere de eso. Ya acabarían reclamándote por aquí, antes o después. Y mientras tanto, Fuerteventura tiene buenas playas.

Mi cabo adoptó entonces un tono conciliador.

—Te agradezco el interés, de verdad. Y no dejo de pensármelo, pero ahora me toca negociar el cómo y el cuándo, por lo menos mientras consiga no divorciarme. Era otra cosa antes, cuando no había que echar tanto tiempo en la academia para que te dieran los galones.

No dejé pasar la ocasión de ponerle en un aprieto.

—¿Insinúas que a tu subteniente se los regalaron?

—Ni remotamente. Pero tú te jugaste menos. ¿O no?

Me acordé de cuándo había hecho yo el curso de sargento. Era más breve entonces, en eso tenía razón, pero no tenía tan claro que no me hubiera jugado mucho. De hecho, quizá me lo había jugado todo.

—Cada tiempo tiene su afán y a ti te toca lo que te toca. Me parece bien que trates de acordarlo con la madre de tu hija. Y comprendo que no te sea fácil negociarlo, pero nunca terminarás si nunca empiezas. Dile que si asciendes a suboficial tendrás muchas más opciones, en la vida y en la empresa y también para sacar a tu familia adelante.

—Ya se lo digo. Y cuando oye «dos años», se le muda la cara.

—Tampoco van a tenerte allí prisionero.

—Ya, pero hay que pasarlos.

—En fin, es tu vida y a ti te toca ordenarla, vivirla y asumir todas las consecuencias de tus decisiones. Sólo te digo lo que a mí me parece.

Arnau se volvió fugazmente hacia mí.

—¿Por algún motivo, además de mi carrera?

—Deberías adivinarlo. Yo ya voy de retirada. Y me gustaría que los míos siguieran llevando la antorcha cuando corra el escalafón.

—Te quedan cuatro años todavía. Como mínimo. Y espérate a que no se le ocurra a alguien alguna manera de darte más carrete.

—Tendrán que quedarme ganas.

—¿Y no van a quedarte?

—Nadie sabe lo que el tiempo va a traerle. No cuentes con ello.

Mi cabo se echó a reír.

—Vale, ya empiezo a oír el tictac. Lo tendré en cuenta.

—Esa era la intención.

Durante el resto del trayecto, que reproducía el que había hecho la víspera con Chamorro y Cerdeira, me di licencia para sumirme en mis pensamientos. Por un lado, los que tenían que ver con la gestión del caso; por otro, los que al hilo de mi inminente regreso a Barcelona me asaltaban en tromba, mezclados con los destellos que la memoria, esa reprocesadora no siempre fiable del pasado, me devolvía de lo que me había acaecido allí. Me venían rostros, momentos, sensaciones. No iba a ser posible recobrar algunos, otros no me convenía recobrarlos, y la suma de todos ellos me arrojaba a una especie de abarrotada soledad. Ya había tenido en parte esa sensación la última vez que había puesto el pie allí. Cuando pasa el tiempo y se interpone la distancia, el mundo va adquiriendo deprisa una fisonomía que lo convierte en expresión rotunda de nuestra ausencia, y a nadie le deja indiferente lo bien que subsiste todo sin uno: lo natural que resulta que no estemos ni seamos ya parte de aquello a lo que un día creímos pertenecer. El territorio real se superpone a aquel otro que fue y ya sólo es una fantasmagoría, y el exiliado se afana en balde por lograr que esta prevalezca. Vence siempre el mundo, y como ya intuyó aquel abogado checo de dolorosa lucidez que escribía en alemán y se imaginaba procesado sin motivo o convertido en insecto de la noche a la mañana, en el combate entre tú y el mundo no queda otra que ponerte del lado de este, aceptar que te toca la derrota y el solo consuelo de no haberlo olvidado todo.

Llegando ya a Santiago, se me ocurrió de pronto que apenas había comentado con el cabo Arnau cómo veía la investigación que teníamos entre las manos. Mi subordinado no era de los que sentían el apremio de exponer su visión de las cosas, lo que hacía que esta fuera por lo común lo bastante matizada y valiosa como para no desdeñarla. Antes de separarme de él, creí que debía preguntarle por sus impresiones.

—Por las cuchilladas y el estrangulamiento, todo me hace pensar en un depredador —dijo—. Lo del abuso sexual previo a la muerte, ahora que sabemos lo de ese chaval, creo que lo pondría en cuarentena hasta que nos lleguen los resultados del ADN extraído de la vagina de la víctima. Si sólo aparece el de Hernán, y si aceptamos su historia acerca del sexo consentido que tuvo con Queralt la noche previa, y que de momento parecen respaldar los wasaps que se cruzó con ella, no veo fácil afirmarlo más allá de toda duda. Y la pregunta sería otra.

—¿En concreto?

—Por qué esa saña. Ese propósito inequívoco de matar.

—¿Y tienes algún borrador de respuesta?

—Varios. El primero concierne al propio Hernán, si resulta que al día siguiente de acostarse con ella, por lo que fuera, se le cruzaron los cables y decidió buscarla y acabó matándola y ha conseguido, también por lo que sea, que sus amigos lo encubran. Si ese es el caso, me cuesta imaginar el móvil o el detonante. Más allá de algún trastorno. Habría que tratar de ver el historial de salud mental del muchacho. Y sus dos amigos tampoco tendrían que estar muy centrados para cubrirle.

Aunque quizá habría debido, no pude callarme mi opinión.

—Soy un psicólogo desentrenado e insolvente, pero mi impresión es que ninguno padece un desarreglo psíquico. Más allá del inherente a cualquier habitante de una sociedad desarrollada, donde la irrealidad bidimensional confinada en una pantalla de seis pulgadas prevalece la mayor parte del día sobre el inmenso mundo real que nos rodea.

—Tú has hablado con ellos, yo no.

—Dices que tienes varias teorías. ¿Las otras?

—La más evidente desde el principio, un cazador de chicas solitarias que además se conoce el Camino. La atacó en un punto donde existe la posibilidad de hacerlo sin que te vean los que pasan por la carretera, una zona de bosque en la que la senda para los peregrinos se separa de la vía y donde no es difícil tener la tentación de alejarse aún más para disfrutar del rumor y el frescor del río junto al que la encontramos. Si hay en ella semen de alguien que no sea Hernán, habría que trabajarse la lista de delincuentes sexuales conocidos. Si no lo hay, podría ser que fuera incapaz de consumar la violación o simplemente un sádico.

—Perfil raro, como sabemos.

—Pero no inexistente.

—¿Y algo más?

Arnau sonrió enigmáticamente.

—De la tercera opción creo que sabes tú más, mi subteniente.

—¿Y eso?

—Tendría que ver con este viaje que vas a hacer a Barcelona.

—El padre y sus circunstancias, quieres decir.

—Su entorno. Alguien que hubiera venido a buscarla desde allí, por lo que fuera. Sabían que estaba haciendo el Camino. La ruta es la que es, no es difícil encontrar a alguien en ella si se lo está buscando.

—Dejando al margen mi viaje, ¿te parece factible?

—No tengo suficientes elementos de juicio. No sé quiénes podían querer el mal de la chica, o incluso su muerte, si fue premeditada. Si la pregunta es si alguien que decide fríamente matar a mil kilómetros de distancia es compatible con el tipo de muerte violenta que tenemos aquí, depende de la rabia con que lo deseara o del perfil de la persona interpuesta a la que hipotéticamente se lo pudo encargar. O de lo que el ejecutor, si fue otro, pensara que le conviene para despistarnos.

—Son ideas interesantes —ponderé—, que te agradezco y que me anoto. Te carbura bien la cabeza a primera hora de la mañana.

—Y encima voy conduciendo —subrayó.

—¿Ves como tienes que hacerte sargento? Sería una lástima que cuando me vaya yo y se vaya Chamorro te pusieran a las órdenes de cualquier tarugo, teniendo unas capacidades semejantes.

—Ya te he dicho que me lo pensaré —se zafó.

—Está bien, no te doy más la matraca. Allá tú.

Llegamos a la terminal del aeropuerto con antelación suficiente al vuelo, de modo que pude tomarme sin prisa un segundo café, que acompañé con un zumo de naranja y un cruasán, porque una vida sin pecado deja de ser vida para convertirse en lamentable pervivencia. Por las tres cosas, y eso que había una oferta especial, me cobraron una cifra obscena de euros, como estaba aceptado que podía ocurrir en cualquier local aeroportuario. Desde la noche de los tiempos, pese a los esfuerzos de los caballeros de Santiago y sus sucesores, el viajero debe aceptar como rutina del viaje que lo desvalijen sin piedad.

Durante el viaje seguí leyendo la primera novela de Domingo Villar, en cuyas páginas me salió una y otra vez al paso ese rasgo del alma gallega que tan poco se tiene en cuenta, y que, en el cliché sobre ella, tan pobre como todos los clichés, cede siempre ante la melancolía o la aversión a definirse, cuando tal vez sea lo que permite adjudicarles a estas su verdadero sentido. Se trataba del humor, esa ironía que como una lluvia imperceptible pero persistente calaba todas y cada una de las páginas y daba forma a su mirada. Estaba, por ejemplo, en la forma en que Leo Caldas recordaba al cura del colegio que les planteaba el dilema moral de pisar una sagrada forma para salvar a su familia de morir asesinada por unos terroristas, y que trataba de convencerlos, con comprensible poco éxito, de que lo mejor era abstenerse para que la familia accediera en pleno a la gloria. Porque la ironía es el arma que protege a los seres humanos de los abismos de la creencia ciega, que es el camino de perdición en el que desembocan, una y otra vez, quienes carecen de sentido del humor. Estaba, también, en la manera en que el policía caracterizaba a su antiguo compañero de colegio, Ramón, con el que simpatizaba, pese a ser un acaudalado niño de papá, por el desparpajo atolondrado que mostraba al conducirse por la vida y que la volvía menos gris, menos predecible y, en suma, más digna de ser vivida.

Aunque la lectura me había deparado un paréntesis reconfortante, no pude evitar interrumpirla cuando percibí que el avión iniciaba la maniobra de aproximación. Los vientos dominantes aquella mañana determinaban que lo hiciera por encima del Garraf, Castelldefels y

Gavà, pero antes de enfilar por ahí la pista rodeó la ciudad por el norte y sobrevoló brevemente el mar. Pude así ver desde el aire todo lo que podía despertar mi nostalgia: las paredes características de Montserrat, la altura coronada por el templo blanco del Tibidabo, la masa verde de Montjuïc y la montaña de Sant Ramon con su ermita encima. Y en la ciudad, la herida oblicua de la Diagonal, las torres en aumento de la Sagrada Familia, los dos edificios verticales que se alzaban junto a la antigua Villa Olímpica, las Ramblas que bajaban hacia el Port Vell. El espacio que había sido mi casa, y que por ello no podría dejar de serlo nunca, aunque ni entonces ni menos ahora mi presencia dejara de ser percibida por muchos como la de un *foraster* que nada pintaba allí. Por fortuna, la relación del hombre con los lugares por los que transcurre su biografía es directa y soberana, inmune a cualquier jurisdicción que otro u otros pretendan imponerle. Puede desterrarse el cuerpo, pero nadie ha inventado aún el modo de expulsar ni trabar el espíritu.

El avión en el que iba, como no podía ser de otro modo, atracó en la punta de la espada que formaba la T1 del aeropuerto de El Prat, lo que me proporcionó la oportunidad de acordarme durante un buen rato del arquitecto que había tenido aquella idea, tan icónica pero tan poco práctica para quien embarcaba o bajaba del avión en aquel extremo del edificio y tenía que hacerse el interminable pasillo que lo separaba de la salida. Por lo demás, el aeropuerto era confortable y luminoso, más atractivo, sin duda, que el que habían hecho para las Olimpiadas.

Vi a Salgado apenas crucé las puertas que daban a la zona de espera de viajeros. No sólo estaba plantada con los brazos en jarras frente a ellas. Para la ocasión lucía espectacular, con unos vaqueros de marca, cazadora de cuero, camisa blanca abierta con cadenita dorada al cuello y un par de botas de *cowboy*. Sólo el cabello, recogido en un discreto moño, renunciaba a apabullar al prójimo.

Me acordé de la expresión que había leído en el libro de Villar: «desparpajo atolondrado». Y no pude sino estar de acuerdo con Leo Caldas: quienes lo poseían, como su amigo Ramón y mi cabo primero, le daban un aliciente a la vida.

—¿De qué te has disfrazado, Inés? —la saludé.

Sonrió de oreja a oreja, toda ufana y orgullosa.

—Si no he entendido mal, nos va a tocar movernos entre el pijerío barcelonés. Me aseguro de que no piensen que por ser picoletos somos unos pobretones sin estilo ni idea para combinar el vestuario.

—Vas a ir conmigo. Te voy a echar abajo el intento.

—Si te dejas, pasamos por una tienda y te hago un *restyling*.

—Mejor que no. Anda, ¿dónde tienes el coche?

—En el parking. Por cierto, que las plazas son una mierda. Me ha costado meterlo sin arañarlo. Se ve que estos ahorran en todo.

—El parking es de AENA, que tiene la sede en Madrid —le recordé.

—Entonces será que lo han subcontratado con alguien aquí.

—¿Y cómo es que no cabe? ¿Qué coche has traído?

—Lo mejor que había. Para que quedes como un señor.

No exageraba. Se había traído la joya de la corona: el Range Rover SV Coupé color plata que le habíamos incautado a un narco británico que dirigía su imperio desde una mansión en la Costa del Sol. Era un trasto carísimo e incómodo, porque sólo tenía dos puertas, lo que no lo hacía demasiado apto para el servicio cuando había que llevar a un equipo completo o existía la eventualidad de detener a alguien. Por lo demás, era muy difícil conseguirlo, porque todos los caprichosos de la unidad andaban siempre detrás de él. Preferí no imaginarme a qué clase de mañas o subterfugios habría recurrido Salgado para que los del parque móvil le dieran aquella máquina, tan desproporcionada en todos los sentidos, y con la que la discreción quedaba descartada.

—*Voilà* —dijo.

—¿En serio, Salgado?

—Hice el viaje ayer por la tarde. Quería ir cómoda.

—¿Y cuántas gasolineras vaciaste en el trayecto?

—Tampoco corrí tanto. Si lo llevas tranquilito se porta bien.

—¿A qué hora llegaste? ¿Dónde has dormido?

—Sobre las doce de la noche estaba aquí. Pensé que la mejor opción era la residencia de la comandancia. Te he pillado habitación.

—Muy bien, pues vamos allá.

Me indicó la puerta del conductor.

—¿Quieres llevarlo tú? Es una pasada total.

—No, gracias, tengo que hablar por teléfono.

Apenas abrí la puerta de aquel coche y posé el trasero en el asiento me envolvió el sofisticado universo de sensaciones que sus artífices se habían esmerado en crear. Desde el tacto y la textura de todo lo que pudiera tocarse, hasta los olores casi narcóticos que impregnaban el habitáculo. La experiencia me superaba: para poder disfrutarla y estar a la altura de ella se requería haber pasado por Eton y por Oxford y ser socio de un club exclusivo. O en su defecto, arreglártelas para inundar de cocaína las narices de quienes se movían en aquellos círculos.

Mientras Salgado maniobraba para salir primero de la plaza y luego del parking sin llevarse por delante una de las columnas de hormigón que se iban sucediendo a los costados del Range Rover, resolví hacer el esfuerzo de regresar a mi realidad, de la que sólo accidentalmente y a modo de extravagancia formaba parte moverme en aquel artefacto. En la agenda del móvil busqué el número del teniente Campillo. No sabía por dónde andaría aquel día y a aquella hora, pero sí me constaba que no debía dar un solo paso sin alertarle de mi presencia en Barcelona y cambiar alguna impresión con él. Me respondió a los dos tonos.

—Hombre, Vila, *benvingut a Catalunya.*

—¿Cómo sabes que estoy aquí?

—En Información lo sabemos todo. Nos pagan por eso.

—Menos lobos, mi teniente.

—Tu comandante se lo ha adelantado al mío. Esperaba tu llamada.

—Así que ya sabes por qué estoy aquí.

—Más o menos. Por cierto, me interesan esos wasaps con la hija.

—Formalmente dependen de una juez de Lugo. Que tu jefe negocie con el mío y le ofrezca algo a cambio. O que lo hagan sus señorías. Lo más que yo puedo plantearme es un cambio de cromos informal. O sea, que te dejo mirarlos a cambio de que tú me enseñes alguna cosa.

—Ya hablaremos. No debería costarnos ponernos de acuerdo.

—Te llamo para que sepas que ando por aquí y que tengo que ir a ver a Bonmatí. Más que nada para que no nos disparen los que tengas apostados en las inmediaciones. Llevaré un Range Rover.

—Qué nivel.

—El de nuestros proveedores. Qué vamos a hacerle.

—No como los míos, que siempre andan racaneando.

—Hablando en serio. Ya sabes por qué he venido. Y por si no te lo ha contado tu comandante, te doy un regalito: parece que la chica no se privaba de amenazar a su padre con contar algo que sabía de él.

—En eso es en lo que me interesa profundizar.

—Y a mí. ¿Alguna novedad que deba tener en cuenta?

—Ayer fue el entierro. La llevaron al tanatorio de Sant Gervasi y luego a un nicho en el cementerio del mismo nombre. ¿Lo conoces?

—Alguna vez estuve.

—Pequeño, muy coqueto, buenas vistas sobre la ciudad. Poco sitio para toda la gente que apareció por allí. Entre los de la causa y los de la pasta, había *overbooking*. Bonmatí parecía destrozado. Por el viaje, por las emociones, más lo que quieras imaginar. Yo hoy le daría un respiro, deja que el pobre se recomponga un poco antes de ir a verlo.

—¿Algún compareciente eslavo?

—No se te pasa una, ¿eh? Estuvieron los dos.

—¿Y?

—Cómo abrazan los tíos.

—¿De buen rollo?

—Malo no parecía.

—¿Tampoco por parte de Bonmatí?

—Ya te lo he dicho. Estaba como ido. Ni veía a quién saludaba.

—Y a los dos sospechosos, imagino que los vigilasteis...

—Imaginas bien. Desde que entraron hasta que se fueron.

—¿Hablaron entre ellos?

—Ni se miraron. No son unos aficionados. Si se conocen, también saben que no deben mostrarlo y que debíamos de andar por allí.

—¿No vas a decirme sus nombres?

—Pensé que ya los habrías encontrado con ayuda de Google.

—Me ha dado pereza, y además andaba en otras cosas. Interrogando peregrinos y buscando huellas en el Camino de Santiago.

—Cómo vivís. Qué envidia. El nombre claro que te lo puedo decir. El que lleva los negocios legales se llama Yevgueni. El hombre que se mueve en el lado oscuro atiende por Guenadi. Aunque tal y como van las cosas en el registro civil de su país de origen pueden llamarse de cualquier otra manera y tener otros doce pasaportes debidamente legalizados a nombre de otra docena de sujetos diferentes. Así que te recomiendo que tampoco te atormentes en exceso por el detalle.

—Con eso ya me vale para entendernos —le acepté la solución—. ¿Alguna otra cosa entre ayer y hoy que creas que deba saber?

—Las comunicaciones de Ferran en estos días están copadas por los mensajes de pésame. Y que yo sepa, desde que regresó anoche, no ha salido de su casa de Sant Just Desvern. En cuanto a nuestras pesquisas, tampoco hay nada nuevo, o que en este momento te pueda contar.

—Hay un cabo suelto que me parece interesante —le propuse.

—¿Cuál?

—No sé, a lo mejor lo habéis mirado. Me refiero a la razón por la que Queralt dejó de creer en la República Catalana y casi se hizo de Santiago y cierra España. Ni el padre ni la madre nos dieron una pista demasiado clara al respecto. Sólo que fue a raíz de la universidad.

—Claro que lo hemos mirado. Quiero decir, nos hemos informado sobre la asociación de estudiantes constitucionalistas, como dicen ellos, o fachas y *ñordos*, como los llaman los *indepes*, de la que la chica formaba parte. Muy por encima, tampoco era nuestra preocupación prioritaria. El perfil predominante es gente de origen charnego, pero hay más como Queralt. Niños bien, de entorno familiar nacionalista, que se rebotan contra sus padres. Como la universidad en tiempos de Franco estaba llena de hijos de falangistas que se afiliaban a grupos trotskistas, anarquistas y hasta maoístas. No son tantos, porque estos de aquí están algo más domesticados, pero hay una cuota de ellos.

—¿No tendrás identificado a alguno de los dirigentes? A ser posible, alguno con el que Queralt tuviera más o menos relación.

—Los tenemos identificados a todos. Respecto de lo que me pides, tendría que hablar con la sargento que se ocupó de esto. Pero si me das media hora, te paso nombre, teléfono y datos complementarios.

—Te lo agradecería de veras.

—Y yo poder quedar en algún momento para echar un vistazo a esos chats de WhatsApp entre Ferran Bonmatí y su hija rebelde.

—Voy ahora mismo para la comandancia. ¿Dónde estás tú?

—Esa información es confidencial. Podría pasarme a mediodía.

—De acuerdo, nos vamos llamando.

Salgado, que no había perdido comba de la conversación, se abstuvo sin embargo de sacar conclusión alguna. Se limitó a preguntarme:

—¿Cuál es el plan, jefe?

—De momento, dejar la maleta en la comandancia y presentarnos a los compañeros de Policía Judicial del lugar. No podemos descartar que los necesitemos, será mejor que no vayamos luego con las prisas y en plan atraco. Luego quiero explorar un poco el entorno de Queralt en la universidad si los de Información me pasan lo que les he pedido. Y si nos da tiempo, iremos también a darle una vuelta al exnovio.

—Tengo a mano el móvil y la dirección —dijo.

—A los padres los dejamos para mañana. Así aterrizamos antes.

Aunque trataba de ocultarlo ante ella y de dar la sensación de que en mi cabeza sólo estaba la investigación, mientras el coche avanzaba por aquellas autovías y aquel paisaje se me erizaba la piel. Casi treinta años después, y a pesar de los edificios nuevos, Barcelona, al menos vista desde fuera, seguía siendo sustancialmente la misma que había acogido los Juegos Olímpicos. La estructura de las comunicaciones por carretera era, en lo principal, la que entonces se inauguró: la Ronda de Dalt, que discurría por la parte alta; la Litoral, que seguía la línea de la costa; la A-2, que llevaba al interior; la autovía del Garraf, que iba hacia Tarragona y la A-7, que subía hasta Gerona y Francia. Siguiendo las indicaciones del GPS, Salgado se dirigió hacia la A-2, que remontaba el curso del río Llobregat hacia Montserrat y tras cruzar el paso del Bruc continuaba hasta Lérida. Nuestro destino estaba mucho antes, en Sant Andreu de la Barca, donde desde hacía algún tiempo tenía su sede la comandancia. Comprobé que habían reorganizado, para bien, el nudo de comunicaciones entre las dos rondas, la autovía del Garraf y la A-2. Otra diferencia respecto de la época en que yo vivía allí era el nuevo estadio de fútbol que se alzaba en las inmediaciones de aquel cruce de carreteras: el de Cornellà-El Prat, donde jugaba el que debía resignarse a ser el segundo equipo de la ciudad, por su nombre y por la apuesta decidida que el otro, el primero, había hecho por ganarse el favor de quienes manejaban, en todos los sentidos, los resortes del poder.

Campillo me llamó antes de que llegásemos a Sant Andreu. Como solía, apenas se anduvo con preámbulos. Entró directo en materia.

—Germán Valladares —me dijo—. Ese es tu hombre. Veintitrés años, estudiante de Derecho, aunque me parece que ya ha terminado la carrera, y uno de los fundadores del grupo. Te paso su número por WhatsApp ahora, aunque lo más probable es que lo tengáis en la agenda e incluso en los chats del teléfono de la chica, si los habéis abierto todos. Me dice mi sargento que fue quien la introdujo en la asociación. Le mandamos en su momento una guardia joven que pegó la hebra con él de incógnito en el bar de la facultad. De Queralt y de su padre no pudo sacarle mucho, por no dar el cante, pero parece que el chaval tiene personalidad y que no se muerde la lengua. ¿Te sirve?

—Ya lo creo. Te debo una.

—Que me pagarás, no lo dudes. Hablamos.

Diez segundos después, me entró el wasap con el contacto.

—Parece que tenemos socios eficaces —observó Salgado.

—No todo se nos iba a poner cuesta arriba —dije mientras pulsaba encima del número que el teniente Campillo acababa de enviarme.

—¿Vas a llamarle así, directamente?

—Pues claro. Hay que aprovechar el día, mi cabo primero.

Germán Valladares contestó en seguida.

—*Digui.*

—Buenos días. ¿Hablo con Germán Valladares?

—Sí, ¿quién es?

—Soy el subteniente Vila, de la Guardia Civil.

A eso sucedió un silencio, con el que contaba. Con lo que no contaba era con lo que Germán, tras soltar un bufido, dio en responderme.

—Vaya, al fin. Se han tomado su tiempo. Ya iba a llamarlos yo.

17

Guardeu el crèdit

Los augurios del ya sargento primero Robles, como a lo largo de los años siguientes tendría ocasión de comprobar que solía ocurrir, se cumplieron en sus términos. Pese a todas las aprensiones previas, y gracias a las precauciones que se habían tomado, aquellos días de julio y agosto de 1992 fueron, probablemente, los más pacíficos, menos conflictivos y más seguros que conoció la ciudad de Barcelona en todo el siglo XX, que no quiso ahorrar a los barceloneses ninguna de las formas de violencia practicadas por el ser humano. Desde la guerra, en las calles y con bombardeos desde el mar y el aire, hasta los atracos a mano armada, pasando por las huelgas revolucionarias o los desmanes de los pistoleros anarquistas y de la patronal. Sin olvidar la violencia terrorista, amparada en el prestigio siniestro de una idea, o la delincuencia quinqui, auspiciada por la pulsión más elemental de poder tener lo que la vida no les otorgaba a sus practicantes, desde un coche que corriera hasta unos vaqueros de marca, amén de la heroína que se acababa convirtiendo en fatídico norte de sus brújulas rotas.

Nada de eso hubo, ni siquiera en sus formas más livianas. Lo más que se llegó a ver fue algún cartel que pedía *freedom for Catalonia*, en la única lengua, con el alemán, que lo ha sido de dos imperios distintos, una paradoja en la que sus promotores no debieron de reparar y que fue acogida con escaso eco dentro y pasmada incomprensión fuera. Lo que de veras atrajo la atención de Cataluña, España y el mundo fue el espectáculo de La Fura dels Baus, el arquero que prendió el pebetero con una flecha encendida con la antorcha olímpica o la arquitectura de los espacios que Barcelona había preparado para las competiciones y los deportistas: el complejo de Montjuïc, el Puerto Olímpico, el Canal Olímpic de Castelldefels, la Villa Olímpica. Entre la inauguración y la clausura, el centro de atención fue el estadio al que se le dio, con el respaldo moral, espiritual y económico de todos los españoles, el nombre de Lluís Companys, el presidente de la Generalitat fusilado tras la guerra civil por los mismos cuyos aviones y barcos arrojaron durante su transcurso bombas y proyectiles sin cuento sobre la ciudad. Y de principio a fin admiró a propios y extraños la impecable y eficaz organización, muy superior a la de los juegos anteriores y posteriores, en Seúl y Atlanta, esto es, en dos países que no se caracterizaban en absoluto por su falta de desarrollo o de recursos. Diríase que por una vez se cumplía el deseo de Vicens Vives: que las virtudes catalanas, integradas en el empeño común de España, ayudaran a mejorar cómo se percibía a esta desde el exterior, y cómo españoles y catalanes se percibían a sí mismos. No faltó quien hiciera otra lectura: que sólo a través de Cataluña podía España parecer algo, lo que era argumento para desear que sus caminos se separaran, soltar lastre y poder picar más alto que junto a andaluces, extremeños y demás. Quizá por eso alguien había tenido la previsión de organizar ese mismo año una Exposición Universal en Sevilla, que también fue todo un éxito.

Recuerdo aquellos días como una rareza en la percepción que tengo de mi país: encantado de haberse conocido, quizá demasiado. Como lo estaba la ciudad que oficiaba como escaparate principal. Tal vez ese exceso de optimismo, que en esos principios de los años noventa se extendió por doquier y alcanzó a algunos otros, por ejemplo a todos los exonerados por la caída del muro de Berlín de la sumisión al pétreo e insolvente Imperio soviético, condujo a euforias y distracciones que explican en parte las hecatombes del siglo XXI, tan pródigo en sueños que se vuelven pesadillas, promesas de paraíso que traen purgatorios o infiernos y operaciones bélicas de liberación que terminan dejando a los oprimidos aún más aplastados, deshechos y pobres que antes.

En aquellos días ni yo ni nadie entreveía ese último resultado. Las noches de verano eran cálidas y hermosas, el cuerpo era joven y el mañana un horizonte de hermosos descubrimientos. El ambiente de logro, goce y hasta júbilo que se extendía por la ciudad nos alcanzaba a todos los que vivíamos en ella. Me rescató a mí de las nubes oscuras que me envolvían cuando había aterrizado allí, rescató mi matrimonio apenas iniciado de las zozobras que lo amenazaban y por primera vez en algún tiempo tuve la sensación de que mi vida se encarrilaba por una senda que no sería fácil, como no lo es la de ningún adulto que no sea un perfecto insensato o un completo inconsciente, pero ofrecía unas recompensas a la altura de los peajes que me iba a exigir.

En esa redención tuvo no poca influencia el talante y el carisma de Robles, que se reveló en aquellos días en los que apenas tuvimos más trabajo que ayudar a los nuestros que se ocupaban de la seguridad de los Juegos como el mejor de los jefes y el mejor de los compañeros, y también, según me había dejado ver desde que lo conocí, como un maestro consumado en el arte de vivir. Gracias a él aprendí a darles un valor más relativo a los sinsabores y a extraer el máximo jugo posible de las grandes o pequeñas dádivas que me deparaba la vida. A veces me parecía mucho mayor de lo que era, por la serenidad filosófica con que encajaba cualquier clase de adversidad, desde los malos modos de un juez o un jefe hasta el fracaso en alguna diligencia. Y al mismo tiempo, cuando le veía disfrutar de las cosas que le gustaban, desde la cerveza fría hasta las jóvenes atletas tras las que se le iban los ojos cuando paseábamos más que patrullábamos por la Villa Olímpica, me daba la sensación de que conservaba la capacidad que tiene un niño de apurar la plenitud y la luz de la existencia. Por alguna razón, que no podía ser nuestra afinidad de carácter, porque no podía parecerme más distinto de mí, él también congenió de manera especial conmigo, y pronto sentí que me tenía la confianza que no tenía con otros.

—Eres demasiado serio para ser sudaca —me decía—, yo os hacía a todos mucho más golfos. Y eso te quita un poco de chispa, la verdad. La parte buena es que contigo está uno siempre tranquilo. Tengo la seguridad de que no me la vas a liar. Si consigo inculcarte un poco de esa picardía que te falta, llegarás a ser mucho mejor policía que yo.

En ocasiones, cuando era muy tarde y el día había sido muy largo, o cuando en vez de una cerveza se había tomado tres, añadía otra razón para ese pronóstico, que me despachaba casi como una maldición.

—Yo no soy del todo mala gente, ya lo habrás visto, pero tengo mi lado chungo, que es de lo que tiro cuando algo se pone cuesta arriba. Tú eres más noble. Así que vas a tener que espabilar más que yo.

—¿Qué lado chungo es ese? —le preguntaba yo.

—Ya lo irás viendo —se limitaba a decir.

—¿Tengo que preocuparme?

—Ni te preocupes ni te despreocupes. El que debería preocuparse soy yo y ya ves cómo tiemblo. En la vida lo primero es conocerse, y una vez que te conoces, aceptar lo que hay. Y saber llevarlo.

—Entonces confiaré en que sabe llevarlo, mi sargento primero.

—Hasta aquí me voy apañando. Si se me va de las

manos, no te preocupes, que ya te avisaré para que no te salpique. A no ser que le hayas cogido gusto y te apetezca correr el riesgo. La gente cambia.

—Mejor no intento adivinar a qué se refiere.

Entonces Robles me miraba con expresión paternal y me decía:

—Nada del otro mundo, Vila. La condición humana.

Si a él, pese a proyectar estas sombras misteriosas sobre su propia personalidad, le debía una compañía que me ayudaba a transitar con más gratificación y aprovechamiento por mi nueva vida, a Consuelo, su esposa, una mujer que al primer vistazo dejaba ver a las claras su temperamento, le debí en gran medida que la futura madre de mi hijo llevara mejor aquellas últimas semanas de embarazo. Desde que nos acogieron por primera vez en su casa, en los pabellones del cuartel de la avenida de Madrid, la tomó bajo su tutela. No sólo la ayudó a estar menos perdida, en la ciudad y en el peculiar universo que constituía el cuerpo al que su marido y yo pertenecíamos, sino que también supo darle esa clase de complicidad que entre las mujeres se establece como consecuencia de ese cúmulo de experiencias que sólo ellas tienen y que los hombres vemos desde fuera con una comprensión que no pasa de ser aproximada y fatalmente incompleta. Consuelo mandaba mucho, en su casa, en el cuartel que a la vez era casa, donde la apodaban la Sargenta, y sobre cualquiera en quien pusiera su atención. Su estilo de mando se basaba en una combinación de cercanía instantánea y de imperativo categórico. No podías mantenerla a distancia, tampoco era factible cuestionar la ayuda o los consejos que dejaba caer sobre ti con la misma fuerza con que el rayo hace temblar un campanario. A quien entonces compartía mi vida le venían bien ambas facetas suyas. No le era fácil abrirse a los desconocidos, y tenía una tendencia continua a desconfiar de lo que otro le propusiera y cuestionarlo. Con Consuelo, esos dos problemas se volatilizaban desde la primera conversación.

Una mañana de ese agosto, aún faltaba un par de días para el final de los Juegos, fui con el coche oficial a buscar a Robles a su casa. Me abrió ella la puerta, me dijo que Robles se estaba duchando y me hizo pasar al escueto comedor, donde me asignó la silla que daba al rincón y se colocó enfrente, buscándome los ojos y cortándome la huida.

—¿Tú tienes todo preparado para lo que viene? —me espetó.

—¿Qué quieres decir? —acerté a balbucir.

—Ya sé que tu mujer sale de cuentas a final de mes, pero esto no son matemáticas. En cualquier momento se puede precipitar la cosa.

—Bueno, el ginecólogo dice...

—El ginecólogo no es adivino —me atajó—. Lo primero de todo, ¿hasta cuándo va a estar esta muchacha sola? Quiero decir, ¿no va a venir a echarle a una mano su madre, o tu madre, o alguien?

—Su madre no puede venir —dije, encubriendo una verdad menos presentable, que como consecuencia de no haberse plegado en su día a su sugerencia de dar a luz en Madrid, habían reñido y mi suegra se había negado a acudir a Barcelona—. La mía estará aquí a partir del quince.

—Ah, vale. Eso es otra cosa. Ya me parecía a mí que tan pasmado no estabas. ¿Y por qué no puede venir su madre, si puede saberse?

Dudé un par de segundos a la hora de elaborar la ficción que creí que debía ofrecerle en lugar de la realidad. Y si dudé fue porque no me sentí capacitado para perpetrar sobre la marcha una novela que saliera airosa de su escrutinio. No hizo falta. Consuelo cazó al vuelo las dos cosas: que había una razón que yo no podía darle y que estaba haciendo esfuerzos desesperados por poner a punto un cuento que no iba a estar a la altura. Sin dejarme responder, zanjó la cuestión:

—No te preocupes, a mí qué me importa. Vamos a lo

que cuenta. Así que tu madre viene el quince. ¿Cuánto tiempo se va a quedar?

—Tiene vacaciones hasta el quince de septiembre.

—Bueno, está bien. Si todo va bien, será suficiente. Para antes y para después, y para lo que os haga falta, ya sabes que cuentas conmigo.

Más que una oferta, era una orden.

—Te lo agradezco de verdad, Consuelo.

—Y tú, espero que no estés pensando en la tontería esa de anteponer a la Benemérita, como me hizo padecer a mí el gañán de Robles. Ahora son otros tiempos, es tu primer hijo y tú tienes que estar ahí.

—Pensaba estar —aduje.

—Quiero decir que te coges los días de paternidad sin perdonar uno solo, y hasta que tu mujer esté bien al tricornio que lo zurzan. Ya me ocuparé yo de decirle a tu sargento primero que no te líe.

—Bueno, una vez que haya consumido los días reglamentarios, el servicio es el servicio, ni puedo yo ni tampoco puede él...

—Gilipolleces. Será que no hay más guardias. Será que los muertos tienen alguna prisa en que tú y este averigüéis algo.

—Los muertos no, pero el juez...

Me hizo ver que no se chupaba el dedo.

—¿El juez? Menos aún. Esos viven en otro mundo, mientras a ellos ya les llegue todo limpito, después de que vosotros os hayáis comido toda la porquería y tratéis con la mala gente, el resto les da igual.

—Depende del juez. Y está el comandante.

—Al comandante lo conozco desde que no lo era, ni mucho menos. Si te suelta alguna tontería, me lo mandas a mí y le doy dos voces.

Era perfectamente capaz, no había más que verle el gesto.

—Procuraré no provocarlo, mejor.

Midió con frialdad mis palabras. Pretendían ser una broma, pero no la pilló o estuvo muy lejos de impresionarla. Me siguió evaluando:

—¿Y el resto de las cosas? La cuna, el cambiador, el cochecito.

—Pensaba ir a comprarlo todo en cuanto se acabe el follón este de los Juegos. Estos últimos días estamos terminando muy tarde.

—Tú estás tonto, chico. Ahora hay rebajas en todas partes; como te descuides, cuando quieras ir a comprarlo ya no va a quedar nada.

Me pregunté por qué me sometía dócilmente a aquel tercer grado, por qué daba cuenta a aquella mujer de mis asuntos y permitía que calificara mi previsión o imprevisión de cara a un acontecimiento que sólo a mí y a mi mujer nos concernía, pero cuando ya estaba a punto de buscar el modo de reunir las fuerzas y seleccionar las palabras para invitarla a ocuparse de su familia y de su casa y dejarme a mí las mías, encontró ella la manera de dejarme fuera de combate. Esa era otra de sus destrezas, el cambio total de juego, el desmarque inesperado.

—Bueno, yo sólo quería que supieras, como ya le he dicho a Elisa, que si antes o después os hace falta cobertura, aquí hay una madre que ya ha pasado por todo. Menos darle de mamar, lo que necesitéis.

Trataba aún de desalojar de mi mente la imagen de Consuelo dando el pecho a mi hijo —no andaba desprovista de la dotación que a esos efectos era necesaria— cuando ella volvió a cambiar de tercio.

—Rafael —gritó de pronto, sin moverse del sitio—, que tienes aquí a este muchacho esperando. A ver si acabas ya de acicalarte.

Tras decir eso, sonrió guiñándome un ojo.

—Este se leyó bien la parte de la Cartilla del duque ese vuestro que dice que el guardia civil tiene que ir siempre bien vestido y arreglado. A lo de la puntualidad y alguna otra cosilla no estuvo tan atento.

—Tampoco hoy tenemos nada urgente.

Consuelo apuntó entonces los ojos al techo.

—Ay, Dios, qué peligro tiene. Lo mismo se cree que me creo que la facha la cuida así para darle una buena impresión al ciudadano.

Me animé a seguirle la broma.

—¿Y a quién si no?

Consuelo meneó la cabeza estoicamente.

—A la ciudadana, chico. Como todos.

Puse cara de inocente. No funcionó.

—Y los silenciosos como tú sois los más peligrosos de todos. Ya la avisaré yo a Elisa para que no te pierda de vista. O para que cierre los ojos, según lo que prefiera. A veces no te queda otra solución.

—Te confundes conmigo —protesté.

Consuelo me miró entonces desde un planeta muy remoto.

—Ya. No sé ella, pero yo te estaré vigilando. No te olvides.

Cuando al fin apareció Robles, con su buena planta, una camisa de buen corte remangada con esmero y unos pantalones de color claro y oliendo a colonia como si se hubiera zambullido en un tanque de la fábrica, ella lo recibió con una andanada y sin asomo de piedad.

—¿A dónde vas tú hoy? ¿A una regata?

—Hay que mimetizarse con el entorno —se defendió Robles—. Hoy tenemos que camuflarnos entre gente guapa, ¿a que sí, Vila?

—Yo sólo hago lo que me ordenan —me escabullí.

Robles examinó entonces mi indumentaria.

—Me bajas un poco el nivel del camuflaje, por cierto.

—Lo que el sueldo me permite. Si hay fondos reservados siempre estaré encantado de ampliar con cargo a ellos mi guardarropa.

—Sí, en eso lo van a gastar los jefes, precisamente. Ya te llevaré a mi *botiguer* de confianza y conseguiré que te haga precio. ¿Nos vamos?

—Yo estoy listo desde hace un rato.

—Sin alardear con tu suboficial, sudaca, que no tiene premio.

Consuelo intervino en mi socorro.

—Anda, no pagues con él ser un tardón. Y dame un beso.

Se despidieron con un beso y un abrazo apasionados y enérgicos, por parte de ambos. Me pregunté si yo sería capaz de dar y merecer esos besos cuando llevara el tiempo que Robles llevaba con su mujer. No diré que pude ver más allá de toda duda que tal sería el caso.

El 31 de agosto, el día exacto en que salía de cuentas, mi mujer dio a luz. Por convicción y deseo propios, además de por no atreverme a contravenir la orden directa y expresa de la sargenta Consuelo, estuve presente en el parto y al lado de la madre durante los días siguientes. Pude así vivir la emoción de ver llegar a Andrés al mundo, de oír la vida abriéndose paso desde sus pulmones y su garganta, de ponerlo en los brazos de su abuela y admirarme de cómo se calmaba, de cómo ella lo miraba y lo sostenía. Al hacerlo, sus ojos se empañaban y sus labios se arqueaban en la más bella sonrisa que nunca había visto, y que ninguna otra iba a superar después. Cuando vi a mi hijo con mi madre, tuve la certidumbre de que mi existencia ya no iba a ser por completo en vano. Era el eslabón que conectaba a esas dos personas, a la lucha que ella representaba con la esperanza que palpitaba en él.

También obró otro efecto la venida de Andrés: unirme más a su madre, con la que durante aquellos primeros días y aquellas primeras semanas compartí más horas que en los meses que habían transcurrido desde nuestra boda. Era un niño bueno y tranquilo, que en seguida durmió seis horas seguidas y que nos permitió no ya recuperar, sino más bien construir un espacio de intimidad y convivencia que hasta entonces, por la demanda excesiva de mi trabajo, tanto antes como después de casarnos, no habíamos llegado a tener. En esos primeros compases de la vida de mi hijo descubrí la belleza quieta y profunda de la labor de amparar una vida que se inicia, y convertir ese quehacer en el centro de la existencia. Ni siquiera en las contadas ocasiones en que el niño daba una mala noche lamentaba estar ahí. Como su madre estaba más cansada, y todavía convaleciente, era yo quien lo tomaba en brazos y lo paseaba interminablemente hasta que lograba calmarlo. Recuerdo esos paseos nocturnos por el pasillo de mi pequeño piso de L'Hospitalet, bajo el calor húmedo de septiembre o a la fresca que a medida que avanzaba la madrugada traía ya octubre, sintiendo en los brazos el peso cálido e inquieto de mi hijo, como una de las muestras más acabadas de felicidad que me ha deparado la vida. Y creo, con firmeza y convicción, que haber seguido dándolos, durante los meses siguientes y hasta después de sus dos años de vida, explica mejor que cualquier otro de mis esfuerzos que luego no lo llegara a perder.

Para que fuera posible esa dedicación, y la especie de segunda luna de miel que en el primer año de mi hijo vivimos su madre y yo, tuvo una importancia fundamental que el sargento primero Robles, nunca supe si por requerimiento inapelable de Consuelo o por propio sentido de la jefatura, me dejara margen para no estar todo el día pringado con las tareas policiales. En ese tiempo, quedó tácitamente establecida en el seno del grupo una organización del trabajo que la mayor parte del tiempo —con la excepción de los puntuales apretones— me permitía irme a casa todas las tardes. Robles, que ya daba por finiquitada mi etapa inicial de formación, se agarró a otro cabo como escudero más o menos permanente, y me destinó esencialmente a labores de apoyo. Por su parte, Consuelo, una vez que mi madre tuvo que reincorporarse a su trabajo en Madrid, asumió su papel de respaldo a la joven madre, que seguía en términos más que tirantes con la suya. Durante aquel año, mi suegra sólo vino de visita un par de días, más que nada para hacernos sentir a ambos su contrariedad y poco menos que exigir que fuéramos en Navidad a Madrid los días suficientes para que pudiera disfrutar de su nieto. El asunto, que debería haberme alarmado más de lo que lo hizo, fue parte de la conversación que mantuve con mi madre durante el paseo que salimos a darle al niño la víspera de su partida.

—Tienes que propiciar la paz con tu suegra —me dijo, de pronto.

—No sé si basto yo para eso —respondí—. Ni yo ni la ONU.

—Es su nieto, también, y aunque sea una mujer difícil te toca ayudar a tu mujer a contentarla y estar lo mejor posible con ella.

—No nos perdona que el niño naciera aquí. Entre tú y yo, me parece que entre otras cosas les tiene tirria a los catalanes.

—Esas dos cosas no tienen remedio, pero se pueden compensar.

—¿Cómo?

—Id cuando podáis a verla.

—La montaña a Mahoma. Me jode un poco, la verdad.

—No dejes nunca que te ofusque la ira. No con tu familia.

—Ya, supongo que tienes razón —reconocí.

—Es su madre, lo será siempre.

—No hacen más que discutir. A veces pienso...

—¿Qué piensas?

—Vaya, es una tontería. Tampoco tengo ninguna prueba ni es justo pensarlo. Mejor olvídalo.

—Suéltalo. Soy tu madre.

—Me pregunto por qué nos fallaron las medidas para impedir el embarazo. Entiéndeme, no lo lamento, ahora que lo tengo aquí, nada me alegra más la vida. Pero siempre tuve la impresión de que a Elisa le faltaba el aire en casa de sus padres y quería largarse como fuera.

Mi madre meneó la cabeza resueltamente.

—No te hagas esas cábalas, de nada sirven ahora. Piensa en lo que te digo: es su madre, lo será siempre, por muy mal que te parezca que se lleven. Cuando se le ocurrió lo de dar a luz en Madrid casi la tenía ya convencida. Es un detalle en el que no está de más que te fijes.

—Está bien, lo tendré en cuenta.

Mi madre me miró entonces como si tratara de cerciorarse de que había captado el mensaje, y una sombra cruzó por su mirada. Como el tiempo iba a demostrarle, estaba lejos de haber entendido el aviso.

Esa Navidad fuimos a Madrid dos semanas, que pasamos en casa de mi suegra, dejando apenas un par de días para visitar a mi madre. Uno de los resultados de exponer durante tanto tiempo al niño al frío recio de la meseta, al que no estaba habituado, fue que Andrés contrajo una bronquiolitis que a nuestro regreso a Barcelona lo acabó llevando una semana al hospital Sant Joan de Déu. Aquellos días velando al costado de su cama, con el niño en una campana de oxígeno, sin permitirnos dormir para que no se le soltase la vía que le habían tenido que tomar en la cabeza, por lo pequeñas que eran las venas de sus brazos, obró el efecto de reforzar aún más el vínculo entre Elisa y yo, y empeorar un poco más las relaciones entre madre e hija. En ningún momento mi suegra le hizo el ofrecimiento que desde el primer instante le hizo mi madre, pedir unos días y venirse a ayudarnos. Y eso que ella no tenía que pedirlos, porque no trabajaba. Sentí que allí se producía la quema definitiva de los puentes entre ambas. Lo recuerdo ahora y me pasma la ignorancia que tiene la juventud de los resortes de la vida.

Las secuelas que la enfermedad le dejó al niño, entre otras, fueron una especial vulnerabilidad a las afecciones respiratorias durante el año siguiente y un sueño frágil e intermitente. Eso repercutió en que su madre y yo apenas pudiéramos dormir tampoco, lo que nos llevó a montar un sistema de turnos para poder sobrellevarlo y no venirnos físicamente abajo. Recuerdo atravesar aquellos tiempos sumido en una persistente nube de somnolencia. Yo, que nunca había podido dormir siesta, me vi alguna vez echando una cabezada durante el día en el asiento del coche, en el metro o el tren y hasta en un banco del Turó Park, una mañana que fui por allí a hacer unas gestiones que me había encargado Robles. También recuerdo que mientras velaba el sueño de mi hijo, y aunque me costaba mucho concentrarme, me embarqué en alguna de las lecturas que en su día me había recomendado mi antiguo comandante, Salvador, y que me iluminaron sobre aquella tierra en la que, mal que le pesara a una de sus abuelas, estaba criando a mi hijo. También sobre sus gentes, a las que me ayudaron a cobrar afecto.

Lo primero que despaché fue *Otra historia de Cataluña* de Marcelo Capdeferro. Como me había advertido Salvador, era un libro bastante militante, en un sentido antinacionalista, de alguien que antes se había dejado seducir por el romanticismo patriótico y que por tanto exhibía aquí y allá la acidez del converso, o del renegado, como preferirían llamarlo los que seguían adhiriéndose a él. Todo eran objeciones a los dogmas que apuntalaban la nación catalana como algo esencialmente distinto y preexistente a la española. Desde la dudosa existencia como entidad política de la Marca Hispánica —dividida en condados, de los que el de Barcelona era uno más—, hasta la tardía constancia escrita del idioma catalán o del propio nombre de Cataluña, probable baile de letras en la transcripción de la palabra *lacetania* por un cronista italiano que hizo fortuna y dio la palabra *Catellania*, el adjetivo *catellani* y de ahí una forma de denominar una región que no existía. De hecho *lacetania* se limitaba a la región en torno a Barcelona, y entonces buena parte de la Cataluña actual seguía en manos del islam. Sin embargo, y más allá de su acrimonia contra las ensoñaciones románticas y sentimentales de las que él mismo había sido creyente, había en aquellas páginas una convicción de que los catalanes poseían algo valioso y singular que dar al mundo y a los españoles, en la línea del pensamiento de su maestro Vicens Vives. Y una conciencia de que si no se terminaba de desplegar ese potencial era por una especie de infortunio mezclado con desidia que se remontaba a los días de Ramon Berenguer IV, el gran conde de Barcelona que unió su condado al reino de Aragón tras desposar a la heredera de este, Petronila, y no se preocupó de que el Estado que así resultaba recibiera otro nombre que el de la corona aragonesa.

De aquella frustración de origen medieval venían en buena medida, o cuando menos bebían ideológicamente, las muchas revueltas y los agravios de la Edad Moderna y la Edad Contemporánea, pero a la vez en Cataluña perduraba un carácter y una forma de ver la vida de la que era expresión esa lengua que subsistía con vigor a través de los siglos, así como sus instituciones tradicionales. Subrayaba Capdeferro el papel de la Diputación del General o el Consell de Cent en defensa de los intereses de la oligarquía catalana y barcelonesa. Y por lo que tocaba al catalán, no había dejado de producir una literatura que era, como el propio idioma, una representación peculiar del mundo.

Dos muestras de esa literatura me leí también por aquellos días, en el texto original, que con ayuda de un diccionario cada vez me era más fácil descifrar. La primera fue *La plaça del Diamant*, de Mercè Rodoreda, que en su versión literaria me aportó claves mucho más iluminadoras que en su por lo demás decorosa adaptación audiovisual. En especial me llamó la atención el personaje de Antoni, el *adroguer*, o tendero, que hacía buen precio, era honrado y de pocas palabras y nunca engañaba con el peso. Me recordó al instante al *botiguer* que Robles me acabó presentando, el dueño de la pequeña tienda de ropa de la Diagonal donde se compraba las camisas: un hombre de marcadísimo acento catalán que te atendía exquisitamente en castellano y tenía prendas de calidad y el precio más ajustado de Barcelona. El Antoni de Rodoreda dormía en la cama de sus padres, porque decía que tenía el olor de su familia, de las manos de su madre, que a principios de invierno le hacía manzanas asadas. Había una suerte de nobleza en esa forma de vida, una bella lealtad a lo que nos precede, nos hace y nos permite ser.

El mismo arquetipo, mucho más desarrollado, era el eje de la otra novela que me había recomendado Salvador, *L'auca del señor Esteve*, de Santiago Rusiñol. No dejaba de ser una transposición a la ficción de la vida del propio autor, descendiente de burgueses hechos a sí mismos que había chocado con sus mayores porque prefería el oficio artístico a la tediosa y rutinaria dedicación al negocio familiar. En la novela, el joven Ramonet, nieto del primer Ramon Esteve, el patriarca del clan de comerciantes y fundador de La Puntual, un negocio textil de nombre elocuente, se revuelve contra los suyos, a quienes considera de mente estrecha porque no entienden que quiera ser escultor. Incluso desdeña la angostura vital a la que se condenan: «*Ell anava, com els aucells, allà on pogués cantar lliurement i no tingués parets de botigues que li enfosquissin la vista i li estrenyessin el cor*». Y sin embargo, al final, el artista bohemio, como le ocurrió al propio Rusiñol, comprende que si puede ser lo que es, y dar rienda suelta a sus sueños, es porque la vida se la han dado solucionada esos tenderos aburridos de quienes proviene.

También su padre, que no ha hecho más que cuidar el negocio que heredó, y siente que en eso se le ha ido la vida, acaba entendiendo en el lecho de muerte los anhelos de su hijo, lo que reconcilia a ambos. Pero antes de la suya, Rusiñol narra la agonía del abuelo, el fundador, que deja a sus herederos este consejo: no os fieis de las palabras, que sirven para deslumbrar y tergiversar las cosas, no os fieis de vosotros, que podéis equivocaros; hechos, sólo hechos, que lo demás son nubes y de las nubes el comercio no vive. «*Fets*», exclama antes de expirar, y les pide que guarden su recuerdo, «*però sobretot guardeu el crèdit*».

Cuando lo leí por primera vez encontré en la frase, pese a que el personaje tenía algún rasgo de caricatura, una sabiduría que no cabía despreciar. Ahora que lo recuerdo, mucho tiempo después, sólo queda lamentar hasta qué punto nos permitimos la torpeza de ignorarla.

18

Las notas de una niñata

En la cafetería de la comandancia, donde paramos un momento para tomar un café después de dejar las cosas en la residencia y antes de ir a entrevistarnos con Germán Valladares, el dirigente de la asociación estudiantil españolista a la que pertenecía Queralt, me encontré con un viejo conocido. Tenía menos pelo, más gris, pero seguía en forma.

—Me cago en la mar, ¿eres quien yo creo? —me preguntó.

—El mismo. No como tú —repuse, señalando su pecho.

En lugar de los galones de sargento con los que lo había conocido yo, cuando le echamos la puerta abajo a Mortadelo, transportista de explosivos para la versión terminal de Terra Lliure, Ricardo ostentaba ahora, sobre el parche que llevaba en la pechera de su uniforme negro de faena, la estrella de ocho puntas que lo señalaba como comandante. Seguía en la misma unidad, la que hacía sentir la fuerza del Estado en las puertas cerradas de los delincuentes y en último extremo en las costillas de los que no se avenían a respetar los requerimientos de la autoridad legal y legítima; pero ahora la mandaba como jefe.

—Ya ves —le quitó importancia—. Y eso que el intelectual eras tú. ¿Cómo es que no ha pasado al revés, si se puede preguntar?

—Después de tragarme el curso de sargento les pillé alergia a las academias. O es la excusa que me pongo. No di el callo como tú.

—Porque no quisiste. Tú te lo habrías sacado con la gorra.

—Qué más da eso ahora. Tampoco estoy mal.

—Ya se andaba comentando por aquí que acabarías viniendo, tarde o temprano. Al final es verdad que te las arreglaste para acabar en la aristocracia, nada menos que en la unidad central, ¿eh, mi capitán?

Aquel comentario iba dirigido a la capitán Laia Morata, de la unidad orgánica de Policía Judicial de Barcelona, que venía conmigo y con Salgado a tomar aquel café y que también era una antigua conocida, aunque no de tantos años atrás. Con ella, por esos días aún una joven teniente, había tenido la oportunidad de trabajar cuando me tocó el desagradable papel de averiguar quién había acabado con la vida de mi mentor, el entonces ya retirado subteniente Robles. Los ocho años transcurridos desde entonces no sólo le habían añadido una estrella en el hombro, también un aplomo del que se valió para salir del paso.

—En Policía Judicial nadie es más que nadie, mi comandante —le respondió—. Es lo primero que te enseñan, y el subteniente lo sabe.

—*I tant* —la respaldé.

El comandante Ricardo se encogió de hombros.

—Se me escapan esas sutilezas. Yo sólo tiro puertas y pego palos.

—Y debes de seguir pegándolos a menudo y en condiciones —me permití observar—. Se te sigue viendo en forma, mi comandante.

Se echó a reír.

—Qué va, esto es cosa del gimnasio. Cuando has ido mucho no lo puedes dejar de golpe, porque te pones como una marsopa. Ahora ya sólo planifico y gestiono y, últimamente, voy a prestar declaración.

—¿Y eso?

—Como investigado. Por lo del 1 de octubre. Ya nos han archivado un montón de denuncias, pero queda otro montón, y aquí el que viste y calza se las come casi todas, como responsable del operativo.

Calculé entonces el tiempo que hacía de aquel referéndum ilegal, que al final el Estado sólo había logrado hacer fracasar parcialmente, y pagando el peaje de una infortunada y abortada actuación policial que había expuesto a los efectivos involucrados a esos contratiempos.

—¿Dos años después?

—Y lo que te rondaré, morena. Ya sabes tú que la celeridad no es precisamente la virtud característica de la justicia española. Y como no acertaron a independizarse, es la que sigue funcionando por aquí.

—Hasta donde sé —dije—, aunque hubo imágenes feas, muy poca gente salió lesionada, ¿no? Se supone que eso debería ayudaros.

—En mis operaciones, de cierta entidad, sólo uno de mis guardias, al que le destrozaron la pierna con una silla. Se vio en la tele y todo. Ni cargas hicimos, casi. Las instrucciones que les dimos a todos eran no sacar las defensas siquiera, salvo complicaciones, y contener y apartar en su caso con el cuerpo y las protecciones a quien se resistiese.

—¿Entonces?

Ricardo sonrió de oreja a oreja.

—Estoy encausado por provocar ataques de ansiedad. No sólo yo, también muchos de los míos. O lo que es lo mismo, con los ascensos y las recompensas suspendidos hasta que a su señoría le salga de ahí decidir si causarle ansiedad a alguien que insultaba e incluso llegó a empujar a mi gente merece que me fusilen o puedo seguir con mi vida. Y a mí me importa poco, que ascensos no tendré más y a estas alturas del partido las recompensas ya poco me aportan. Pero tengo chavales que están de verdad jodidos. En fin, esto es defender la ley aquí.

Era raro que Salgado no hubiera hablado hasta entonces.

—No me lo puedo creer —saltó.

—Como lo oyes, compañera —confirmó Ricardo.

La capitán asintió con expresión amarga. Salgado no se cortó:

—Si me hicieran eso a mí, a la próxima le daba leña con todo a todo Cristo. Por lo menos, por el mismo precio, me quedaba a gusto.

—Por eso no te van a mandar a ti, Inés —le hice notar.

—Es que no me cabe en la cabeza, francamente.

—El Estado de derecho tiene estas puñetas —le recordé—. Era de otro modo hace cincuenta años, pero entonces a ti no te habrían dejado ser guardia. Toda cara tiene su cruz, en el trabajo y en la vida.

El comandante Ricardo vació de un trago su café.

—Ni a mí ni a mi gente nos cuesta aguantar mientras nos insultan o nos escupen, eso va en el entrenamiento —explicó—. Y en la unidad a nadie le pone cachondo apalear a un ciudadano, como cree esta gente. Lo que te envenena, lo que desanima, es que te dejen así de tirado.

—Y si sólo fuera eso —apuntó la capitán.

—¿Hay más? —preguntó Salgado, incrédula.

—Ahora está todo contenido, esperando la sentencia de sus líderes —dijo Morata—. Pero en los días siguientes fue tremendo. Lo que pasó aquí mismo fue una vergüenza. Lo leeríais en los periódicos.

—Ahora no caigo —reconocí.

—Lo de los profesores —apuntó el comandante.

La capitán dio más detalles.

—Sólo fue un puñado, la mayoría es gente normal. Pero al niño que le tocó que en su clase se hablara de su padre como de un torturador y lo señalaran y le preguntaran si no le daba vergüenza, el mal trago ya no se lo quita nadie. Varios vinieron llorando, al día siguiente.

—¿La denuncia no se acabó archivando? —creí recordar.

—Sí, mi teoría es que la toga de turno no quiso meterse en líos. También los profesores implicados acabaron yéndose a otros colegios. Si lo miras, es lo mejor. Tampoco hay que crear más mártires.

—Ahí la justicia sí que se dio prisa —apreció el comandante.

—A unos niños. Menudo hatajo de cabrones —bramó Salgado.

La observé con severidad.

—Mi cabo primero, o te enfrías o te pongo en el avión de vuelta.

—Es que tengo sangre en las venas. No sé tú cómo...

—Yo velo por que no me procesen ni te procesen. Y tomaré todas las medidas que sean necesarias para impedirlo. O esa, o dejarte aquí con el papeleo y agarrarme yo solo el Range Rover para ir hasta Sant Just Desvern a apretarle las tuercas a un empresario independentista.

El comandante asintió con resignación.

—Hazle caso, es la voz de la sabiduría.

—Pues vaya mierda de época, donde la sabiduría es eso.

—Me temo que no te van a dejar irte a otra —le advertí.

Salgado levantó las manos.

—Está bien. Pero entonces no quiero saber nada más.

—¿Y ahora cómo está la cosa? —le pregunté al comandante.

—¿Te digo la verdad?

—Si puedes y crees que podré soportarla... Ya sabes que vengo aquí a lo que vengo. Tú, por si acaso, tápate los oídos, Salgado.

—Aquí me tienes, preparando un plan de contingencia, todo el día al habla con Madrid y buscando sitio para alojar vehículos y gente.

—¿Tan gordo es lo que viene?

—De lo que viene y lo que saben a mí no me dicen mucho, eso es competencia de Información y esos no sueltan prenda, más allá de lo indispensable; pero mis instrucciones son estar preparado para otro zafarrancho del demonio. Y las de los azules y los Mossos también.

—Buen momento para volver por aquí.

—Aburrido no va a ser —comentó la capitán.

El comandante añadió otro aliciente.

—Y mientras tanto, nos toca preparar la fiesta de la Patrona.

—Es verdad, que está ya encima —caí en la cuenta.

Sería el 12 de octubre, día de la Virgen del Pilar, como todos los años. En la comandancia, como en el resto de los acuartelamientos del cuerpo, se organizaría una fiesta con todas las familias. Lo que hacía entrever la revelación del comandante era que bien podía terminar suspendida, o celebrándose en el ambiente más enrarecido, dentro de una burbuja separada de la sociedad a la que debíamos servir. Me acordé de la reflexión de Pereira sobre el rechazo de tantos catalanes a lo que representaba la empresa, y pensé que los acontecimientos que en el horizonte asomaban no iban a hacer otra cosa que agravarlo.

Un cuarto de hora después, estaba con Salgado en el coche camino del centro de Barcelona. Según nos había dicho Germán Valladares, una vez terminado su grado en Derecho estaba cursando un máster en la universidad Pompeu Fabra, en uno de sus campus urbanos, el de la calle Balmes, por la que tantas veces había bajado desde la parte alta. Allí, entre otras cosas, estaba la clínica del Pilar, donde había nacido mi hijo. No la había elegido por mi devoción a la Patrona del cuerpo: no soy demasiado de vírgenes, aunque la vida me ha enseñado a no menospreciar nunca la fe de nadie. Era, simplemente, la clínica donde atendía los partos el ginecólogo que trataba a mi mujer, y este era el que nos había tocado por la aseguradora que tenía por la empresa.

Entramos en Barcelona por la Diagonal, que hacía mucho tiempo que no recorría en coche. Para Salgado, según me dijo, era la primera vez. Mientras avanzaba por el carril central no se perdía detalle. Desde los jardines del Palau Reial y la zona universitaria hasta los edificios señoriales de la plaza Macià, pasando por las torres de La Caixa o la larga fachada de L'Illa Diagonal. Le llamó especialmente la atención la presencia del TramBaix, cuya vía corría paralela a la calzada.

—Anda, si hay un tranvía.

—Dos. Hay otro en el tramo que desemboca en el mar.

—Qué cosas —se asombró—. La verdad es que tienen una ciudad de lo más aparente. Si no fueran tan atravesados como son...

—Nunca tomes una parte por el todo, Inés.

—Tú me entiendes.

—Este chaval al que vamos a ver es catalán también. Y por lo que he hablado antes con él, no está en esa onda que tanto te molesta.

—¿A ti no?

—Hace tiempo que he desistido de molestarme por lo que piensa o deja de pensar la gente. Me limito a ver lo que hace, y si se trata de una conducta contemplada en el Código Penal, a tratar de probarla.

—Hay cosas que yo no perdono. Y lo que menos, al que me mira por encima del hombro. No soy más, pero tampoco menos que nadie.

—No te hagas mala sangre, y menos por eso. Casi siempre es fruto de un malentendido, que los años y los reveses suelen deshacer.

—A estos parece que les cuesta.

—A todos nos cuesta aceptar que no somos lo que nos gustaría, pero no hay nadie que no acabe viéndose cara a cara con la realidad. Unos más pronto, otros al final. La vida no te deja irte sin descubrirla.

—No sé yo —dudó.

—Hazme caso, y ve buscando dónde aparcamos este trasto.

En aquellas calles del Ensanche no representaba ninguna dificultad, siempre que uno se rascara el bolsillo, o en este caso se lo rascáramos al contribuyente. Había pequeños parkings por doquier. Ninguno era barato, pero la clientela no les faltaba, porque aparcar en la calle era misión imposible y porque el metro, esa era una de las diferencias que más notaba con Madrid, tenía en Barcelona una capilaridad mejorable. Entramos en un garaje que encontramos a poca distancia de la puerta del centro universitario donde habíamos quedado con Germán. Como muchos de ellos, lo atendía un sudamericano cortés y obsequioso que nos preguntó cuánto tiempo íbamos a dejar el coche allí. Le dijimos que una hora, poco más o menos, y nos indicó que aparcáramos en la plaza vacía más cercana y nos aseguró que no necesitaba la llave.

Germán, puntual, nos esperaba delante de la entrada del edificio donde tenía su sede la universidad. Nos habíamos descrito, nosotros a él y él a nosotros, y al vernos no hubo duda por parte de ninguno. Él era un joven de mediana estatura, complexión robusta y expresión afable. La pareja que componíamos Salgado y yo no resultaba muy comprensible si no se interpretaba a la luz de un vínculo profesional. El caso es que cuando me fui hacia él, Germán ya estaba alerta.

—Rubén —le dije—. Y esta es Inés.

—Germán, mucho gusto. Menos mal que no vienen de uniforme.

—¿Por? —preguntó Salgado.

El chaval sonrió.

—Lo mismo alguno por aquí les tiraba alguna cosa.

—Ya veríamos si alguno tiene agallas —respondió mi compañera.

—Salgado —la reconvine.

—En todo caso, mejor será que no hablemos aquí. Ya estoy bastante señalado por hacer lo que hago para que ahora se sospeche que hablo con ustedes. Tampoco es que eso me asuste, a estas alturas, pero estaremos más tranquilos hablando en cualquier terraza.

Nos alejamos un par de calles y encontramos una cafetería que tenía una terraza puesta bajo el chaflán cuya planta baja ocupaba casi por entero. Las mesas estaban muy pulcras, como el interior del local. En ese aspecto, Barcelona seguía ganando por goleada a Madrid: aunque en algunas zonas había mejorado, la hostelería madrileña permanecía fiel a su tradición algo desastrada y desabrida. Recordaba que en mis primeros tiempos en Barcelona, incluso en una zona más bien popular como L'Hospitalet, una de las sensaciones más placenteras me la daba el esmero que advertía casi en cualquier cafetería donde entrara.

Salgado y yo pedimos cafés cargados. Germán una Coca-Cola Zero. No esperamos a que la camarera nos los trajera. Abrió el fuego él.

—No sé qué ha pasado, el último mensaje que tengo de ella es de dos días antes de que la mataran, pero he de contarles varias cosas.

Habíamos leído ese mensaje, y los demás que se habían cruzado y seguían guardados en el teléfono de Queralt. Era lo primero que me había molestado en hacer, tras llamarlo y después de que Campillo me hubiera facilitado su número de teléfono. Por aquella lectura, aunque un tanto apresurada, me había hecho una idea del carácter del chico, de la relación que había entre él y Queralt, estrictamente circunscrita a la causa que compartían, y de las dificultades que tenían por defenderla. Sin embargo, me interesaba que él me contara. Entre otras razones, la malicia inherente a mi oficio, por contrastar con lo que ya sabía.

—Te escuchamos —le dije—. Y nos tuteamos todos, si quieres.

No era la norma que aplicaba con carácter general: aceptaba como principio que un servidor público debe tratar a un ciudadano de usted, pero conviene saber cuándo el servicio admite o reclama la excepción. Con aquel muchacho me interesaba más crear un clima propicio a la confidencia que tenerle una deferencia que podía sonar a distancia.

—Lo primero que os habréis preguntado es cómo una chica que vive en un ambiente independentista, y que hasta ha votado a dos manos en el referéndum ilegal por la independencia, como fue el caso de Queralt, acaba poniéndose una pulsera como esta en la muñeca.

Y nos mostró la pulsera con la bandera de España que lucía en la suya: no en la derecha, sino en la izquierda, al lado del reloj.

—Es un detalle que nos llama la atención, sí —admití.

Germán creyó necesario explicarse.

—Tampoco yo habría llevado una bandera en la muñeca hace dos años. Me habría parecido un gesto facha y carca, pero aquí han pasado cosas muy gordas, sobre todo a los que no hemos querido comulgar con el pensamiento único que patrocina el poder establecido.

—La Generalitat, quieres decir.

—Y su constelación de paniaguados. Unos gritan, otros callan, pero el resultado viene a ser el mismo. Al final el lacito amarillo es ya como el documento de identidad del buen catalán. Ellos no piden perdón ni permiso para llevarlo. Yo tampoco para mostrar con esta bandera que sentirse español no es una forma peor que la suya de ser catalán.

—Me queda claro —dije—. ¿Y Queralt?

—Queralt, además de buena catalana, era, por encima de todo, una buena estudiante. Eso fue lo que la acabó poniendo contra ellos.

No tuve más remedio que declarar mi asombro.

—¿Qué?

—Os lo explico. Todo tiene un principio, y esto también. Sabéis que estudiaba en la Autónoma, en el campus de Bellaterra, como yo hasta el curso pasado. Pues bien, resulta que una mañana que iba a hacer un examen, para el que se había pasado empollando casi toda la noche, se encontró con que los accesos estaban cortados. Eran los de la *revolució dels somriures*, cómo no, protestando por sus presos políticos.

—¿Los de la qué? —intervino Salgado.

—Perdona, la «revolución de las sonrisas», así es como se llaman ellos, para dejar claro que la borde y la avinagrada es siempre España. Esa mañana a muchos no se les veía sonreír, porque llevaban pañuelo para taparse la cara, y eso a cualquiera le habría alertado sobre quiénes eran dentro del movimiento, pero Queralt lo único que pensó fue que no le iban a dejar hacer el examen que llevaba preparado y que tenía la necesidad de quitarse para poder ponerse a estudiar el siguiente.

—Ya intuyo por dónde va la cosa —dije.

—El caso —prosiguió— es que se encaró con ellos, pero no con uno cualquiera, sino con los dos que vio que hacían de jefes. Y les dijo que ella no tenía la culpa ni había metido a nadie en la cárcel, que por qué le iban a fastidiar a ella el examen y los estudios y qué iba a ganarse así que sirviera para conseguir la libertad de los presos políticos.

—Ya me caía bien, pero ahora me cae aún mejor —dijo Salgado.

—Según me contó ella luego, estaba algo nerviosa, por la noche sin dormir y demás, pero no se lo dijo de mal rollo. Incluso les señaló el lazo amarillo que llevaba en la cazadora para que vieran que era una de los suyos, que ella no estaba contra los presos, todo lo contrario.

—¿Y qué pasó? —preguntó mi compañera.

—Siempre según ella, pero yo me lo creo, lo peor que podías hacerle a Queralt: la despreciaron. Al principio hicieron como que no la habían oído, luego le dijeron que la República Catalana y la libertad de los presos eran más importantes que los exámenes. Y uno de ellos añadió la chispa que provocó la explosión: «... y que las notas de una niñata».

—Y a partir de ahí... —deduje.

—Ella se encaró con el que la había insultado. Le dijo que dónde veía a una niñata, que ella no era más que una mujer que no se dejaba enseñar por un imbécil machista y que si aquello era su *llibertat*.

—Todo un carácter —dijo mi compañera.

—No os lo imagináis. Acabaron zarandeándola, y ella gritándoles y dándoles puñetazos, hasta que comprendió que no iba a pasar, o más bien se lo hizo comprender alguien que tuvo el valor de interponerse y sacarla de allí, y se acabó yendo rabiosa por donde había venido.

—¿Y luego que pasó? —me interesé.

Germán dio a entender que ahí estaba el giro de la historia.

—Por lo que me dijo, el lazo amarillo ya lo tiró por la ventanilla del autobús, pero lo que la rebotó del todo fue que cuando se lo contó a su padre, incluidos los insultos y los zarandeos, lo único que se le ocurrió a Ferran fue abroncarla por haberse enfrentado y por haber dado la impresión de ser una egoísta que sólo iba a lo suyo y a la que no le importaba el sufrimiento de los presos ni el de sus hijos y sus familiares.

—Me imagino cómo debió de sentarle eso.

—Por lo visto, antes del portazo con el que se encerró en su cuarto, le echó en cara a su padre que también él podía preocuparse algo más por su propia hija, y algo menos por los hijos de los demás.

—Ya veo.

—Con esto creo que tenéis una pista de por qué se llevaba mal con su padre. O por lo menos de cómo empezó a no congeniar con él.

—Algo así no se olvida —dijo Salgado.

—Luego se enteró de que existía nuestra asociación, y un buen día se presentó en uno de nuestros actos. Había que tener valor: nos los revientan todos, los rectores nos ignoran como si fuéramos apestados, cuando no nos ponen palos en las ruedas o nos deniegan todo lo que les dan babeando de gusto o de miedo a los *indepes*, y sólo de vez en cuando aparecen los Mossos para protegernos. Pero allí estaba, en primera fila, con ese pelito liso que despistaba y la mirada de fuego que tenía, que esa sí que te ayudaba a ver en seguida quién era.

Ahí su voz hizo un quiebro. Emocionado, continuó.

—Cuando nos destrozaron el tenderete y se acabó el tumulto, se me acercó y me dijo que quería unirse a nosotros. Yo le pregunté si se lo había pensado bien. Ya veía lo que traía enfrentarse a los intérpretes exclusivos de la voluntad del *poble*, y aunque nos hacía falta sumar gente, de todas las condiciones y todas las ideas, salvo los que nunca iban a estar por la labor de reconocer la diversidad del resto, no podía engañarla ni meterla en un lío para el que no estuviera preparada.

—¿Para qué se tenía que preparar, exactamente? —le pregunté.

—Para eso: para que nos reventaran convocatorias, nos insultaran y a las malas intentaran agredirnos; pero también para otras represalias más sutiles, en cuanto se significara como parte de nosotros. Para que la vigilaran, para que recelaran de ella, le hicieran el vacío en clase o incluso, aunque esto es más raro, para que alguno de los profesores abducidos por la causa le diera un trato peor que a los demás.

—¿Y cómo reaccionó a eso?

Germán respiró hondo.

—Me dijo que no había nacido quien pudiera meterle miedo. Y aún menos entre aquella gente. Y vaya si me lo acabó demostrando.

—¿Por ejemplo?

—Alguna cosa la sé por compañeros suyos de clase, iba dos cursos por detrás del mío. En los debates que se organizaban se encaraba sin pestañear a la mayoría, que iba, cómo no, en el sentido del rebaño, y también al profesor o la profesora si era de la misma cuerda. En los actos, de esto puedo dar fe yo, estaba siempre en primera fila, también para enfrentarse a los de las escuadras de asalto que nos mandaban para intimidarnos. Sabía que imponía, no por su envergadura, sino al revés, por la impresión que causaba ver a una chica que era tan poca cosa, físicamente, y a la vez tan valiente. El matón que a mí me daba sin pensárselo, con ella se cortaba. Y mientras tanto los ponía de vuelta y media, porque además era ingeniosa y tenía la lengua afilada.

—¿Ah, sí? —terció Salgado.

—Sí. Cuando llegaba la refriega los llamaba de todo. Norcoreanos, cosmopalurdos, estrellados, bobotomizados, minions...

—¿Minions?

—Por el color amarillo. Yo le pedía que no se rebajara a insultarlos, que eso era ponernos a su nivel, le insistía en que teníamos que seguir las formas y los cauces legales y democráticos que ellos no seguían. Si no nos reconocían o no nos daban un local, como a todos los demás, presentar el recurso y llegar a los tribunales si hacía falta. Ese era su defecto, tenía un genio que no controlaba bien, pero también le habían dado motivos para ser así de dura con ellos. Y de los feos, además.

—¿En particular? —indagué.

—Una mañana, cuando era notorio que se había unido a nosotros, aunque no se había significado tanto como lo haría luego, estaba en el baño de la facultad arreglándose en el espejo y se le pusieron detrás tres de las más radicales. De esas que van de guerrilleras de las FARC, aunque los padres pueden tener una casa más grande que la del padre de Queralt, que ya es decir. Se le quedaron mirando sin decir nada.

—Ostras —dijo Salgado—. ¿Y qué hizo?

—Nada, les sostuvo la mirada en el espejo. Hasta que la cabecilla del grupo, con todo el odio que podía vomitar, que no debía de ser poco, le aconsejó que se mirase bien y que se quedara con su propia cara, que cuando la pillaran fuera se la iban a dejar de tal manera que no se iba a reconocer. Así, fríamente, al más puro estilo mafioso.

—¿Y les respondió?

—No habría sido Queralt si se hubiera quedado callada. Les dijo que fueran empezando allí mismo, si tenían cojones. Y que se protegieran bien los ojos, que a lo mejor alguna salía con alguno colgando.

—Es mi heroína —exclamó mi compañera.

—Inés, no estamos aquí para hacer valoraciones —la corregí.

—Qué voy a hacerle. Me cae de puta madre. Yo habría hecho igual.

—Las otras se dieron entonces media vuelta y se largaron —siguió contando Germán—, pero desde entonces Queralt llevó un espray de autodefensa en el bolso. Y no tengo ninguna duda de que lo habría usado, si hubiera llegado la ocasión. Incluso llegué a temerme que lo acabara sacando en alguna situación algo comprometida en la que nos vimos. Le pedí que no lo hiciera, porque si al violento le respondes con violencia empiezas una espiral que no sabes por dónde va a salir.

—Es una juiciosa actitud —observé.

Germán sonrió con amargura.

—No porque yo no tenga genio, ni os voy a decir que a veces no me pida el cuerpo coger a alguno y darle hasta ver quién acaba K. O. en el suelo; pero tengo claro que su desventaja, lo que les va a hacer perder, por muchos que sean, por fuertes que se sientan y por más privilegios que tengan frente a nosotros, son precisamente las formas. Son ellas las que los delatan, las que les quitan la razón y las que al final, por más hábiles que sean para venderse por ahí fuera, los mostrarán a ojos del mundo como lo que de verdad son. Y ahí se quedarán solos.

Compartía, en general, su aprecio por las formas a la hora de tratar con otros y a la de acreditar la legitimidad y la justicia de una causa, también para ayudar a hacerla prevalecer; pero no me olvidaba de que mi misión allí era esclarecer un homicidio. Y para ello, aunque lo que Germán me contaba era interesante y me ayudaba a rellenar el cuadro, lo que necesitaba era información. De modo que traté de obtenerla.

—Has dicho antes que tenías varias cosas que contarnos. Esto que nos has dicho sobre Queralt nos ayuda a conocerla mejor y nos resulta muy útil, por lo que te lo agradecemos. ¿Hay alguna cosa más?

Germán me buscó entonces los ojos.

—Vaya si la hay.

—Adelante —le invité.

—Es algo de lo que me habló Queralt antes de que le diera el siroco ese de hacerse el Camino de Santiago. Que le dio de pronto, y yo creo que en parte por lo que os voy a contar. También había acabado los exámenes, después de hincar los codos como una condenada, había roto con su novio y necesitaba aire fresco y estar sola, o eso fue lo que me dijo.

Germán hizo una pausa. Intentaba ser un testigo fidedigno.

—Me llamó una noche, muy alterada. Me dijo que

aprovechando que estaba sola había estado revolviendo en los papeles de su padre y había visto cosas muy gordas. No sólo que Ferran estaba mezclado con los manejos ilegales del proceso independentista, que eso por entonces hasta ya había salido en algún periódico. También que, por una agenda que le había pillado, trataba con gente y hacía cosas que le habían puesto los pelos de punta. Que le había sacado unas fotos con el móvil. Y que no sabía muy bien qué hacer, si ir a la Policía, si irse de casa, si qué.

—¿Te dio algún detalle de lo que había visto? Nombres, fechas.

—No, sólo me dijo lo que os acabo de decir. Luego colgó, y aunque todavía hablamos un par de veces más antes de que se fuera a hacer el Camino, el tema no volvió a sacarlo, ni yo quise preguntarle. Era algo muy delicado, que creí que era ella quien tenía que decidir con quién quería compartirlo, y no un asunto sobre el que yo pudiera cotillear.

—Me hago cargo —le dije.

—El caso... —fue a decir, y se interrumpió.

Me fijé mejor en él. Aquel muchacho, tan serio, tan valeroso, y tan inusualmente maduro y sensato para su edad, vacilaba de pronto.

—Di, no te lo calles —lo animé.

Ahora sí, sus ojos se empañaron de lágrimas.

—Llevo todos estos días torturándome, preguntándome si no debí haber cotilleado. Si, de haberlo hecho, Queralt no estaría ahora viva.

19

Mal de amores

Le propuse a Salgado irnos a comer a la comandancia. No sólo para acogernos a los precios reducidos de su cantina, que nos permitían una gestión más holgada de las dietas, sino también para tratar de tener un encuentro con el teniente Campillo, de Información, a fin de poner en común sus avances y los nuestros, en interés recíproco. Salgado, fiel a su estilo, arrancó el Range Rover y metió la directa sin rechistar.

—A donde tú ordenes, mi subteniente.

Media hora después estábamos en Sant Andreu de la Barca y poco más tarde cruzábamos la barrera de la comandancia. En el trayecto me aseguré de que podríamos vernos con los de Información, aunque Campillo me pidió algo de margen y reunirnos allí sobre las cuatro. De paso hice otra llamada que tenía aún pendiente y que después de la conversación con Germán me urgía despachar aquella misma tarde para poder centrarnos a partir del día siguiente en Ferran Bonmatí. El exnovio de Queralt, Sebastià, me cogió el teléfono al segundo intento. Tenía una voz atiplada y dubitativa, aun en modo monosílabo:

—*Sí?*

—¿Sebastià Sanromà? —pregunté.

—*Sóc jo, qui és?*

—*Sóc el sotstinent Vila, de la Guàrdia Civil.*

Salgado me miró de reojo, no diría que complacida por mi catalán.

—Ah, eh... *Què vol vostè?* —balbuceó Sebastià.

—Hablar contigo —cambié al castellano—. De Queralt.

Preferí decírselo así: en seco, sin rodeos. Para ver cómo reaccionaba. Lo primero que hizo, y tomé nota, fue abandonar su lengua nativa.

—Yo no sé nada.

—Permíteme que lo dude, Sebastià. Algo de ella sí sabrás, con los años que habéis estado de novios. De eso queremos hablar contigo. Ya tengo en cuenta que Lugo está muy lejos de aquí y asumo que de su muerte no sabes nada. Necesitamos saber más de ella, en general.

—Tendrán que hablar con sus padres. Yo... ya no tenía relación.

—Con sus padres hemos hablado y volveremos a hablar, pero hay cosas que una chica de la edad de Queralt no les cuenta a los padres y sin embargo sí le cuenta al novio, o este lo sabe sin más. Y eso de que ya no tenías ninguna relación con ella, te invito a pensarlo mejor.

—¿Qué quiere decir?

—Tenemos sus chats de WhatsApp contigo. El último mensaje que le mandaste es de una fecha tan poco remota como el jueves pasado.

—Bueno... Yo... No pensé que eso...

—Ya hablamos más tranquilamente del particular. Nos acercamos a verte esta tarde donde nos digas. Un lugar que sea cómodo para ti, no voy a citarte en la comandancia, que está bastante retirada de todo.

—Es que esta tarde tengo...

—Lo que tengas, tendrás que aplazarlo —le corté—. Te recuerdo que estamos investigando un homicidio, y no uno cualquiera, sino el de la chica que fue tu novia durante años. Puedes darle prioridad.

Ahí ya Sebastià no pudo sino percatarse de lo que había.

—Claro, claro, sí. Yo vivo en...

—Sabemos dónde vives. ¿Prefieres en tu casa o en algún sitio cerca?

—Casi mejor en otro sitio.

—Pon lugar y hora, después de las cinco.

—¿Conoce el centro comercial Las Arenas?

—La antigua plaza de toros. Sí, no tiene pérdida.

—Pues allí, en la azotea. Si le parece.

—Me parece.

—¿A las seis?

—Hecho. Iré con una compañera. Americana gris yo, chaqueta de cuero marrón claro ella. A ti supongo que te reconoceremos, pero si hubiera algún problema este es mi número, nos llamamos.

—Eh... Está bien.

—Muchas gracias, Sebastià. Nos vemos en un rato.

Tan pronto como colgué, Salgado me preguntó:

—¿Y a este cómo lo ves?

—Cagado, no muy listo. Si tengo que apostar, inocente.

—A veces la primera impresión engaña.

—Por eso, olvida lo que te acabo de decir y obsérvalo con toda tu atención cuando lo tengamos delante. Como si no supieras nada.

—De lo que le dice a la chica en el chat no puedo olvidarme.

—No estará de más que lo tengas a mano. Por si nos ayuda.

Durante la comida, recibí un wasap de Chamorro. Era un informe breve de situación con el resumen de las diligencias del día, entre las que me interesaba sobre todo la toma de manifestaciones a Hernán y a sus amigos. En síntesis, el mensaje bastaba, pero preferí llamarla para que me lo ampliara con los detalles. También estaba comiendo.

—Lo principal lo tienes ahí en el wasap —se ratificó—. El chat de WhatsApp que nos ha entregado Hernán coincide con el de Queralt, no ha borrado un solo mensaje. También nos ha permitido sacar su historial de llamadas y de mensajería y las fotografías que tiene en la memoria. Queralt aparece en una docena de ellas. Nada que resulte *a priori* inquietante. Sólo en una de ellas, la más reciente, se intuye que ha habido algo entre ambos. El interrogatorio lo ha resistido bien, no ha caído en contradicciones, y eso que Cerdeira le ha dado caña.

—¿Y los otros dos?

—La chica, Adela, más sobrada que ayer. Impaciente, por si perdía el tren. Cerdeira la ha puesto en su sitio un par de veces, pero no se ha movido tampoco un milímetro de lo que nos había contado. Y Diego, el novio, empiezo a dudar que tenga voluntad propia. Un calco de lo que nos ha dicho ella. La coartada la respaldan al cien por cien. Los hemos encontrado en las imágenes que tenemos, por cierto. Iban un poco por detrás de Queralt, pasaron por la última cámara cerca de la hora estimada de la muerte, siempre juntos y en actitud normal.

—Nuestra compañera gallega no estará muy contenta.

—No creas, al final la he visto tomárselo con filosofía.

—¿En qué sentido?

—Dice, y no le falta razón, que cuando el laboratorio nos dé el ADN y salga el de Hernán, como cabe prever, habrá ocasión para meterles otro meneo, y que habrán tenido tiempo para darle al coco y perder la calma, si están implicados, y nosotros para reunir más material.

—Entiendo que los habéis llevado a Santiago a coger el tren.

—Como quedamos con ellos. Y he llamado a Madrid para que me comprueben de forma discreta que cada uno vuelve a su olivo. Para que no se nos escabullan y saber dónde encontrarlos, si llega el caso.

—¿Y qué me dices que tiene Arnau?

—Han sacado otro número de la matrícula del Kia.

—Bárbaro. ¿Sabemos ya el nombre del titular del vehículo?

—A lo mejor esta tarde tenemos algún candidato, al menos. Se me olvidó comentarte: los de apoyo técnico ya tienen la lista de todas las líneas de móvil que se engancharon a las antenas de la zona ese día. También será cuestión de horas que accedamos a los titulares.

—Bien, la cosa avanza —festejé—. Felicita al equipo.

—De tu parte.

—¿Con Cerdeira bien?

—Nos vamos tomando la medida. Es buena, y sabe lo que hace.

—Me quedo tranquilo entonces.

—Y a vosotros, ¿qué tal, os ha cundido la mañana?

—Diría que sí. Ya entiendo por qué Queralt estaba tan enfadada con los suyos. Y parece que algo sabía sobre su padre que a este no le venía nada bien que supiera. Tenemos que ahondar aún, ya te contaré lo que nos encontramos, pero ahora te dejo comer. Que aproveche.

—Igualmente.

El teniente Campillo se las arregló para liquidar lo que tuviera que hacer antes de lo que preveía y me llamó al móvil a las tres y media para avisarme de que ya estaba en la comandancia. En ese momento, Salgado y yo terminábamos de comer y le invité a unirse a nosotros, por si de paso quería picar algo o simplemente para tomar el café.

—La comida me la salto hoy. No tengo hambre. Y así pierdo algo.

—Ese truco no funciona —le advertí.

—Ya, ya lo sé. Pero deja que me haga la ilusión.

Fue, pues, un café compartido que alargamos el tiempo necesario. También podíamos habernos buscado una sala de reuniones, pero la cantina era grande y no estaba demasiado concurrida una vez que había pasado la hora del almuerzo, por lo que nos ofrecía un espacio tan bueno como cualquier otro para mantener una reunión de trabajo. Además, tanto Campillo como nosotros teníamos la sana costumbre de llevar siempre todo encima. Él en una tableta, yo en el ordenador portátil que acarreaba Salgado. Ventajas de tener a alguien a tus órdenes.

De entrada, dudé si debía pedirle a mi cabo primero que nos dejara solos. El propio teniente Campillo disipó la duda con una pregunta:

—¿Es quien está aquí trabajando codo a codo contigo?

—Y quien se ha mirado los chats a fondo —añadí.

—Entonces no hagamos el paripé. Ya te imaginarás que lo que tú me cuentes ahora habrá alguno de mi equipo que lo sepa en seguida.

—Lo imagino.

—De lo que no hay necesidad es de ir con el cuento a nuestros jefes.

—Ninguna —coincidí.

—Pues deja que se quede. Y entremos en harina.

Le dejamos leer en la pantalla del portátil de Salgado los mensajes de WhatsApp que se habían cruzado Queralt y su padre. No le permití hacer ninguna foto, pero sí que tomara notas en su cuaderno. No se me escapó que iba apuntando las fechas y horas de determinados mensajes, cuyo contenido resumía luego en un par de garabatos que no me resultaban legibles, recurriendo alguna vez al uso de comillas. Me imaginé que lo hacía para contrastar, cotejar o relacionar con otras comunicaciones de Ferran que obraban en sus diligencias. Cuando dio por terminado aquel ejercicio, cerró el cuaderno y me preguntó:

—¿Qué tal con Germán?

—Bien, ya sabemos cuándo y cómo se jodió la República Catalana.

—¿Cómo dices?

—En el corazón de Queralt, al menos. Un piquete de entusiastas le bloqueó el acceso a la universidad y le impidió hacer un examen.

—Poca broma con esos entusiastas. Que alguno tiene peligro.

—¿Como para reeditar viejas aventuras?

—Ahora mismo no te digo que sí. Pero tampoco que no.

—Hay algo más. Y te va a interesar. A mí me interesa.

Campillo apretó los párpados y dejó sus ojos reducidos a una línea.

—El qué.

Le conté lo que nos había dicho Germán de la llamada nocturna de Queralt, la agenda de su padre, las fotos que le había sacado. Al oír hablar de estas, Campillo dio un respingo y se inclinó hacia mí.

—Por tu madre, dime que tienes esas fotos.

Sacudí la cabeza.

—Las estamos buscando. No están en el vaciado del móvil. Hemos pedido que nos miren a ver si están en la nube o en alguna cuenta.

—Me cago en... —rezongó.

—No desesperes. Quizá acaben apareciendo.

—Mientras no me den luz verde para hacer una entrada y registro, no podré incautar esa agenda. Tenerlas sería para mí oro molido.

—Soy consciente. Y tú lo serás de que para mí también.

—No sólo de eso. Acabas de dar con una razón concreta para que alguien quisiera cargarse a tu chica. Sabía lo que no debía, y no podía excluirse que lo contara a quien todavía debía saberlo menos.

—Exacto.

—¿Cuándo vas a ver a Ferran?

—Mañana. Más no puedo retrasarlo.

Campillo se pasó la mano por la frente.

—Tenemos que coordinar eso.

—Espero tus indicaciones. Y algo más.

—¿Eh?

—Cambio de cromos. Nosotros nos hemos enrollado.

Campillo dudó. Lo vi bastante más agobiado que en Lugo.

—Ya, ya... Es que se me multiplican los frentes en estos días.

Podía entenderle. También me había visto así alguna vez, sobre todo cuando aún estaba en Información. Traté de echarle un cable.

—No quiero complicarte la vida, mi teniente. Dime solamente lo que quieres que aproveche para preguntarle, ya que voy a tenerlo delante y tú no, y por dónde te parece que podría ir eso que descubrió Queralt y a quién podría perjudicar, además de a su padre. Y si se te ocurre quién es más probable que tomara una medida tan drástica, quizá sea un primer paso para montar formalmente una operación conjunta, con permiso de los dos jueces, y así dejamos de hablar de tapadillo.

—Eso lo veo muy verde, todavía. Tu juez es novata y puedes hacer con ella lo que quieras, supongo, pero el mío no lo es. Y mis jefes son muy suyos con eso de abrir a otros las operaciones de Información.

—Me consta, pero a lo mejor no hay más remedio.

—Vamos a seguir arreglándonos tú y yo como podamos. Al final somos los que nos comemos el curro, que es lo que importa.

No me parecía del todo mal como sucedáneo.

—Como quieras. Pero danos algo, anda. Nos lo debes.

Campillo dejó salir un suspiro.

—Está bien. Por lo que me dices, me inclino más, en principio, por alguna mugre vinculada a Guenadi. El mafioso, para entendernos.

—El malote.

—Malos son los dos, y mafiosos también, pero consideremos al otro como un empresario y a este como el fontanero de las cloacas.

—¿Por qué él?

—Por lo que me cuentas, lo que vio la chica en la agenda tenía que cantar mucho y a cualquiera. Yevgueni, el empresario, actúa de forma sutil, aparentemente irreprochable. Sabemos lo que es y lo que hace por otras fuentes, algunas de fuera: desde que vive en España, aquí no le han puesto ni una multa de aparcamiento. Guenadi, además, tiene más a mano el personal necesario para hacer una faena como esta. No digo que Yevgueni no pueda movilizarlo, sólo que quizá tardaría.

—¿No tendrás alguna información sobre ese personal?

—Tenemos bastante. Pero no me dejarán compartirla.

—¿Entonces?

—Hagamos al revés. Cuando te aparezca alguien, pásamelo.

—Eso me va a dar mucho menos resultado.

El teniente declaró su impotencia.

—Ahora no puedo ofrecerte más. Deja que negocie con mi jefe.

—Está bien, pero ponle ganas, anda.

—Haré lo que pueda. Y si no, que se lo pida el tuyo.

—Tengo más confianza en tu gestión. Hazle ver que estáis en deuda con nosotros. Y que podéis estarlo más, si encontramos la agenda.

—Así le voy a impresionar poco. La deuda la tengo yo.

—Desde luego —le recalqué—. Y no dejaré de recordártelo.

Campillo cayó entonces en la cuenta de que algo se le olvidaba.

—La otra cosa, ya que mañana vas a verle, y ya que

no te identifica con nosotros, sino con la investigación de la muerte de su hija...

—No estés tan seguro de eso.

—En cualquier caso, tú no eres yo. Hoy por hoy, yo no puedo ni acercarme a preguntarle, y si lo hiciera pasaría de mí. En cambio tú no sólo puedes, sino que tienes que hacerlo, y él sabe que no puede darte largas ni dejar de atenderte. ¿Le vas a enseñar alguno de los chats?

—No hay razón para ocultárselos. Ya sabe que los tengo.

—Pues apriétale, como quien no sabe nada. O mejor —cambió de idea súbitamente—, como quien sabe lo que dicen los periódicos. Eso está a tu alcance, como de cualquiera. Y analiza sus reacciones.

—Ya íbamos a hacerlo —metió baza Salgado.

La mirada que en ese momento le dirigimos los dos, por distintos motivos, la disuadió de volver a abrir la boca. Campillo añadió:

—En este punto, y voy a serte muy sincero, tengo una duda. No sé si Bonmatí utilizó a sus contactos rusos para medrar en el organigrama independentista, o si los rusos lo utilizaron a él para teledirigir, en la medida de lo posible, un proceso que desestabiliza a un país que es de los grandes de la Unión Europea, y por tanto a la misma Unión.

—Las dos cosas son posibles a la vez —dije.

—Y acabaremos ahí, seguramente, pero para mi investigación es importante saber qué fue primero, el huevo o la gallina. La gravedad del asunto cambia en un caso o en otro. Y también la envergadura del objetivo. Para nosotros, Bonmatí es un pez molesto, pero pequeño.

—Para mí todavía no sé lo que es, pero pequeño, no.

—Pues eso, a ver si le sacas algo. Si fue él quien los llamó o si lo tienen en nómina y le dieron instrucciones que tuvo que cumplir.

—No sé si podré llegar a esas honduras.

—Siempre puedes intentarlo. Aunque sea indirectamente.

—No pierdas de vista lo que te he dicho antes. Si Queralt acaba siendo una víctima de esa conspiración, tendremos que coordinarnos con todas las de la ley. Y no descartes que con otro juez al frente.

—¿Audiencia Nacional, quieres decir?

—Organización criminal que delinque en varias provincias...

Campillo me imploró que me apiadara de él.

—Tío, no anticipemos. Bastante me duele ya la cabeza hoy.

—¿Quieres una aspirina?

—¿Llevas?

—Siempre.

—No te digo que no.

Así, con una aspirina que se tomó con un vaso de agua y un pincho de tortilla, para no tragársela con el estómago vacío, terminó nuestra improvisada sesión de trabajo con el teniente. Una hora después, y tras dejar el coche en el parking subterráneo, salía con Salgado a la azotea del centro comercial Las Arenas, desde la que se disfrutaba una vista espléndida de la ciudad. Sobre todo por la parte de Montjuïc, con las dos torres venecianas de la Exposición Internacional de 1929 en primer término y el Palau Nacional y la peculiar antena de comunicaciones de las Olimpiadas del 92 al fondo. Mi compañera quedó fascinada.

—Guau, ¿y ese pedazo de edificio?

—Se levantó para la Exposición Internacional de 1929 —expliqué—. Hoy es otra cosa, la sede del Museu Nacional d'Art de Catalunya.

—Ah, que también lo utilizan para su rollo ahora.

—Desde hace tiempo. ¿Para qué lo iban a utilizar si no?

—Tú me entiendes.

—Inés, te advierto que ahora te voy a estar vigilando.

—¿Y eso?

—Este chaval a lo mejor trae un lazo amarillo en la ropa. Y si no, lo traerá en la cabeza. Compórtate. O mañana no vienes, te lo juro.

—Haré el esfuerzo. Si él se corta un poco, vamos.

—Y si no, también. Estás avisada.

Sebastià Sanromà llegó sobre las seis y cinco, algo sofocado. No traía ningún lazo amarillo sobre la ropa, que era toda buena y de marca.

—Disculpen, me he encontrado mucho tráfico —se excusó.

—No te preocupes, nosotros apenas acabamos de llegar. Y tutéanos, si lo prefieres. Yo me llamo Rubén y mi compañera, Inés.

—Encantada —le dijo, con una sonrisa angelical.

—Vamos a ver dónde podemos sentarnos.

El lugar más a propósito, una cafetería no demasiado abarrotada, daba al otro lado, a la ciudad y, al fondo, a la montaña del Tibidabo. Le dejé que escogiera el sitio y se sentó dándole la espalda. Me puse justo enfrente. Mirar aquel paisaje me traía un aluvión de recuerdos.

Sebastià se pidió una cerveza. Ganas no me faltaron de hacer yo otro tanto, en recuerdo de los viejos tiempos y en homenaje a Robles, pero pudo más la exigencia de preservar la compostura y la imagen de la empresa y me pedí un Vichy con hielo y una rodaja de limón. Inés me secundó, mientras me fijaba en aquel chico. Era un joven de buena planta, bastante más atractivo que Germán, hasta donde mi aburrida y gris heterosexualidad me permitía apreciarlo. No dejaba de darse un aire a Hernán, aunque era algo más bajo y mucho menos enérgico. Lo que me costó fue encontrarle la mirada, que tenía huidiza y abatida.

—Te agradezco que nos atiendas, lo primero —le dije.

—No me ha parecido que pudiera elegir —repuso.

—De todos modos.

—No sé, qué quieren que les cuente yo.

—Podemos empezar por cualquier sitio. ¿Por qué lo dejasteis?

Sebastià bajó aún más los ojos.

—Me dejó ella, para ser más exactos.

—Bueno, eso. ¿Por qué te dejó?

—Dejamos de ver las cosas de la misma manera.

—¿Me lo puedes desarrollar un poco?

El joven nos midió con recelo.

—No estoy seguro, a lo mejor se molestan.

—Tutéanos. Y no nos creas tan susceptibles. Aquí mi compañera y yo estamos ya curados de espanto. Y este es un país libre.

—Como el sol cuando amanece —apostilló Salgado.

La fulminé con la mirada. Me pareció que recibía el mensaje.

—Tal vez se lo ha contado ya su padre, ahora que lo pienso —dijo entonces Sebastià, en una tentativa de evitarse aquel trago.

—Me interesa ahora lo que me cuentes tú.

El exnovio de Queralt decidió sincerarse.

—Supongo que ya lo saben. Ella había cambiado mucho. Se puso del lado de los enemigos de Cataluña. Y yo eso no lo puedo hacer.

—¿A quién te refieres con la palabra «enemigos»?

Sebastià reunió valor.

—A quienes no aceptan reconocer la voluntad democrática de los catalanes. A quienes nos encarcelan y nos apalean y nos persiguen.

—A mis compañeros y a mí, por ejemplo —deduje.

—Usted sabrá.

—Dime de tú, por favor —le pedí—. Quitémosle hierro al asunto.

—Me cuesta. Yo estaba allí el 1 de octubre, ¿sabe?

—Y te apalearon...

—A mí no, pero vi como maltrataban a la gente. Todo el mundo lo vio. No me va a negar lo que todos hemos visto con nuestros ojos.

—Cada ojo se fija en lo que quiere su dueño, y ve más grandes unas cosas que otras. ¿Sabes por qué vemos la luna enorme cuando sale?

—No, la verdad.

—Porque a los monos de la sabana de los que procedemos lo que les preocupaba sobre todo era la línea del horizonte, por donde venían sus depredadores. Por eso magnificamos lo que está cerca de ella.

—No creo que me vaya a convencer, con todo el respeto.

—Ni lo pretendo. Seguramente tú tampoco a mí, pero por suerte podemos prescindir de intentarlo, lo que aquí nos reúne es otra cosa. Tengo una pregunta, si puedo hacértela con toda franqueza.

—Usted dirá.

—¿Tan importante es una discrepancia política como para romper una relación de años? Si eso es todo, me cuesta entenderlo.

—Tendría que preguntarle a ella. Para ella, por lo visto, sí.

—O sea, que no hubo nada más.

—No.

—¿Seguro?

—Hombre, alguna vez no me tomé muy bien que me dijera que me habían lavado el cerebro y que por eso era incapaz de darme cuenta del disparate que era todo. Pero yo la quería. Intenté arreglarlo.

—Ahí quería llegar, Sebastià. Inés, ¿me lees lo que te dije antes?

Salgado sacó el portátil del portafolios que llevaba en bandolera. Lo abrió, tecleó rápidamente la contraseña, clicó y leyó de corrido:

—«Te has vuelto una fascista y una soberbia, pero no

puedo vivir sin ti. No puedo soportar que me desprecies de esta manera. Si no lo arreglamos, no sé qué locura voy a acabar haciendo. Te lo juro».

La tez de Sebastià adquirió un tono carmesí.

—¿Así es como intentabas arreglarlo? —le pregunté.

De pronto le faltó el aire.

—Hosti... ¿De dónde han sacado eso?

—De su teléfono, ya te dije que lo teníamos.

—Cuando lo escribí no sabía lo que decía.

—No es la única amenaza. Se conoce que durante muchos días no lo supiste, o por el contrario que sí lo sabías y dejó de importarte.

—No, yo le juro...

—No sé ella, pero yo no necesito que me jures nada. Lo que a mí me hace falta, para olvidarme de ti, como deseo, es que me convenzas. La situación es la siguiente: tu exnovia ha aparecido muerta y con signos de violencia y tenemos constancia de que la amenazaste, no una sino varias veces. Estoy dispuesto a creer que sólo estabas despechado y que se te fue la olla, eres un buen chaval, un universitario con todo el futuro por delante y sin antecedentes. Pero tendrás que ayudarme.

—¿Cómo puedo...?

—Cuéntanos con pelos y señales dónde has estado en estos días. No sólo dónde estabas el jueves pasado, sino antes y después. Permite que examinemos a fondo tu teléfono móvil y veamos toda tu actividad. Si no, podemos conseguir una orden judicial para quitártelo y fisgarlo aunque tú no nos des permiso. Dime algo que haga que te crea.

—No me he movido de Barcelona, tengo testigos.

—Haznos una lista. Y no te olvides de uno solo.

—Se la haré.

—¿A qué más estás dispuesto?

—Les dejaré ver el teléfono, si quieren, pero no me lo quiten.

—Nadie va a quitarte nada sin una orden judicial. De momento no te consideramos sospechoso ni investigado. Por eso te propongo que nos ayudes por voluntad propia, para no llegar siquiera ahí.

—Yo... —gimió.

—Tú qué, Sebastià.

—Nada, que he sido un gilipollas, joder —rompió a sollozar—. No habría podido tocarle ni un pelo, mucho menos hacerle... Hacerle eso. Me lo merezco, me cago en mi vida, por ser tan imbécil, me merezco que estén aquí avergonzándome de esta manera... Queralt, ¿por qué? Nadie te iba a querer nunca como yo te quería. *Quina merda*...

—Nadie quiere avergonzarte —le aseguré.

—Qué más da, soy yo el que se muere de vergüenza.

—Sebastià.

Enterró la cara entre las manos y empezó a llorar como un niño, con hipidos y temblores. Crucé una mirada con Salgado. En su semblante había una compasión inesperada. Antes de que la invitara a hacerme alguna seña, movió despacio la cabeza a un lado y a otro. No podía sino estar de acuerdo con ella. A partir de ahí, todo lo que alargáramos aquel trámite era perder el tiempo. Lo agarré por el hombro.

—Sebastià, esto es lo que vamos a hacer. Te vamos a citar mañana a primera hora en la comandancia, ven con tus padres si quieres. Habrá alguien preparado para tomarte declaración y para hacer copia del contenido de tu móvil. Nos traes la lista de las personas que pueden respaldar tu coartada, y sólo la usamos si es necesario. ¿Te parece?

Alzó hacia mí sus ojos arrasados en lágrimas. No daba crédito.

—¿Lo dice de verdad?

—De verdad lo digo. Y vas a hacer otra cosa.

—¿El qué?

—La próxima vez que te deje una novia, la borras del WhatsApp.

—¿Y eso es todo?

—Por ahora. Y estate tranquilo. Que nadie va a apalearte.

Cuando volvimos a vernos los dos en el Range Rover, Salgado me dedicó un gesto de complicidad. No era de callarse lo que pensaba.

—Vaya sofoco que se ha llevado la criatura —dijo.

—No les enseñamos a ponderar el valor de las palabras —dije yo—. Las usan al tuntún. Alguien debería advertirle a este chico que igual que una palabra basta para sanarte, otra muy bien puede hundirte.

—Y mañana, ¿quién le atiende?

—Le pediré a la capitán que me deje a alguien con experiencia. Ya le diremos lo que queremos. Por lo que acabamos de ver, se trata sólo de documentar que no dejamos de seguir el hilo y que no va más allá.

—Perfecto. ¿Qué hacemos ahora?

Le leí el pensamiento. Tampoco era muy difícil.

—¿Te apetece ir a la playa?

—Creí que no lo ibas a decir nunca.

—Pues vamos allá. Arranca.

La guie hasta la playa de Somorrostro, donde había varias opciones para invitarla a cenar. La cuenta no iba a caberme en las dietas, ni con el ahorro que había hecho en el almuerzo, pero me pareció que se lo debía. No sólo por cómo se había comportado durante la entrevista con Sebastià, sino por cómo había dado el callo desde el principio.

Antes de sentarnos, dimos un paseo. La playa estaba llena de gente, y la temperatura era aún lo bastante suave como para que algún audaz osara meterse en el agua. Aproveché el paseo para hacer un par de llamadas: al comandante Ferrer, para darle novedades, y a mi madre, para pedírselas. A continuación me las arreglé para escribir y enviar varios wasaps sin tropezarme ni caer. Uno a Pereira, poniéndole al día de las nuevas bazas con las que íbamos a ir a interrogar a Bonmatí; otro a Ferran, pidiéndole audiencia para la primera hora que pudiera el día siguiente; y otro a la capitán Morata, para solicitarle apoyo con el exnovio de Queralt. Finalmente, le escribí a Chamorro, eximiéndola de darme el parte diario si no había avances reseñables. Me respondió en seguida, pidiéndome que habláramos por la mañana temprano.

Zanjadas estas obligaciones, busqué con Salgado una terraza que fuera agradable para cenar mirando el mar. Cuando estuvimos en la mesa, me quedé sumido un instante en una especie de ensoñación. Me venían imágenes, rostros, sensaciones de otros días vividos allí.

—Qué jodido es el amor —dijo de pronto mi compañera.

—¿Por qué lo dices?

—Por ese pobre chaval. Para mí que sigue colado por ella.

—Ah —se me escapó.

—¿Por qué creías que lo decía? ¿Tienes acaso tú también algún mal de amores? ¿Alguna novia que esta playa te recuerde, tal vez?

Era incorregible. Y lo último que yo pensaba hacer era contárselo.

—No quieras saberlo. Anda, piensa mejor qué te apetece cenar.

20

Mientras sigas siendo bueno

Los primeros dos años en Barcelona, vistos en retrospectiva, no sólo fueron buenos, sino tal vez, una vez superado el brusco aterrizaje, los más plácidos y apacibles de mi vida. Cuando evoco mi descubrimiento de la ciudad y sus alrededores, los primeros pasos de Andrés, incluso los primeros muertos que me tocó resolver a las órdenes de Robles, esto es, lo que llenaba aquellos días, la imagen que mi memoria me devuelve está impregnada de una sensación de conformidad y de una luz que se parecen mucho a lo que cualquier ser humano tomaría por los vestigios de una época feliz. La madre de mi hijo no acababa de adaptarse al entorno, pero había cambiado su rechazo inicial por una curiosidad algo más constructiva. Para ello fue decisiva la influencia de Consuelo, que también era allí forastera pero no dejaba de buscar los alicientes que la existencia pudiera depararle en cualquier lugar. Mi hijo era un niño agradecido, que una vez que dejó atrás sus problemas respiratorios no nos dio el menor disgusto. Y trabajar con Robles era una oportunidad continua para el aprendizaje. No había conocido, ni volvería a conocer, a alguien con tanta capacidad de calar y ganarse a la gente. A toda ella, sin excepción, salvo quizá, no puedo dejar de pensar ahora, a sí mismo. Lo que, como cualquier persona consciente sabe, no es una carencia insólita, sino todo lo contrario.

En cuanto a mi propia integración en la tierra que me acogía, había sido más rápida y natural de lo que esperaba. Con el idioma pronto tuve la soltura necesaria para leerlo y entenderlo sin dificultad: sólo era cuestión de no dejar de buscar lecturas en catalán y de escuchar la música y las emisoras de radio de la tierra. Por aquel entonces di con algunos poetas, como Espriu y Margarit, y ahondé en algunos otros que ya conocía, como Ausiàs March o el cantautor Raimon, que muy pronto aprendí que los catalanes consideraban suyos y que los valencianos juzgaban que se los apropiaban sin derecho, ya que en ambos casos era el valenciano su lengua materna. Sobre la cuestión de si esta lengua y el catalán eran la misma o diferentes, y cuál anterior, desistí de hallar una respuesta ante la enconada discusión que el asunto suscitaba. Me ayudó a sortear el conflicto la anécdota que se contaba de un poeta de Valencia, Vicent Andrés Estellés, que cuando volvió de su primer viaje a Barcelona y le preguntaron si se había entendido con los catalanes, respondió que sí, que por suerte todos hablaban en valenciano.

También me resultaba grato el trato con la gente. Aunque mi fluidez con la lengua a la hora de hablarla no era tanta como mi aptitud para entenderla, no dejaba de intentar intercalar alguna frase de vez en cuando, lo que pude ver que en los catalanoparlantes con los que me encontraba suscitaba una gratitud y una simpatía casi inmediatas. Y cuando mis prestaciones lingüísticas no eran suficientes y hablaba en castellano, la mayoría me acompañaba con esa cortesía que es común entre seres racionales, y que únicamente aquellos que padecen algún desarreglo de la sensibilidad o la voluntad se precian de omitir. Sentía a menudo que había ido a parar a una comunidad donde imperaban la pulcritud, el esfuerzo y el sentido común. Y como sabe cualquiera que haya tenido ocasión de conocer otras, es en esa clase de comunidades donde la vida se desarrolla con menos sobresaltos y sinsabores.

No es que no percibiera, bajo la superficie y frente a esa tendencia general, otras maneras de afrontar la existencia. Por mi trabajo, tenía un conocimiento singular de los estratos subterráneos, en los que tanto en Cataluña como en cualquier otro sitio había corruptos, desalmados y repulsivos jugadores de ventaja. No me parecieron entonces tantos como los años acabarían desvelando, cuando finalmente salieron a la luz los delictivos manejos en los que no dejó de incurrir con fruición ninguna de las siglas que administraban fondos públicos. En especial, aquellas que envueltas en proclamas patrióticas, que atemperaban a conveniencia en el Parlamento nacional con el propósito de engordar su porción de tarta presupuestaria, llevaron la sisa de los recursos del contribuyente al extremo del pillaje sistemático. Por entonces aún les funcionaba el camuflaje, o quizá era que en pro de la concordia, que tantas y tan repartidas rentas generaba, se les escrutaba menos.

Tampoco dejaba de notar que había quien miraba con menguado aprecio no sólo lo que yo representaba, sino también a quienes habían llegado a Cataluña huyendo de la pobreza que en tiempos asolaba sus pueblos de origen en Andalucía o Extremadura. La displicencia en el trato al inmigrante o a quien de él descendía, con todo, era anecdótica y pocos la exhibían a cara descubierta. El discurso dominante era el de una sociedad integradora, que se había enriquecido con los esfuerzos de las personas ambiciosas y emprendedoras venidas de fuera y que les debía gratitud por su contribución a la prosperidad de Cataluña. Como en lo anterior, bajo esta superficie había en algunos corazones, y no eran pocos, una visión menos amable, que asomaba a veces en esos deslices que propicia el subconsciente, y que merman las facultades que todos los humanos tenemos para el bendito arte del disimulo.

En todo caso, ninguna de esas señales alcanzaba, ni mucho menos, la intensidad necesaria para causarme incomodidad. Los que habían querido llevar el sentimiento de rechazo por la senda de la violencia estaban neutralizados y no parecían capaces de reconstituirse. Y nada hacía temer que el independentismo subsistente, minoritario o incluso marginal, pudiera algún día conducir a ninguna forma de ruptura. Un guardia civil podía trabajar en Barcelona como en Huelva o Albacete, con la única diferencia de que de vez en cuando le salía al paso una lengua que tampoco era tan difícil y que merecía la pena aprender. Robles, que era el pragmatismo en persona, solía resumirlo así:

—La gente normal, que es la mayoría, aquí y en Tombuctú, sólo quiere lo que todo el mundo: que se la atienda y se la tenga en cuenta, con sus cosas, que no todas son buenas ni gustan, pero lo mismo pasa contigo y conmigo. Si entiendes eso, todo va como la seda. Porque el catalán tiene claro el orden de prioridades. Eso que por ahí abajo, donde yo nací, a veces se pierde de vista. Y así nos luce el pelo.

Había algo de lo que no dejaba de darme cuenta, sin embargo. Por más a gusto e integrado que me sintiera, las amistades más o menos estrechas que había logrado crear se reducían básicamente al círculo de mi actividad profesional y en su inmensa mayoría eran forasteros como yo o descendientes de gente venida de fuera de Cataluña. Y lo mismo le sucedía al propio Robles, aunque llevaba muchos años allí y era un relaciones públicas nato. El paso de la urbanidad a la intimidad costaba algo más que en Madrid o en los lugares de procedencia de mis compañeros. O quizá, volviendo del revés la afirmación, era que los que no éramos de allí propendíamos más a la promiscuidad y la confianza prematura que los autóctonos, que eran más prudentes.

También sobre esto tenía Robles su teoría:

—No es que sean desconfiados, que muchos de ellos lo son. Lo que pasa es que son serios, y les gusta cerciorarse de que una amistad tiene lo que tiene que tener para que merezca la pena apostar por ella. Y luego, claro, están los otros, los que se creen de otra pasta. Pero tontos hay en todas partes, Rubén, y de los tontos más vale no hacer cuenta salvo para no chocar con ellos cuando no miran por dónde van.

Algo se le había pegado a él de aquel carácter, fuera o no ajustado su concepto de los catalanes, y si es que cabe hacerse concepto general alguno de un conjunto cualquiera de individuos. El caso es que no fue hasta comienzos de 1994, poco antes de mi segundo aniversario de boda, cuando Robles me tuvo la confianza suficiente para llevarme a un local de la montaña de Castelldefels. Era un restaurante con unas vistas espectaculares, que regentaba el que me presentó como uno de sus mejores amigos. Se llamaba Tomás Valero pero todo el mundo lo conocía por Travolta, por el tupé poblado y moreno que se preocupaba de mantener siempre en perfecto estado de revista. Andaría por los treinta y pocos años y era un individuo dicharachero y expansivo que había venido de Alicante diez años atrás y que había hecho fortuna en la hostelería, según me hizo saber Robles, hasta el punto de que aquel era sólo uno de la media docena de locales que tenía a su cargo.

Apenas nos vio entrar, supongo que estaba además sobre aviso, se vino hacia Robles y lo abrazó con grandes muestras de camaradería.

—A tus órdenes, mi sargento primero. Cuánto bueno por aquí.

—Eso me lo demuestras ahora en la mesa, sinvergüenza. Que hoy te traigo a un buen amigo y me tienes que hacer quedar como Dios.

—Ah, ¿a quién tengo el gusto...?

—El cabo Bevilacqua. Ahí donde lo ves, el futuro del cuerpo.

—¿Belviqué?

—Be-vi-lacqua —le repitió—. Bebe agua. También bebe vino, y más te vale que se lo pongas bueno. No es italiano, sino medio sudaca, pero lleva toda la vida aquí y sabe distinguir un Rioja del agua de fregar.

—Rubén —dije, tendiéndole la mano—. O Vila.

Su mano, como la de Robles, era cálida y apretaba con energía.

—Los amigos de Rafael son mis amigos. Adelante.

Luego tendría ocasiones, tampoco muchas, de disfrutar de una carta más sofisticada y mejor cocina que las que aquel restaurante ofrecía. A esas alturas, con treinta y un años ya cumplidos, no me había dado nunca un festín como aquel. En el menú que nos ofrecieron, y que no nos dejaron ni siquiera elegir, había de todo, desde jamón ibérico del mejor hasta bogavante, todo ello regado con vino de primera, tinto y blanco. Por la tarde no estábamos de servicio, y en aquellos días la conducción bajo los efectos del alcohol no era aún el delito grave que acabaría siendo, sino una práctica socialmente tolerada, por más que la publicidad institucional la desaconsejase y aun afease. Así que Robles no se cortó ni se privó de escanciar en mi copa tanto el tinto de Rioja como el blanco de Rueda que nos pusieron por indicación de Valero. A la quinta copa, entre uno y otro, me vi en el deber de advertirle:

—La carretera para volver está plagada de curvas, no quisiera darte la sobremesa en el fondo de un barranco, mi sargento primero.

—Bah, eso no va a pasar. Si quieres, ya lo llevo yo.

—Tú te has tomado ya tres copas más, por lo menos.

—Tengo poderes. Mantengo el rumbo incluso macerado en alcohol. A ver si te crees que hace veinte años éramos tan melindrosos.

—Una cosa, por cierto —le dije, bajando la voz.

—Qué te aflige, mi pequeño saltamontes.

—¿Esto quién lo va a pagar?

—Yo, naturalmente. No creerás que soy tan cutre

como para invitar y luego partir la cuenta. Me he hecho algo catalán, pero no tanto.

—Me parece un exceso. Barato no te va a salir.

—Deja que mis excesos los decida yo. Tú ocúpate de los tuyos.

—Está bien.

—Y si no lo está, te va a dar lo mismo. Anda, disfruta, que no todo va a ser vivir aperreado. Estás en el Mediterráneo, que no se te olvide, la cuna de la civilización, el vino y el placer. A tu salud, sudaca.

Correspondí al brindis pero no vacié la copa, un detalle que Robles advirtió con disgusto cuando volvió a rellenar la suya. Tras poner otra vez la mía a nivel, me dejó caer con una ironía algo esquinada:

—No te contengas, cabo. Que no pienso propasarme contigo.

—Es que ya ni le noto el sabor.

—Qué flojos sois los jóvenes. Lo llevamos crudo con vosotros.

—Si tú lo dices...

—Lo digo, sí. Al final, de poco sirve empeñarse en luchar contra la naturaleza. La vida, lo siento por los curas de todo tipo, es lo que es y hay que aprender a torearla. De nada sirve andar poniendo cercas por todas partes para que no entre. La vida se cuela siempre. Siempre.

No pude callarme lo que me pasaba por la cabeza.

—La ley no deja de ser una cerca, tampoco.

—¿Y?

—Que se supone que nosotros somos los guardianes de esa cerca.

Robles me miró con los ojos nublados por el alcohol.

—Lo somos, sí —admitió al fin—. Pero para servirle de algo a la gente hay que aprender a serlo con cabeza y con sentido. No como un autómata al que le dan cuerda y que no puede elegir nunca. Uno de los males de nuestra empresa ha sido que ha habido mucho perro fiel, empeñado solamente en ser la voz de su amo y demostrarlo. Hay que evolucionar, lo que importa es ser capaz de resolver los problemas.

—¿Y eso en qué se traduce?

—Ahora mismo, en saborear este vino. Hay otra cosa que tienes que meterte en la cabeza, Rubén: el que vive amargado y quitándose todo lo que le da gusto, acaba sirviendo de muy poco al resto. Así, no sólo se te echa a perder el carácter. También se te funde la sesera.

A pesar de los vapores del vino, me di cuenta de que aquel era un momento significativo en nuestra relación y de que no tenía nada de casual: ni el momento en sí, ni el entorno donde lo había propiciado. Con una punzada de desasosiego lo constaté. Algo me repelía de aquel Rafael Robles, y no era la intoxicación etílica, que nunca impresiona favorablemente pero que tampoco, en honor a la verdad, lo privaba de modo alarmante de sus facultades. Se trataba de otra cosa, indefinida, que me echaba para atrás y que tenía una raíz más honda. Con todo, su carisma seguía influyendo sobre mí, y era mucho lo que le debía para dejarme arrastrar de pronto por aquella sensación puntual.

Terminada la comida, que alargamos con los cafés, Valero vino a sentarse con nosotros. Como tendría más ocasiones de comprobar, era un tipo que podía ser encantador, con la mezcla justa de frivolidad y de atención a quienes se acercaban a gastar en uno de sus locales. Y sin embargo, desde aquel primer encuentro me inspiró una prevención que me aconsejaba no acortar demasiado las distancias con él.

—Te lo tienes que traer una noche —le dijo a Robles.

—¿A dónde? —pregunté.

—Al paraíso —repuso mi sargento primero—. Ahí donde lo ves, lo regenta este golfo. Todavía no he conseguido entender por qué.

—Porque lo cuido —alegó Valero—. Y porque cuido a quien viene.

—¿El paraíso? ¿Eso existe? —dudé.

El hostelero se puso un dedo sobre los labios.

—No le cuentes más. Tráelo y punto.

—A ver si se deja. Es un hombre de moral elevada.

—¿Acaso hay que bajar el listón moral para ir? —bromeé.

—Basta con dejárselo en casa. Ya lo verás.

Antes de despedirnos, Robles le pidió a Valero que el importe del almuerzo lo apuntara en su cuenta. Tomás asintió gravemente.

—Cómo no. Y ya sabes que te la pasaré.

—No espero otra cosa. Y no olvides incluir la propina.

—Faltaría más.

—Que no me entere yo que les escatimas a los trabajadores.

—Nunca. Por eso tengo los mejores, siempre.

—Hala, dame otro abrazo.

Después de esta experiencia iniciática, y antes de pasar a la siguiente fase, Robles no dejó de abonar con astucia el terreno. Como quien no quiere la cosa, me fue dejando caer aquí y allá que Valero era una de sus mejores fuentes de información, porque por sus locales pasaba mucha gente y bajo su techo se cocían muchas cosas. También me dio a entender que Valero no era un ciudadano irreprochable, como por otra parte era fácil de adivinar, a la vista de lo rápido que había hecho su fortuna; pero que dentro de los que no observaban a pies juntillas lo que la ley mandaba, era de los que tenían principios y vergüenza, y además coincidía que era nieto del cuerpo y que por eso sentía por él un cariño especial. No sólo lo probaba dándonos bien de comer, sino también poniendo toda la información que pasaba por sus manos a nuestra disposición, y más de un éxito de la Unidad de Policía Judicial de la comandancia se debía a esa relación de confianza y cooperación. A Robles le constaba que no me chupaba el dedo y que no dejaría de preguntarle por la contrapartida que Valero sacaba de nosotros. Por eso tenía preparada la respuesta. Y me la dio sin inmutarse:

—En algunos de sus locales sube la facturación porque no todo lo que en ellos se consume es completamente legal. Lo sabe, y sabe que lo sabemos, pero hacemos como si no lo supiéramos. El polvo blanco va a llegar igual a las mismas narices: si no es donde Travolta será en otro sitio, pero con la diferencia de que allí no nos daría rendimiento.

Como la cara que puse no debió de ser de estar convencido, Robles desarrolló la teoría un poco más para que fuera más persuasiva:

—Tú ya sabes las dificultades legales que tenemos para el pago a confidentes. Si cumpliéramos la ley al pie de la letra, sólo podríamos comprar el periódico y ver qué cuenta de lo que buscamos. Hay que ser imaginativo y hacerlo de la manera menos perjudicial posible. Con Valero, está todo controlado. No se nos va a desmandar. Y no pasa un céntimo de nuestras manos a las suyas. Más limpio, imposible.

Aunque me costaba un poco, no dejé de apreciar la lógica que había en el razonamiento. Con la edad que ya tenía, y lo que había visto y lo que había vivido, no era de los que se hacen ilusiones, ni de pureza ni de ninguna otra índole. O eso preferí creer. Ahora que lo recuerdo, comprendo hasta qué punto fui víctima de mi inexperiencia.

Sólo cuando tuvo la seguridad de que el fruto estaba ya en sazón se decidió a dar el paso siguiente. No puedo dejar de anotar que en esos días de abril de 1994, y él lo sabía, porque yo mismo le había dejado entrever algo y el resto le podía llegar a través de Consuelo, atravesaba por una seria crisis en mi matrimonio. Las diferencias las veníamos arrastrando desde hacía ya algunos meses. Aprovechando la visita de rigor durante las Navidades, mi suegra se había empeñado en hacer una eficaz labor de zapa, con dos argumentos estelares: que si el niño se educaba en Barcelona no iba a aprender castellano en condiciones, y que si su hija seguía allí, a remolque de mi trabajo, se iba a perder las oportunidades profesionales que tenía en Madrid. Ninguno de los dos era para mí irrebatible, y así se lo hice saber a Elisa: ni en Barcelona le faltaban opciones para trabajar, ni la inmersión lingüística condenaba a nadie al desconocimiento del castellano, y menos aún con dos padres castellanoparlantes. Pero la fuerza de un argumento depende más de nuestra inclinación a escucharlo que de su peso específico, si es que este puede calcularse. Y algo había hecho clic en la mente de la madre de mi hijo, algo que, hábilmente aprovechado por la suya, dio como resultado su empeño en que pidiera destino en Madrid, ya fuera en la comandancia o en alguna unidad central, para poder marcharnos de Barcelona. Tal vez yo me resistí demasiado, o fui poco comprensivo con sus deseos y sus necesidades; pero sentía que estábamos bien allí y que podíamos vivir en Cataluña algunos años buenos, y me costaba, tal vez eso era lo definitivo, someterme al plan diseñado por otro.

En resumen, que la tirantez y el recelo se habían instalado entre ella y yo, y que, en medio del desconcierto que me produjo la rapidez con que se olvidaban antiguos agravios entre madre e hija, no reaccioné con la inteligencia suficiente y me vi ante los hechos consumados. Un buen día mi mujer vino con una propuesta innegociable: tenía una oferta de trabajo y se volvía a Madrid. Sus padres habían encontrado además un piso, para cuya adquisición podían ayudarla, igual que con el cuidado del niño. Yo podía seguir en Barcelona mientras no tuviera destino en Madrid, yendo y viniendo. La fecha de la mudanza quedó fijada para septiembre. Todavía hoy no sé por qué no di la batalla, por qué no traté de disuadirla. Por qué, en su defecto, no traté de pactar con ella el cómo y el cuándo, en vez de dejar que otros lo fijaran.

No lo sé, pero lo intuyo. Y creo que también lo intuyó

Robles, y por eso aquella noche, tras una vigilancia que había dado buen resultado, y aprovechando que nuestras respectivas no nos esperaban despiertas, me propuso que fuéramos los dos a celebrarlo a un sitio especial. No voy a decir que no acerté a oponerme. Eran las dos de la mañana, me sentía acelerado y sin pizca de sueño y, esta es la fea verdad que la taumaturgia de la memoria no ha podido aún desfigurar para darme una coartada más presentable, me apetecía poco volver a mi casa. Así fue como acabamos aparcando a la puerta de uno de los antros que regentaba Valero, y no uno cualquiera, sino justamente el que en un neón que campaba sobre la fachada se anunciaba como el Paradise.

No estoy ni estaba entonces ciego y apenas me encontré en medio de aquella gran sala con varias barras y una inaudita multitud de clientes, dada la costumbre de los catalanes de recogerse pronto, me percaté de la costra de suciedad que el fulgor de las luces, tan excesivo como el volumen de la música, trataba en vano de enmascarar. Y no me refiero a la higiene de las superficies. El negocio daba el beneficio suficiente como para mantenerlas impolutas, así como para que la decoración del local proclamara desde que uno ponía el pie allí que no estaba en un vulgar puticlub de carretera. Me refiero a otra clase de suciedad, la que chorreaba de la mirada codiciosa de los hombres, la obsequiosidad impostada de los camareros tras las barras y la tristeza de las mujeres acodadas al otro lado, que asomaba bajo sus contoneos, sus vestidos de colores chillones y las risas y aun las carcajadas que soltaban.

Nunca había estado en un prostíbulo por otro motivo que el trabajo policial. Nunca había pagado por sexo, ni entraba en mis esquemas hacerlo. Verme allí, sin una razón inequívocamente vinculada a una investigación, me producía un sentimiento de sordidez. Y sin embargo no le dije a Robles que nos fuéramos por donde habíamos venido. Le seguí hasta una de las barras, le dejé pedirme una bebida y empecé a tomarla mientras profundizaba en lo que allí se mostraba a mis ojos. Me dije que era comprensible que aquello les pareciera a algunos una representación del paraíso, siempre que pudieran hacer abstracción de lo que latía por debajo. Lo que allí había era un muestrario de mujeres que quitaban el hipo, y que se habían hecho de tal modo a tragarse el asco, y las ganas de salir corriendo, que bien podían crear, en quien fuera proclive, la ilusión de colmar todos los deseos imaginables.

Robles no tardó en pegar la hebra con una de ellas, que parecía que lo conocía de otras veces. A mí se me acercó otra. Su cabello era rubio platino, allí no podía saberse si teñido o natural, sus ojos muy claros y su sonrisa blanca y deslumbrante. Cuando le hice ver con un gesto que no estaba interesado en recurrir a sus servicios, me preguntó:

—¿Vienes sólo de acompañante?

—Algo así.

—Tu compañero va a estar un rato ocupado. ¿Qué vas a hacer?

—Me queda bebida. Y hablar nunca me importa.

—Tampoco a mí, mientras esté libre.

—Pues mira.

Noté que se relajaba. De pronto, ni ella era una presa para mí ni yo una presa para ella. Eso abría un insólito mundo de posibilidades en aquel espacio naturalmente destinado a la caza recíproca. No se me había escapado su acento. Era un pretexto como cualquier otro.

—¿Te puedo preguntar de dónde vienes?

—Puedes.

—¿Y me vas a responder?

—Por qué no. Vengo de Járkov, Ucrania. Antes la URSS. Ya no.

—Qué lejos.

—No si vienes en avión.

—¿Viniste en avión?

—No precisamente. ¿Me invitas a una copa?

—Sólo a una. No ando tan sobrado como todos estos.

—Entonces lo valoraré como si fueran tres.

—Y tu nombre, ¿puedo saberlo?

Pareció dudar si debía decírmelo. Nunca sabré si lo hizo.

—Nastia. Viene de Anastasia. ¿El tuyo?

—Rubén. Es así, sin más.

—Mucho gusto, Rubén sin más.

Volví a hablar con ella bastantes veces. Nada más que hablar, y sólo allí. Y lo mismo que con ella, con algunas otras. Una vez que Robles me desveló esa faceta de su vida, no se cortaba a la hora de acudir al Paradise conmigo. La mayoría de las veces la coartada era una gestión policial, algo que tenía que hablar allí con Valero o con alguna otra persona que prefería un entorno discreto y apartado. Pero incluso en esas ocasiones no era raro que Robles desapareciera luego un rato que me veía obligado a distraer de alguna manera. Pensaba a veces, cómo no, en lo que aquellas relaciones y aquellas visitas nos comprometían. En especial, desde que me asaltó la sospecha de que a Robles nunca le pasaban, o no le pasaban entera, la cuenta de las comidas que hacía en el restaurante de Valero, y probablemente tampoco el importe de los servicios personales que recibía en el Paradise. Era un tema escabroso que me costaba abordar con él abiertamente, pero un día acabé por planteárselo de manera más o menos oblicua. Lo pilló al vuelo.

—No juzgues y no serás juzgado —me respondió—. No lo digo yo, sino el Evangelio. Puedes estar tranquilo, sudaca, yo sé dónde estoy y a lo que me debo, y eso es lo primero siempre. Tengo mis flaquezas, como cualquiera, solamente busco la mejor manera de atenderlas.

—Alguien podría tratar de utilizarlas —sugerí.

—Que lo intente. Se llevaría una sorpresa.

—Espero que ese alguien lo tenga claro.

—¿Te refieres a Valero, tal vez? Si intenta algo contra mí tengo para hundirlo quince veces. Y lo haría, no creo que le quepa duda de eso.

—Ojalá.

Robles me observó con expresión afectuosa.

—Tranquilo. Mientras sigas siendo bueno, tú no corres peligro.

Podría decir que era joven e inexperto, que él tenía un ascendiente y una jerarquía sobre mí que me costaba enfrentar y que en aquellos días mi vida personal era ingrata e insatisfactoria. Mi matrimonio resbalaba sin remedio hacia el sumidero, no tanto por el fragor de las disputas como por la frialdad creciente que me inspiraba la persona con la que compartía mi vida, y la que, de rebote, o por otras razones que sólo ella sabía, advertía en ella hacia mí. Sin embargo, si algo he aprendido a lo largo de mi camino es que un hombre que intenta sacudirse la autoría de sus errores y fracasos no sólo está abocado a reproducirlos hasta la extenuación y la catástrofe, sino también impedido para dejar tras de sí algún logro que merezca de verdad la pena. Asumo, por tanto, la responsabilidad que se desprendía de mis actos y de mis omisiones, y que la vida, que tarde o temprano pasa al cobro sus facturas, no iba a dejar de reclamarme. Estaba donde estaba y no se me escapaba que no era el mejor sitio ni la mejor compañía. Y sin embargo, allí seguí.

Una de aquellas noches en el Paradise, Valero me vio solo y vino a hablar conmigo. Lo hizo armado de su mejor sonrisa y con intenciones que no tardó en revelarme. No era de los que pierden el tiempo.

—¿De verdad no hay aquí una sola chica que te guste?

No me pensé demasiado la respuesta.

—Al revés. No hay una sola que no me guste algo.

—¿Y entonces?

—Lo que no me gusta es que haya dinero entre una mujer y yo.

—No te preocupes. A ti ninguna va a cobrarte.

—Eso significa que el dinero lo pone otro. Tampoco me gusta.

—Yo creo que a más de una le caes bien. Lo haría de buena gana.

—Me temo que aquí nunca voy a tener esa seguridad.

Valero simuló estar un poco dolido.

—Siento que desprecias el regalo.

—No. Te agradezco el detalle. No me va, eso es todo.

En ese momento, advertí que algo llamaba su atención detrás de mí. Se puso en pie casi de un brinco y se disculpó precipitadamente.

Cuando me volví, vi que iba hacia un sujeto de mediana estatura, un poco mayor que yo, rubio y con una prematura alopecia. Iba vestido de negro de la cabeza a los pies, con un suéter de cuello vuelto bajo la americana. Ya lo había visto antes allí. Robles me había dicho que se llamaba Oleg y que era un hombre de negocios ruso con el que Valero tenía ciertos tratos. No había conseguido que me dijera más, pero el origen de las chicas del Paradise alimentaba mis suposiciones.

Transcurrieron las semanas, llegó el verano. Un mediodía de junio Robles propuso ir a comer al restaurante de Valero en Castelldefels. Lo hacíamos de vez en cuando, y me toca reconocer, mal que me pese, que yo cerraba los ojos al motivo por el que sospechaba que iba a ahorrarme el gasto del almuerzo. Valero nos recibió con el fervor y la ceremonia de siempre, pero aquella vez hubo una novedad. Apenas nos sentamos a la mesa, acudió a servirnos el aperitivo una camarera a la que no habíamos visto hasta entonces. Era una chica rubia, de veintipocos años, más bien alta, muy hermosa y de movimientos elásticos y delicados. Se la notaba algo nerviosa, tal vez por el encargo de atender a dos clientes que parecían tan importantes.

—Menuda mejora en la plantilla, Travolta —opinó Robles.

—Nada es demasiado para mis amigos.

El comentario de ambos obró el efecto de hacer enrojecer a la chica hasta la raíz de los cabellos. Cuando se retiró, Valero le dijo:

—Muchas gracias, Anna.

Ahí, cuando la vi bajar la cabeza e irse, lo supe. Algo iba a cambiar en mi vida. Lo que no podía imaginar era cuánto, ni hasta qué punto.

21

A mil kilómetros

La llamada de Chamorro me entró a las ocho menos cuarto, sólo un minuto después de salir de la ducha. Había quedado a las ocho en punto con Salgado para desayunar, así que iba a tener que vestirme deprisa si no quería erosionar mi reputación ante mi subordinada. En todo caso, no debía dejar de atender a Virginia. Con el dedo mojado, pulsé el botón y cesó la música que tenía puesta como tono de llamada general. Me había dado por volver a los clásicos y era el *Run Like Hell* de Pink Floyd. Sabía que era un signo inequívoco de decrepitud, pero me costaba encontrar en la música del siglo XXI algo que compitiera con la potencia y la mordedura de aquellos ya vetustos rockeros.

—Has tardado. ¿Te pillo bien? —preguntó Chamorro.

—Sólo cubierto con una toalla.

—Ah, perdona.

—Tranquila. Por suerte nadie puede ver el espectáculo.

—Si quieres que te llame en cinco minutos...

—Me vendrá peor. He quedado ahora con Salgado. Vamos a ir a ver a Bonmatí. Por lo que toca al exnovio, no nos parece a ninguno de los dos que en esa piscina haya agua. Nos van a echar una mano los de aquí para comprobarle la coartada, por cumplir con la formalidad.

Oí el carraspeo de mi compañera en la línea.

—Si lo que tenemos por aquí se confirma, ya puedes olvidarte de él. Te llamo porque anoche y esta madrugada hemos hecho progresos.

—¿Esta madrugada? Ten cuidado, no me vayas a reventar al equipo.

—No lo hemos podido dejar hasta comprobarlo.

—¿Y qué es lo que tenéis?

—Dos hilos, a falta de uno. Y buenos los dos, creo.

—Virgi, por tus muertos, que me tienes en ascuas.

—De acuerdo, ahí va el primero. Tenemos el coche, con un noventa y nueve por ciento de probabilidades. El Kia Sportage que alguien aparcó en Samos y luego condujo hacia Sarria el día de autos.

—¿Nombre del dueño?

—Dueña, una empresa de alquiler de vehículos. Lo alquiló en Vigo, dos días antes, un ciudadano que lo devolvió al día siguiente.

—Dime que tenemos el nombre del sujeto.

—Lo tenemos. Xosé Santórum Olives.

—¿Y qué sabemos de él?

—Cliente habitual. Nuestro, quiero decir. O sea, fichado.

—¿Como agresor sexual?

—No, por narcotráfico. Y no te lo vas a creer.

—Si es bueno, me lo creo seguro.

—No sé cómo calificarlo. Ha sido confidente nuestro. Lo controlaba el equipo de crimen organizado de Pontevedra. Cerdeira ha hablado con ellos, dejaron de utilizarlo hace un par de años. En teoría, tras cumplir la última condena que tenía, se había rehabilitado. Van a verlo hoy mismo para preguntarle qué hacía en Samos justo ese día.

Traté de encajar aquella pieza con el resto del puzle. Me costaba, y encima me faltaba mi dosis de cafeína matinal. Chamorro, que debía de haber dormido bastante menos que yo, estaba más despierta. Y sin darme tiempo a asimilar lo anterior, se dispuso a demostrármelo.

—Por supuesto —prosiguió—, una de las primeras cosas que hemos comprobado es si entre los teléfonos móviles que se engancharon a las antenas hay alguno que podamos vincular con este prenda.

—¿Con qué resultado?

—Negativo. Pero hemos dado con algo interesante. El segundo hilo.

—¿A saber?

—Durante todo ese día, desde por la mañana, hasta el mediodía del día siguiente, aparece enganchada en las antenas de Samos una línea que tiene un titular que no nos cuadra. De ninguna manera.

—¿Quién es?

—Ermelinda Zofiño López.

—¿Una mujer? ¿Y por qué no cuadra?

—Lo hemos comprobado. Ermelinda es una anciana de ochenta y ocho años con demencia senil avanzada. Vive en una residencia de ancianos de Pontevedra, de donde hace años que no ha salido.

—Y tampoco habrá utilizado mucho el móvil, supongo.

—Eso lo sabremos a lo largo del día, espero. Voy a ver a la juez para que me autorice a solicitar el listado de llamadas y los movimientos de esa línea. Y haremos de urgencia las gestiones con la compañía.

—¿Consta algún parentesco con el que alquiló el coche?

—No que hayamos localizado —dijo Chamorro—, pero bien puede haberse hecho con el teléfono aprovechando el estado de la titular. Y si se ocupó de que la cuenta bancaria donde está domiciliado el recibo tuviera saldo, lo ha podido seguir utilizando sin ningún problema.

—Tengo que darte la razón. Los dos hilos prometen —concluí.

—Eso mismo pienso yo.

—Está bien. Yo debo seguir con lo que estaba mientras no tengamos una teoría que me ayude a desecharlo. Te voy a pedir un favor.

—Tú me dirás.

—Ve diciéndome por WhatsApp lo que haya en tiempo real. No voy a pasar estas novedades para arriba, todavía, pero en función de lo que vaya saliendo quizá deba informar al comandante. Y si conseguís algo más, siempre puede venirme bien saberlo cuando hable con Ferran.

—Así lo hago.

—Gracias, Virginia.

—Se las paso a Lucía y Arnau. Son los que se han dejado las cejas.

—Con mi bendición. Que tengáis suerte.

—Tú también.

—A ver si consigo que Salgado se comporte.

—Por si acaso, lleva plan de emergencia —bromeó.

—Lo llevo siempre.

Durante el desayuno, Salgado y yo repasamos el chat de WhatsApp de Queralt con su padre. Tengo que reconocer que me amargó el café. Me dio por imaginar que algún día mi hijo se me dirigiera, por ese o por cualquier otro medio, con un resentimiento parecido. En honor a la verdad, hay que decir que Ferran apenas respondía a los denuestos y las provocaciones, constantes e hirientes, que le hacía llegar su hija, y que sólo en contadas ocasiones reaccionaba de malos modos, nunca con la ferocidad y el desprecio que le demostraba ella. Ni siquiera la experiencia del Camino había atemperado su discurso. A los mensajes que durante esos días le mandó su padre, y que eran principalmente tentativas de reconciliación, replicaba incluso con más aspereza. Por un momento, me sentí más cerca de aquel padre que se tragaba todos los desplantes para tratar de recobrar algún día el amor de su hija que de la justiciera más bien antipática que resultaba ser Queralt en aquella inhóspita y triste refriega paternofilial. Tuve que releer la amenaza apenas velada que había encontrado Salgado, y la otra media docena de mensajes airados que durante aquel intercambio Ferran no había podido evitar hacerle llegar a la sangre de su sangre, para reunir las fuerzas y los motivos que me ayudaran a apretarle en el interrogatorio, más allá de los manejos ilícitos que incumbían al teniente Campillo. Y aun teniendo estos en cuenta, y entendiendo el enfado de la chica, si era verdad lo que le había contado a su amigo Germán, me parecía que se había ensañado en exceso con su progenitor. Traté de ponerme en su lugar y no creí que a un padre que me hubiera querido y se hubiera preocupado por mí, como lo hacía el suyo, pudiera llegar a faltarle de ese modo por las razones que tenía Queralt. Ni por sus ideas políticas, ni por sus reproches, ni siquiera por sus actividades ilegales. Tal vez era porque yo comparaba con un padre que apenas lo había sido.

Llegamos a Sant Just Desvern a eso de las diez y media. Habíamos quedado con Ferran a las once, pero prefería ir con tiempo para poder reconocer la zona y buscar dónde aparcar. Durante el recorrido que hicimos por el barrio me llamó la atención la angostura de las calles, a pesar de ser un vecindario de elevado poder adquisitivo. Luego caí en la cuenta de que cuanto más estrechas fueran las vías públicas, más amplias eran las parcelas privadas y la plusvalía de quien especulara en su día con el suelo. Y el pensamiento me hizo evocar la primera vez que vi Barcelona desde el mirador del castillo de Montjuïc: una ciudad casi sin espacios verdes, una extensión compacta de edificios que no dejaba un centímetro cuadrado sin urbanizar y rentabilizar. Quitando la propia montaña sobre la que se asentaba el castillo y el parque de la Ciudadela, también un antiguo recinto castrense, los jardines públicos eran pocos y testimoniales: el Turó, el Güell, el del Palau Reial.

En aquel barrio residencial, aunque no faltaban los árboles, se tenía una sensación parecida: apenas había espacio para el desahogo del transeúnte. La pendiente de muchas de sus calles añadía al itinerario un plus de incomodidad. En llamativo contraste, tras las tapias de las propiedades privadas se adivinaban algunos espacios de privilegiada amplitud. La factura de los chalés, tanto los antiguos como los más modernos, y la vegetación que asomaba tras los muros, invitaban a imaginar el confort del que disfrutaban los afortunados que podían pagarse una casa allí. Por lo demás, no todo eran mansiones: también vimos bloques de pisos más modestos y viviendas unifamiliares de menor porte e inferior calidad constructiva. Era algo que siempre me llamaba la atención del tejido metropolitano de Barcelona: esa mezcla, a veces caótica, que era una de sus peculiares señas de identidad.

La casa de Ferran Bonmatí no podía estar mejor situada. En lo alto de una de aquellas empinadas calles, una posición que sumada a las tres plantas que alzaba sobre rasante le proporcionaba al piso superior unas vistas que pocos tenían allí. Era una vivienda moderna, de aire racionalista y generosa superficie construida. Para poder adquirir algo así y en aquella ubicación, en la parte alta de Barcelona y no lejos de la Diagonal, había que estar en condiciones de desembolsar una cifra de siete dígitos. No intenté siquiera adivinar cuál sería el primero.

Llamamos al timbre que vimos en el muro, junto a la gran puerta de madera que se abría en una fachada parcialmente revestida del mismo material. Nadie nos preguntó quiénes éramos ni qué queríamos. Se oyó un zumbido persistente que interpreté del único modo posible, empujando aquella puerta que me demostró con su resistencia que no era en absoluto ligera. Deduje que a través del ojo de la cámara nos había visto y me había identificado el propio Ferran. Cuando hube abierto un hueco suficiente, invité a mi compañera a que pasara.

Al otro lado había un jardín umbrío de cuidado césped. Al fondo, a unos quince metros, vimos la puerta de entrada de la casa, en cuyo umbral se recortaba, en efecto, la figura del padre de Queralt. Vestía camisa de color azul cielo remangada y unos pantalones tejanos. Tenía las manos guardadas en los bolsillos. Nos observó así, sin moverse, mientras yo volvía a cerrar la puerta y cubríamos luego aquel breve trecho.

—Ha cambiado de ayudante —fue su saludo.

—Somos un equipo. Nos repartimos las tareas. Esta es Inés.

Ferran la observó de arriba abajo. No pareció desagradarle. Lo vi distinto de la vez anterior, en aquel hotel de Sarria. Menos mermado, un poco más altivo. Allí estaba en su terreno, y sin duda calculaba la impresión que la opulencia de su morada producía al visitante, y en especial a un par de funcionarios de magro sueldo como nosotros.

—Mucho gusto —dijo.

—Igualmente —repuso Salgado.

—He pensado que podemos hablar en la terraza. Hace buen día.

—Donde usted diga. Gracias por recibirnos en su casa.

—Gracias a ustedes por acercarse. No me apetece mucho salir.

—Es comprensible. Tendrá que darse algún tiempo.

—No creo que me dejen. Síganme, por favor.

Rodeamos la casa, que era tan grande como se veía desde fuera, si no un poco más, y desembocamos en un amplio porche donde había una larga mesa de comedor con una decena de sillas y unos sillones de jardín en torno a una mesa baja. Enfrente, separada del porche por un suelo de tablas de madera que la rodeaba entera, había una piscina. No era olímpica, pero tenía bastantes más metros que la mía y no les iba a la zaga a las de muchas comunidades de vecinos. Reparé en el detalle: aunque ya no apetecía excesivamente el baño, no estaba aún cubierta y la depuradora seguía manteniendo su agua limpia y cristalina.

Nos invitó a sentarnos en los sillones de los lados. Él se dirigió al del centro, en el que se dejó caer pesadamente. Entonces nos ofreció:

—¿Quieren un café o algo?

Me apresuré a responder por los dos.

—No, muchas gracias, no se preocupe.

—Mire que yo voy a tomar uno. No me cuesta nada pedir tres.

—No, de veras.

Se inclinó sobre un pulsador que tenía sobre la mesa. Medio minuto después apareció en la puerta del porche una mujer de unos treinta años y origen latinoamericano. Llevaba un uniforme azul oscuro.

—Un café, Daisy, por favor. Para mí, como siempre.

—¿Los señores no toman? —preguntó.

—Parece que no.

La mujer bajó la cabeza y desapareció por donde había venido.

—¿Qué los trae a Barcelona? —preguntó Ferran.

—¿Le sorprende vernos? —se la devolví.

—Bueno, está a mil kilómetros del lugar del crimen.

Advertí la ironía. Iba a tener que bajarle los humos, pero no cuando me lo demandara mi orgullo, sino cuando conviniera a mi trabajo.

—Entre otras cosas, hemos venido a hablar con usted.

—¿Entre otras cosas?

—Sí, ayer ya estuvimos haciendo gestiones por aquí. Provechosas, debo decirle. Nos han ayudado a situarnos en la investigación.

—¿De veras?

—No voy a andarme con secretos con usted. De hecho, también vengo hoy a informarle de dónde estamos.

Mantuvimos una entrevista con Sebastià y otra con un compañero de universidad de su hija.

—¿Han visto a Sebastià? —saltó, inquieto.

—Sí. Pura rutina, seguimiento del protocolo. Las exparejas de una víctima de homicidio, sobre todo si la ruptura está reciente, siempre son personas de interés en la investigación. No podíamos saltarnos esa tarea y no nos la saltamos. En todo caso, puede estar tranquilo.

—¿Por?

—Hay que hacer aún comprobaciones, pero no parece tener nada que ver y nos dio la impresión de que ha comprendido que su actitud ante la ruptura con Queralt fue abusiva y se avergüenza de ella.

—¿Y ese compañero de universidad?

—Germán. Un chico de veras interesante. Me temo que usted no iba a estar de acuerdo con él en algunos de sus planteamientos, pero aun así apreciaría su manera de razonar y de conducirse. Y el afecto que sentía por su hija, para quien sólo tiene palabras de admiración.

—¿Afecto? ¿De qué tipo?

—No me da la sensación de que estuvieran liados, si eso es lo que me pregunta. Más bien parecía una especie de camaradería.

—En fin —concluyó, con disgusto—. ¿Y del caso en sí, qué tienen?

—Estamos esperando los resultados de ADN del laboratorio, que por desgracia no son tan rápidos en la realidad como en las series de Netflix, y estamos siguiendo dos hilos, un teléfono sospechoso que andaba por la zona el día del crimen y un vehículo. Es demasiado pronto aún para decirle mucho más al respecto. Podría ser que nos condujeran a la solución, pero igual pueden llevar a una vía muerta. En este tipo de investigaciones, tan abiertas, pasa todo el tiempo.

Le había dado con toda intención aquellas dos píldoras, que eran a la vez muy concretas y demasiado indeterminadas como para que me comprometieran o comprometieran la investigación. Me interesaba ver cuál era su reacción a la noticia de que podíamos tener una vía, así fuera en estado muy embrionario, para llegar al autor material. Y he de admitir que no me esperaba que me saliera por donde me salió:

—¿Y eso es todo? No parece mucho, para tantos días.

Le sostuve la mirada, que no era precisamente cálida.

—Eso es lo que puedo decirle, por ahora.

—O sea, que hay más.

—Naturalmente.

—¿Y por qué no puedo saberlo?

Ahora sí había perdido levemente el control de sí mismo. Era una buena razón para mantener yo la calma. Se lo expliqué sin acritud:

—Una parte es confidencial. La otra, incierta. No quiero calentarle la cabeza con detalles que a lo mejor acaban en nada. Tenga confianza en nosotros. Repito lo que le dije en Lugo: la familia es nuestra prioridad siempre, sólo por detrás del juez. Y del deber de sigilo que tenemos.

—Bueno —rezongó—, son lentejas. Así que me las comeré.

La sirvienta apareció con el café, en una bonita taza de porcelana, y unas pastas en un plato del mismo material. Los trajo en una bandeja de plata donde vi una servilleta de hilo. Todo hacía juego con aquel jardín estupendo, con la casa sensacional que teníamos a las espaldas. Recordé que treinta años atrás Ferran Bonmatí era sólo un modesto empleado municipal. Los caminos del Señor, en ese itinerario que se les ofrece a los que participan con información privilegiada del festín del presupuesto, son inescrutables. Y sin embargo, en aquel momento, mientras tenía que soportar la presencia en su casa de dos esbirros del Estado al que tanto aborrecía, a pesar de haberlo ordeñado con tanto aprovechamiento, Ferran no daba la sensación de ser un individuo al que uno pudiera envidiar. Más allá de la reciente pérdida de su hija, aquella riqueza material adquiría una dimensión lóbrega, la de una vida que había forzado la mano para alcanzar unos logros que en la hora de la verdad no sostenían a aquel hombre frente a su destino.

—Discúlpeme —dijo—. Ayer fue un día terrible.

—Ya lo supongo.

—No, no se hace una idea. No salvo que haya enterrado a un hijo. Ese amanecer del día después. Ni a mi peor enemigo se lo deseo.

—O sea, ni a nosotros.

Bonmatí acogió mi chiste con una expresión neutra.

—No los considero mis enemigos —dijo—. He estado pensando, desde nuestra charla el otro día. Entre ustedes habrá de todo, como en cualquier otro sitio. Lo que es nefasto es lo que representa el cuerpo al que pertenecen, por lo que ha significado en la historia de España y en particular de Cataluña. Eso marca sin remedio la percepción que se tiene de los que forman parte de él, aunque no siempre sea justo.

Se notaba, nuevamente, que Bonmatí jugaba en casa. También que por algún motivo estaba más crecido que dos días atrás. No supe si era por la rabia, por el dolor o porque había perdido toda esperanza. Los hombres desesperados son más temibles en el cuerpo a cuerpo que los que se dejan llevar por la euforia. Es más fácil que a estos últimos se les nuble la mente, pisen en falso y se caigan con todo el equipo.

—¿Puedo hacerle una pregunta?

—Me temo que la va a hacer igual, y más de una.

—Esta es al margen de lo que me trae aquí.

—A ver.

—¿Qué representa nuestro cuerpo en la historia de España?

Bonmatí puso cara de sabérsela. No dudó.

—Un instrumento de las clases reaccionarias, de los

caciques y del Estado centralista. Una herramienta para negar su diversidad.

Tenía su punto escuchar a un potentado como él hablar de caciques y de clases reaccionarias, pero me abstuve de comentar el detalle.

—¿Y en la historia de Cataluña?

—Lo mismo, más la fuerza de choque siempre a mano para reprimir la expresión de su identidad. La última vez, hace bien poco.

Asentí en silencio.

—No está de acuerdo —dedujo—. Era de esperar.

—Eso que dice casa mal con algunos hechos. Por ejemplo con el apoyo de los guardias civiles a la proclamación de las dos repúblicas, y la defensa de la segunda, incluso en el campo de batalla. Lo que aquí, en Cataluña, les costó el fusilamiento al general y los jefes del cuerpo, por defender además la Generalitat. Tal vez la cosa sea más compleja.

Ferran me observó con incredulidad. Era uno más de los muchos que allí ignoraban aquellos hechos históricos, pese a los términos tan categóricos en que se expresaba a propósito del peso del pasado.

—¿De dónde saca eso?

—De donde está. De los archivos. De la hemeroteca. La tiene toda digitalizada, no hay más que echarle alguna curiosidad. Si me permite, le mando luego por WhatsApp un par de recortes. Una de las muchas fotografías del general de la Guardia Civil de Cataluña con el *president* Companys, en plena guerra civil, que le costaron la vida. Y la primera noticia que salió sobre nosotros en la prensa de Barcelona en 1844.

Mi anfitrión hizo un mohín de desinterés.

—Si le hace ilusión... Historias aparte, ahora están donde están.

—No aspiraba a hacerle cambiar de opinión. Se las haré llegar, de todas maneras, pero es verdad que lo que importa es dónde estamos ahora. Y si no tiene inconveniente, me gustaría entrar en materia.

Su gesto no fue precisamente de alborozo.

—Estoy a su disposición. Aunque todo lo que yo podía decirle ya se lo dije el otro día. No sé qué más puedo añadir que le sirva de algo.

Miré de reojo a la cabo primero Salgado. Hasta ahí, se había portado irreprochablemente. Había encajado las salidas de tono de Ferran sin que se le descompusiera el gesto y aguardaba paciente a que recabara su colaboración. Creí que había llegado el momento de echar mano de ella. Los preámbulos habían servido para remover a Bonmatí y para que se instalara en aquella confortable superioridad moral. No iba a encontrar un terreno más propicio que ese para asestarle el golpe.

—Verá, Ferran —comencé—. Esto es algo embarazoso, y puede que no resulte del todo agradable, pero espero que entienda que es mi obligación preguntarle por lo que le voy a preguntar ahora.

Al oír esto, se puso alerta.

—Inés, por favor —le pedí a Salgado.

Mientras ella desplegaba su ordenador portátil, continué:

—Hemos podido acceder al teléfono móvil de Queralt. En él hemos encontrado bastante material de interés. Hay una parte que seguimos analizando, en especial la que pueda tener archivada en la nube, pero hay datos que son sencillos de encontrar y también de interpretar. Por ejemplo, sus conversaciones de WhatsApp. Su contenido, sin ir más lejos, fue el que nos aconsejó tener una charla con Sebastià, también el que nos ha servido para confirmar la relación que tuvo Queralt a lo largo del Camino con un grupo de jóvenes peregrinos, a los que hemos descartado por ahora como sospechosos. Pero hay algo más.

Bonmatí estaba ahora visiblemente pálido.

—El qué.
—Ya se lo imagina. No borró sus chats con usted.
Se echó hacia atrás en el asiento.
—Ya les dije que estaba furiosa conmigo —alegó.
—Y a veces usted con ella. Eso no es lo que nos preocupa. Soy padre y sé que las relaciones con los hijos no son siempre fáciles, pero hay un intercambio de mensajes que nos ha llamado mucho la atención.
—¿Cuál?
—Inés, léeselos, por favor.
Salgado recitó entonces, con su voz más dulce:
—Esto es lo que le dice su hija el 8 de septiembre, a las 22.13: «A mí no me engañas. Sé lo que estás haciendo y con qué clase de gente. Eres como ellos, o peor que ellos. A veces siento que debería contar lo que sé y lo que he visto, para que te enfrentes a las consecuencias».
Pude ver cómo aquel hombre tragaba saliva.
—Y esto —continuó Salgado— es lo que usted le responde, en esa misma fecha, a las 22.17: «No puedes traicionar a los tuyos. Eso es lo último que hace una persona bien nacida. Antes de hacerlo, piénsalo bien, no vaya a ser que a las consecuencias tengas que atenerte tú».
—Podemos omitir lo que ella le contesta —dije—. No hacemos esto para infligirle un sufrimiento, señor Bonmatí, sino porque necesitamos entender qué es lo que hay detrás de esas dos amenazas. De la que ella le dirige a usted, y de lo que usted le insinúa después a ella.
—No creerá en serio que yo pude tramar algo contra mi hija...
—No he dicho nada de eso. Sólo que necesito entender mejor lo que hay detrás de sus palabras y también detrás de lo que ella le dice.
Por primera vez, reaccionó desabridamente.
—Por Dios, qué va a haber. Dos personas que pierden los papeles en medio de una discusión. Si tienen todos los chats, habrán visto todas las barbaridades que me de-

cía. Trataba de aguantarme, pero no pude siempre. Tengo sangre en las venas, como usted y como todos.

No le respondí en seguida. Como solía decir Robles, hay momentos en los que al interrogado hay que dejarlo cocerse en su propia salsa.

—No me mire de esa manera —dijo—. ¿Me entiende o no?

—Le entiendo, pero necesito entender otra cosa. A ver cómo puedo decírselo sin que sirva para que se irrite más de lo que ya está.

—A lo mejor hasta le sorprende que me irrite.

Tomé aire. Me importaba afinar en lo que venía a continuación.

—Ferran, de esto no hemos hablado hasta ahora. No es el objeto de mi trabajo, o por lo menos no lo era hasta hoy, y tengo claro qué es lo que me compete y lo que no. Pero no estoy fuera del mundo, ni yo ni mi gente. Leemos los periódicos, escuchamos las noticias. De usted se dicen cosas, que pueden no ser ciertas, en este país hay presunción de inocencia y quienes las difunden tendrán todavía que probarlo...

—No mire muy lejos de usted para buscar a quienes las difunden.

—No me mire usted a mí. Yo con eso nada tengo que ver, ya se lo dije en su día; lo mío son los muertos y no he leído que le acusen de matar a nadie. Pero lo que le dice ahí su hija... Tengo que preguntarle, lo siento: ¿qué es lo que estaba usted haciendo y con quiénes?

Bonmatí buscó a toda prisa por dónde salir. Y encontró un atajo.

—No me lo puedo creer. Se acaba usted de cargar ese bonito sermón que nos dio a mi mujer y a mí el otro día en Lugo. Y el que me acaba de endilgar ahora. Ya veo cuál es la verdadera misión que trae.

—No se equivoque, Ferran —le pedí—. Le pregunto de buena fe. Y estoy dispuesto a creerle. Que esté usted detrás de la muerte de su hija simplemente no me entra en la cabeza. A lo que le estoy invitando es a que piense si hay algo en su vida que haya podido empujar a alguien a hacer algo así. Y si lo hay, y si quería a su hija como yo creo que la quería, considere por favor la posibilidad de confiar en nosotros.

—¿Por qué iba a confiar en ustedes?

—Porque si no estaría ayudando a que la muerte de Queralt quede impune. Y no sólo estaría obstruyendo la acción de la justicia. Se lo tengo que decir: estaría yendo contra la naturaleza de las cosas.

Me miró con una cólera apenas contenida.

—Usted no sabe de lo que está hablando. Está sacando de quicio unas palabras de un chat, escritas por una chica que no sabía lo que decía ni dónde estaba. Era mi hija, por eso me duele más, y porque me dolía verla amenazar a los suyos le escribí lo que le escribí. No es una amenaza, es la naturaleza de las cosas, como dice usted: si vas contra los tuyos, antes o después te acabas haciendo daño a ti mismo.

Le observé fijamente. Quería que entendiera lo que iba a decirle.

—¿De verdad eso es todo lo que va a contarme? ¿Todo lo que va a dejar que me lleve de aquí esta mañana para dar con el asesino de su hija? Piénselo bien, Ferran, se acordará de este día para los restos.

Alzó la barbilla. Había tomado su decisión.

—Es lo que hay. No puedo darle lo que no tengo. Lo siento.

—El que lo siente soy yo —dije, poniéndome en pie—. No le hago perder más tiempo, ni lo perdemos nosotros. Tenemos que llegar a la meta igual, aunque nos haga el camino más largo. En todo caso, tiene mi número de teléfono. Siempre puede reconsiderar su decisión de hoy. Y siempre me encontrará dispuesto a hacerle justicia a su hija.

—¿Y ya? —preguntó, desconcertado—. ¿Esto es todo?

—Por ahora. Que tenga un buen día.

Desde el coche, aunque no sirviera para nada, le mandé una de las fotos del general José Aranguren, jefe de la Guardia Civil de Cataluña, con el *president* Companys. Y el recorte del diario *El Imparcial* del 26 de diciembre de 1844, en el que tras la primera actuación de los guardias civiles en Barcelona, en socorro de los vecinos a raíz de unas inundaciones, se destacaba su atención y su abnegación, frente a los malos modos de otros agentes de la autoridad. Añadí un mensaje: «Ese sigue siendo el espíritu, 175 años después. A lo mejor no de todos, pero sí de este que le ha tocado en suerte. Espero que pueda creerme algún día».

Justo después de enviarlo, me entró un wasap de Chamorro. Lo abrí sobre la marcha y cuando lo leí me quedé helado. Literalmente.

22

Mijaíl sin más

Tuve que volver a leer otra vez aquel mensaje de la brigada Chamorro para terminar de entender lo que implicaba. Decidí hacerlo en voz alta para que Salgado pudiera enterarse también de su contenido:

—«Santórum admite que alquiló y devolvió el coche pero niega que él lo condujera. Dice que lo hizo por encargo de un amigo, que le pidió que le hiciera la gestión y le proporcionó el dinero. Un ruso».

—Anda, qué casualidad —opinó mi compañera.

—Demasiada.

—¿Quieres que volvamos y arrinconemos a ese tío? —propuso.

—No, no podemos aún. Voy a llamar a Virginia.

Marqué su número. No dejó que sonara más que un tono.

—Imaginaba que llamarías —dijo.

—Cuéntamelo todo, con pelos y señales.

—Te cuento lo que yo sé, acabo de hablar con el sargento del equipo de crimen organizado de Pontevedra. Al principio les dijo que había alquilado el coche para hacer un viaje por Asturias y Cantabria, pero cuando le contaron por qué le preguntaban, y que el coche lo teníamos grabado en Sarria y Samos, se derrumbó en seguida. Lo que dice ahora es que lo llamó un antiguo conocido ruso y que le pidió el favor. Da a entender que se lo hizo a cambio de una pequeña comisión, por las molestias, y que ya imaginaba que el ruso no quería dejar pistas de su paso por Galicia, pero no que lo quisiera para matar a alguien.

—Vamos a creerle, por lo del ruso, pero no deja de asombrarme la poca cabeza que tiene la gente para prestarse a ciertas cosas.

—Según los compañeros, este anda un poco a dos velas desde que se descolgó de la organización. Le hace falta el dinero y no eligió la mejor manera de sacarse unos eurillos. Tonto del todo no es y se ha dado cuenta del marrón que puede caerle encima. Por eso ha decidido colaborar, aunque nos ha pedido que hagamos lo posible por no dejar constancia en las diligencias de que llegamos al ruso por su soplo. Dice que es un tipo peligroso y que no quiere que los suyos lo enfilen.

—¿Nos ha dado su nombre?

—Sí. El que a él le consta. El de pila. Se hace llamar Mijaíl.

—¿Y eso es todo lo que tenemos?

—Como te puedes imaginar, los compañeros le han apretado para que les dé todos los detalles que sepa de él. Tenemos una descripción física, su edad aproximada y las circunstancias en las que lo conoció. Fue cuando todavía andaba metido en el negocio de la cocaína. Por lo visto, este Mijaíl era intermediario de unos rusos de Barcelona que le encargaban portes al clan de Santórum. Ellos compraban la droga en Colombia, la traían desde América en barcos mercantes y los gallegos recogían los cargamentos en alta mar y se los acercaban a la costa.

—¿Y eso tiene algún viso de credibilidad o es un cuento chino?

—Los compañeros dicen que se ajusta a la operativa que tenía el clan y también a la de ciertas mafias rusas. Podría ser verdad.

—¿Y cómo es que lo llama a la vuelta de los años para pedirle eso?

—Santórum dice que él era el encargado de atenderle cuando venía a Galicia. Que lo llevaba por ahí a comer marisco, que al ruso le volvía loco, y que de eso acabaron haciendo amistad. Por eso le llamó.

—Qué historia más rara.

—Si lo miras por otro lado, eso mismo hace más difícil que sea fruto de la invención. Y supongo que no has pasado por alto el detalle.

—¿Cuál?

—«Unos rusos de Barcelona.»

—Ya, ya te he oído. Pero como no nos conduzca hasta ese Mijaíl, el marrón no se lo quita de encima. Imagino que se lo habrán dicho.

—Con toda claridad. Dice que se ofrece a identificarlo.

—¿A partir de qué?

—Sospechosos que tengamos, gente fichada... Lo que sea.

—Yo le apretaría para que pusiera algo más de su parte.

—Los compañeros están en ello. Le han hecho saber que se la juega y que si no tenemos resultados pronto puede encontrarse teniendo que dar explicaciones delante de la juez, y a partir de ahí ya sabe que no va a haber manera humana de mantenerlo fuera de las diligencias.

Pensé tan rápido como me permitía el cerebro.

—Voy a hablar con los de Información. A ver si tienen ellos noticia de algún Mijaíl en el entorno de esos dos rusos con los que se relaciona el padre de la chica. Pero a este no hay que dejar de apretarle. Que no deje de sentir el aliento en el cogote. Es nuestro único vínculo.

—Bueno, algo más nos ha dado.

—El qué.

—El número de teléfono móvil desde el que le llamaba el tal Mijaíl. Arnau está haciendo ahora las gestiones para llegar al titular.

—Por el perfil del usuario, puede ser cualquiera. Prepárate para que sea un indigente o un inmigrante sin papeles. O un muerto.

—Nunca se sabe... ¿Qué tal os va por ahí?

—Bonmatí no ha soltado prenda. Que no sabe nada y no tiene nada más que decirnos. Le he hecho sentir todo lo mal que he podido.

—¿Y qué esperas de eso?

—Nada, por ahora. Nos vamos pitando para la comandancia. Voy a tratar de hablar con Campillo y también con la capitán Morata. A ver si alguno de los dos sabe de un ruso malo que atienda por Mijaíl.

—No desesperes, hombre.

—Yo nunca desespero. Vamos hablando.

Después de colgar, me quedé pensativo. Salgado conducía con la vista fija en la ruta, pero también le daba vueltas en la cabeza a lo que acababa de escuchar a través del altavoz de mi teléfono móvil durante mi conversación con Chamorro. Acabó poniéndolo en palabras:

—Las piezas empiezan a unirse.

—Es pronto aún para decirlo, Inés. Y nunca te olvides de que lo que necesitamos no son convicciones personales, sino pruebas objetivas.

—Yo diría que no estamos en mal camino.

—Primero hay que averiguar los apellidos de ese Mijaíl. Reconstruir luego sus movimientos. Encontrarlo, donde esté ahora. Y una vez que lo tengamos y podamos echarle la zarpa, ver qué nos cuenta, si es que nos cuenta algo. Y hay un detallito que tampoco debes olvidar.

—¿Qué detallito?

—En el cuerpo de Queralt habrá ADN de Hernán. Como este tipo se las haya arreglado para no dejar un vestigio en la chica, lo llevamos crudo para que un jurado le cuelgue el asesinato. Para la gente y para más de un juez el ADN ahora lo es todo: si no respalda la acusación, el jurado tomará el camino del medio, que es absolver. Y más aún con el abogado que lo defenderá. Ten claro que no va a ser de oficio.

—Mira que sabes ser cenizo, cuando te pones.

—Prevengo obstáculos, nada más. Me pagan por eso.

Salgado me miró entonces fugazmente.

—¿Puedo hacerte una pregunta?

—Y dos.

—¿Por qué no has insistido más con el padre?

—Piensa un poco. ¿Por qué te parece a ti?

—Lo he pensado y no lo termino de ver. Hemos hecho un montón de kilómetros los dos para entrevistarlo. Creí que serías más duro.

—No va a ser la última vez que hablemos con él.

—Así y todo.

—Depende del concepto que tengas de dureza —dije—. Le he hecho ver que sabemos que Queralt estaba al tanto de sus actividades irregulares y por tanto que no podemos dejar de preguntarnos si eso está detrás de su muerte. Le he hecho ver, también, que interpreto su silencio como una forma de encubrir al asesino de su propia hija. Ahora tengo que dejar que eso le remueva la conciencia, si le queda algo. Apretarle hoy no nos habría servido de nada. Había tomado su decisión, no ha hecho el camino mental necesario para anteponer la memoria de Queralt a su propia conveniencia. Y puede que no termine de hacerlo nunca.

—Mira que se ve mierda, en este oficio. Pero que un sujeto quiera salvar su culo dejando impune la muerte de su hija es ya el colmo.

—El amor al propio culo es un sentimiento poderoso.

Mi compañera meneó la cabeza, escandalizada.

—¿Tanto?

—Y puede haber algo más.

—¿El qué?

—No descartes que en estos momentos no sea de nosotros ni de la justicia de quien más miedo tenga Ferran Bonmatí. No sé qué habrá pasado por su cabeza desde que supo de la muerte de Queralt, pero en algún momento tiene que haber pensado en la eventualidad de que esos amigos suyos tengan algo que ver con el crimen, si de alguna forma supieron del chantaje al que lo estaba sometiendo su hija.

—¿Crees que él pudo contárselo? ¿Algo tan personal?

—Lo que creo es que esa gente tiene tantos medios como nosotros, por lo menos, para enterarse de algo así sin necesidad de que él se lo dijera. Y que Ferran no debe de ignorar que la posibilidad existe.

—Si así fuera, una persona normal denunciaría, no lo taparía.

Opté por reírme.

—¿Acaso tienes noticia de una sola persona normal?

Salgado dio un respingo.

—Ya lo creo. Yo, sin ir más lejos.

—Es verdad —concedí—. Pero tú eres la excepción, no la regla. Las personas toman a menudo caminos incomprensibles. Por eso tú y yo no hemos dejado de tener tarea, desde hace ya sabes cuánto tiempo.

—Eso sí que no puedo negártelo.

Miré la hora. No debía aplazarlo más.

—Voy a dar novedades a la jefatura. Más vale que estén enterados del derrotero que está tomando esto. Haz como que no oyes nada.

—A tus órdenes. Conduzco y callo.

Llamé primero al comandante Ferrer, a quien le di cuenta ordenada de nuestras últimas actuaciones y de las averiguaciones que desde la víspera había ido haciendo el equipo. Me pidió que tuviera la bondad de pasarle un informe escrito para poder elevarlo al coronel y para que este a su vez mantuviera informado al general Pérez, que por lo visto había llamado aquella mañana un poco mosca por lo poco que avanzaba el caso. El hombre me lo requirió con consideración y haciéndose cargo de que a lo mejor no podía enviárselo inmediatamente. Y como a lo largo de tres décadas de picolicie había tenido ocasión de disfrutar de estilos de mando bastante más destemplados, no pude por menos que prometerle que lo tendría antes de que terminara la mañana.

—Se te agradece, Vila —me dijo—. Ya sabes que tus informes, a lo mejor por eso no los prodigas, tienen la rara virtud de apaciguar a la superioridad. Por eso me permito pedírtelo para salvar esta crisis.

—Prefiero hacerlos sólo cuando puedo concluir algo, pero me hago cargo de que en este caso me va a tocar cabalgar las incertidumbres.

—Tampoco eso se te da mal. Y si necesitas algo, avisa.

—Gracias y a la orden, mi comandante.

—Si quieres te hago el borrador —ofreció Salgado, cuando colgué.

—Gracias, Inés. Me temo que esta tarea es intransferible, y prefiero que te ocupes de otras cosas cuando lleguemos a la comandancia.

También era intransferible lo que hice a continuación, redactar para el teniente general Pereira un wasap a la vez lo bastante corto para que pudiera leerlo y lo bastante largo para que contuviera todas las claves de las que me constaba que deseaba estar informado. Me llevó todo el resto del trayecto hasta la comandancia afinar el texto, que envié justo antes de desabrocharme el cinturón para bajarme del Range Rover.

No llegué a entrar en el edificio. Josetxu Piperrak gritó, desaforado, desde el bolsillo de mi americana para avisarme de quién llamaba.

—Mi general —lo atendí al vuelo.

—Esto va cogiendo cuerpo ya —exclamó, exultante.

—Yo todavía no canto victoria.

—¿Qué sabemos de ese ruso?

—Poco más de lo que le digo en el wasap. No lo hemos identificado aún, estamos tratando de hacerlo por todos los medios. Sí tenemos el teléfono que utiliza, pero no sé yo si eso nos resolverá el enigma.

—Es un principio. ¿Te atienden bien los de Información?

—No me quejo.

—Voy a llamar a su general para que se vuelquen contigo.

—No creo que sea necesario. Me están respondiendo.

—Así me aseguro de que lo hacen al ciento veinte por cien.

—Como usted vea más conveniente.

—Al padre dale tregua por ahora. Vamos a acorralarlo bien antes.

—Esa era mi idea.

—Bien, veo que sigues en forma.

—Y usted, mi general.

—Compadéceme, no te imaginas lo que tengo que hacer ahora.

—Tampoco sé si debo preguntar.

—Otro muermo de acto con el ministro.

—Alguien tiene que ocuparse de él.

—Eso dicen. A ver si algún día les ponen una niñera y nos dejan al resto trabajar un poco. Aquí se van los días en paripés y sainetes.

—Una vez más, no he oído nada.

—Tú no, pero seguro que alguien sí. Si me cesan, ya sabes.

—Espero que sean benignos.

—Gracias por seguir ahí. Y por no olvidarte de informarme.

—Qué menos, mi general.

—Bueno, me vuelvo al circo. Suerte.

Cada vez me resultaba más perturbadora aquella

franqueza que al teniente general Pereira le había dado por exhibir conmigo. Me había acostumbrado durante años a considerarlo un político calculador con una meta diáfana a la que supeditaba todo lo demás. Verlo convertido en una especie de nihilista melancólico era una novedad demasiado aparatosa para poder asimilarla así como así. Al final iba a resultar que Kavafis tenía razón en el poema aquel. No había que darse ninguna prisa por llegar a Ítaca. Y una vez en ella, el empeño crucial era buscar un argumento para convivir decorosamente con la decepción.

Le pedí a Salgado que, mientras yo redactaba el informe para el comandante Ferrer, hablara ella con los de Policía Judicial de la comandancia, a fin de averiguar si había algún Mijaíl del que tuvieran noticia y que pudiera encajar con el que buscábamos. Tan pronto como terminé el informe, que no me llevó más de quince minutos escribir, pero al que tuve que dedicarle otros quince para revisarlo, llamé a Campillo.

—Dime, Vila —fue su resolutivo saludo.

—Tengo un nombre para ti.

—¿Ah, sí?

—Mijaíl.

—¿Mijaíl qué?

—Mijaíl sin más, por ahora.

—No me jodas, tío.

—Treinta y tantos años, entre uno ochenta y uno noventa.

—Sigue habiendo un ejército entero con esas características.

—Trabajamos para poder daros más detalles. Estaba en Galicia el fin de semana pasado, si nuestros informes son correctos. Y tuvo, quizá en una vida anterior, alguna implicación con el narcotráfico de la zona.

—Poco me das, pero con eso ya puedo jugar algo.

—Lo antes que puedas. Te lo van a pedir de arriba.

—Ya me lo han pedido. Estaba esperando tu llamada.

—Perdona, mi señorito me pidió un informe urgente.

—¿Qué tal con Bonmatí? Os vimos llegar. Y hay alguna foto chula que os hemos hecho con el buga, por si la quieres de recuerdo.

—Tampoco me gustan tanto los coches.

—Dios le da pan a quien no tiene dientes. Anda, cuéntame.

—No tengo mucho que contar. Se ha enrocado.

—¿Cómo que se ha enrocado?

—Le leímos los chats. Le dejé ver que sospechaba de sus negocios y de sus amistades. Incluso algo más, que ya estábamos empezando a tener algún hilo que seguir sobre el terreno. Y nada de nada.

—¿No se ablandó siquiera?

—Al revés. Se hizo el digno. Por cierto, creo que se huele que andas detrás de él. Lo digo para que lo sepa tu equipo de seguimientos.

—Con eso ya contamos desde el principio. ¿Y no dudó nada?

—O lo disimuló muy bien. No va a soltar prenda. No por ahora.

—Vaya por Dios. Contaba con que le sacarais algo.

—Dame a ese Mijaíl y vuelvo con la caballería. A lo mejor así se lo piensa mejor y consigo que se venga abajo. Tampoco prometo nada.

—Está bien, pongo a mi gente a ello.

—Gracias, mi teniente.

—¿No tenéis todavía resultados del laboratorio?

—Esperándolos estamos. Tienen un atasco mediano, por lo visto. Como de costumbre. No se les puede pedir que den más de sí.

—Mueve esos hilos que tienes. A ver si te cuelan.

—Es una idea. Pero procuro no abusar.

—Yo que tú ni me lo pensaba.

La recomendación de Campillo me sirvió de empujón. Cediendo a un impulso, le mandé otro wasap a Pereira para preguntarle si había alguna posibilidad de que le dieran prioridad a las muestras del caso de Queralt Bonmatí en el laboratorio. No esperaba ni mucho menos una respuesta inmediata, sabiendo del compromiso en que estaba ocupado en aquellos momentos, pero de alguna forma se las arregló para ver el wasap y contestarme sobre la marcha: «Doy la orden».

En ese momento me acordé de alguien. Lo había conocido quince años atrás, durante la investigación de un homicidio, y lo había vuelto a ver cuando me tocó ocuparme del asesinato de Robles. Él también había medrado, como Pereira. Ahora era comisario, y algo más que eso: la purga de los mandos de los Mossos d'Esquadra que habían mantenido una actitud dudosa durante el referéndum del 1 de octubre lo había elevado, tras la intervención de la autonomía por el Gobierno central, al número tres del cuerpo, del que no lo habían destituido las autoridades autonómicas, de ideología independentista, restauradas tras las elecciones. Me pregunté si recordaría aún aquellos lejanos días en los que ambos habíamos compartido fatigas como sabuesos de a pie. Desde entonces su número de teléfono móvil estaba en la agenda del mío. A un investigador de homicidios no se le concede la opción de ser tímido, de modo que lo busqué y lo marqué directamente.

—Válgame Dios, Vila, cuánto tiempo —dijo, apenas descolgó.

—*Senyor comissari* —dije yo—. No has borrado mi número.

—¿Y por qué iba a hacerlo, compañero?

—Últimamente no paran de recordarme cómo os apaleamos.

—No me hables de eso. En fin, a mí no me pegasteis.

—Me alegra. Y también que te ascendieran.

—Ya ves, pensé que iba a durar dos telediarios, pero aquí sigo.

—No te preguntaré cómo está el ambiente.

—Raro. Pero cuándo no ha estado así. ¿Qué te cuentas?

—Estoy en Barcelona.

—Anda. ¿Contra quién?

—Todavía no lo sé. Te llamo por si pudieras echarme una mano, en recuerdo de los viejos tiempos. Si tus jefes no te lo prohíben.

—Mis jefes pueden prohibirme lo que quieran. Yo y muchos como yo tenemos claro que lo que va a misa es lo que digan los jueces, tanto si les gusta como si no. Y a un amigo siempre se le echa una mano.

—Tal vez prefieres que no lo hablemos por teléfono —apunté.

—Ostras, tú. ¿Qué vas a pedirme?

—Nada ilegal ni comprometedor, te lo aseguro.

—No sé yo, ahora me dejas con la duda. ¿Qué hora es?

—Casi las dos.

—¿Dónde estás? ¿Te iría bien comer?

—En Sant Andreu de la Barca, en la comandancia, pero me pongo en media hora donde me digas. Siempre que sea en Barcelona, claro.

—¿Te va bien Gavà Mar?

—Por qué no.

—Tengo allí un restaurante de confianza. Siempre me hacen sitio. Le digo a mi secretaria que llame y te confirmo por wasap.

—Perfecto.

Fui a buscar a la cabo primero Salgado, que estaba con el equipo de la capitán Morata buscando Mijaíles. Le pedí las llaves del coche.

—Aquí tienes. ¿Se puede saber a dónde vas?

La capitán no pudo evitar levantar la vista de la mesa.

—Voy a ver a un antiguo amigo. También tuyo, mi

capitán —dije, alzando la voz y mirando en su dirección—. El *comissari* Riudavets.

—Bueno, más tuyo que mío —observó—. Dale recuerdos.

—¿Cómo están las relaciones? —le pregunté.

—Con él, bien. Es un profesional. Con casi todos, en realidad. Los que tienen dos dedos de frente se han dado cuenta de que un policía no puede ir a rebufo de los políticos. Que eso lleva al despeñadero.

—Voy a ver si nos echa una mano con nuestro hombre misterioso.

—Por si acaso, no le des demasiados detalles —me aconsejó.

—Solo el que le convencerá. Que es sospechoso de homicidio.

—Bien traído. El que estuvo en homicidios no lo olvida nunca.

—Eso mismo he pensado yo.

—Pues nada, que vaya bien. Seguimos buscando por aquí.

—Gracias por el apoyo, mi capitán.

—No hay de qué.

Y volvió a sumergirse en sus papeles. Era curioso lo que cambiaban a una persona unos pocos años fisgando en las miserias criminales de la sociedad y de las gentes. De la oficial bisoña y aún dubitativa que había conocido no tantos años atrás apenas quedaba nada en Morata. Era una veterana ya, tan de vuelta de todo como para no dar mucha importancia a ninguno de los avatares de su trabajo. Ni a lo que se le ordenaba hacer, ni a lo que se hacía al margen de ella, como aquella reunión que me había montado sin preocuparme de consultarla.

Tardé un poco en hacerme a la manada de caballos enfurecidos que se arrancaba en estampida cuando uno pisaba el pedal del acelerador del Range Rover, pero una vez que me acostumbré a su brío, debo anotar que me resultó placentero conducirlo por la autopista hasta la playa de Gavà, atravesando una vez más aquel paisaje que me traía tantos recuerdos. Llegué hasta la C-31 y la tomé hacia Tarragona. Tras rebasar el desvío del aeropuerto, vi los carteles del antiguo camping de Viladecans, ahora abandonado. En tiempos, antes de la ampliación de las pistas y la apertura de la T1, lo había conocido en funcionamiento. Un hueco más en mi geografía personal para añadir a la colección.

El restaurante en el que me había citado Riudavets no estaba lejos de allí. Era un espacio diáfano, con dos de sus paredes de vidrio y unos globos de papel naranja colgados del techo que le daban un aire cálido y acogedor. No vi que estuviera en la sala y pregunté por su reserva. El maître me indicó la mesa, situada en un rincón discreto.

Vi venir al comisario Riudavets apenas cinco minutos más tarde. Caminaba deprisa, con la americana abierta y el teléfono móvil en la mano. Parecía, todavía más que la última vez que le había visto, un ejecutivo en mitad del tráfago incesante de su ajetreada vida. Me puse en pie, y apenas llegó a mi altura me tendió una mano con la que un segundo después intentó pulverizar mis dedos. Por suerte, recordaba aquella costumbre suya y estaba en guardia cuando se los ofrecí.

—Tío, estás igual —me saludó.

—Mientes casi tan bien como esos que no te han cesado.

Rio de buena gana.

—Empiezas fuerte, ¿eh? Dame un poco de tregua, *nen*.

—No te preocupes. Prometo no volver a sacar el tema.

—Oye, que aquí no hay censura. Y la última vez que barrieron los míos este local tampoco encontraron ningún micrófono oculto.

—Eso me tranquiliza.

—Disculpa el retraso. Tendrás hambre, ¿no?

—No te has retrasado tanto. Y soy de natural ascético.

—Como buen caballero castellano.

—Castellano-rioplatense, para ser más precisos.

—Anda, mira a ver qué quieres. Aquí todo está bueno.

Una vez que pedimos, con esa desenvoltura que aplicaba Riudavets en todos los ámbitos de la vida, quiso hacerme una confidencia.

—Compañero, tú no te imaginas el calvario que hemos pasado.

—Algo puedo imaginarme. A pesar de la distancia.

El comisario puso gesto serio.

—Ha habido un momento que todos venían a por nosotros. Los de Madrid primero y luego los de aquí, después de que nuestro antiguo jefe dejara a estos aventureros en la estacada. Alguna cosa no se hizo como se debía haber hecho, no te digo que no, igual que los tuyos no anduvieron todo lo finos que habrían podido estar, pero capeamos el temporal como buenamente pudimos. Nuestra posición era jodida. Eso sí, una vez que ya reventó todo, no lo podíamos tener más claro: primero la ley, luego la ley y por último la ley. Sin ella, un policía se queda en pelotas y a los pies de los caballos. Hay quien no lo entiende, incluso entre los nuestros, pero no podemos actuar de otro modo.

—Sin ley, un policía sólo es un hombre con pistola.

—Justamente. Se lo digo siempre a los míos. Que eso es muy poca cosa para enfrentarse al mundo que nos ha tocado vivir. Y ahora nos vienen curvas, porque estos no se van a quedar quietos cuando se anuncie la sentencia y les caigan unos cuantos años a sus líderes. No tendremos más narices que meternos en medio, y nos van a dar.

—Un sombrío horizonte —dije—. Había algo que yo no podía dejar de preguntarme mientras veía cómo se iba descomponiendo todo.

—El qué.

—Cómo era posible que tanta gente se dejara arrastrar por una peña que llevaba escrito en la cara que no iba a llegar a ninguna parte. De verdad, antes y más allá de lo que cada cual legítimamente crea.

—Eso nos preguntamos muchos. Yo, si me apuras, me siento más catalán que español, no te voy a engañar, y entiendo que haya quien con eso quiera montarse un Estado, pero tampoco me molesta tener que aguantaros hasta el punto de hacer volar todo por los aires.

Lo dijo con una sonrisa. Me constaba que iba sin mala intención.

—Gracias, por la parte que me toca.

—Esto es pequeño, ya se sabía lo poco de fiar que era alguno. Lo que puedo decirte es que había una especie de rabia general, una sensación de que no contábamos como habíamos creído. Algunos, no te digo que no, empezaron a radicalizarse cuando los sumarios se les acumularon en los juzgados. Y esas imágenes al grito de «a por ellos, oé» cuando salían para acá vuestros antidisturbios tampoco ayudaron mucho.

—Nunca falta un patán. Tú sabes que esa no suele ser la actitud.

—Lo sé, conozco tu empresa. Pero costaba y cuesta hacerlo creer.

—En fin, si quieres cambiamos de tema.

—Quiero. Ya me acordaré de santa Bárbara cuando truene.

Se interesó por mi vida de los últimos años, y yo por la suya y las responsabilidades que le incumbían en su nuevo puesto. Sus quejas me sonaron parecidas a las de Pereira. Mucha representación, mucha gestión de personal, demasiado trato con políticos. Escuchándolos a uno y a otro, casi me aliviaba haber sabido fracasar en mi carrera.

Por fin, entramos en materia. No se anduvo por las ramas.

—Dime qué quieres de mí. Si está en mi mano, cuenta con ello.

Le puse en antecedentes y le conté todo lo que sabía de aquel Mijaíl. También hice hincapié en que en aquel momento era el sospechoso más firme de un caso de homicidio. No le hurté de quién: cuando le di el nombre de Queralt Bonmatí, alzó las cejas. Tampoco para él era una muerta cualquiera. En todo caso, se guardó su apreciación para sí.

—Mijaíl, ruso, relacionado con drogas en el pasado —resumió.

—A lo mejor no es ruso de pasaporte —advertí—. Y por las drogas es posible que no lo llegaran a fichar nunca, si supo hacerlo bien.

—Eso abre un universo de posibilidades.

—Soy consciente.

—Pido que me busquen a quien pueda encajar. Tanto de nombre como de apodo. Probablemente nos saldrá más de uno.

—Si puedes mandarme también foto, te estaré muy agradecido.

—Claro, paquete completo. ¿Tienes quien pueda reconocerlo?

En ese momento, no antes ni después, se me encendió la bombilla que ya debería llevar un buen rato alumbrando dentro de mi sesera. Remitía a un lugar y a una fecha de varias semanas atrás. Resultaba imperdonable que no se me hubiera ocurrido relacionarlo antes.

—Con un poco de suerte, sí —le dije a Riudavets.

Y mientras lo decía, ya pensaba cuándo y cómo me iba a desplazar hasta aquel lugar. El inicio del Camino de Santiago y del último viaje de Queralt Bonmatí. El escenario de una batalla. Roncesvalles.

23

Tan a prop, tan a prop

En el final hubo una playa. No podré olvidarlo nunca, y el poder de aquel recuerdo, aunque quizá era lo último que me convenía, me llevó después del almuerzo con Riudavets hasta su arenal extenso y vacío. Estaba demasiado cerca de aquel restaurante de Gavà Mar, justo a la altura de los restos abandonados del antiguo camping. Aparqué el Range Rover en la explanada habilitada al efecto, donde en aquella gris tarde de octubre apenas se veía media docena de coches, y me acerqué a pie hasta el borde del mar. A la entrada de la playa había un letrero que indicaba al visitante dónde estaba: PLATJA DE VILADECANS. Allí fue donde Anna y yo, o yo y Anna, o yo contra ella y contra mí mismo, dimos por concluida nuestra accidentada, breve e intensa relación.

No había casi bañistas, y a medida que uno se alejaba del acceso por carretera eran cada vez menos y llevaban menos ropa. De hecho, los que vi se limitaban a tomar el sol, el poco que dejaban pasar las nubes que se habían ido formando a lo largo de la jornada. La temperatura no era baja, pero tampoco tan alta como para que apeteciera ponerse en cueros. La mayoría de los que estaban allí eran hombres. Aquella playa, sobre todo fuera de temporada, tenía cierta fama de ser un lugar de encuentro para gais en busca de sexo esporádico. Confié en que mi presencia no creara ningún malentendido. Iba lo bastante vestido y se me veía lo bastante absorto en mis asuntos como para que cualquiera de los allí presentes que lo pensara un poco no se confundiera.

La ventaja que tiene haber perdido algo sin remedio es que con el tiempo se acaba alcanzando un armisticio con la memoria, y hasta los instantes más amargos puede uno recordarlos con serenidad y, lo que es más necesario, con gratitud. También sucede que en cada instante, cuando uno lo evoca desde más allá del final, está toda la historia, y lo que te embarga, por encima del dolor, la pérdida o la sensación de error o de fracaso, es la emoción de haberla vivido. Por eso, mientras caminaba por la arena, con el alma mecida por el rumor de las olas, lo que ocupó mis pensamientos, aparte de la investigación a la que debía regresar sin demasiada tardanza, no fue el final, sino todo lo contrario, los comienzos. Por un momento volví a sentir el aguijón de aquella expectativa desbordada e incontenible, aquella incertidumbre a la vez insoportable y deliciosa, cuando Anna ya estaba ahí pero todavía no la tenía en mis brazos. Cuando ya había empezado a desearla, pero aún me torturaba pensando que aquella atracción era tan inoportuna como desaconsejable y no sabía a dónde me iba a acabar arrastrando.

Pude enamorarme de ella porque no era, como las mujeres que me encontraba en el Paradise, una mercancía que podía comprarse con dinero, o que se me ofrecía a cambio de una no enunciada e incierta contraprestación. Anna no procedía del otro confín de Europa, había nacido en Barcelona. Tampoco era una profesional del placer, forzada o voluntaria. Era una camarera como tantas, una chica que después de salir de la escuela de hostelería y pasar por un sinfín de trabajos había acabado recalando en aquel restaurante de Castelldefels. Estaba exenta de la suciedad ominosa que impregnaba el Paradise y a cuantos deseándolo o no participaban en el juego que allí se desarrollaba. En sus ojos brillaba todavía esa luz que en otros estaba ya extinguida.

No puedo decir que Tomás Valero, alias Travolta, no conociera el alma humana. Comprendió en seguida que con las despampanantes rusas, bielorrusas y ucranianas que le servían para enredar a Robles y a tantos otros a mí no iba a enredarme. Y con maquiavélica astucia, se las arregló para ponerme delante justo lo que podía hacerme perder pie. No necesitaba decirle nada a ella. No tuvo que hacerme ningún ofrecimiento como los que ya le había rechazado. Sólo propició que nos encontráramos. Y dejó que la naturaleza siguiera su curso.

Para anotarlo todo, contó con la colaboración, no puedo dejar de sospechar que voluntaria, de mi no menos astuto sargento primero. No fue seguramente una casualidad que después de aquella ocasión en la que Anna nos sirvió por primera vez Robles me invitara a comer más de seguido en el restaurante de la montaña. Al igual que Valero, no dejó de observar mi reacción cuando nos la presentó, y sobre todo las miradas que se me iban hacia ella en cuanto la tenía cerca. Era la de Anna una presencia discreta y magnética a la vez. Servía sin hacer el menor ruido, ni siquiera al depositar los platos sobre la mesa, y sus movimientos eran tan armoniosos y medidos que parecían parte de una coreografía cuidadosamente estudiada. Luego supe que así era, que se ceñía, con disciplina y una voluntad férrea de desempeñar bien su oficio, a lo que le habían enseñado en la escuela de hostelería. La misma actitud se apreciaba en cómo se vestía para el trabajo. Siempre un pantalón negro y una camisa blanca bien abrochada hasta arriba, los dos impecables y sin una sola mancha ni una sola arruga.

No podía ir menos provocativa, pero quizá por eso mismo no podía dejar de mirarla, mientras sentía que bajo aquella ropa tan formal era mucho más perturbadora que lo que pudiera dejar a la vista el más vertiginoso de los escotes. Lo que por ella iba a llegar a sentir, más adelante, es lo más aproximado al amor que me ha inspirado jamás mujer alguna, pero no voy a idealizar lo que hubo en aquellos días primeros, cuando toda nuestra relación se reducía al intercambio que entre un cliente y quien le atiende se produce en un restaurante. Su cuerpo, que apenas se dejaba adivinar debajo del uniforme, despertaba en mí un deseo puro; puramente primario y animal, quiero decir. Y la sensación de que aquella mujer me estaba vedada, no por mi rechazo al sexo mercenario, como las que me tentaban en el Paradise, sino por el riesgo de que la atracción que sobre mí ejercía condujera a otra clase de intimidad y terminara de hacer saltar en pedazos mi ya maltrecho matrimonio, era una circunstancia más que inflamaba mi deseo.

Supongo que en algún momento comencé a pensar por mí mismo en alguna forma de acercamiento. No podía jurar que la gentileza que Anna me mostraba al servirme, y que incluía alguna sonrisa más o menos azorada, fuera más allá de lo que ella entendía que era una atención connatural a su oficio; pero la imaginación humana nunca descansa, sobre todo cuando se trata de acomodar la realidad al molde del propio anhelo. En algún momento, por tanto, debí de empezar a fantasear con la idea de decirle algo. No mientras comía allí con mi jefe bajo la vigilancia del suyo: si inoportuna era para mí la presencia de Robles, más lo era, tanto para mí como para ella, la del hombre que le pagaba el sueldo. Me repugnaba la sola idea de que Anna se sintiera obligada a tratarme con más deferencia de la que pudiera salirle de manera espontánea por el hecho de tener allí a Valero escrutándola. Era casi tanto como hacerla caer en la condición de aquellas mujeres que Travolta despachaba a su clientela en las barras del Paradise.

En todo caso, no me decidí antes de que Robles, que estaba atento a la jugada, me lo sugiriera a los postres de uno de aquellos almuerzos.

—Te noto como ausente, sudaca —me dijo.

—No he dormido muy bien —me excusé.

—Yo creo que no es por eso.

—¿Ah, no? ¿Por qué, entonces?

Sonrió como un zorro al verme pisar la trampa.

—Tengo ojos en la cara. Y varios trienios más que tú.

—¿Y?

—Bebes los vientos por la chica esa. Reconócelo.

Tenía poco sentido intentar con él una negativa frontal.

—Es muy guapa y me gusta, no te voy a decir que no.

—Y si me lo dijeras no te serviría de nada.

—Por eso no te lo digo.

—¿Y no vas a decirle nada a ella?

—Para qué. Tendrá una vida, y sus problemas, y yo tengo los míos.

—Por eso mismo, so ceporro.

—Perdona, pero me he perdido.

—¿No crees que uno tiene en la vida derecho a algo más que estar siempre agobiado por los problemas? Hay que darse alegrías.

—Ya, me lo has dicho muchas veces. Pero esto es más complicado.

Robles me miró con una especie de compasión.

—Al revés, criatura, nada es más sencillo. Estás deseando entrarle y ella está deseando que le entres. ¿Te tengo que hacer un mapa?

—No quiero molestarla. Está trabajando.

—En algún momento saldrá de trabajar.

—Gracias, mi sargento primero, pero no.

Adoptó entonces un tono filosófico.

—Los días que se van no vuelven. Piénsalo, pequeño saltamontes.

No me hacía mucha falta su empujón, pero lo cierto es que a partir de ahí no sólo lo pensé, sino que no dejé de pensar en ello. Al fin, una tarde que no estaba de servicio, di el paso. Fui consciente de que no era un paso cualquiera. Cuando me aposté a la salida del restaurante con mi coche se me dispararon las pulsaciones. No ignoraba, no podía ignorar lo que me estaba jugando. Hay movimientos que una vez que los hacemos nos arrojan por la pendiente de lo irreversible, y aquel era uno de ellos. A pesar de todo, no me moví de allí. A eso de las cinco, la vi salir del local con aire abstraído. Se había cambiado y llevaba un vestido ligero, no demasiado corto, no demasiado abierto, pero que me permitía ver a la mujer que era como nunca antes. Reuní valor y me bajé del coche. Cuando me apoyé sobre él me sentí un poco ridículo, pero pensé que lo habría sido más todavía salirle al encuentro. Tenía que pasar a mi altura, camino de la parada del autobús. Cuando me vio, allí parado, mirándola venir, se detuvo de forma instintiva.

—Ah, hola —murmuró.

—Hola, Anna, ¿cómo estás? —acerté a decir.

—Bien. ¿Y tú? ¿Qué haces ahí? ¿Esperas a alguien?

Se la veía descolocada, pero algo más segura que cuando llevaba el uniforme. Allí, en la calle, no era una camarera que tuviera el deber de agradar al interlocutor. Me animó advertir en ella esa seguridad.

—Sí, estaba esperando. A ti.

Lo solté así, como quien deja salir una bocanada de aire largamente retenida, una bocanada que llevaba semanas aguantando dentro.

—¿A mí? —se extrañó, o no, pero hizo como si le extrañara.

—Sí. Hace mucho calor. Tienes un paseo hasta el autobús. Pensé que a lo mejor no te importaba que te acercara. Pero tú me dirás.

—¿El qué?

—A lo mejor te molesta que te acerque. Si es así dímelo, y me monto en el coche y desaparezco. Lo último que quiero es molestarte.

—Por qué iba a molestarme. Me sorprende.

—Eso no es malo, ¿no?

—A veces no, a veces sí. Depende de la sorpresa.

—Me he atrevido a creer que esta sería para bien.

—Para mal no es —dijo, con un mohín incitante.

—¿Entonces?

—Te agradezco que me lleves. Y si quieres más allá de la parada...

—A donde me digas.

—La verdad es que me apetece un horror tomarme un helado.

—Seguro que conoces un sitio.

—Lo conozco.

—¿Me indicas?

Sin decir nada, rodeó el coche hacia la puerta del copiloto. Sin decir nada, fui detrás de ella, le abrí la puerta y la cerré cuando se hubo acomodado en el asiento y colocado el vestido. No era mi coche, sino uno de la empresa. Era una insignificancia, casi una estupidez, pero preferí y prefiero que no estuviera en ese momento ocupando el lugar donde solía sentarse otra persona. Aunque no fuera aquel un acto inocente, puedo evocarlo como algo más limpio, como lo que ella se merecía y corresponde a lo que acabó representando en mi vida.

La llevé a tomar ese helado en una heladería al lado de la playa de Castelldefels. Luego caminamos sin prisa por el paseo marítimo, bajo un sol de justicia que no nos importó que nos cayera sobre las cabezas. Hablamos de todo y de nada; de su vida, que no era ni había sido fácil nunca: destacando como estudiante, se había visto obligada a dejar los estudios para buscar trabajo y ganarse el sustento desde muy joven. Esa era la espinita que llevaba clavada, me confesó, y el empeño que la empujaba a luchar, poder algún día pagarse esos estudios. Mientras la escuchaba, me sentía culpable por mi carrera universitaria, que a mí sí se me había concedido cursar y que había elegido tan mal y al final desaprovechado por completo.

Era una lectora voraz, y cuando le dije que también a mí me gustaba leer y que buscaba libros en catalán, me enterró bajo un aluvión de recomendaciones. Leía sobre todo poetas, de todos los estilos. Conocía por supuesto a Espriu y Margarit, y me dijo que leyera a Vinyoli, a Riba, a Maria Mercè Marçal. Lo decía con una pasión que la embellecía a cada minuto que pasaba, hasta el punto de que se me hizo casi insoportable tenerla allí, tan cerca, aspirar el olor de su piel y aguantarme las ganas de estrecharla contra mí.

No quise hacerlo, y no porque no lo deseara con todas mis fuerzas, sino por preservar ese deseo: por alimentarlo y hacerlo crecer hasta que no pudiera más, hasta que no quedara más salida que claudicar y reconocer su irresistible poder. De lo que hacía para ganarme la vida le conté lo menos posible. Nada de los años duros en el Norte, nada de las tristes historias y los malos individuos de los que me ocupaba en el día a día. Le conté sólo lo bueno, ese sentimiento de no ser del todo inútil que tenías cuando podías darle consuelo, por poco que fuera, a alguien roto por el dolor. No me preguntó si estaba casado o si tenía hijos por un simple motivo: había oído cómo lo comentaba con Robles y con Valero. Para quienes gusten de la censura de la moral ajena, eso la hacía tan culpable como yo de lo que aquella tarde dio comienzo, en perjuicio de mi compromiso con terceras personas. No es mi negocio ni tampoco mi vocación despachar condenas ni absoluciones; sólo me limito a hacer constar que Anna tenía veintidós años, no le había ido muy bien en la vida ni en el amor y sentía que estaba llamada a algo que no terminaba de salirle al paso nunca. Y aquel estrafalario cabo de la Guardia Civil, que se dedicaba a resolver crímenes pero no hacía ascos a leer poesía, acertó a hacerle creer que podía encarnarlo.

Esa tarde no fui más allá. Después del paseo la acerqué a su casa, un modesto piso en uno de los barrios más humildes de Castelldefels, un municipio en el que, como una contradicción recurrente, coexistían también esos bloques precarios con mansiones ocultas en las montañas donde vivían ricos empresarios, futbolistas y personajes de más oscura fortuna. Me dijo cuál era su piso, el 3.º B, y tal vez para que lo tuviera en cuenta añadió que no vivía sola, que lo compartía con otras dos compañeras. Yo no le dije dónde vivía, pero le dejé el número donde podía localizarme, si le apetecía, en horario de oficina, siempre que no estuviera haciendo alguna gestión en la calle. Por su parte, me dijo con una sonrisa que ya sabía yo el número del lugar donde en horario de trabajo podía localizarla a ella. El sentido de aquel intercambio, para ella como para mí, no podía estar más claro. Quería volver a verla a solas y ella quería volver a verme a solas a mí. Aunque esa tarde volví a mi casa sin que en apariencia hubiera pasado nada irremediable, lo cierto es que habíamos cruzado, ambos, el punto de no retorno. A mi hijo aquella noche le llevó dormirse algo más de lo que era habitual, y mientras lo paseaba arriba y abajo por su pequeña habitación, no pude evitar sentirme culpable. Un mínimo anticipo de lo que iba a venir.

Me llamó a la mañana siguiente y, como lo que ha de suceder nunca se ve frustrado por contratiempos banales, yo estaba en la oficina. La conversación fue breve, casi apremiante. La sincronía, absoluta.

—Mañana tengo el día libre —me dijo.

—¿Sí?

—Sí. Quería preguntarte algo.

—Dime.

—¿Te podrías escapar?

—¿El día entero?

—Lo que puedas.

—Puedo lo que quiera. Me deben horas a mantas.

—¿Quedamos a desayunar?

—¿Dónde?

—En la plaza de Cataluña.

—De Barcelona... —deduje.

—Sí. Me gustaría enseñarte algo.

—Dime lugar y hora.

Me dio el nombre de una cafetería y me propuso que nos viéramos a las nueve. A esas alturas, ya solamente podía darle una respuesta.

—Allí estaré.

No fue difícil negociar con el comandante que me diera el día libre. En aquella unidad las jornadas eran potencialmente ilimitadas, y la contrapartida era que cuando podía hacerse sin perjuicio del servicio no te solían negar que te tomaras un día de licencia. Por lo que toca al frente doméstico, la comunicación entre la madre de mi hijo y yo era cada vez más reducida. Ella estaba volcada en su próximo traslado a Madrid, todo el día colgada al teléfono hablando con su madre de las cuestiones domésticas que la mudanza planteaba. Cada día que dejaba que ambas organizaran a su manera mi casa, después de permitir que esta la pusieran mis suegros, menos espacio me quedaba a mí en ella. Y yo no dejaba de darme cuenta, pero cada vez me importaba menos. Lo único que me importaba era no perder el contacto con mi hijo, una preocupación que en las semanas siguientes iría todavía a más.

Recuerdo como si fuera ayer aquella mañana de verano, aquel paseo solitario a primera hora por mitad de las Ramblas, camino de la plaza de Cataluña. Había ido con tiempo, había dejado aparcado el coche cerca del puerto y aún faltaba media hora para la cita. Remonté muy despacio el paseo, desde el Gobierno Militar, pasando por el Liceu, la Boquería, la Virreina, hasta la fuente de Canaletas y la plaza. Se me fueron grabando todos aquellos lugares, que ya había visto muchas veces, como si fuera la primera. Ninguna imagen posterior ha podido superponerse a la que captaron mis ojos y registró mi corazón aquella mañana. Mientras caminaba, dejando que me agasajara el frescor de la brisa, me dio por pensar que después de todo la vida era un regalo maravilloso que no sabíamos apreciar como debíamos. Lo era porque al final de aquel paseo me aguardaba una mujer de la que ya estaba enamorado, a la que no había tenido que perseguir, rogar o asediar y que tampoco estaría allí por el sucio reclamo del dinero. Pero lo era, sobre todo, porque esa felicidad era esencialmente efímera: igual que ahora podía sentirla en mis manos, con esa calidez y esa intensidad, un día no estaría, se habría ido, y con ella yo mismo y también Anna, e incluso el recuerdo de que ambos habíamos pasado por el mundo y por aquellas calles. La vida podía ser maravillosa, hasta ese extremo, por una razón sobre todas las demás: porque íbamos a perderla.

Me presenté en la cafetería a las nueve menos cinco y ella ya estaba allí. Se había puesto un vestido estampado, se había soltado el pelo y estaba tan guapa que me costó articular palabra. Al verme llegar se puso de pie, y al hacerlo se estiró nerviosamente el bajo del vestido. Ahí supe que estaba perdido, sin remedio. No iba a poder evitar quitárselo, si ella se avenía a permitírmelo. Sin embargo, después de darnos un par de besos en las mejillas, nos limitamos a tomar el desayuno como si fuéramos dos amigos o dos compañeros de trabajo. Nos pedimos los dos un café con leche, *pa amb tomàquet* y un zumo. Luego ella propuso pedir un segundo café, al que no me importó acompañarla. Apenas recuerdo de qué hablamos mientras estuvimos allí. Estaba demasiado embobado mirándola, acostumbrándome a la chica que era fuera de esa faceta de su vida donde yo la había conocido. Lejos de la camarera discreta y taciturna, aquella otra Anna era apasionada y locuaz.

Cuando acabamos el segundo café, me adelanté a pedir la cuenta. Me puso la mano encima del brazo y me dijo, con tono resuelto:

—A desayunar te he invitado yo.

No dejaba ningún resquicio a la controversia, de modo que no me opuse. Tan pronto como hubo pagado, me tomó de la mano y me dijo que la acompañara. En ese instante la habría seguido al fin del mundo, pero me llevó mucho más cerca. Fuimos a visitar dos librerías: Laie, en la calle Pau Claris, y La Central, en la calle Elisabets. Me contó que lo hacía casi siempre que tenía el día libre, irse allí y curiosear durante horas los libros. Nunca compraba más de uno en cada librería, pero los hojeaba por decenas. Aquella mañana se empeñó en regalarme a mí los dos. Escogió un libro de relatos de Carme Riera, *Te deix, amor, la mar com a penyora*, y otro de poemas de Joan Vinyoli, *De vida i somni*. No me costó interpretar que había un mensaje escondido en ambos, pero entonces no imaginé hasta qué punto, con el tiempo, ese mensaje crecería y arraigaría en mi memoria y mi alma hasta conformarlas.

Después de salir de La Central, caminamos sin prisa por la estrecha calle hasta las Ramblas. Una vez que llegamos al paseo, me reveló:

—Mis compañeras de piso trabajan todo el día.

La picardía de su mirada era inequívoca. Aun así, pregunté:

—¿De veras?

Asintió en silencio.

—Eso quiere decir... —sugerí.

—Que podremos estar solos.

Algo me hizo dudar, o quizá sólo quise ratificar lo que iba a suceder.

—¿Estás segura?

—Yo sí. ¿Y tú?

—Del todo.

—Pues a qué estamos esperando.

Bajamos las Ramblas cogidos de la mano. Tenía unos dedos largos y finos, más que los míos. Más finos, más largos también, y su piel era suave y cálida. Antes de llegar ante la estatua de Colón ya no pudo aguantarse más: se detuvo, me rodeó con sus brazos y me invitó a compartir, allí mismo, nuestro primer beso auténtico. Como si quisiera asegurarse de que no iba a olvidarlo nunca. Y lo consiguió. Jamás he podido borrar de mi memoria una sola de las sensaciones de las que estuvo hecho aquel beso a la vez desesperado y prohibido. Ni el sabor de sus labios, ni la consistencia de su cuerpo, en todos y cada uno de los pliegues que me dio a sentir, ni el secreto pero intenso gemido con el que lo acompañó, sólo audible para mí, y con el que despertó algo que yo no sabía que tenía dentro. Un tiempo después iba a encontrar la forma de nombrarlo, gracias a una canción de quien por aquellos días ya era uno de mis cantantes favoritos. Su letra me había pasado casi inadvertida hasta entonces. A veces, las canciones nos llegan antes de disponer de la experiencia del mundo y de nosotros mismos que se necesita para entenderlas. La canción en cuestión era *L'animale*, de Franco Battiato. Oyéndola entendí que a ese animal que cada uno lleva dentro no era posible acallarlo ni domarlo para que dejara de ponerte la vida bocarriba; todo lo que podías hacer era tratar de identificar su verdadera llamada, seguirla con el menor daño posible, para ti mismo y para tus semejantes, y acertar a renacer cuantas veces fuera necesario de las catástrofes a las que te podía arrastrar. Entonces comprendí algo mejor a Robles, no sólo sus actos, sino su actitud, pero eso llegaría más tarde. Aquella mañana de verano no veía nada más allá de aquella chica con un vestido estampado del que acababa de invitarme a despojarla.

No sé cómo logramos resistir hasta el coche, y luego en él hasta que lo aparcamos —porque los dioses sonreían a nuestro amor y a todo lo que les pedía— justo enfrente de su piso de Castelldefels. Subimos la escalera casi corriendo, se hizo un lío con las llaves al abrir la puerta y cuando por fin hizo girar la cerradura entramos en tromba. Desde el pequeño recibidor la fui buscando mientras ella se resistía hasta su habitación. Una vez allí, depuso toda resistencia. Logré desabrocharle el vestido, conteniéndome las ganas de arrancárselo, y cuando por fin la tuve desnuda ante mis ojos el resto del mundo dejó de existir.

No era Anna, ni mucho menos, la primera mujer que tenía entre mis brazos. Tampoco era la primera que me había removido por dentro de una manera profunda. En algún rincón oscuro de mi memoria estaba atrincherado el fantasma de una Haizea a la que había conocido en mis días de Guipúzcoa, y con quien la historia había acabado mal para ella y mal para mí, como la amistad de Noodles y Max en *Érase una vez en América* y por parecidas razones. Pero ni aun con ella había llegado a sentir una conmoción tan absoluta y radical, ese abandono de toda otra lealtad que no fuera al nuevo país que en aquel piso compartido acabábamos de fundar entre ella y yo, y cuyo territorio empezaba y acababa allí donde lo hacían nuestras almas y nuestros cuerpos.

Lo cartografiamos minuciosamente, durante horas. Nos olvidamos de comer. Desoímos la queja intempestiva de nuestros estómagos abismándonos el uno en el otro, y al final ella invocó en su auxilio a la poesía. La veo aún, desnuda, de pie junto a los visillos feos y pasados de moda de aquel piso viejo y demasiado pequeño que guardo como la imagen genuina del paraíso, muy por encima de aquel otro con el que en su primera tentativa había cometido Valero el error de tratar de engatusarme y de cualquier otra aproximación de las que la vida haya podido concederme. La oigo aún leyendo con su voz dulce y cristalina aquellos versos de Vinyoli, los del poema que se titula *Liebeslied*:

—*Soledat que m'envoltes, flotant...*

Porque era aquello, en el fondo, lo que nos había

reunido a los dos. La soledad en la que ambos habíamos vivido hasta entonces, más allá de las compañías coyunturales que nos habían procurado nuestras respectivas existencias. Habíamos ido y venido por los vericuetos de nuestras vidas, accidentales y azarosos como lo son los de todas las vidas humanas, conociendo a otros, peleando con otros, amando a otros, yo incluso casándome y teniendo un hijo, sin tropezarnos nunca con ese corazón afín que el poeta sueña y cree, en la noche solitaria, que late en alguna parte, *tan a prop, tan a prop*. Tan cerca, tan cerca. Hasta que de pronto, donde menos lo esperábamos, donde menos nos convenía, a ella como a mí, lo habíamos encontrado. Esta es la razón que explica sobre cualquier otra mi descarrilamiento, el destrozo de mi arreglo vital y de tantas otras cosas que iba a provocar mi pasión por ella: la certidumbre, serena, absoluta y exacta, de que ella era la que me correspondía, la que me completaba, la que me hacía ser yo.

Esa tarde llegué pronto a casa. Una noche más, paseé durante media hora con mi hijo en brazos, hasta que consintió en dormirse. No pude mientras lo mecía —y mucho menos después, cuando me acosté en la cama junto a su madre— ocultarme lo que era desde ese día y ya para siempre: un traidor, un impostor, un estafador que usurpaba su sitio, al menos mientras consintiera en continuar con aquel simulacro. Era áspero el sabor de aquella nueva condición que estrenaba. Desde esa noche, la culpa me laceró despierto y en sueños, en los que temí que el inconsciente me hiciera decir en voz alta el nombre que no debía.

Y a pesar de todo, seguí viéndola, y seguí después de cada uno de nuestros encuentros manteniendo una ficción que Anna no me pidió jamás que deshiciera. Formaba parte de nuestro punto de partida, de mi vida al margen de ella, y aceptaba que debía ser yo, o nadie, quien determinara cuándo y de qué modo aquella premisa debía deshacerse, si es que llegaba a aceptar que se me imponía esa obligación. Cuando estábamos a solas, casi siempre en su piso, alguna vez en un hotel, no había nada más que lo que sucedía entre aquellas cuatro paredes. No recuerdo un reproche, una indiscreción, una impertinencia. Los dos parecíamos saber, o temer, que nuestro país compartido era frágil y no convenía exponerlo a tensiones que pudieran hacerlo pedazos. Esa era la mayor contradicción sobre la que vivíamos, o la obligaba yo a vivir: estar los dos tan seguros y seguir siendo pese a ello dos furtivos.

Entre tanto, la vida seguía. Alguna noche Robles me llevaba con cualquier pretexto al Paradise, y yo no me negaba, porque nunca me costó menos resistirme a las insinuaciones de las chicas que mientras tenía la convicción de que Anna estaba ahí y estábamos juntos, aunque nos viéramos a salto de mata y a escondidas. Una de aquellas noches se me acercó una chica nueva, bielorrusa, que decía llamarse Svetlana pero que en realidad, como por motivos desdichados supe después, se llamaba Ivanka. No era simplemente una mujer atractiva. Su belleza era algo sobrehumano, desproporcionado, irreal. Y ella lo sabía.

Cuando trabó conversación conmigo, sin dejar de atenderla con la fría cortesía que había desarrollado para aquellos casos, busqué con la mirada por el local hasta que di con Valero, que observaba la escena sin perder detalle. Entonces pensé que no había desistido de hacerme caer; ahora, no sé muy bien qué pretendía. Tal vez jugar conmigo.

—¿No vas a invitarme a algo más que una copa? —me dijo ella.

—¿A qué otra cosa iba a invitarte?

—Tengo curiosidad por saber cómo folla un guardia civil.

Le sostuve la mirada. Era una verdadera fiera, salvaje e irresistible. Y sin embargo, me dejó indiferente. Sólo podía pensar en Anna.

—Hay setenta mil más. Seguro que lo acabas averiguando.

Me sentí poderoso, indestructible. Menudo iluso estaba hecho.

24

Roncesvalles

Habíamos salido de Barcelona aquella misma mañana a primera hora. Después de un almuerzo rápido en un área de servicio a la entrada de Pamplona, Salgado conducía nuestro Range Rover por una estrecha carretera que serpenteaba por un bosque junto al cauce de un río. No era, por cierto, la primera vez que pasaba por allí. En una vida anterior me había tocado hacer más de una vigilancia y más de un seguimiento por aquellas tierras, como en el resto de la franja de Navarra fronteriza con Francia. También había tomado antes aquella carretera, que iba paralela al río Urrobi, atravesando un paraje de inusitada belleza. Los árboles, vestidos ya con los colores del otoño, cubrían las laderas de los montes hasta donde alcanzaba la vista. El escenario era propicio a las leyendas de brujas y otros seres fabulosos que siempre habían sido moneda corriente en aquellos valles. También, por lo intrincado y por las dificultades que ofrecía para las vigilancias, a la acción de quienes en otro tiempo me habían llevado a moverme y apostarme por allí.

—Es bonito esto —apreció Salgado.

—¿No habías estado por aquí nunca? —le pregunté.

—Nunca.

—Pues espera a llegar a Roncesvalles.

Aquella carretera desembocaba poco después en la nacional que se correspondía con el Camino, y que tomamos en dirección opuesta a la que llevaba hacia Santiago. En seguida estuvimos en Burguete y, al divisar la casa cuartel, Salgado redujo automáticamente la velocidad y puso el intermitente para salir de la carretera por la izquierda.

—No, continúa —le pedí.

—A dónde.

—Hemos llegado pronto, vamos a reconocer el terreno. Sigue.

En poco más de un minuto llegamos a la iglesia del apóstol Santiago y el llamado silo de Carlomagno, y después avistamos la hospedería, la colegiata y el hostal en cuyo bar-cafetería había tenido Queralt aquel altercado con el hombre por quien estábamos allí. Mi compañera dudó si parar a su altura, pero le hice seña con la mano para que continuara en dirección a Francia. Aunque conocía la ruta, la había hecho muchas veces, quería refrescar el recuerdo que tenía de ella. El Range Rover trepó sin esfuerzo por las rampas del puerto y tras coronarlo pasamos junto al mirador, donde Salgado volvió a dudar si detenerse.

—Dale —le ordené—. Pararemos a la vuelta.

En la bajada nos cruzamos con algunos peregrinos que apuraban para cubrir aquella jornada del Camino. Sobre todo los más rezagados iban a llegar ya oscureciendo a Roncesvalles o Burguete, dependiendo de dónde pensaran hacer noche, porque la subida exigía y no era fácil forzar el paso con aquellas pendientes. Tras dejar atrás las últimas rampas del puerto, llegamos a Valcarlos. Atravesamos el pueblo, que se extendía a lo largo de la carretera, hasta que alcanzamos la frontera, señalada por el letrero del pueblo francés colindante, Arnéguy.

—¿Paro aquí? —preguntó mi conductora.

—No. Vamos a llegar hasta el punto exacto del que partió Queralt. San Juan Pie de Puerto, o Sant-Jean-Pied-de-Port, que dicen ellos.

—Tú mandas —acató.

No era sólo por reconstruir de la manera más completa y fidedigna posible el recorrido que había hecho nuestra víctima. También cedía, una vez más, al tirón de la nostalgia. Aquello era la *muga*, la frontera por la que tiempo atrás pasaban aquellos a quienes me tocaba vigilar, seguir y detener. En teoría, sólo podía operar al otro lado, pero más de una vez me había metido de incógnito en territorio francés, hasta el propio San Juan Pie de Puerto, para comprobar alguna información. Las señales, la traza de las casas, hasta la forma en que estaba pintada la carretera, denotaban que habíamos pasado a otro país. Nunca he podido evitar sentir una fascinación especial por las fronteras, sobre todo cuando representan, como sucedía allí, una divisoria tan ficticia como artificial. No había disparidad entre los árboles y los montes de uno y otro lado. Era el cómico empeño de los hombres por delimitar y delimitarse unos respecto de otros el que levantaba aquellos signos que marcaban la nimia diferencia. Y sin embargo, por forzada y frágil que pudiera parecer, no hacía tanto había representado la línea entre la vida y la muerte, entre la libertad y la cárcel, entre el terror y quienes nos esforzábamos por contenerlo y luchábamos por erradicarlo.

Al llegar a San Juan Pie de Puerto le pedí a Salgado que aparcara y dimos una vuelta por el pueblo. Supo leer el gesto que vio en mi rostro mientras caminábamos por allí e iba reconociendo sus rincones.

—Tú has estado aquí antes —dijo.

—Alguna vez.

—Haciendo qué.

—Imagínalo.

—Cuenta, anda. Sabes que me mola lo de tu lado oscuro.

La miré con expresión ofendida.

—Ilegalidades, ninguna.

—Vamos, que no me chupo el dedo —bromeó.

—Al menos no según la ley española. Me imagino que si me hubiera parado un gendarme de los de aquí habría tenido otra opinión.

—¿No te pillaron nunca?

—Nunca. Sabía camuflarme.

—Me habría encantado estar ahí.

—¿Y por qué no te metiste en Información?

—Me presenté, pero no me cogieron.

—¿Por qué?

—Decían que daba demasiado el cante. Vete a saber.

Podía imaginarme por qué alguno de mis antiguos compañeros de Información, después de evaluar a Salgado, había decidido que era mejor mantenerla al margen de la lucha antiterrorista. No tenía muy claro que hubiera sido certero en su criterio. Inés despistaba: era más sólida y mucho más sufrida de lo que dejaba ver. En cualquier caso, eso que habíamos ganado los de Policía Judicial. Con sus cosas y sus defectos, que como todos los tenía, siempre sumaba al equipo.

El camino de vuelta lo hicimos también sin prisa, lo que aproveché para imaginarme a Queralt caminando por aquellos paisajes, con esa sensación de inquietud y emoción que siempre produce comenzar un viaje que lleva lejos de la rutina diaria. Cuando volvimos a subir el puerto traté de adivinar el recodo exacto en el que habría advertido la presencia de aquel hombre que creyó, posiblemente con fundamento por lo que a esas alturas sospechábamos, que la estaba siguiendo. Una vez que lo coronamos le indiqué a Salgado que saliera de la carretera y aparcara en el mirador que había junto a la iglesia de San Salvador de Ibañeta, una construcción de piedra con tejado negro a dos aguas. Desde allí se dominaba todo el valle, donde el heroico Roland de los franceses, Orlando para los italianos, Rolando o Roldán para nosotros, pereció, según la historia, la leyenda o una mezcla de ambas, a manos de los guerreros vascones, en probable alianza con sarracenos, que lo emboscaron con los suyos cuando se retiraba hacia Francia después de haber asolado Pamplona. El lugar no podía ser más apto para atacar con ventaja y, aunque los historiadores no se ponían de acuerdo sobre la fecha exacta ni la ubicación real del suceso, el hecho contrastado era que el emperador de los francos no logró consolidar en Navarra la Marca Hispánica que sí pudo instaurar al otro extremo de los Pirineos. Le hablé a Salgado de aquella batalla, que le sonaba remotamente.

—Según cuentan, machacaron a los franceses a flechazos y lanzando pedruscos por la ladera. En el combate desapareció la flor y nata de la caballería francesa. De donde se deduce que no es buena idea meterse a remover un avispero sin tener bien estudiada la ruta de salida.

Se quedó pensando, con la mirada en el horizonte.

—Como tampoco lo es seguir a una chica dando por sentado que es demasiado pija y está demasiado alelada como para detectarte.

—Buena analogía. ¿Quieres un café?

La invité a tomarlo en el bar-cafetería del hostal. También quería ver el lugar donde había ocurrido el incidente. A la camarera que nos atendió no le pregunté por Queralt ni por el hombre. Sabía que no era la que había presenciado su discusión porque esta nos esperaba en la casa cuartel, donde vivía junto a su marido, uno de los guardias de Burguete. Después de tomar el café, dimos una vuelta por el lugar de Roncesvalles. La hospedería era un edificio enorme de paredes claras contiguo a la iglesia de Santa María, junto a la que creaba un espacio umbrío en el que el frescor, a aquellas alturas del año, lindaba ya con el frío. El cielo había ido adquiriendo un tono gris negruzco y empezó a lloviznar. Vimos por dentro la colegiata, un templo del siglo XIII muy reformado, con unas llamativas vidrieras y de lujosa factura, y después la iglesia del apóstol, un sencillo templo gótico que también se conocía como la iglesia de los Peregrinos, y que me resultó por su desnudez bastante más acogedor y memorable. Imaginé que Queralt habría entrado en ambos, y quise creer que también habría preferido detenerse ante la sobria talla del apóstol que se guardaba allí. Justo al lado estaba la capilla que llamaban el silo de Carlomagno, donde la tradición situaba el lugar de enterramiento de los caballeros franceses caídos en la batalla. En la explanada adyacente, un monolito de piedra con unos guerreros forjados en bronce recordaba el XII centenario de la batalla con sendos letreros en castellano y euskera, bajo un lema en latín: VASCONES IN SUMMI MONTIS VERTICE SURGENTES.

—¿Qué dice ahí? —preguntó Salgado.

—Lo de siempre. Que el vecino no puede hacernos sombra.

—No lo dirá así.

—Más o menos. ¿Vamos a la casa cuartel?

—Si ya hemos terminado el reconocimiento del terreno...

—Por mí sí.

La casa cuartel, grande, de paredes blancas y carpintería metálica de color verde, estaba totalmente rodeada por un muro gris de hormigón. Vista desde la carretera, parecía casi un fortín en territorio comanche, recuerdo de los tiempos duros. Ahora las aguas estaban más calmadas, pero la suya era la única bandera española que se veía por allí. Salgado se desvió de la carretera y se detuvo ante la garita de entrada. Al ver la documentación que mi compañera le mostró desde la ventanilla, el guardia que estaba de servicio nos abrió la puerta metálica maciza que daba acceso al aparcamiento. Apenas nos bajamos del coche, vino a buen paso hacia nosotros, se cuadró y me dijo con voz atronadora:

—A sus órdenes, mi subteniente. Ya he avisado al brigada.

No lograba acostumbrarme a aquellos excesos de marcialidad. En lo que me tocaba, guardaba las formas y respetaba la jerarquía, conforme a los usos del cuerpo y las fórmulas reglamentarias, pero siempre que alguien me reconocía así mi propia graduación, con taconazo y todo, no sabía qué hacer y salía del paso como Dios me daba a entender.

—Gracias, descanse, por favor.

Un cuarto de hora después estábamos reunidos en el despacho del comandante de puesto con el brigada que lo mandaba, un valenciano de aspecto tranquilo de apellido Codina. También estaban presentes el guardia que había tomado la denuncia a Queralt, un joven al que nos presentó como Roberto y que andaría por los veinticinco años, y su mujer, Clara, más o menos de su misma edad. Roberto y Clara estaban algo más tensos que el brigada: el guardia, deduje, por la obediencia debida a su superior, y su esposa, aparte de la presión que sintiera en su calidad de consorte, porque coincidía que era la camarera que había asistido en el bar-cafetería de Roncesvalles al rifirrafe entre la chica y el hombre al que había acusado de seguirla con oscuros propósitos.

No quería que ninguno de los dos, tampoco el brigada, se sintiera sometido a examen o escrutinio por mi parte. A veces la fama que nos precedía a los de la unidad central, desde que en los medios se había vuelto una moda nombrarla, era el peor favor que podían hacernos. Lo primero que se imponía era tratar de rebajar la tensión en el ambiente. Me dirigí principalmente a la mujer, que era la que parecía estar más envarada, y también la que disponía de una información más valiosa para nosotros, en su calidad de testigo presencial de los hechos.

—Vamos a empezar por el principio, si os parece. Y lo primero es, Clara, que nos cuentes, con tanto detalle como recuerdes, lo que viste y lo que oíste aquella tarde.

Sin agobio, y si de algo no te acuerdas del todo bien, o dudas, dilo sin miedo. Aquí estamos en confianza.

Su relato fue exhaustivo y preciso. Para empezar, Clara era aún una persona joven, cuya memoria se mantenía fresca y ágil, y saltaba a la vista que el incidente había sido lo bastante intenso y violento como para que a ella, que en ese momento era la única empleada del hostal presente en el establecimiento, no le hubiera quedado otro remedio que seguirlo con la máxima atención. Cuando nuestros sentidos están alerta, los detalles se acumulan, del mismo modo que los hechos a los que asistimos distraídos se registran con una vaguedad que puede dar pie a las más toscas invenciones. Cuando a uno le piden que dé cuenta de algo que tan sólo vivió de refilón, más vale abstenerse. Y quien se dedica a la investigación criminal debe aprender a distinguir a quien de veras vio, supo lo que veía y tiene un recuerdo cabal de quien sólo estaba allí, advirtió que sucedía algo y *a posteriori*, apremiado por la autoridad a recordar, tira de fantasía para rellenar los huecos.

No era, notoriamente, el caso de Clara. La información que nos dio de forma espontánea era rica y completa. Y la que nos facilitó a raíz de las preguntas que le hice para concretar algún detalle se ajustó a esas mismas características. Respondía con seguridad, y siempre ofrecía alguna indicación suplementaria que reforzaba su testimonio.

Una vez que tuve claro el trazo de aquella escena, o al menos lo que de ella había quedado grabado en el recuerdo de Clara, no me pude contener y le hice una pregunta que casi rozaba la indiscreción:

—¿Cómo es que trabajas en el hostal?

—¿Qué quiere decir?

—No sé, me llama la atención que la mujer de un guardia civil esté en ese puesto de trabajo. Y especialmente en una zona como esta.

—Vi la oferta de empleo, eché el currículum y me cogieron.

Entonces me fijé un poco mejor en ella. Era, además de una persona meticulosa, como acababa de demostrarme, una chica educada y de buena presencia. No era en absoluto extraño que quien pretendiera poner a alguien tras una barra para atender al público pensara que no era mala idea contratarla. No era eso lo que me resultaba raro.

—¿Así sin más, sin ninguna suspicacia? —añadí.

Al fin pilló la idea.

—¿Por Roberto?

—No por él, en particular. Sino por lo que es y lo que hace.

—No me preguntaron a qué se dedicaba mi marido.

—Pero esto es un pueblo pequeño. Si por la razón que fuera todavía no lo sabían entonces, no tardarían mucho en averiguarlo.

—Mis jefes saben que es guardia, sí.

—¿Y no te ha traído ningún contratiempo?

—No. Procuro hacer bien mi trabajo.

—Los tiempos han cambiado, mi subteniente —intervino entonces el brigada Codina—. No somos los más populares del pueblo, pero ya nos reconocen la condición de seres humanos. Y Clara, además, sabe ganarse al personal. Tonto sería su jefe si la reemplazara por otra.

—Sí, tal vez a mí se me ha parado un poco el reloj.

—Es normal —me disculpó—. Aunque no vayas a creer, que los hay que siguen mirando torcido cuando nos ven pasar. Poca cosa, después de todo, para lo que ha ocurrido aquí. Aquí mismo, sin ir más lejos.

Me constaba. Allí mismo, treinta y siete años atrás, habían asesinado a la salida de una discoteca, con una bomba colocada en su coche, a uno de los nuestros, y habían dejado a su compañero malherido. Codina adivinó en la sombra que atravesó por mi frente que yo lo sabía.

—Hace un par de años el ayuntamiento le hizo un homenaje y nos invitaron, en primera fila y todo. Ya te digo, son otros tiempos.

—No imaginas cuánto lo celebro.

—Me hago una idea —apuntó.

—En fin, Clara —me dirigí de nuevo a la chica—, muchas gracias, nos es muy útil todo lo que nos has contado. Ahora queda la segunda parte, no sé si prefieres empezar a contarnos tú, mi brigada.

—Bueno, Roberto fue quien tomó la denuncia —explicó—. Quizá lo mejor es que te cuente él. Luego fui yo quien tomó las decisiones, si quieres te explico qué hicimos y por qué no fuimos más allá.

—Me parece bien. Cuéntame, Roberto. La primera impresión.

El joven guardia hizo memoria. Tampoco la tenía mala, aunque desde el primer momento, antes incluso de que empezara a hablar, me percaté de que no era tan perceptivo como su mujer. O quizá era que no le había dado tanta importancia. Lo que para ella era una alteración aparatosa de su normalidad, para el agente, una vez que escuchó lo que le contaban, y quitando la circunstancia de que los hechos denunciados se hubieran producido en el lugar de trabajo de su pareja, tenía toda la pinta de un incidente debido a la hipersensibilidad de la denunciante o a un malentendido, cuyo recorrido policial y sobre todo penal era más bien escaso. Le tomó la denuncia, porque estaba imbuido de la filosofía del cuerpo, que prescribe atender al ciudadano siempre; pero mientras tecleaba en el ordenador ya imaginaba que aquel documento estaba condenado sin remedio al archivo y a caer en el olvido.

—La primera impresión... —dudó—. La chica llamaba la atención, eso se lo reconozco. No por su físico, era más bien poca cosa, sino por la personalidad. Muy decidida, crecida incluso. La mayoría de la gente entra aquí un poco agachada, no sé si porque esta casa les impone o porque siguen viéndonos como enemigos, pero ella pisaba fuerte.

—¿En qué sentido?

—Cómo hablaba, cómo refería los hechos, cómo prácticamente nos exigía que actuáramos y buscáramos y detuviéramos al individuo.

—¿Y qué le dijiste?

—Lo usual. Que me contara bien todos los detalles, que me diera la mejor descripción posible, del hombre y de su indumentaria, y que a partir de ahí ya nos ocuparíamos nosotros de hacer nuestro trabajo.

—¿Y se conformó con eso?

—Al principio, no mucho. Hasta que le hice ver que era lo que había y que todavía no la habían nombrado comandante del puesto. Con mano izquierda y sin faltarle a la consideración, naturalmente.

—¿Y entonces?

—Le pidió al chico que la respaldase. Le dije que a él le tomaría las manifestaciones en una diligencia separada y le pregunté si tenía ella algo que añadir. Ahí se puso muy digna y me dijo que eso era todo.

—Y pasaste a Hernán.

Roberto asintió con firmeza.

—Eso es. Respaldó en términos generales la denuncia, pero cuando le apreté para que me dijera si en algún momento había visto que el hombre hiciera algún ademán de acosarla o propasarse con ella, me dijo que no, que eso no podía atestiguarlo. Me pareció que lo decía como pidiéndole perdón a ella por no poder ser más contundente.

—¿Y te pareció que ella se lo perdonaba?

—No precisamente. Diría que cuando se fueron el aire era entre ellos un poco más frío que cuando llegaron a poner la denuncia.

—No dijeron nada más —supuse.

—No. Cuando les di la copia de la denuncia y les dije que haríamos averiguaciones, que daríamos aviso a las patrullas para que estuvieran atentas al sujeto y que llamaran al 062 si volvían a verlo en actitud que fuera mínimamente sospechosa, ella tomó el papel, lo dobló en cuatro y se lo guardó en uno de los bolsillos traseros del pantalón. Me dio las buenas tardes y salió de las dependencias con el chico siguiéndola.

En ese momento, casi de manera instintiva, tanto Salgado como yo nos volvimos al brigada. Codina tomo aire y aceptó el relevo.

—A partir de aquí, Vila, te lo puedes imaginar —dijo—. Lo primero que hizo Roberto, con buen criterio, fue llamar a Clara, que le contó lo que acaba de contaros a vosotros, es decir, que el hombre en ningún momento la acosó ni intentó molestarla y que fue más bien ella la que entró a provocarlo delante de los parroquianos, con motivo o sin él. Luego vino a darme la novedad, también con buen criterio, porque una chica que hace el Camino sola, en principio, es una ciudadana más vulnerable que un varón o quien lo hace en compañía, y porque no se podía descartar que, efectivamente, antes de lo de Roncesvalles aquel tipo hubiera tenido con ella un comportamiento inapropiado.

—No seré yo quien ponga ningún reparo —le hice saber.

—Dicho lo anterior, despaché aviso a las patrullas para que hicieran un recorrido por la ruta por si los veían, tanto a la denunciante como al denunciado, y en qué situación y actitud. No vieron a nadie similar al sospechoso. No sé si estaría haciendo el Camino, pero o bien lo dejó o bien buscó la forma de adelantarse para no tener que coincidir más con una chica que podía acabar buscándole un problema. En cuanto a ella, la vimos caminando en compañía de otras tres personas, entre ellas el chico que la había acompañado a poner la denuncia. No creí que estuviera en una posición expuesta o de especial peligro.

—Tampoco yo habría llegado a diferente conclusión.

—En resumen, que mantuvimos la alerta en la demarcación durante unos días, por si veíamos a un sujeto de aspecto coincidente, incluso identificamos a un par, y pasé aviso a los comandantes de los puestos siguientes del Camino para que estuvieran atentos. Hasta donde me consta, se ocuparon de localizar a la chica al menos dos veces, y no vieron que pareciera tener ninguna dificultad. De algún hombre que pudiera estar siguiéndola, o acechándola, no encontraron ni rastro.

Aquí Codina hizo una pausa. Continuó con tono resignado.

—Y como sabrás, porque imagino que habrás pasado por un puesto, mi subteniente, la vida sigue y cada día tiene sus afanes. Al final acaba llegando un fin de semana, y sobre todo en verano hay que andar a otras cosas, evitar que los chavales que se meten lo que no deberían para coger el volante se estampen contra algo o contra alguien, y el resto de las pequeñas vicisitudes que nos amenizan la vida rural.

—Me queda claro, Codina. Ni tienes gente ni había motivos para montar una operación de búsqueda y captura del fugitivo.

—Eso es lo que pensé. Y ahora que estáis aquí, no me queda otra que pensar que puede que metiera la pata. Francamente, no lo sé.

—Tampoco yo —le reconocí.

—Si es así, y si ese tío la acabó matando, ni Roberto ni yo vamos a dormir bien durante unos meses, pero es lo que hay. Ya nos pagan a cambio ese sueldo tan astronómico, que lo acaba compensando todo.

—Todo, todo, no sé yo —bromeó Salgado.

—Ya me has entendido.

Asentí en silencio. No agradecía tener que ser quien

iba allí a pedir cuentas de la diligencia que habían observado o dejado de observar. Mi trabajo era más fácil: siempre llegaba cuando ya había pasado lo irremediable y no tenía que dar explicaciones sobre qué había hecho para impedirlo, porque esa no era mi responsabilidad nunca. En todo caso, y aunque me violentara, tenía que terminar de hacer mi tarea.

—Muy bien —concluí—. Ahora viene el gran momento.

—No lo retrasemos más —pidió Codina.

Le ordené con un gesto a Salgado que abriera su ordenador portátil y le pedí a Clara que se sentase frente a la pantalla. Cruzó una mirada con su marido y con el brigada, en quien no dejaba de reconocer algún ascendiente, y rodeó la mesa con paso vacilante y rostro demudado.

—Vuelvo a decírtelo. Estamos en confianza.

—Es mucha responsabilidad —dijo.

—A veces la vida nos pone ahí, qué se le va a hacer.

—La verdad, preferiría que hubiera puesto a otra.

—Lo sé. Por eso te pido que mires las fotos con calma. Y si alguna la quieres mirar mejor, o te parece pero no terminas de saber si es, nos lo dices igualmente. Esto no es un examen. Nadie te va a suspender.

Le di permiso a Salgado y con el cursor empezó a pasar fotografías por la pantalla. Con la ayuda del teniente Campillo, la capitán Morata y el comisario Riudavets, más el apoyo de los expertos en delincuencia organizada de nuestra propia unidad, habíamos montado una galería de individuos de quienes sabíamos o sospechábamos que no cumplían a rajatabla todas las leyes y que se llamaban o se habían hecho llamar en alguna ocasión Mijaíl. Si la hipótesis con la que trabajábamos era correcta, y alguno de ellos era el hombre al que buscábamos, no iba a ser Clara la única capaz de reconocerlo. Tentado estuve de decírselo, para que no sintiera aquel peso que la veía cargar sobre los hombros. También Hernán, Diego y Adela, por un lado, y el exconfidente y exnarco Xosé Santórum, por otro, debían de estar en condiciones de identificarlo. Sin embargo, habíamos decidido empezar con ella por una buena razón: era de los nuestros, nos parecía de fiar, y el rato que llevaba con ella me ratificaba en esa impresión, y si ella nos señalaba a uno podíamos intentar la identificación por el resto con más garantías. Para empezar, no tendríamos que hacerles ver tantas fotos, y no venía mal llevar la sospecha reforzada para persuadirlos de cooperar.

Eran varias decenas de rostros. Mientras los veía pasar ante mis ojos, reparé en una constante que se repetía en todos ellos: ninguno sonreía, y eso que las fotos habían sido tomadas en circunstancias variadas. Las había de identificación policial, y se comprendía que ante la cámara de una comisaría de policía o de un cuartel de los nuestros no tuvieran demasiadas ganas de airear los dientes para el fotógrafo; pero alguna venía de las redes sociales del interesado, y tenía mérito que ni aun ahí se molestaran en dulcificar un poco el gesto. Clara miraba con atención y negaba con movimientos rápidos de cabeza. Mi compañera, a pesar de todo, iba pasando las fotos sin prisa, dejándole un tiempo después de que negara por si le venía otra idea o algo le hacía dudar. Ni una sola vez se dio el caso. Al fin, después de haber visto ya más de veinte, la camarera abrió mucho los ojos e inspiró hondo. Cuando reparé en su reacción ante aquella foto, contuve la respiración, y conmigo los demás que estaban en el despacho del comandante de puesto, incluido su inquilino. Sólo Salgado pareció conservar un resto de frialdad.

—¿Sigo pasando? —le preguntó.

—No —replicó Clara, con un hilo de voz.

—¿Te suena? —le pregunté.

Comenzó a asentir, muy despacio, con la mirada ida, como si de pronto no estuviera allí, sino de nuevo varias semanas atrás, detrás de la barra, viendo a aquel hombre aguantar la bronca de la chica.

—Es él —dijo al fin.

—¿Estás segura?

—Al cien por cien. Esa mirada. Es de las que no se olvidan.

Miré la pantalla. Lo que en ella se veía era una fotografía de buena calidad, tomada de frente, con buena luz y buen tamaño. Era una de las que habíamos sacado de redes sociales. O mejor dicho, lo habían hecho los agentes de delincuencia económica de los Mossos, que eran quienes nos la habían facilitado, y que habían marcado al hombre, que se hacía llamar Mijaíl Beliáev, como posible partícipe en una red de blanqueo de capitales. No tenía antecedentes, ni pruebas concluyentes en su contra. Tan sólo les constaba que había actuado como apoderado de una misteriosa compañía en algunas operaciones inmobiliarias que les infundían sospechas. Su rostro era armonioso y proporcionado, iba bien vestido, no parecía un malhechor. Llevaba, eso sí, el cabello muy corto, dejando al descubierto la mayor parte de una frente bajo la que brillaban, fríos y resueltos, unos ojos de color indefinido, más claros que oscuros. No había un asomo de sentimiento en ellos; ni para bien, ni para mal. Lo que guardara en su alma resultaba impenetrable.

—No sabes lo que te lo agradecemos —le dije a Clara.

La mujer del guardia, tras recorrer con la vista las caras de funeral de su marido y del comandante del puesto, se limitó a murmurar:

—Ya me gustaría equivocarme.

—Roberto, mi brigada —me dirigí a los dos—: por ahora esto sólo quiere decir que este hombre coincidió con Queralt aquí. Ahora nos queda probar que coincidió con ella también en Lugo, y alguna otra cosa que no va a ser nada fácil. Así que el caso no está cerrado aún.

—Dejaremos esa rendija a la esperanza —dijo Codina.

—Vamos a tener que recoger tus manifestaciones de manera formal —le advertí a Clara—, y si esto sigue adelante a lo peor hay que citarte para una rueda de reconocimiento, que no sé dónde acabará siendo. Ya siento la molestia, y que sea el premio que le toca al ciudadano que ayuda a esclarecer un crimen, pero así funciona nuestra justicia.

—No sufra por mí. A fin de cuentas, soy de la casa.

—De todas maneras.

Sentí que no tenía modo de agradecerle y hacerle entender lo que nos estaba dando. Después de un montón de días a ciegas, teníamos un nombre, una cara. Y aquellos ojos, que no había modo de olvidar.

25

Mejor que no te vean

Los días siguientes fueron de esos que no tienen mayor emoción, pero que en la investigación criminal resultan cruciales. Nos tocaba ajustar y ensamblar todas las piezas para tratar de poner en pie una narración consistente que a su vez pudiera fundamentar las decisiones que debía tomar otra persona. En este caso, la juez Jennifer Sagarra, a quien fui a informar puntual y personalmente, después de tomarle declaración a Clara, la camarera de Roncesvalles, y de que Salgado me llevara de vuelta a Galicia en el Range Rover, con el que a esas alturas estaba ya completamente compenetrada. Tanto que no quiso el relevo que le ofrecí en varias ocasiones. Tampoco es que yo le insistiera: me venía bien tener ese tiempo para pensar y hacer gestiones telefónicas.

Antes de presentarnos ante la juez, y gracias a la colaboración de nuestros compañeros de Pontevedra y Madrid, acumulamos nuevos argumentos a favor de nuestra petición. Tanto Santórum como Hernán y sus amigos habían reconocido a Mijaíl Beliáev como el ruso al que el primero le hizo la gestión del alquiler del Kia y los segundos habían visto en Roncesvalles la tarde que conocieron a Queralt. Por otra parte, una búsqueda en los registros de viajeros lo situaba en un hotel de Santiago los dos días anteriores y la noche siguiente a la muerte de la chica; esto es, lo bastante cerca del lugar del crimen como para afirmar que había podido encontrarse por allí. Unido a su presencia semanas atrás en Roncesvalles, aquel dato suscitaba una fundada sospecha.

Había otros frentes en los que no habíamos tenido tanta suerte. Las pesquisas telefónicas, por ejemplo. La línea que teníamos asociada en principio con él, desde donde había llamado a Santórum, y que como curiosidad también inquietante no estaba a su nombre, sino al de un compatriota de quien no teníamos más datos, no se había enganchado en ningún momento a las antenas de Samos o Sarria. De hecho, había permanecido durante todas esas jornadas en Santiago, cabía deducir que en el hotel donde se habría cuidado de dejar su teléfono móvil. Tampoco entre las líneas de las que sí teníamos constancia que estaban por la zona el día del crimen hallamos una sola que pudiera conectarse con Mijaíl. La que nos había llamado la atención anteriormente, a nombre de Ermelinda, la anciana de Pontevedra, y cuyo historial de tráfico y llamadas nos había autorizado a recabar la juez, había tenido un movimiento errático y extraño, pero que no podíamos vincular con Mijaíl. Estaba registrada durante los días previos en ubicaciones de las provincias de Orense y Lugo, durante toda la jornada de autos en el Camino y desde el mediodía de la siguiente en ninguna parte. Esto era en sí sospechoso, pero ante la imposibilidad de asociar a la anciana con Mijaíl o con cualquier otra persona —aquel teléfono no había realizado llamada alguna en los días de los que había datos—, no teníamos más remedio que dejar esa vía aparcada hasta obtener otros indicios.

Tampoco habían sido fructíferos los intentos de relacionar a Beliáev con alguno de los rusos con los que nos constaba que tenía algún trato Ferran Bonmatí. Por más que había presionado al teniente Campillo, y este a su equipo, y me constaba que Pereira a su general, su general a su coronel y así sucesivamente, no existía en sus diligencias, ni les fue posible probar por otros medios, que Mijaíl Beliáev se hubiera visto o hubiera hablado, en persona o de cualquier otro modo, con Guenadi, el mafioso, o Yevgueni, el empresario que era sospechoso de serlo. Lo que, como me advirtió el propio Campillo, no quería decir en absoluto que no mantuviera relación con uno, con el otro o con ambos, usando medios de los que las personas de su perfil podían disponer y que eran indetectables e imposibles de intervenir. El problema era que, al no poder probarlo, tampoco podía yo consignarlo en un informe a fin de reforzar la solicitud que necesitaba elevar a la autoridad judicial.

Capítulo aparte, y todavía incierto en cuanto a su interpretación, era el de los resultados del laboratorio sobre las muestras biológicas que se habían tomado del cadáver de Queralt Bonmatí. Gracias al impulso de Pereira desde las alturas, ya los teníamos. Se había encontrado ADN de dos varones y ninguno de los dos obraba en nuestra base de datos, formada por delincuentes fichados y muestras anónimas recogidas del escenario de otros crímenes. A la luz de las diligencias que habíamos hecho hasta allí, se imponía recabar la orden judicial para la toma de muestras a Hernán, que según su propio testimonio debía de ser uno de los dos, y a Mijaíl, cuando procediera y estuviera disponible.

El informe lo preparé con Chamorro y Cerdeira, que puso el acento en conseguir cuanto antes el ADN de Hernán, a quien noté que tenía ganas de volver a interrogar, como si la otra vez no hubiera podido hacerlo tan concienzudamente como a ella le habría gustado. Sugirió además que, puesto que habían aparecido los perfiles genéticos de dos varones, no estaba de más, por si acaso, obtener el de Diego, su amigo, con lo que hube de estar de acuerdo. La parte del ruso seguía Cerdeira observándola con algún escepticismo, como si no pasara de ser una película que nos habíamos montado los de la unidad central a fin de justificar nuestra intervención y nuestros viajes a Barcelona, pese a contar con el testimonio de Santórum, que habían recabado los colegas de Pontevedra. A aquellas alturas, no había tenido ya más remedio que revelarle, tanto a ella como a su teniente y su capitán, algo más de lo que sabíamos del padre de la chica y de la cooperación solicitada a nuestros compañeros de Información y de Policía Judicial de Cataluña y a los Mossos. Al teniente le impresionó la envergadura del asunto en el que se veía implicado. Al capitán Mosteiro pareció dejarlo tan frío como a Cerdeira, o más aún. Mientras yo le contaba, no paró de mirar el reloj. Se le estaba haciendo tarde para ir a visitar a su madre.

Con el informe debajo del brazo, nos fuimos a ver a la juez. Les pedí a Chamorro y a Cerdeira que me acompañaran. Ellas eran las que se habían currado toda la investigación sobre el terreno y me parecía lo justo. Contaba con ellas, además, para respaldar las piezas materiales sobre las que se apoyaba el informe. Ya asumía que la parte de las elucubraciones y las especulaciones me tocaba a mí defenderla.

Tras la mesa de su despacho, con las banderas de Galicia y España a un lado, y vestida con un sobrio traje de chaqueta gris, la juez Jennifer Sagarra daba mayor sensación de autoridad que cuando la había visto con ropa informal en el salón de su apartamento alquilado. Aun así, en cuanto uno le miraba la cara, y en particular cuando quien la miraba era un espécimen ya prehistórico como yo, se imponía la evidencia de que era poco más que una niña, arrojada por la vida —pero sobre todo por su empeño— a representar el más peliagudo de los papeles en el mundo de los adultos: resolver sobre aquellos que se desvían del curso que el consenso social estipula como aceptable. Ese oscuro y terrible poder que, según Napoleón, era el más apabullante de todos.

Como agente más caracterizado, asumí que debía llevar el peso de la exposición. Le di cuenta de todo lo que habíamos averiguado, de todo lo que nos apoyaba y también de los aspectos en los que no habíamos logrado amarrar las cosas como habríamos querido. La experiencia me ha enseñado que es mejor que un jefe, incluso si le doblas de largo la edad, o sobre todo en ese caso, no descubra sino por ti dónde están las lagunas y las debilidades del trabajo que sometes a su aprobación. En algún momento les pedí a Chamorro y a Cerdeira que le desarrollaran tal o cual detalle, no sólo para recuperar yo el resuello y la saliva, sino también para que su señoría apreciara su esfuerzo y de paso viera que éramos un equipo cohesionado y capaz que acudía, todos a una, ante ella para solicitarle las siguientes diligencias. También la experiencia enseña que tres voces pesan más que una, y que conviene que quien ha de tomar decisiones sobre un trabajo en el que no ha participado pueda advertir que entre quienes lo hicieron no hay controversia.

Una vez que le hubimos contado todo, le puse el informe escrito y encuadernado sobre la mesa. La juez lo tomó con parsimonia:

—Ahí está todo lo que le acabo de contar. Y lo que le pedimos.

La juez Sagarra leyó las primeras líneas. Sin alzar la vista del papel, supuse que porque así se sentía algo más segura, me preguntó:

—¿Y qué es lo que me piden?

—Por ahora, la intervención de ese teléfono que nos consta que usa Mijaíl, aunque está a otro nombre, y de las dos líneas de las que figura como titular. También la colocación de una baliza en su coche y que se nos permita acceder a sus movimientos bancarios. Para un momento posterior, cuando convenga a la investigación, dejamos la obtención de una muestra de material biológico del individuo y la entrada y registro en su domicilio de Blanes, Gerona. Además, le pedimos que autorice la toma de material biológico de Hernán Cañada López, si el interesado no se aviniera por propia voluntad a facilitarlo, cosa que dudamos, y de su amigo Diego, a efectos de poder descartar su implicación.

La juez permaneció en silencio, pasando páginas.

—Lo del teléfono y los bancos, cuenten con ello. Lo del coche, tiene que dejarme pensarlo, tengo que justificar que el supuesto encaja en los requisitos que exige la jurisprudencia. De la entrada y registro y la toma coactiva de muestras a Mijaíl ya hablaremos más adelante, si les parece, cuando me lo planteen y en función de lo que me pidan.

—Se lo agradecemos, señoría.

La juez me miró de pronto a los ojos.

—No, la que les da las gracias soy yo. Sin ustedes, y desde aquí, un juez puede investigar lo mismo que un pez en una pecera. Hay algo que tengo que preguntarle. Por razones profesionales, pero no le voy a negar que también me desasosiega un poco como ser humano.

—Estamos a su disposición.

—¿Tienen ustedes algún indicio de que Ferran Bonmatí pueda estar involucrado, por acción o por omisión, en la muerte de su hija?

—En este momento, ninguno.

—Me quita un peso de encima.

—Tampoco los tenemos para descartarlo —advertí.

—Que siga siendo una teoría ya me importa menos. Y si le puedo preguntar, ¿hay alguna expectativa respecto de la investigación de la que es objeto el padre de Queralt por sus otras actividades?

Hacía bien al preguntarlo. Podía complicar las diligencias del caso que ella instruía, y lo que podía dar por hecho era que aumentaría la atención mediática sobre su actuación, que después del fin de semana siguiente al hallazgo del cadáver, y gracias al perfil bajo que habíamos mantenido tanto ella como nosotros y la familia, había disminuido de manera notable. Lo que podía haber sido asunto central de tertulias y otros espacios de cotilleo y regodeo periodísticos era un caso que se seguía con interés, y del que se hablaba con regularidad, pero la falta de noticias y carnaza, que nos habíamos abstenido escrupulosamente de echar a las fieras, lo mantenía en unos términos manejables.

—De lo que hagan o vayan a hacer mis compañeros de Información, a las órdenes del juez de Barcelona, no puedo asegurarle nada, porque no me van dando cuenta de sus movimientos —dije—. Lo que sé es que es una investigación bastante compleja, y que, como le acabo de exponer, en la nuestra no ha aparecido nada que permita establecer una conexión con Bonmatí o con sus contactos rusos. Aunque el hecho de que el sospechoso tenga esa nacionalidad invita a pensar que no es improbable que alguna de esas personas de su mismo origen esté de una manera u otra relacionada con el crimen que aquí nos ocupa.

En la frente de la juez asomaron unas tenues arrugas.

—En eso mismo es en lo que estoy pensando.

—Habrá que ir viendo, señoría. Y ya pensaremos cómo cruzar el río cuando lleguemos. Si es que llegamos, que nunca se sabe.

—Me temo que a algún río, o algún charco, sí vamos a llegar.

—No lo dé por hecho, señoría —dijo Cerdeira—. Aquí hay todavía otras posibilidades. Por eso le pedimos el ADN de los dos chavales.

—Sobre eso —le agradeció con el gesto el recordatorio—: no tengo ningún inconveniente en cuanto a Hernán. Su propio testimonio me da indicios suficientes para ordenarlo si él se niega. Al otro, a Diego, les agradecería que lo convencieran en todo caso para que lo facilite por su propia voluntad. Si no está dispuesto, me lo dicen y ya veríamos si procede ordenar sin más la toma coactiva o les pido que me amplíen el informe para acordarla. A fin de cuentas, se trata de intervenir en un derecho fundamental, y no quiero que esto parezca un capricho.

A la sargento primero no le gustó que la corrigiera. A mí, aunque como firmante del informe y de la propuesta me alcanzaba igualmente la corrección, no me pareció tan mal. La juez Sagarra se esforzaba en hacernos ver que cuando nos negaba algo no lo hacía arbitrariamente ni por fastidiar o desautorizarnos. No teniendo ninguna obligación de hacerlo, como máxima autoridad y directora del proceso, le agradecía aquella consideración, aunque no me diera lo que le había pedido.

—¿Alguna cosa más? —indagó.

—Por nuestra parte no, señoría.

—De acuerdo. Le doy curso a esto cuanto antes. Buen trabajo.

Tuve la sensación de que a ninguna de mis dos compañeras les hizo mucha gracia que aquella jovencita les diera esa palmadita final en la espalda. Pensé que ninguna de las dos era aún lo bastante mayor como para aceptar lo que cada día que pasaba yo tenía más claro: al mundo al que despertaba cada mañana cada vez le importaba menos lo que yo pudiera pensar de él, y más lo que estaba en la cabeza y en el ánimo de personas como Jennifer, incluso más jóvenes. Eso tenía como primera consecuencia que —me gustara o no, y reconozco que no siempre me gustaba— debía hacer un esfuerzo no sólo por entender sus razones y la lógica de sus decisiones, sino por admitir que ambas eran cada vez más importantes para mi propio futuro. Cuando salimos del juzgado dudé si compartir con ellas la idea. Finalmente, desistí de hacerlo.

Dos días después, cuando fuimos al puesto para despedirnos de nuestros compañeros antes de regresar a Madrid, nos encontramos a la puerta con una nube de periodistas que sorteamos como pudimos.

—Así estaba los tres primeros días —me dijo Chamorro—. Tú te lo perdiste porque cuando llegaste la cosa ya había bajado bastante.

—Y me habría encantado seguírmelo perdiendo —dije.

—¿A qué vendrá esto? —se preguntó Arnau.

Aparté con delicadeza a un intrépido reportero que se obstinaba en cortarnos el paso y lo sujeté para que entrara el resto de mi equipo. Apenas hubo pasado Arnau, tras Virginia, Inés y Lucía, le restituí con mis disculpas la libertad ambulatoria y me deslicé dentro del puesto. Cerdeira nos aguardaba en la sala de trabajo con la explicación de aquel tumulto. Estaba en la primera página de un diario local.

—«La UCO acorrala al asesino de la peregrina» —leí.

El gesto de Cerdeira ya lo decía todo, pero no se privó de observar:

—«La UCO». Se ve que los demás estamos de adorno.

—Vamos, Cerdeira, ya sabes cómo son.

—Tampoco me quejo, mi subteniente. Siempre es mejor que no te vean ni te miren más de la cuenta. A veces, las cosas no salen bien.

Por un momento, pareció como si lo deseara. Preferí no creerlo.

—La cuestión es de dónde sale. Y qué hay debajo del titular.

—En cuanto a lo segundo, puedes leerlo tú mismo, que para eso te lo traje, pero ya te adelanto que el músico toca de oído y desafina que no veas. Habla de un «depredador de nacionalidad extranjera fichado por la policía», y dice que lo tenemos poco menos que cercado. Por esa forma de contarlo, y por lo que ese cuento chino tiene en común con la realidad, tengo una teoría para responder a tu primera pregunta.

—Me encantará oírla.

—Algún funcionario del juzgado se nos fue de la lengua con algún familiar o amigo que a su vez le pasó la bola de aquella manera a un paisano que entendió y enriqueció lo que quiso y con el que debió de acabar hablando el periodista. Este que firma lleva diez días por aquí preguntándole a todo Cristo, a ver si alguien le cuenta algún chisme. A mí misma me asaltó el otro día en una cafetería, y no paró de darme la matraca hasta que no pude más y le dije que era guardia civil y que sólo tenía dos opciones, o callarme o mentirle, y que fuera eligiendo.

—Pues estamos apañados.

—Míralo por el lado amable. Es sólo un periódico local.

—Ya, pero cuánto tardarán en repicarlo los nacionales. Lo que me preocupa es que la noticia llegue a Gerona o Barcelona y lo lea quien no debe y, aunque la historia esté deformada, lo ponga en alerta.

Cerdeira había pensado en ello, y me lo demostró.

—Le pedí al teniente que avisara a la oficina de comunicación de la comandancia. Allí hay una cabo que controla. Puede llamar al redactor jefe del periódico y decirle de forma convincente que su chico se ha dejado llevar por un rumor y que no siga por ahí. Y le puede dar un relato distinto para la edición de mañana que el otro pueda comprar y que desactive la bomba, y de paso contarles lo mismo a todos los medios nacionales que la llamen. También creo que ayudará algo si les hacemos saber que os volvéis a Madrid. Eso les parecerá un síntoma de que la investigación se enfría, en lugar de lo contrario. Ni saben ni tienen por qué saber que os vais a seguir a un ruso en Barcelona.

—Así da gusto, mi sargento primero —aprobé su diligencia.

Cerdeira sonrió complacida.

—En provincias no somos tan torpes como algunos se piensan.

—Nunca yo —le aseguré.

La juez nos aprobó inmediatamente la intervención telefónica y la obtención de datos bancarios, incluidos los movimientos de las tarjetas de crédito de Mijaíl Beliáev. Para poder balizarle el coche nos pidió que le aportáramos indicios complementarios y razones que apoyaran la necesidad y la proporcionalidad de la medida. La principal era que con la baliza en el coche podíamos seguir sus movimientos con una sola persona desde un ordenador en la oficina, mientras que sin ella, y si queríamos seguir en condiciones a un tipo del que nos constaba que tomaba sus precauciones para desplazarse, nos obligaba a movilizar un equipo de diez o doce personas que no teníamos disponible.

Eran esas cosas las que denotaban la radical diferencia que había entre la labor de los togados, en su torre de marfil del despacho y las leyes, y la nuestra, la de quienes pisábamos la calle. En teoría, estábamos del mismo lado y formábamos parte del mismo empeño. En la práctica, vivíamos en dos mundos diferentes, apenas conectados por las tenues pasarelas que establecíamos en los papeles que nos intercambiábamos —sus autos, nuestros informes— y en los contados momentos en que coincidíamos. Para nosotros era a menudo un fastidio, y sabía que a ellos también les dábamos nosotros algún dolor de cabeza, pero quizá, y a pesar de ineficiencias como aquella, era mejor así. Por mi parte, desde luego, cuantos más trienios sumaba menos me atraía la labor de estar juzgando y decretando todo el tiempo, y mejor me parecía que no fuera la mía. Eso me daba opción a inventar. Y a equivocarme.

En consecuencia, no nos dimos mucha prisa en desplazar el equipo a Barcelona. Pudimos hacer desde nuestra oficina en Madrid la mayor parte de las gestiones, y las que no, se las encargamos al equipo de la capitán Morata. Ese tiempo lo invertimos, entre otras cosas, en tratar de averiguar todo lo que pudiéramos de aquel Mijaíl Beliáev. No había nada anterior a 2014, cuando nos constaba su llegada a España y su obtención de residencia por inversión, con arreglo a la fórmula que había aprobado poco antes el Gobierno de entonces. Mientras los más pobres seguían ahogándose en el Mediterráneo o estampándose contra las vallas de Ceuta y Melilla, donde los contenían los nuestros a duras penas, a los ricos, para entrar en el país y poder residir en él con todas las de la ley, les bastaba con meter quinientos mil euros en un inmueble o un millón en acciones o inversiones financieras, sin importar mucho el origen del dinero. En teoría, se aplicaban las normas de prevención del blanqueo de capitales, pero a los verdaderos delincuentes no les era demasiado difícil sortearlas, sobre todo si los fondos procedían de la corrupción en países de gobernanza dudosa y autoridades dispuestas a certificar cualquier cosa a cambio del estímulo adecuado. Al mismo tiempo que Mijaíl, multitud de rusos habían seguido el trámite. Ni a él ni a esos compatriotas les costaba acceder a esas inversiones, ya fuera con dinero propio o de otros manejado en calidad de testaferros.

Desde entonces, Mijaíl se había dedicado a negocios de importación y exportación y promoción inmobiliaria, que eran el objeto social de las compañías de las que nos constaba como apoderado en el Registro Mercantil. Según me contó el comisario Riudavets, cuando le dije que podía ser el hombre al que estábamos buscando, lo tenían en su radar porque les habían encontrado unas transacciones sospechosas con sus compañías a unos italianos a los que investigaban por blanqueo para la mafia napolitana, y a su vez con intereses en el tráfico de drogas en Cataluña. Por ahora no tenían ninguna prueba concluyente que les permitiera imputarle nada, pero la investigación estaba todavía en curso, por lo que no lo habían descartado. Me pidió total discreción sobre todos estos detalles, y yo a mi vez se la pedí sobre la hipotética implicación de Mijaíl en nuestro homicidio, en el bien entendido, por parte de ambos, de que intercambiaríamos cualquier información que obtuviéramos y que fuera de interés del otro. Ya podían los políticos discutir, zancadillearse y hasta sacarse los ojos por sus diferencias y sus fronteras, reales o imaginarias, presentes o pretendidas: en el lado crudo de la vida no había divisorias. Ni siquiera, en un mundo donde también —o sobre todo— era global la delincuencia, entre los Estados formalmente constituidos y reconocidos. Por eso a quienes teníamos que vernos las caras con los angelitos que poblaban esa dimensión de la realidad nos convenía ser capaces de aquellos socorros mutuos, al margen de las querellas y las peleas de quienes nos mandaban.

De este currículum, me llamaban la atención sobre todo dos cosas. Así se lo comenté a los míos en una de nuestras tormentas de ideas.

—Primer detalle —expuse—: según el testimonio de Santórum, el confidente, conocía a Mijaíl de sus correrías como narco hace diez años. Y sin embargo, no nos consta que estuviera entonces aquí.

—Podría pensarse que Santórum miente al reconocerlo, pero lo ha reconocido la camarera —dijo Chamorro—. Y los tres chavales.

—Por tanto, esa no es una opción.

—Podía estar aquí, pero con otra identidad —apuntó Arnau.

—Ahí quería llegar yo —dije—. Y lo respalda el otro detalle. Los que lo han oído hablar, Santórum incluido, dicen que prácticamente no tiene acento. Lo que denota una larga estancia entre nosotros.

—¿Qué es lo que estás sugiriendo? —intuyó Chamorro.

—Un tipo que maneja tanto dinero, que lleva ya mucho tiempo en España, pero puede borrar sus huellas anteriores con un presumible cambio de identidad... Sea cual sea el procedimiento que ha empleado para lograrlo, y aunque hace diez años fuera un machaca de una red dedicada al narcotráfico, ahora es un delincuente de alto perfil.

—¿Y? —preguntó Salgado.

—Qué hace siguiendo a la chica en Roncesvalles, y luego en Samos, y si es el asesino, ocupándose de ese trabajo sucio —dijo Arnau.

—Exacto. Necesitamos entender eso. Ya sabéis que es en esta clase de piezas que parecen no encajar donde a menudo está la clave.

—Se me ocurre algo —dijo Chamorro.

—Suéltalo —la invité.

—Fuera cual fuera la razón para seguir a Queralt, o para matarla, era un trabajo que no podía encargarse a cualquiera. Era necesario que se ocupara alguien de la máxima confianza. Alguien con cierto nivel en la organización, lo que garantiza una lealtad mucho mayor.

—Eso quiere decir que hay alguien por encima —apuntó Salgado.

—Y seguimos sin tener conexiones demostradas con ninguno de los dos rusos con los que se relacionaba Ferran Bonmatí —añadí.

—¿Alguien por encima incluso de ellos?

La pregunta que Virginia dejó en el aire se quedó ahí, suspendida, y dando vueltas en las cabezas de todos. Si era así, se complicaba, y no poco, la misión de llevar la pesquisa hasta sus últimas consecuencias. Las posibilidades que teníamos de hacer llegar la acción de la justicia a un posible inductor situado fuera de nuestra jurisdicción, y acogido a la de un Estado poco o nada inclinado a colaborar, eran las mismas que teníamos de hacer responder de sus desmanes a Gengis Kan o Atila. Sin embargo, no duró mucho este interludio melancólico. La guardia Lucía entró en tromba en la sala donde estábamos reunidos.

—Mi subteniente, tienes que ver esto.

La seguí sin demora. Lucía era la encargada de recoger y analizar la información que el sistema de intervención telefónica nos daba de la actividad de los móviles de Mijaíl. En la parte hablada en español el pinchazo no nos había dado hasta la fecha nada aprovechable, y en la parte en que hablaba en ruso no sabíamos, porque aún no nos lo había traducido todo la intérprete que tenía contratada la unidad, como otros muchos de las más diversas lenguas —desde el árabe al albanés, pasando por dialectos nigerianos—, para ocuparse de la tarea. Pero el sistema no sólo nos permitía acceder a las conversaciones: también nos daba cuenta de las navegaciones que hacía el sujeto con sus móviles conectados a internet. Y ahí era donde había saltado la liebre.

—Mira —me señaló Lucía, una vez que todos estuvimos delante de la pantalla—. Está mirando vuelos a Moscú. Para mañana mismo.

—Tal vez se vaya de vacaciones, o a ver a la familia —dijo Arnau.

—O tal vez no. Y pasado mañana puede ser demasiado tarde.

—Qué hacemos —preguntó Chamorro.

—Tú, llamar ahora mismo a Cerdeira para que se vaya, ya, a ver a la juez y le saque una orden de detención y otra de entrada y registro. Si le pone alguna pega, que me llame, y le explico lo que necesite. Y yo, llamar a la capitán Morata para que vaya preparando la caballería. No podemos dejar que este tío se nos vaya. Se nos iría todo con él.

La juez no nos puso objeciones para lo que le pedíamos. O Cerdeira estuvo convincente o le pudo la presión de permitir que en el primer gran caso de homicidio de su carrera como instructora el responsable se diera a la fuga por su negligencia. La capitán Morata me aseguró que hablaría inmediatamente con el comandante Ricardo para tener dispuesto un operativo de intervención, y que se ocupaba ella misma de coordinar con el juzgado de Blanes la presencia del letrado de la Administración de Justicia en el registro de la casa de Mijaíl Beliáev. Con esa seguridad, le pedí a Salgado que se agenciara dos coches, me daba igual de qué modelo mientras funcionaran y tuvieran gasolina, y a Chamorro y Arnau que hicieran la maleta para ir a Barcelona. Lucía se ocuparía esta vez de cubrir la retaguardia, y en particular de estar atenta a cuanto hacía y decía Mijaíl a través de sus teléfonos y de que si era en ruso la intérprete lo fuera traduciendo en tiempo real.

Ya con todo en marcha, me fui a ver al comandante Ferrer, al que había intentado avisar antes, pero que entonces estaba en una reunión con el coronel y no había podido atenderme. Le di por tanto ya cuenta de los hechos consumados, pero por suerte le había ido informando puntualmente de todos los pasos anteriores y no podía no coincidir con mi criterio. Sólo me hizo una petición, que no juzgué abusiva.

—Si en el coche me puedes hacer una nota para el coronel, te lo agradezco. No te pido un informe. Una nota con lo principal.

Tenía cinco horas para hacerla. No me costaba complacerle.

—A sus órdenes, mi comandante —me limité a decir.

También desde el coche puse al día con un wasap al teniente general Pereira, ya que tenía fundadas sospechas de que desearía estar al tanto de aquel zafarrancho, y llamé por teléfono a Campillo, a quien no sólo le interesaba la operación, aunque seguíamos sin conectar a Mijaíl con sus objetivos, sino de quien podía necesitar alguna ayuda. En lo que tocaba a la coordinación de la operación con los Mossos, a fin de que a sus efectivos de Blanes no los pillara por sorpresa la intervención, ya se ocupaba también Morata, pero por si acaso tampoco dejé de ponerle un mensaje de cortesía a Riudavets, para que estuviera sobre aviso. Sólo una vez que hube acabado con todas estas labores de protocolo pude relajarme y apoyar al fin la nuca en el reposacabezas del coche que conducía Chamorro. Era un Peugeot grande y sin mucha gracia, pero lo bastante cómodo y potente para la tarea. Detrás de nosotros venían Salgado y Arnau, en un Fiat 500L que había sido el capricho de la mujer de un cultivador industrial de marihuana y ahora lo era de nuestra cabo primero. Avanzábamos ya a la altura de Soria y vi a mi derecha la silueta, para mí familiar, del castillo de Montuenga.

—Otra vez esta carretera —observó Chamorro.

—Y para mí ya van...

—Si quieres echa una cabezada —me ofreció—. Te despierto cuando lleguemos al meridiano. Esta noche no vamos a dormir mucho.

—No. Seré solidario.

Me mantuve pues despierto. Cuando llegamos al arco que sobre la autopista señalaba el cruce con el meridiano de Greenwich, poco antes de entrar en Cataluña, no dejé de reparar, porque ya había oscurecido, en que la estructura, antes iluminada, se veía ahora como una silueta tenebrosa. Alguien había decidido dejar de pagar la luz que consumía, o se había estropeado la instalación y nadie había querido asumir el gasto de repararla. Pensé que aquello era un símbolo. Y, como todos los símbolos, cada cual lo interpretaría como mejor le conviniera.

26

Il cielo in una stanza

Por muchas razones tengo grabados en la memoria numerosos detalles de los meses que transcurrieron entre el verano de 1994 y el de 1995, pero uno de los más recurrentes es el de aquellos viajes entre Madrid y Barcelona que se convirtieron en la rutina de muchos de mis fines de semana: como mínimo, dos al mes. Era la única manera que tenía de pasar algún tiempo con mi hijo, después de que su madre se mudara a la meseta. Había quedado más o menos estipulado que yo la seguiría tan pronto como tuviera una plaza en Madrid, objetivo que no estaba ni mucho menos fácil, y que por otra parte cada vez que regresaba a Barcelona, y me encontraba con Anna, con quien a la sazón mantenía una relación adúltera y clandestina, me planteaba más dudas.

No tengo una manera airosa de presentarme a mí mismo durante aquel año en el que prolongué una vida de doblez y ocultación. Sólo puedo decir que el desgaste que aquel esfuerzo me produjo fue tan devastador y destructivo como ninguna otra experiencia que la vida me haya deparado. Trataba de cargarme de razones para justificar mis actos y no dejaba de encontrarlas. Cada vez que estaba con Anna tenía la sensación de que con ella hallaba su sitio exacto todo lo que dentro de mí había sentido siempre desajustado, y me convencía de que no podía dejar de verla. Porque nadie ni nada, ningún compromiso ante la ley de los hombres ni ante la de los dioses —si es que la vieja duda del sofista Protágoras debía resolverse a favor de su existencia—, podía obligar a un mortal a ir contra su inclinación más profunda.

Para la mentira y la simulación, me buscaba la coartada en lo que desencadenaría si decidía revelar lo que estaba oculto a la madre de mi hijo: la separación irremediable de nuestros caminos, el mío y el de Andrés, cuando él apenas estaba comenzando a vivir. No me hacía ilusiones: sabía que una situación como aquella sólo podía mantenerse transitoriamente, y que antes o después debía encontrar una solución, pero mientras tanto dejaba que el tiempo corriera y me dejaba llevar. Los días buenos, soñaba que acababan dándome un buen destino en Madrid, que convencía a Anna de que se viniera conmigo a vivir allí y que ya con todo bien organizado afrontaba mi divorcio y conseguía un buen régimen de visitas con Andrés, o incluso, si podía colocarme en alguna oficina, una custodia compartida. Los días malos, me temía que esto último era un lujo que jamás se me iba a conceder, porque ni su madre lo consentiría, ni tendría ese cómodo destino ni habría un juez que apostara un duro por un adúltero que apenas paraba en casa. Los días peores, me veía renunciando a Anna, conviviendo el resto de mis días con alguien que no era quien me daba la vida y recordando todo el tiempo que por ahí seguía alentando quien sí tenía ese poder.

Alguien —exento de las dudas de Protágoras— dijo alguna vez que nada divierte más a Dios que ver a un mortal hacer planes o especular acerca del futuro. Lo que finalmente acabó sucediendo me invita a pensar que en este caso se lo pasó en grande, porque no fue ninguno de los tres escenarios que en aquellos días yo manoseaba de manera casi febril. El desenlace fue, en cierto sentido, mucho peor que la peor de todas mis representaciones, o así fue como lo sentí, al principio. Con la perspectiva del tiempo y el aprendizaje que me proporcionó, y con mi hijo convertido en un hombre de provecho, me inclino más bien a pensar que sucedió lo que tenía que suceder. No para mi dicha, mi salvación o la de los muebles de mi existencia, que son cosas que tal vez nos preocupan más de lo que deberían; sino para entender mejor quién soy, lo que puedo y debo, y lo que ni puedo ni debo hacer, a fin de no acrecentar el mal que ya circula por el mundo y se abate a diario sobre los pobres seres humanos en dosis más que suficientes.

No quiero, pues, torturarme con el recuerdo de esas noches atroces e insomnes, cuando oyendo a mi lado respirar a otra persona pasaba las horas en vela sintiéndome abominable yo, sintiéndola abominable a ella, por el daño que me imaginaba que iba a querer causarme cuando descubriera lo que aún no sabía, y debatiéndome entre la necesidad de ponerle fin a mi aventura con Anna o la de sacar a la luz la verdad y dejar que arrasara con todo como un huracán de viento y fuego. Yo sé que existieron, y sé hasta qué punto me erosionaron, me pulieron y me hicieron quien soy; pero carece de sentido, a estas alturas, recrearse en el relato de sus ominosos vaivenes, sus penosas incoherencias y sus estériles cavilaciones. Pasó lo que tenía que pasar, el sufrimiento y el autoengaño fueron en sí mismos improductivos, como suele suceder, y de aquello ya sólo guardo las lecciones, las cicatrices, la belleza.

Porque sí, incluso en medio de la mezquindad y el error la vida le deja a uno saborear instantes de plenitud, en los que la sensación de ser y estar donde uno está puede también ser bella y memorable. Lo eran los momentos, tanto más valiosos por cuanto me eran contados y estaban amenazados por las sombras que se cernían sobre el futuro, en los que podía estar con Andrés, llevarlo al parque, jugar a la pelota, o a los coches, o simplemente escoltarlo cuando empezaba a soltarse con el triciclo. Desde que asomó su personalidad, mi hijo me pareció lo que en ese momento más necesitaba: un ser limpio, equilibrado, sin maldad ni doblez. Especialmente fascinante me resultó su aprendizaje del lenguaje: la prematura facilidad con que pronunciaba las palabras que iba adquiriendo, o se surtía de sinónimos que le permitían resultar más preciso y expresivo. Cuando cumplió tres años hablaba ya con una soltura que no tenían niños mucho mayores que él, y a ello unía una capacidad extraordinaria para ganarse a los extraños, que cuando veían a alguien tan pequeño perorando con esa soltura caían rendidos. Lo único que de vez en cuando me provocaba algún sobresalto era su arrojo, rayano en la temeridad. Apenas te descuidabas salía corriendo o se ponía en peligro de mil maneras, ya fuera con una acrobacia en los columpios o asomándose sin barrera a un desnivel de varios metros. Me chocaba que un niño tan templado para otras cosas tuviera esos arrebatos de inconsciencia, pero ya estaba ahí, en germen, lo que mi hijo iba a acabar siendo. Un tipo centrado capaz de tirar a la basura su carrera, tras sacársela con buena nota, para hacerse guardia civil.

Y luego estaba esa otra parte de mi vida. La indebida, pero no por ello menos placentera ni deseable, sino todo lo contrario. Con Anna, aprovechando sus días libres y la cuerda, cuando no la cobertura, que me daba a mí Robles, descubrí una Barcelona que iba más allá de las cuatro referencias con las que había llegado allí, y que apenas había ampliado con los escenarios de los crímenes o los demás lugares que por razón de mi trabajo me veía obligado a conocer. Con ella subí a los bosques del Garraf, conocí la playa del mismo nombre y caminé sin prisa al atardecer por las de Castelldefels, Gavà o Viladecans. Sobre todo nos gustaba esta última, porque era la más salvaje, en ella sólo había un chiringuito desmontable y un camping, y su arenal llegaba hasta el estanque del Remolar y las marismas de Les Filipines, donde podías ver flamencos, cormoranes y todo tipo de aves exóticas.

Con ella iba también a lugares más consabidos, desde el mirador de Sarrià, el Tibidabo o el Park Güell, nuestros apostaderos preferidos para mirar la ciudad, hasta la Barceloneta o Montjuïc, aunque, por la discreción a la que estábamos obligados en nuestra condición de pareja secreta, no nos dejábamos ver mucho en los sitios de más tránsito, donde podía salirnos al paso alguien que no debiera encontrarnos juntos. Con el tiempo, esta precaución, como todas, se fue relajando, lo que tendría en fin sus consecuencias, pero nos quedó esa inercia de no mostrarnos más de la cuenta y de buscar los lugares apartados y solitarios.

En esos instantes, acogido a aquella intemperie propicia, Anna era mi casa y era Barcelona y era el mar que bañaba la arena de sus playas. Por eso, porque me acostumbré a verlas impregnadas de ella, fueron también mi casa las playas, el mar y la ciudad, y no podrían ya dejar de serlo nunca, ocurriera lo que ocurriera conmigo y con la propia Barcelona. Incluso si los cuatro gatos que por aquel entonces querían hacer de ella la capital de otro país que me declarase extranjero, o enemigo, o ambas cosas a la vez, lograban contagiar algún día sus ideas al resto y llevaban a cabo su proyecto de desgajarla del mío. Por aquellos días, era esta una posibilidad tan remota como cualquier otro cambio revolucionario, a lo que aquella Cataluña de los noventa no podía parecer menos proclive, como una tarde que fuimos a pasear por la playa nos resumió un orondo policía local de Viladecans:

—Aquí gusta meter ruido, pero al final nunca pasa nada.

Le eché no menos de cincuenta años y no menos de ciento veinte kilos. Por su acento no era catalán de origen, pero tenía pinta de saber de lo que estaba hablando, y la generosa barriga que sujetaba con la tela de su camisa metida en la cinturilla de los pantalones lo acreditaba como hombre de natural filosófico y observador. Lo que había motivado su comentario era la controversia que por aquellos días habían suscitado ciertos proyectos urbanísticos que entraban en conflicto con la protección legal de los espacios naturales del delta del Llobregat, y por los que se me ocurrió preguntarle. Sostenía el agente que, como otros anteriores, se quedarían en el papel. Y en ese punto no anduvo descaminado. En los siguientes veinte años allí no hubo más actuación urbanística que la ampliación del aeropuerto. Otra cosa era si se tomaba su sentencia como augurio de carácter más general.

De aquel tiempo con Anna no sólo recuerdo los espacios abiertos. También estaban las habitaciones, casi siempre la suya, pero también, en alguna ocasión, la del apartamento diminuto que me alquilé en el propio Viladecans para reducir el coste de mi alojamiento cuando mi mujer y Andrés se fueron a Madrid, en lugar del piso de L'Hospitalet, que tenía demasiados metros y salía demasiado caro para cobijarme sólo a mí. No habría podido llevarla al hogar de mi familia, esa familia a la que estaba traicionando, pero durante el tiempo que viví en ese apartamento ni Andrés ni su madre pusieron un pie en él. En algún momento de ese otoño, o ese invierno, o esa primavera, o del segundo verano, debimos de escuchar una canción clásica de Gino Paoli, *Il cielo in una stanza*, en la versión de Mina. Hablaba de un cuarto cuyo techo y cuyas paredes desaparecían para mostrar el cielo que cobijaba a los amantes, y quedaría como la banda sonora de aquel recuerdo. También en la habitación escuchábamos otras canciones de Paoli, como *Senza fine* o la más famosa de las suyas, *Sapore di sale*, que aún hoy me trae el calor y la luz de aquellos paseos que dábamos los dos juntos por la playa. O las de Billie Holiday, a la que la aficioné cuando le traduje la letra de *I'm a Fool to Want You*, otra canción para siempre ligada a ella. Y allí debió de ser, en fin, donde ella leyera para mí, con aquel acento barcelonés que en ninguna otra voz ha vuelto a sonar tan dulce, esos versos donde Estellés, el poeta que oía valenciano a la sombra de Montjuïc, hablaba de dos amantes como no había otros, ferozmente entregados uno al otro desde la mañana hasta la noche. Llegado a la fría atalaya de la madurez —o la fosa, según se mire— podría haber aprendido a encontrar algo ridículas aquellas ternuras de enamorados, pero nunca supe. Fue demasiado intensa la emoción que entonces las provocaba, y demasiado persistente el dolor que la pérdida, y la culpa y el fracaso que la envolvieron, me llevaron a conocer más tarde.

En aquella habitación, no recuerdo si la suya o la mía, fue donde ella quiso que oyéramos juntos *The Man I Love*, la canción que escogió para agradecerme que yo le hubiera descubierto la voz y el alma de Billie Holiday, con quien me confesó que había sentido desde la primera grabación que había oído de ella, curiosamente una de las últimas que hizo, una conexión especial. Había traducido la letra con ayuda de un diccionario, porque con el inglés no se arreglaba muy bien, y quería confirmar conmigo que no se había equivocado al hacerlo. Sobre todo se le resistía el comienzo del segundo estribillo, y me acabó pidiendo que le hiciera yo la traducción más fiel que me fuera posible.

—Tú te manejas mucho mejor —dijo.

—Tampoco soy traductor ni filólogo —advertí.

—Pues hazlo con el corazón. A mí me va a valer.

Cuando me miraba así, con esa sonrisa sobre la que nunca dejaba de flotar la tristeza que se agazapaba en sus ojos, nada podía negarle.

—«Construirá un pequeño hogar...» —comencé, y ahí ya me asaltó la duda—. «Una casita», podría decirse también, «sólo para dos, de la que ya jamás me moveré, ¿y quién querría, o acaso querrías tú?».

Se quedó pensativa. No era difícil saber qué pasaba por su cabeza.

—Esta es la parte que no termino de ver —reconoció.

—¿Cuál?

—No te veo haciendo una casa, ni pequeña ni grande.

La broma, inocente, tenía un trasfondo que no lo era. Lo capté, como no podía ser de otro modo, así que preferí irme por la tangente.

—Dondequiera que estemos los dos está nuestro pequeño hogar. La propiedad está sobrevalorada. Todos somos inquilinos de la vida.

—Una salida muy ingeniosa. Se te dan bien las palabras.

—Tampoco a ti se te dan mal.

—Pero a mí me llevan. Tú eres de los que las llevan a ellas.

—¿Y eso es bueno o malo?

Me observó con una especie de compasión.

—Como todo, depende de para qué. Y del momento y el lugar.

—¿Y aquí y ahora?

—Te va bien, para darte a la fuga. La pregunta es...

Se interrumpió, como si de pronto le pareciera algo excesivo poner en palabras lo que había en su pensamiento. La invité a seguir.

—¿La pregunta es?

Sostuvo mi mirada.

—Si vas a estar dándote a la fuga siempre.

—Tienes derecho a hacerla —le concedí—. Todo el derecho.

La sangre acudió entonces a su rostro y negó con energía.

—No, no lo tengo. Perdóname.

—No hay nada que perdonar. Antes o después tengo que afrontarlo. Y ya que sacas el tema, hay algo que me gustaría preguntarte.

—Dime.

—¿Te vendrías conmigo a Madrid si pido destino allí?

—Qué pregunta.

—¿Sí o no?

La duda pareció ofenderla.

—¿Me lo estás preguntando en serio?

—Prefiero no dar por supuesto nada.

—Yo iría a donde me pidieras. Si me lo pidieras.

—Perderías tu trabajo, dejarías tu ciudad.

—Y qué más da. Encontraría otro trabajo. Me haría madrileña.

—Pero tú a tu tierra la quieres.

—Por eso no importa si me voy. Se vendrá conmigo.

—Yo también he aprendido a quererla. No sé si me apetece irme. O más bien estoy seguro de que no: de que si me voy, será obligado. Y cuando lo pienso, no puedo evitar que se me lleven los demonios.

Aunque le sacaba diez años, me miró entonces como si fuera mi madre. Compensaba así la ausencia de la mía verdadera, a quien había dejado al margen de mis zozobras. Para no preocuparla, me decía cuando quería salvar la cara ante mí mismo; o para no avergonzarla, como tendía a parecerme los días en que me flaqueaba el ánimo.

—Tú tienes que estar donde esté tu hijo —dijo, muy seria—. Por lo menos ahora, y mientras sea pequeño. Más adelante, ya pensarás.

—En fin, bueno es saberlo —dije.

—¿El qué?

—Que te vendrías.

Volvió a sonreír.

—No me debes nada. Ya lo verás tú, cuando llegue el día. Entonces sabrás lo que tienes que hacer y yo lo aceptaré. Así tiene que ser.

—No parece muy justo.

—Como si eso le importara mucho a quien nos escribe el destino. No te tortures más. Y termina de traducirme el estribillo, anda.

—Eh, sí. Déjame ver otra vez el original —le pedí—. «Y por eso, por encima de todo lo demás, yo lo espero, al hombre al que amo».

—Ahí lo dice todo —susurró—. Recuérdalo siempre.

Me costaba creer que yo pudiera merecer una entrega semejante, la generosidad con que aquella mujer, que aún no había dejado del todo de ser una muchacha, me quería y se comprometía con su amor.

Entre nuestros encuentros y mis viajes a Madrid, para ver a mi hijo y tratar de sostener con su madre una ficción de matrimonio cada vez más precaria, tenía que lidiar con las vicisitudes del trabajo, que ya en el año 1995 registró un acontecimiento digno de mencionarse.

Sucedió por accidente, que es como a veces se precipitan estas cosas. Estábamos investigando una muerte sórdida, la de un quinqui cuya desaparición se había denunciado en Vilanova i la Geltrú, aunque su cadáver, cosido a navajazos, había aparecido tirado en las faldas de Montjuïc, en la parte menos vistosa del monte, la comprendida entre el llamado Anillo Olímpico, el cementerio y la zona del puerto. Era una investigación ingrata y laboriosa, que al fin se acabó encaminando en la dirección de un camello al que el difunto solía comprar y con el que había tenido algunas diferencias. Según nos contaron los confidentes y algunos conocidos de la víctima, los dos tenían muy malas pulgas, por lo que el homicidio tenía toda la apariencia de haber sido fruto de una discusión violenta que había degenerado en pelea, en la que había salido derrotado el fallecido. Para poder incriminar al autor, conseguimos que el juez nos autorizara varias escuchas telefónicas, que al final, junto a otras pruebas —obtenidas con un esfuerzo mucho mayor del que requieren las investigaciones del siglo XXI, con su vasto y variado repertorio de recursos técnicos, científicos y tecnológicos—, sirvieron para poner al homicida a disposición de la justicia.

Se trataba entonces de pinchazos de teléfonos fijos, los móviles eran un artículo de lujo que los ilusos confiábamos en no tener que cargar nunca, pero dieron un rendimiento imprevisto: además de su objetivo inicial nos sirvieron para pillar el hilo de una gran entrega de droga en la que estaba involucrado personalmente don Lisandro, el escurridizo líder del clan gitano de Cornellà al que en su día no habíamos podido imputar por asesinato. La implicación del patriarca la acreditaron otras escuchas y diligencias complementarias, pero lo más grande fue que pudimos averiguar el día y el lugar de la entrega y sorprender a todos los implicados con las manos en la masa. Incluido don Lisandro, que ese día, en contra de su costumbre, y tal vez por el mucho dinero que estaba en juego, acudió personalmente a supervisar la operación.

No podré olvidar nunca la conversación a la que tuve el privilegio de asistir, entre el sargento primero Robles y aquel hombre de pocas y sentenciosas palabras, en el calabozo en el que aguardaba su puesta a disposición judicial. Se cumplía con ello lo que Robles me anticipara en su día: cualquier día se distraería, dejaría alguna huella, y ese sería el momento de ir a por él con todo, por todas las veces que no se había podido probar su conexión con algún hecho delictivo del que teníamos la sospecha de que él era el cerebro y el inductor. Y no era una huella, sino una montaña de ellas, y de las que no dejaban muchos resquicios a la duda de los jueces. Sin embargo, don Lisandro estaba tranquilo, porque en él una muestra de ansiedad o de histeria habría sido tan impensable como un episodio de inapetencia en un campeón de sumo. Mantenía cerca una de la otra las manos esposadas, y lo hacía con tal elegancia que casi se diría que aquellas pulseras se las había puesto él porque le apetecía, y no nosotros para trabarle los movimientos.

—En mala coyuntura nos vemos, don Lisandro —lo saludó Robles.

—Sobre todo para mí —observó el aludido.

—Cosas que pasan, una desgracia. Espero que entienda usted que no tenemos elección, lo hemos sorprendido en delito flagrante.

—No se apure, lo entiendo. Aunque eso lo dice usted.

—Yo y el puñado de fotos que les hemos hecho, a ustedes, a los que les venden y a todos los que pasaban por allí —precisó mi jefe.

—Usted no es juez. Habrá que enseñárselo al que sí lleva toga y ya se verá lo que decide. Al juicio yo pienso ir con abogado, y, por cierto, hace un rato que le he dado a uno de los suyos su teléfono y todavía no lo veo por aquí. Y no creo que se haya ido de vacaciones.

—No, ya lo hemos localizado. Ya viene.

—Pues si le parece esperamos a que esté aquí para hablar. Para que hable usted, vaya, porque lo que es yo no voy a decir ni pío.

—¿De verdad? ¿Ni una pizca de nada me va a dar?

—Qué le hace pensar que pudiera hacerlo.

—Colaboración con la justicia, baja un poquillo la pena, ya sabe.

Don Lisandro lo miró con una sonrisa socarrona.

—Vamos, don Rafael, no me sea crío. Eso no va a pasar.

—¿Está seguro?

—El que debería estar seguro es usted, mi sargento primero. No me puedo creer que venga aquí pensando que este que le habla puede pensar siquiera en vender a uno de los suyos a la Benemérita. Ni a los míos ni a nadie a quien le haya dado la palabra, téngalo bien claro.

—No nos lo vendería a nosotros. Lo entregaría a la justicia.

—Perdone, pero, estando aquí, para mí todos los payos son iguales. No me fijo en si llevan la ropa verde, o negra o de colores. Sus leyes son suyas, yo tengo las mías y a esas me he atenido siempre.

—Es que me sabe mal —dijo Robles, con tono lastimero—. Mire que hace que nos conocemos, y que hemos tenido nuestras diferencias y que cada uno está donde está, pero siempre le he tenido aprecio y nos hemos entendido muchas veces. Créame que le echaré de menos.

El detenido lo observó con sus ojos fijos y diminutos. Reparé en que eran de un color indefinido entre el del trigo y el de la aceituna.

—No sufra de más. Ya tratará con otro, y sólo será un tiempo, no creo que por un poco de heroína me vayan a meter cadena perpetua. Lo que ya puede tener claro es que no soy quien creyó siempre.

—¿Y quién creí yo que era, según usted?

—Por cómo me miraba, alguien más importante de lo que soy. Ya ve que era lo que siempre le dije: alguien que tiene el respeto de los suyos y de algunos más, y que intenta que eso sirva para evitar conflictos hasta donde llegan sus pocas fuerzas. Alguien importante no se vería donde me veo yo ahora, preguntándose quién se la ha metido.

—No vea fantasmas donde no los hay, don Lisandro.

—Nada pasa nunca porque sí.

—Somos buenos policías, eso es todo. Y hemos tenido suerte.

—No crea de más en la suerte. Que es de mal agüero.

—Lo tendré en cuenta. Y sólo por eso no se la deseo ahora mismo.

—Tampoco la necesito. Ya echaré mano de otras cosas.

No nos cabía ninguna duda de que don Lisandro se las apañaría en la cárcel, mucho mejor, dicho sea de paso, que Robles o que yo mismo si algún día metíamos la pata como para acabar en una. A ese respecto, no podía reprimir un cierto desasosiego cada vez que iba con Robles al Paradise, como seguía sucediendo de vez en cuando, en teoría para controlar y gestionar a la fuente que era Valero para la unidad, pero en la práctica para que mi suboficial no dejara de satisfacer la debilidad que tenía por las diosas eslavas que se renovaban regularmente.

Una de aquellas noches, sería al final de la primavera o principios del verano de 1995, presencié algo que agravó mis aprensiones. Fue un incidente que implicó a Svetlana, aquella escalofriante bielorrusa que había llegado algunos meses antes, y al propio Valero, que había dado en cometer el más aparatoso error que puede cometer un proxeneta: encapricharse de una de las mujeres a las que explota. Por aquellos días, y a juzgar por lo nervioso e irritable que se le veía, debía de haber aumentado su consumo de cocaína y de algunas otras sustancias, lo que no le ayudaba precisamente a mantener la frialdad ni el equilibrio.

Quizá por eso, cuando vio a Svetlana en la sala, se acercó a ella y le propuso algo que la gélida rubia desdeñó con un gesto altivo, montó en cólera y armó un escándalo que la chica, que era dura y también tenía su carácter, no contribuyó a contener. Para cuando me quise dar cuenta, él la estaba zarandeando, ella gritaba a voz en cuello y yo me vi dudando si intervenir o no, porque Robles se había perdido en uno de aquellos reservados donde tenía por costumbre perderse. En ese momento, sucedió algo inesperado. Otra persona surgió de la nada y se ocupó de acabar con el jaleo tan silenciosa como drásticamente.

Recuerdo bien la escena. No vi de dónde venía Oleg, el misterioso ruso al que ya me había encontrado alguna otra vez allí, porque para variar vestía de negro. El caso es que llegó, le puso una mano en el hombro a Valero, tomó por la muñeca a la chica y en un santiamén se hicieron el silencio y la inmovilidad de ambos. A Travolta se limitó a mirarlo, lo que bastó para congelarlo como si lo hubieran transportado de golpe al corazón de Siberia en enero. A ella necesitó susurrarle algo al oído, pero fue lo bastante persuasivo como para que se callara, lo mirara un instante con aire aterrorizado y luego bajara la cabeza y se reintegrara a su posición. Obrado este efecto, Oleg le dio un par de palmadas a Valero en el hombro y lo acompañó fuera de la sala. En todo momento su rostro se mantuvo perfectamente inexpresivo, salvo al final, cuando dejó que una sonrisa cuántica —tan pronto la veías, tan pronto no— le torciera casi imperceptiblemente las facciones.

El episodio corroboró una sospecha que abrigaba desde la primera vez que había visto a aquel hombre. Nuestro Valero no era más que un testaferro, el dinero que manejaba no era suyo y menos aún lo eran los negocios que regentaba. Era un buen relaciones públicas, un individuo con mano y vista para tratar a la gente, tanto a la que había que tener contenta como a la que había que explotar para que diera el mayor rendimiento posible. Por esas características debía de haber llamado la atención de los oscuros inversores a los que representaba aquel Oleg, el verdadero dueño efectivo de cuanto administraba Valero, y también seguramente el intermediario o suministrador de la materia prima que tanto y tan bien les rentaba en aquel local nocturno. Aprovechaban la inveterada y extendida afición de los varones españoles de toda clase al consumo del sexo mercenario, pero también el negocio añadido que les ofrecía una ciudad que a raíz de las Olimpiadas no sólo se había puesto en el mapa, sino que se había convertido en una gran potencia en la actividad de organización de ferias internacionales. Cada año, atraía gracias a ellas a miles de ejecutivos de todas las procedencias, muchos de ellos empadronados en países más estrictos o aburridos, y con horas de ocio que gastar entre jornada y jornada del salón o la convención que fuera. El Paradise, lo acreditaba la extracción de su concurrencia, estaba en ese circuito de entretenimiento, y además en la gama alta, y por tanto más rentable, de la oferta disponible. Aquello no era simplemente un negocio de hostelería con chispa añadida. Lo que allí se habían montado era lo más parecido a una mina de oro.

Lo siguiente que pensé fue que quienes fueran los que mandaban sobre Valero, más allá del visible Oleg, nos tenían indirectamente en nómina a nosotros, a través de las atenciones de todo tipo que su hombre nos dispensaba. A cambio de un poco de información, cuatro platos de comida, unas copas y los desahogos de Robles, contaban con una conexión especial con los representantes de la ley, que utilizaban para dirigir nuestra atención hacia donde a ellos no les perjudicaba, apartarla de lo que no les convenía que mirásemos y, en caso de mayor necesidad, disponer de una interlocución privilegiada que les diese las oportunidades que no tenían los ciudadanos honrados y corrientes.

Pensé entonces que era en el entramado de aquella gente donde me había encontrado a Anna. Y aunque ella era inocente y vivía al margen de sus manejos, de eso estaba convencido, no lo había sido yo tanto al ceder a una atracción a la que me habían expuesto, a conciencia, y que también, aunque de otro modo que a Robles, me hacía más débil, ante ellos y en general. Cuando regresó mi sargento primero no pude evitar contarle lo que acababa de ver y compartir, así fuera por encima, los preocupantes pensamientos a los que me había conducido.

—No exageres, sudaca —le quitó importancia.

Ya entonces me constaba que la mente humana tiene una inclinación a creer lo que le conforta creer de la que le cuesta mucho apearse. Por una vez, me permití ejercer presión sobre mi maestro y superior.

—¿Qué sabes de Oleg?

Robles, sin apresurarse, le dio un tiento a su gintonic.

—Lo suficiente. Tiene mujer y dos hijos, una casa en Sitges, los niños van allí al colegio. Una vida normal, vaya. Lo único especial es que él va y viene de Rusia, porque se lo exigen sus negocios, pero es el peaje por tener el trabajo en un sitio y la casa en otro y se entiende que se haya montado la vida aquí. En Moscú hace frío y se come de pena.

—¿A qué negocios se dedica? ¿Por qué trata con Tomás?

—Importación, exportación, inversiones, turismo. En Rusia empieza a haber gente que maneja dinero, y necesitan darse gusto, como todos. De Tomás, hasta donde sé, es socio. Por eso anda por aquí.

No eran explicaciones muy convincentes. No debí dejar que creyera que me había convencido. Supongo que se lo permití porque estaba ya escrito que más pronto que tarde todo iba a acabar de irse al garete.

27

Poderoso caballero

Eran alrededor de las cuatro de la madrugada y la temperatura en Blanes era fresca, pero agradable. Habíamos hecho la maniobra de aproximación con las luces apagadas y sin que nadie se percatara de nuestra presencia, pero el comandante Ricardo no estaba contento.

—Vamos un poco tarde. Lo ideal es pillarlos apenas se duermen.

Tenía razón, es en ese momento del primer sueño, que es el más profundo, cuando conviene entrar en una casa para sorprender a sus ocupantes y darles el menor margen de reacción. Sin embargo, la poca antelación con que lo habíamos organizado todo y la necesidad de desplazar a parte del equipo desde Madrid habían hecho imposible llegar antes. Por otra parte, la fecha en la que teníamos que actuar no podía ser más inapropiada: 12 de octubre, día de la Fiesta Nacional y de la Patrona de nuestro cuerpo. También eso explicaba en parte el mal humor del comandante, que había decidido ponerse él mismo al frente del operativo para no fastidiar a ninguno de sus oficiales.

—No tenemos noticia de que esté armado o sea peligroso —me permití recordar—. Y además está con la familia, no creo yo que...

—No creas nada, Vila. Cuando echas abajo una puerta más te vale estar preparado para que te salga cualquier cosa. Los cementerios de todo el planeta están llenos de gente que no creía que. Quién te dice que ese Mijaíl no es un antiguo miembro del OMON, o del Spetsnaz de cualquier otro grupo de élite de esos que tienen los rusos.

—En todo caso, hace tiempo que no entrena —bromeé.

—Tampoco lo sabes. En fin, ya me dirás cuándo su señoría la letrada nos da permiso para empezar a romper puertas. Y vosotros, no menos de diez pasos por detrás de mi gente. Vamos a ir desplegando.

Cinco minutos después, forzada ya la cancela exterior, el pelotón de intervención avanzaba sigilosamente hasta la puerta del chalé. Tras dividirse en dos escuadras a ambos lados, el portador del ariete lo hizo chocar contra la hoja, que cedió al tercer intento. Fue la señal para que primero una escuadra y luego la otra se precipitaran al interior, al tiempo que sus componentes gritaban «¡Guardia Civil!» con toda la potencia de sus pulmones. Cuanto más ruido y más follón, más se aturdían quienes estaban dentro, y más les costaba acertar a darles un disgusto a los asaltantes. En aquella ocasión, y pese a los temores del comandante Ricardo, no hubo el menor contratiempo. Cuando yo entré con la letrada de la Administración de Justicia, apenas un par de minutos después de que derribaran la puerta, Mijaíl ya estaba con las esposas y tendido bocabajo en el pasillo que hacía las funciones de distribuidor entre las diversas piezas de la segunda planta, mientras que su esposa y su hija de ocho años se abrazaban en la habitación de la niña bajo la mirada de dos de los nuestros, que trataban de tranquilizarlas.

—Este algún entrenamiento tiene —me dijo Ricardo en un aparte, porque le había contado que Mijaíl hablaba español—. Le ha dado tiempo a moverse hasta el cuarto de la niña para cerciorarse de que no le pasaba nada. Nos lo hemos encontrado en la puerta del dormitorio de la cría, con las manos en alto, esperándonos. Lo primero que nos ha dicho es que no iba a oponer resistencia, y se ha arrodillado sin dejar de ofrecernos las manos para que se las pudiéramos esposar.

—Vaya —aprecié.

—¿Podía temerse que viniéramos?

—No creo. Se habría dado más prisa en irse.

—Pues más a mi favor. Ve con ojo. Os lleváis una prenda.

—Ya la gestionaremos como podamos.

Ricardo, pasada ya la tensión de la espera y el primer estallido de adrenalina de la intervención, se permitió relajar el gesto.

—Igualito que aquella vez con el de Terra Lliure, ¿te acuerdas?

—Cómo iba a olvidarlo.

—En fin, que se ve que no hay manera que yendo contigo pueda uno hacer alguna práctica de tiro —se burló—. Siempre me pones en suerte toros mansos. O amansados, como este. Más barato nos sale.

—Siento haberos dado trabajo —me disculpé.

—Con todo lo que se nos viene encima, además. No te perdono que me hayas dejado sin dormir la víspera de la Patrona. A ver cómo aguanto yo la fiesta ahora, que poca vamos a poder hacer luego.

Aludía el comandante a lo que estaba previsto para la semana que entraba, la publicación de la sentencia contra los líderes del proceso independentista que no habían eludido la acción de la justicia. Había rumores, pero también informes fidedignos, de que sus seguidores planeaban desatar una ola de tumultos. A los efectivos con los que normalmente contaba la comandancia se habían sumado refuerzos procedentes de toda España, cuyo alojamiento era otro de los dolores de cabeza de Ricardo por aquellos días. Lo habíamos visto antes de salir en el patio de la comandancia, donde había decenas de vehículos aparcados, e incluso un par de helicópteros. Una señal de que lo que se esperaba era cualquier cosa menos unos desórdenes cualesquiera.

Mientras yo hablaba con Ricardo, Chamorro ya le había leído sus derechos a Mijaíl y le informaba de que teníamos una orden judicial de entrada y registro y que íbamos a proceder a revolver toda la casa, en su presencia y con la letrada levantando acta de lo que halláramos.

Mijaíl, que estaba ahora sentado en un sillón, con la camiseta y el pantalón de pijama con que lo habíamos sorprendido, descalzo y con las manos trabadas a la espalda, alzó los ojos hacia mi compañera.

—¿Es necesario que mi mujer y mi hija estén aquí?

Chamorro lo observó con gesto comprensivo.

—Las llevaremos a la habitación que nos digan. La cocina, el salón. O si lo desean pueden quedarse en el dormitorio de la niña. Lo digo más que nada por la hora que es, a dónde van a ir. Ellas son libres de salir cuando quieran, pero tendremos que registrar lo que se lleven y no pueden usar ninguno de los coches. Tendrán que llamar a un taxi.

—Díganselo a ellas y pregunten a mi mujer qué quiere hacer, por favor.

—De acuerdo.

—¿Y puede hacerme otro favor?

—¿Cuál?

—No le diga de qué se me acusa.

—Como prefiera, pero el proceso penal es público, aunque ahora las actuaciones estén declaradas secretas. Se sabrá, antes o después. Tal vez debería ir pensando usted cuándo y cómo se lo va a decir.

—Soy inocente. Lo que no quiero es que sepa ahora mismo de qué me acusan. Ahora no puedo hablar con ella y tranquilizarla.

Al final esperaron en la cocina, donde la mujer de Mijaíl, también de nacionalidad rusa y un poco más joven que él, trataba entre sollozos de calmar a la niña, que no paraba de preguntar qué iba a pasar con su papá. Con ellas se quedó Salgado, en parte para vigilar que la mujer no tocara nada y en parte para acompañarlas mientras aquel gentío que había irrumpido en su hogar terminaba su trabajo. Inés no tenía hijos, pero demostró que no le faltaba mano para las criaturas.

—No te preocupes, que a tu papá nadie le va a hacer daño —oí que le decía a la niña—. Te lo prometo. Tenemos que hablar con él de unas cosas, pero lo vamos a tratar bien. ¿Tengo yo cara de mala persona?

—No —respondió la niña.

—Pues eso.

La casa era grande y el registro llevó su tiempo. Nos hicimos con un par de ordenadores portátiles y otro de sobremesa, una docena larga de teléfonos móviles, la mayoría en aparente desuso, tres operativos. También requisamos un par de carpetas con documentación y algo que me sorprendió mucho encontrar: unas botas y unos pantalones de *trekking* que guardaban aún algunos restos de barro. Si ese barro era de donde imaginaba y deseaba, quería decir que Mijaíl no era un hombre demasiado precavido o que creía que había tomado todas las medidas necesarias para que nunca pudiéramos sospechar de él. O quizá era sólo que el detalle se le había pasado, o que, pensando ya en alzar el vuelo, poco le importaba lo que encontrábamos o dejábamos de encontrar y si podía inculparlo. En cualquier caso, pedí a los de criminalística de la comandancia que empaquetaran todo y lo enviaran al laboratorio, y a Chamorro que llamara a Cerdeira y le pidiera que alguien tomara muestras del terreno en Samos, en el sitio donde había aparecido el cadáver y en las inmediaciones, para hacer el cotejo.

Mijaíl vio pasar sus botas en la aparatosa bolsa de muestras que fue necesario utilizar para resguardarlas y asegurar la cadena de custodia. Hizo un esfuerzo por no traslucir ninguna emoción, pero el modo en que sus ojos siguieron al guardia que las llevaba resultó inequívoco. Ahí tenía una baza, junto a algunas otras, para el interrogatorio que se avecinaba, y que podía prever que sería cualquier cosa menos fácil.

Una de las dificultades era el abogado que Mijaíl había designado, al que llamamos a primera hora de la mañana. Aunque era festivo, nos atendió su asistente, que tras hacer unas consultas nos dijo que su jefe necesitaba unas horas para llegar a Barcelona desde Madrid. Cuando Chamorro me dijo quién era, no pude reprimir un sobresalto. Su fama lo precedía. Nada menos que un exmagistrado, de los varios que, tras hacerse notar como instructores, habían cambiado en los últimos años la toga con puñetas, y el sueldo que bajo ella les correspondía, por la toga de mangas lisas de abogado y las suculentas cifras de facturación que esta les proporcionaba en función de la clientela. Acababan así defendiendo a lo peor de cada casa, viraje que no era ilícito y hacía además efectivo un derecho constitucional, pero que a alguien como yo, que estaba al otro lado del ring, lo ponía alerta. Por un lado, sobre el escollo que representaba para mi labor; por otro, sobre el nivel y las posibilidades que tenía de eludir la acusación quien podía pagarse una defensa letrada semejante, que era cualquier cosa menos asequible.

Durante el trayecto de Blanes hasta la comandancia de Barcelona, a donde decidimos llevarlo en primera instancia, no conseguí que Mijaíl despegara los labios. Cuando entramos en el recinto, engalanado para la celebración de la Patrona, reparé en cómo lo observaba todo. No podía estar más lejos su ánimo, imaginé, del ambiente festivo que allí se respiraba, y del que tampoco íbamos a poder participar ni yo ni los míos. Lo condujimos a los calabozos y nos dispusimos a aguardar a que viniera su abogado. Las leyes, según la interpretación que de ellas había hecho la jurisprudencia para aumentar al máximo las garantías al detenido, nos vedaban interrogarlo sin que estuviera su defensor delante, so pena de nulidad de las actuaciones. No podía evitar, en aquellos trances, acordarme de los buenos viejos tiempos, cuando el interrogador se metía con el detenido a solas y si la investigación la llevaba un artista, como el sargento primero Robles, sacaba petróleo. Con un abogado delante, y encima exjuez, aquel clima de confianza propicio a que el malo se derrumbara y le abriera su alma al bueno era una quimera. Por una sólida razón, sin duda: porque no siempre el bueno es bueno del todo, ni el malo tan fuerte como para afrontar esa soledad sin desventaja ni indefensión. Pero la nostalgia es libre, y en mi memoria guardaba no pocos éxitos obtenidos de ese modo y sin que nadie sufriera el menor daño ni se avasallaran sus derechos.

Al fin, a primera hora de la tarde, cuando el resto de la gente de la comandancia estaba en la sobremesa de la comida de hermandad, que era una celebración tan multitudinaria como interminable, llegó el abogado y exjuez, que pidió reunirse a solas con su defendido con el mismo talante imperioso que exhibía cuando aún ocupaba su juzgado. Por suerte, se lo pidió a Salgado, que era quien mejor podía darle la réplica, porque carecía de cualquier clase de orgullo inoportuno.

—Ahora mismo se lo traemos —le dijo, sonriente—. ¿Quiere que le pongamos un café? También tenemos bolas de helado. Por la fiesta.

El juez no supo qué responder a eso. Envarado, se limitó a decir:

—No, gracias, ya he tomado café esta tarde.

Salgado remató la faena con su arte torero.

—Si gusta, no se corte. Es malo, pero no nos cuesta.

Mijaíl y su abogado estuvieron encerrados a solas más de una hora. No había un límite estricto para esta entrevista, más allá de lo que el letrado quisiera retrasar el interrogatorio y por tanto el descanso de su defendido y su regreso al buen hotel de cuatro estrellas, como mínimo, en el que dormiría aquella noche en Barcelona. Cuando hablaron todo lo que tenían que hablar, nos dispusimos a pasar a la diligencia. Junto a mí, tomando nota de todo para el acta, estaba Chamorro. El exjuez nos miraba alternativamente a uno y a otro, calibrándonos. Me dio la sensación de que a mí me tomaba por poca cosa, pero ella le imponía más. Si era esa su apreciación, no iba del todo descaminada. Cuando quería, mi compañera podía mostrar una dureza a prueba de bombas. A mí, aunque había mejorado con los años y los reveses, me costaba mantener todo el tiempo la proverbial mala leche benemérita.

—Antes de comenzar —tomó la palabra el togado—. Es mi deber exigirles que, además de la acusación, me comuniquen, en mi calidad de letrado del señor Beliáev, los medios de prueba que la sostienen.

Era aquella una nueva complicación que las leyes oponían, también en garantía de los derechos del detenido, a la labor policial. Tener que jugar una partida de cartas con todas las tuyas vueltas, mientras el otro las esconde, era un verdadero fastidio que cada tahúr manejaba como mejor podía y sabía. Por mi parte, había optado por la abstracción.

—Pruebas documentales, técnicas, de comunicaciones, imágenes de vídeo, testigos presenciales y restos materiales y biológicos, algunos pendientes de cotejo. Más otras que están todavía recabándose.

Le solté la retahíla toda seguida, sin ningún titubeo.

—¿No va a concretar más? —me retó.

—No.

—Eso provoca indefensión a mi cliente.

—Aléguela usted en el momento procesal oportuno.

—No dude de que lo haré.

—No dudaba.

—En otro orden de cosas —continuó el exmagistrado, con su tono grave y engolado—, mi cliente se acoge a su derecho a no declarar.

—¿Ah, sí? —exclamé—. Entonces esto va a ser rápido.

—Así es. Rechaza la acusación y no tiene nada que decir.

—Bueno, rechazarla ya es decir algo.

—Usted me ha entendido.

Una vez más, aquel hombre trató de ostentar ante mí la autoridad que ya no representaba. No quería recordárselo expresamente, para que no creyera que había en mí alguna clase de resentimiento o, lo que era aún peor, un complejo de inferioridad ante él. Sí traté de hacerle ver, de otro modo, que la consideración que le tenía no era por lo que había sido, sino por lo que allí era: exactamente la misma que le debía y le mostraba al último abogado de oficio recién salido de la facultad. Me dirigí entonces a Mijaíl, que me observaba con sus ojos de hielo. Tenía razón Clara, la camarera de Roncesvalles y mujer de uno de nuestros compañeros de allí: aquella mirada no se te olvidaba.

—Supongo que lo ha acordado con su abogado y que lo hace con su consejo, que para eso está aquí y nadie valora la asistencia letrada más que yo, pero es mi obligación preguntárselo a usted directamente.

Hice una pausa. Nadie la aprovechó para romper el silencio.

—¿Se acoge a su derecho a no declarar?

Mijaíl no necesitó volverse a su letrado.

—Sí.

—Y para no perder el tiempo, ¿existe alguna posibilidad de que de aquí al martes a primera hora de la mañana cambie usted de actitud?

Tampoco dudó esta vez.

—No.

—Espléndido —dije—. Pues ya podemos liquidar esto, decirle a su abogado que se vaya e ir preparando el viaje. Sarria está muy lejos, y si no nos dan medios aéreos habrá que pegarse una paliza en coche.

Me levanté para salir de la habitación mientras Chamorro remataba el acta y la mandaba a la impresora. Antes de cerrar la puerta tras de mí le pedí que me la trajera a la firma cuando la tuviera y la hubieran firmado los demás. No tenía ganas de volver a echarme a la cara al exjuez, y me complacía, no lo niego, estar en condiciones de hacerle ver a un sujeto que se había habituado en exceso a mirar desde arriba a todos los demás que el de ignorarlo, a partir de ahí, era un lujo a mi alcance. Imaginé que no dejaría de intentar vengarse en la vista del juicio, cuando me interrogara como testigo, pero tenía a mis espaldas una buena pila de interrogatorios ásperos en tribunales, a cargo de abogados mucho más temibles, porque habían desarrollado su carrera sin apoyarse, como él, en la muleta de su anterior investidura. No era algo que fuera a quitarme el sueño, ni aun la víspera del juicio.

Lo que sí me inquietaba era una de esas pruebas que teníamos aún pendientes, el cotejo de los dos perfiles genéticos encontrados sobre el cuerpo de Queralt con la muestra que por orden judicial se le había tomado de forma coactiva a Mijaíl tras su detención. Para pedir prisión provisional el fiscal tenía dos argumentos de peso: el riesgo acreditado de fuga y los testigos que lo situaban en las proximidades de la víctima y en actitud sospechosa en al menos dos momentos, uno de ellos el de su muerte. Y a la juez, o mucho me equivocaba, no le iba a temblar el pulso a la hora de acordarla. Para cerrar la instrucción en condiciones, en cambio, necesitaba algo más. Y si no estaba el ADN de Mijaíl, sólo quedaba tratar de situarlo en la escena del crimen por mediación de esos restos de barro o del análisis de la posición del tercer teléfono móvil operativo que le habíamos incautado. Los otros dos, los que le teníamos intervenidos, ya nos constaba que no habían estado allí.

Pocas esperanzas tenía de que los dos ordenadores, cuyo contenido duplicamos para su análisis exhaustivo, nos ofrecieran en las setenta y dos horas que teníamos antes de entregar al detenido a la juez algún respaldo adicional para la acusación. Y ya se vería, porque mirar eso a fondo iba a llevar tiempo, si servirían más adelante para inculparlo o determinar el móvil del crimen, tras descartar la teoría de la agresión sexual, que en nada cuadraba con su historial ni con su perfil.

Todas estas cavilaciones se amontonaban en mi cabeza cuando la brigada Chamorro, después de acompañar al exjuez a la salida de la comandancia, volvió al despacho que nos habían prestado allí.

—Qué sensación más rara —dijo.

—¿Por?

—Toda la gente de fiesta alrededor, y nosotros con esto.

—Ah. Creía que lo decías por el caso.

—También. Hemos reventado la operación porque se nos iba, pero no termino de tener la sensación de haberlo atado en condiciones.

—Las próximas dos semanas las pasamos. A ver después.

—¿Has llamado al jefe?

—Iba a hacerlo ahora. Estaba tratando de ordenar las ideas.

—¿Y al gran jefe?

—A ese suelo ponerle un wasap. Que tardo un huevo en escribir, por cierto, tiempo no me ahorra. Y este me va a llevar todavía más.

—Hemos hecho lo que había que hacer. Ahora hay que meter prisa al laboratorio y a los de apoyo técnico, y cruzar los dedos y tener fe por si en esos portátiles nos aparece de pronto la piedra filosofal.

—Podría ser. Pero también podría ser que no.

—En todo caso —me recordó—, habrá que hacer un informe.

Miré al techo. La fatiga caía a plomo sobre mis párpados.

—¿Sabes qué?

—Qué.

—Que tenemos dos días por delante y un detenido al que sólo hay que llevarle las comidas reglamentarias y que nos ahorra el esfuerzo de tratar de sacarle la verdad. Así que llamo a Ferrer, le pongo wasap a Pereira y nos vamos todos a disfrutar de lo que quede de la fiesta. Y mañana tenemos todo el día y ya el lunes nos vamos a Galicia.

Era una licencia irrisoria para un equipo que llevaba casi dos días de brega ininterrumpida, salvo las pequeñas cabezadas que cada uno había podido arañar aquí y allá. El grueso del trabajo estaba ya hecho, sólo quedaba pasarlo al papel, para lo que además nos servían los informes que habíamos ido produciendo. Así que los míos, y también los del equipo de Morata que nos estaban ayudando, agradecieron sumarse, aunque fuera al final, al jolgorio que reinaba en la comandancia. Era una fiesta extraña, viendo allí todos los vehículos y los helicópteros preparados para hacer frente al motín que ya se anunciaba para los próximos días, pero nada hay más humano que recoger y saborear el fruto del hoy, sobre todo si el mañana amenaza tormenta. En eso se resume la existencia: en apurar la alegría que el tiempo aniquilará.

A la puerta del polideportivo donde tenía su epicentro la fiesta, me encontré al comandante Ricardo sujetando un vaso de sangría con los ojos achispados. También por allí, intentando que no se le escapara un niño de unos cuatro años y vertiginosos movimientos, vi a la capitán Morata, que me saludó deprisa antes de ir en pos de su retoño.

—¿Dónde se pilla la sangría, mi comandante? —pregunté.

—Por todas partes —repuso el aludido—. Pero tú estás currando.

—Ya no.

—¿Tan bien te han ido esas técnicas de interrogatorio reforzado que aprendiste con los boinas verdes durante tu paso por Fort Bragg?

—Ya sabes tú que mi escuela fue otra.

—Sí, el tío Robles. Rafael el Fantástico. Qué figura.

—No te quedes sólo con el final.

Ricardo sacudió la cabeza, solemne.

—Lo decía en serio. Antes de perderse, era el mejor.

Retomé su pregunta.

—El ruso no ha dicho ni pío. Ni lo va a decir.

—El entrenamiento del FSB funciona —se burló.

—No me extrañaría.

—Si lo tiene, ni aunque hubieras estado de verdad en Fort Bragg y te dejaran poner aquí en práctica sus enseñanzas podrías doblegarlo.

—Encima tiene de abogado a un exjuez.

—¿Cuál?

Le di el nombre. Chasqueó la lengua.

—Poderoso caballero...

—Es una señal, mi comandante.

—¿De qué?

—De que somos bobos. El espíritu de servicio, el orden y la ley, esas gaitas. Los que saben se cambian, todos, al espíritu del taxímetro.

Los ojos claros del comandante se perdieron en el horizonte.

—No estés tan seguro de que saben. Van a pasar igual que tú y que yo. Mejor comidos y vestidos, pero habría que mirar por dentro.

—Tampoco nosotros tenemos el interior inmaculado.

—Por lo menos, podemos llevar las manchas con dignidad. No sé tú, pero las patas que yo he metido nunca han sido por la ganancia.

—El saldo de mi cuenta sugiere algo parecido —dije.

—Pues bebe y olvida. Que les aprovechen el foie y los yates.

—Brindo por eso.

Pensé a menudo durante los dos días siguientes en aquella idea que había deslizado el comandante. Sobre si la falta de ganancia, que en su caso como en el mío era manifiesta —a él lo tenían todavía procesado en un montón de juzgados, a mí treinta años de servicio apenas me habían sacado de pobre—, convalidaba de alguna manera que la vida de uno se hubiera consumido en un trajín que al final nunca resolvía nada de manera definitiva y que no estaba exento de tropiezos y de sombras de triste memoria. No logré alcanzar una conclusión, como sucede con cualquier problema filosófico que verdaderamente lo sea. A todo lo que llegué fue a alegrarme de que ni mis insuficiencias ni mis excesos me hubieran reportado, como a otros —incluido algún gran hombre—, beneficios o prerrogativas que debiera avergonzarme poder aprovechar para enfrentarme a las penurias de la vejez.

Sin embargo, cuando el teniente general Pereira supo que debíamos trasladar al detenido a mil kilómetros de distancia, tuvo conmigo un detalle que sí que me hizo experimentar cierto pudor. A la petición que hicimos de un medio aéreo para el traslado, pensando que con suerte nos darían un helicóptero, se ocupó de que el servicio aéreo del cuerpo respondiera poniendo a nuestra disposición uno de los aviones de patrulla marítima que operaba. También se encargó de que yo lo supiera, por medio de un wasap, por lo que cuando Chamorro y yo subimos la escalerilla del aparato, con el detenido y dos armarios de la unidad de Ricardo para darnos seguridad en el vuelo, no pude evitar sentirme como un enchufado del gran jefe ante la tripulación. Tanto se me debió de notar que el comandante de la aeronave, un capitán que no parecía darle mayor importancia a aquel viaje, me hizo saber:

—Preferimos hacerlo con este cuando se trata de vuelos tan largos. Los helicópteros tienen que hacer una escala para repostar y el vuelo se hace mucho más pesado para todos, también para los pilotos.

Con esa tranquilidad viví el despegue de El Prat —que en aquel avión se sentía más que en uno comercial—, el vuelo y el aterrizaje en la pista del aeropuerto de Santiago. Mijaíl, flanqueado por los dos agentes del GRS, impasibles y adustos bajo sus boinas negras, que no se quitaron en ningún instante, dejó pasar aquel rato sumido en sus herméticos pensamientos. Al verlo allí, camino del juzgado y de una cárcel que, a fin de tenerlo a mano para las diligencias, estaría cerca, y por tanto lejos de Barcelona y de su tierra natal, pensé que era extraña la forma en la que se escribía el destino de los hombres. También que no sabía, porque no había soltado prenda al respecto, el motivo por el que aquel individuo podía haber cometido un crimen así. Aunque, en realidad, esto último no era tan excepcional. Muchas veces, a lo largo de mi recorrido como investigador de homicidios, había sido incapaz de comprender la lógica profunda de las acciones criminales.

En el aeropuerto de Santiago nos esperaban la sargento primero Cerdeira y su jefe inmediato, el teniente Bruguera, con un convoy de vehículos formado por sus propios coches y los que nos ponía para darnos seguridad la comandancia de Lugo. Con ellos, y con Mijaíl siempre flanqueado por los dos agentes que nos habían acompañado desde Barcelona, nos trasladamos hasta el puesto de Sarria, donde nos aguardaban un enjambre de cámaras y la usual legión de espontáneos dispuestos a vejar de palabra, y de obra si pudieran, al detenido. Por fortuna, el comandante del puesto había preparado una vía de acceso exenta y protegida para que pudiéramos deslizarnos dentro sin dejar de cumplir con el deber que alcanza a todos los que forman parte del cuerpo desde su fundación. Así lo manda la Cartilla del guardia civil, que le ordena nada menos que perecer antes que dejar que la acción de la justicia se vea sustituida por la ira del populacho. Mijaíl apreció esa prevención como reaccionaba ante todo lo demás: sin inmutarse.

En el puesto nos demoramos el tiempo imprescindible para poner en común los informes, llamar al juzgado y preparar, con todas las precauciones necesarias, el traslado hasta allí. Poco después dejábamos a Mijaíl, junto con nuestro atestado, a disposición de la juez. Antes de tomarle declaración, tanto ella como el fiscal nos preguntaron en qué actitud venía el detenido. No traté de dulcificarles la verdad.

—Es un témpano de hielo. No les dirá ni mu.

La juez y el fiscal se miraron. Tomó ella la palabra.

—En fin, es su derecho. Nosotros a lo nuestro.

En los pasillos del juzgado me tropecé con el exjuez. Casi me dio pena. Se lo veía un poco fuera de lugar en aquel humilde juzgado de provincias, después de haber ejercido en las audiencias de postín.

Cerdeira nos acompañó de nuevo al aeropuerto, donde nos esperaba el avión para llevarnos de vuelta a Barcelona, junto a los dos hombres que nos habían hecho de escolta. Antes de despedirnos, me dijo:

—La suerte está echada. Que no nos hayamos equivocado.

—Estaba allí. Y en Roncesvalles. Es difícil que nos equivoquemos.

—Hay cosas que no me cuadran —porfió.

—Por eso no está echada la suerte y nos volvemos a Barcelona. Para pedirle al padre explicaciones que ahora no nos puede regatear, entre otras cosas. Y aquí tenéis que seguir buscando pistas y pruebas.

—Y lo haremos, pero no sé yo.

—Cerdeira —la interpelé—. Moral alta.

—Eso ya se nos supone.

—Pues a ello.

Cuando nos aproximábamos ya a Barcelona, uno de

los pilotos salió de la cabina. Tenía una noticia que nos dejó a todos de piedra.

—El Supremo ha condenado a los del *procés* a un porrón de años por sedición. Una multitud violenta ha rodeado el aeropuerto de El Prat y ha cortado los accesos. Menos mal que tenéis escolta para salir.

Los dos agentes del GRS cruzaron una mirada dubitativa. Por altos y fuertes que fueran, poco podían hacer frente a una masa colérica.

—Es broma —dijo el piloto—. Por la parte militar sí hay salida. Pero ya os podéis imaginar que la que se ha liado es bien gorda.

Me acordé de aquel rollizo policía de Viladecans que a un tiro de piedra de aquel aeropuerto me había vaticinado que allí nunca iba a pasar nada. Ni los años ni la experiencia permiten acertarlo todo.

28

Superioridad moral

Lo llamaron Tsunami Democràtic, estaba organizado por internet y el tiempo haría aflorar algunas sospechas de connivencia de los hackers en nómina de los servicios de información rusos en su implementación y soporte técnico. Sean quienes fueran los que lo pusieron en pie, el inventó funcionó y de qué manera, empezando a desbordar al Estado justamente allí, en el aeropuerto de El Prat, cuyos accesos, que no eran nada practicables para los peatones, se convirtieron aquel lunes en una ratonera. A Chamorro y a mí no nos tocó caminar por el arcén de la autopista remolcando una maleta, como a más de un viajero, por el privilegio que nos otorgaba la pertenencia al cuerpo, responsable de la seguridad interior del aeródromo. En la escalerilla nos aguardaba un guardia de uniforme con una furgoneta blanca sin distintivos.

—Vamos a salir por la base —dijo—. Pero es mejor ser discretos.

—¿Tan mal está la cosa?

—Empeorando. Y pacíficos no son. Vosotros dos —se dirigió a los del GRS—, mejor quitaos las boinas. Así daréis menos el cante.

Nuestro conductor, a través de la pista, nos llevó a la zona militar del aeropuerto, que tenía una salida semioculta a un camino de tráfico restringido dentro del gran espacio natural del delta del Llobregat. El soldado del Ejército del Aire que estaba en la puerta nos saludó tras ver la identificación que le mostró nuestro conductor y nos levantó la barrera. A partir de ahí, hicimos un recorrido algo tortuoso entre la vegetación, en el que sólo nos cruzamos con algunos ciclistas y con un puñado de corredores y paseantes hasta que llegamos al casco urbano de El Prat de Llobregat. Desde ahí, y por autopistas que se mantenían expeditas, la furgoneta nos trasladó sin mayores incidencias hasta la comandancia, en Sant Andreu de la Barca. En las dependencias de la Unidad de Policía Judicial, donde nos esperaban Salgado y Arnau, reinaba una actividad frenética. La capitán Morata estaba con los ojos clavados en el monitor de su ordenador. Al vernos llegar, dijo:

—Ya está. Esto se nos ha escapado de las manos.

—¿Seguro, mi capitán? —le pregunté.

—Tiene toda la pinta. De la seguridad exterior del aeropuerto se ocupan los Mossos y los han desbordado. O se han dejado desbordar.

—Ya veremos el gas que tienen. Los manifestantes, digo.

—Por ahora, bastante. Y esto no es ninguna broma. Lo que acaban de bloquear es el segundo aeropuerto de España y la infraestructura más crítica de Barcelona, junto con el puerto. Se apuntan una buena.

—No creo que estén dispuestos a atrincherarse allí.

—El efecto ya lo han conseguido.

Llamé al teniente Campillo. Lo imaginaba aún de peor humor.

—Me temo que no te voy a poder atender durante unos días —me dijo—, y mira que me interesan ese ruso tuyo y sus ordenadores. Pero con la casa en llamas te importa poco lo que tenías en el horno.

—Tranquilo, mi teniente, me hago cargo.

—Eso sí, si tú o tu gente averiguáis alguna cosa que

creas que puede valerme, no me va a molestar que me lo hagas saber por un wasap.

—Claro. ¿Qué es lo que ha fallado, si puedo preguntarte?

Oí el resoplido de Campillo en la línea.

—Que los que enredan son más de los que nos gustaría y podemos controlar, y que se han buscado unos compañeros de viaje que se nos escapan. Rusia es como una caja negra. Allí ni vemos ni oímos.

—Si en algo puedo aliviar tus males, no dudaré.

—Gracias. Oye, te cuelgo, que me buscan por el otro.

No llamé al comandante Ricardo, pero me imaginé que estaría igual de atacado, si no más. Mientras los manifestantes no lograran entrar en las pistas, como luego se supo que era su objetivo, el tumulto no era de su competencia, pero los efectivos debían estar listos y en su sitio para cualquier posible eventualidad. A quien ni siquiera pensé en llamar fue a mi amigo, el *comissari* Riudavets, cuyo teléfono debía ya de echar humo. Como luego se vio, ni él ni los suyos, pese a la sorpresa inicial, se habían quedado de brazos cruzados, y andaban ya organizando el dispositivo para conseguir, no sin sudores, más unos cuantos palos a los menos receptivos, volver a despejar los accesos al aeropuerto.

Visto el panorama, reuní al equipo.

—Parece que ha estallado una revolución ahí fuera —les dije—, pero a nosotros nos toca seguir con lo nuestro, y sin poder esperar mucho apoyo de esta gente, que bastante tiene con lo suyo. De modo que, si os parece, nos repartimos el trabajo. Salgado, tú y Arnau os quedáis aquí y os coordináis con Cerdeira y con Madrid mientras le metéis mano a todo el material que tenemos de Mijaíl. Los ordenadores, los papeles, la información de sus empresas y movimientos, todo.

—A la orden, jefe.

—Y tú y yo, Chamorro, nos vamos a la calle. Y así

vemos de paso cómo es una revolución en directo, pero lo primero es otra cosa.

—Tú mandas.

—Voy a llamar ahora mismo a Ferran Bonmatí. Lo imagino muy emocionado con el alzamiento de los suyos, pero toca hacerle recordar que le han matado a una hija y pedirle unas cuantas aclaraciones.

Ferran, después de acoger con una extraña frialdad la noticia que en ese momento le daba, que acabábamos de entregar a la juez a quien podía ser el autor de la muerte de Queralt, quiso darme largas para el encuentro que le pedía. Le hice ver con palabras persuasivas que no pasaría el día sin que habláramos, tanto si le apetecía como si no, a no ser que quisiera acabar recibiendo una citación de la juez para hacerse otros mil kilómetros y acudir a Sarria a cantarle la lección a ella.

Nos recibió a Chamorro y a mí a la caída de la tarde en su casoplón de Sant Just Desvern. Hacía un poco de fresco para estar al aire libre, por lo que en esta ocasión hablamos en el salón de su casa, que era tan elegante y estaba tan cuidada por dentro como por fuera. En la pared tenía cuadros modernos buenos, de esos que se pintan con paja, barro y escombros en lugar de recurrir al soso óleo de toda la vida. De nuevo Bonmatí nos recibió solo. No pregunté por Mireia, su mujer. Prefería por muchas razones que no estuviera presente en la conversación.

—Usted me dirá —comenzó—. Qué es eso que no podía esperar.

Me di el gusto de desconcertarlo, como aperitivo.

—Lo primero es pedirles disculpas, a usted y a su esposa.

Ferran alzó las cejas. Esa no se la esperaba.

—¿Y eso?

—Por no venir hasta ahora a explicarles en persona la detención del sospechoso de ser el autor de la muerte de su hija. Lo hemos llevado hoy ante la juez, en Sarria, y acabamos de regresar. Ha sido todo muy precipitado, el individuo tenía planes para abandonar el país.

—Le reconozco que nos ha molestado un poco ver en la prensa la noticia de que se lo entregaban a la juez. Creímos en su palabra.

—Por eso les pido disculpas. Se nos amontonaron las tareas.

—¿Y por qué creen que lo hizo él?

Parecía como si abogara por lo contrario.

—Lo han reconocido varios testigos, no sólo en Galicia, sino ya en el comienzo del Camino, en Roncesvalles. Tenemos razones para pensar que la estuvo siguiendo de alguna forma desde ahí. Debió de esperar al lugar que le pareció más propicio para atacarla sin ser visto.

Ferran no ocultó su perplejidad.

—¿Así actúan los violadores?

Dudé si ser explicito en los detalles. No tenía otra.

—Es posible que no la violara. Su hija mantuvo relaciones sexuales consentidas con otra persona pocas horas antes. Cabe que se debieran a ellas las señales que el forense interpretó como abuso sexual.

—Ya —dijo, con aire ausente.

—Llevamos dos semanas trabajando. Hemos averiguado muchas cosas. Mucho de lo que su hija hizo esos días, y con quiénes. Y mucho de lo que hizo Mijaíl, el sospechoso. Por eso lo ha mandado la juez a prisión provisional, pero necesitamos completar las pruebas.

—¿Y qué pinto yo en eso?

Chamorro se volvió imperceptiblemente hacia mí. Había llegado el momento de la confrontación. Habíamos pactado que empezara ella.

—Ferran —dijo—. ¿No le llama la atención su nacionalidad?

—¿De quién?

—De quién va a ser. Del detenido, Mijaíl.

—No me la han dicho. ¿Qué es? Puede tener varias.

—Eso es verdad —admitió—. Incluso podría ser español, ahora a un niño se le puede poner aquí cualquier nombre, hasta el de una marca de ropa o de coches. Pero coincide que Mijaíl es ruso. De Moscú.

—¿Y?

Virginia dejó que la mirada se le perdiera en la escombrera de color ocre con rayajos negros, blancos y rojos que tenía justo enfrente.

—Cómo decírselo... No hace mucho, en el entierro de su hija, estaba abrazándose usted con dos ciudadanos rusos, con los que parece tener algo más que una somera relación. Eso nos ha dado que pensar.

—¿Estaban espiando? ¿En el entierro de mi hija?

—Era una ceremonia en un espacio público —le recordé—. En todo caso, no. Nosotros dos estábamos en Galicia. Nos han llegado ecos.

A Bonmatí se le incendió el semblante.

—Miren, ¿de qué va esto? Hablen claro, joder. O los echo.

—Cálmese, Ferran —le pedí—. Si quiere nos vamos, ya, ahora, sin esperar más. Es su casa y somos sus huéspedes mientras usted quiera. Pero creo que le conviene escucharnos. Esta conversación, que no es nada agradable, ni para usted ni para nosotros, aquí va a ser menos tensa, para todos, que si tenemos que mantenerla en otro sitio y en otro contexto, digamos más formal. También un poco más hostil.

—Díganme con claridad lo que quieren saber —masculló.

—Se lo voy a preguntar —dijo Chamorro— sin ninguna acritud y con ánimo constructivo. Lo único que queremos es entender por qué ese hombre le hizo algo así a su hija, y si se lo pudo ordenar alguien. En definitiva, sólo buscamos hacerle justicia a Queralt. ¿De acuerdo?

—Pregunte ya lo que sea.

Chamorro inspiró hondo.

—¿Qué pudo leer Queralt en esas agendas que guardaba usted y que descubrió revolviendo en su despacho? ¿A quién comprometía la información que se encontró allí y que llegó incluso a fotografiar?

Ferran Bonmatí palideció hasta llegar a confundirse con la tapicería del bonito y carísimo tresillo de diseño sobre el que estaba sentado.

—Como no nos supo aclarar por qué se habían deteriorado tanto las relaciones entre usted y su hija —le expliqué, aprovechando que se había quedado sin habla—, no tuvimos más remedio que hacer unas averiguaciones. Y esa es una de las cosas que descubrimos.

—Qui... Quién les ha contado eso.

—Secreto de sumario, me temo —me excusé.

De pronto, Ferran Bonmatí estaba completamente perdido. No sabía por dónde salir, hasta qué punto se estaba desmoronando su vida, tras haber perdido, a raíz de la muerte de Queralt, una de las razones más poderosas para continuar habitándola. Traté de echarle un cable.

—¿Le habló usted a alguien de ese incidente?

—No, por supuesto que no. Por eso no entiendo...

—No le dé vueltas a eso ahora. Lo que importa es que piense quién pudo enterarse de que su hija lo chantajeaba, y pudo creer que era una amenaza para sus intereses. Porque ahí las piezas empezarían a unirse. De una manera que creo que debería invitarle a usted a reflexionar.

—En las agendas no había nada —improvisó, desencajado—. Citas, notas mías que Queralt malinterpretó. Estaba llena de rabia.

—Citas con quién, anotaciones de qué —preguntó Chamorro.

—¿Guarda aún esas agendas? —me interesé yo.

—No, las tiré a la basura. Bastante daño hicieron ya. No hay nada que me importe más perder que lo que perdí por su culpa.

—En ese caso, sólo podemos recurrir a su testimonio.

—O a las fotos —apuntó mi compañera.

—¿Tienen las fotos? —preguntó con angustia.

—Evidentemente, no —dije—. Si las tuviéramos no preguntaríamos.

—Pero en ello estamos, con todos los medios técnicos —le advirtió Chamorro—. Y no es imposible que acabemos encontrándolas.

Bonmatí seguía bloqueado. Traté de sacarlo de ahí.

—Resumiendo mucho, Ferran: ¿Yevgueni o Guenadi?

Una mueca de espanto asomó a su rostro.

—¿Cómo dice?

—Así se llaman, ¿no? Esos dos ciudadanos rusos con los que usted tiene negocios, tan estrechos como para que se acercaran al funeral de su hija a expresarle sus condolencias. Como se imaginará, la Guardia Civil no es desconocedora de esos tratos, ni tampoco de la actividad de uno y otro. No digo que los negocios que comparte usted con ellos sean ilícitos, pero el perfil de uno y de otro, a cualquiera que sepa un poco cómo funciona el mundo, cómo funciona Rusia y cómo funciona este país nuestro en lo que a atraer extranjeros se refiere, le pone difícil descartar completamente que ambos tengan algo que ocultar.

—Yo no sé nada de eso que está diciendo. Para mí son clientes.

—Y aunque no sepa, ¿nunca se ha imaginado nada?

Ferran trató de reunir fuerzas. Le costaba.

—Yo no me dedico a imaginar lo que no conozco, sino a buscar oportunidades de negocio para mis empresas. Esas dos personas me las proporcionan, y yo a ellos, y estamos en la Unión Europea, todo el dinero que llega y se invierte pasa unos filtros. ¿Por qué tengo yo que investigar para descubrir lo que se les pueda pasar a esos filtros?

—Es una buena pregunta, en el plano ético y filosófico —dije.

—No creo que sea el momento de ponerse sarcástico —me riñó.

—No, no lo es. Disculpe. ¿Yevgueni o Guenadi, Ferran?

—Y yo qué sé. En la agenda había citas con los dos. Y notas sobre lo que habíamos hablado en esas reuniones, para no olvidarme, pero al margen de los fantasmas que la ira le hacía ver a Queralt, eran cosas perfectamente normales y aburridas. Inversiones, promociones.

Seguía medio noqueado y de pronto me asaltó el temor de que su actitud no se debiera a que nos estaba ocultando algo, sino a que no terminaba de comprender, tal vez porque necesitaba negárselo a sí mismo, lo que allí podía haber sucedido. Le ofrecí otra pista.

—¿En alguna de esas promociones o inversiones que figuraban en la agenda se podía estar cruzando, en algún sentido, una línea roja?

—¿De qué me habla?

Opté por no morderme la lengua.

—Ya sabe de qué le hablo. No se lo tome a mal. Algún estímulo a un concejal afín para desatascar una recalificación, por ejemplo.

—Ahora quiere acusarme de soborno —dijo, con voz fatigada.

—No le quiero acusar de nada, Ferran —traté de sacudirle aquel aturdimiento—. Trato de ver si gente peligrosa vio en riesgo algo que le importaba tanto como para tomar una decisión irreversible.

—¿Eso es lo que cree? —preguntó.

—No puedo descartarlo. Y no tengo elementos para creer otra cosa. No me parece que Mijaíl tuviera nada personal contra Queralt y, como a usted, tampoco a mí sus actos me parecen los de un depredador.

—A lo mejor se están equivocando, simplemente —sugirió.

—A lo mejor. Pero si no, está usted en un buen lío.

—¿Yo? ¿Por qué?

—A lo mejor no está del todo seguro. Ni usted ni su familia.

—Perdone, pero esto me está empezando a superar.

Aguardé a que volviera a alzar la mirada para buscársela.

—Ferran, desde el principio me resulta imposible creer que usted pueda estar detrás de la muerte de su hija o encubrirla con conciencia de hacerlo. No me encaja, ni en general, ni con lo que veo de usted. Hay muchas cosas en su vida que ni me gustan ni apruebo, pero no me dejan hacer el casting de la gente a la que debo proteger. Lo que le digo es que si tiene una sospecha, la comparta. La investigaremos con discreción y todo el rigor que podamos. Piense que a lo mejor, en este punto, la clave para esclarecer la muerte de su hija la tiene usted.

—Es que no puedo decirles más de lo que les he dicho. Y hay cosas, me van a perdonar, que no les cuento ni podré contarles nunca por la sencilla razón de que estamos en trincheras enemigas, pero no creo que tengan que ver, ni remotamente, con la muerte de Queralt.

—Como el tsunami ese que ha cercado el aeropuerto —deduje.

—Yo no he hablado de ningún tsunami.

—Sólo dejaba correr la imaginación. Y Guenadi o Yevgueni, ¿acaso ellos o algún socio suyo de Moscú estarán detrás del desaguisado?

Ferran recobró algo de su compostura combativa.

—Vaya y pregúnteselo a ellos.

—Disculpe. No es eso lo que nos ocupa. Quiero decirle otra cosa.

—Pues dígamela.

—Si en algún momento se siente en peligro usted, o cree que puede estar en peligro alguno de los suyos, llámenos. Haremos todo lo que sea necesario para protegerlos, de quien sea. Hasta jugarnos la vida.

Aquello último le impactó.

—No creo que sea necesario.

—Por si lo fuera. Sólo hay una razón para que nos dejen llevar una placa y un arma. Que seamos capaces de jugárnosla para evitar que amedrenten o atropellen a un ciudadano. A cualquier ciudadano.

Bonmatí no quiso polemizar conmigo.

—Bien, se lo agradezco, en todo caso.

—Si de verdad no tiene nada más que contarnos, le dejamos, pero no deje de pensar en lo que le he dicho. Y si cambia de opinión, o se acuerda de algo, o siente que alguien lo amenaza, ya sabe dónde me tiene. Se lo vuelvo a decir: a cualquier hora de cualquier día.

—No crea que no aprecio sus esfuerzos —dijo de repente.

—Me alegra saberlo.

—Aunque hay algo que no deja de molestarme de usted, y ya que hoy estamos siendo los dos tan sinceros, permítame que se lo diga.

—Faltaría más.

—Me da todo el rato la sensación de que piensa usted que de algún modo la culpa de lo que le ha pasado a mi hija es mía, por la gente con la que trato y la ideología que tengo. Y me molesta especialmente, primero porque todavía no ha podido probar que sea así, que sea por eso por lo que la acabaron matando. Y segundo, porque percibo una superioridad moral en usted a la que no tiene derecho. Me gustaría saber qué haría usted si su país estuviera secuestrado por otro. Si no intentaría todo lo que estuviera a su alcance, con la ley o sin ella.

No podía decir que no se hubiera quedado a gusto.

—Si piensa eso, es que me explico francamente mal —le respondí—. La culpa de la muerte de su hija para mí la tiene el desalmado que le apretó el cuello y le clavó el cuchillo, y si acaso quien le dio la orden, si es que lo hubo. Y no le miro con ninguna clase de superioridad moral. Si quiere le explico también por qué, a lo mejor le sorprende.

—A ver, pruebe.

—Porque sí, creo que ha dado malos pasos, en mala dirección y con malos compañeros de viaje, y también creo que de eso, al margen de lo de su hija, y de lo justa o injusta y lo fundada o infundada que sea su causa, antes o después se va a arrepentir, pero tonto sería si por algo así me creyera superior a usted. Si le hago este pronóstico es porque no siempre he ido por buenos caminos ni con buenas compañías. De lo que se aprende de verdad es del escarmiento en cabeza propia. El que juzga desde arriba y desde fuera está condenado a ser un ignorante.

Bonmatí no fue cicatero.

—Le reconozco que me ha sorprendido.

—En lo del país secuestrado ya no voy a entrar. Sólo le digo que a mí no me gusta retener a nadie contra su deseo, pero tampoco creo que nadie tenga derecho a cambiar a otro de país por las bravas.

—Ahí ya me sorprende menos.

—Tampoco lo pretendía, procuro ser consciente de mis límites. Y no le digo más —concluí, levantándome—. Tiene usted mi número.

—Lo tengo.

—Nosotros seguimos trabajando.

—Gracias por hacerlo, aunque me tenga en tan poca estima.

—Está también Queralt. Y la justicia. Y a usted le estimo lo mismo que a cualquier otro ciudadano. Al final lograré que se lo crea.

—No lo tiene fácil.

—Para lo fácil ya están otros.

Cuando lo dejamos allí, en la puerta de su confortable

casa, con la camisa amarilla de Tommy Hilfiger que vestía para la ocasión, no supe si pensar que acababa de hablar con un estafador, un insensato o un hombre que había sobrepasado ese nivel de desapego hacia el sentido común y el instinto de conservación que caracteriza a los mártires. En cualquiera de las tres hipótesis, era un tipo fuera de lo habitual. Mi compañera, que era menos retórica que yo, aguardó hasta que los dos estuvimos dentro del Peugeot y me preguntó lisa y llanamente:

—¿Qué tiene ese hombre en la cabeza?

—Quién sabe —respondí—. Si tengo que apostar algo, un potaje que a cualquiera le costaría digerir. Está hecho de las mentiras que se ha contado a sí mismo para justificarse, de las mentiras que ha comprado con el mismo fin y para medrar y prosperar en lo suyo y de las que él mismo, por cuenta propia o de otros, ha contribuido a extender. Lo que no quiere decir que en su vida y en su discurso no haya una dosis de verdad, ni que haya sido esta tarde deshonesto con nosotros.

—¿Y eso cómo se come?

—Se lo cree, Virginia. Lo que sea que le mueve, se lo cree. Y sí, a la vez es un golfo y se ha forrado siéndolo. En lo que invoca, esa nación catalana irredenta, también hay algo de realidad, el pasado y la lengua que ellos sienten, y que en Madrid se han despreciado demasiado a la ligera y demasiado a menudo. Y a la vez es un refugio de carteristas, paletos, dinamiteros y lunáticos, como todas las naciones, dicho sea de paso y mejorando lo presente. En resumen, personas que tienen con la verdad y con las verdades, grandes y pequeñas, una relación que siempre será problemática, y que acaban arrastrando a otros.

Chamorro echó atrás la cabeza y soltó el aire por la boca.

—Me he hecho un lío, ya me perdonarás. Será que no he vivido nunca aquí y por eso lo veo de una forma mucho más simple.

—¿Cómo lo ves?

—Esta gente ha perdido el norte del todo. Nuestro Bonmatí es la prueba viviente. Y si el próximo en aparecer panza arriba es él, que yo no lo excluiría, la demostración no podrá ser más irrefutable.

—Ojalá fuera así de sencillo. A los desnortados la selección natural los quita rápido de en medio. Con estos, o con los que los precedieron, llevamos forcejeando ya unos cuantos siglos. Y los que nos quedan. Sólo hay una cosa en la que podamos poner alguna esperanza.

—¿Cuál?

—Con Bonmatí, quiero decir. Aunque a lo mejor vale también para el resto. El miedo. Que de pronto vea dónde está y se le suba por las patas el miedo a lo que hay en la caja de Pandora que ha abierto.

—No sé yo si en eso confiaría demasiado.

—Pues dudo que tengamos mucho más para convencerlo.

Resignada, Virginia se abrochó el cinturón y arrancó.

—¿Y ahora qué?

—Mientras esperamos a tener los datos del laboratorio y a que los que nos están revolviendo el baúl digital de Queralt den con las fotos perdidas, tenemos que tratar de vincular a Mijaíl con los dos hombres a los que hoy no nos ha querido denunciar Ferran. Y nos toca hacerlo por nuestros medios: ni de los de Información ni de los Mossos vamos a poder tener mucho apoyo en estos días. A ver qué han visto Salgado y Arnau durante nuestra ausencia. Tira para la comandancia.

Encontramos a nuestros compañeros enfrascados en la odiosa labor de hurgar en los ficheros y los papeles de Mijaíl y, por el gesto que se les veía a ambos, el esfuerzo no había sido demasiado fructífero. La primera que se adelantó a darme novedades fue la cabo primero:

—Llevo toda la tarde viendo las fotos del disco duro

del puñetero ruso este —me dijo—. Y la verdad, cada vez estoy más cabreada.

—¿Por?

—Por la vidorra padre que se pega esta gente, y porque después de tragarme cientos de fotos de restaurantes, playas, estaciones de esquí y un megarreportaje en Eurodisney, no he podido dar con nada útil. Desde luego, ninguna foto con Yevgueni y Guenadi o con Ferran.

—¿Y tú, Iván Ivánovich?

—Mi padre se llama Pedro —me corrigió.

—Era por redondear el apodo.

—Si te digo la verdad, tengo la sensación de que lo único que estoy pudiendo abrir es la hojarasca. Los archivos que tienen pinta de ser los buenos están todos encriptados, y he mandado un par de muestras a Madrid, a los de apoyo técnico, y me dicen que romperle el cerrojo va a costar Dios y ayuda. Que no me prometen nada, ni tirando de sus proveedores top, los que les surten de abrelatas a los del Mossad.

—Si es que su accionista no es el propio Mossad —apostillé.

—No me extrañaría.

—Pues tengo una mala noticia —les anuncié a los dos.

Inés me miró con el ceño fruncido.

—Para eso, haberte quedado a ver los disturbios.

—¿Siguen? En el camino no había nada.

—Siguen y van a más —dijo Arnau—. ¿Qué mala noticia es esa?

—Tenemos que seguir revolviendo ese material. Y analizar el de los teléfonos de Mijaíl. Bonmatí se cierra en banda. Viaje en balde.

Salgado no se mordió la lengua.

—¿Ese tío qué es, malo, tonto o tonto y malo a la vez?

—Tal vez la explicación sea otra. En todo caso, no coopera.

Justo entonces me sonó el teléfono, y mientras Roger

Waters, con el respaldo de la guitarra de David Gilmour y la batería de Nick Mason, me decía que era mejor que corriera todo el día y toda la noche y que guardara mis sucios sentimientos en lo más profundo de mí, vi con sorpresa quién me estaba llamando: la sargento primero Cerdeira.

—Mi sargento primero. ¿A qué debo el honor?

—Perdona por molestar —dijo, con voz suave y cantarina.

—Ni mucho menos. Qué hay por ahí.

—Novedades.

—¿Buenas?

—No sé. Depende.

—No voy a picar. No te voy a decir que pareces gallega.

—Digamos que raras. Les pedimos a los de Pontevedra que mirasen lo del teléfono aquel, el de la anciana con demencia, ¿recuerdas?

—Claro, cómo me iba a olvidar.

—Investigaron a fondo el entorno de la anciana. Resulta que tiene un sobrino nieto que venía a verla alguna vez, hace ya años. Y aquí es donde viene la parte fea. Tiene antecedentes por agresión sexual.

—No me digas.

—Como lo oyes. Y agárrate, que la traca es lo que averiguaron. Falta de su casa en Chantada, donde vivía solo después de salir de la cárcel, desde hace más de dos semanas. Nadie lo vio desde entonces.

—¿Cómo se llama el sujeto?

—Adrián Zofiño González. Treinta y siete años.

—¿Estatura, complexión?

Cerdeira guardó un breve silencio.

—Las cotejamos con las imágenes del individuo de la sudadera gris que grabaron las cámaras en Samos. Y coinciden. Podría ser él.

—No me fastidies, Cerdeira.

—No es lo que pretendo. Tampoco se puede asegurar.

—¿Y usaba otro móvil, además del de la tía abuela?

—Sí. También sin señal desde hace dos semanas.

—Llama a Chantada, que hagan lo imposible por dar con él.

—Ya lo hice.

—Está bien, muchas gracias, compañera. Estamos en contacto.

Cuando colgué, la cara de mi gente era un poema. Les expliqué lo que no habían oído y su abatimiento fue a más. No podía permitir que se vinieran abajo de esa forma. Tan sólo se me ocurrió decirles:

—Esto no cambia uno solo de los hechos por los que Mijaíl está en la cárcel. La siguió en Roncesvalles. Estaba en Samos. Y lo probaremos. Ahora habrá que ver cómo encaja esto otro, si es que hace falta.

Mi teléfono volvió a sonar. Roger Waters me aconsejaba ahora que si iba a salir con mi novia esa noche, aparcara el coche donde nadie lo viera. El número desde el que llamaban figuraba como oculto.

—¿Rubén Bevilacqua? —dijo una voz masculina.

—Soy yo.

—Me gustaría hablar con usted. En persona.

—¿De qué? ¿Quién es usted?

—De Mijaíl. De Queralt. Quién sea yo no tiene importancia.

29

El mar

La catástrofe vino en julio de 1995 y, como suele suceder, consistió en un cúmulo de calamidades sucesivas, inconexas en apariencia, pero en realidad, o así acabaron quedando en mi memoria, encadenadas las unas con las otras como la consecuencia de una suma de decisiones equivocadas. Comenzó de la manera más burda, un accidente casi vulgar, de esos que sirven para sazonar los vodeviles y las comedias costumbristas de tres al cuarto. Uno de esos tropiezos que hacen las delicias del público, por la catarsis que desencadenan, pero a los que nadie que los haya vivido en la vida real les ve maldita la gracia.

La tormenta comenzó con una llamada desde Madrid de la madre de mi hijo. Desde el primer instante advertí en su voz, que ya hacía tiempo que había dejado de ser cálida, la llegada del nuevo personaje que en adelante, pese a todos los esfuerzos por recomponer las cosas entre nosotros —también suyos, sería injusto no reconocerlo—, iba a apoderarse de ella cuando de mí se trataba. Comenzó con un relato de hechos, expuestos con la frialdad y la dureza que nunca hasta ahí ni en adelante le vi alcanzar a ningún representante de la Fiscalía. Según me contó, la mujer de un cabo con la que había trabado amistad durante su paso por Barcelona la había llamado para contarle algo que, tras pensarlo mucho, le dijo, creía que no debía dejar de saber. Tenía una imagen imprecisa de la informante, a la que no había visto mucho más allá de alguna celebración corporativa. Tampoco a Elisa le había dado tiempo a intimar mucho con ella, pero sin duda se trataba de una de esas personas que disfrutan de la oportunidad de hallarse en posesión de una carga de profundidad con la que hundir el submarino ajeno y que no dejan de aprovecharla. Uno de esos instrumentos inoportunos y toscos de los que el destino se sirve para ponernos en nuestro sitio, justamente cuando más listos, impunes y a salvo nos creemos.

En resumen, fue al grano, esta mujer me había visto por Barcelona de la mano de una chica rubia bastante más joven, en actitud que no dejaba lugar a dudas. Traté de imaginar dónde, cuándo podía haber cometido el desliz; pero en seguida pensé que eso daba igual, y que desde la marcha de mi mujer a Madrid nos habíamos ido relajando paulatinamente y, ahí estaba la prueba, también en exceso. Expuesta la acusación, que llevaba casi incorporada la condena, se me dio como a cualquier acusado el turno de última palabra; esto es, me preguntó qué tenía que decirle al respecto. Por un momento debí de sopesar, como todo delincuente, la posibilidad de inventarme una película, pero a esas alturas de mi recorrido como investigador había visto fracasar ya tantas, urdidas con tiempo y sin él, por fabuladores malos, regulares y hasta buenos, que deseché en seguida la idea. Además, en mi fuero interno sabía que era algo que tenía que pasar, que al fin había pasado y que lo que correspondía era dejar que surtiera sus efectos. Así que me limité a admitir los hechos imputados. La respuesta fue igualmente seca: que hablaríamos del asunto cuando volviera a Madrid a ver a Andrés.

No pude dejar de contárselo a Anna, que acogió la noticia con una expresión sombría. Luego, con toda naturalidad, me preguntó:

—¿Qué vas a hacer?

Me costó responderle a bote pronto.

—Si decides volver con ella y acabar con lo nuestro, lo entiendo y no te lo reprocharé. Tienes un hijo y eso es siempre lo primero.

Sabía que lo decía de corazón, porque a lo largo de aquellos meses me había contado con algún detalle su historia personal. Uno de sus principales problemas en la vida, o así lo sentía, y no sin fundamento, era que ella no había sido lo primero para su padre ni para su madre. También yo le había contado mi historia, y le constaba que lo último que podía hacer con Andrés era lo que mi padre había hecho conmigo. Anna se merecía que fuera transparente con ella. Y decidí serlo.

—No sé si puedo volver. No sé si debo volver. No quiero volver.

—No siempre en la vida podemos hacer lo que queremos.

—Lo sé. Y también que no hacer lo que se quiere pasa una factura que sólo los más fuertes pueden pagar, y ni esos salen enteros. Lo dice Spinoza, no es bueno lo que no se conforma a nuestra naturaleza.

Como siempre que me permitía soltar una pedantería como aquella, Anna meneó la cabeza y me sonrió con indulgencia y humildad.

—Ya sé que a ti te gustan los filósofos, pero a mí se me escapan un poco, me parecen demasiado fríos. Prefiero a los poetas. Lo que tienes que ver es con qué dolor vas a saber vivir mejor. No quisiera ser causa yo de un dolor que no pudieras soportar. No nos iría bien nunca.

La observé. No podía dejar de admirarla.

—A veces me pregunto dónde has aprendido tanto.

—¿Tú crees?

—Eres demasiado joven para pensar esas cosas.

—Conozco mucho el dolor. Y desde hace mucho.

—No es una suerte. O quién sabe, a lo mejor sí.

—Te lo diré cuando sea viejita. Si llego. Y si nos vemos entonces.

—Me gustaría.

Carraspeó y me indicó con la barbilla hacia delante.

—Si quieres, llévame a casa. A lo mejor prefieres estar solo.

—No, no prefiero estar solo. No mientras pueda estar contigo.

—Por mí, siempre puedes.

De modo que salvamos esa tarde, por si era una de las últimas. Lo que había en mi cabeza era un lío que aquella conversación no ayudó a reducir, más bien todo lo contrario. Tampoco simplificó el asunto el febril ejercicio de devanarme los sesos al que dediqué los seiscientos y pico kilómetros de conducción solitaria hasta Madrid el fin de semana siguiente. En la balanza lo pesaba todo, el amor y la luz que Anna traía a mi vida, la responsabilidad que tenía como padre, la lealtad que le debía a Elisa y lo que aún subsistía del cariño que alguna vez había sentido por ella. Deseé con todas mis fuerzas que alguien se hubiera sacado del magín una báscula que permitiera contar los gramos de obligación y necesidad que cada una de esas afecciones suponía, y que me diera una pauta exacta e incontestable para resolver de manera que el deber y el deseo no salieran, ni uno ni otro, fatalmente malparados. A algo menos de cien kilómetros de Madrid, paré a respirar y seguir torturándome en el llamado Mirador de la Alcarria. Daba a un paisaje de inusual profundidad, con montañas al fondo. Aquel viernes había salido por la mañana de Barcelona y aún había bastante luz. Miré y miré, cavilé y cavilé, y seguí sin ver cuál era la mejor solución.

Menos aún ayudó la conversación llena de reproches que tuve esa noche con Elisa, y en la que me abstuve tanto de formular excusas, que habrían sonado y sido torpes, como de omitir hechos en mi desdoro; olvidando, en casa del herrero cuchillo de palo, que por algo el primer derecho del acusado de cualquier delito es el de no declarar contra sí mismo jamás. Todo sería en adelante, una y otra vez y del modo más destructivo, utilizado para mi demolición. No guardo rencor por ello, en la angustia que la guerra desencadena cada combatiente echa mano de lo que puede y como puede, pero habría preferido tener la lucidez y la astucia de no abastecer tan estúpidamente el arsenal enemigo.

El sábado y el domingo no fueron mejores, salvo por los dos paseos que me di a solas con el niño y el rato que ambos disimulamos delante de él. Cuando volví a ponerme en carretera el domingo por la tarde, me dijo que pensara bien qué quería ser de mayor, y que ella haría otro tanto. Que, por el niño, no iba a precipitar nada, pero aquello sólo tenía dos salidas, o un cambio drástico y absoluto o el divorcio. No pude sino compartir su análisis. Y le dije que pensaría sobre ello.

El lunes no supe evitar compartir mi dilema y mis zozobras con el sargento primero Robles. De entrada me miró como si yo fuera lo que era, un pardillo, en primer lugar por enamorarme y en segundo por dejarme pillar con el carrito de los helados. Luego se quedó pensando y se descolgó con una de esas sentencias que lo caracterizaban:

—De Consuelo yo no me podría divorciar nunca.

—¿Eso es un consejo? —no pude evitar responder.

—Entiéndeme, a veces la tiraría por la ventana, por lo mandona y lo metomentodo que es, pero es mi legítima y la madre de mis hijos.

—Ya.

Me miró con aire mosqueado.

—Qué estás pensando. Desembucha.

—Nada, me pregunto si tu consejo incluye recurrir a las pupilas de nuestro amigo Tommy Valero para sobrellevar mejor el matrimonio.

Robles me puso la mano en el hombro. Y me dijo, solemne:

—Pequeño saltamontes, lecciones al maestro, ninguna, y morales, menos. Vuelve con tu mujer, síguete tirando a la rubia, vete de putas o no te vayas, pero a este cura no le dices lo que tiene que hacer.

—Nada más lejos de mi intención, mi sargento primero.

—Tampoco me des ahora el tratamiento, merluzo. Soy tu amigo, tu camarada y todo lo que te haga falta cuando estés jodido, como ahora. Lo único que te digo es que estas cosas son de cada uno y punto.

—Por eso no creo que tu solución me valga.

—Eso sólo lo puedes saber tú. Pero piensa en el chaval.

—No dejo de pensar en él.

—Y si tienes que emborracharte, llorar o reventar en pedazos algo o a alguien, aquí está Robles. A tu lado siempre. No lo olvides.

—Al final hasta voy a tener que darte las gracias.

—Nunca, tonto del culo. ¿O te crees que por eso lo hago?

—No, ya sé que no.

—Pues eso. Vamos a combatir el mal, anda.

No podía saber hasta qué punto esta última frase, como tantas de las suyas, sería premonitoria. Los hechos sucedieron dos días después, en el Paradise, a donde intuí que me había llevado con la intención de emborracharme y a lo mejor con la esperanza de que bajara así la guardia y se me quitara la tontería del amor en brazos de alguna de las amazonas de pago a las que hasta entonces había rehusado sucumbir. Lo que ocurrió fue muy diferente, y no sólo porque no quise pasar del segundo gintonic, bebida que a él le gustaba pero que yo detestaba con toda mi alma, ni cedí a las acometidas de las tres chicas que me envió con la misión de clavar en lo alto de la colina la bandera soviética.

Aquella noche, para su mal y para el nuestro, el protagonista no fue otro que Tomás Valero, alias Travolta, que mientras mi matrimonio saltaba en pedazos había completado su expedición hacia el fondo del abismo, a lomos del polvo blanco que ya había taladrado y convertido en un *gruyère* inservible cerebros mucho más capaces que el suyo. Esa noche lo vi venir con la mirada perdida, sudoroso y con un faldón de la camisa por fuera. Aquello fue lo que más me alarmó, porque Valero podía ponerse ciego de todo, pero siempre iba hecho un pincel.

—¿Dónde está Robles? —me preguntó, con voz agónica.

—Ya sabes. Rezando.

No sé por qué me dio por soltar aquel chiste, que en el recuerdo me parece lo más incongruente de todo cuanto sucedió esa noche. Tal vez fue mi última tentativa de creer que todo era normal, que después de todo no pasaba nada irremediable y que al final todo se arreglaría.

—Hay que encontrarlo —me urgió.

—No seré yo quien se meta en ningún reservado.

—Mandaré a una de las chicas.

—Me parece lo mejor —convine.

Se fue hacia la morena que tenía más cerca, la tomó por el brazo de un modo que por la mueca que torció el rostro de porcelana de la chica debió de resultarle dolorosa y la despachó a los reservados. Cinco o seis minutos después apareció Robles con cara de pocos amigos.

—Qué pasa, Tommy, estaba cuajando una faena de orejas y rabo.

—Yo sí que tengo una faena. Venid, rápido.

Lo acompañamos al despacho que tenía en el piso superior. Lo que vimos nos dejó de piedra. En el suelo, ensangrentada, estaba Svetlana, la bielorrusa displicente por la que Valero había perdido la cabeza, hasta un punto que quedó de manifiesto cuando se fue hacia ella, se inclinó sobre su cuerpo inerte y empezó a sacudirla y a gritar:

—¡Di algo, zorra, di algo, respira, joder!

No se me borrará jamás de la memoria la imagen de aquella mujer, agitándose como una muñeca de trapo con la cabeza caída hacia atrás y los ojos abiertos, sin luz y sin vida. Robles se fue hacia Travolta y lo arrancó de la chica mientras trataba de hacerle entrar en razón:

—Así no, no seas burro.

Me agaché sobre ella y traté de reanimarla, ejecutando el masaje cardiaco que me habían enseñado a dar, más o menos, en el cursillo de primeros auxilios. En seguida vi que no había nada que hacer, incluso en el caso de que mi dominio de aquella maniobra hubiera sido mayor. La chica estaba muerta y no había manera de volverla a la vida. Según habría de certificar más tarde la autopsia, aquel animal, en medio de la brutal paliza que le había propinado, le había partido el cuello.

—Está muerta, mi sargento primero —constaté.

—Puta imbécil —dijo Valero, ebrio de resentimiento—. Tanta facha y al final mírala, una floja: dos hostias de nada y va y se muere. No me digas que no es una ruina. Y con esos aires, ni rendía lo que se supone que tenía que rendir. Es la última princesa que me dejo colar.

—Eso parece bastante probable —calculé.

—¿Qué dice este idiota? —le preguntó Valero a Robles.

Nos miraba alternativamente a los dos, desde el sillón donde Robles lo había sentado poco menos que a la fuerza. Me pregunté qué parte del odio, la saña y la ruindad que chorreaban de sus ojos era suya de fábrica y qué otra le proporcionaba la cocaína para la ocasión.

Robles le puso la mano en el hombro.

—Tomás, tenemos aquí una situación que exige mantener la cabeza fría —le advirtió, con voz persuasiva y serena—. Así que cálmate.

Pero en la cabeza de Valero sólo había un pensamiento.

—¿Tú qué dices? ¿Cómo nos deshacemos de ella?

Robles negó con la cabeza.

—No, Tommy. No nos vamos a deshacer de ella. Vamos a llamar a los compañeros para que levanten el cadáver con todas las formalidades y la entierren como es debido. Y tú vas a confesar que te volviste loco, que estabas demasiado pasado de coca y que no recuerdas casi nada, que cuando quisiste darte cuenta ella estaba muerta.

Valero se echó atrás en el sillón.

—¿Tú estás gilipollas?

Robles no se alteró por el insulto.

—No. Lo estaría si te ayudara a ocultar ese cuerpo. Contándolo así, pueden caerte pocos años. Luego te portas bien en la cárcel y de aquí a nada te dejan salir durante el día para trabajar. Te has cargado a una persona, de forma tonta y sin querer, ya sé. Pero estas cosas hay que pagarlas, y si uno las paga como debe, puede ahorrarse pagarlas de peor manera. Además, nosotros somos guardias, Tommy.

—Para tirarte gratis a mis putas no eras guardia, cabrón.

—Todo tiene un límite.

—El límite te lo voy a poner yo, capullo. Si yo voy al talego, vosotros dos os venís conmigo. Lo contaré todo, ¿me oyes? Todo.

Mi jefe no dejó de poner al mal tiempo su cara más risueña.

—En este país hay libertad de expresión —dijo—, para eso trajeron la democracia. Pero también yo diré lo que quiera. Y yo soy un agente de la autoridad y tú un chulo de putas que se acaba de cargar a una.

Valero parecía a punto de estallar.

—No me lo puedo creer.

No sé lo que pasó por la cabeza de Travolta en esos pocos segundos. Si creyó que sería capaz de zafarse de

Robles o de hacerle algún daño, o si midió sus posibilidades, contra él y contra mí, sin terminar de ver claro que pudiera enfrentarse con éxito a ambos. El caso es que sólo tuvo tiempo para levantarse del sillón. Tan pronto como se puso de pie, Robles le hizo una llave que lo obligó a girar sobre su tronco y, aprovechando su superioridad física, le dobló los brazos y le esposó las manos a la espalda. Cuando se vio así atrapado, Valero berreó:

—Eres un hijo de perra. Te vas a cagar.

Ni por esas le alzó Robles la voz.

—Sigue mi consejo, Tommy. Se te fue la mano. No recuerdas nada.

Valero no era un individuo demasiado proclive a escuchar consejos. Aquel que acababan de darle, y que no era malo, lo desatendió desde esa misma noche, cuando se presentaron las dotaciones que acudieron en primer término a nuestro aviso y el equipo de Policía Judicial que se hizo cargo del caso. Robles y yo tuvimos que declarar en el escenario del crimen en condición de testigos, enfrentándonos a las suspicacias que no podía dejar de suscitar nuestra presencia allí. Aquella noche, las tablas de Robles sirvieron para que ambos pudiéramos regresar sin cargos a nuestras casas, pese a la pila de horrores, unos ciertos y otros no, que a Valero le dio tiempo a vomitar contra nosotros antes de que se lo llevaran para bajarle el subidón de cocaína en el calabozo.

Las semanas siguientes serían algo más difíciles. A Robles le tocó primero dar explicaciones a nuestro comandante, que sólo después de contrastarlas conmigo decidió apoyarnos, no sin hacerle saber a quien hasta entonces había tenido por su mejor suboficial que la confianza había que merecerla y que incluso cuando a uno le daban licencia para no cumplir todas las formalidades, había que saber medir los pasos y, si las cosas no salían bien, apechugar con lo que viniera. No iba a ser por él por quien nos empapelaran, pero si no sabíamos sacar la pata, nos dijo, su respaldo no podía ser incondicional. Finalmente, los dos nos acabamos viendo delante de una juez, asistidos por un abogado, y enfrentándonos a un expediente. Si al final pudimos salir bien librados de los dos apuros, fue por una suma de factores que también habrían podido, con alguien menos clemente, no llegar a inclinar la balanza a nuestro favor. La propia personalidad de Valero, la rapidez con que lo habíamos detenido y habíamos puesto en marcha la maquinaria de la justicia, la hoja de servicios de ambos, y que no había delito que nos imputara el proxeneta que no descansara casi en exclusiva en el peso de su palabra contra la nuestra, más la destreza de Robles para dar a nuestras acciones una cobertura investigativa y policial, sirvieron para que nos acabaran exonerando. Valero fue en solitario a la cárcel, no sólo como homicida, sino también como vil calumniador. Como ya le había advertido Robles, la palabra de un guardia pesaba más que la de un chulo con las manos teñidas de sangre de una de sus chicas.

A pesar del desenlace, benigno para nosotros, fueron unas semanas terribles. No sólo me afectaron a mí, que lidiaba entre tanto con mi desastrosa situación personal, viendo a mi hijo cada quince días y dándole a su madre unas explicaciones que sorprendentemente me compró sin demasiados reparos, porque, según me dijo, como marido había probado ser pésimo pero un delincuente no le cabía en la cabeza que fuera. También vi a Robles más afectado que nunca. Luego me confesaría que había tenido con Consuelo una bronca olímpica y que sólo de milagro no había acabado en la calle. Su mujer no era boba y no le había sorprendido que fuera a un prostíbulo mientras le decía a ella que estaba haciendo una vigilancia. Lo que no podía perdonarle era que el hecho hubiera trascendido de aquella forma, poniendo en peligro su carrera y, de paso, el pan de su esposa y de sus hijos.

Cuando todo hubo pasado, Robles me invitó a tomar

una cerveza a uno de sus lugares favoritos, el puerto deportivo de Sitges. Allí, con la vista fija en los barcos que él no tenía, ni iba a tener nunca, me dijo:

—Pide destino, sudaca. Vete de aquí. Ya te he enseñado todo lo que podía enseñarte y a partir de aquí sólo puedo joderte. He estado a punto de hacerlo de mala manera. Ya me perdonarás.

—Nunca me llevaste a rastras a ningún sitio —dije yo.

Hizo un gesto, como pidiéndome que no le interrumpiera.

—Olvida a la chica —me sugirió, para mi desasosiego—, que lo que mal empieza pocas veces bien acaba. Y con tu mujer, tú sabrás, nunca he sido tan estúpido como para pretender saber qué pasa en la casa y en la cama de otro, pero tienes un hijo y está en Madrid.

Esta vez fue él quien se interrumpió, para beber de su cerveza.

—Sé cómo eres —continuó, tras tomar un buen sorbo—, porque en el fondo somos parecidos. Y he dicho parecidos, no iguales. Yo llevo un demonio dentro al que ahora procuraré tener a raya un tiempo, por la cuenta que me trae, pero me conozco. Tarde o temprano volveré a dejarme ir y alguna vez no lo controlaré, o me fallará la suerte, y no quiero que para entonces estés aquí, porque si estás aquí sólo puedo arrastrarte a lo que no te mereces. Tú llevas el demonio, también, pero el tuyo es distinto. Tú, si quieres, puedes controlarlo.

Y tras una última pausa, añadió:

—No te descuides. Y no le pierdas la cara nunca.

Fue su último consejo, que no he podido olvidar. A él lo vendría a buscar su demonio años más tarde, pero esa es otra historia, que no tiene aquí su sitio, porque al recordar aquellos días, los últimos que viví en Barcelona y en Cataluña, sólo quiero coser al relato lo que me hizo convertirlas en parte irrenunciable del paisaje de mi corazón. Y eso me obliga a evocar otro episodio, aunque me cueste y duela.

Durante el calvario que siguió a la muerte de Svetlana, que como me enteré entonces no se llamaba Svetlana, sino Ivanka Krumova, apenas vi a Anna un par de veces. La prisión de su jefe no supuso para ella la pérdida del empleo. A la semana siguiente apareció por allí un nuevo gerente, acompañado por quien dijo actuar en representación de los accionistas de la empresa, para garantizar al personal la continuidad del restaurante y el mantenimiento de todos los puestos de trabajo. En un segundo plano, sin despegar los labios en ningún momento, vio a un hombre que parecía extranjero, de algún país del Este, me dijo. Por cómo me lo describió, tanto en cuanto a sus rasgos físicos como a su indumentaria, tuve la sospecha de que se trataba de Oleg. De lo que sí tuve constancia, a través de Robles, fue de que el ruso se encargó de reorganizar el negocio del Paradise, en otro local, al que pusieron de nombre Edén, después de que Valero hubiera atraído de una manera tan inoportuna la atención de la justicia sobre el emporio anterior.

Cuando Anna me contó aquello, no pude evitar sugerirle:

—Si encuentras otro trabajo, no dudes en cambiarte.

—¿Por qué?

—Esos tipos no son trigo limpio. Ni el de antes, ni el de ahora.

Me miró con expresión amarga.

—La verdad es que no es eso lo que más me preocupa.

—¿Y qué te preocupa? —le pregunté, como un necio.

—Tú.

—Tranquila. Parece que Robles y yo nos libramos.

—No me refería a esa parte, aunque también.

—¿A qué te referías?

—Qué vas a hacer, al final.

No lo preguntaba porque no lo supiera. A su modo

lo sabía ya, antes incluso de que yo hubiera podido aclarar mis ideas para decidirlo.

—No lo sé —admití—. No he estado tan confuso en mi vida.

Asintió con resignación.

—Eso sólo quiere decir una cosa.

—¿Cuál?

—Ya me la dirás, cuando reúnas las fuerzas.

Aquella fue la penúltima vez que nos vimos. Antes de la siguiente, sin ningún convencimiento, por una especie de inercia catastrófica, ya había tomado mi decisión. No había aún destino en Madrid para mí, pero podía presentarme para el curso de sargento, que se impartía en la academia de San Lorenzo del Escorial. Con los galones de suboficial ya trataría de buscarme la vida más adelante. Así estaría más cerca de Andrés y podría pasar con él todos los fines de semana, además de darle una oportunidad, a la desesperada, a mi derruido matrimonio, a lo que mi contraparte, haciendo ostentación de su generosidad, se había mostrado dispuesta. El resultado de esta resolución, que tomé como quien decide enterrarse en vida, era que lo que había entre Anna y yo debía darse por concluido. Y eso sólo podía hacerlo cara a cara.

No quiero recordar la sarta de estupideces que pude decirle para justificar lo que había decidido, para tratar de darle pena o para evitar que me odiara demasiado. Tres propósitos perfectamente absurdos, fuera cual fuera el que me moviera, porque ella no iba a cuestionar mi decisión, ya me compadecía como nadie lo había hecho nunca y en su corazón no había espacio para el resentimiento. A pesar de todo, me escuchó pacientemente mientras caminábamos por la desierta playa de Viladecans, que tantas veces le había dado cobijo a nuestra pasión y que aquella gris tarde de otoño era testigo de nuestra derrota, mi capitulación o como hubiera que llamarlo. Una vez que se lo hube dicho todo, y que ella hubo confirmado al fin lo que ya se temía, lo único que hizo fue darme la mano y pedirme que no se la soltara hasta que nos despidiéramos. Caminamos así por la arena, hasta la frontera del término municipal con el de El Prat y de regreso al aparcamiento. Fue entonces cuando recordó, en voz alta, el título de aquel libro que me había regalado el primer día que nos citamos en Barcelona.

—*Te deix, amor, la mar com a penyora.*

«Te dejo, amor, en prenda el mar.» Y con la mano libre describió un arco que abarcaba todo el arenal y toda la línea del horizonte, aquel Mediterráneo gris y en calma que asistía a nuestro hundimiento.

—En este momento lamento no saber cantar —le dije.

—¿Por qué?

—Porque si supiera te cantaría una canción.

—¿De quién?

—De Gino Paoli.

—¿*Sapore di sale*?

—No, otra.

—Cántamela, aunque no sepas.

Puede que de todos los actos patéticos de mi vida aquel fuera, si no el más glorioso, sí el menos gratuito. Sin pretender afinar ni acertar las notas, con un nudo insoportable en la garganta, empecé a cantar:

—*Finito il tempo di cantare insieme...*

No pude terminarla. Me quedé en aquella parte que dice que es una canción que la destinataria podrá cantar a quien vaya a amar después.

—La he entendido sólo a medias, pero es preciosa —dijo.

—Puede llegar a serlo, sí. Cantada por otro.

—¿Cómo se llama?

—*Ti lascio una canzone*. Te dejo una canción. A cambio del mar.

—La buscaré, te lo prometo. Gracias, es muy bonita.

La miré. No entendía cómo no se enfadaba, cómo no me abofeteaba, cómo apenas se permitía llorar. Entonces me pidió, de pronto:

—Abrázame una última vez, por favor.

Hice lo que me pedía. Si en ese momento me hubiera pedido que me volara con un chaleco bomba, lo habría hecho también. Mientras la sentía entre mis brazos y olía su pelo no pude contener las lágrimas. Lloraba por ella, por nosotros, y también, aunque entonces no lo sabía, por el ser humano incompleto que me estaba condenando a ser.

Me presenté a las pruebas de la academia, que saqué sin ningún problema, como el curso de sargento, que terminé con el número uno de mi promoción. El estudiante capaz que nunca me había costado ser se desquitaba así del descalabro del hombre que había renunciado a algo por lo que habría debido luchar hasta su último aliento. En los meses que duró el curso quedó claro que la posibilidad de reflotar lo que quiera que Elisa y yo hubiéramos podido tener juntos era una quimera, por la que nunca deberíamos haber apostado, ni ella ni yo. En la ceremonia de entrega del despacho de sargento estuvo mi hijo, pero ya no de su mano sino de la mano de mi madre, que me dio su calor y su apoyo como siempre lo había hecho: sin un reproche, sin una pregunta inoportuna, sin un «mira que te lo avisé»; y sin dejarme a la vez engañarme y agrandar mi desastre volviendo la espalda a mis errores o tratando de transferírselos a quien no pudiera rebatirme. Al verla con Andrés de la mano, supe que en adelante esa era toda mi familia, y que lo primero que me incumbía era acertar a merecerlos, a los dos, como no había sabido merecer a la familia que sin conciencia y sin la fe necesaria había intentado formar cuatro años atrás. Que en tanto estuvieran ahí podía ser pobre, pero nunca un desgraciado.

Mientras tramitaba mi separación, me incorporé a mi

primer destino de sargento. Mi número me facilitó que no estuviera lejos de Madrid, en Segovia, lo que me permitía, no sin alguna ayuda de mi madre, cumplir el régimen de visitas que me correspondía con Andrés. Luego, gracias a Pereira, conseguí por fin destino en la unidad central.

Pasado algún tiempo, pude superar la vergüenza y fui a buscar a Anna. No quería que sintiera que era el plan B de mi fallida decisión anterior. Necesitaba hacerle sentir, al contrario, que estaba dispuesto a reconquistarla y que no daba nada por supuesto. Di con ella pronto, no era difícil. Hubiera sido mejor no encontrarla. Entonces supe que Barcelona se había acabado para mí. Y que sólo me quedaba el mar.

30

El fuego

Mientras caminaba con Chamorro por la plaza de Cataluña, en medio de aquella noche de octubre en la que Barcelona se había transformado de pronto en una ciudad en guerra, me fue inevitable acordarme de otra ocasión en la que esa plaza y sus alrededores se habían convertido en campo de batalla, con muertos tendidos en el pavimento y todo. Me la recordaba también la figura de plomo que había dejado a medias en mi piso de Madrid: uno de los guardias civiles del Tercio urbano de Barcelona que el 19 de julio de 1936 subieron por la Vía Layetana hasta esa misma plaza para obligar a rendirse a los militares sublevados, lo que finalmente consiguieron. Aquella victoria momentánea fue la que los acabó arrojando a la derrota final, que era el requisito que le exigía a una figura de plomo para incorporarse a mi colección. La de aquellos guardias fue de las feas: el coronel que los encabezaba y el resto de sus jefes murieron fusilados, y ellos, si no cayeron también ante el pelotón, dejaron la piel en el campo de batalla o fueron purgados sin piedad tras la guerra. Pero antes de eso, aquel día de julio hicieron a todo un *president* de la Generalitat, nacionalista y republicano para más señas, lanzar desde un balcón un grito luego silenciado por los historiadores y los propagandistas del independentismo: «*Visca la Guàrdia Civil!*».

La anécdota me complacía no por el hecho de que

reivindicara el cuerpo en cuyas filas me ganaba el sueldo, tan vilipendiado por otra parte por tantos. Siempre, advertido en mi juventud por Robert Musil del peligro de vincular el alma a grandes cosas, he tenido dificultad para experimentar afecto por entes abstractos, como son las patrias, las instituciones y cualquier tipo de construcción similar. El episodio me gustaba por lo que tenía de paradoja, y porque las paradojas son lo único que en verdad nos aporta conocimiento: son las contradicciones, lo que no encaja, lo que desconcierta, la única herramienta y el único socorro de que disponemos para salvarnos de la cárcel del prejuicio, que aboca a tantas personas a la inopia, el desvarío y la desdicha. No es que el conocimiento traiga la felicidad, pero incluso cuando te lleva a ser infeliz lo hace de forma bastante menos contraproducente.

No dejaba de ser una paradoja, y de las grandes, como pronto iba a tener ocasión de comprobar, lo que me traía aquella noche a la plaza de Cataluña. Allí, además de aquel episodio bélico, me acordé de esa otra vez, veinticinco años atrás, que había llegado hasta ella andando por las Ramblas sin prisa para encontrarme con Anna. El sitio donde me habían citado esta vez no estaba lejos de la cafetería donde aquella mañana desayunamos ella y yo, aunque entonces no existía aún. Se trataba de la Fnac del Triangle, en la esquina con la calle de Bergara. Allí me había dicho que estuviera a las nueve de la noche el hombre misterioso que me había llamado la víspera. Y mientras me dirigía a la cita con mi compañera, no pude evitar preguntarme si aquel individuo ya sabía que para llegar iba a tener que atravesar el escenario de una batalla campal, entre las llamas de los contenedores incendiados, las sirenas de las furgonetas de los antidisturbios de la Policía Nacional y de los Mossos d'Esquadra y los gritos y carreras de los manifestantes encapuchados que perpetraban toda clase de actos vandálicos. Antes de salir para allá, el comandante Ricardo me había advertido:

—Nadie puede garantizar la seguridad ahí esta noche, ni la vuestra ni la de los coches que llevéis. Y yo tengo orden de no salir.

Lo decía con resquemor. Una decisión política determinaba que sólo la Policía Nacional respaldara a los Mossos, que estaban desbordados por la envergadura del motín, mientras que nuestros antidisturbios se quedaban en sus acuartelamientos. O bien alguien había pensado en el valor que en toda guerra representa contar con fuerzas de reserva, o bien se quería evitar la imagen de los guardias civiles en las calles de Barcelona, que en la frágil y selectiva memoria colectiva tan sólo se asociaba a la represión de otras épocas y no a aquella jornada en la que los tricornios defendieron la democracia y la constitución republicana. Imaginé las sensaciones encontradas que eso le producía a Pereira: por un lado, preservaba al cuerpo que mandaba del desgaste, porque las acciones contra manifestantes violentos siempre dejan alguna escena ingrata de ver; pero, por otro, nos reducía a meros pasmarotes.

Fuera cual fuera el riesgo, yo no tenía elección. La llamada que había recibido, la seguridad con que hablaba el hombre y lo que estaba en juego me movían a acudir a aquella cita, aunque no había dejado de tomar precauciones, con los medios propios a mi disposición. Por las transmisiones que llevaba encima, Chamorro consultó con Arnau:

—Sherpa para Mochuelo, ¿nos sigues controlando?

Asintió en silencio, por lo que deduje que sí.

—¿Y tú, Catwoman? —dijo, apuntando la mirada a las alturas.

Volvió a asentir, lo que quería decir que Salgado, que era, cómo no, quien se había elegido especialmente para la ocasión ese nombre de guerra, también mantenía contacto visual con nosotros. Un minuto después llegamos al lugar de la cita, donde esperamos bien a la vista. No pasó más de otro minuto antes de que sonara mi móvil. Le enseñé a Chamorro la pantalla: lo que cabía esperar, un número oculto.

—Sí —lo atendí.

—Eche a caminar hacia la calle Pelayo. Solo —dijo la voz.

Y colgó.

Crucé una mirada con Chamorro. Lo esperábamos. De hecho, ella me acompañaba para que la controlaran también a ella, y no a Salgado ni a Arnau, que eran quienes se iban a ocupar de darme respaldo.

—Sherpa para todos, nos separan —oí que les decía a los otros por las transmisiones mientras yo echaba a andar. Me guiñó el ojo, lo que quería decir a la vez que me deseaba suerte y que ella se encargaba en adelante de despistar al que estuviera haciéndonos la vigilancia sin dejar de seguir dirigiendo por transmisiones al resto del equipo.

A partir de ahí estaba solo, aunque pudiera contar, más o menos, con mi gente en la retaguardia. Yo no llevaba transmisiones encima, por lo que sólo podía confiar en que, si pasaba algo gordo, no andarían muy lejos y algo harían para impedirlo. Volvió a sonar mi teléfono.

—Cruce Pelayo. Manténgase en la acera lateral de las Ramblas.

Y volvió a colgar. Siguió otra docena larga de instrucciones, dadas de la misma forma, hasta que me metieron en lo más intrincado del Raval, donde los míos, si no querían ser detectados, sólo podían tomar posiciones más o menos próximas, repartiéndose sobre la marcha los sectores. Confié en que no fuera muy lejos, y también, y por encima de todo, en que a aquel hombre le interesara que yo viviera. Tampoco veía qué podía ganar matándome. Aunque en apariencia lo mandara, sólo era uno más de un equipo que tenía la misma información y la misma capacidad que yo, si no más, y que seguiría trabajando.

Como le había dicho a Salgado, cuando me planteó si no estaba corriendo un riesgo excesivo y si realmente era buena idea acudir a aquella cita:

—«¿Y qué importa que yo muera?». Fue lo que le dijo Franco a su médico antes del último Consejo de Ministros que dirigió, enchufado a un electrocardiógrafo y con riesgo inminente de infarto. Y yo valgo para esta investigación bastante menos que él para su régimen.

En aquel momento me había parecido una salida brillante; ahora, mientras callejeaba a toque de corneta telefónica por el Raval, con la sensación de que empezaba a hacerlo en círculos, me lo parecía algo menos. Después de un rato así, acabé recibiendo la última orden:

—Toque con los nudillos en el portal siguiente.

Así lo hice, la puerta se abrió y aparecieron ante mí dos hombres con pasamontañas negros, fuertes y altos. Uno de ellos me dijo:

—Acompáñenos, por favor.

No hicieron siquiera ademán de tocarme. Tampoco yo lo hice de desobedecerlos, todo hay que decirlo. Subimos hasta el tercer piso y entramos en la vivienda de la izquierda, cuya puerta abrió un tercer individuo para nosotros. Lo que estaba claro era que el hombre que me había citado no cicateaba con la nómina. Entré en un piso amplio y diáfano, tal vez resultado del derribo de unos cuantos tabiques, y con muy pocos muebles. De hecho, sólo logré ver un par de butacas, una mesita y una lámpara de pie que creaba una isla de luz en mitad de aquella gran sala. En ella vi a un hombre de pie. No iba encapuchado. Era poco más o menos de mi edad, calvo y de mediana estatura, y me miraba con un gesto cordial. Vestía un traje negro de Hugo Boss, con camisa blanca de esas que no suele encontrar uno en el Carrefour.

—Gracias por venir, Vila.

—¿También se sabe mi apodo? —le pregunté.
—No es una información tan secreta.
—Me impresiona, en todo caso.
—Tampoco es el propósito. Venga aquí, siéntese, por favor.

Obedecí, y al sentarme vi que la luz estaba colocada a un lado de las dos butacas, esto es, que nos alumbraba a ambos por igual y no le otorgaba a él ninguna ventaja. De hecho, podía ver bien sus facciones, incluso el brillo de sus ojos. No era Guenadi, tampoco Yevgueni, cuyas fotos había estudiado bien. Sobre la mesita, reparé entonces, había dos vasos y una botella de cristal tallado con un líquido de color ámbar.

—Como no sé qué le gusta beber, me he permitido pedir lo que me gusta a mí. Es whisky escocés, de malta. Bueno, se lo aseguro.

—Muchas gracias, pero no.

—¿No le gusta?

—Claro que me gusta. Pero estoy de servicio.

—No voy a chivarme a sus jefes.

Me fijé en la fluidez y el nulo acento con que hablaba español.

—No es por eso por lo que no bebo cuando trabajo.

—Como quiera. Yo soy menos estricto conmigo. Con su permiso.

—Faltaría más. Tan sólo soy su huésped.

Se sirvió un par de dedos y tomó un pequeño sorbo.

—No sabía si querría venir. Celebro que se haya atrevido. Como le dije, su seguridad está garantizada. Tiene mi palabra. Y disculpe las precauciones y las molestias, pero también debo garantizar la mía.

—Me sorprende que no me hayan registrado.

—Sé que lleva un arma. También le creo lo bastante listo como para no sacarla. Y no creo que lleve transmisiones ni dispositivos que sirvan para grabar, aparte de su móvil. En todo caso, ni este ni ningún otro que tuviera le van a servir de nada en esta habitación. Si quiere, puede comprobarlo. La tecnología ha avanzado de un modo increíble.

—No necesito comprobarlo. Y no traigo nada para grabarle.

—Veo que nos entendemos. Es todo un placer. El mundo está lleno de gente con ideas calenturientas. Y son un verdadero engorro.

—Permita que le felicite por cómo domina mi idioma.

—No llegué ayer aquí. Y me encanta este país. Y su cultura.

—Parla també català?

—Per descomptat. Vol que canviem?

—No, seguro que ahí me gana de largo, por lo que veo. ¿Le puedo llamar de alguna manera, o es algo a lo que tengo que renunciar?

—Puede llamarme Yuri.

—Aunque no sea su nombre verdadero —deduje.

—Ya no me acuerdo de mi nombre verdadero —dijo, sonriente.

—Está bien, Yuri, usted dirá, soy todo oídos.

El hombre se tomó unos segundos antes de hablar.

—Lo primero de todo —dijo al fin— es aclararle en qué condición estoy aquí hablando con usted. Soy amigo de Mijaíl Beliáev.

—¿Esa es la única condición en que me habla?

—La principal, con mucho.

—Luego hay alguna otra.

—No relevante esta noche. Se lo aseguro. Si he insistido en verle, y hacerlo además en persona, con los trastornos y esfuerzos que eso nos ha supuesto a ambos, es porque tengo todo el interés en transmitirle algo que creo que debe saber. Ha encarcelado a un hombre inocente.

—Inocente de qué.

Había aguardado toda mi vida a poder meter esa réplica mítica de Clint Eastwood en *Sin perdón*, pero tan pronto como lo hube dicho me entró la duda de si había elegido bien el contexto y el interlocutor.

—De la muerte de Queralt Bonmatí —aclaró, sin ofenderse.

—Mucho me lo tendrá que justificar. O mejor dicho, mucho le va a costar a él, y a su carísimo abogado, que cambiemos de idea.

—Mijaíl no va a abrir la boca. Ni con ustedes, ni con la juez, ni en el juicio si cometen el error de llevarlo ante un jurado. Se limitará a decir lo que ya le ha dicho. Que es inocente. Y será al fiscal al que le toque probar que es culpable. Con unas pruebas que usted sabe que no son concluyentes. Ya veremos qué fiscal le acaba tocando y qué tiempo le dan para estudiarse el caso y defenderlo, por no hablar del jurado: nunca se sabe quién lo va a formar. Yo no cantaría aún victoria.

—Veo que está al tanto del caso y también de las miserias de nuestro sistema de persecución de delitos. ¿Por algún interés personal?

—Cultural, en cuanto a lo segundo. Respecto de Mijaíl, ya se lo he dicho antes: es mi amigo. Por eso estoy encima. Y sé lo que pasó.

—No me diga que Mijaíl se lo ha contado.

—Con todo detalle.

—Y no me diga que me lo va a contar usted a mí.

—No con tanto detalle, pero sí.

—¿Y eso no se parece a traicionar la confianza de un amigo?

—¿Por qué lo dice?

—¿De veras va a contarme lo que él no me quiere contar?

—Para ayudarle, y por tres buenas razones.

—Si me ilustra, le estaré muy agradecido.

No mostraba contrariedad alguna por mi ironía. Tampoco esta vez.

—La primera razón es que yo no soy Mijaíl, y por eso

lo que yo diga no tiene el peso que tendría si lo dijera él. La segunda razón es que no es usted el juez, ni jurado, y por tanto informarle es mucho menos comprometedor, en cuanto al resultado final. La tercera razón es que nada de lo que le diga va a quedar registrado en ninguna parte, salvo en la memoria que le quede, y por tanto será sólo su palabra la que lo respalde, basada en la de un desconocido, contra la del acusado.

—Soy agente de la autoridad y de Policía Judicial.

—Eso pesaba más antes. Ahora no es que no valga nada, pero sí es poca cosa, como usted bien sabe, para fundamentar una condena.

Acababa de darme donde dolía.

—Ya entiendo por qué no le importa contármelo. Faltaría algo aún.

—Qué.

—¿Por qué quiere contármelo?

—Porque la investigación la lleva usted. Porque si tiene una mejor noticia de lo que de veras pasó podrá resolverla en otro sentido, más acorde con esa justicia que persigue hacer y bastante menos dañina para mi amigo. Por eso los que le han vigilado de camino hacia aquí y le vigilarán cuando se vaya no sólo no tienen el encargo de causarle daño, sino que responden ante mí de su vida y de su integridad.

—No ha elegido la mejor noche para hacerme pasear por Barcelona. Si no quería exponerme, quiero decir. Las calles están ardiendo.

—No siempre puede elegirse el momento de todo.

—Está bien. Ya sé los porqués indispensables.

—Celebro que lo vea así.

—Me reservo, eso sí, el derecho de dudar de la novela que me trae, cuando la oiga. Piense que ya he oído muchas, a estas alturas.

—Soy consciente. Por eso no pienso fabular nada. Y le voy a dar la posibilidad de comprobar lo que le diga.

Voy a revelarle hechos, no le voy a tratar de reinterpretar lo que ya saben usted y los suyos.

—¿Hechos como cuáles, por ejemplo?

—Por qué estaba Mijaíl en Roncesvalles a principios de septiembre, y en Samos a finales. Lo último que tenía en mente era quitarle la vida a una persona, y mucho menos a una chica enfadada con su padre.

—Claro, es alguien que nunca ha matado una mosca.

Yuri me dedicó una mirada oblicua.

—No exactamente. Nació, como yo, en un país duro, que además ha vivido unas cuantas guerras en todos estos años en los que ustedes han podido disfrutar de la paz. Nunca mataría a una chica indefensa, y menos aún la violaría. Tiene una niña pequeña. Ya lo ha visto.

—Sí, y he visto cómo la protege.

—Ahí lo tiene.

—No sé. No sería el primer violador que quiere a sus hijas.

—Ya, pero no es el caso. Lo que Mijaíl buscaba era otra cosa. Saber quién era Queralt. Analizar sus movimientos. Buscar resquicios.

—¿Resquicios de qué?

—Para qué, más bien. Su objetivo genérico era ver cómo reaccionaba y tratar de averiguar hasta dónde podía llegar. Y luego tenía otro, algo más específico, que tal vez haya sido usted capaz de imaginarse.

—No sé de qué me habla.

—Al menos, tiene la información. Queralt había hecho unas fotos de unos papeles. No era difícil imaginar con qué: con su móvil, que es lo que todos los jóvenes usan como ventanilla al mundo. También las subió a la nube, pero de ahí no costó demasiado eliminarlas. Si lo han intentado, ya habrán visto que no están. Faltaba hacerse con la copia que guardaba en el propio aparato y borrarla. Y para ello, habría que ejercer alguna violencia sobre ella, no se lo niego, pero no tenía por qué ser letal.

Bastaba abordarla en un lugar adecuado, intimidarla lo bastante como para que entregara el terminal y lo abriera poniendo su cara y consumar la operación. Ni siquiera era necesario quitárselo.

Me enfurecí conmigo mismo por no haberlo pensado. Tal vez me lo impedía esa barrera tan aparatosa que me ponía delante de los ojos el cadáver estrangulado y acuchillado, pero eso no era una excusa.

—Desde luego, no se lo quitó —dije—. Y las fotos ya no están.

Yuri no ocultó su satisfacción.

—Verá que no le estoy contando ningún disparate, y que hay hechos que prueban lo que le digo. Y también los habrá para lo demás.

—Lo demás es lo que más va a costarle.

—Lo sé, por eso los hechos serán contundentes.

—¿Cuánto de contundentes?

—Antes de seguir, ¿me permite un consejo?

—A ver.

—Me consta que tienen algún perro entrenado para encontrar restos humanos. Tengo entendido que a Samos no se lo llevaron, en su día.

—Para qué. El cuerpo estaba a la vista.

No le impresionó la lógica de mi argumento.

—He aquí mi consejo: vayan llevándolo.

—¿Para?

—Para encontrar los restos de un hombre, el que intentó matar a puñaladas y luego estranguló a Queralt Bonmatí antes de que Mijaíl pudiera llegar hasta ellos, desarmarlo y acabar con él con su propio cuchillo en defensa propia. Lamentablemente, las lesiones que en ese momento ya tenía la chica eran mortales de necesidad y no pudo hacer nada por salvar su vida. Créame que le habría gustado haber estado más rápido, pero la iba siguiendo a distancia, para mayor seguridad y para que la chica no lo detectara antes de tiempo. Ya vio en Roncesvalles que no se chupaba el dedo. Ese olfato, que no pudo protegerla de su asesino, porque la esperaba escondido en la maleza, fue lo que la condenó.

La expresión con que Yuri contemplaba la cara de idiota que en ese momento yo debía de tener era demasiado pletórica para no tratar de buscarme alguna baza que me permitiera, al menos, salvar un pedazo de mi dignidad y de mi autoestima como investigador criminal.

—Ese hombre no se llamaría Adrián... —apunté al vuelo.

Yuri se quedó por primera vez descolocado.

—¿Qué le hace pensar que sé cómo se llama?

—No dudo que Mijaíl, que se tomó la molestia de llevar a Queralt a un lugar distinto de donde la atacaron, y que allí se detuvo, entre otras cosas, a desbloquear con su cara el móvil, buscar las fotos y borrarlas, también se preocupó de averiguar la identidad de ese hombre antes de esconder su cuerpo. Si es que de verdad el cadáver ese que dice que vamos a encontrar está ahí y corresponde a quien mató a Queralt.

—¿De dónde ha sacado usted ese nombre? —me preguntó.

—Yo no soy mi propio jefe, como usted —me disculpé—. Trabajo a las órdenes de una juez, que por ahora no me deja contárselo todo.

Yuri sonrió.

—Sólo los muy poderosos o los muy insignificantes no tienen jefe, y desde luego yo no soy ninguna de las dos cosas. Se llama Adrián, en efecto, y creo que sus restos podrán identificarlos sin gran dificultad, aunque Mijaíl se llevara su cartera, para eso está el ADN. Además, nuestro hombre tenía antecedentes como delincuente sexual. Creo que esa es una buena prueba de que no le estoy contando una patraña.

—Es un dato que puedo contrastar, en efecto. Lo que no excluye que Mijaíl se buscara a ese Adrián como ayudante para quitar de en medio a Queralt y luego a su vez lo matara a él, con lo que se libraba de un solo golpe de un testigo y un cómplice molesto. ¿No le parece?

—En pura teoría, así es. Pero el problema es que con arreglo a sus leyes tendrían que probar la relación previa entre ambos. Y piense un poco. Ha visto a Mijaíl, ya no podrá ver a ese hombre más que muerto, pero se habrá informado sobre su currículum. ¿Le parece que es el tipo de individuo que Mijaíl buscaría para hacer un trabajo así? Y algo más importante, ¿qué necesidad había de matar a esa chica, una vez que hubiera desaparecido la información comprometedora que tenía?

—Un incordio sí que podía seguir siendo.

—Sólo los borricos se dedican a matar todo lo que incordia.

—Y Mijaíl no es un borrico.

—Se lo puedo asegurar.

—¿Puedo yo hacerle una pregunta?

—Cómo no.

—Y usted, Yuri, ¿qué vela lleva en este entierro? Quiero decir, y me explico: ¿tenía algún interés personal en que esas fotos desaparecieran, o en alguna otra cosa relacionada con Queralt o con su padre?

—Ya se lo he dicho. Soy amigo de Mijaíl.

—¿Y por qué sabe tantos pormenores del asunto?

—También se lo he dicho, porque él me los contó.

—No le sonarán un tal Yevgueni y un tal Guenadi...

—Unos cuantos. De cada.

Le dije los apellidos.

—Sí, sé quiénes son —admitió—. ¿Por?

—Creo que me puedo ahorrar la pregunta —desistí.

Sin palabras, apoyó mi desistimiento. Y añadió:

—Básicamente, esto es lo que quería decirle. Sé que hablo con un profesional competente y que hará buen uso de la información. Espero que le ayude, tras meditar un poco, a reformular sus conclusiones.

—Tengo otra pregunta.

—Es usted insaciable, como dice el portero del cuento aquel de Kafka.

—«Ante la ley».

Alzó las cejas, asombrado.

—Ese mismo. Veo que es un buen lector, y con memoria.

—También usted. Ahí va mi pregunta: ¿por qué Mijaíl no le cuenta a la juez todo eso que me acaba de contar usted para exculparse?

—Es posible que la juez no quiera apreciar la eximente de legítima defensa para la muerte de Adrián. Y Mijaíl tiene la esperanza de no haber dejado ninguna huella sobre el cadáver. Si no les confiesa lo que hizo, tiene más opciones de que, después de librarse de la muerte de Queralt, por falta de pruebas, se vea también libre de la del otro.

—¿Y por qué escondió el cadáver?

—Para ganar tiempo. Tuvo que reducirlo sobre la marcha, no está seguro de que no haya quedado algún resto suyo sobre el cuerpo. Si no lo hubieran detenido, yo no le habría revelado nada a usted.

—Por eso es por lo que me ayuda.

—Exacto. Porque lo tienen preso. Y porque es mi deseo que pueda librarse. Como espero que termine sucediendo, después del juicio.

—La novela es buena —le concedí.

—Es mejor que eso. Es verdad.

—Lo que sigue sorprendiéndome es que haya querido verme cara a cara para contármela. No deja de ser una forma de exponerse.

—No demasiado. Mañana ya no estaré aquí.

—¿Nos abandona?

—No me queda otra. Las cosas se han complicado, en general, entre nuestros dos países, también en los negocios a los que me dedico. Y la cosa no va a ir a mejor. Se va a complicar todavía más en el futuro.

—¿Y eso?

—¿Ha oído hablar de Crimea? ¿Del Dombás?

—Algo.

—Oirá hablar más todavía. Y de Ucrania. Acuérdese.

—Me lo apunto. Parece un hombre informado.

Yuri se puso en pie.

—Hay otra buena razón por la que he querido que nos viéramos en persona. Usted no lo recuerda, pero en su día hablamos por teléfono. Cuando usted investigaba la muerte de su amigo Robles. Alguien le llamó para decirle dónde encontrar a sus asesinos. ¿Recuerda?

Ahí sí que me quedé paralizado. Porque lo recordaba, cómo no, y siempre me había preguntado quién sería aquel hombre misterioso, al que suponía en la cúspide de la trama criminal en la que al final de su vida se vio envuelto Robles. El que me entregó, muertos y sin manos, a los tres hombres que le habían quitado la vida.

—¿Usted? ¿Y quién demonios es usted?

Yuri saboreó el que era, esta vez sí, su gran triunfo.

—No te lo voy a decir, Rubén. Confío en que al final lo adivinarás.

—¿Acaso le conozco? ¿De qué?

—Cuando caigas, espero que te sirva para creerme. Y para que te ahorres cometer un grave error policial, justo al final de tu carrera.

Todavía atónito, seguí su indicación y me dispuse a marcharme de aquel piso que al día siguiente, imaginé, volvería a estar vacío. Vino conmigo hasta la puerta, donde, antes de despedirse, me advirtió:

—Ve con cuidado cuando los míos dejen de protegerte y antes de volver a reunirte con los tuyos. Barcelona está peligrosa hoy.

No pude morderme la lengua.

—¿Está usted detrás de esas hogueras y esos disturbios?

Yuri dio un respingo.

—¿Yo? Líbreme Dios. El fuego de esas hogueras es cosa vuestra. De los políticos de Madrid, de los políticos catalanes, de los avispados de aquí que untan o ponen el cazo a los suyos y de los que en Madrid y en toda España también untan y ponen el cazo a estos mismos, y a los otros y a los de más allá, sin preguntarse nunca de dónde viene el dinero. Y créeme, que algo conozco de todos esos enjuagues. Luego está la gente común, que aúpa y apoya a unos y a otros, pero la gente común, no nos engañemos, no suele hacer girar los engranajes de la Historia.

—¿De verdad que usted no tiene nada que ver?

—Esos chavales que queman los contenedores y se enfrentan a la Policía no los he criado yo. Los habéis criado vosotros. El adoquín que le acaba dando en el casco a un policía necesita una mano y sin ella no hay pedrada. No busques fuera lo que está dentro. Ahora bien...

Dejó la frase en el aire. Lo estaba disfrutando. No cabía duda.

—¿Ahora bien...? —le incité a seguir.

No se calló. Sus palabras cayeron sobre mí como martillazos.

—Piensa que esto es una partida de ajedrez. Si tu rival es tan idiota como para darse jaque a sí mismo, ¿cómo vas a dejar de mover tus piezas para favorecerlo? Por supuesto, sin comprometerte más de la cuenta. Con los idiotas no hay que ir ni a la vuelta de la esquina.

—Creo que capto la idea.

—No esperaba otra cosa de ti. Que tengas buena noche, Rubén.

Mientras caminaba por el Raval, buscando alguna calle o alguna plaza que me ayudara a orientarme, me acordé de don Lisandro, aquel patriarca de Cornellà al que Robles y yo, al final, habíamos conseguido meter entre rejas. Los que de veras eran importantes, decía, no iban a la cárcel nunca. Yuri, estaba claro, quedaba fuera de mi alcance.

De pronto me salió al paso una guerrillera urbana con un pañuelo palestino y una gorra de visera que le tapaban la cara casi del todo.

—Por fin, jefe, estaba acojonada. Tranquilo, ya estás a salvo.

—Saca la mano de la chupa, Inés —le pedí a mi agente encubierta—. He estado a salvo todo el tiempo. Y no nos va a disparar nadie.

Medio minuto después se nos unió Arnau, y al salir a las Ramblas nos aguardaba Chamorro. Yo me sentía aturdido después de lo que acababa de vivir y mientras veía arder aquella ciudad que también era la mía. Y con ella tantas cosas, y tan difíciles de recuperar. Me costaba ordenar mis pensamientos para darles a los míos las explicaciones que se merecían que les diera. Entonces, de repente, caí. Reconocí aquel rostro, aquella calva, aquella mirada: Oleg, el dueño en la sombra del Paradise, en aquella otra vida mía. Y ahí empecé a creérmelo todo.

Epílogo
La llama de Focea

Anna me miró por encima del café con leche que ella misma se había preparado, en aquel restaurante del centro de Barcelona. Humeaba. Me había presentado allí a primera hora, cuando aún estaba cerrado al público, y había tocado el timbre. Cuando abrió, creyendo que sería un proveedor, y me vio ahí aguardando en la calle, casi se desmaya.

—No soy un fantasma —le dije—. O bueno, quizá sí.

Seguía siendo joven y atractiva. Yo lo era algo menos, lo primero, y en lo segundo nunca había destacado como para ir a concursos, pero aún estaba en mitad de la treintena y me atreví a creer que alguna oportunidad podría quedarme. Siempre pensamos en lo que no tiene mayor importancia, y nos olvidamos de lo que al final decide que las cosas sean o no sean. En aquel caso, y como ella me explicó con pocas palabras y mostrándome una alianza, que no fueran, ni pudieran ser ya, de ninguna forma, lo que un día no lejano pudieron haber sido.

—Es un buen hombre —me explicó—. No podría hacerle esa faena. Ni aunque el cuerpo me lo pida. Que a lo mejor hasta me lo pide.

—No me debes ningún consuelo, Anna.

—Es verdad. Aunque no debería decírtelo. Ni pensarlo.

—Eso está fuera de lugar. No tengo derecho. Me fui,

lo aposté todo a una mala carta y abandoné mi juego ganador. Me lo merezco.

—No te castigues, por favor. Hiciste lo que debías.

—¿Tú crees?

—Tú lo creíste, que era lo que importaba. Si no lo hubieras hecho, no creo que nos hubiera ido bien. O tal vez sí, pero qué más da ahora.

—Ahora ya no creo que hiciera lo que debía, pero sí, qué más da.

Puso su mano encima de la mía.

—Tienes que prometerme que vas a estar bien.

—Lo estaré. Aunque me torture. También tiene su punto.

—¿Qué tonterías dices?

—*Sé molt bé que des d'aquest bar jo no puc arribar on ets tu...*

Abrió los ojos de par en par.

—No me digas. *Boig per tu.*

Era una canción de un grupo catalán, Sau, que habíamos oído juntos alguna vez. Y yo a solas mil veces, atormentándome por su ausencia.

—Es broma. Tampoco voy tanto de bares. En realidad, el trabajo me sale por las orejas. Ahora soy sargento, y mi antiguo jefe de la lucha antiterrorista me ha fichado para la unidad central de Policía Judicial. También él acabó rebotado de aquello. Es un buen tío y la unidad es nueva, algo así como la élite. Vamos, que al final he prosperado.

—Me alegra un montón, de verdad. ¿Y el niño?

—Bien grande ya, ¿quieres verlo?

—Claro.

Le mostré una foto. La miró, y por la forma en que lo hizo adiviné lo que Andrés, además de mí, se había perdido por mis pocas luces.

—Cuidarás bien de él, ¿no?

—Ahora tengo que viajar, pero más o menos me voy

apañando. Mi madre me echa un cable. Y su madre se porta razonablemente.

—Yo también voy a tener un hijo —me confesó de pronto.

—Claro. Ahora lo entiendo: por eso se te ve todavía más guapa.

—Anda, no seas bobo.

—De verdad lo digo. Enhorabuena. Y al padre.

—Gracias —respondió, y ya no pudo más.

Los ojos se le llenaron de lágrimas y un nudo en la garganta le impidió continuar hablando.

Algunos años después, uno de mis poetas favoritos, Robe Iniesta, sacó una canción que se llamaba *Standby*. Desde entonces, cuando me acordaba de ella, tenía otra opción para torturarme: esa parte que dice que bebe rubia la cerveza para acordarse de su pelo. Hasta que sonaba el teléfono móvil que ya llevaba encima y Pereira me daba una buena razón, en forma de cadáver, para sacudirme aquellas nostalgias.

El mismo Pereira que dos décadas más tarde, en los últimos días de 2019, me recibía en su despacho de mandamás del cuerpo para que le diera cuenta del desenlace del caso de Queralt Bonmatí. Aunque antes de ir le había enviado copia del informe final que había escrito para la juez, tenía algunas preguntas que hacerme, según me dijo, más alguna agenda oculta que, como de costumbre, yo prefería no imaginar.

—Lo que me extraña —dijo, tras felicitarme por el informe— es que teniendo este Zofiño antecedentes como agresor sexual no nos saltara automáticamente la coincidencia con su ADN en la base de datos.

—No tiene nada de raro —respondí—. No estaba.

—¿Y eso?

—Lo detuvieron en flagrante delito y sin que llegara a consumar la penetración. No hizo falta tomarle muestras y no se las tomaron.

—Quién se lo iba a imaginar.

—Lo que está claro es que de haber sobrevivido se habría comido la condena. Por la agresión sexual y por el homicidio. Los restos de ADN que encontramos en la chica eran suyos y de Hernán, el chaval con el que Queralt se lio en el Camino, y al que, mal que le pese a alguno de nuestros colegas gallegos, a alguna, para ser más precisos, no hay base suficiente para imputar. El gran interrogante es el papel de Mijaíl.

—En el informe no te mojas.

—No puedo. No cabe descartar que esté implicado. El barro de sus botas coincide con el del terreno, el vehículo que alquiló por persona interpuesta estaba allí y seguía a la chica. También se recogió ADN suyo de las uñas de Adrián, seguramente arrancado en el forcejeo.

—Pero nada en la chica. Después de moverla y todo. Un artista.

—Ese es el problema. Si sigue en prisión preventiva es porque trató de darse a la fuga y porque con esos restos de ADN tendrá que probar la legítima defensa respecto de la muerte de Adrián, pero si no fuera por ellos, estaría en la calle. Y no veo fácil que cargue con la muerte de Queralt. Tendríamos que acreditar una connivencia con Adrián que no hemos logrado establecer. Ni una sola comunicación entre ellos.

—No he visto en el informe nada de lo que me contaste que te dijo el ruso misterioso en ese piso del Raval. ¿Te ha temblado el pulso?

—No quiero darle al exjuez que defiende a Mijaíl la oportunidad de ponerme en ridículo en el juicio. Por eso prefiero limitarme a decir que nos constan los vínculos del padre de Queralt con dos empresarios de origen ruso y sus malas relaciones con su hija y que el interés de Mijaíl por la chica podría tener que ver con esas dos circunstancias. Que el fiscal haga con eso lo que pueda, y que el jurado decida. A más me temo que no vamos a llegar, por más horas que le metamos.

Me callé, como me había callado en su día, que tenía la sospecha, o algo más que eso, de que aquel Yuri era el mismo hombre al que en mi juventud había conocido como Oleg, y por eso me había dado por dos veces su ayuda, años atrás con el asesinato de Robles y ahora con el de Queralt. La razón, que cada vez veía más diáfana, no tenía nada que ver con su simpatía hacia mí, sino con la deuda que le inspiraba la memoria de Robles, el hombre que ayudó a contener los daños cuando Tomás Valero perdió la cabeza y el control y con el que luego debió de mantener el contacto, hasta emplearlo tras su retiro. Era, en fin, un beneficio póstumo que le debía a mi maestro, aquel picoleto que no supo ser del todo limpio, pero tampoco sucio del todo. Intuía además que Robles siempre tuvo claro lo que pintaba Oleg en el tinglado del que Valero era simple fachada, y que cuando le pregunté por el ruso aquella noche me lo ocultó a conciencia tras una cortina de humo. Si lo hacía para protegerme o simplemente se aprovechó de mi candidez, era algo que aquellas alturas carecía por completo de importancia.

—Dices bien —concluyó Pereira—, ahora que trabajen el fiscal y el jurado. Por mi parte, sólo puedo darte las gracias. Una vez más.

—No tiene por qué darlas. Me va en el sueldo. No es muy alto, pero tampoco puedo decir que sea bajo, en los tiempos que corren.

Pereira se reclinó en su asiento y me observó con detenimiento. No supe qué estaba grabando en su base de datos personal. Si los estragos, todavía moderados, que el tiempo había hecho en mi persona, o el grado de resignación fatalista que se desprendía de mis palabras.

—Creo que sí tengo que dártelas —dijo—. Has sabido navegar con criterio, y sin llevarte nada por delante, por aguas oscuras y revueltas, como lo son todas últimamente por estos mares. Si todos los que tienen el hábito de ponernos a parir fueran conscientes de la cantidad de veces que contamos hasta diez, y hasta cien, en un país repleto de bocazas e incendiarios que arremeten contra todo lo que se menea de la mañana a la noche, llevándose muchos de ellos un sueldo público que nuestra gente no olerá en su vida, a lo mejor hasta sopesaban la conveniencia de buscarse otro supervillano para sus cuentos.

—No ponga en eso muchas esperanzas, mi general. Como me dijo un viejo guardia, por más que midas y quieras ayudar al ciudadano, siempre llega el momento en que alguno te ve como el demonio.

Pereira me miró con expresión suplicante.

—Deja que intente hacer mi trabajo, hombre. Ahora que ya sólo me dedico al marketing, tengo que buscar cómo vender la empresa.

—Faltaría más.

—Gracias, hombre.

—Y en fin, aquí yo sólo he hecho eso mismo —dije—. Mi trabajo.

—De todos modos, no sería injusto que alguna medalla cayera.

—A mí ya no me hacen falta. Si me permite una sugerencia, déselas a Chamorro y a Cerdeira, la sargento primero de Lugo. Son las que se fajaron y las que levantaron el ochenta por ciento de ese informe.

—Tomo nota. Y por cierto, hay otro asunto...

Aquí era donde venía la emboscada.

—Usted dirá, mi general.

Pereira sonrió como un chiquillo travieso.

—Te he sacado un billete de AVE a Barcelona. Mi chófer te llevará ahora a casa a recoger el bolso de viaje. Mete ropa para tres días.

—¿Y eso?

—Esto es secreto. Mañana por la noche vamos a entrar, por fin, en la casa de Ferran Bonmatí. Quiero que estés presente en el registro. Por si aparece algo, quién sabe si esa agenda que te dijo que destruyó.

—Ojalá, mi general, pero ya lo dudo.

—Por si acaso.

—¿Lo sabe el oficial al mando? —me atreví a preguntar.

—Lo sabe su general. Vas con plenos poderes para fisgar los papeles del investigado. Eso sí, no podrás quitarte el pasamontañas.

—Lo prefiero así. Me sería incómodo hablar con él. Sudé tinta para que dejara de verme como un esbirro del Estado profundo. Sin mucho éxito, debo reconocerlo, pero si encima ahora va y me identifica...

—Él está en deuda contigo. Sea Mijaíl, sea Adrián o sean los dos, acabaste descubriendo al asesino de su hija. Y ahora que le hemos prestado el servicio al que tiene derecho como ciudadano, le toca a él dar explicaciones de lo que ha hecho contra el país que le ampara.

—Él no lo ve así.

—Como bien decía ese viejo guardia al que me acabas de recordar, no estamos aquí para hacer feliz todo el rato a todo el mundo.

—Mientras nuestros jefes lo asuman...

Una sombra cruzó por su mirada.

—No sé por cuánto tiempo. Ya te lo diré después de las elecciones. De momento, tenemos una orden judicial y vamos a cumplirla. Luego, ya se verá. Tocará seguir navegando por las aguas oscuras y revueltas, y espera que los que no somos tan finos como tú no nos encontremos algún mal día con la sorpresa de darle con la proa a alguna mina.

Parecía de veras preocupado.

—Yo confío en que sabrá evitarla —aposté.

—No sé yo. ¿Sabes para qué pienso de un tiempo a esta parte que sirve llegar a la cima de algo? Para descubrir tus límites, no dominar ya más la situación y acabar rodando por la ladera. Les pasó a otros que valían y sabían más que yo. Por qué no va a pasarme a mí.

Una vez más, Pereira me abrumaba con su confianza. Una vez más, no encontré otra respuesta que un respetuoso y discreto silencio, que sostuve hasta que el teniente general se puso en pie, rodeó la mesa y me pasó el brazo por el hombro mientras me estrechaba la mano.

—Que vaya bien en Barcelona —me deseó.

Habría preferido, por muchas razones, no ir aquella tercera vez a la casa de Sant Just Desvern, donde en esta ocasión no tuve la necesidad de llamar al timbre. Los hombres del comandante Ricardo se ocuparon de las labores de cerrajería, también de franquearnos el paso a todos hasta el corazón de la vivienda, donde encontramos a Ferran Bonmatí con las manos esposadas y la mirada perdida delante de sí y a Mireia, su mujer, con las muñecas libres de grilletes pero ocupadas abrazando a su hija pequeña, la única que ahora le quedaba. Me dieron tanta pena los dos, por la forma en que el destino se cebaba con ellos —sin que sus faltas fueran las peores, ni siquiera entre los suyos—, que apenas pude mirarlos. Mucho menos habría podido plantarme delante de aquel hombre, como se ve en las teleseries urdidas por moralistas de baratillo, para recordarle que ya le había advertido de que terminaría lamentando aquella senda que había elegido seguir. Cada uno, y nadie lo sabía mejor que yo, tenía derecho a descubrir y a deplorar a solas, sin que ningún Pepito Grillo de pacotilla le estorbara la experiencia, la manera en que sus decisiones habían logrado arruinarle la vida.

El resultado del registro fue relativamente fructífero para el equipo del teniente Campillo, como se vio en las semanas siguientes. Gracias a la información que ya le habían intervenido anteriormente y a la que hallaron en un par de dispositivos mal borrados, se pudo acreditar que Ferran Bonmatí, con la ayuda de sus socios rusos, había canalizado fondos para financiar actividades ilegales relacionadas con el proceso independentista y había facilitado contactos en Rusia, de cara a una posible alianza que favoreciera, a cambio de algunas contrapartidas, la causa de la República Catalana y desprestigiara al Estado español. Que de todo esto pudiera llegar a extraerse una prueba sólida de que esos contactos hubieran dado algún fruto, o se hubiera llegado siquiera a obtener un mínimo compromiso de alguna autoridad relevante, era harina de otro costal. Lo que al final se desprendería del sumario era que quienes trataron con aquellos aprendices de brujo los tenían por gente que no era de fiar y por la que no había que apostar más de lo imprescindible, sin perjuicio de alentarlos a enredar lo que pudieran y echarles alguna mano en alguna cuestión puntual o accesoria. Un desenlace que no podía sino recordarme aquel símil de la partida de ajedrez con el que me había obsequiado en el Raval un tal Yuri.

En cuanto a lo que a mí me interesaba, alguna pista que permitiera conectar a Mijaíl con el entorno de Bonmatí para dilucidar su papel en la muerte de Queralt, los resultados de aquel registro fueron cero. No apareció por supuesto la agenda, ni ningún vínculo con el hombre que esperaba juicio en la cárcel. Lo que ratificaba mi teoría, que no podía poner en mi informe y que por tanto no iba a afectar a la sentencia que sobre él acabara recayendo: Bonmatí no conocía a Mijaíl, ni siquiera sus socios Guenadi y Yevgueni sabían de su intervención. La decisión tomada para neutralizar el chantaje de Queralt, fuera cual fuera, había partido de un nivel superior a ambos: el de Yuri, antes Oleg, que era quien había recurrido a Mijaíl como ejecutor de total confianza.

Estaba tomando el aire en el jardín durante una pausa del registro, pensando en todo esto, en cuál sería el nuevo nombre que tendría ya para entonces Oleg y en dónde estaría, a salvo, en cualquier caso, de la justicia española, cuando se me acercó el comandante Ricardo.

—Ya creía yo que no íbamos a meterle mano a esta gente —dijo—. Que nunca me podría dar el gusto de entrar en una casa como esta.

—Disfrútalo, mi comandante. Pero no te flipes.

—¿Por qué?

—Si cae, es poca cosa. Se lo oí a un sabio, hace siglos.

—Coño, mira que eres aguafiestas.

—No siento que aquí haya mucho que celebrar. No creas que esto va a arreglar nada. Si acaso, este pobre pisará un poco el talego y ya.

—Que lo indultarán, vaya.

—Que desde hace dos años, o más, estamos perdiendo el tiempo. Todos: ellos y nosotros. Hay un mundo muy turbio ahí fuera, y más que se va a enturbiar, para andar entretenidos en estas pamplinas.

—En eso te doy la razón. No veas el bajón que ha dado esta ciudad desde que salió ardiendo en todos los telediarios de todo el mundo. Pero qué le vamos a hacer nosotros, si estos siguen erre que erre.

—¿Ahora? Lo que buenamente se pueda. Nada más.

—Oye, tú, que al final siempre acaba escampando.

—Sí, pero a veces tarda. O escampa sólo a medias.

—Bueno, a ti te da igual —dijo—, mañana te vuelves a Madrid.

—Ojalá pudiera darme igual. Esto fue mi casa. No dejará de serlo.

Antes de regresar a Madrid, me di un paseo a pie por el Ensanche. Fui a ver la Sagrada Familia, por fuera, sin contemplar ni siquiera por un instante la opción de hacer la cola con todos los turistas para visitar su interior. Ya tenía techo, pero, a juzgar por las fotos, había perdido por completo aquella alma extraña y poderosa que me fascinaba. En realidad, estaba haciendo tiempo antes de cumplir con dos visitas. La primera, a alguien a quien había conocido años atrás, durante una de las investigaciones que me había traído a Barcelona después de que dejara de ser mi destino y mi casa. Era un intelectual catalán reputado y respetado, el escritor Gabriel Altavella. También era, o había sido, el marido de Neus Barutell, la famosa periodista cuyo asesinato se me encomendó indagar. Nuestra relación no había empezado con muy buen pie, como suele suceder en las investigaciones con alguien que *a priori* aparece como sospechoso, pero, como tampoco resulta del todo infrecuente que suceda, aquella inicial tirantez había dado paso a una simpatía no exenta de cierta complicidad. Viniendo en el tren había leído un artículo suyo, muy desencantado con su propia tierra y con las ideas nacionalistas que, sin llegar a ser nunca su gran paladín, había más o menos compartido en el pasado. No renegaba de Cataluña ni de su carácter, y menos aún de la lengua en la que había escrito parte de su obra, que se recomendaba en los institutos, pero no se mordía la lengua al expresar su decepción. Tuve un impulso, miré en la agenda del móvil y vi que allí seguía el número del suyo. Y lo marqué.

Gracias a ese impulso acabé encontrándome aquel mediodía a la puerta de su espacioso ático del Ensanche. Fue el propio Altavella el que me abrió. Lo vi algo envejecido, pero se mantenía tieso y cargado de energía. Me tendió la mano y sacudió la mía efusivamente.

—Qué alegría verle —dijo—. ¿Qué es ya? Lo menos capitán, ¿no?

—Qué va. Subteniente. Algunos no nacimos para el medro.

—El medro es una cárcel. Se lo digo yo, que he visto mucho.

—Eso dicen todos los que medran. Para animarnos a los que no.

—Yo, cada vez menos. Y ahora voy a medrar menos aún.

Un cuarto de hora después estábamos sentados en la terraza con un par de tazas de café. Le había empezado hablando de su artículo, de lo esclarecedor que me había resultado, y de lo oportuna que era para mí su lectura, por razones de las que sólo podía contarle una parte. Como casi todos los que dedican su vida a afinar su relación con las palabras, Altavella era un conversador fluido y generoso. Y entró al trapo.

—En el principio del todo —dijo—, podía haber algunas razones más o menos prosaicas, o sea, sensatas. Los que aquí manejan el dinero siempre han tenido el resquemor de que se los hace de menos frente a los de la pasta de Madrid. Está lo del aeropuerto, por ejemplo: Barajas se amplía a tope, El Prat viene después, a medias y sin dejar nunca que se maneje desde aquí, que es lo que quieren. Esas cosas en Madrid no se perciben, pero en esta ciudad levantan ampollas. Los políticos de aquí, que también se pican, pueden apoyarse así en el dinero. Mala cosa. Y en eso, el Constitucional va y anula un buen pedazo del Estatut. Incluidos artículos que están calcados, y siguen vigentes, en otros Estatutos.

—Es lo que se menciona siempre —dije—, pero lo que a mí no deja de darme que pensar es que todo coincide con algunos sumarios...

—Sí, eso es verdad —reconoció—, pero al enfado de los prebostes se suma ahí un movimiento popular muy arraigado, muy profundo. La gente que está en el mundo del excursionismo, por ejemplo, algo que vertebra esta sociedad en torno a valores catalanistas y, como es marca de la casa, siempre con una gran carga sentimental. Ya se ve en todas sus demostraciones. Las dos fuerzas conectan y se arma el lío, que, en algún momento, a los que quieren pilotarlo se les va de las manos.

—¿Y por qué? ¿Por qué se esfuma de esa manera el *seny* y es la *rauxa* la que empieza a empujarlo todo hasta el borde del precipicio?

El novelista trató de ordenar los hechos.

—A algunos de los que hasta entonces cortaban el

bacalao les fallan los cálculos y tienen que apartarse. Esa retirada deja un hueco para los exaltados, los que nunca deberían haber estado allí. Gente de la que ni en su propio pueblo se fiaron nunca. Y en paralelo los moderados, los que pensaban, se ven intimidados por ese furor patriótico y callan, o callamos —se inculpó, clavando sus índices sobre su pecho—, para que el tsunami no se nos lleve por delante. La cobardía, que en algún momento aquí todos hemos practicado, puede ser devastadora.

—Lo que más me duele a mí —dije— es el desastre en el que al final acaba todo. Estaba aquí en octubre. No olvidaré esas calles ardiendo: de verdad, no como los incendios de mentirijilla de Twitter. Y lo peor de todo es que me temo que por ahí fuera tampoco van a olvidarlo.

—Eso fue ya el acabose. ¿Le cuento una anécdota?

—Por favor.

—La noche que empezó la guerrilla urbana, yo estaba en una cena. Compartía mesa con uno de esos intelectuales tibios que en su día hasta llegaron a coquetear con el independentismo y las razones que había para el referéndum. Al ver en su móvil las fotos de las hogueras en pleno centro de Barcelona, no pudo más y dijo que ya valía, que a ver cuándo entraban los tanques por la Diagonal de una puta vez.

—¿En serio?

—Como lo oye.

—Yo me he acordado mucho, desde 2017 para acá, de una frase que leí hace años, en una novela de un autor catalán, por cierto.

—Ay, que lo veo venir. ¿Me va a someter a examen?

—Yo creo que se la sabrá: «*Però sobretot, guardeu el crèdit*».

—Ostras, claro. El *senyor* Esteve.

—¿Ve cómo se la sabía?

—No está mal traída para explicar dónde la han cagado, sobre todo, estos cabezahuecas: han mentido, han vendido lo que no eran, incluso a los suyos. Pero es que a lo mejor resulta que esa imagen del *botiguer* catalán, todo sentido común y prudencia, es un mito que enmascara otra fuerza más profunda, porque está aquí desde mucho antes.

—¿A qué se refiere?

—La idea me la dio uno de esos supremacistas toscos que anidan en los sectores más furibundos del movimiento. Uno de esos que viven de la ilusión de que son más que los de allende el Ebro, y que luego han de montarse películas lisérgicas porque no les cabe en la cabeza que Cervantes no naciera en el Ampurdán, sino en Alcalá de Henares. En un artículo afirmaba que Cataluña era distinta, más civilizada, porque somos la parte de la península Ibérica que colonizaron los griegos.

—Eso, al menos, es verdad, no como lo de Cervantes.

Altavella asintió, con una sonrisilla mefistofélica.

—Sí, pero la Grecia antigua era grande y no era un Estado, lo eran sus polis, que había unas cuantas. ¿Cuál fue la que vino aquí?

—Ahí sí que me pilla usted a mí. Lo leí, pero no recuerdo.

—Focea. Una ciudad de la Grecia asiática, en la costa occidental de lo que hoy es Turquía, y que por cierto cayó después en manos de los persas. ¿Y qué sabemos de ella y del carácter de sus gentes?

—Yo, poca cosa —le confesé.

—La fuente principal es Heródoto, que habla de ella en el Libro I de su *Historia*: del momento de su caída, precisamente. Dice Heródoto que los foceos eran navegantes osados y fueron los primeros griegos que realizaron largos viajes para fundar colonias tan lejanas como Ampurias. También que tuvieron tratos con el legendario rey de los tartesios, Argantonio, que les pagó las murallas para defenderse de los persas. Sin embargo, cuando el general persa Harpago puso asedio a la ciudad, los foceos comprendieron que no podrían sostenerla, pidieron una tregua y huyeron por la noche, llevando consigo las estatuas de sus santuarios. Juraron que nunca volverían a su ciudad para vivir como siervos. Algo menos de la mitad cumplió el juramento y se fue hasta Córcega. Allí tenían otra colonia y se ganaron pésima fama como saqueadores, hasta que los locales, aliados con los cartagineses, los desalojaron de la isla y los empujaron a su morada final, en Calabria, donde se pierde su memoria. Más de la mitad, sin embargo, volvieron a Focea, donde aceptaron vivir bajo la tiranía del emperador persa.

Altavella me dejó unos segundos para asimilar la historia.

—Otro detalle que cuenta Heródoto es que antes de marcharse para siempre de su ciudad, los foceos que se negaron a volver atacaron por sorpresa a la guarnición persa que la ocupaba y la masacraron. O sea, que eran gente dura, y hasta algo salvaje cuando los contrariaban.

—A esa luz, desde luego, cambia el cuadro —le concedí.

—De aquellos navegantes despiadados y alérgicos a la servidumbre venimos los catalanes, en última instancia —dijo Altavella—, pero también de sus conciudadanos que a la hora de la verdad prefirieron someterse al persa. La llama que vino de Focea con los que levantaron Ampurias, y que transmitía a la colonia el fuego de la polis fundadora, traía esa mezcla de pragmatismo y cólera, diligencia y caos. Así son los humanos, de aquí y de allá. Mal que les pese a quienes prefieren una explicación pueril que exalte a toda costa la excelencia de lo suyo.

Altavella era escritor, y de los buenos; podía dar fe porque lo había leído y admirado en mi juventud. Por eso se le daban así de bien las metáforas, y decidí que aquella me la guardaba, como resumen de cuanto me había tocado vivir investigando la muerte de Queralt. Si uno veía la llama de Focea detrás de su rebeldía hacia sus mayores, detrás de la revuelta de los airados contra el imperio de la ley, detrás, incluso, de esas hogueras urbanas que durante días habían incendiado las plazas y las calles de Barcelona, la imagen no salvaba a nadie ni iba a mitigar el destrozo; pero lo trascendía y embellecía. Sólo la poesía, aunque a menudo se olvide, puede sacar de la desgracia algo que reconforte.

Después de dejar a Altavella, y de darle las gracias por el café y por la iluminación, eché a andar calle abajo, con una punzada de nostalgia por la ciudad que había sido y a la que ya no podía volver. No hacía mucho había leído un veredicto demoledor en uno de los poemas más recientes de Joan Margarit, que después de recordar la Barcelona civil e ilustrada que conoció, se refería a la actual, llena de gente extraña y ofensiva, como *desolada ciutat que fas de puta*. También a veces el poeta extrema la autoflagelación: quise creer que Barcelona resurgiría, que un día volvería a ella y no vería ese agravio y esa derrota en sus calles. Por eso alargué el paseo hasta una cafetería, que no elegí al azar. Allí seguía ella, manteniendo vivo el negocio, en medio de tantas persianas que bajaban. Era ya una mujer madura, como yo empezaba a ser un hombre viejo. Me atreví a hacer algo para lo que no supe si reuniría el coraje hasta que no estuve allí. Entré, tomé asiento en la barra y le pedí a la chica que ayudaba a Anna un café con leche, largo de café.

Tardó unos minutos en verme. Una vez más, mi presencia le heló la sangre. Entonces pensé que tal vez debería haberla llamado, pero si ese hubiera sido el requisito me habría abstenido y nunca habría ido allí para comprobar que seguía viva, que seguía bien; que lo que más me importaba de Barcelona estaba todavía en su sitio, y por tanto no era tan grave, apenas lo sería, si se derrumbaba todo lo demás.

Cuando se acercó y me miró le dije que sólo había ido a tomar aquel café, que la última vez que lo había tomado allí me había parecido que lo hacían bien y que me lo seguía pareciendo. Ella me preguntó por Andrés, yo le pregunté por sus hijos y su marido. Fuimos corteses y comedidos y supimos impedir que las emociones se desbordaran.

Antes de marcharme, se me ocurrió hacerle una broma, con ánimo de que las últimas palabras fueran triviales y así me pesaran menos.

—Dime sólo que no te has hecho independentista.

Puso esa cara. La que solía poner cuando me daba por imposible.

—¿Habrá algo que importe menos, ahora mismo?

Estuve de acuerdo, y le acepté los dos besos en las mejillas que me ofreció como despedida. Antes de irme le dejé un paquete que le pedí que no abriera hasta verme salir por la puerta. Era el disco póstumo de Leonard Cohen, *Thanks for the Dance.* En la canción que le daba título iba mi agradecimiento y mi mensaje: a partir de cierto momento en la vida, es lícito quedarse en la superficie. No hace falta profundizar.

Esa tarde, al llegar al vestíbulo de la estación de Atocha, divisé entre la gente que allí se agolpaba a Virginia, que había ido a esperarme. No me vio venir, porque justo cuando se abrían las puertas le entró un wasap que la vi leer con el ceño fruncido y cerrar con irritación.

—¿Me hago otra vez el pasillo hasta que se te pase? —le dije.

—Ah, Rubén... Perdona, no te había visto.

—Ni yo voy a preguntar nada. Lo mismo no me incumbe.

—Este tío, que se empeña en que le acabe bloqueando.

—Te lo advertí. Andar con abogados no suele terminar bien.

—Yo ya no espero que nada termine bien. Lo único que pido es que cuando la cosa se estropee no me anden luego dando la tabarra.

—Les gusta oírse a sí mismos. A todos nos gusta, en realidad.

—¿Qué tal el registro?

—Tiempo perdido. Ya te contaré. ¿Tienes plan para esta noche?

—¿Por qué lo dices?

Lo acababa de decidir, sobre la marcha. Y se lo expliqué.

—Están en Madrid Andrés y su novia. Los he invitado a cenar a los dos, con mi madre. El restaurante está un poco por encima de mi nivel adquisitivo, pero la extra me permitirá pagar un cubierto más, creo.

—Pues oye, esta noche, no te diría que no.

—No me lo digas, entonces, y vamos allá.

Así los reuní, a los cuatro, en torno a la misma mesa. El cocinero cumplió y yo no medí el vino, porque conducía Andrés. Brindamos por el 2020 que estaba al caer y que esa noche quisimos ver lleno de promesas y esperanza. Y yo volví a comprender, mientras miraba a esas personas que eran todo lo que tenía, que la vida era maravillosa porque me las regalaba, y a la vez porque todo era fugaz y estábamos condenados a perderlo, ellas y yo, cualquier día, y para siempre.

Montevideo, Illescas, Getafe, Barcelona,
Castelldefels, Pamplona, Cambridge (MA), Madrid,
24 de febrero de 2022 – 21 de julio de 2022

Agradecimientos

Se escribe a solas, pero uno tiene algo que escribir y las fuerzas para escribirlo porque hay otras personas, generosas, que lo iluminan. En este caso, como siempre, tengo que agradecer la manera en que me ayuda el juicio y el celo de mis lectores de guardia, mi padre, Juan José Silva, mi hermano Manuel, mi amigo Carlos Soto y Noemí Trujillo, que me acompaña en la vida y en la literatura. Por lo mismo, y además por el apoyo para convertir los manuscritos en libros que pueda leer alguien más que mis conocidos y mi familia, vaya también mi gratitud a mis editores, Emili Rosales, Anna Soldevila, María García y Alba Fité, y a mis agentes, Laure Merle d'Aubigné y Gloria Gutiérrez.

Este libro, como casi todos a partir de cierto momento en la vida y la obra de un novelista, es el fruto de una larga gestación. Por eso exige un agradecimiento de carácter general que no puedo concretar nombre por nombre: a todos los que en este cuarto de siglo último han dado aliento con su lectura a Bevilacqua, Chamorro y compañía, y a todos los que, permitiéndome compartir sus experiencias y reciclarlas luego en ficción, me han ayudado a ensanchar sus aventuras. En muchos sentidos este libro es un compendio de los anteriores y los completa y redondea su significado. Puede existir porque hubo personas que me animaron a escribir y personas que me dieron argumentos con los que alimentar el relato de los doce títulos de la serie que lo preceden.

Además, para escribir esta novela me fueron muy útiles las ideas que intercambié con diversos lectores y amigos, si es que lo primero no es una forma de lo segundo. Aparte de los antes mencionados, quiero destacar a quienes me ayudan a entender lo que son y lo que hacen hoy los guardias civiles, en aspectos que tienen su reflejo particular en esta novela: Joaquín, Félix, José, Valentín, Manuel, Manuela, José Miguel, Ángel y Daniel. También estoy en deuda, por sus visiones diversas y enriquecedoras sobre la realidad compleja de la Cataluña actual, con Antoni, Joana, Álvaro, Jordi, Pepe, Emilio y Rafa, que me invitaron aquí y allá a matizar, no siempre desde la coincidencia, mis propias percepciones sobre una tierra vivida y que sigo viviendo y considerando mi casa. No debo dejar de ponderar, en fin, la luz que arrojó Eloy sobre algunas cuestiones que forman parte de la trama criminal de la novela. Los menciono así, sin sus apellidos, porque ellos y yo sabemos quiénes son y para que queden exonerados de toda responsabilidad sobre cualquier error que el lector pueda apreciar y que sólo a mi torpeza debe achacarse. El profesor Javier de Navascués, además del mejor de los cómplices en la asignatura de escritura creativa que compartimos en la Universidad de Navarra, fue un providencial compañero en la excursión que hice a Roncesvalles para impregnarme del alma del lugar. A Joaquín Gasca, infatigable rastreador de la memoria escamoteada del servicio público prestado por los guardias civiles a Cataluña y a los catalanes, le debo la pieza de periódico de 1844 mencionada en la novela como testimonio de una de sus primeras acciones.

No puedo omitir un agradecimiento a todos aquellos cuyas ideas, poesía, música o historias aparecen aludidas en el texto, y a mi mujer, Noemí, por ser la guía que me condujo a no pocas de ellas. La escritura también se nutre de lo ideado y lo escrito por otros, siempre desde el respeto y el reconocimiento del talento ajeno. Y, en fin, se impone aquí, de forma especial, un recuerdo de gratitud a quienes me enseñaron el valor de ser padre o madre, hijo o hija, y construir a partir de esos dos vínculos, que son expresión de la llama que va pasando de unos a otros, tu lugar en el mundo: mis hijos, Laura, Pablo, Judith y Núria, y mis padres, Juan José y Francisca. A ella, que nos dejó de improviso mientras escribía estas páginas, le debo más de lo que cabe en todas las que he escrito antes y todas las que aún me queden por escribir.

Otros títulos de la Serie Bevilacqua y Chamorro en Booket: